तारों भरा आकाश

(सामने के पृष्ठ का चित्र) *कांसे का बना हुआ भारतीय खगोल, जिस पर तारांकन चांदी से किया गया है (लगभग 1600 ई.)*

→

तारों भरा आकाश

गुणाकर मुळे

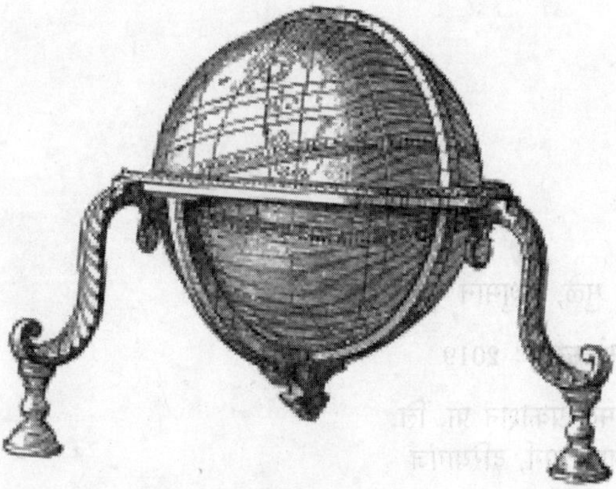

राजकमल प्रकाशन

ISBN : 978-93-88753-70-8

मूल्य : ₹995

पहला राजकमल संस्करण : 2019

प्रकाशक : राजकमल प्रकाशन प्रा. लि.
1-बी, नेताजी सुभाष मार्ग, दरियागंज
नई दिल्ली-110 002

शाखाएँ : अशोक राजपथ, साइंस कॉलेज के सामने, पटना-800 006
पहली मंजिल, दरबारी बिल्डिंग, महात्मा गांधी मार्ग, इलाहाबाद-211 001
36 ए, शेक्सपियर सरणी, कोलकाता-700 017

वेबसाइट : www.rajkamalprakashan.com
ई-मेल : info@rajkamalprakashan.com

मुद्रक : बी.के. ऑफसेट
नवीन शाहदरा, दिल्ली-110 032

पुस्तक साज-सज्जा : मुकेश कुमार

TAARON BHARA AAKASH
by Gunakar Muley

गुजराती के प्रतिष्ठित विज्ञान-लेखक एवं
यशस्वी चिकित्सक डा. सुश्रुत मोतीभाई पटेल, एम.डी.
को सस्नेह

प्राक्कथन

मेरा बचपन विदर्भ (अमरावती जिला, महाराष्ट्र) के एक गांव में गुजरा। तब गांव में बिजली नहीं थी। गरमी के दिनों में छोटे-बड़े सभी खुले आसमान के नीचे सोते थे। उसी समय तारों भरे आकाश के नजारों ने मेरे बाल-मन को मोह लिया था।

मराठी मिडिल तक की मेरी पढ़ाई गांव में ही हुई, बिना अंग्रेजी के। मगर बचपन में ही थोड़ी संस्कृत सीख ली थी। उन्हीं दिनों गांव में पहुंचने वाले एकमात्र मराठी दैनिक **केसरी** में ग्रहों व नक्षत्रों से संबंधित पौराणिक कथाओं के बारे में पं. महादेव शास्त्री जोशी की लेखमाला पढ़ने को मिली (राशियां विदेशी मूल की होने के कारण इनके बारे में प्राचीन भारतीय साहित्य में कथाएं नहीं हैं); उन कथाओं ने मेरे किशोर मन को बहुत प्रभावित किया। परंतु तब मुझे आकाश के तारों की पहचान कराने वाला गांव में कोई नहीं था।

जब मैं इंटर का विद्यार्थी था, एक अच्छा तारा-एटलस मेरे हाथ लगा। तब से मेरी अनेक रातें तारों को पहचानने में गुजरने लगीं। फिर इलाहाबाद विश्वविद्यालय में गणित का अध्ययन करते समय मुझे गोलीय त्रिकोणमिति और गोलीय खगोलिकी जैसे विषय पढ़ने का अवसर मिला। आगे जाकर किसी वेधशाला से जुड़कर वेधकार्य करने का मौका तो मुझे नहीं मिला, मगर रात्रि के आकाश में टिमटिमाते दीपों को घंटों निहारते रहने का, बाइनॉक्यूलर से उन्हें खोजने का मेरा शौक बरकरार रहा (दूरबीन से आकाश में अधिक तारे तो देखे जा सकते हैं, परंतु बहुत दूर होने के कारण वे बड़े नजर नहीं आते)। साथ ही, प्राचीन भारतीय ज्योतिष-ग्रंथों, आधुनिक खगोल-विज्ञान और नक्षत्रों से संबंधित भारतीय व यूनानी पुराणकथाओं का मेरा स्वतंत्र अध्ययन सतत जारी रहा।

शायद ही कोई पत्र-पत्रिका हो जिसमें फलित-ज्योतिष के स्तंभ नियमित रूप से न छपते हों। मुझे लगा कि 'तारों भरे आकाश' का वैज्ञानिक परिचय देकर ही आज भी लगातार फल-फूल रहे इस अंधविश्वास को थोड़ा-बहुत दूर किया जा सकता है। मैंने **नवभारत टाइम्स** में 'आकाश-दर्शन' लेखमाला के 48 लेख लिखे (1988-89)। फिर **साप्ताहिक हिंदुस्तान** में 'राशिचक्र परिचय' शीर्षक से मेरी एक और लेखमाला

छपी (1991-92)। हिंदी जगत में दोनों लेखमालाओं का भरपूर स्वागत हुआ, इसलिए मुझे लगा कि इन्हें एक ग्रंथ का रूप दे देना चाहिए। मैंने कई नए लेख व नए स्थितिचित्र तैयार किए, संदर्भ और टिप्पणियां जोड़ीं और अंत में कई उपयोगी परिशिष्ट भी दिए। यह **आकाश-दर्शन** ग्रंथ कई बार छपा है। मेरी कई पुस्तकें इसी तरह मेरी लेखमालाओं से तैयार हुई हैं।

मैंने विज्ञान व इतिहास-पुरातत्व से संबंधित विषयों पर एक तरफ प्रौढ़ों के लिए लिखा है, तो साथ ही सरल भाषा में किशोरों के लिए भी काफी लिखा है। मुझे बहुत दिनों से लग रहा था कि हमारे किशोरों को 'तारों भरे आकाश' का सरल परिचय मिल जाए, तो इसके दो लाभ होंगे—एक, वे समझ सकेंगे कि फलित-ज्योतिष वस्तुतः एक अवैज्ञानिक विश्वास है; दूसरे, उन्हें आगे जाकर खगोल-विज्ञान का अध्ययन करने की प्रेरणाएं मिलेंगी।

मैंने भारत सरकार के प्रकाशन विभाग की मासिक पत्रिका **बाल भारती** में 'आकाश-दर्शन' शीर्षक से दो साल तक एक लंबी लेखमाला लिखी (1998-2000)। उसी दौरान खगोल-विज्ञान की नई जानकारी का उपयोग करते हुए 'तारों भरा आकाश' शीर्षक से प्रौढ़ों के लिए एक और सीमित लेखमाला लिखी—**आविष्कार** पत्रिका में। इन दोनों लेखमालाओं में नई सामग्री का समावेश करके उसे नए सिरे से सजाने और प्रस्तुत करने का ही परिणाम है यह **तारों भरा आकाश** पुस्तक।

यह पुस्तक किशोरों और प्रौढ़ों, दोनों के लिए उपयोगी है। सुविधानुसार इसका अध्ययन किसी भी अध्याय से आरंभ किया जा सकता है, इसलिए लेखमाला में कुछ बातों की जो पुनरावृत्ति थी, उसे पुस्तक में भी कायम रहने दिया गया है। पहले बनाए गए स्थितिचित्रों की कतिपय त्रुटियों को दूर करके उन्हें नए सिरे से बनाया गया है और बहुत-से नए चित्र व स्थितिचित्र जोड़े गए हैं, अंत में करीब दो दर्जन रंगीन चित्र भी।

कंप्यूटर पर पुस्तक के पेज बनाने और उनमें चित्रों को सजाने का काम श्री मुकेश कुमार ने बड़ी कुशलता से किया है।

आशा है, मेरी पहले की पुस्तकों की तरह इस पुस्तक का भी हिंदी जगत में समुचित स्वागत होगा।

—गुणाकर मुळे

'अमरावती'
सी-210, पांडव नगर, दिल्ली-110092
18 अप्रैल, 2004

ग्रंथ के अध्ययन के लिए सुझाव

ग्रंथ में कुल तेरह अध्याय और रंगीन चित्रों के अलावा दस परिशिष्ट हैं। पहले अध्याय (विषय-प्रवेश) में 'तारों भरा आकाश' और 'आकाशगंगा' के बारे में सामान्य जानकारी है। आगे के बारह अध्यायों में वर्ष के क्रमशः बारह महीनों (जनवरी से दिसंबर तक) के 'तारों भरे आकाश' को प्रस्तुत किया गया है। परिस्थिति के अनुसार, किसी भी माह (अध्याय) से ग्रंथ का अध्ययन और आकाश का अवलोकन आरंभ किया जा सकता है। हां, सर्वप्रथम पहले अध्याय तथा दूसरे अध्याय के तीसरे प्रकरण (तारों का नामकरण) को पढ़ लेना और परिशिष्टों की सामग्री पर एक नजर डाल लेना उपयोगी होगा।

प्रत्येक माह (अध्याय) के अंतर्गत उन दो, तीन या चार प्रमुख तारा-मंडलों का परिचय दिया गया है जिन्हें उस माह आकाश में लगभग सर्वोच्च स्थान पर रात के नौ-दस-ग्यारह बजे स्पष्टता से देखा जा सकता है। किस माह किन तारा-मंडलों को लगभग मध्याकाश में देखा जा सकता है, इसे आगे के दो पूरे पृष्ठों पर दाएं-बाएं दिए गए स्थितिचित्रों से आसानी से जाना जा सकता है। प्रत्येक अध्याय के अंत में एक, दो या तीन प्रकरणों में खगोल-भौतिकी से संबंधित अद्यतन जानकारी है।

खगोल पर तारों के अपने सुनिश्चित स्थान होते हैं, जिन्हें खगोलीय निर्देशांकों से व्यक्त किया जाता है। आगे एक पृष्ठ पर खगोल की आकृति देकर समझाया गया है कि खगोल के विषुववृत्त और क्रांतिवृत्त किन दो बिंदुओं (संपात-बिंदुओं) में एक-दूसरे को काटते हैं। साथ ही, उसी पृष्ठ पर खगोल की एक और आकृति देकर दिखाया गया है कि किसी तारे के भोग (celestial longitude) व शर (celestial latitude) और विषुवांश (right ascension) व क्रांति (declination) का मापन किस तरह होता है।

यह ग्रंथ एक प्रकार का तारा-एटलस भी है। खगोल-विज्ञान में तारों को यूनानी वर्णमाला के अक्षरों से दर्शाया जाता है। स्थितिचित्रों में यूनानी अक्षरों ($\alpha, \beta, \gamma, ..., \omega$) का ही प्रयोग हुआ है, परंतु विवरण में उन्हें यूनानी अक्षरों के अलावा उनके नागरी उच्चारणों (अल्फा, बीटा, गामा, ..., ओमेगा) में भी दिया गया है। अतः पाठकों की सुविधा के लिए प्रत्येक अध्याय के आरंभ में यूनानी वर्णाक्षरों और उनके उच्चारण की तालिका दी गई है।

ग्रंथ में तारा-मंडलों के जो स्थितिचित्र दिए गए हैं, उन्हें दिशा-निर्देश (उत्तर, दक्षिण, पूर्व, पश्चिम) के अनुसार सिर के ऊपर उलटा धारण करके तारों को पहचानना चाहिए। और, कन्या, वृश्चिक, कुंभधर, वृषभ आदि के चित्रों (तारों सहित) का उपयोग, दिशा-निर्देश के अनुसार, इस प्रकार किया जाना चाहिए कि मानो उन्हें किसी गोल (ग्लोब) पर चिपकाया गया है और आप उन्हें बाहर से देख रहे हैं।

स्थितिचित्र प्रमुखतः उन प्रेक्षकों के लिए बने हैं जो लगभग 20 से 30 उत्तरी अक्षांशों के स्थानों से रात के नौ-दस-ग्यारह बजे आकाश का अवलोकन करते हैं, परंतु देश के अन्य स्थानों से भी आकाश-दर्शन के लिए इनका मजे में उपयोग हो सकता है।

तारा-स्थितिचित्र इस ग्रंथ को स्थायी उपयोग का बना देते हैं।

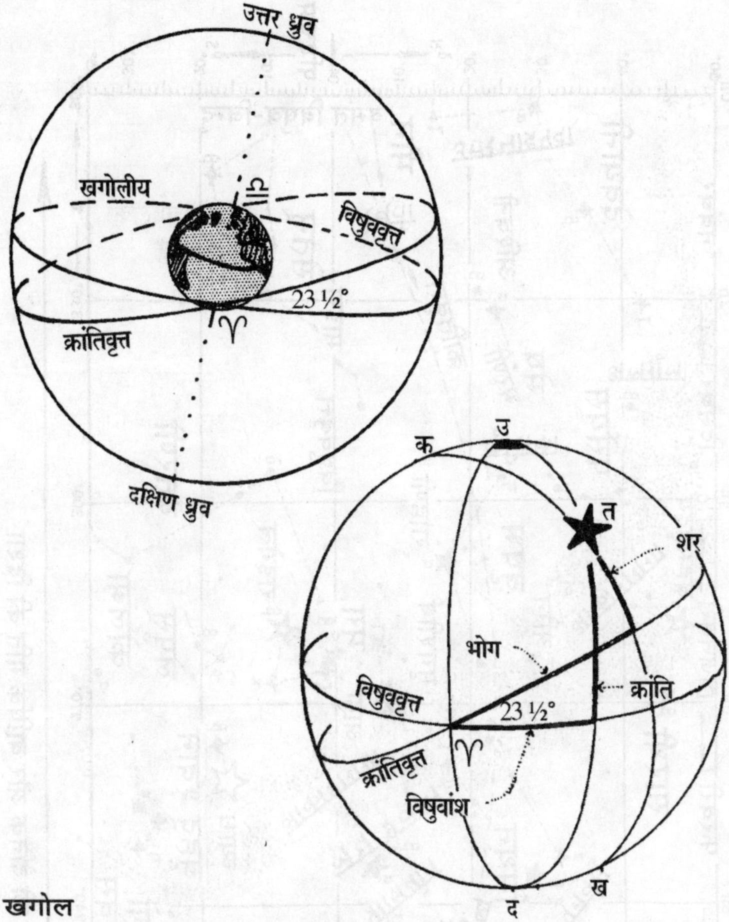

खगोल

(ऊपर) खगोलीय विषुववृत्त और क्रांतिवृत्त जिन दो बिंदुओं में एक-दूसरे को (लगभग $23½^0$ के कोण में) काटते हैं, वे संपात-बिंदु कहलाते हैं–एक वसंत-संपात-बिंदु (♈) और दूसरा शरद-संपात-बिंदु (♎)।

(नीचे) **उ** और **द** क्रमशः खगोलीय उत्तर और दक्षिण ध्रुव-बिंदु हैं। **क** और **ख** क्रांतिवृत्त के ध्रुव (कदंब) हैं। तारे (**त**) के विषुवांश का मापन वसंत-संपात-बिंदु (♈) से पूर्व की ओर खगोलीय विषुववृत्त पर किया जाता है– 0^h से 24^h तक। खगोल पर हर तारे का एक सुनिश्चित स्थान होता है, जहां उसे उसके विषुवांश व क्रांति से हमेशा खोजा जा सकता है। जैसे, अगले पृष्ठ पर देखेंगे कि आर्द्रा तारे का विषुवांश लगभग 6^h है और क्रांति $+7^0$ ।

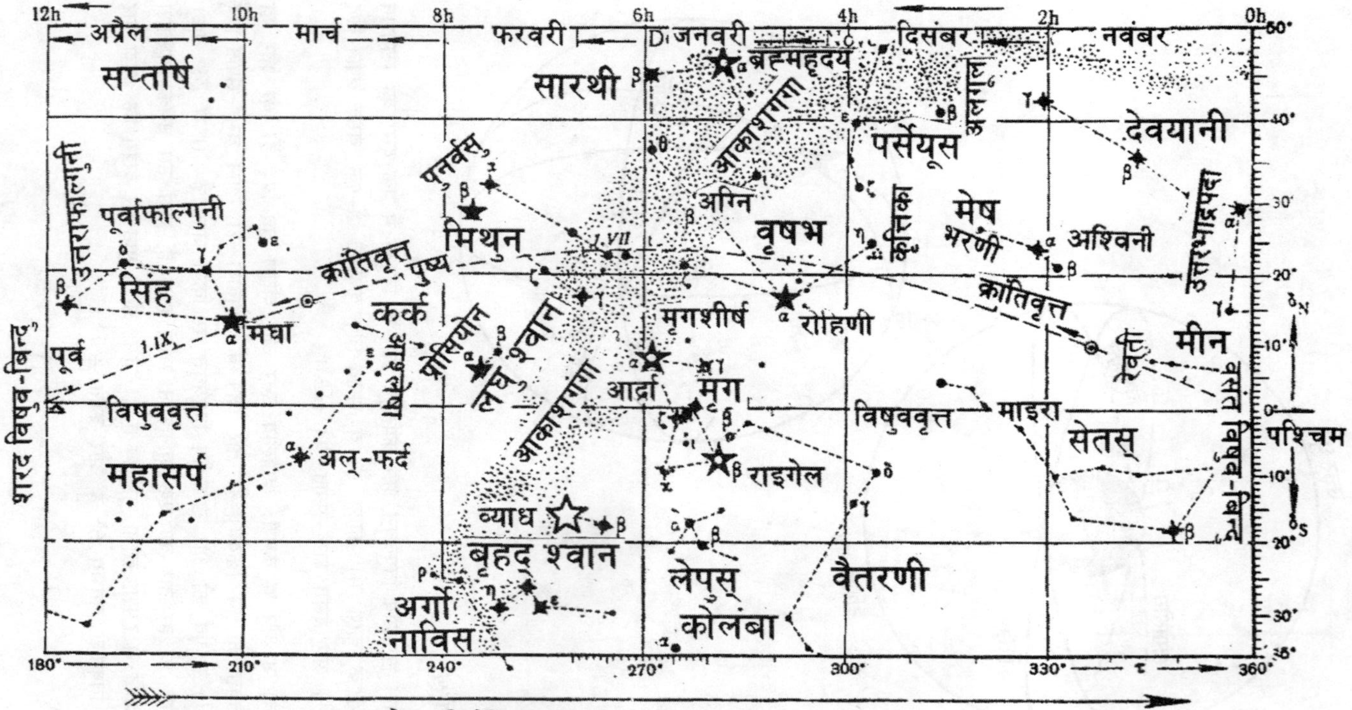

खगोल की दैनिक और वार्षिक गति की दिशा

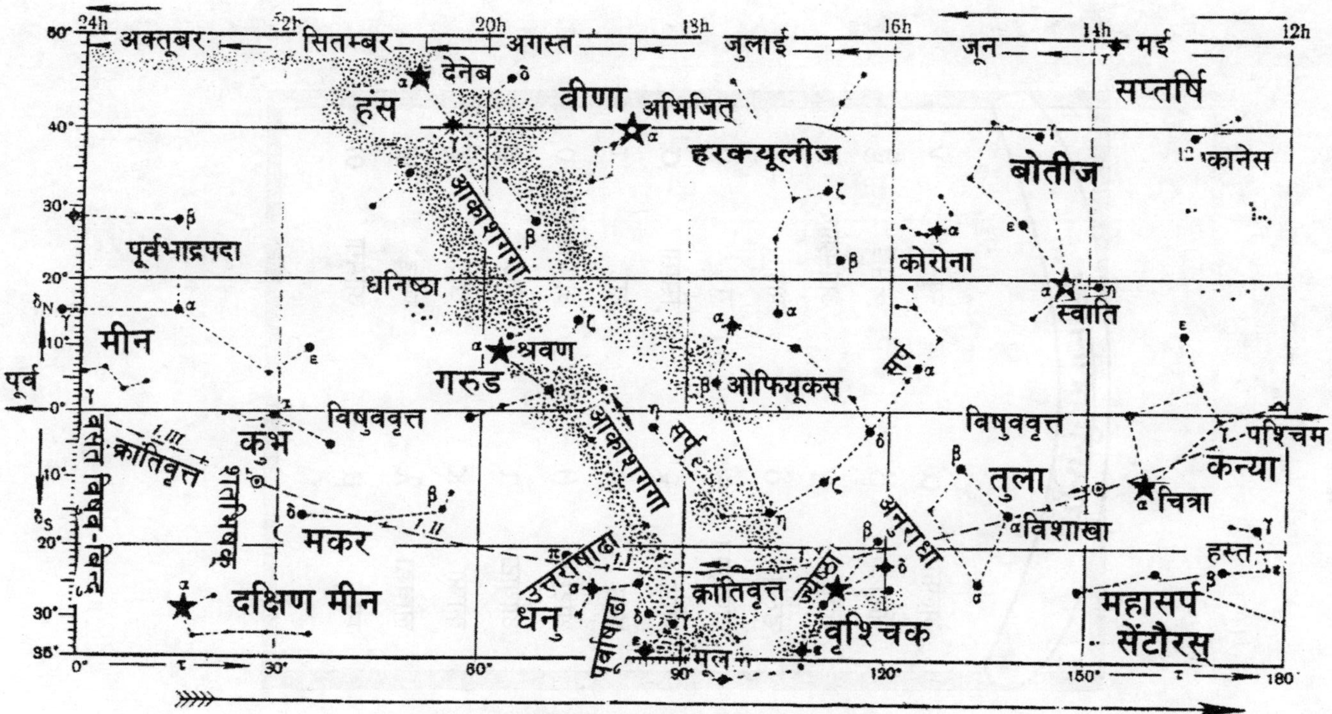

खगोल की दैनिक और वार्षिक गति की दिशा

यूनानी वर्णमाला

अल्फा	α	न्यू	ν
बीटा	β	क्साइ	ξ
गामा	γ	ओमिक्रोन	o
डेल्टा	δ	पाइ	π
इप्सिलोन	$\in$	रो	ρ
जीटा	ζ	सिग्मा	σ
इटा	η	टाउ	τ
थीटा	θ	अप्साइलोन	υ
आयोटा	ι	फाइ	ϕ
काप्पा	κ	खाइ	χ
लांबडा	λ	प्साइ	ψ
म्यू	μ	ओमेगा	ω

अनुक्रम

अध्याय 1

★ तारों भरा आकाश

★ आकाशगंगा

॥ विषय-प्रवेश ॥

सम्राट यंत्र, जंतर-मंतर (वेधशाला), जयपुर

यूनानी वर्णमाला

अल्फा	α	न्यू	ν
बीटा	β	क्साइ	ξ
गामा	γ	ओमिक्रोन	o
डेल्टा	δ	पाइ	π
इप्सिलोन	$\in$	रो	ρ
जीटा	ζ	सिग्मा	σ
इटा	η	टाउ	τ
थीटा	θ	अप्साइलोन	υ
आयोटा	ι	फाइ	ϕ
काप्पा	κ	खाइ	χ
लांबडा	λ	प्साइ	ψ
म्यू	μ	ओमेगा	ω

तारों भरा आकाश

धरती का मानव हजारों वर्षों से आकाश के तारों को निहारता आया है। सभी के मन में सवाल उठते हैं – आकाश में कितने तारे हैं? ये हमसे कितनी दूर हैं? कितने बड़े हैं? ये किन चीजों से बने हैं? ये सतत क्यों चमकते रहते हैं? रात के आकाश के नजारे के बारे में ऐसे अनेक सवाल हमारे दिमाग में कोलाहल मचाते रहते हैं।

आदिम मानव ने कुतूहलवश आकाश के तारों की गति-स्थिति का अध्ययन आरंभ कर दिया था। फिर जब पता चला कि तारों से दिशा तथा काल का बोध होता है, तब उनका अधिक गहराई से अध्ययन होने लगा। आदिम मानव-समाजों ने आकाश के तारा-समूहों में तरह-तरह की आकृतियों की कल्पना की, उनके बारे में कथाएं गढ़ीं और उन्हें नाम दिए। वे नाम आज भी प्रचलित हैं।

आदिम मानव ने आकाश के तारा-मंडलों को पशु-पक्षियों के नाम दिए

सूर्य, चंद्र और ग्रह आकाश के एक विशेष पट्टे में यात्रा करते दिखाई देते हैं। आकाश के उस वृत्ताकार पट्टे को **राशिचक्र**

(जोडियक) कहते हैं। राशिचक्र के तारों की पृष्ठभूमि में सूर्य, चंद्र एवं ग्रह यात्रा करते रहते हैं, इसलिए प्राचीन काल के ज्योतिषियों ने इस पट्टे के तारों का अधिक गहराई से अध्ययन किया था। तारों के सापेक्ष चंद्र पृथ्वी का एक चक्कर 27 और एक-तिहाई दिनों में (ठीक-ठीक कहें तो 27.32166 दिनों में) लगाता है। इसलिए आकाश के रविमार्ग या चंद्रपथ को मोटे तौर पर 27 भागों में बांटा गया था। कहा जाता था कि चंद्र आज अमुक नक्षत्र के पास है। बाद में 'नक्षत्र' शब्द का अर्थ हो गया–चंद्रपथ या रविमार्ग का 27वां भाग। वैदिक साहित्य में इन 27 नक्षत्रों के नाम मिलते हैं। कभी-कभी नक्षत्रों की संख्या 28 भी मानी गई।

बेबीलोनवालों ने राशिचक्र को बारह भागों में बांटकर बारह राशियों की कल्पना की थी। वैदिक साहित्य और **महाभारत** में 12 राशियों के नाम नहीं मिलते। भारतीय ज्योतिषियों को 12 राशियों और इनके नामों की जानकारी बाद में मिली।

प्राचीन भारत के ज्योतिषियों ने रविपथ या चंद्रपथ के प्रमुख तारों की गति-स्थिति का ही विशेष अध्ययन किया था। इसलिए प्राचीन साहित्य में हमें चंद्रपथ के प्रमुख तारों के ही नाम देखने को मिलते हैं; सप्तर्षि, अभिजित् और अगस्त्य जैसे रविमार्ग से काफी दूर के कुछ प्रमुख तारों के भी उल्लेख मिलते हैं। लेकिन आधुनिक खगोल-विज्ञान में आकाश के सभी तारों को 88 तारा-मंडलों में बांटकर इनकी सीमाएं निश्चित कर दी गई हैं। इसलिए पुराने नक्षत्र-मंडलों तथा राशियों में और नए तारा-मंडलों में अक्सर ताल-मेल नहीं बैठता।

हम अपनी कोरी आंखों से समूचे खगोल में अधिक-से-अधिक छह हजार तारे ही देख सकते हैं। इनमें भी एक समय में आकाश के एक अर्द्धगोल में ज्यादा-से-ज्यादा तीन हजार तारे ही देखे जा सकते हैं। उत्तरी गोलार्ध से दक्षिणी खगोल के और दक्षिणी गोलार्ध से उत्तरी खगोल के बहुत-से तारे दिखाई नहीं देते।

हमारी पृथ्वी एक वर्ष में सूर्य की एक परिक्रमा पूरी करती है और 24 घंटों में अपनी धुरी पर एक चक्कर लगाती है। अतः सौर अहोरात्र (रात-दिन) 24 घंटे का होता है। मगर नाक्षत्र अहोरात्र 23 घंटे और 56 मिनट का होता है। इसलिए आकाश के तारे रात के समय हमें प्रतिदिन चार मिनट पहले पूर्वाकाश में उदित होते दिखाई देते हैं। जैसे, आकाश का सबसे चमकीला व्याध (लुब्धक) तारा आज रात को पूर्व क्षितिज पर आठ

बजे उदित होता है, तो अगले दिन वह रात को 7 बजकर 56 मिनट पर उदित होगा। उसके अगले दिन वह 7 बजकर 52 मिनट पर उदित होगा। अगले साल आज की तिथि को वह पुनः रात्रि को ठीक आठ बजे उदित होगा। इस तरह तारे अधिकाधिक पश्चिम की ओर सरकते जाते हैं और सालभर में आकाश की एक परिक्रमा पूरी करते हैं।

आकाश के तारा-समूहों में तरह-तरह के प्राणियों की कल्पना

तारों का परिचय खगोल-विज्ञान के अध्ययन की पहली सीढ़ी है। परंतु तारों की पहचान प्रारंभ करने के पहले उनके बारे में कुछ बुनियादी बातों को जान लेना जरूरी है। तारे हमसे बहुत दूर हैं। इनकी दूरियों को हम किलोमीटरों में सुविधा से व्यक्त नहीं कर सकते। इसलिए खगोलविदों ने तारों की दूरियां मापने के लिए प्रकाश की गति के पैमाने को अपनाया है। प्रकाश की किरणें एक सेकंड में लगभग तीन लाख किलोमीटर दूरी तय करती हैं। इस वेग से प्रकाश-किरणें एक वर्ष में जितनी दूरी तय करती

हैं, उसे एक **प्रकाश-वर्ष** दूरी कहते हैं। एक प्रकाश-वर्ष दूरी लगभग 94,63,00,00,00,000 किलोमीटर के बराबर होती है।

प्रकाश की गति के पैमाने से सूर्य हमसे 8 प्रकाश-मिनट और 18 प्रकाश-सेकंड दूर है। अन्य शब्दों में, सूर्य का प्रकाश उसकी सतह से निकलने के बाद 8 मिनट और 18 सेकंड बाद धरातल पर पहुंचता है। आकाश का सबसे नजदीक का **प्रॉक्सिमा-सेंटौरी** तारा हमसे 4.3 प्रकाश-वर्ष, अर्थात्, करीब 40,00,000 करोड़ किलोमीटर दूर है।

तारों और मंदाकिनियों की दूरियां मापने के लिए एक और पैमाने का इस्तेमाल होता है। इसे **पारसेक** कहते हैं। एक पारसेक 3.26 प्रकाश-वर्षों के बराबर होता है। पृथ्वी और सूर्य के बीच की लगभग 15 करोड़ किलोमीटर की औसत दूरी को **खगोलीय एकक** या **खगोलीय इकाई** कहते हैं।

तारों की पहचान एक अत्यंत रोचक और उपयोगी विषय है। नाविकों और वैमानिकों के लिए तारों का ज्ञान अब भी जरूरी है। अंतरिक्ष यात्रियों के लिए भी तारों की पहचान अत्यावश्यक है।

❖

आकाशगंगा

रात के समय साफ आकाश में लगभग उत्तर से दक्षिण तक फैला हुआ तारों का एक चमकीला पट्टा दिखाई देता है। इसे हम आकाश-गंगा कहते हैं। प्राचीन यूनान के लोग इसे 'दूधिया पथ' (गैलेक्सी) कहते थे। वस्तुतः यह तारों का पट्टा है। इसमें अरबों तारे हैं।

आकाशगंगा जैसी हमें दिखाई देती है, असल में वैसी नहीं है। यह लगभग एक पहिए के आकार की विशाल योजना है। इसमें 150 अरब से भी ज्यादा तारे हैं। हमारा सूर्य इन्हीं में से एक सामान्य तारा है। पर हमारा सूर्य (समूचा सौर मंडल) आकाशगंगा के केंद्रस्थान में नहीं है। यह केंद्रस्थान से काफी दूर एक सिरे पर स्थित है। इस सिरे से हम आकाशगंगा के केंद्रभाग की ओर देखते हैं, तो पहिए के आकार की यह विशाल योजना हमें तारों के एक सघन पट्टे के रूप में दिखाई देती है।

आकाशगंगा के पट्टे के दोनों ओर तारों का घनत्व कम-कम होता जाता है। कारण स्पष्ट है। आकाशगंगा के पहिए के समतल में न देखकर यदि हम इसके ऊपर-नीचे देखेंगे, तो आकाश में कम-कम तारे दिखाई देंगे। कोरी आंखों से आकाश में दिखाई देने वाले सभी तारे आकाशगंगा-योजना के ही सदस्य हैं। यदि आकाशगंगा को इसके बाहर से देख पाना संभव होता, तो यह हमें पहिए के आकार की ही दिखाई देती।

आकाशगंगा में 150 अरब से अधिक तारे हैं, इसलिए सहज अंदाजा लगाया जा सकता है कि यह कितनी विशाल योजना होगी। पहिए के आकार की इस आकाशगंगा का व्यास लगभग 1,00,000 प्रकाश-वर्ष है। अर्थात्, प्रकाश के महत्तम वेग से इसके एक सिरे से दूसरे सिरे तक पहुंचने में एक लाख साल लगते हैं। केंद्रभाग

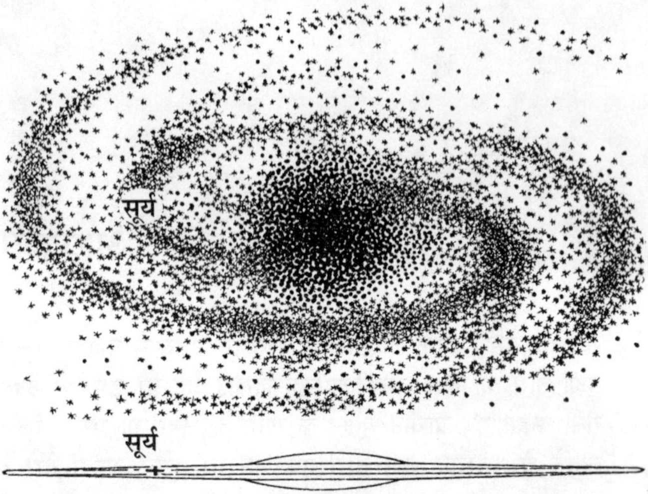

(ऊपर) आकाशगंगा का वास्तविक स्वरूप
(नीचे) आकाशगंगा : पहिए के आकार की एक विशाल योजना, जिसमें सूर्य के स्थान को चिह्न + से दिखाया गया है।

में आकाशगंगा की मोटाई करीब 20,000 प्रकाश-वर्ष है और इसके बाहरी सिरों पर लगभग 3,000 प्रकाश-वर्ष। हमारा सूर्य केंद्रभाग से करीब 30,000 प्रकाश-वर्ष दूर किनारे की ओर है और 220 किलोमीटर प्रति सेकंड के वेग से आकाशगंगा के केंद्रभाग की परिक्रमा कर रहा है। आकाशगंगा की एक परिक्रमा पूरी करने में सूर्य को करीब 25 करोड़ साल लगते हैं। धरती पर मानव के संपूर्ण अस्तित्व-काल में सूर्य ने आकाशगंगा की अब तक एक परिक्रमा भी पूरी नहीं की है!

आकाशगंगा में तारों की संख्या 150 अरब से भी अधिक है, पर इसकी संपूर्ण द्रव्यराशि लगभग 200 अरब सूर्यों के बराबर है। कारण यह है कि आकाशगंगा के अनेक तारे हमारे सूर्य से काफी बड़े हैं। तारों के बीच के अंतरिक्ष में गैस और धूल के रूप में बहुत सारी द्रव्यराशि बिखरी हुई है। आकाशगंगा में धूल और गैस के विशाल मेघ भी हैं। इन्हें हम नीहारिका (नेबुला) कहते हैं। आकाशगंगा में छोटे-बड़े सैकड़ों तारा-गुच्छे भी हैं।

हम बता चुके हैं कि तारों की दूरियां प्रकाश-वर्षों में मापी जाती हैं। सबसे नजदीक का तारा प्रॉक्सिमा-सेंटौरी हमसे 4.3 प्रकाश-वर्ष दूर है।

रोहिणी नामक तारा 60 प्रकाश-वर्ष दूर है और आर्द्रा तारा करीब 300 प्रकाश-वर्ष दूर।

आकाशगंगा के अनेक तारे हमारे सूर्य से सैकड़ों गुना बड़े हैं। जैसे, ज्येष्ठा और आर्द्रा तारे सूर्य से करीब 300 गुना बड़े हैं। ऐसे तारों को 'महादानव' कहते हैं। अनेक तारे सूर्य से छोटे भी हैं। आधुनिक खगोल-विज्ञान में इन्हें 'बौने तारे' या 'श्वेत-वामन तारे' कहते हैं। श्वेत-वामन तारों का द्रव्य अत्यंत सघन अवस्था में होता है।

हम जानते हैं कि आकाश के कुछ तारे काफी तेज चमकते हैं और

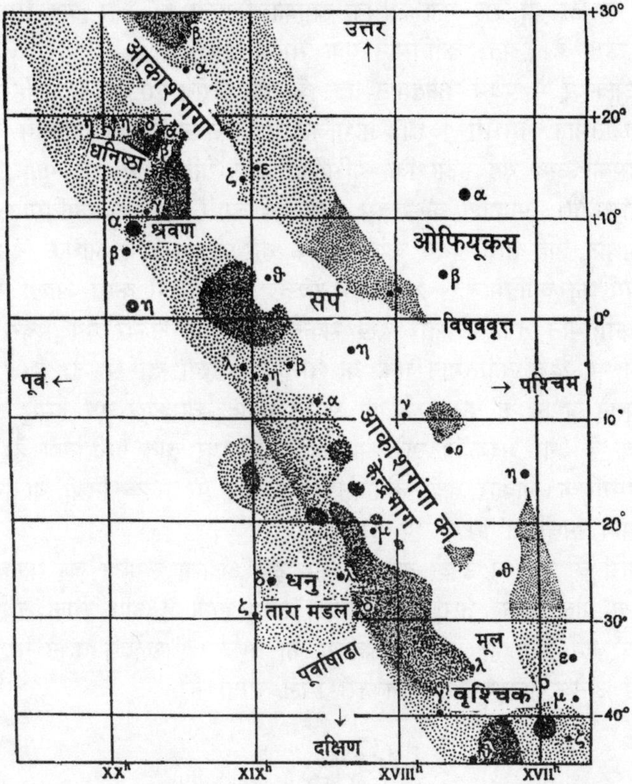

आकाशगंगा के पट्टे का एक भाग। बीच में गैस और धूल के बादल (नीहारिका) होने के कारण यहां आकाशगंगा का पट्टा हमें खंडित नजर आता है। इसी कारण धनु तारा-मंडल (राशि) की ओर का आकाशगंगा का अत्यंत चमकीला केंद्रभाग भी हमारे लिए अदृश्य बना हुआ है।

बहुत-से तारे मंदकांति वाले हैं। प्राचीन काल के ज्योतिषियों ने तारों को, उनकी कांति के अनुसार, छह वर्गों में बांटा था। जो तारे सायंकाल के समय पहले दिखाई देते हैं, उन्हें प्रथम कांतिमान का माना गया था। सबसे मंद चमक वाले तारे छठे कांतिमान के माने गए।

कांतिमान का यह वर्गीकरण मोटा-मोटा था। इसलिए आधुनिक खगोल-विज्ञान में यह मान लिया गया कि कोरी आंखों से दिखाई देने वाले सबसे ज्यादा कांति वाले तारे सबसे मंदकांति तारों से 100 गुना अधिक चमकीले होते हैं। इस व्यवस्था के अनुसार, पांचवीं कांति का तारा छठी कांति के तारे से ढाई गुना अधिक चमकीला होता है। और, यह सिलसिला बना रहता है। अतः कांतिमान एक संख्या है।

आकाश में प्रथम कांतिमान तक के तारे करीब 20 ही हैं। रोहिणी तारे का कांतिमान लगभग 1 है। अभिजित् तारे का कांतिमान लगभग 'शून्य' है। इसका अर्थ यह हुआ कि अभिजित् तारा रोहिणी से ढाई गुना अधिक चमकीला है। आकाश के सबसे चमकीले व्याध तारे का कांतिमान −1.6 है। अर्थात्, यह तारा प्रथम कांतिमान के तारे से 11 गुना अधिक चमकीला है। सूर्य का कांतिमान −26.8 है। स्वच्छ आकाश में कोरी आंखों से हम छठे कांतिमान तक के तारे देख सकते हैं। मगर संसार की सबसे बड़ी दूरबीन से 24वें कांतिमान तक के तारों को देखा जा सकता है।

पुराने जमाने के कुछ ज्योतिषी सोचते थे कि चमकीले तारे हमसे अधिक नजदीक हैं और मंदकांति तारे अधिक दूर हैं। पर बात ऐसी नहीं है। तारों के वास्तविक आकार तथा तापमान के आधार पर उनके निजी या निरपेक्ष कांतिमान निर्धारित किए गए हैं।

तारों के रंगों से उनके तापमान का कुछ अंदाजा लगाया जा सकता है। नीले या पीले-सफेद तारों का तापमान ऊंचा होता है और लाल तारों का तापमान कम होता है। तारों के प्रकाश का वर्णक्रम-विश्लेषण करने पर इनके बारे में अनेक प्रकार की जानकारी मिल जाती है।

अध्याय 2

★ वृषभ मंडल : कृत्तिका और रोहिणी नक्षत्र

★ उत्तरी आकाश का चमकीला ब्रह्महृदय तारा

★ तारों का नामकरण

॥ जनवरी ॥

यूनानी वर्णमाला

अल्फा	α	न्यू	ν
बीटा	β	क्साइ	ξ
गामा	γ	ओमिक्रोन	o
डेल्टा	δ	पाइ	π
इप्सिलोन	$\in$	रो	ρ
जीटा	ζ	सिग्मा	σ
इटा	η	टाउ	τ
थीटा	θ	अप्साइलोन	υ
आयोटा	ι	फाइ	ϕ
काप्पा	κ	खाइ	χ
लांबडा	λ	प्साइ	ψ
म्यू	μ	ओमेगा	ω

वृषभ मंडल : कृत्तिका और रोहिणी नक्षत्र

हमारे एक पुराने देवता हैं कार्तिकेय। उन्हें स्कंद के नाम से भी जाना जाता है। स्कंद को देवताओं का सेनापति समझा जाता था, इसलिए पुराने जमाने में उनका स्थान बहुत ऊंचा था। स्कंद या कार्तिकेय की मूर्तियां बनती थीं, उनकी पूजा होती थी। परंतु दूसरे कई देवी-देवताओं की तरह लोग अब कार्तिकेय को भी भूल-से गए हैं!

हमारे कई देवी-देवताओं की तरह कार्तिकेय के जन्म की कथा भी बड़ी विचित्र है। वे शिव के पुत्र माने जाते हैं, परंतु उनका जन्म पार्वती के गर्भ से नहीं हुआ। **रामायण** में कथा है कि कार्तिकेय का जन्म अग्नि के तेज से हुआ। कृत्तिका नाम की छह धाय-माताओं ने उन्हें दूध पिलाया। कृत्तिकाओं ने उस बालक का पोषण किया, इसलिए उसका नाम कार्तिकेय हो गया। छह माताओं का दूध पीने के लिए उस बालक के छह मुंह निकल आए थे, इसलिए कार्तिकेय को 'षण्मुख' भी कहते हैं। कुमार, महासेन, स्कंद आदि उनके अन्य नाम हैं। **महाभारत** में कथा है कि कार्तिकेय का जन्म तारकासुर का वध करने के लिए हुआ था। कार्तिकेय के बारे में और भी कई सारी कथाएं पुराणों में पढ़ने को मिलती हैं।

जो भी हो, यहां हमारा सरोकार कृत्तिकाओं से है। सात कृत्तिकाओं के नाम वैदिक साहित्य में भी पढ़ने को मिलते हैं। ये सात बहनें थीं—अंबा, दुला, नितत्नी, अभ्रयंती, मेघयंती, वर्षयंती और चुपुणीका। बाद में इनकी संख्या छह रह गई और इनका संबंध कार्तिकेय के साथ जोड़ दिया गया। पुराणों की रचना करने वालों ने कृत्तिकाओं को ऋषि-पत्नियों के नाम दे डाले।

दरअसल, ऊटपटांग लगनेवाली हमारी कई पुरानी कथाओं का

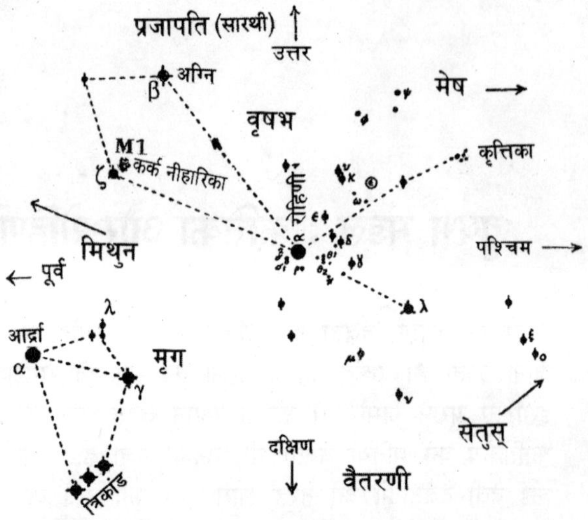

वृषभ मंडल : कृत्तिका, रोहिणी, मृगशीर्ष, आर्द्रा और अग्नि नक्षत्र

संबंध आकाश के ग्रह-नक्षत्रों से है। कृत्तिकाओं का मामला भी ऐसा ही है। आजकल रात को आठ-नौ बजे आकाश में सिर के ऊपर देखा जाए, तो वहां तारों का एक चमकीला पुंज या गुच्छा दिखाई देगा। तारों का यह पुंज इतना स्पष्ट है कि इसे देहात के हमारे किसान भी आसानी से पहचान लेते हैं। कोरी आंखों से इस पुंज में छह या सात तारे देखे जा सकते हैं। इन छह या सात तारों के गुच्छे के आधार पर ही छह या सात कृत्तिका-बहनों की कथा गढ़ी गई होगी।

प्राचीन काल में कृत्तिका-पुंज को बड़ा महत्व दिया गया था। वजह यह है कि आज से लगभग 4300 साल पहले कृत्तिका-पुंज का उदय ठीक पूर्व

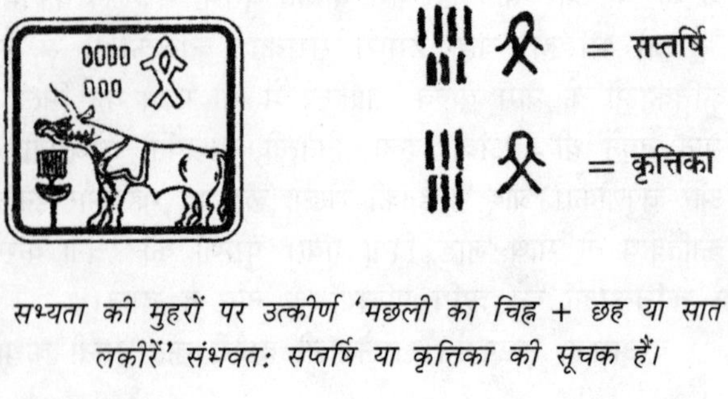

सिंधु सभ्यता की मुहरों पर उत्कीर्ण 'मछली का चिह्न + छह या सात खड़ी लकीरें' संभवत: सप्तर्षि या कृत्तिका की सूचक हैं।

दिशा में होता था। इसीलिए 27 (या 28) नक्षत्रों की वैदिक काल की सूची कृत्तिका से शुरू होती है। जान पड़ता है कि वैदिक काल के पहले की सिंधु सभ्यता (लगभग 2600-2000 ई.पू.) के लोग भी कृत्तिका-पुंज को विशेष महत्व देते थे। पुराने जमाने में चंद्र और नक्षत्रों की सहायता से महीने के दिनों का हिसाब रखा जाता था। कृत्तिका के आधार पर ही कार्तिक महीना बना। पुराने जमाने में कृत्तिका की पूजा होती थी और दीप जलाकर कृत्तिका का उत्सव भी मनाया जाता था। आज भी कार्तिक-स्नान को बड़ा महत्व दिया जाता है।

संसार के दूसरे देशों में भी कृत्तिका-पुंज को विशेष महत्व दिया गया था। कृत्तिका का पाश्चात्य नाम **प्लीएडस** है। यह यूनानी भाषा का शब्द है और इसका मूल अर्थ है —'जमघट'। जाहिर है कि आकाश में कई तारों को एक जगह देखकर ही यह शब्द गढ़ा गया होगा। तारों के इस पुंज के बारे में जो यूनानी कथा है, वह कृत्तिकाओं की भारतीय कथा से काफी मेल खाती है। यूनानी कथा के अनुसार, प्लीएडस सात बहनें थीं। ये एटलस और प्लीओने की पुत्रियां थीं। देवता ज्यूस ने एटलस को काम सौंपा कि वह ऊपर आकाश में जाकर विश्व को अपने कंधों पर धारण करे (यही कारण है कि मानचित्रों की पुस्तकों में एटलस को अपने कंधों पर विश्व को धारण करते हुए दिखाया जाता है)। पिता के कष्टों को देखकर पुत्रियां बहुत दुखी हो गईं। तब द्रवित होकर ज्यूस ने सातों बहनों (प्लीएडस) को आकाश में नक्षत्रों के बीच स्थापित कर दिया।

गैलीलियो (1564-1642 ई.) अपनी दूरबीन के साथ

आज हम कृत्तिका-पुंज में कोरी आंखों से छह या सात तारे पहचान सकते हैं। पुराने जमाने के लोग भी उस पुंज में इतने ही तारे देखने में समर्थ थे। मगर गैलीलियो (1564-1642 ई.) ने अपनी पहली दूरबीन से

(ऊपर) कृत्तिका : सात बहनें

(नीचे) गैलीलियो (1564-1642 ई.) द्वारा अपनी पहली दूरबीन से देखे गए कृत्तिका के तारे। इनके बारे में उन्होंने लिखा है : मैंने यहां कृत्तिका के छह तारों को दर्शाया है (छह इसलिए कि सातवें तारे को बड़ी कठिनाई से ही देखा जा सकता है)। इनके समीप चालीस से भी अधिक तारे हैं, जिनमें से कोई भी इन छह से आधे अंश से अधिक अंतर पर नहीं है। इस आकृति में मैंने दूरबीन से देखे गए कृत्तिका के 36 तारों को दर्शाया है।"

इस पुंज में करीब 40 तारे पहचाने थे। आज की शक्तिशाली दूरबीनों से कृत्तिका-पुंज में 300 से भी अधिक तारे देखे जा सकते हैं।

आपकी आंखें कितनी तेज या कमजोर हैं, यह जांचने के लिए कृत्तिका-पुंज एक अच्छा साधन है। यदि स्वच्छ आकाश में आप इस पुंज में छह या सात तारे स्पष्ट पहचान सकते हैं, तो समझ लीजिए कि आपकी आंखें ठीक-ठाक हैं। अधिक तेज नजर वाले कुछ लोगों ने इस पुंज में 11-12 तारे दिखाई देने के भी दावे किए हैं।

आधुनिक खगोल-विज्ञान के अनुसार कृत्तिका-पुंज तारों का एक गुच्छा है। आकाश में तारों के ऐसे बहुत-सारे गुच्छे हैं। कृत्तिका के दक्षिण-पूर्व

में रोहिणी तारे के आसपास तारों का एक और गुच्छा है। कुछ गुच्छे बंद होते हैं, यानी उनके तारे एक-दूसरे के काफी नजदीक होते हैं। मगर तारों के कई गुच्छे खुले भी होते हैं। कृत्तिका-पुंज तारों का एक खुला गुच्छा या जमाव है।

कृत्तिका-पुंज हमसे लगभग 400 प्रकाश-वर्ष दूर है (प्रकाश की किरणें एक सेकंड में करीब 3 लाख किलोमीटर दूरी तय करती हैं)। इस पुंज में सफेद रंग के कई विशाल तारे हैं और इनकी सतह का तापमान 15,000 डिग्री सेल्सियस से भी अधिक है (हमारे सूर्य का सतह-तापमान लगभग 6000 डिग्री सेल्सियस है)। पता चला है कि कृत्तिका के तारे विरल गैसों के एक विशाल बादल (नीहारिका) से घिरे हुए हैं। तारों की किरणों से उनके आसपास की गैसें चमकती हुई दिखाई देती हैं।

खगोलविदों का अनुमान है कि कृत्तिका-पुंज के अधिकांश तारे 5 करोड़ साल से अधिक पुराने नहीं हैं। कृत्तिका-पुंज के सबसे चमकीले प्रमुख तारे का नाम **अंबा** है। इसका पाश्चात्य नाम **अल्स्योन** है।

इस विश्व में स्थिर या अटल कुछ भी नहीं है। तारे भी अपना रूप-रंग और स्थान बदलते रहते हैं। पहले कृत्तिका के सात तारे माने गए थे, मगर बाद में उनकी संख्या छह बताई गई। इसका अर्थ यह हो सकता है कि बाद में एक तारे की कांति घट गई और उसे कोरी आंखों से देख पाना कठिन हो गया।

कृत्तिका के सारे तारे एक कुहरे-जैसे बादल (नीहारिका) से घिरे हुए हैं। ये उस बादल के अवशेष हैं जिसके द्रव्य से कृत्तिका के तारों का निर्माण हुआ है (देखिए रंगीन चित्र)।

यह भी पता चला है कि कृत्तिका-पुंज के तारे लगातार आर्द्रा तारे की ओर अग्रसर हो रहे हैं। यह आर्द्रा तारा कृत्तिका के दक्षिण-पूर्व में है। कृत्तिका-पुंज, रोहिणी और आर्द्रा लगभग एक सीधी रेखा पर स्थित हैं। लाल रंग के रोहिणी तारे से कृत्तिका-पुंज एक ओर जितनी दूर है, दूसरी ओर आर्द्रा तारा भी रोहिणी से लगभग उतनी ही दूर है।

सप्तर्षि के तारों से आकाश के अन्य कई तारों को पहचानने में मदद मिलती है। उसी तरह, कृत्तिका-पुंज भी उसके आसपास के कई तारों को पहचानने में सहायता देता है। इसे देखते समय हमें यह भी याद रखना चाहिए कि प्राचीन काल में आकाश के इस तारा-पुंज को बहुत महत्व दिया गया था और उसकी पूजा भी की जाती थी।

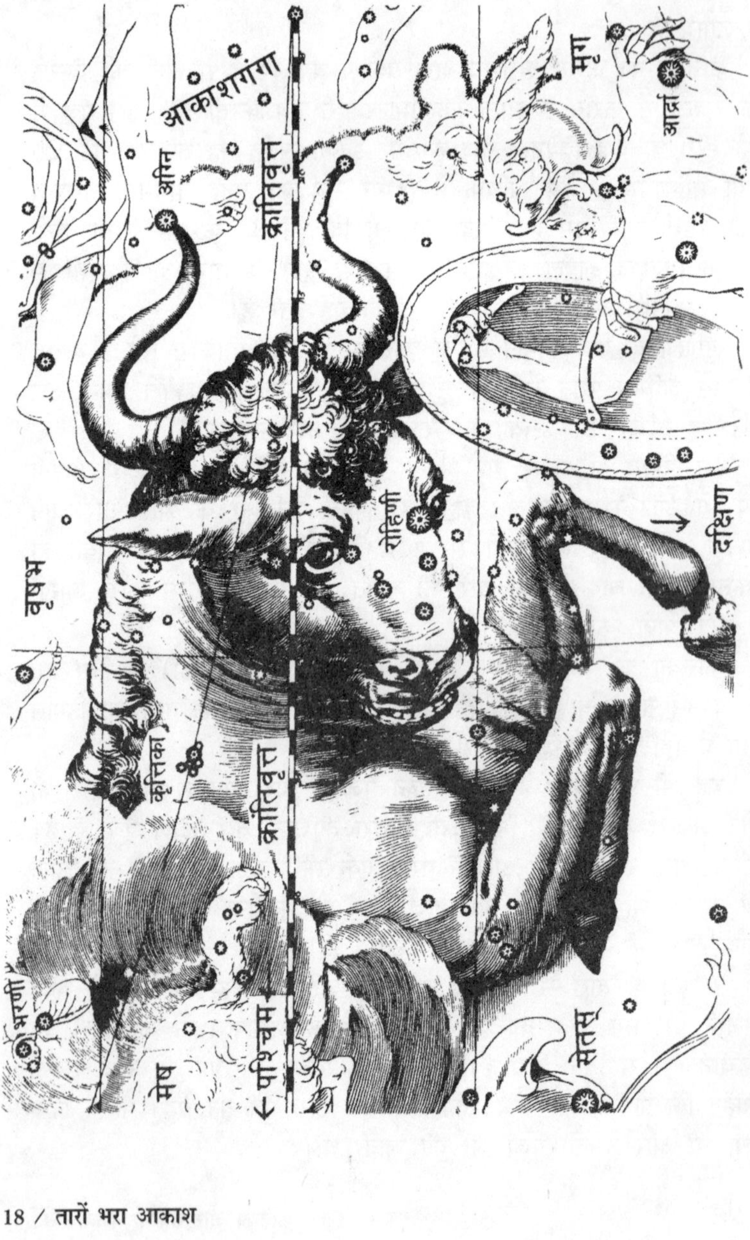
वृषभ
आकाशगंगा
अग्नि
क्रांतिवृत्त
मृग
आर्द्रा
रोहिणी
दक्षिण
कृत्तिका
क्रांतिवृत्त
भरणी
मेष
पश्चिम
सेतस्

आकाशस्थ वृषभ

भारतीय ज्योतिष के अनुसार, वृषभ राशि (तारा-मंडल) में कृत्तिका (तीन-चौथाई), रोहिणी (पूर्ण) और मृगशीर्ष (आधा) नक्षत्रों का समावेश होता है। परंतु पाश्चात्य ज्योतिष में वृषभ (टौरस) के अंतर्गत रोहिणी, कृत्तिका और अग्नि तारों का समावेश किया जाता है। मृग (ओरायन) एक अलग तारा-मंडल है।

सभी प्राचीन सभ्यताओं में वृषभ तारा-मंडल की कल्पना सांड या बैल के रूप में की गई थी। कृत्तिका-पुंज इस सांड की गरदन पर है, रोहिणी का लाल तारा मस्तक पर है और अग्नि तारा दाएं सींग की नोक पर है।

एक यूनानी पुराणकथा के अनुसार, ज्यूस ने फिनीशिया के राजा की पुत्री यूरोपा की कामना की। एक सफेद सांड का रूप धारण करके वह यूरोपा के पास गया। यूरोपा ने उसे सहलाया, थपथपाया और फिर वह उस पर सवार हो गई। तब वह सांड फौरन वहां से उड़ा और समुद्र को लांघकर क्रीट द्वीप पहुंच गया। वहां उसने अपना दैवी रूप प्रकट किया। यूरोपा चकित रह गई।

सांड-रूपधारी ज्यूस द्वारा यूरोपा का हरण

रोहिणी के बारे में कुछ-कुछ इसी तरह की कथा **ऐतरेय ब्राह्मण** में देखने को मिलती है। प्रजापति ने अपनी ही कन्या की कामना की। कन्या ने आकाश में आरोहण किया। प्रजापति ने मृग का रूप धारण करके उसका पीछा किया। देवताओं ने प्रजापति के इस कुकृत्य को देखा। प्रजापति को मारने के लिए उन्होंने एक व्याध (शिकारी) को पैदा किया। तब व्याध ने धनुष-बाण लेकर मृग-रूपी प्रजापति का पीछा किया और उसे बाण मारा।

जिसने रोहित (लाल) होकर आकाश में आरोहण किया, वह **रोहिणी** है। मृग-रूपी प्रजापति को जिस बाण से विद्ध किया गया, वह **त्रिकांड** है। जिसने मृग का पीछा किया, वह **व्याध** है। आजकल रात्रि के करीब

बारह बजे जब वृषभ मंडल के तारे पश्चिमाकाश में पहुंच जाते हैं, तब मृग को रोहिणी का और व्याध को मृग का पीछा करते हुए देखा जा सकता है। व्याध, जिसे 'लुब्धक' भी कहते हैं, आकाश का सबसे चमकीला तारा है।

रोहिणी (α-वृषभ) का पाश्चात्य नाम **अल्देबरान** अरबी के 'अल्-दबरान' से बना है। 'अल्-दबरान' का अर्थ है — (कृत्तिका का) पीछा करने वाला। लगभग प्रथम कांतिमान का लाल रंग का यह रोहिणी तारा व्यास में हमारे सूर्य से करीब 30 गुना बड़ा है और हमसे 68 प्रकाश-वर्ष दूर है।

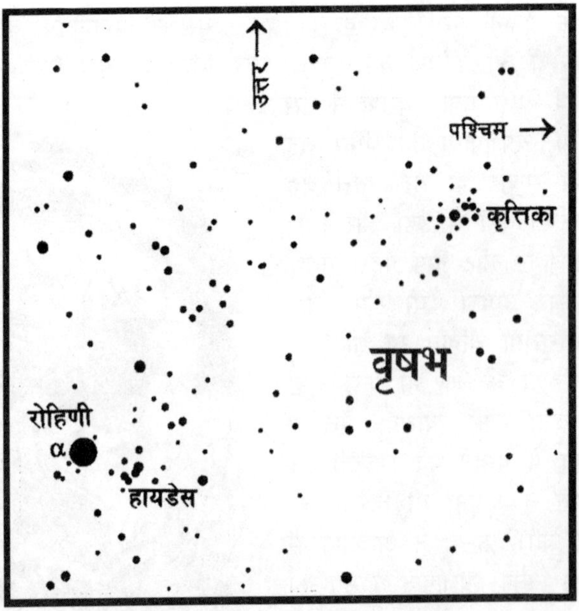

हायडेस तार-गुच्छ और कृत्तिका-पुंज

बायनॉक्यूलर से देखने पर रोहिणी के चहुंओर बहुत-सारे तारे दिखाई देते हैं। ये **हायडेस** नामक खुले तारा-गुच्छ के तारे हैं (यूनानी पुराणकथा के अनुसार, हायडेस कृत्तिकाओं की सौतेली बहनें थीं)। मगर रोहिणी नक्षत्र इस तारा-गुच्छ का सदस्य नहीं है। हायडेस तारा-गुच्छ, जिसमें करीब 200 तारे हैं, हमसे लगभग 150 प्रकाश-वर्ष दूर है, तो रोहिणी तारा लगभग 68 प्रकाश-वर्ष ही दूर है। हाइडेस गुच्छ के तारे समांतर में मृग मंडल के आर्द्रा तारे की ओर तेजी से गतिमाान हैं। कृत्तिका-पुंज के तारे भी आर्द्रा

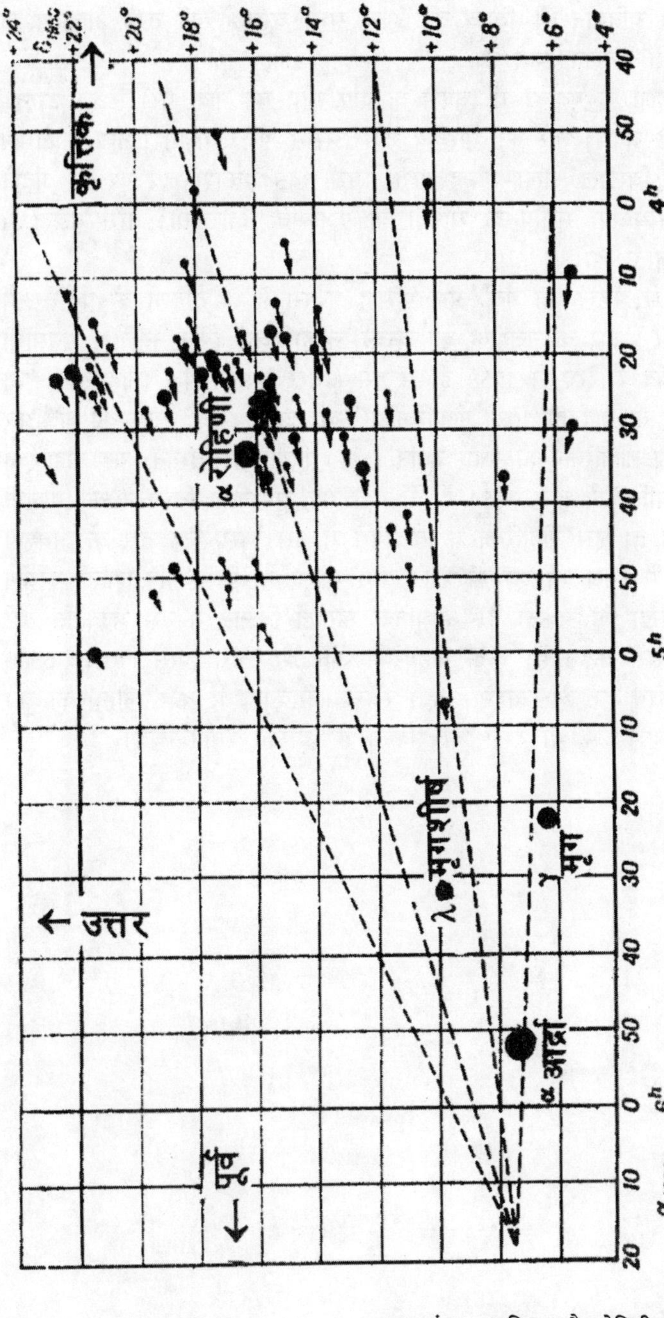

हायडेस गुच्छ के (कृत्तिका के भी) तारों की मृग मंडल के आर्द्रा नक्षत्र की ओर समांतर में निजी गति

की ओर गतिमान हैं। विश्व की अन्य सभी वस्तुओं की तरह आकाश के नजारे भी बदलते रहते हैं।

रोहिणी के पूर्वोत्तर में (वृषभ के दाएं सींग की नोक पर) स्थित **अल्-नाथ** (β-वृषभ) तारे का भारतीय नाम **अग्नि** है। लगभग द्वितीय कांतिमान का यह विशाल नीला-सफेद तारा हमसे 145 प्रकाश-वर्ष दूर है। पहले इसका समावेश समीप के सारथी या प्रजापति (औराइगा) तारा-मंडल में किया जाता था।

वृषभ मंडल का एक और प्रसिद्ध नजारा है —रोहिणी के पूर्वोत्तर में **जीटा** (ζ) तारे के नजदीक की **कर्क नीहारिका** (क्रैब नेबुला)। फ्रांसीसी खगोलविद **मेसिए** ने 1758 ई. में इस धुंधले प्रकाश-पुंज (नीहारिका) को पहचानने के बाद ही 103 'नीहारिकाओं' की अपनी सूची तैयार की थी और उसमें इस नीहारिका को प्रथम स्थान (M1) दिया था। वस्तुतः यह नीहारिका चीनी ज्योतिषियों द्वारा 1054 ई. में देखे गए सुपरनोवा-विस्फोट की फैलती द्रव्यराशि है। इस नीहारिका के केंद्रभाग में उस विस्फोटित तारे के अवशेष के रूप में आज भी एक मंदकांति तारा मौजूद है, जिसे शक्तिशाली दूरबीन से ही देखा जा सकता है। आधुनिक खगोल-विज्ञान में उस मंदकांति तारे को 'पल्सर' कहते हैं। कर्क नीहारिका और वह तारा हमसे लगभग 6500 प्रकाश-वर्ष दूर हैं। चांदनी-रहित स्वच्छ आकाश में कर्क नीहारिका को बायनॉक्यूलर से भी देखा जा सकता है (देखिए रंगीन चित्र)।

❖

उत्तरी आकाश का चमकीला ब्रह्महृदय तारा

आजकल जाड़े के दिन हैं। आकाश साफ रहता है। तारे काफी चमकीले नजर आते हैं, विशेषकर देहात से और खुले मैदान से। साफ आकाश का लाभ उठाकर कुछ प्रमुख तारों की पहचान अवश्य कर लेनी चाहिए। तारों की थोड़ी-बहुत पहचान हो जाए तो फिर ब्रह्मांड के आकार-प्रकार को समझने में सहूलियत होती है। आकाश के खूब चमकीले बीस-पचीस तारों की पहचान तो हरेक को होनी चाहिए।

आजकल उत्तरी आकाश का सबसे चमकीला तारा है— **ब्रह्महृदय**। यह तारा रात के लगभग नौ बजे उत्तरी आकाश में सबसे अधिक ऊंचाई पर पहुंच जाता है। इसके दक्षिण-पश्चिम में लाल रंग का रोहिणी तारा है। लेकिन ब्रह्महृदय तारा रोहिणी, चित्रा और आर्द्रा तारों से भी अधिक चमकीला है, इसलिए इसे पहचानने में किसी को कठिनाई नहीं होनी चाहिए। वस्तुतः आकाश के सबसे चमकले बीस तारों में ब्रह्महृदय का नंबर पांचवां है।

ब्रह्महृदय तारा आकाश के जिस मंडल में है, उसका भारतीय नाम **प्रजापति** है। ब्रह्मा का ही दूसरा नाम प्रजापति है। हमारे कई प्राचीन ग्रंथों में ब्रह्महृदय तारे का उल्लेख है। ज्योतिष के **सूर्य-सिद्धांत** ग्रंथ में बताया गया है कि आकाश में इस तारे का स्थान कहां है।

ब्रह्महृदय तारे को पाश्चात्य देशों में 'कैपेला' कहते हैं और यह जिस तारा-मंडल में है, उसका नाम **औराइगा** है। यूनानी भाषा के इस औराइगा शब्द का मूल अर्थ है— सारथी, यानी रथ हांकने वाला। पुराने जमाने के लोगों ने तारा-मंडलों में तरह-तरह के

प्राणियों की कल्पनाएं की थीं। औराइगा की कल्पना एक ऐसे पुरुष के रूप में की जाती है जिसके कंधे पर एक बकरी है और बाएं हाथ में दो पिल्ले हैं।

एक पुरानी यूनानी कथा के अनुसार औराइगा देवता वल्कन और देवी मिनर्वा का पुत्र था। परंतु वह अपंग था। इसलिए अपने घूमने-फिरने के लिए उसने एक रथ का 'आविष्कार' किया। इसी आविष्कार को अमर बनाने के लिए सारथी औराइगा को आकाश में स्थापित कर दिया गया। दूसरी कथा

यूनानी औराइगा (भारतीय सारथी या प्रजापति)

यह है कि औराइगा के कंधे पर लदी हुई बकरी के दूध से शिशु ज्यूपिटर का पोषण हुआ था। 'कैपेला' का अर्थ है — बकरी।

मगर ये सब कल्पित कथाएं हैं। तारों के बारे में वास्तविक जानकारी हमें वर्तमान सदी में ही मिली है।

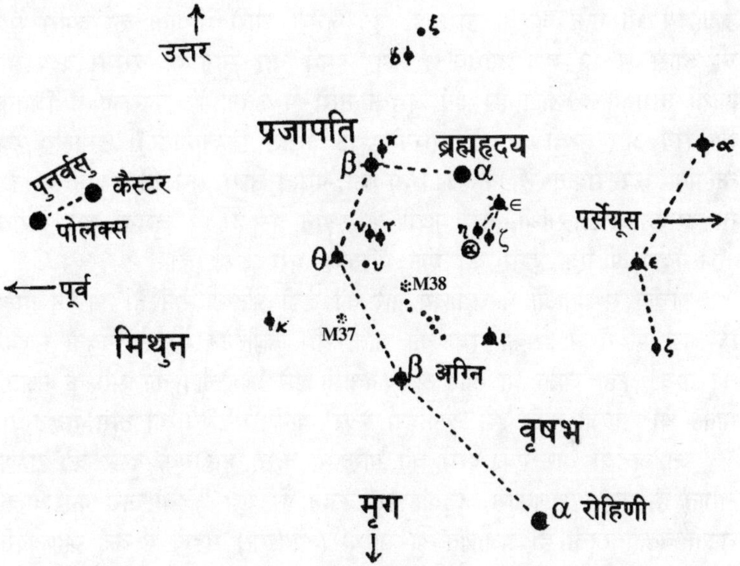

सारथी या प्रजापति (औराइगा) तारा-मंडल : पूर्व में पुनर्वसु नक्षत्र (मिथुन मंडल) और दक्षिण-पश्चिम में रोहिणी नक्षत्र (वृषभ मंडल)

ब्रह्महृदय (α कैपेला) तारा हमसे 46 प्रकाश-वर्ष दूर है। यानी तीन लाख किलोमीटर प्रति सेकंड के वेग से 46 साल तक यात्रा करने के बाद ब्रह्महृदय तारे का प्रकाश पृथ्वी पर पहुंचता है। आज यह तारा हमें पीले रंग का नजर आता है, परंतु पुराने जमाने के ज्योतिषियों ने जानकारी दी है कि यह लाल रंग का है। इसलिए लगता है कि किसी कारण से इसका रंग आधुनिक काल में बदला है। किसी कारण से इसका तापमान बढ़ा है।

आकाश में हमें भिन्न-भिन्न रंग के तारे दिखाई देते हैं : कोई सफेद तो कोई नीला, कोई पीला तो कोई लाल। सफेद रंग के तारों का सतह-तापमान सबसे अधिक (30,000 डिग्री सेल्सियस तक) होता है और लाल रंग के तारों का सबसे कम (2,000 डिग्री से. तक)। पीले रंग के

ब्रह्महृदय तारे का सतह-तापमान लगभग 6,000 डिग्री से. है। हमारा सूर्य भी पीले रंग का ही तारा है और इसका भी सतह-तापमान लगभग 6,000 डिग्री से. ही है। हां, तारों के केंद्रभाग का तापमान लाखों-करोड़ों डिग्री सेल्सियस होता है।

आकाश में बहुत-से जुड़वां तारे हैं। पिछली सदी में ही पता चला कि ब्रह्महृदय भी एक जुड़वां तारा है। इन जुड़वां तारों में एक का व्यास सूर्य के व्यास से 12 गुना अधिक है और इसमें चार सूर्यों के बराबर द्रव्य है। साथी-तारा कुछ छोटा है। इन जुड़वां तारों में उतना ही फासला है जितना कि सूर्य और पृथ्वी के बीच (करीब 15 करोड़ किलोमीटर)। इसलिए हम कल्पना कर सकते हैं कि ब्रह्महृदय का प्रमुख तारा सूर्य के स्थान पर है, तो उसका छोटा साथी-तारा पृथ्वी के स्थान पर है। ये जुड़वां तारे करीब 104 दिनों में एक-दूसरे की एक परिक्रमा पूरी करते हैं।

प्राचीन सभ्यताओं में ब्रह्महृदय तारे की बड़ी प्रतिष्ठा रही है। प्राचीन मिस्र के कुछ मंदिरों में इसकी पूजा की जाती थी। बेबीलोन में इसे 'देवता मार्दुक का तारा' कहा जाता था और अक्कदवासी इसे 'बेबीलोन का संरक्षक नक्षत्र' मानते थे। अंग्रेजी कवि इसे 'शेफर्ड्स स्टार' यानी 'गड़रिये का तारा' कहते थे।

जो जुड़वां तारे एक-दूसरे की परिक्रमा करते हुए एक-दूसरे को ग्रहण लगाते हैं, उन्हें 'ग्रहणकारी जुड़वां तारे' कहते हैं। ऐसे जुड़वां तारों की चमक घटती-बढ़ती रहती है। प्रजापति या सारथी (औराइगा) मंडल में कई ग्रहणकारी जुड़वां तारे हैं। इस मंडल का बीटा (β) तारा ग्रहणकारी जुड़वां तारा है। सफेद रंग के ये जुड़वां तारे हमसे 46 प्रकाश-वर्ष दूर हैं और करीब चार दिनों में एक-दूसरे को ग्रहण लगाते रहते हैं।

इस मंडल का जीटा (ζ) तारा, जो ब्रह्महृदय के दक्षिण में है, एक ग्रहणकारी जुड़वां योजना है। यह जोड़ी हमसे 360 प्रकाश-वर्ष दूर है। दोनों ही तारे सूर्य से कई गुना बड़े हैं और 972 दिनों में एक-दूसरे की परिक्रमा पूरी करते हुए एक तारा दूसरे को 40 दिनों तक आंशिक ग्रहण लगाता है।

प्रजापति मंडल की सबसे अनोखी ग्रहणकारी जोड़ी है — इप्सिलोन (ε) तारा, जो ब्रह्महृदय (α) और जीटा (ζ) तारों के बीच में कुछ पूर्व की ओर है। यह जोड़ी हमसे लगभग 2,000 प्रकाश-वर्ष दूर है। दोनों ही अतिविशाल तारे हैं। एक का व्यास सूर्य के व्यास से 190 गुना अधिक और दूसरे का 2,700 गुना अधिक है। दूसरा तारा इतना बड़ा है कि इसे यदि सूर्य के स्थान पर रखें, तो इसके पेट में शनि तक का सारा सौर मंडल समा जाएगा। इस

ग्रहणकारी जोड़ी को एक-दूसरे की एक परिक्रमा पूरी करने में 27 वर्ष लगते हैं और उनका ग्रहणकाल लगभग एक साल तक चलता है। इस जोड़ी का अगला ग्रहण 2009 ई. में होगा।

प्रजापति मंडल में कई तारा-गुच्छ हैं। इनमें सबसे बड़ा है अग्नि (β) तारे के पूर्वोत्तर में स्थित M37 तारा-गुच्छ, जिसमें करीब 150 तारे हैं और जो 4400 प्रकाश-वर्ष दूर है।

प्राचीन काल से ही आकाश के तारों को मनमाने ढंग से तारा-मंडलों में बांटा जाता रहा है। अंततः 1930 ई. में अंतर्राष्ट्रीय खगोल-विज्ञान कांग्रेस ने समूचे आकाश को 88 मंडलों में बांटकर उनकी सीमाएं निश्चित कर दीं। उस समय कुछ तारों को एक मंडल से निकालकर पड़ोस के दूसरे मंडल में डाला गया।

ऐसा ही एक तारा है — प्रजापति और वृषभ मंडलों की सीमा पर स्थित **अग्नि** (β) तारा। काफी चमकीला यह नीला-सफेद तारा हमसे 145 प्रकाश-वर्ष दूर है। चित्र में इसे गड़रिए (सारथी) के दाएं पैर की जगह और वृषभ (बैल) के दाएं सींग की नोक के पास दिखाया गया है। पहले इस तारे की गिनती प्रजापति (सारथी, औराइगा) मंडल में की जाती थी और इसे उस मंडल का गामा (γ) तारा माना जाता था। परंतु 1930 ई. में इस तारे को वृषभ मंडल में रखकर इसे उस मंडल का बीटा (β) तारा बना दिया गया।

स्पष्ट है कि तारा-मंडलों का (राशियों का भी) निर्माण मनुष्य की मनमर्जी से हुआ है। एक मंडल (राशि) के सभी तारे समान दूरी पर भी नहीं होते। इसलिए किसी तारा-मंडल या राशि को शुभ और किसी को अशुभ मानना ठीक नहीं है।

❖

तारों का नामकरण

सिंधु सभ्यता (लगभग 2600–2000 ई.पू.) के उपलब्ध संक्षिप्त लेखों में मछली के आकार का चिह्न बहुतायत में देखने को मिलता है। भारत की तमिल, तेलगू, कन्नड, गोंडी, तुळु आदि द्राविड़ी भाषाओं में 'मीन' शब्द आज भी मछली तथा तारा, दोनों अर्थों में प्रयुक्त होता है। वैदिक साहित्य में यह 'मीन' शब्द नहीं है; **रामायण, महाभारत** व **मनुस्मृति** में ही पहली बार यह देखने को मिलता है। इसलिए कई पुरालिपिविदों का मत है कि सिंधु सभ्यता के पुरोहित–ज्योतिषी आकाश के कई नक्षत्रों को नाम दे चुके थे।

सिंधु लिपि का अभी तक उद्घाटन नहीं हुआ है, मगर अनेक मुहरों पर खड़ी लकीरों वाले जो संकेत पाए जाते हैं वे संख्या–संकेत हो सकते हैं। ऐसे कई सिंधु लेख मिले हैं जिनमें मछली के चिह्न के साथ सात, छह या तीन खड़ी लकीरें हैं। कुछ पुरालिपिविदों का मत है कि 'खड़ी लकीरें + मछली' वाले ये संयुक्त संकेत क्रमशः सप्तर्षि, कृत्तिका और मृगशीर्ष के द्योतक हैं।

ऋग्वेद में कुछ ही नक्षत्रों के नाम देखने को मिलते हैं। इनमें कुछ नाम बाद के नामों से भिन्न हैं; जैसे, **ऋग्वेद** में फल्गुनी के लिए **अर्जुनी**, पुष्य के लिए **तिष्य** और मघा के लिए **अघा** शब्द आए हैं। **तैत्तिरीय संहिता** और **अथर्ववेद** में 28 नक्षत्रों की सूची देखने को मिलती है, जिसमें अभिजित् नक्षत्र भी गिनाया गया है। ये चांद्र नक्षत्र हैं, हालांकि इनमें से कई नक्षत्र चंद्रमार्ग से काफी दूर हैं। वैदिक काल में 'नक्षत्र' शब्द, न केवल एक तारे के लिए, बल्कि तारा–समूह के लिए भी प्रयुक्त होता था।

भाषा में पहले से प्रचलित शब्दों का ही नक्षत्रों के लिए उपयोग हुआ है। **तैत्तिरीय ब्राह्मण** का वचन है कि पृथ्वी के पदार्थों के चित्र ही नक्षत्र हैं (*यानि वा इमानि पृथिव्याश्चित्राणि*)। पुनर्वसु

(पुनः धनी), मघा (उदार), चित्रा (कांतिमान) तथा रेवती (धनदात्री) जैसे शब्द वैदिक संस्कृत में पहले से मौजूद थे। आकाश के नक्षत्रों के लिए इनका इस्तेमाल बाद में हुआ। वैदिक साहित्य में कुछ नक्षत्रों के लिए दिलचस्प कथाएं भी देखने को मिलती हैं, जैसे – **ऐतरेय ब्राह्मण** की रोहिणी, मृग और व्याध (शिकारी) से संबंधित कथा, जो आज हमें बड़ी विचित्र प्रतीत होती है।

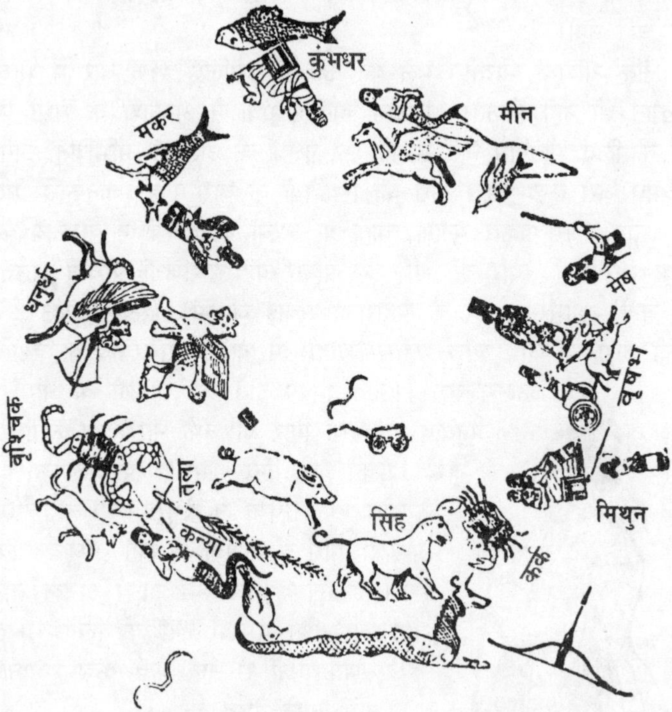

बेबीलोन वालों का राशिचक्र : इसमें सिंह, वृश्चिक, तुला आदि राशियों के चित्रांकन को आसानी से पहचाना जा सकता है।

आकाश के रविमार्ग (क्रांतिवृत्त) की जिन 12 राशियों को आधार मानकर फलित-ज्योतिष का गोरखधंधा चलाया जाता है, उनका वैदिक साहित्य या **महाभारत** में कहीं कोई जिक्र नहीं है। रविमार्ग को 12 भागों में बांटने की पद्धति बेबीलोनी मूल की है। यूनानियों और भारतीयों ने राशिचक्र यानी 'जोडियक' को बेबीलोन से ही अपनाया है। यूनानी मूल के इस 'जोडियक' शब्द का अर्थ ही है, पशु या जीव-जंतु। बेबीलोनवासियों ने राशिचक्र के

12 भागों को जिन जीव-जंतुओं के रूप में पहचाना था, उन्हें ही यूनान और भारत में अपनाया गया। भारत में इन राशियों को जो कर्क, सिंह, वृश्चिक आदि नाम दिए गए हैं, वे बेबीलोनी नामों के अनुरूप हैं (देखिए परिशिष्ट 5)। इसके अलावा, इन राशियों के यूनानी नामों के आधार पर ज्योतिषी वराहमिहिर (ईसा की छठी सदी) ने इनसे मिलते-जुलते संस्कृत नाम भी गढ़े थे, जैसे-क्रिओस् के लिए क्रिय (मेष) और टौरस के लिए ताबुरि (वृषभ)। मगर ये नाम चले नहीं।

चूंकि राशियां भारतीय मूल की नहीं हैं, इसलिए इनके बारे में भारतीय आख्यान भी नहीं मिलते। भारतीय ज्योतिष-ग्रंथों में आकाश के सभी प्रमुख तारों के लिए भी नाम नहीं मिलते; 27 नक्षत्रों के अलावा अभिजित्, अगस्त्य व व्याध जैसे कुछ प्रमुख तारों की स्थितियों के बारे में ही जानकारी मिलती है। वस्तुतः जिस प्रकार यूनानी, चीनी या अरबी ज्योतिषियों ने वेधकार्य करके तारक-सारणियां तैयार की थीं, उस प्रकार की सारणियां प्राचीन भारत में नहीं बनीं। आमेर-जयपुर के महाराजा सवाई जयसिंह (1686-1743 ई.) ने अपनी तारा-सारणी (*ज़ीच महोम्मदशाही*) में या तो समरकंद के ज्योतिषी उलूग बेग (1394-1449 ई.) की सारणी के नामों का अनुवाद दिया या फिर पश्चिमी नामों का रूपांतरण। जैसे-'ड्रैको' के लिए 'सर्प'। प्राचीन काल के भारतीय ज्योतिषियों ने प्रमुख रूप से चंद्रमार्ग और रविमार्ग के नक्षत्रों का ही अध्ययन किया था। इसलिए आज हमें अन्य अनेक तारा-मंडलों तथा प्रमुख तारों के लिए भारतीय पुराणकथाओं से नए, कुछ-कुछ समानार्थी, नाम चुनने पड़ते हैं।

सवाई जयसिंह (1686-1743 ई.)

सन् 1930 तक अंतर्राष्ट्रीय खगोल-विज्ञान कांग्रेस ने समूचे आकाश को 88 तारा-मंडलों में बांटकर इनकी सीमाएं निर्धारित कर दीं। 88 तारा-मंडलों की यह सूची कई सभ्यताओं के सदियों के प्रयासों के बाद अस्तित्व में आई है। प्राचीन यूनानियों को इनमें से केवल 41 तारा-मंडलों की जानकारी रही है। हिप्पार्कस

(150 ई.पू.) की तारा-सूची के आधार पर तालेमी (150 ई.) ने 46 तारा-मंडलों के 1080 तारों की सूची प्रस्तुत कर दी थी। इन मंडलों के बारे में यूनानी आख्यान भी उपलब्ध हैं।

अरबीभाषियों ने तारों और मंडलों के यूनानी नामों का अरबी में अनुवाद

मिस्र के देंदेरा मंदिर की छत पर चित्रित राशिचक्र। यह चित्रांकन मिस्र पर यूनानी-तालेमी शासकों के समय (लगभग 150 ई.पू.) का है।

किया। कई तारों तथा मंडलों के लिए नए अरबी नाम भी गढ़े। ज्योतिष के इन अरबी ग्रंथों का पहली बार जब लैटिन में अनुवाद हुआ, तब तारों के अनेक अरबी नामों को लगभग ज्यों-का-त्यों ही यूरोप की भाषाओं में अपनाया गया। यही कारण ही कि आज पाश्चात्य जगत में प्रचलित अल्कोर (अरुंधती), अलगूल, अल्दबरान (रोहिणी), अल्तायर (श्रवण) आदि अनेक तारों के नाम अरबी मूल के हैं।

प्राचीन काल के यूरोप के ज्योतिषियों को प्रमुख रूप से उत्तरी खगोल के तारा-मंडलों की ही जानकारी थी। लेकिन पंद्रहवीं सदी के उत्तरार्द्ध से यूरोपवासी नई भूमि की खोज में दूर-दूर के सागरों की यात्राएं करने लगे, तो उन्हें दक्षिणी आकाश के तारा-मंडलों की भी जानकारी मिलने लगी।

जर्मनी के योहान्न बायेर (1572–1625 ई.) ने टाइको ब्राहे (1546–1601 ई.) की तारा-सारणी (1602 ई.) में करीब एक हजार तारे और दक्षिणी आकाश के पावो, क्रुस, फीनिक्स आदि बारह नए तारा-मंडल जोड़कर 1603 ई. में 'उरानोमेट्रिया' नामक एक विस्तृत तारा-सारणी प्रकाशित की।

बायेर की इस तारा-सारणी की मुख्य विशेषता यह है कि इसमें उन्होंने पहली बार तारों को यूनानी वर्णमाला के $\alpha, \beta, \gamma, \delta, \ldots, \omega$ अक्षरों से दर्शाने की प्रथा आरंभ की। सामान्यतः तारा-मंडल के सर्वाधिक कांति के तारे को α (अल्फा) से, उससे कुछ कम कांति वाले तारे को β (बीटा) से, आदि के क्रम से दर्शाया जाता है। मगर इसके कुछ अपवाद भी हैं। जैसे, मृग और मिथुन मंडलों में β से दर्शाए गए तारे सबसे ज्यादा कांति वाले हैं। हयशिर (पेगासस) मंडल का सबसे चमकीला तारा α (अल्फा) नहीं, बल्कि ε (इप्सिलोन) है। जब किसी तारे के साथ उसके तारा-मंडल का उल्लेख करना होता है, तब उस तारा-मंडल के नाम को संबंध कारक

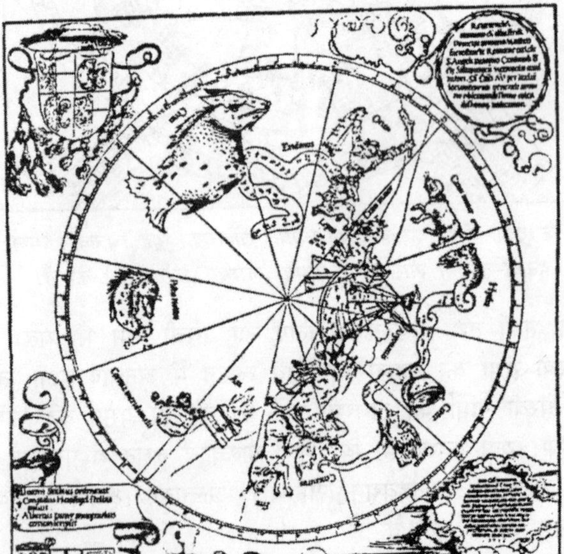

विएना के गणितज्ञ-खगोलविद योहान्न स्ताबियूस की कृति (1515 ई.) के आधार पर अल्ब्रेख़्ट डीरेर (1471–1528 ई.) द्वारा बनाया गया दक्षिणी खगोल का चित्र। इसके खाली स्थानों में बाद में कई नए तारा-मंडलों की स्थापना हुई।

में दिया जाता है। उदाहरण के लिए, केनिस मेजर (बृहद् श्वान) संबंध कारक में 'केनिस मेजरिस' हो जाता है और 'α केनिस मेजरिस' का अर्थ होता है– केनिस मेजर (बृहद् श्वान मंडल) का α तारा (व्याध या लुब्धक)।

कुछ तारा-मंडलों के मंदकांति तारों के लिए रोमन अक्षरों का प्रयोग होता है, जैसे–'L पप्पिस' और 'P सिग्नी'। कभी-कभी दोहरे रोमन अक्षरों का भी इस्तेमाल होता है, जैसे– RR, TT, इत्यादि। कुछ खगोलविदों ने अपनी सारणियों में तारों को संख्याकों से भी दर्शाया है। इंग्लैंड के प्रथम राजज्योतिषी जॉन फ्लेमस्टीड (1646–1719 ई.) ने अपनी सारणी में तारों को संख्याकों से व्यक्त किया, जैसे–'61 सिग्नी' और '70 ओफियूकी'।

योहान्न बायेर के बाद भी नए-नए तारा-मंडल जोड़े जाते रहे। डांझिग (जर्मनी) के खगोलविद योहान्न हेवेलियूस (1611–87 ई.) ने अपनी सारणी में ग्यारह नए मंडल जोड़े। फिर 1752 ई. में फ्रांसीसी खगोलविद निकोल लुई द लकाइल ने दक्षिण अफ्रीका जाकर वेधकार्य किया और दक्षिणी खगोल में 14 नए मंडल जोड़े।

हेवेलियूस (1611–87 ई.) अपने बनाए तुरीययंत्र (क्वाड्रैन्ट) से वेधकार्य करते हुए।

उत्तरी खगोल के खाली स्थानों में भी नए तारा-मंडल आरोपित किए गए। तात्पर्य यह कि, कई सारे तारा-मंडल सत्रहवीं सदी के बाद अस्तित्व में आए हैं और इसलिए प्राचीन आख्यानों से इनका कोई संबंध नहीं है। खगोलविदों ने अपनी इच्छा से नए मंडलों को मनमाने नाम दिए। फ्रांस के खगोलविद लालंदे ने 1799 ई. में एक तारा-मंडल को महज इसलिए फेलिस् (बिल्लियां) नाम देना चाहा, क्योंकि उन्हें बिल्लियां बेहद प्यारी थीं।

तारा-गुच्छों, नीहारिकाओं और मंदाकिनियों के नामकरण की पद्धति भिन्न है। तारा-गुच्छों और नीहारिकाओं की पहली सारणी फ्रांसीसी खगोलविद शार्ल मेसिए (1730–1817 ई.) ने तैयार की थी। उन्हें आकाश में धूमकेतु

खोजने का शौक था। उनके उस काम में आकाश के धुंधले प्रकाश-पुंज (नीहारिकाएं व तारा-गुच्छ) बाधक बनते थे। इसलिए मेसिए ने सबसे पहले इन्हीं की एक सूची बनाने का निश्चय किया। उन्होंने ऐसे 103 पुंजों की 1784 ई. में एक सारणी प्रकाशित की।

उस समय तक मंदाकिनियों (अनेकानेक आकाशगंगाओं) का पता नहीं चला था। बाद में ही स्पष्ट हुआ कि मेसिए की सारणी में तारा-गुच्छों व नीहारिकाओं के अलावा मंदाकिनियों का भी समावेश था। इस सारणी में इन पुंजों को रोमन अक्षर **M** के बाद संख्यांक देकर व्यक्त किया जाता है। उदाहरण के लिए, **M1** का अर्थ है कर्क नीहारिका (क्रैब नेबुला) और **M31** का अर्थ है देवयानी मंदाकिनी (एंड्रोमीडा गैलेक्सी)।

मेसिए के बाद इन पुंजों की एक काफी विस्तृत सारणी डेनिश खगोलविद योहान्न ड्रेयर (1862-1926 ई.) ने तैयार की। सन् 1888 में प्रकाशित इस सारणी का नाम है **N**ew **G**eneral **C**atalogue (संक्षेप में, **NGC**)। बाद में इसमें दो पूरक सारणियां जोड़ी गईं, जो **I**ndex **C**atalogue (संक्षेप में, **IC**) कहलाती हैं। आधुनिक तारा-मानचित्रों और सारणियों में मेसिए **M** नंबर अथवा **NGC** नंबर, दोनों का ही इस्तेमाल होता है।

बहुत-से तारों के लिए, प्राचीन काल से ही, स्वतंत्र नाम प्रचलित रहे हैं। उनका आज भी इस्तेमाल होता है। कुछ विशिष्ट तारों के लिए आधुनिक काल में भी स्वतंत्र नाम अस्तित्व में आए हैं, जैसे–'बर्नार्ड का तारा'।

इस तरह हम देखते हैं कि तारों, तारा-गुच्छों, नीहारिकाओं और मंदाकिनियों के नामकरण में काफी विविधता है। मगर 1930 ई. में आकाश की सभी ज्योतियों को अधिकृत रूप से 88 मंडलों में बांट देने के बाद काफी सुस्थिरता आई। परंतु कुछ ऐसे भी तारे हैं जिनका समावेश एकसाथ दो तारा-मंडलों में किया जाता है। जैसे–देवयानी (एंड्रोमीडा) मंडल का α तारा हयशिर (पेगासस) मंडल का δ तारा है, क्योंकि यह इन दोनों मंडलों की लगभग सीमारेखा पर स्थित है।

अध्याय 3

★ आकाश का सबसे चमकीला तारा : व्याध

★ श्वेत-वामन तारे

★ मिथुन मंडल : जुड़वां बालक

★ मृग मंडल के तारे

★ (नीहारिका क्या है?)

॥ फरवरी ॥

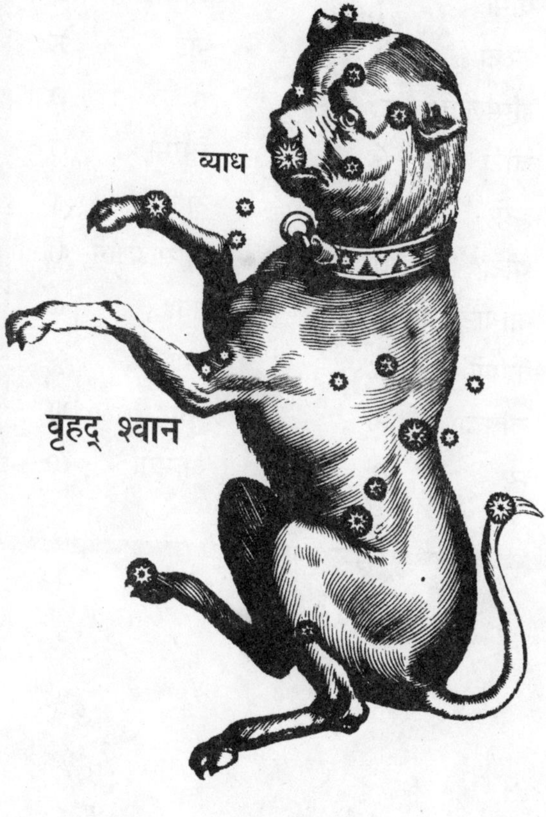

यूनानी वर्णमाला

अल्फा	α	न्यू	ν
बीटा	β	क्साइ	ξ
गामा	γ	ओमिक्रोन	o
डेल्टा	δ	पाइ	π
इप्सिलोन	$\in$	रो	ρ
जीटा	ζ	सिग्मा	σ
इटा	η	टाउ	τ
थीटा	θ	अप्साइलोन	υ
आयोटा	ι	फाइ	ϕ
काप्पा	κ	खाइ	χ
लांबडा	λ	प्साइ	ψ
म्यू	μ	ओमेगा	ω

आकाश का सबसे चमकीला तारा : व्याध

एक बहुत पुरानी कथा है। हमारे धर्मग्रंथों में प्रजापति यानी ब्रह्मा को सृष्टि का कर्ता माना गया है। प्रजापति की रोहिणी नाम की एक सुंदर कन्या थी। वह हरिणी का रूप धारण करके इधर-उधर घूमती रहती थी। पिता प्रजापति भी मृग का रूप धारण करके छुपकर उसका पीछा करता रहता था। रोहिणी आकाश में गई। मृगरूपी प्रजापति भी उसके पीछे-पीछे गया। यह विचित्र नजारा लुब्धक नामक एक शिकारी ने देखा। उसने एक तीर प्रजापति की ओर छोड़ा। उससे वह मृगरूपी प्रजापति वहीं पर आकाश में स्थिर हो गया।

है न मजेदार कथा! मगर साफ पता चलता है कि आकाश के एक विशेष स्थान के तारों को देखकर ही यह कथा गढ़ी गई होगी। आजकल रात के करीब नौ बजे पश्चिमी आकाश में रोहिणी, मृग और लुब्धक तारों को आसानी से पहचाना जा सकता है। रोहिणी का अर्थ है लाल। रोहिणी तारा सचमुच ही थोड़ा लाल रंग का है। लुब्धक का अर्थ है-व्याध यानी शिकारी, इसलिए लुब्धक को **व्याध** के नाम से भी जाना जाता है।

लुब्धक अथवा व्याध आकाश का सबसे चमकीला तारा है, इसलिए इसे पहचानने में कठिनाई नहीं होती। व्याध तारे के पश्चिमोत्तर में मृग मंडल के तारे हैं। उसमें, एक सीधी रेखा में, समान अंतर पर स्थित तीन तारों को आसानी से पहचाना जा सकता है। इन्हें **त्रिकांड** कहते हैं। यही वह तीर है जिसे व्याध ने मृगरूपी प्रजापति पर छोड़ा था। व्याध तारे से त्रिकांड जितनी दूर है, आगे पश्चिमोत्तर की ओर उतनी ही दूरी पर लाल रंग का रोहिणी तारा है। आजकल जब ये तारे पश्चिमाकाश में पहुंच जाते

हैं, तो लगता है मानो मृग रोहिणी का पीछा कर रहा है और व्याध मृग का।

रात के आकाश में केवल दो ही पिंड व्याध तारे से अधिक चमकीले नजर आते हैं — चंद्र और शुक्र ग्रह। मगर ये दोनों तारे नहीं हैं। आकाश के तारों में सबसे चमकीला व्याध ही है। इसलिए खगोल-विज्ञान में इस तारे के अध्ययन का बड़ा महत्व है।

पश्चिम के देशों में व्याध तारे को **सिरियस** (बहुत चमकीला) कहते हैं। पुराने जमाने के बहुत-से लोगों ने इस नक्षत्र को एक श्वान यानी कुत्ते के रूप में पहचाना था। इसलिए लैटिन भाषा में इस तारा-मंडल को **केनिस मेजर** (बृहद् श्वान) कहते हैं। इसके पूर्वोत्तर में **केनिस माइनर**

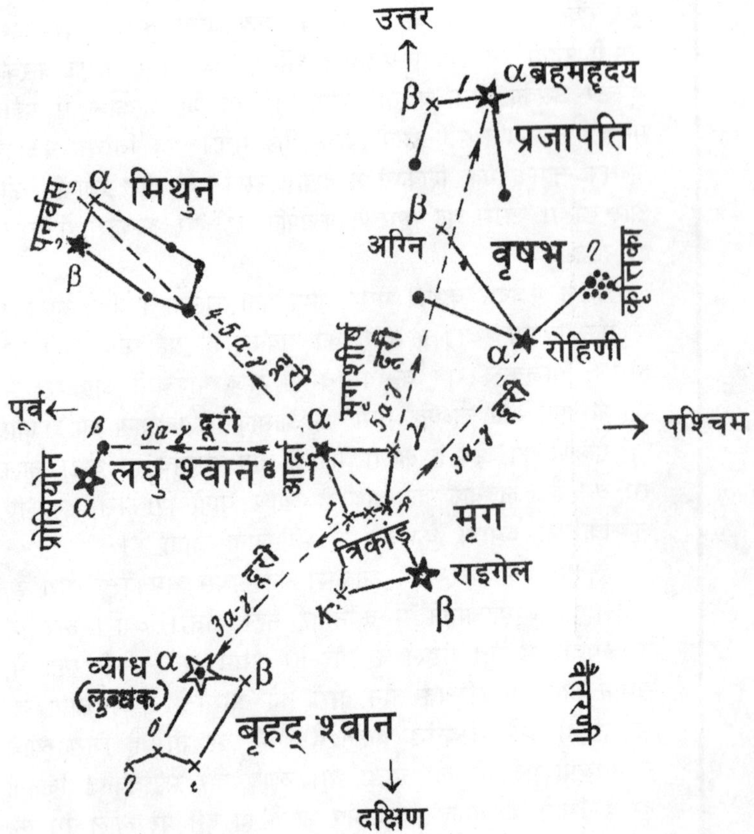

वृषभ, मृग, श्वान (बृहद् व लघु), प्रजापति और मिथुन मंडल

(लघु श्वान) मंडल है, जिसके प्रमुख तारे का नाम **प्रोसियोन** (यानी, बृहद् श्वान के पहले उदित होने वाला) है। एक यूनानी कथा के अनुसार ये ओरायन नामक शिकारी के कुत्ते हैं। पाश्चात्य ज्योतिष में मृग मंडल का नाम **ओरायन** है।

प्राचीन काल में मिस्र देश के निवासियों के लिए व्याध तारे का बड़ा महत्व था। मिस्र में दक्षिण से उत्तर की ओर नील नदी बहती है। इस नदी में आने वाली बाढ़ का मिस्रवासियों के लिए प्राचीन काल से ही बड़ा महत्व रहा है। बाढ़ की गाद से आसपास की जमीन उपजाऊ हो जाती है। इसलिए मिस्र के निवासी नील नदी में आने वाली बाढ़ की बड़ी उत्सुकता से राह देखते हैं।

मगर कैसे पता चलेगा कि नील नदी में कब बाढ़ आएगी?

प्राचीन मिस्र में व्याध (सोथिस्) तारे की पूजा

यह जानने के लिए प्राचीन मिस्र के पुरोहित-ज्योतिषियों ने एक अनोखा उपाय ढूंढ़ निकाला था। वे व्याध तारे को देखते रहते थे। सदियों तक इस तारे को देखते-देखते उन्होंने जान लिया था कि गरमी के मौसम में जिस दिन पूर्वी आकाश में व्याध तारा सूर्योदय के कुछ ही समय पहले क्षितिज पर दिखाई देता है, उसके एक-दो दिन बाद ही नील नदी में बाढ़ आ जाती

है। इस घटना के आधार पर उन्होंने लगभग 365 दिनों का वर्षमान भी निश्चित कर लिया था। मिस्रवासी व्याध तारे को 'नववर्ष तथा बाढ़ का सूचक' मानकर उसकी पूजा करते थे। यूनानी में व्याध तारे का नाम **सोथिस्** (अतितप्त) था।

व्याध हमें बहुत चमकीला नजर आता है, तो इसका एक कारण यह है कि यह तारा हमसे काफी नजदीक है। व्याध हमसे लगभग साढ़े आठ प्रकाश-वर्ष दूर है। आकाश के दूसरे तारे सैकड़ों और हजारों प्रकाश-वर्ष

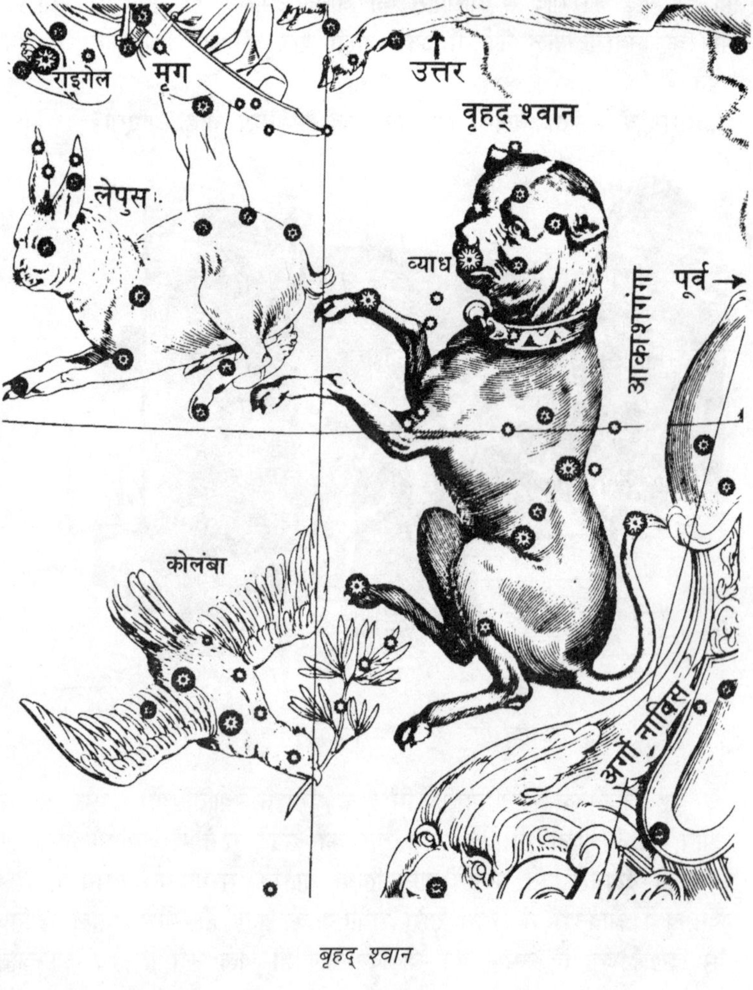

बृहद् श्वान

दूर हैं। प्रकाश की किरणें एक सेकंड में लगभग 3,00,000 किलोमीटर दूरी तय करती हैं। इस वेग से प्रकाश-किरणें एक वर्ष में जितनी दूरी तय करती हैं, उसे खगोल-विज्ञान में एक **प्रकाश-वर्ष** दूरी का नाम दिया गया है। व्याध तारे की साढ़े आठ प्रकाश-वर्ष दूरी का मतलब होगा-लगभग 8,00,00,00,00,00,000 किलोमीटर दूरी!

व्याध तारा हमारे सूर्य से लगभग दो गुना बड़ा, दो गुना भारी और करीब दो गुना अधिक गरम है। व्याध के नीले-सफेद रंग से भी यह पता चल जाता है कि यह हमारे सूर्य से अधिक तप्त है। यह भी पता चला है कि व्याध तारा करीब 8 किलोमीटर प्रति सेकंड के वेग से हमसे दूर भाग रहा है!

आकाश में ऐसे अनेक जुड़वां तारे हैं जो आपस में एक-दूसरे की परिक्रमा करते रहते हैं। व्याध का भी एक साथी-तारा है। इसकी खोज की कहानी भी बड़ी दिलचस्प है। उन्नीसवीं सदी में जर्मनी में फ्रेडरिक विलहेल्म बेस्सेल (1784-1846 ई.) नाम के एक खगोलविद् हुए। उन्होंने पहचाना कि दूसरे तारों के सापेक्ष व्याध तारे की गति कुछ लहरदार नजर आती है; यह तारा कुछ हिलता-डुलता है। ऐसा क्यों है? बेस्सेल सोचते-सोचते इस नतीजे पर पहुंचे कि व्याध के नजदीक उसका एक साथी-तारा होना चाहिए, हालांकि बहुत छोटा होने के कारण उसे हम देख नहीं सकते। व्याध और उसका साथी-तारा एक-दूसरे को आकर्षित करते हैं और इसलिए वे एक-दूसरे का चक्कर लगाते रहते हैं। यही सब सोचकर बेस्सेल ने भविष्यवाणी कर दी —'व्याध का एक साथी-तारा अवश्य होना चाहिए। उसे हमें खोजना होगा।'

बड़ी-बड़ी दूरबीनों से व्याध के साथी-तारे की खोज शुरू हो गई। मगर बेस्सेल जब तक जीवित रहे, तब तक उस साथी-तारे को नहीं खोजा जा सका। उनकी मृत्यु के बाद ही 1862 ई. में एक शक्तिशाली दूरबीन से व्याध के साथी-तारे को आकाश में खोज निकालना संभव हुआ।

व्याध का साथी आकाश का एक अद्‌भुत तारा है। यह तीन अरब किलोमीटर की दूरी से करीब 48 वर्षों में व्याध का एक चक्कर लगता है। व्याध के साथी-तारे में उतना ही द्रव्य है, जितना कि हमारे सूर्य में, मगर यह तारा हमारी पृथ्वी से सिर्फ तीन गुना बड़ा है! दरअसल, व्याध के साथी-तारे के द्रव्य का घनत्व सीसे के घनत्व से भी 5000 गुना अधिक है। दूसरे शब्दों में हम कह सकते हैं कि इस तारे के एक चम्मचभर द्रव्य का भार एक टन के बराबर होगा! खगोलविद ऐसे अति सघन छोटे तारों

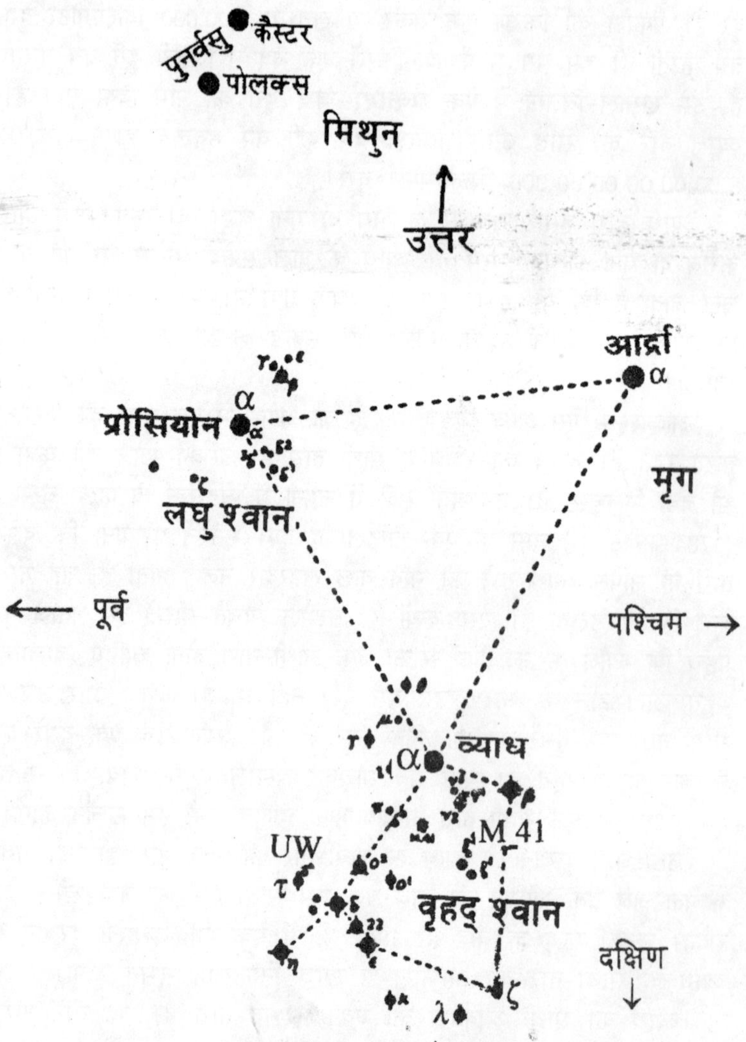

श्वान मंडल : बृहद् और लघु

को **श्वेत–वामन** (सफेद बौना) कहते हैं। व्याध का साथी–तारा, जिसे 'पिल्ला तारा' भी कहते हैं, आकाश में खोजा गया पहला श्वेत–वामन था। उसके बाद आकाश में बहुत सारे श्वेत–वामन तारे खोजे गए।

वृहद् श्वान मंडल में व्याध तारे के दक्षिण में एक खुला तारा–गुच्छ

(M 41) है, जिसमें लगभग 80 तारे हैं। आकाश साफ हो तो इसे बायनॉक्यूलर से देखा जा सकता है।

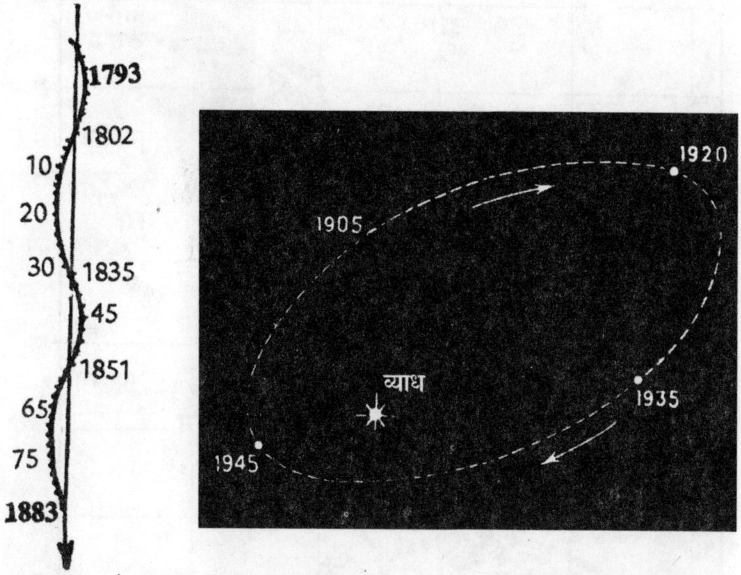

व्याध और उसके साथी-तारे की गतियां : दृश्य (लहरदार) और वास्तविक (एक-दूसरे के गिर्द)

इस मंडल के टाउ (τ) तारे के पास तारों की एक अनोखी जोड़ी है, जिसे **UW** अक्षरों से व्यक्त किया जाता है। दोनों ही अतिविशाल तारे हैं। लगभग साढ़े चार दिनों में एक-दूसरे का चक्कर लगाते हुए ये एक-दूसरे

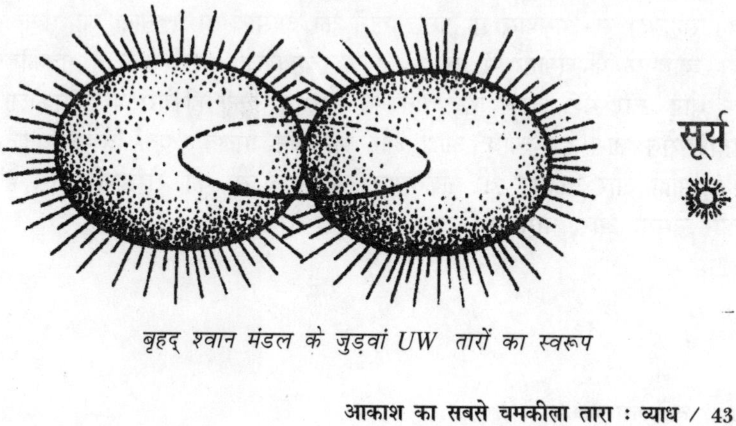

बृहद् श्वान मंडल के जुड़वां UW तारों का स्वरूप

को ग्रहण लगाते हैं। ये एक-दूसरे के इतने अधिक नजदीक हैं कि आपसी गुरुत्वाकर्षण कारण ये अंडाकार बन गए हैं।

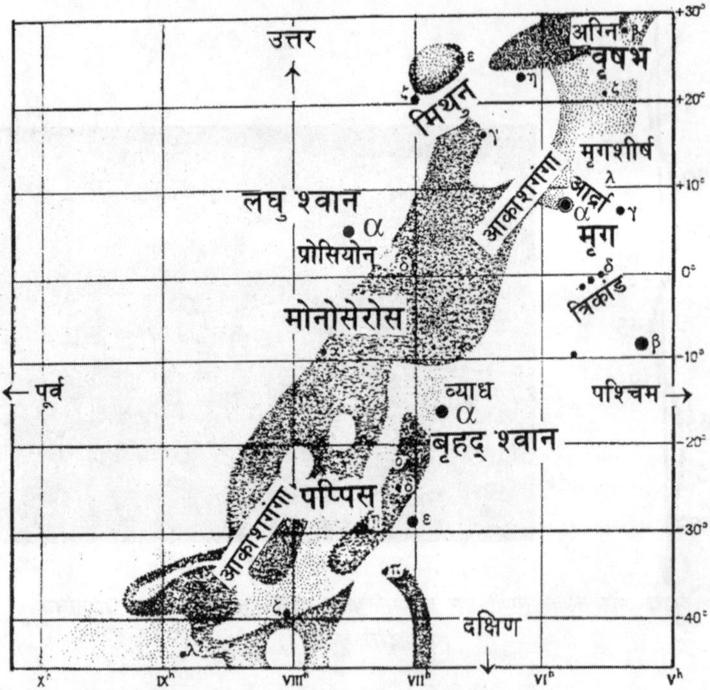

वृषभ, मिथुन, मृग, लघु श्वान, बृहद् श्वान, मोनोसेरोस और पप्पिस मंडलों में आकाशगंगा की स्थिति

आकाश के सबसे चमकीले व्याध तारे को जान लेने के बाद स्थितिचित्र की सहायता से आसपास के प्रमुख तारों को आसानी से पहचाना जा सकता है। व्याध के पश्चिमोत्तर में मृग मंडल का चमकीला **आर्द्रा** तारा है (त्रिकांड के थोड़े उत्तर में)। व्याध के पूर्वोत्तर में लगभग उतनी ही दूरी पर चमकीला **प्रोसियोन** तारा है। व्याध, आर्द्रा और प्रोसियान मिलकर एक त्रिभुज बनाते हैं। आर्द्रा और त्रिकांड के पश्चिमोत्तर में लाल रंग का **रोहिणी** तारा है और उसके और आगे **कृत्तिका** का पुंज है।

❖

श्वेत-वामन तारे

आधुनिक काल में तारों के भौतिक गुणधर्मों के बारे में प्राप्त की गई तमाम जानकारी धरती पर पहुंचने वाले उनके विकिरण के विश्लेषण पर आधारित है। तारों के विकिरण को वर्णक्रमपट (स्पेक्ट्रम) में वियोजित करके उनका अध्ययन करना 1859 ई. से शुरू हुआ। इन वर्णक्रमपटों की गहरी छानबीन करने से ही खगोलविदों को तारों के द्रव्य, द्रव्यमानों, दूरियों, दीप्तियों, तापमानों तथा गतियों आदि के बारे में प्रामाणिक जानकारी मिली है।

आकाशगंगा में 150 अरब से भी अधिक तारे हैं। इनमें बहुत सारे जुड़वां तारे हैं, जो गुरुत्वाकर्षण के अंतर्गत एक-दूसरे की परिक्रमा करते रहते हैं। इसलिए इनके द्रव्यमानों की गणना करना संभव हुआ है। आकाशगंगा के सबसे हलके तारे का द्रव्यमान सूर्य के द्रव्यमान (जो 3,30,333 पृथ्वियों के बराबर है) के करीब एक-पंचमांश के बराबर है, और सबसे भारी ज्ञात तारे का करीब 400 सूर्यों के बराबर है। परंतु अधिकांश तारों का द्रव्यमान आधे सूर्य से लेकर चार सूर्यों के बराबर है। यह भी पता चला है कि तारों के व्यास सूर्य के व्यास के शतांश से लेकर करीब 500 गुना तक हैं।

यदि तारे का द्रव्यमान और व्यास मालूम हो, तो उसका औसत घनत्व भी मालूम हो जाता है। आकाशगंगा में एक ओर सूर्य के घनत्व से दस लाख गुना कम घनत्व वाले तारे हैं, तो दूसरी ओर दस लाख गुना अधिक घनत्व वाले भी तारे हैं। घनत्वों के आधार पर तारों को कुछ स्पष्ट समुदायों में बांटना संभव हुआ है।

श्वेत-वामन ऐसे मंदकांति छोटे तारे हैं जो अपने विकास की लगभग अंतिम अवस्था पर पहुंच चुके हैं। श्वेत-वामन तारों का

आकार लगभग पृथ्वी के आकार के बराबर ही होता है, मगर इनका द्रव्यमान सूर्य के द्रव्यमान के बराबर होता है और औसत घनत्व पानी के घनत्व से 1,00,000 गुना अधिक (कुछ मामलों में पानी के घनत्व से एक-दो करोड़ गुना से भी अधिक)। श्वेत-वामन तारे की केंद्रीय गुठली का घनत्व पानी के घनत्व से 1 करोड़ गुना से भी अधिक होता है।

श्वेत-वामन तारों में इतना अधिक घनत्व होने का कारण है —इनमें द्रव्य का पूर्णतः आयनीकृत हो जाना। अन्य शब्दों में, इनमें द्रव्य हाइड्रोजन के नाभिकों और मुक्त इलेक्ट्रानों के मिश्रण के रूप में रहता है। ऐसे द्रव्य को 'अपभ्रष्ट द्रव्य' कहा जाता है। श्वेत-वामनों में नाभिक और इलेक्ट्रान सामान्य परमाणु से भी अधिक सघनता से ठूसे रहते हैं; इसी कारण इन तारों में इतना ज्यादा घनत्व होता है। अपभ्रष्ट द्रव्य (गैस) में इतना पर्याप्त दाब होता है कि वह गुरुत्वाकर्षण बल को झेल सके।

आम तौर पर श्वेत-वामनों में सूर्य के तीन-चौथाई के बराबर द्रव्य होता है और इनके अर्धव्यास 1000 किलोमीटर के आसपास रहते हैं। मगर इनका द्रव्यमान एक सीमा से अधिक हो, तो इनका गुरुत्वीय संकुचन संभव नहीं होता। यह सीमा लगभग 1.4 सौर द्रव्यमान के बराबर है। इस सीमा का निर्धारण भारतीय वैज्ञानिक सुब्रह्मण्यन् चंद्रशेखर (1910-1995 ई.) ने किया था, इसलिए इसे 'चंद्रशेखर सीमा' के नाम से जाना जाता है। व्याध और प्रोसियोन, दोनों के ही साथी-तारे श्वेत-वामन हैं। इन तारों में द्रव्य एक विलक्षण स्थिति में रहता है, इसलिए इन्हें 'खगोलीय प्रयोगशालाओं' का नाम दिया गया है।

❖

मिथुन मंडल : जुड़वां बालक

एक साथ पैदा हुए दो बच्चों को जुड़वां या यमज कहते हैं। कभी-कभी उनकी शक्लें ही नहीं, हाव-भाव भी एक-से होते हैं। तब उन्हें सर्वसम यमज कहा जाता है।

जुड़वां बच्चों की एक काल्पनिक जोड़ी आकाश में भी है। इन जुड़वां भाइयों के नाम हैं—कैस्टर और पोलक्स। पुरानी यूनानी कथाओं के अनुसार, ये जुड़वां भाई ज्यूपिटर और स्पार्टा की रानी लेडा के पुत्र थे। सुनहली ऊन की खोज में निकले हुए इन भाइयों ने 'आरगो' नामक नौका में यात्रा की थी। इन्हें समुद्री जहाजों के रक्षक-देवता माना जाता है। ये सफेद घोड़ों पर सवारी करते थे। ये अजेय योद्धा और अभिन्न साथी थे। इसलिए पिता ज्यूपिटर ने इन्हें आकाश में एक-दूसरे के समीप स्थापित कर दिया। कैस्टर और पोलक्स अभिन्नता के प्रतीक माने जाते हैं।

आज हम कैस्टर और पोलक्स को आकाश में दो तारों के रूप में पहचानते हैं। ये तारे जिस मंडल में हैं, उसका पाश्चात्य नाम **जेमिनी** है। 'जेमिनी' शब्द का अर्थ भी है—जुड़वां। फरवरी महीने में रात के करीब नौ बजे जब रोहिणी, कृत्तिका और ब्रह्महृदय तारे पश्चिमी आकाश में पहुंच जाते हैं, तब जेमिनी मंडल के पोलक्स और कैस्टर तारे लगभग सिर के ऊपर आ जाते हैं।

जेमिनी तारा-मंडल (राशि) का भारतीय नाम **मिथुन** है। आज इस 'मिथुन' शब्द का अर्थ है—'पुरुष और स्त्री का जोड़ा'। परंतु प्राचीन काल में इसका अर्थ 'जुड़वां' भी होता था। बेबीलोनी लोग इस तारा-मंडल को 'मस्मसु' और यूनानी लोग 'दिदुम' के नाम से जानते थे। दोनों ही शब्दों का अर्थ था—'जुड़वां'। बेबीलोनी और यूनानी शब्दों के आधार पर ही भारत में इस मंडल

के लिए 'मिथुन' शब्द अपनाया गया था, मगर बाद में इसका अर्थ थोड़ा बदलकर 'स्त्री-पुरुष का जोड़ा' हो गया। शब्दों के साथ ऐसा होता रहता है।

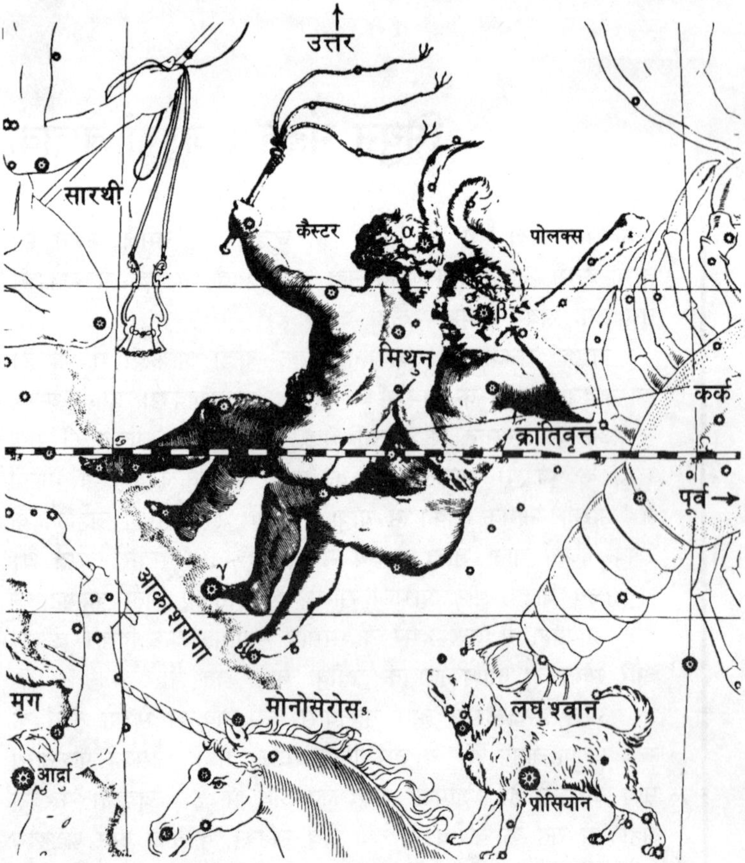

जेमिनी (मिथुन)

चंद्रमा तारों के बीच आकाश का एक चक्कर 27⅓ दिनों में लगा लेता है। इसलिए प्राचीन काल में हमारे देश में चंद्रमार्ग को मोटे तौर पर 27 भागों में बांटकर प्रत्येक भाग को एक प्रमुख नक्षत्र के साथ जोड़ा गया था। कृत्तिका, रोहिणी, आर्द्रा, पुनर्वसु आदि इन 27 नक्षत्रों के नाम हैं।

जुड़वां भाइयों के द्योतक कैस्टर और पोलक्स तारे हमारे देश में 'पुनर्वसु' नक्षत्र के नाम से जाने जाते हैं। 'पुनर्वसु' का अर्थ है—'पुनः धनवान होना'।

प्राचीन काल में सूर्य जब पुनर्वसु नक्षत्र में पहुंचता था, तो धान और जौ की नई फसल अंकुरित होती थी।

'पुनर्वसु' के दो तारों को प्रायः सभी प्राचीन सभ्यताओं में जुड़वां या जोड़ी के रूप में पहचाना गया था। लेकिन कैस्टर (α) और पोलक्स (β) तारे एक-दूसरे से एकदम भिन्न हैं। कैस्टर आकाश का एक अद्‌भुत तारा है, तो पोलक्स एक सामान्य तारा। नीले रंग का कैस्टर तारा हमसे 47 प्रकाश-वर्ष दूर है, तो नारंगी रंग का पोलक्स हमसे 36 प्रकाश-वर्ष दूर है। पुरानी कथाओं में जुड़वां समझे गए इन तारों में 11 प्रकाश-वर्ष यानी लगभग 1,00,000 अरब किलोमीटर का अंतर है!

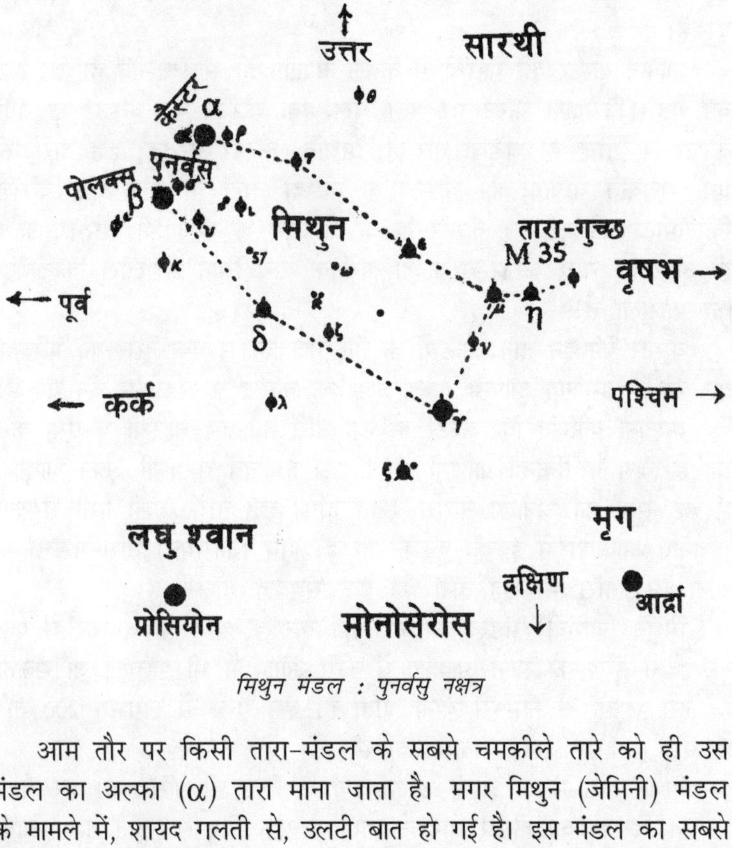

मिथुन मंडल : पुनर्वसु नक्षत्र

आम तौर पर किसी तारा-मंडल के सबसे चमकीले तारे को ही उस मंडल का अल्फा (α) तारा माना जाता है। मगर मिथुन (जेमिनी) मंडल के मामले में, शायद गलती से, उलटी बात हो गई है। इस मंडल का सबसे चमकीला तारा पोलक्स है, परंतु उसे बीटा (β) तारा माना गया है।

कैस्टर (α) आकाश का एक अनोखा तारा है। छोटी दूरबीन से भी देखने पर पता चल जाता है कि कैस्टर स्वयं एक जुड़वां तारा है। इसके दो तारों को हम 'कैस्टर-क' और 'कैस्टर-ख' कह सकते हैं। कैस्टर के इन दो तारों में 76 खगोलीय इकाइयों के बराबर अंतर है (एक खगोलीय इकाई = सूर्य और पृथ्वी के बीच की औसत दूरी = करीब 15 करोड़ किलोमीटर), और ये दो तारे 341 वर्षों में एक-दूसरे की एक परिक्रमा पूरी करते हैं।

बाद में पता चला कि कैस्टर की 'गृहस्थी' में एक और तारा है, जिसे हम 'कैस्टर-ग' कहेंगे। यह तीसरा तारा लाल रंग का एक बौना ठंडा तारा है। यह कैस्टर-क और कैस्टर-ख से कम-से-कम 960 खगोलीय इकाइयां दूर है।

लेकिन कैस्टर की गृहस्थी में केवल ये तीन ही सदस्य नहीं हैं। इन तारों का गहन निरीक्षण करने पर पता चला कि कैस्टर-क, कैस्टर-ख और कैस्टर-ग, तीनों ही जुड़वां तारे हैं; अर्थात्, कैस्टर वस्तुतः छह तारों की एक संयुक्त योजना है। कैस्टर-क के दो तारों के बीच एक करोड़ किलोमीटर की दूरी है। कैस्टर-ख के दो तारों के बीच भी लगभग इतना ही अंतर है। मगर कैस्टर-ग के दो तारों के बीच सिर्फ 27 लाख किलोमीटर का फासला है।

कैस्टर की इन तीन जोड़ियों के तारे नजदीक से एक-दूसरे की परिक्रमा कर रहे हैं, इसलिए आपसी गुरुत्वाकर्षण के कारण ये अंडाकार बन गए हैं।

कल्पना कीजिए कि कैस्टर के छह तारों की इस गृहस्थी में ऐसा कोई ग्रह है जिस पर किन्हीं प्राणियों का निवास है। तब वे प्राणी अपने आकाश में छह सूर्यों का अनोखा नजारा देखते होंगे! छह तारों वाली ऐसी संयुक्त योजनाएं आकाश में इक्की-दुक्की ही हैं। मृग (ओरायन) तारा-मंडल का थीटा (θ) तारा भी छह तारों की एक संयुक्त योजना है।

मिथुन (जेमिनी) मंडल के इटा (η) तारे के थोड़े पश्चिमोत्तर में एक खुले तारा-गुच्छ को साफ आकाश में कोरी आंखों से भी पहचाना जा सकता है। इसे M 35 के नाम से जाना जाता है। इस गुच्छ में लगभग 200 तारे हैं और ये हमसे 2800 प्रकाश-वर्ष दूर हैं।

मिथुन तारा-मंडल अपनी उल्का-वर्षा के लिए भी प्रसिद्ध है। हर साल 13-14 दिसंबर को कैस्टर तारे के पास के एक बिंदु से 'टूटते तारों' यानी उल्कापात का भव्य नजारा देखा जा सकता है।

प्राचीन काल के लोगों को आकाश के केवल पांच ही ग्रहों की जानकारी थी। यूरेनस, नेपच्यून और प्लूटो ग्रहों की खोज आधुनिक काल में हुई है। इनमें से यूरेनस और प्लूटो को पहली बार मिथुन मंडल में ही खोजा गया था। इस मंडल के इटा (η) तारे के पास 1781 ई. में जर्मन-ब्रिटिश ख़गोलविद् विलियम हर्शेल (1738-1822 ई.) ने यूरेनस ग्रह की खोज की और इसी मंडल के डेल्टा (δ) तारे के पास 1930 ई. में अमरीकी खगोलविद् क्लाइड टॉमबौघ (1906-1997 ई.) ने सौर मंडल के नौवें प्लूटो ग्रह को खोज निकाला।

❖

मृग मंडल के तारे

यदि पूछा जाए कि आकाश के तारों में सबसे चमकीला और सबसे खूबसूरत तारा-समूह कौन-सा है, तो उत्तर होगा — मृग मंडल। मृग के तारों का नजारा इतना साफ और आकर्षक है कि इसे गांव के किसान भी मजे में पहचान लेते हैं। फरवरी माह में रात के लगभग नौ बजे मृग मंडल के तारे सिर के ऊपर आ जाते हैं। उसके बाद इस तारा-मंडल को पश्चिमाकाश में देर रात तक देखा जा सकता है।

मृग मंडल के चार प्रमुख तारे ($\alpha, \gamma, \beta, \kappa$) एक चतुर्भुज की आकृति बनाते हैं। इस चतुर्भुज के मध्य भाग में एक सीधी लकीर में, समान अंतर पर, तीन तारे हैं। इन्हें **त्रिकांड** के नाम से जाना जाता है और आसानी से पहचाना जा सकता है। मृग के तारों की पहचान हो जाने पर इनसे आसपास के कई मंडलों के तारों को पहचानने में मदद मिलती है। मृग के दक्षिण में आकाश का सबसे चमकीला **व्याध** तारा है। मृग के पश्चिमोत्तर में लाल रंग का **रोहिणी** तारा है, तथा उसके और आगे **कृत्तिका** के तारों का गुच्छा है।

इस तारा-मंडल का मृग नाम क्यों पड़ा? इसके बारे में बहुत पुरानी एक मजेदार कथा है। हमारे देश की पुरानी कथाओं में प्रजापति को सृष्टि का कर्ता माना गया है। प्रजापति की रोहिणी नाम की एक पुत्री थी। वह बड़ी मनमौजी थी; हरिणी का रूप धारण करके इधर-उधर घूमती रहती थी। पिता प्रजापति मृग का रूप धारण करके छिपकर उसका पीछा करता रहता था। एक बार रोहिणी आकाश में गई। मृगरूपी प्रजापति भी उसके पीछे-पीछे गया। देवताओं ने इस बात को पसंद नहीं किया। प्रजापति को मारने के लिए उन्होंने एक व्याध (शिकारी) को पैदा किया। व्याध ने धनुष-बाण लेकर मृगरूपी प्रजापति का पीछा किया और उसे बाण मारा।

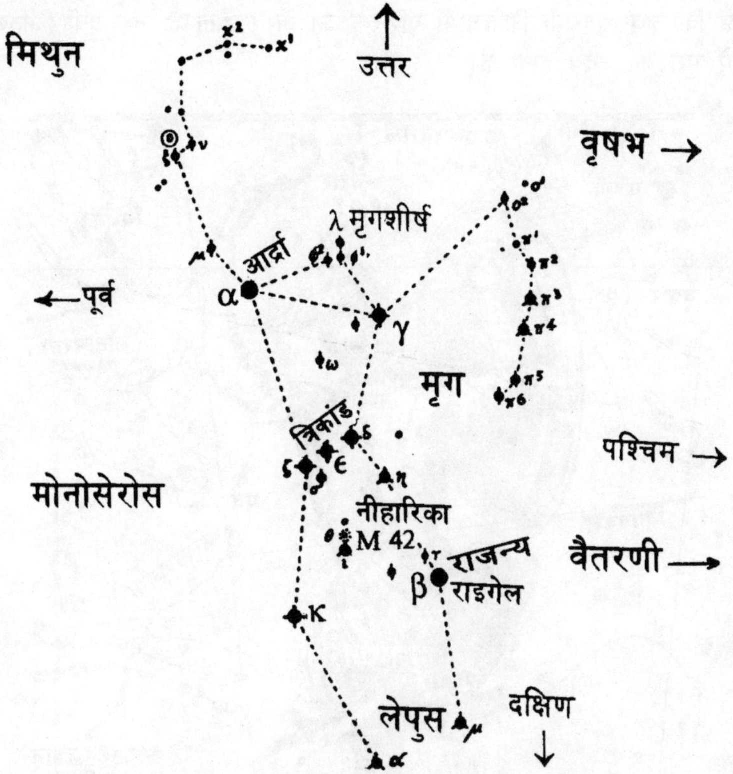

मृग मंडल : आर्द्रा, राजन्य, मृगशीर्ष और त्रिकांड

जाहिर है कि आकाश के इस क्षेत्र के तारों को देखकर ही पुराने जमाने में यह कथा गढ़ी गई होगी। 'रोहित' शब्द का अर्थ है–लाल रंग, इसीलिए तारे को रोहिणी नाम दिया गया। लगता भी है कि मृग के तारे रोहिणी का पीछा कर रहे हैं और व्याध के तारे मृग का। व्याध ने मृग को जो बाण मारा, वही 'त्रिकांड' है।

मृग तारा-मंडल का पाश्चात्य नाम **ओरायन** है। एक यूनानी कथा के अनुसार, ओरायन एक खूबसूरत शिकारी था। उसके एक हाथ में गदा, दूसरे हाथ में ढाल और कमर में तलवार लटकी हुई है। एक बिच्छू ने ओरायन को डंक मारा और वह मर गया, तो ज्यूपिटर ने उसे आकाश में रख दिया। आकाश में एक बिच्छू भी है। इसे वृश्चिक (बिच्छू) कहते हैं। आकाश में मृग (ओरायन) और वृश्चिक (स्कोर्पियो) की स्थितियां इस तरह

हैं कि जब पश्चिमी क्षितिज में वृश्चिक का अस्त होता है, तब पूर्वी क्षितिज में मृग का उदय होता है।

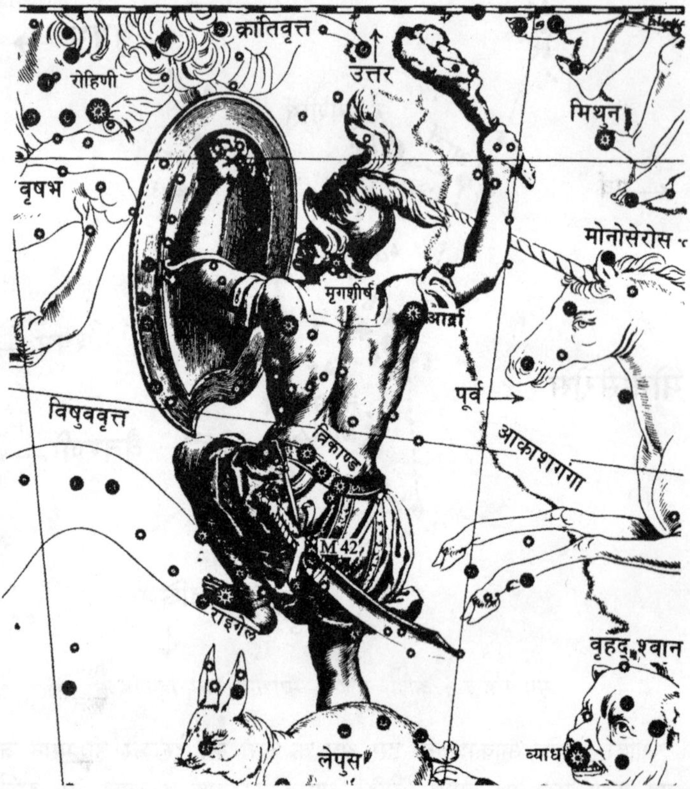

ओरायन (व्याध, शिकारी)

मृग मंडल में 13 प्रमुख तारे हैं। इनमें अल्फा (α), बीटा (β), गामा (γ) और काप्पा (κ) अक्षरों से दरशाए गए ज्यादा चमकीले तारे एक चतुर्भुज की आकृति बनाते हैं। अल्फा (α) तारे का अरबी से बना पाश्चात्य नाम **बेतुलगूज** और भारतीय नाम **आर्द्रा** है। इसे **कांक्षी** भी कहते हैं। लाल रंग का यह तारा हमसे लगभग 400 प्रकाश-वर्ष दूर है। यह बहुत बड़ा तारा है। सूर्य के व्यास (13,92,000 किलोमीटर) से इस तारे का व्यास करीब 400 गुना अधिक है। आर्द्रा तारा यदि हमारे सूर्य के स्थान पर आ जाए, तो पृथ्वी सहित मंगल तक के ग्रह उसके पेट में समा जाएंगे!

मृग मंडल के सबसे चमकीले बीटा (β) तारे का पाश्चात्य नाम **राइगेल** और भारतीय नाम **राजन्य** है। यह तारा हमसे करीब 800 प्रकाश-वर्ष दूर है। गामा (γ), जिसे 'बेलाट्रिक्स' भी कहते हैं, और काप्पा (κ) बहुत तप्त विशाल तारे हैं। आर्द्रा के पश्चिमोत्तर में कम चमकीले तारों का एक समूह है। भारतीय ज्योतिष में इसे **मृगशीर्ष** या **मृगशिरा** के नाम से जाना जाता है। इस समूह का प्रमुख तारा यूनानी अक्षर लांबडा (λ) से दर्शाया गया है।

मृग के मध्य भाग में एक सीधी रेखा में, समान अंतर पर, जो तीन तारे हैं वे **त्रिकांड** के नाम से जाने जाते हैं। ये ओरायन के कमरबंद पर स्थित हैं। इन तारों का सतह-तापमान 25,000 डिग्री सेल्सियस है, जबकि हमारे सूर्य की सतह का तापमान 6000 डिग्री सेल्सियस के आसपास है।

त्रिकांड के नीचे कम चमकीले तीन तारे हैं। ये ओरायन की कमर में लटकी तलवार के सूचक हैं। इनमें से बीच के तारे के पास एक धुंधले प्रकाश-पुंज को कोरी आंखों से भी पहचाना जा सकता है। यह प्रसिद्ध **मृग नीहारिका** (ओरायन नेबुला) है और खगोल-विज्ञान में **M 42** के नाम से जानी जाती है। अत्यंत विरल गैसों से निर्मित यह नीहारिका एक विशाल बादल की तरह है और हमसे करीब 1500 प्रकाश-वर्ष दूर है (देखिए रंगीन चित्र)। यह 15 प्रकाश-वर्ष चौड़ी है। इस नीहारिका में इतना अधिक द्रव्य है कि इससे सूर्य-जैसे एक हजार से भी अधिक तारे जन्म ले सकते हैं। खगोलविदों ने पता लगाया है कि मृग नीहारिका के द्रव्य से आज भी नए तारे जन्म ले रहे हैं।

भारतीय ज्योतिष में मृग नक्षत्र का बड़ा महत्व रहा है। यह भारतीय परंपरा के 27 नक्षत्रों में से एक है। पुराने जमाने में सूर्य जब मृग नक्षत्र में पहुंचता था, तो वर्षा ऋतु का आरंभ होता था। लोकमान्य बाल गंगाधर तिलक ने अंग्रेजी में **ORION** (**ओरायन** = मृग) नाम का एक ग्रंथ लिखा है। उसमें उन्होंने बताने की कोशिश की है कि वेदों की रचना कितने साल पहले हुई होगी।

मृग मंडल में आज भी नए-नए तारे जन्म ले रहे हैं, इसलिए आधुनिक खगोल-विज्ञान की दृष्टि से भी इस तारा-मंडल के अध्ययन का बड़ा महत्व है। इसलिए भी मृग मंडल के तारों की अच्छी पहचान होना जरूरी है।

नीहारिका क्या है?

आकाश में सूर्य व चंद्र हैं, ग्रह, उपग्रह व लघुग्रह हैं, धूमकेतु हैं, अनगिनत तारे हैं। इनके अलावा बहुत सारे ऐसे प्रकाश-पुंज हैं जो कोरी आंखों से या छोटी दूरबीनों से देखने पर कुहरे के बादल-जैसे दिखाई देते हैं। इसलिए आरंभ में आकाश के सभी धुंधले पुंजों को 'नेबुला' यानी नीहारिका नाम दिया गया था। संस्कृत के 'नीहार' शब्द का अर्थ है 'कुहरा'। फ्रांसीसी खगोलविद् शार्ल मेसिए ने 1784 ई. में 103 नीहारिकाओं की एक सूची भी बना डाली। मेसिए के नाम के आरंभिक **M** अक्षर के आगे नंबर डालकर इन्हें दर्शाया जाता है, जैसे–**M 42**।

बाद में बड़ी दूरबीनों से देखने पर पता चला कि सभी नीहारिकाएं एक-जैसी नहीं हैं। इनमें से कुछ धूल व गैसों के विशाल बादल-जैसी हैं, तो कुछ करोड़ों-अरबों तारों की विशाल योजनाएं हैं। इसलिए आकाश के इन प्रकाश-पुंजों के लिए दो स्वतंत्र नाम अस्तित्व में आए : धूल व गैसों के विशाल बादल को नीहारिका (नेबुला) कहा जाता है और तारों की विशाल योजनाओं को मंदाकिनी (गैलेक्सी)। मृग मंडल का **M 42** पुंज एक नीहारिका है, मगर हमारी आकाशगंगा, जिसमें 150 अरब से भी अधिक तारे हैं, एक मंदाकिनी है।

नीहारिकाएं भी कई प्रकार की हैं। जो नीहारिका आसपास के तारों के प्रकाश से चमकती है उसे 'चमकीली नीहारिका', और जो तारों की रोशनी को सोखती है, उसे 'काली नीहारिका' कहते हैं। **M 42** चमकीली नीहारिका है।

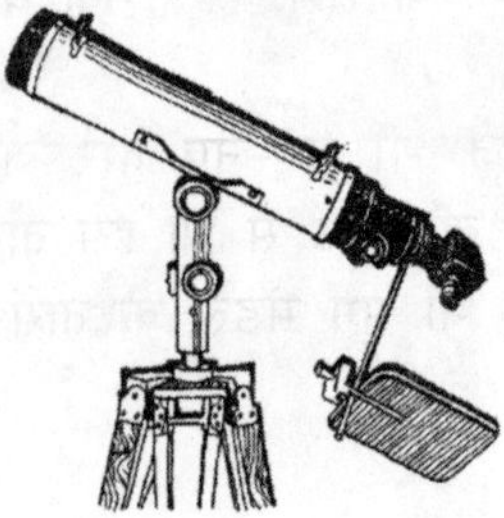

अध्याय 4

★ दक्षिणी आकाश का अनोखा अगस्त्य तारा

★ (ऋषि अगस्त्य की कथा)

★ कर्क मंडल : पुष्य और आश्लेषा नक्षत्र

★ ज्योतिष क्या है?

★ प्राचीन भारत के महान गणितज्ञ-ज्योतिषी

॥ मार्च ॥

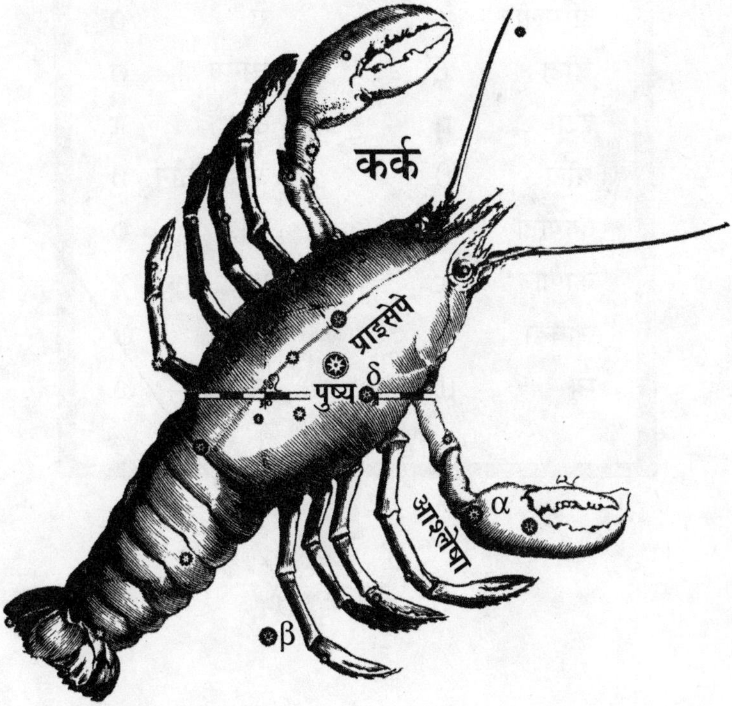

यूनानी वर्णमाला

अल्फा	α	न्यू	ν
बीटा	β	क्साइ	ξ
गामा	γ	ओमिक्रोन	o
डेल्टा	δ	पाइ	π
इप्सिलोन	$\in$	रो	ρ
जीटा	ζ	सिग्मा	σ
इटा	η	टाउ	τ
थीटा	θ	अप्साइलोन	υ
आयोटा	ι	फाइ	ϕ
काप्पा	κ	खाइ	χ
लांबडा	λ	प्साइ	ψ
म्यू	μ	ओमेगा	ω

दक्षिणी आकाश का अनोखा अगस्त्य तारा

पुराने जमाने में आज जैसी घड़ियां नहीं थीं। रात के समय चंद्रमा और तारों को देखकर समय जाना जाता था। ध्रुवतारे से उत्तर दिशा की पहचान होती थी, आज भी होती है। परंतु ध्रुवतारा भूमध्य-रेखा के उत्तर के देशों से ही दिखाई देता है। आस्ट्रेलिया, दक्षिण अफ्रीका और दक्षिण अमरीका के देशों से ध्रुवतारा दिखाई नहीं देता।

तब दक्षिणी गोलार्द्ध के सागरों और देशों में रात के समय यात्रा करने वाले लोग दिशाओं को कैसे जानते थे? पृथ्वी की धुरी के उत्तरी सिरे को आकाश की ओर बढ़ाने पर हम उत्तरी आकाश के ध्रुवबिंदु पर पहुंचते हैं। उस बिंदु के पास कोरी आंखों से दिखाई देनेवाला जो तारा है, उसे ही हम ध्रुवतारा कहते हैं। ध्रुवतारा सालभर एक स्थान पर स्थिर नजर आता है, इसलिए उससे उत्तरी दिशा की पहचान हो जाती है।

पृथ्वी की धुरी के दक्षिणी सिरे को आकाश की ओर बढ़ाने पर हम दक्षिणी आकाश के ध्रुवबिंदु पर पहुंचते हैं। मगर उस बिंदु पर या उसके नजदीक ऐसा कोई तारा नहीं है जिसे कोरी आंखों से पहचाना जा सके। वैसा कोई तारा होता, तो उससे दक्षिण दिशा की ठीक-ठीक पहचान हो जाती।

तब दक्षिणी सागरों की यात्रा करने वाले नाविक दिशाबोध के लिए किन तारों का सहारा लेते हैं? भूमध्यरेखा से दक्षिण की ओर आगे बढ़ने पर रात्रि का आकाश किस तरह के नजारे पेश करता है? जानने के लिए, आइए, एक काल्पनिक यात्रा पर चलते हैं।

प्रायः हर साल हमारे देश का एक अभियान-दल अंटार्कटिका

जाता रहा है। जहाज गोवा से चलता है। कल्पना कीजिए कि आप भी उसी जहाज में यात्रा कर रहे हैं। गोवा लगभग 15 उत्तरी अक्षांश पर स्थित है, इसलिए वहां से ध्रुवतारा उत्तरी क्षितिज के करीब 15 अंश ऊपर दिखाई दे सकता है। मगर जहाज जब मालदीव के कुछ दक्षिण में भूमध्यरेखा को पार करके आगे बढ़ेगा, तब ध्रुवतारा बिलकुल नहीं दिखाई देगा। थोड़ा आगे बढ़ने पर सप्तर्षि भी दिखाई नहीं देंगे।

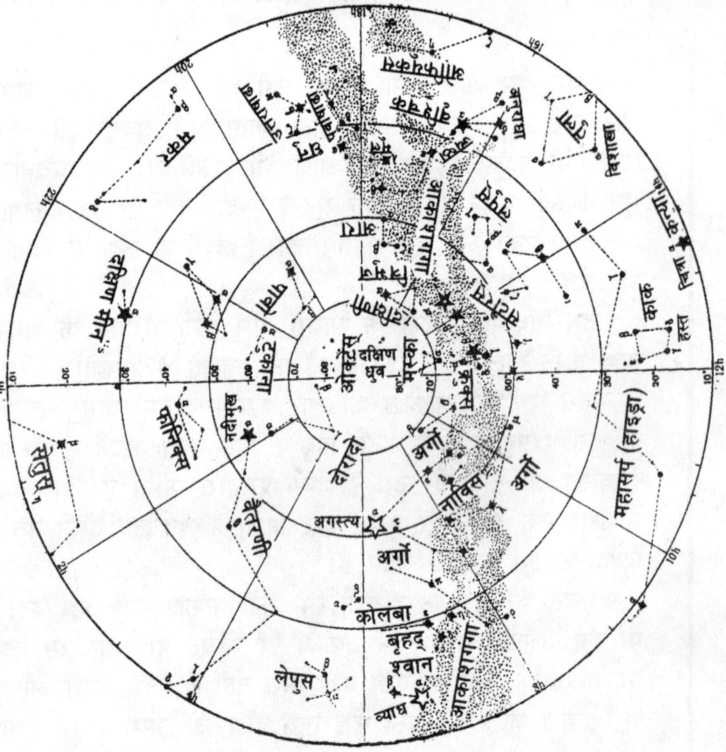

दक्षिणी खगोल के तारा-मंडल

दरअसल, जैसे-जैसे जहाज दक्षिण की ओर आगे बढ़ेगा, वैसे-वैसे आकाश का पूरा नक्शा ही बदल जाएगा। आकाश में नए-नए तारे नजर आएंगे। मृग, सिंह, कन्या, वृश्चिक आदि परिचित तारा-मंडल आपको उलटे नजर आएंगे। उत्तरी गोलार्द्ध से देखने पर आकाश में ये मंडल बाईं ओर से दाईं ओर को जाते हुए दिखाई देते हैं, मगर अंटार्कटिका की ओर जा रहे जहाज

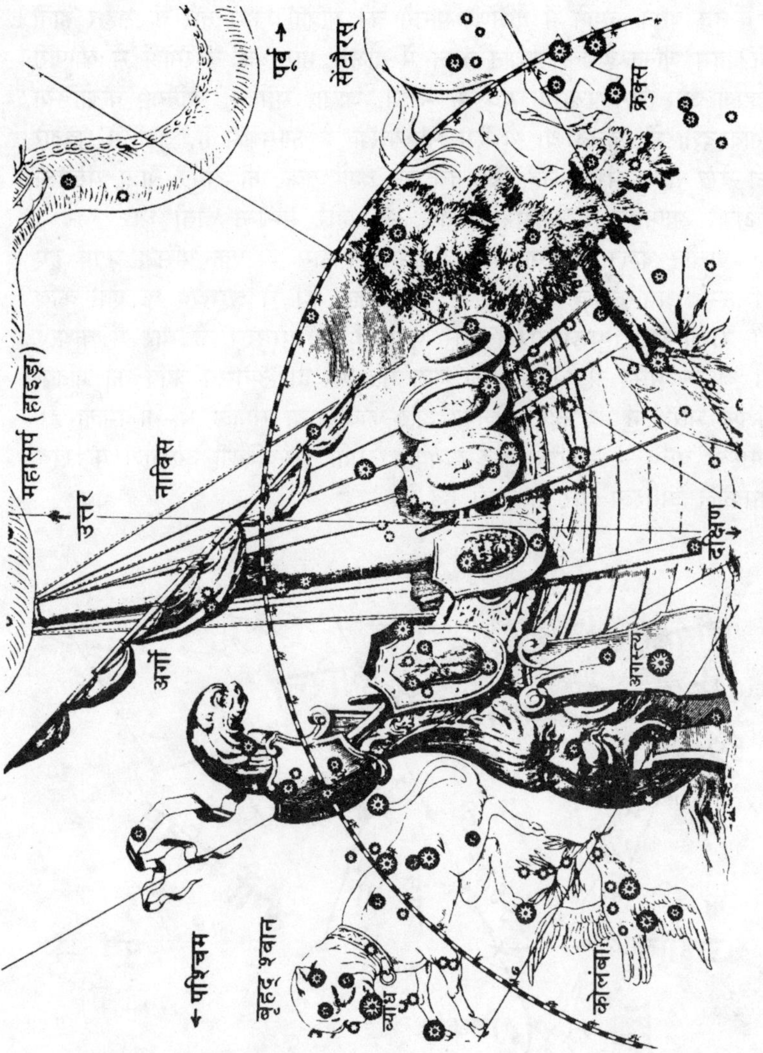

आकाश की कल्पित दैवी नौका (अर्गो नाविस)। अगस्त्य तारा इस नाव की तली में है।

से देखने पर ये दाईं ओर से बाईं ओर को जाते नजर आएंगे। अंटार्कटिका में स्थापित भारत के 'दक्षिण-गंगोत्री' या 'मैत्री' केंद्र में पूरे सालभर रहने पर भी आपको सप्तर्षि, देवयानी तथा उत्तरी खगोल के अन्य कई तारा-मंडल आकाश में दिखाई नहीं देंगे— हम सबका जाना-पहचाना ध्रुवतारा भी नहीं।

तब पुराने जमाने में दक्षिणी सागरों की यात्राएं किस तारे के सहारे होती थीं? हम जानते हैं कि प्राचीन काल में दक्षिण भारत के बंदरगाहों से व्यापारी जहाज और धर्म-प्रचारक पूर्व के मलय, जावा, सुमात्रा, बोर्नियो, कंबोडिया आदि देशों में पहुंचते थे। ये देश भूमध्यरेखा के आसपास हैं, जहां से ध्रुवतारे को देख पाना संभव नहीं है। तब उन देशों तक की समुद्र-यात्रा मुख्यत: दक्षिणी आकाश के **अगस्त्य** तारे के सहारे सम्पन्न होती थी।

प्राचीन काल में हमारे देश में अगस्त्य नाम के एक प्रसिद्ध ऋषि हुए हैं। उन्हें 'अगस्ति' के नाम से भी जाना जाता है। वे **ऋग्वेद** के एक कवि हैं। **रामायण, महाभारत** और **पुराणों** में अगस्त्य के बारे में कथाएं हैं। दक्षिण भारत में अगस्त्य का बड़ा माहात्म्य है। अगस्त्य ऋषि की मूर्तियां दक्षिण भारत में ही नहीं, श्रीलंका और जावा तथा सुमात्रा में भी मिली हैं। अगस्त्य ऋषि से संबंधित कई कथाएं, लगता है, दक्षिणी आकाश के खूब चमकीले अगस्त्य तारे से जुड़ी हुई हैं।

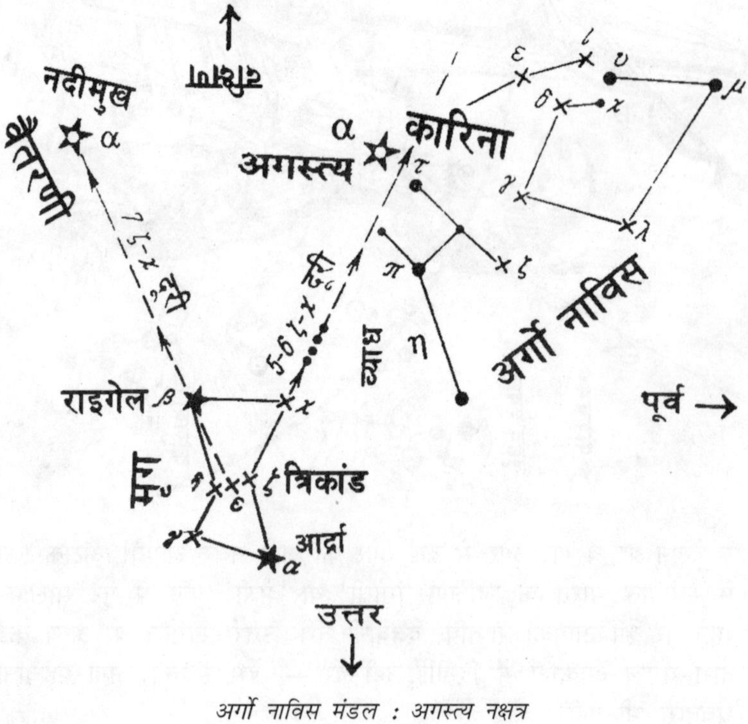

अर्गो नाविस मंडल : अगस्त्य नक्षत्र

आकाश का सबसे चमकीला तारा (सूर्य के बाद) व्याध है। उसके बाद दूसरा सबसे चमकीला तारा अगस्त्य ही है। यह तारा आकाश के विषुववृत्त (पृथ्वी की भूमध्यरेखा के ऊपर का आकाश का बड़ा वृत्त) से 53 अंश दक्षिण की ओर है, इसलिए 37 उत्तरी अक्षांश के स्थानों से (अर्थात्, उत्तरी अमरीका, कनाडा और यूरोप के देशों से) अगस्त्य तारे को देख पाना संभव नहीं है। मगर मार्च-अप्रैल में रात के नौ-दस बजे लगभग समूचे भारत से अगस्त्य को दक्षिण क्षितिज के ऊपर सबसे चमकीले तारे के रूप में आसानी से पहचाना जा सकता है।

मार्च-अप्रैल में रात के करीब दस बजे मृग मंडल के सुपरिचित तारे (आर्द्रा, त्रिकांड आदि) मध्याकाश में पहुंच जाते हैं। मृग मंडल के दक्षिण-पूर्व में व्याध तारा है। आकाश का सर्वाधिक चमकीला तारा होने से इसे आसानी से पहचाना जा सकता है। व्याध के दक्षिण में, क्षितिज के ऊपर, चमकीला अगस्त्य तारा है। यह तारा अगस्त माह से लेकर मई माह तक दक्षिणाकाश में कहीं-न-कहीं अवश्य दिखाई देता है। दक्षिणी सागरों की यात्रा करने वाले नाविकों के लिए, और अब अंतरिक्ष यात्रियों के लिए, अगस्त्य तारे की पहचान अति आवश्यक है।

पाश्चात्य ज्योतिष में अगस्त्य (α) तारे का नाम **कैनोपस** है। यह तारा दक्षिणी आकाश के 'नौका' **(अर्गो नाविस)** नामक एक बड़े तारा-मंडल के निचले हिस्से (नौतल) में स्थित है। प्राचीन मिस्र में अगस्त्य तारे को **कोहिनूब** (स्वर्गलोक) कहते थे। अरबी में इसका नाम **सुहेल** (प्रकाशमान) है।

जैसा कि पहले भी बताया गया है, अगस्त्य आकाश का दूसरा सबसे चमकीला तारा है। यह हमसे लगभग 200 प्रकाश-वर्ष दूर है। पीले-सफेद रंग के इस विशाल तारे का व्यास सूर्य के व्यास से 85 गुना अधिक है। अगस्त्य का सतह-तापमान 7600 डिग्री सेल्सियस है; हमारे सूर्य का सतह-तापमान लगभग 6000 डिग्री सेल्सियस है।

ऐतिहासिक और सांस्कृतिक दृष्टि से अगस्त्य तारे का बड़ा महत्व है। मगर आधुनिक खगोल-विज्ञान की दृष्टि से दक्षिणी आकाश में महत्व के कई नजारे हैं। नौका मंडल में ही **इटा-कारिनी** (η) नाम का एक ऐसा तारा है जिसकी चमक अनियमित रूप से घटती-बढ़ती रही है। करीब 9000 प्रकाश-वर्ष दूर का यह तारा भविष्य में सुपरनोवा बन सकता है। सूर्य के बाद आकाश का सबसे नजदीक का तारा (प्रॉक्सिमा सेंटौरी) भी दक्षिणी

आकाश में ही है। आकाश की सबसे बड़ी नीहारिका (गैस व धूल का बहुत बड़ा बादल) भी दक्षिणी आकाश में ही है।

संसार की सभी प्राचीन सभ्यताओं का उदय उत्तरी गोलार्द्ध में हुआ, इसलिए आधुनिक काल तक उत्तरी आकाश के तारों को ही ज्यादा महत्व दिया जाता रहा। लेकिन दक्षिणी आकाश के अध्ययन का भी बड़ा महत्व है। सौभाग्य से, तमिलनाडु के **कावलूर** स्थान की वेधशाला में स्थापित विशाल दूरबीन से दक्षिणी आकाश के एक काफी बड़े हिस्से का अध्ययन किया जा सकता है।

ऋषि अगस्त्य की कथा

ऋषि अगस्त्य **ऋग्वेद** के कई सूक्तों के रचनाकार हैं। उनके जन्म की कथा बड़ी विचित्र है। मित्र व वरुण, दोनों को उनका पिता और उर्वशी को माता बताया गया है, इसलिए उन्हें 'मैत्री-वारुणी' के नाम से भी जाना जाता है। यह भी कथा है कि उनका जन्म एक घड़े में हुआ था (कुंभज) और उस समय उनकी लंबाई बित्तेभर से अधिक नहीं थी!

महाभारत की कथा है कि एक बार विंध्य पर्वत तेजी से ऊपर बढ़ने लगा, तो देवता चिंतित हो उठे। उन्होंने ऋषि अगस्त्य से उपाय खोजने का अनुरोध किया। अगस्त्य अपनी पत्नी लोपामुद्रा को साथ लेकर विंध्य पर्वत के पास पहुंचे और बोले–'पर्वतराज, मैं किसी काम से दक्षिण दिशा को जा रहा हूं। तुम मुझे रास्ता दो। जब तक मैं लौट न आऊं, तब तक मेरी प्रतीक्षा करते रहो। मेरे लौट आने पर तुम फिर बढ़ते रहना।

विंध्य पर्वत झुक गया। अगस्त्य दक्षिण की ओर आगे बढ़ गए। मगर वे दक्षिण से फिर कभी वापस नहीं लौटे। विंध्य झुका हुआ ही रह गया! अगस्त्य या अगस्ति नाम संभवतः इसी कथा पर आधारित है। संस्कृत के 'अग' शब्द का अर्थ है 'पर्वत' और 'अस्ति' शब्द का अर्थ है 'हटानेवाला'। माना जाता है कि पहले-पहल अगस्त्य ऋषि ने ही दक्षिण भारत में आर्य संस्कृति का प्रचार-प्रसार किया था। दक्षिण भारत में अगस्त्य का बड़ा माहात्म्य है। उन्हें तमिल भाषा का जनक और 'अगत्तियम्' नामक तमिल व्याकरण का कर्ता माना जाता है।

अगस्त्य तारे के बारे में प्राचीन संस्कृत साहित्य में एक उल्लेख यह है कि जब सूर्य के साथ इसका उदय होता है, तब वर्षा ऋतु का अंत

होकर शरद ऋतु का आरंभ होता है।

तुलसीदास ने किष्किंधाकांड में लिखा है : 'बरषा विगत सरद रितु आई ... ॥ उदित अगस्ति पंथ जल सोषा। जिमि लोभहिं सोषइ संतोषा ॥' देखा गया था कि अगस्त्य नक्षत्र के उदय के साथ तालाब, नदी और कुएं का जल घटने लगता है। इसी के आधार पर अगस्त्य ऋषि द्वारा समुद्र को पी जाने की कथा चल पड़ी होगी। यह कथा **महाभारत** के 'वनपर्व' में है।

अगस्त्य ऋषि
(बोरोबुडूर, जावा)

अगस्त्य नक्षत्र दक्षिणी सागर की ओर है और अगस्त्य ऋषि ने दक्षिणी सागर की साहसी यात्रा की होगी, इसलिए भी शायद उनके बारे में समुद्र के शोषण की कथा चल पड़ी। जो भी हो, इतना स्पष्ट है कि ऋषि अगस्त्य के बारे में कई पौराणिक कथाएं दक्षिणी आकाश के चमकीले अगस्त्य नक्षत्र से जुड़ी हुई हैं। इसलिए भी हमें अगस्त्य तारे की अच्छी पहचान होनी चाहिए।

❖

कर्क मंडल : पुष्य और आश्लेषा नक्षत्र

भारतीय ज्योतिष-परंपरा में पुष्य और आश्लेषा नक्षत्रों का बड़ा महत्व रहा है। पुष्य का अर्थ है–पुष्प। पुष्यगुप्त, पुष्यमित्र, पुष्यपुर आदि नामों में इस पुष्य शब्द का खूब प्रयोग हुआ है। **ऋग्वेद** में पुष्य को 'तिष्य' भी कहा गया है। तिष्य का अर्थ है–शुभ या मांगलिक। बौद्ध जातकों में 'तिस्स' काफी प्रचलित नाम है। पाणिनि के समय (लगभग 500 ई.पू.) में पुष्य नक्षत्र को शुभ माना जाता था; उसे उन्होंने 'सिद्ध्य' (सिद्धिकारक) कहा है। पुष्य नक्षत्र के आधार पर ही पौष या पूस का महीना अस्तित्व में आया है।

सभी भारतीय नक्षत्रों के नाम सार्थक हैं। उदाहरण के लिए, आर्द्रा का अर्थ है–'भीगा हुआ'। इस नक्षत्र का आर्द्रा नाम इसलिए पड़ा, क्योंकि सूर्य जब इसमें रहता, तब वर्षा आरंभ हो जाती। स्त्रीलिंग और बहुवचन में प्रयुक्त आश्लेषा शब्द का अर्थ है–'आलिंगन करने वाली'। आश्रेषा या आश्लेषा नाम इसलिए पड़ा, क्योंकि सूर्य जब इस नक्षत्र में रहता था, तब धान या जौ के पौधे इतने बड़े हो जाते कि वे एक-दूसरे का आलिंगन करने लगते।

पुष्य और आश्लेषा नक्षत्रों का समावेश कर्क राशि (तारा-मंडल) के अंतर्गत होता है। कर्क का अर्थ है–केकड़ा। इसका पाश्चात्य नाम 'कैंसर' है। यूनानी खगोलविद् हिप्पार्कस और यूनानी-मिस्री खगोलविद् तालेमी ने इसके लिए 'कर्किनस्' शब्द का प्रयोग किया था। प्रोक्लुस (ईसा की पांचवीं सदी) ने इसके लिए 'कौलौरस्' शब्द का उपयोग किया था। वराहमिहिर (ईसा की छठी सदी) ने इस राशि के लिए संस्कृत का मिलता-जुलता 'कुलीर' शब्द अपनाया था (**पंचतंत्र** में बक और कुलीरक यानी बगुले और केकड़े की कथा भी है)।

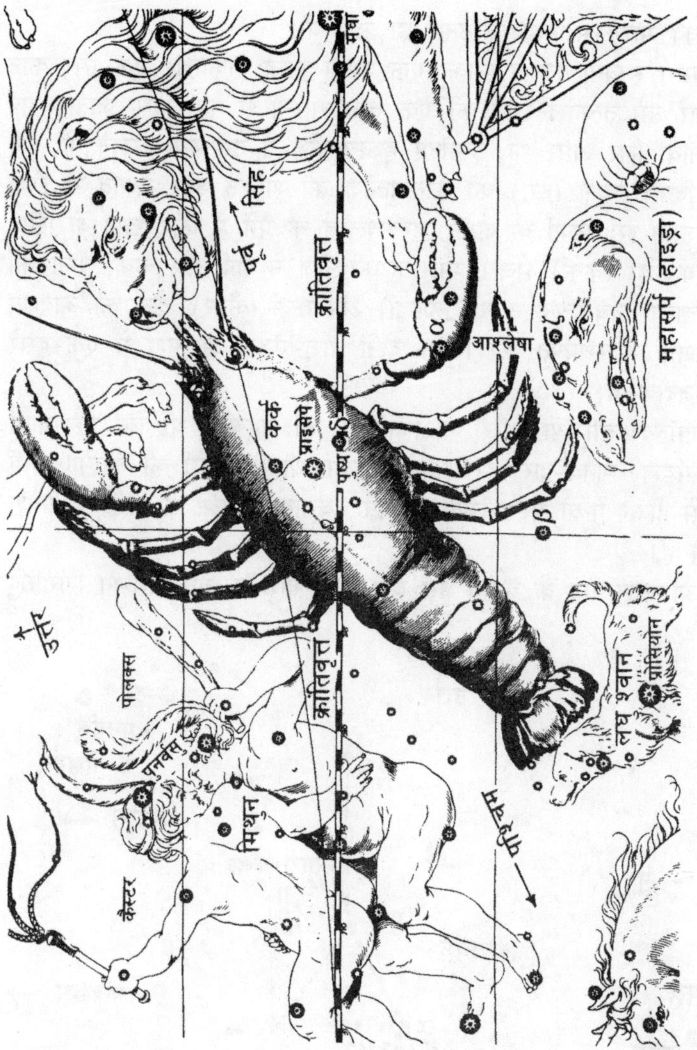

आकाशस्थ कर्क

कर्क राशि के पश्चिम में मिथुन राशि है, तो पूर्व में सिंह राशि। इसके दक्षिण में लघुश्वान और महासर्प मंडल हैं। कर्क और महासर्प के बारे में एक यूनानी पुराणकथा भी है। इस जलवासी सर्प के नौ सिर थे और इसने आर्गोस प्रांत में तबाही मचाकर आतंक फैला रखा था। इस सर्प का एक सिर काट देने पर उसके स्थान पर तुरंत दूसरा सिर निकल आता था। इससे

सर्प को मारने में बड़ी कठिनाई हो रही थी।

मगर हरक्यूलीज ने इसका एक उपाय खोज निकाला। एक सिर काट देने पर उसे तत्काल लोहे की एक तप्त सरिया से दाग दिया जाता। सर्प का नौवां सिर अमर था, इसलिए हरक्यूलीज ने उसे एक चट्टान के नीचे दबा दिया। ज्यूनो (हेरा) को हरक्यूलीज की शक्ति और ख्याति से ईर्ष्या थी। उसने इस संघर्ष के दौरान, हरक्यूलीज के पैरों में काट खाने के लिए, एक केकड़ा (कर्क) भेजा। मगर हरक्यूलीज ने सर्प और कर्क, दोनों को मार डाला। तब ज्यूनो ने सर्प (हाइड्रा) और कर्क (कैंसर), दोनों को आकाश के नक्षत्रों में स्थापित कर दिया। दोनों तारा-मंडल आकाश में एक-दूसरे के नजदीक हैं।

खल्दियावासियों और प्लेटोवादियों की मान्यता थी कि यह कर्क तारा-मंडल 'मानव-द्वार' है। उनकी कल्पना थी कि स्वर्ग की आत्माएं इसी द्वार से होकर पृथ्वी पर पहुंचती हैं और नवजात शिशुओं के शरीर में प्रवेश करती हैं।

आजकल रात के करीब दस बजे कर्क राशि के तारे लगभग शिरोबिंदु

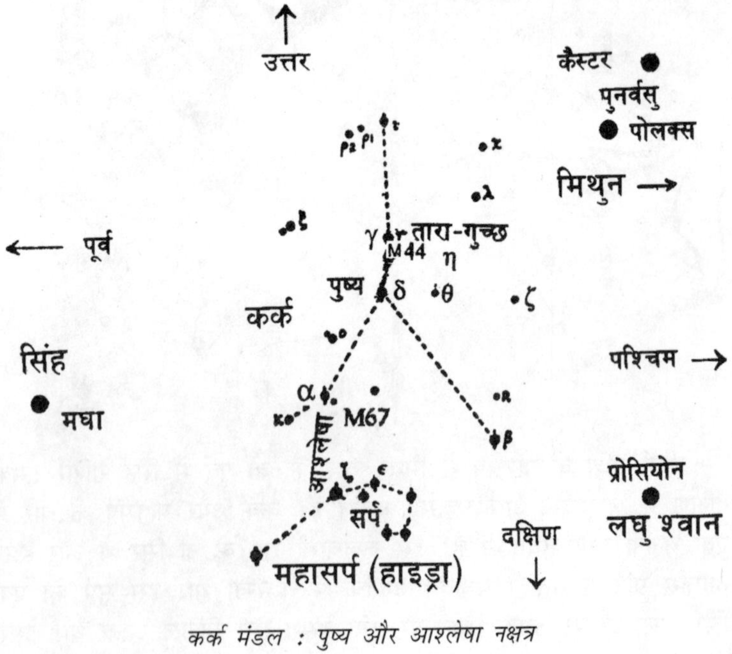

कर्क मंडल : पुष्य और आश्लेषा नक्षत्र

पर पहुंच जाते हैं। इस मंडल के तारे मंदकांति हैं, इसलिए उन्हें स्वच्छ और चांदनी-रहित आकाश में ही आसानी से पहचाना जा सकता है। कर्क मंडल के प्रमुख तारे उलटे Y अक्षर-जैसी आकृति बनाते हैं। स्थितिचित्र में दर्शाए गए डेल्टा (δ), गामा (γ) और थीटा (θ) तारे भारतीय परंपरा के पुष्य नक्षत्र के द्योतक माने जाते हैं। इनमें डेल्टा (δ) तारा पुष्य नक्षत्र का योगतारा है (भारतीय परंपरा के 27 नक्षत्रों में से प्रत्येक में जो प्रमुख तारा होता है, उसे 'योगतारा' कहते हैं। योगतारे के साथ ग्रहों की, प्रमुखतः चंद्र की, युति का विशेष महत्व था)।

कर्क मंडल के पुष्य नक्षत्र (δ तारे) की विशेषता यह है कि यह क्रांतिवृत्त पर स्थित है। लगभग 4 कांतिमान का पीतवर्ण यह विशाल तारा हमसे 160 प्रकाश-वर्ष दूर है।

वैदिक वाङ्मय के अनुसार आश्लेषा का देवता या स्वामी सर्प है, इसलिए कई ज्योतिषी समीप के महासर्प (हाइड्रा) मंडल के जीटा (ζ) या इप्सिलोन (ε) को आश्लेषा का योगतारा मानते हैं; मगर कुछ अन्य ज्योतिषियों ने कर्क मंडल के अल्फा (α) तारे को आश्लेषा का योगतारा माना है। यह अल्फा (α) तारा, जो सफेद रंग और 4.2 कांतिमान का है, हमसे लगभग 130 प्रकाश-वर्ष दूर है। इसका एक साथी-तारा भी है, मगर उसे दूरबीन से ही देखा जा सकता है।

कर्क मंडल का सबसे अनोखा तारा है **जीटा** (ζ)। यह तारा डेल्टा (δ, पुष्य) और थीटा (θ) तारों की पश्चिम दिशा में है। प्राचीन काल के ज्योतिषी इसे लगभग 5 कांतिमान का अकेला तारा ही मानते थे। परंतु आज हम जानते हैं कि यह पांच तारों की एक संयुक्त योजना है। इस योजना में मुख्य तारा (क) हमारे सूर्य-जैसा है। उसका नीले रंग का एक साथी-तारा (ख) है। ये दो तारे एक उभय गुरुत्व-केंद्र की 60 वर्षों में एक परिक्रमा पूरी करते हैं। एक तीसरा तारा (ग), अपने एक अन्य साथी-तारे (घ) के साथ, इन दोनों तारों (क और ख) की 1137 वर्षों में एक परिक्रमा पूरी करता है। तारा **घ** और तारा **ग** मिलकर भी करीब 18 वर्षों में एक-दूसरे की एक परिक्रमा पूरी करते हैं। इनके अलावा, स्पेक्ट्रम विश्लेषण से पता चला है कि **ख** तारे का भी एक साथी-तारा (ङ) है। पांच तारों की यह समूची **जीटा**(ζ)-योजना हमसे 82 प्रकाश-वर्ष दूर है।

कर्क मंडल के **डेल्टा** (δ) और **गामा** (γ) तारों को जोड़ने वाली रेखा के बीच में, कुछ पश्चिम की ओर, एक खुला तारा-गुच्छ है, जिसे

साफ आकाश में कोरी आंखों से भी देखा जा सकता है। प्राचीन यूनान के हिप्पार्कस आदि ज्योतिषियों ने इस प्रकाश-पुंज को नेबुला (नीहारिका) समझा था और इसे **प्राइसेपे** यानी छत्ताधानी का नाम दिया था। मगर आज हम जानते हैं कि यह नीहारिका नहीं है। गैलीलियो ने अपनी दूरबीन से पहली बार इस पुंज में 36 तारों का जमघट देखा, तो वे चकित रह गए थे।

आज हम जानते हैं कि यह प्रकाश-पुंज वस्तुतः करीब सौ तारों का, कृत्तिकाओं की तरह का, एक खुला तारा-गुच्छ है, जिसे आधुनिक खगोल-विज्ञान में **M44** के नाम से जाना जाता है। इसके अधिकांश तारे अतितप्त श्वेत-दानव हैं और कुछ तारे हमारे सूर्य-जैसे भी हैं। यह तारा-गुच्छ हमसे करीब 520 प्रकाश-वर्ष दूर है। कर्क मंडल के आश्लेषा (α) तारे के पास एक और खुला तारा-गुच्छ (M 67) है। इसमें करीब 80 तारे हैं, जिनमें अधिकांश अतितप्त श्वेत-दानव हैं। यह तारा-गुच्छ हमसे 2600 प्रकाश-वर्ष दूर है।

प्राचीन काल में, करीब दो हजार साल पहले, सूर्य प्रतिवर्ष जिस दिन आकाश में सबसे उत्तर की ओर पहुंचता था, तब वह कर्क राशि की सीमा में होता था। जिस दिन सूर्य भूमध्यरेखा के सबसे अधिक उत्तर में रहता है, उसे (21 जून) **कर्क संक्रांति** या उत्तर अयनांत का दिन कहते हैं। उस दिन उत्तरी अक्षांश 23½ पर मध्याह्न में सूर्य शिरोबिंदु पर रहता है। इसलिए उत्तरी अक्षांश 23½ वाली रेखा को प्राचीन काल में **कर्क वृत्त** का नाम दिया गया था (हमारे देश में कर्क वृत्त उज्जैन के पास से गुजरता है, इसलिए भी प्राचीन काल से यह नगरी ज्योतिष के अध्ययन का एक प्रमुख केंद्र रही है)। मगर अयन-चलन के कारण अयनांतों और विषुव-बिंदुओं की स्थितियां बदलती रहती हैं; वे पश्चिम की ओर सरकते रहते हैं। अब सूर्य जब मिथुन राशि (मंडल) में पहुंचता है, तभी उत्तर अयनांत होता है। फिर भी पुराना नाम (कर्क संक्रांति) आज भी कायम है!

दक्षिणी अक्षांश 23½ वाले मकर वृत्त और मकर संक्रांति पर भी यही बात लागू होती है। दक्षिणी आयनांत बिंदु समीप की धनु राशि में सरक गया है, फिर भी पुराना मकर संक्रांति नाम और पर्व आज भी चल रहा है!

❖

ज्योतिष क्या है ?

समय के साथ कई शब्द मोटे हो जाते हैं; भाषा-विज्ञान की शब्दावली में कहें तो उनका अर्थ-विस्तार होता है। ऐसा ही एक शब्द है 'ज्योतिष'। आज लोक-व्यवहार में 'ज्योतिष' या 'जोतिस' शब्द का अर्थ हो गया है–फलित-ज्योतिष, यानी ग्रह-नक्षत्रों के शुभाशुभ फल बताने वाली विद्या। परंतु आरंभ में, अनेक सदियों तक, इस शब्द का यह अर्थ नहीं था। यदि हम ऐतिहासिक परिप्रेक्ष में इस शब्द के अर्थ-विस्तार को देखते चलें, तो भारतीय ज्योतिष के विकास क्रम की एक झलक मिलने के साथ-साथ काफी हद तक यह भी स्पष्ट हो जाएगा कि फलित-ज्योतिष वस्तुतः क्या है और भारत में इसका प्रवेश तथा फैलाव कब और कैसे हुआ।

संस्कृत के 'ज्योतिः' या 'ज्योतिस्' शब्द का मूल अर्थ है–प्रकाश, तेज, सूर्य। अतः 'ज्योतिष' शब्द का अर्थ होगा–आकाशीय ज्योतियों अर्थात् सूर्यादि नक्षत्रों तथा ग्रहों आदि की गतियों को जानने की विद्या। वैदिक वाङ्मय में ज्योतिष के लिए 'नक्षत्रविद्या' और ज्योतिषी के लिए 'नक्षत्रदर्श' तथा 'गणक' शब्द भी देखने को मिलते हैं। प्राचीन जैन आगमों में ज्योतिषी के लिए 'जोईसंगविउ' शब्द आया है।

भारतीय ज्योतिष का सबसे प्राचीन उपलब्ध ग्रंथ है **वेदांग-ज्योतिष**, जिसकी रचना 500 ई.पू. के आसपास हुई थी। इसका विषय काल-गणना है। इसमें 'युग' पांच वर्ष का माना गया है और गणित के जरिए केवल सूर्य, चंद्र तथा 27 नक्षत्रों पर ही विचार किया गया है। इसमें ग्रहों, 12 राशियों और 7 वारों की कोई चर्चा नहीं है। उस समय केवल नक्षत्रों को ही थोड़ा शुभाशुभ माना जाता था। महामहोपाध्याय डा. पांडुरंग वामन काणे भी अपने **धर्मशास्त्र**

का इतिहास (चतुर्थ भाग, अध्याय 15) में लिखते हैं : "ईसा से कई शताब्दियों पूर्व वैदिक एवं घरेलू कृत्यों के लिए केवल शुभ नक्षत्र का निर्धारण होता था, न कि किसी तिथि का। सप्ताह के दिनों का भी उल्लेख नहीं किया जाता था। राशियां भी वर्णित नहीं हैं और ग्रहों की ओर भी संकेत नहीं है; केवल शुभ नक्षत्र में कृत्य-संपादन की व्यवस्था है।...(उन) प्रारंभिक युगों में कोई ऐसे नियम नहीं बन पाए थे जिनसे ग्रहों का किसी नक्षत्र में प्रभाव जाना जा सके और न कुंडलियां ही बनती थीं, जिनमें ग्रहों, नक्षत्रों एवं राशियों के घर आदि बने हों।"

महाभारत में भी 12 राशियों और 7 वारों का उल्लेख नहीं हैं। डा. काणे आगे बताते हैं : "महाभारत के कथनों में एक द्रष्टव्य बात यह है कि जहां वे सूर्य, चंद्र एवं ग्रहों की स्थितियों को उनके नक्षत्रों के संबंध में बताते हैं, वहां वे कहीं भी ग्रहों की स्थितियों को उनकी राशियों अथवा सप्ताह-दिनों (यथा मंगल, रवि आदि) के संबंध में नहीं बताते।"

अत: स्पष्ट है कि ईसा पूर्व की सदियों में हमारे देश में आज जैसे फलित-ज्योतिष का प्रचार नहीं था। शुभाशुभ दिनों और नक्षत्रों से संबंधित भविष्य-कथनों से जीविका चलाने वालों को प्राय: ठग ही समझा जाता था। मनु (**मनुस्मृति**, 3.162) ने नक्षत्र-विद्या से जीविका चलाने वाले को निम्न कोटि का ब्राह्मण कहा है। बौद्ध ग्रंथ **दीघनिकाय** में भविष्य-कथन करने वाले भिक्षुओं की भर्त्सना की गई है। कौटिल्य अपने **अर्थशास्त्र** (अधिकरण 9, अध्याय 4) में लिखते हैं :"जो मूर्ख आदमी लगातार नक्षत्र-कथनों पर आश्रित रहता है, वह अपने लक्ष्य को प्राप्त नहीं कर सकता। धन प्राप्ति के लिए तो धन ही नक्षत्र है; उसमें नक्षत्र (तारे) क्या मदद कर सकते हैं?"

इस प्रकार हम देखते हैं कि ईसा पूर्व की सदियों में हमारे देश में कुछ लोग नक्षत्रों के आधार पर भविष्यवाणियां करके जीविका चलाते थे, परंतु ऐसे लोग निंदनीय समझे जाते थे। यह भी स्पष्ट है कि अभी उस समय भारत में ग्रहों, राशियों और वारों पर आधारित फलित-ज्योतिष अस्तित्व में नहीं आया था और न ही कुंडलियां बनती थीं।

आधुनिक फलित-ज्योतिष के स्रोत प्राचीन बेबीलोन (मेसोपोटामिया) में हैं। बारह राशियों और सात वारों का मूल भी बेबीलोन में ही है। मेसोपोटामिया में फलित-ज्योतिष की नींव ईसा पूर्व तीसरी-दूसरी सहस्राब्दियों में पड़ी। वहां आरंभ में प्रमुखत: ग्रह-नक्षत्रों से संबंधित आकाशीय घटनाओं के आधार पर शकुन बताए जाते थे। बेबीलोन और असीरिया में माना जाता

था कि आकाश में होने वाली घटनाओं के प्रतिरूप पृथ्वी पर मौजूद हैं, इसलिए आकाश के अवलोकन (ज्योतिष) को शकुन-कथन या भविष्य-कथन का ही एक अंग समझा जाता था। शकुनों का संग्रह करके उन्हें चार समूहों में बांटा गया था और उनका संबंध चंद्र, सूर्य, ग्रहों और मौसमी घटनाओं जोड़ा गया था। परवर्ती असीरी शासनकाल (लगभग 700 ई.पू.) में ग्रह-नक्षत्रों पर आधारित भविष्य-कथन का बहुत बोलबाला हो गया था। शकुन एकत्र करने के लिए प्रेक्षकों के दल राज्य के विभिन्न भागों में भेजे जाते थे। उन शकुन-कथनों का संबंध प्रमुखतः शासक, शासन और सैनिक हलचलों से होता था। ग्रह-नक्षत्रों पर आधारित व्यक्तिगत भविष्य-कथन और राशिचक्र-कुंडली का चलन कुछ बाद में हुआ। मेसोपोटामिया से सबसे प्राचीन जो कुंडली मिली है, वह 29 अप्रैल, 410 ई.पू. को पैदा हुए एक बालक की है। उस समय तक बेबीलोन पर ईरान का शासन स्थापित हो चुका था। प्राचीन भारत के गंधार प्रदेश पर भी ईरान का शासन था। उसी समय से भारतीयों को बेबीलोनी ज्योतिष की जानकारी मिलने लग गई थी।

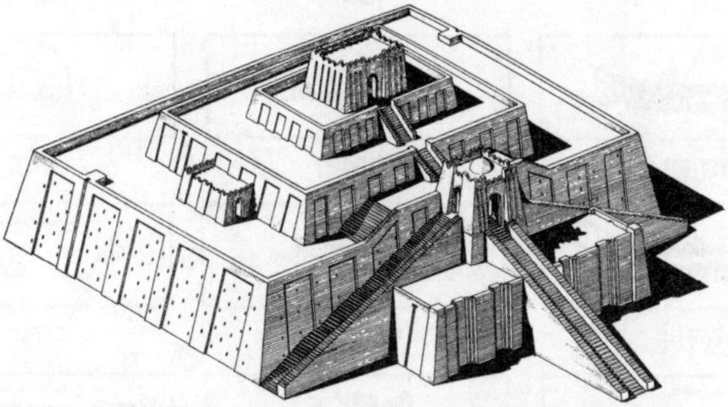

ऊर नगर का जिग्गुरात : मंदिर व वेधशाला

बेबीलोन में भविष्य-कथन को विशेष महत्व दिया गया था, इसलिए वहां ग्रहों, नक्षत्रों, ग्रहणों आदि से संबंधित घटनाओं का गहराई से अध्ययन हुआ, मिट्टी के फलकों पर उत्कीर्ण कीलाक्षर लेखों में उनका लेखा-जोखा रखा गया। मेसोपोटामिया के ऊर, एरिदु आदि कई नगरों में पिरामीड के आकार के कई मंजिलों वाले 'जिग्गुरात' नामक जो ऊंचे-ऊंचे मंदिर बने थे, वे एक प्रकार की वेधशालाएं भी थीं। वहां पुरोहित ही ज्योतिषी होते थे।

बेबीलोन पर सिकंदर की विजय के बाद फलित-ज्योतिष को यूनानियों

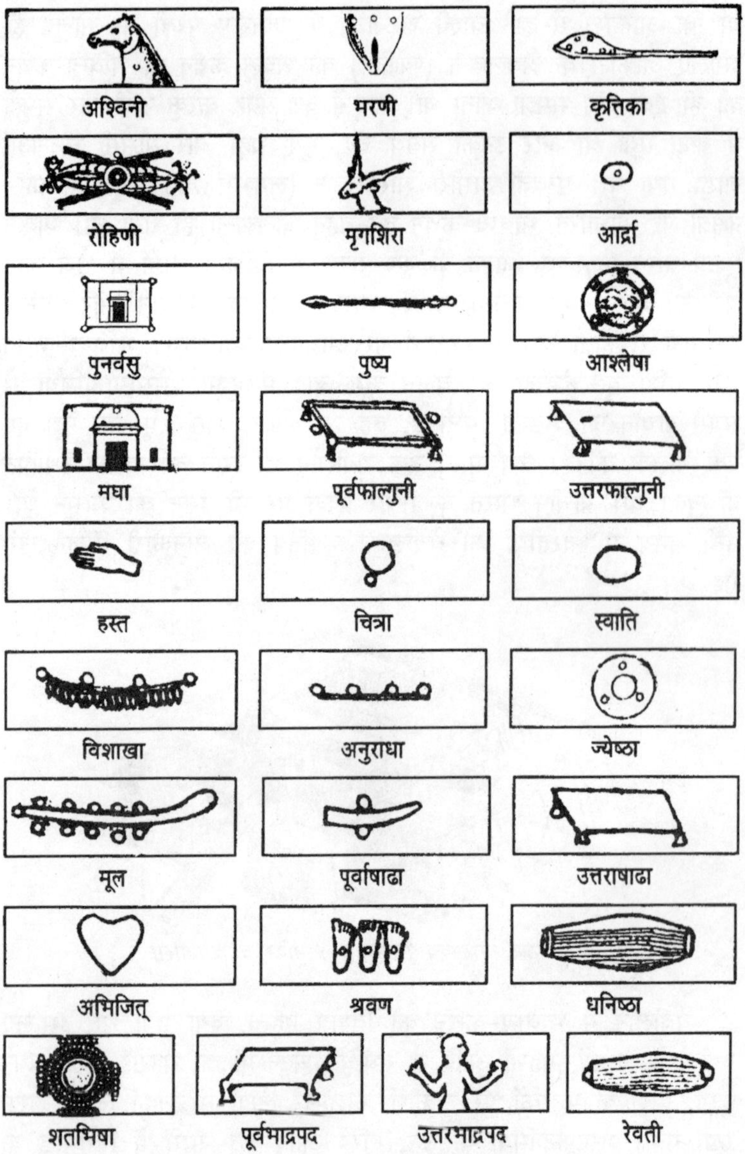

भारतीय चांद्र नक्षत्र : यहां अभिजित् सहित इनकी संख्या 28 है। यह चित्र ज्योतिषी श्रीपति (लगभग 1000 ई.) के मुहूर्त-ग्रंथ 'रत्नमाला' के विवरण के आधार पर सर विलियम जोन्स (1746-94 ई.) ने तैयार करवाया था।

ने भी अपनाना शुरू किया। यूनानियों के जरिए इसका प्रवेश एक ओर भारत में हुआ, तो दूसरी ओर रोम में। बेबीलोनी फलित-ज्योतिष प्रमुखतः राज्य और राजकुल से संबंधित था; यूनानियों ने उसे आम जनता से जोड़ दिया। मगर रोम व यूनान में ऐसे कई विचारक थे जो फलित-ज्योतिष को भ्रम ही मानते थे। रोमन राजनीतिज्ञ सिसरो (ईसा पूर्व प्रथम सदी) की

भारतीय राशिचक्र : यह चित्र ज्योतिषी श्रीपति (लगभग 1000 ई.) के विवरण के आधार पर बना है। इसमें बाहरी घेरे में राहु-केतु सहित 9 ग्रह हैं। केंद्र में चारों दिशाओं के साथ सुमेरु पर्वत को दिखाया गया है। देखिए कि धनु, कुंभ और तुला के चित्रांकन में इन्हें क्रमशः धनुर्धर, कुंभधर और तुलाधर बना दिया गया है।

फलित-ज्योतिष में आस्था नहीं थी; उसका कहना था कि ग्रह-तारे हमसे बहुत दूर हैं।

लगभग 300 ई.पू. से 300 ई. की कालावधि में भारत में बेबीलोनी और यूनानी ज्योतिष की, साथ में फलित-ज्योतिष की भी, अनेक बातों को अपनाया गया। परिणामस्वरूप, भारत में ज्योतिषशास्त्र के एक नए युग का, सिद्धांत युग का, सूत्रपात हुआ। वराहमिहिर (ईसा की छठी सदी) ने **पंचसिद्धांतिका** ग्रंथ में अपने पहले के पांच सिद्धांतों का परिचय दिया है। ये सिद्धांत-ग्रंथ हैं—पैतामह, वासिष्ठ, रोमक, पौलिश और सौर। इनमें **पितामह-सिद्धांत** की बातें **वेदांग-ज्योतिष** से काफी मिलती-जुलती थीं। **वसिष्ठ-सिद्धांत** में तिथि व नक्षत्र की गणना और 'लग्न' का निर्देश है। **रोमक-सिद्धांत** स्पष्टतः यूनानी ज्योतिष पर आधारित है। **पुलिश-सिद्धांत** भी सिकंदरिया (अलेक्जेंड्रिया) के ज्योतिष पर आधारित है। वराहमिहिर ने **सूर्य-सिद्धांत** को सर्वोत्तम माना है, मगर यह भी पाश्चात्य ज्योतिष से प्रभावित है।

भारतीयों ने यवनों से ज्योतिष (गणित व फलित, दोनों) की कई बातें सीखीं, यह बात वराहमिहिर की **बृहत्संहिता** में आए इस कथन से भी स्पष्ट होती है—

म्लेच्छा हि यवनास्तेषु सम्यक् शास्त्रमिदं स्थितम् ।
ऋषिवत्तेऽपि पूज्यन्ते किं पुनर्दैवविद् द्विजः ॥

अर्थात्, म्लेच्छ होने पर भी यवनों (यूनानियों) को ज्योतिषशास्त्र का अच्छा ज्ञान है, इसलिए वे ऋषि-तुल्य पूज्य हैं। इस शास्त्र को जानने वाला यदि द्विज हो, तो फिर बात ही क्या?

स्फुजिध्वज की 269 ई. में लिखी हुई **यवनजातक** नामक एक पुस्तक मिली है, जिसमें ग्रह-गणित के लिए बेबीलोनी विधियों का उपयोग किया गया है। पीछे हम बता चुके हैं कि **वेदांग-ज्योतिष** में ग्रह-गणित नहीं है।

उपर्युक्त सारी बातों का निष्कर्ष यह है कि ईसा की आरंभिक सदियों में बेबीलोनी-यूनानी गणित-ज्योतिष की विधियों के साथ-साथ ग्रहों, राशियों व सात वारों पर आधारित उनके फलित-ज्योतिष को भी भारत में अपनाया गया। सात वारों की व्यवस्था भारतीय मूल की नहीं है। भारत में वार या दिवस का उल्लेख पहली बार एरण (मध्य प्रदेश) से प्राप्त बुधगुप्त के शासनकाल के 484 ई. के एक स्तंभलेख में देखने को मिलता है। वहां

तिथि (*आषाढ़ शुक्ल द्वादशी*) और वार (*सुरगुरु दिवस,* यानी बृहस्पतिवार), दोनों का उल्लेख साथ-साथ किया गया है।

ईसा की आरंभिक सदियों में भारत में जब फलित-ज्योतिष का बोलबाला शुरू हुआ, तो ज्योतिषशास्त्र मुख्यत: तीन स्कंधों (भागों) में बंट गया—**सिद्धांत** (गणित-ज्योतिष), **होरा** (जातक) और **संहिता** (मुहूर्त)। इन तीनों स्कंधों पर अलग-अलग पुस्तकें भी लिखी जाने लगीं। जैसे—**गर्ग-संहिता** और वराहमिहिर द्वारा वर्णित उनके पहले के पांच सिद्धांत-ग्रंथ। मगर वराहमिहिर पहले नामी ज्योतिषी हैं जिन्होंने तीनों स्कंधों पर पुस्तकें लिखीं—बृहद् और लघु, दोनों तरह की। उनकी **पंचसिद्धांतिका** गणित-ज्योतिष की कृति है।। उनके द्वारा रचित **बृहज्जातक** और **बृहत्संहिता** के विषय नाम से ही स्पष्ट हैं।

बाद में ज्योतिष के गणित-स्कंध के तीन भेद किए गए—सिद्धांत, तंत्र और करण। आर्यभट-प्रथम के **आर्यभटीय** ग्रंथ (499 ई.) को सिद्धांत और तंत्र, दोनों के अंतर्गत रखा जा सकता है। आर्यभट के बाद भारत में कई सिद्धांत-ग्रंथ लिखे गए। अंतिम सिद्धांत, **सिद्धांत-दर्पण**, उड़ीसा के सामंत चंद्रशेखर सिंह ने 1894 ई. में लिखा।

करण-ग्रंथ में केवल ग्रह-गणित रहता है। ब्रह्मगुप्त, शतानंद, भास्कराचार्य, गणेश दैवज्ञ आदि कई ज्योतिषियों ने करण-ग्रंथ लिखे। सिद्धांत, तंत्र और करण ग्रंथों को गणित-ज्योतिष के ही ग्रंथ मानना चाहिए। गणित-ज्योतिष के ग्रंथों में निरंतर संशोधन होता रहता है।

संहिता ग्रंथों में ग्रहचारों और मुहूर्तों (विवाह और यात्रादि कर्मों) की चर्चा रहती है। वराहमिहिर की **बृहत्संहिता** के बाद हमारे देश में मुहूर्त विषयक कई सारी पुस्तकें लिखी गईं। होरा स्कंध का दूसरा नाम ही जातक है। जातक में मनुष्य के 'लग्न' (उदयकाल की राशि) द्वारा उसके संपूर्ण सुख-दु:खों का निश्चय किया जाता है। बाद में, अरबों के संपर्क में आने पर, जातक के साथ ताजिक भी जुड़ गया।

इस तरह हम देखते हैं कि लगभग 500 ई. से भारतीय ज्योतिष प्रमुखत: दो भागों में बंट गया—गणित-ज्योतिष और फलित-ज्योतिष। गणित-ज्योतिष को हमें विज्ञान ही मानना चाहिए, क्योंकि इसमें निरंतर खंडन-मंडन चलता रहा, संशोधन होता रहा, और नए-नए सिद्धांत स्थापित किए जाते रहे। जैसे, आर्यभट-प्रथम (499 ई.) ने श्रुति-स्मृति के मतों की परवाह किए बिना भारत में पहली बार भूभ्रमण का सिद्धांत प्रतिपादित किया,

भले ही बाद में वराहमिहिर व ब्रह्मगुप्त आदि ज्योतिषियों ने नाहक ही उनके सही मत का विरोध किया हो। फलित-ज्योतिषी तो आज भी यह मानकर चलते हैं कि पृथ्वी स्थिर है।

एक और उदाहरण लीजिए। **वेदांग-ज्योतिष** (लगभग 500 ई.पू.) में युग पांच वर्षों का और वर्ष 366 दिनों का माना गया था। वराहमिहिर (ईसा की छठी सदी) ने अपनी **पंचसिद्धांतिका** में जिस पुराने **सूर्य-सिद्धांत** की जानकारी दी है, उसमें सौर वर्ष 365.25875 दिनों का बताया गया है। वराह के बाद के **सूर्य-सिद्धांत** में वर्षमान 365.258756 दिनों का दिया गया है। मगर आधुनिक अन्वेषण के अनुसार सायन वर्ष का वास्तविक मान 365.242196 दिन है।

इस तरह, **सूर्य-सिद्धांत** का वर्षमान वास्तविक सायन वर्षमान से 0.016560 दिन अधिक है। चूंकि **सूर्य-सिद्धांत** के इस वर्षमान का परंपरागत पंचांग बनाने में आज भी उपयोग होता है, इसलिए हर साल वर्ष का आरंभ 0.01656 दिन आगे बढ़ जाता है। इस तरह, पिछले करीब 1400 वर्षों में वर्ष का आरंभ 23.2 दिन आगे बढ़ गया है। क्या पंचांगों का उपयोग करके जन्म-कुंडलियां बनाने वाले इस तथ्य से परिचित हैं?

फलित-ज्योतिष वैज्ञानिक सिद्धांतों और नियमों पर आधारित नहीं है, इसलिए इसे विज्ञान नहीं माना जा सकता। एक जन्म-पत्रिका चार जोतिषियों (आज के फलित-ज्योतिषियों के लिए यही नाम उपयुक्त है) को दिखाइए, आपको चार अनुमान प्राप्त होंगे। वैज्ञानिक निष्कर्ष इस तरह व्यक्तिगत नहीं होते।

जन्म-कुंडली बनाने और राशियों के निर्धारण में जोतिषी अनेक अवैज्ञानिक बातों को आंख मूंदकर स्वीकार कर लेते हैं। सूर्य का प्रकाश करीब आठ मिनट बाद पृथ्वी पर पहुंचता है। शनि का प्रकाश पृथ्वी पर पहुंचने में और भी अधिक समय लगता है। तारे हमसे सैकड़ों-हजारों प्रकाश-वर्ष दूर हैं और किसी भी राशि (तारा-मंडल) के सारे तारे हमसे समान दूरी पर नहीं हैं। अतः ग्रह और तारों को जब हम आकाश में देखते हैं तो वे वस्तुतः उस स्थान पर नहीं होते जहां वे दिखाई देते हैं। इसलिए ग्रहस्थिति एक भ्रम है; जोतिषियों की 'सही ग्रहस्थिति' और 'सही समय' की बातें भ्रामक हैं, निरर्थक हैं।

उत्तरी और दक्षिणी ध्रुव-प्रदेशों में छह महीनों का दिन और छह महीनों की रात होती है। वर्ष के कुछ समय तक वहां ग्रह दिखाई भी नहीं देते।

उत्तरी ध्रुव-प्रदेश के निवासियों को दक्षिणी आकाश के ग्रह-नक्षत्र दिखाई नहीं देते और दक्षिणी ध्रुव-प्रदेश के निवासियों को उत्तरी आकाश के ग्रह-नक्षत्र दिखाई नहीं देते। तब उनका परिणाम वहां के निवासियों पर कैसे हो सकता है?

जोतिषी सूर्य, चंद्र, राहु और केतु को ग्रह मानते हैं। मगर सूर्य एक तारा है, चंद्र उपग्रह है, राहु व केतु आकाश के दो काल्पनिक बिंदु हैं। मजे की बात तो यह है कि राहु-केतु जैसे काल्पनिक बिंदुओं को तो कुंडली में स्थान दिया जाता है, मगर जिस पृथ्वी-ग्रह पर हमारा निवास है, जिसकी परिस्थितियां हमें सबसे ज्यादा प्रभावित करती हैं, उसके लिए कुंडली में कोई स्थान नहीं है!

विज्ञान मानता है कि विश्व की हर वस्तु हर अन्य वस्तु को प्रभावित करती है। आधुनिक विज्ञान में विविध प्रकार के इन प्रभावों या बलों की गणना की जाती है, इनका व्यापक उपयोग किया जाता है। आज हम ब्रह्मांड की व्यवस्था को ठीक से समझने के लिए आइंस्टाइन (1879-1955 ई.) के आपेक्षिकता के सिद्धांत का सहारा लेते हैं। इसके विपरीत, फलित-ज्योतिष में केवल काल्पनिक प्रभाव की बात की जाती है; उसमें तो न्यूटन के गुरुत्वाकर्षण के लिए भी कोई स्थान नहीं है!

वर्तमान सदी में एक नए विराट विश्व का उद्घाटन हुआ है। सन् 1930 में सौर मंडल में नया प्लूटो ग्रह खोजा गया। कई दर्जन नए उपग्रह खोजे गए, जिनमें कई हमारे चंद्र से भी बड़े हैं। आकाशगंगा के परे हजारों-लाखों मंदाकिनियां खोजी गईं। श्वेत-वामन, लाल-दानव, पल्सर, न्यूट्रान आदि कई किस्म के तारों के बारे में जानकारी मिली। कृष्ण विवर (ब्लैक होल) जैसे विलक्षण पिंडों का पता चला। मनुष्य चंद्र की यात्रा करके लौटा। शुक्र व मंगल ग्रहों पर यंत्रोपकरण उतारे गए।

लेकिन फलित-ज्योतिष को खगोल-विज्ञान की इस नई जानकारी से, वास्तविक भौतिक विश्व से, कोई लेना-देना नहीं है। पुरानी अधूरी और अवैज्ञानिक जानकारी पर जोतिषियों की आस्था आज भी कायम है। फलित-ज्योतिष सिर्फ आस्था और विश्वास पर आधारित है, महज एक अंधविश्वास है।

❖

प्राचीन भारत के महान गणितज्ञ-ज्योतिषी

महात्मा लगध

इनकी रचित 'वेदांग-ज्योतिष' नामक जो पुस्तक मिलती है, वह उपलब्ध ज्योतिष-ग्रंथों में सबसे पुरानी है, 500 ई.पू. के आसपास की है। इस पुस्तक में सूर्य, चंद्र व 27 नक्षत्रों से संबंधित काल-गणना का विवेचन है और वर्ष 366 दिनों का तथा युग 5 वर्षों का बताया गया है। इसमें ग्रहों, राशियों एवं सात वारों का और इन पर आधारित भाविष्य-कथनों तथा कुंडलियों का कोई जिक्र नहीं है; केवल नक्षत्रों को ही थोड़ा शुभाशुभ बताया गया है।

आर्यभट-प्रथम

(जन्म : 476 ई.) इनका केवल एक ग्रंथ मिला है–'आर्यभटीय' (499 ई.), जो कुसुमपुर (संभवतः पाटलिपुत्र यानी आधुनिक पटना) में लिखा गया। इस 'सिद्धांत' यानी गणित-ज्योतिष के ग्रंथ में 43,20,000 वर्षों के महायुग को चार समान युगों में बांटा गया है, ग्रहणों के सही कारण बताए गए हैं, केवल चार तत्वों (मिट्टी, जल, अग्नि व वायु) को स्वीकार किया गया है और पहली बार भूभ्रमण (पृथ्वी के अक्षभ्रमण) का प्रतिपादन किया गया है। मगर बाद के लगभग सभी भारतीय ज्योतिषियों ने, सही होने पर भी, आर्यभट के भूभ्रमण के सिद्धांत को स्वीकार नहीं किया! 'आर्यभटीय' में फलित-ज्योतिष की कोई चर्चा नहीं है।

वराहमिहिर

ये कायथा (उज्जैन के पास) के निवासी थे। इनके समय (ईसा की

छठी सदी) तक भारतीय ज्योतिष तीन स्कंधों (भागों) में बंट चुका था–सिद्धांत (गणित-ज्योतिष), संहिता (मुहूर्त) और होरा (जातक)। वराह ने इन तीनों स्कंधों पर ग्रंथ-रचना की। 'पंच-सिद्धांतिका' में उन्होंने अपने पहले के पैतामह, वासिष्ठ, रोमक, पौलिश और सौर सिद्धांतों की जानकारी दी है। इनके 'बृहज्जातक' और 'बृहत्संहिता' ग्रंथों के विषय नाम से ही स्पष्ट हैं। आज जो 'सूर्य-सिद्धांत' उपलब्ध है और जिसका पंचांग बनाने में खूब उपयोग होता रहा है, वह ईसा की 10वीं सदी के आसपास की संशोधित कृति है।

ब्रह्मगुप्त

ये भिल्लमाल (राजस्थान) के निवासी थे। इनके 'ब्राह्मस्फुट-सिद्धांत' (628 ई.) में गणित और ज्योतिष की विस्तृत जानकारी है। प्रतिभाशाली गणितज्ञ-ज्योतिषी होने पर भी इन्होंने आर्यभट के भूभ्रमण के सिद्धांत का खंडन किया। तिथि, नक्षत्र और ग्रहों की गणना को सुगम बनाने के लिए इन्होंने 'खंडखाद्यक' नामक करण-ग्रंथ लिखा। करण-ग्रंथों में पंचांग बनाने के लिए कोष्ठकों और सारणियों के रूप में तैयार सामग्री मिल जाती है। ब्रह्मगुप्त बीजगणित के महान आचार्य थे। ईसा की आठवीं सदी में बगदाद में उनके दोनों ग्रंथों का अरबी में अनुवाद हुआ था।

भास्कर-प्रथम

ये वलभी (गुजरात) के निवासी थे। इन्होंने 629 ई. में गणित-ज्योतिष का 'महाभास्करीय' ग्रंथ लिखा। इन्होंने आर्यभट-प्रथम के 'आर्यभटीय' ग्रंथ पर भाष्य भी लिखा।

लल्ल

इनका गणित-ज्योतिष का 'शिष्यधीवृद्धिद' (=विद्यार्थियों की बुद्धि बढ़ाने वाला) नामक ग्रंथ उपलब्ध है। इनके स्थान के बारे में स्पष्ट जानकारी नहीं मिलती। ये ईसा की सातवीं सदी में हुए।

वटेश्वर

ये उत्तर गुजरात के निवासी थे और ईसा की दसवीं सदी के आरंभकाल में

हुए। इनके गणित-ज्योतिष के 'वटेश्वर-सिद्धांत' में ब्रह्मगुप्त की आलोचना है।

श्रीपति

इनका समय 1000 ई. के आसपास है। गणित-ज्योतिष के इनके दो ग्रंथ हैं–'सिद्धांत-शेखर' और 'धी-कोटिद-करण'। इनका 'रत्नमाला' नामक मुहूर्त-ग्रंथ और 'जातक-पद्धति' नामक जातक-ग्रंथ भी है।

भास्कराचार्य

ये विज्जलविड (संभवतः बीड, महाराष्ट्र) के निवासी। इनका जन्म 1114 ई. में हुआ था और 36 साल की आयु में इन्होंने गणित-ज्योतिष के महान ग्रंथ 'सिद्धांत-शिरोमणि' की रचना की थी। इस ग्रंथ के चार खंड हैं– *लीलावती, बीजगणित, गणिताध्याय* और *गोलाध्याय* । प्रथम दो खंडों में गणित का विवेचन है और शेष दो खंडों में ज्योतिष का। भास्कराचार्य का 'करण-कुतूहल' नाम से एक करण-ग्रंथ भी है। उन्होंने होराशास्त्र या जातक पर कोई ग्रंथ नहीं लिखा। भास्कराचार्य को हम प्राचीन भारतीय परंपरा के अंतिम महान गणितज्ञ-ज्योतिषी मान सकते हैं।

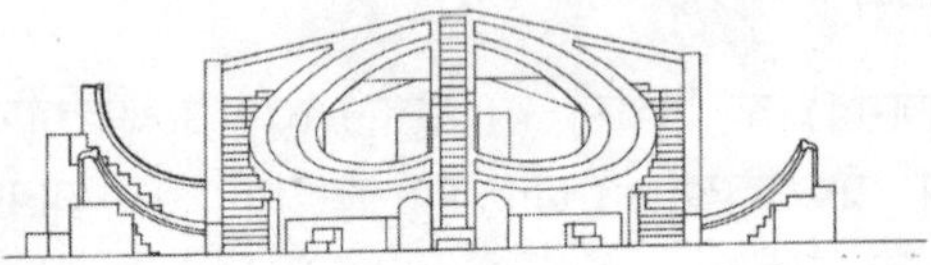

अध्याय 5

★ सप्तर्षि मंडल

★ ध्रुव नहीं है ध्रुवतारा

★ जुड़वां तारों का अद्‌भुत संसार

।। अप्रैल ।।

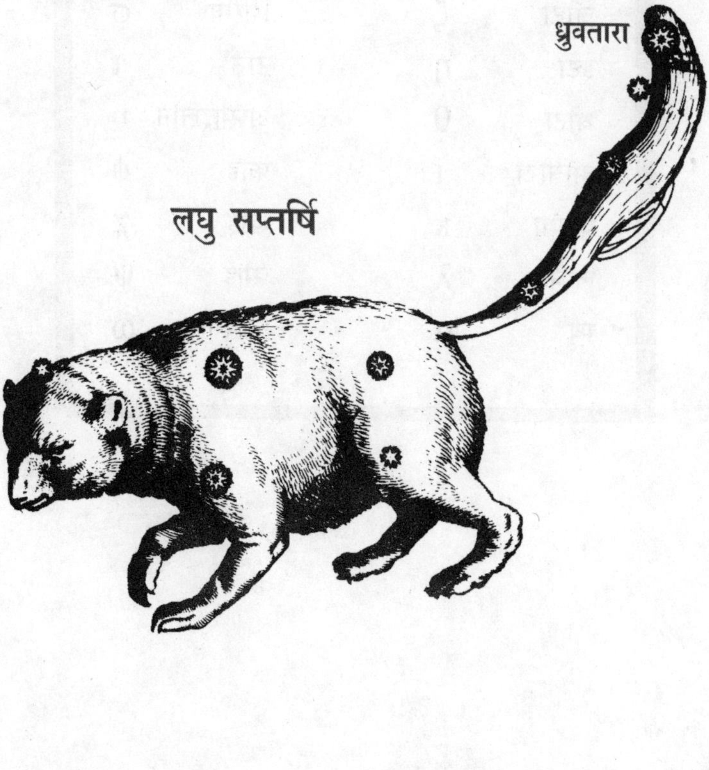

यूनानी वर्णमाला

अल्फा	α	न्यू	ν
बीटा	β	क्साइ	ξ
गामा	γ	ओमिक्रोन	o
डेल्टा	δ	पाइ	π
इप्सिलोन	$\in$	रो	ρ
जीटा	ζ	सिग्मा	σ
इटा	η	टाउ	τ
थीटा	θ	अप्साइलोन	υ
आयोटा	ι	फाइ	ϕ
काप्पा	κ	खाइ	χ
लांबडा	λ	प्साइ	ψ
म्यू	μ	ओमेगा	ω

सप्तर्षि मंडल

आकाश का सबसे सुपरिचित तारा-समूह है–**सप्तर्षि मंडल**। अप्रैल महीने में रात के आठ-नौ बजे उत्तर-पूर्व दिशा में क्षितिज के कुछ ऊपर आकाश में देखा जाए, तो सप्तर्षि के सात प्रमुख तारों को आसानी से पहचाना जा सकता है। गरमी के दिनों में सप्तर्षि का नजारा बड़ा स्पष्ट और आकर्षक होता है। सप्तर्षि की सहायता से आकाश के अन्य अनेक तारों को सुगमता से पहचाना जा सकता है।

प्राचीन काल के सभी मानव-समाज सप्तर्षि मंडल से भली भांति परिचित थे। पुराने जमाने के लोगों ने सप्तर्षि के तारों में तरह-तरह की आकृतियों की कल्पना की थी। रोमन लोग इन सात तारों को सात बैल मानते थे। बेबीलोन के निवासी इन्हें चार पहियों वाली गाड़ी समझते थे। ब्रिटेन के लोग इन्हें एक हल के रूप में पहचानते थे। यूनानी लोग सप्तर्षि को **उर्सा मेजर** यानी बड़ा भालू कहते थे।

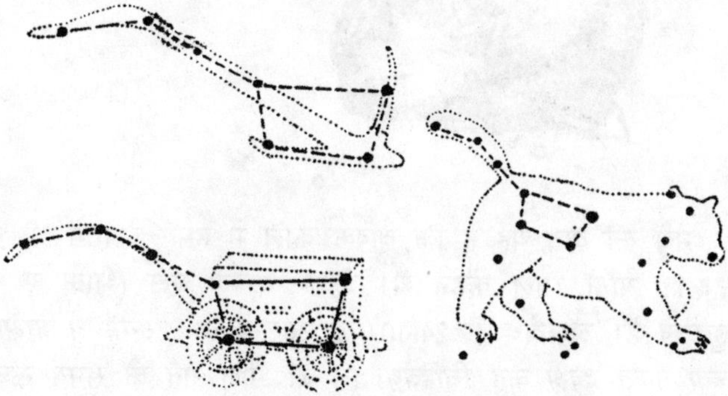

सप्तर्षि की अलग-अलग पहचान

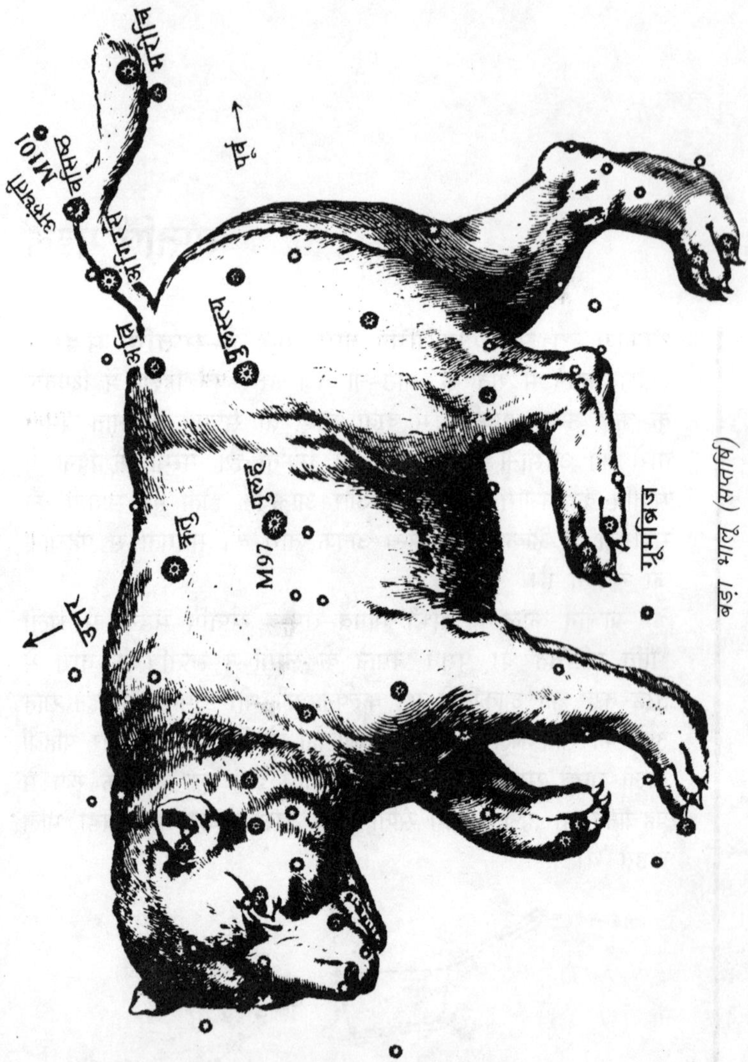

बड़ा भालू (सप्तर्षि)

मजे की बात यह है कि वैदिक काल में हमारे देश में भी सप्तर्षि को **ऋक्षाः** यानी भालू कहते थे। ऋक्षाः शब्द ऋक्ष (भालू या रीछ) का बहुवचन है। **ऋग्वेद** (1.24.10) में उल्लेख है : *अमी ये ऋक्षा निहितास उच्चा नक्तं ददृश्रे कुह चिद्दिवेयुः* (ये जो भालू रात के समय ऊंचे आकाश में दिखाई देते हैं, वे दिन में कहां चले जाते हैं)?

पता चलता है कि **ऋग्वेद** के समय (करीब साढ़े तीन हजार साल पहले) **ऋक्ष** शब्द के दो अर्थ थे–(1) रीछ, और (2) चमकीला या तारा। बाद में **ऋक्ष** शब्द **ऋषि** में बदल गया। पहले जो ऋक्षाः (रीछ) थे, वे ऋषि (सप्तर्षि) हो गए! इस तरह शब्दों के अर्थ बदलना एक सामान्य बात है।

सप्तर्षि तारा-मंडल के क्रमशः सात ऋषि हैं–**क्रतु** (α), **पुलह** (β), **पुलस्त्य** (γ), **अत्रि** (δ), **अंगिरस** (ε), **वसिष्ठ** (ζ) और **मरीचि** (η)। उत्तरी आकाश के इन सात तारों को संसार के कई मानव-समाजों ने उत्तरी ध्रुव-प्रदेश के प्राणी (रीछ) के रूप में पहचाना था, हालांकि ये तारे रीछ-जैसी कोई आकृति नहीं बनाते। सामने के चार तारे (क्रतु, पुलह, पुलस्त्य व अत्रि) एक समलंब-जैसी आकृति बनाते हैं, और शेष तीन तारे एक मुड़े हुए हैंडल-जैसी।

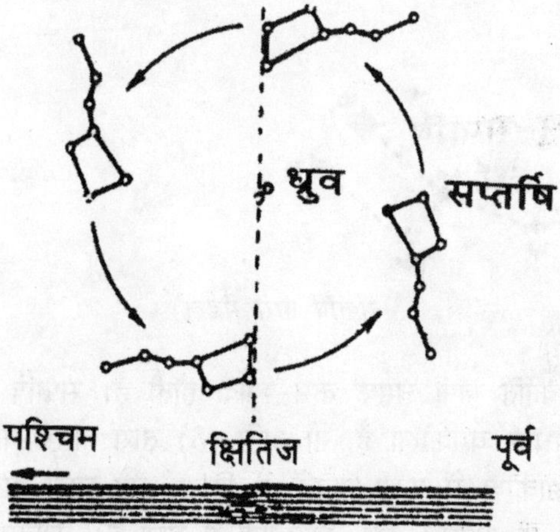

उत्तरी यूरोप व कनाडा से सप्तर्षि ध्रुवतारे का पूरा चक्कर लगाते हुए दिखाई देते हैं।

सप्तर्षि के सामने के दो तारे हैं–**क्रतु** (α) और **पुलह** (β)। इनमें 5 अंशों का अंतर है। क्रतु और पुलह को जोड़ने वाली रेखा को क्रतु की ओर, यानी उत्तर की ओर, करीब पांच गुना आगे बढ़ाया जाए, तो वह ध्रुवतारे से जाकर मिलती है। ध्रुवतारा आकाश में स्थिर नजर आता है और उत्तर दिशा दर्शाता है। इसके नजदीक के तारे इसका पूर्ण चक्कर लगाते हुए दिखाई देते हैं। भारत में तो नहीं, मगर कनाडा और उत्तरी यूरोप व उत्तरी एशिया के देशों से सप्तर्षि को भी ध्रुवतारे का पूरा चक्कर लगाते हुए देखा जा सकता है।

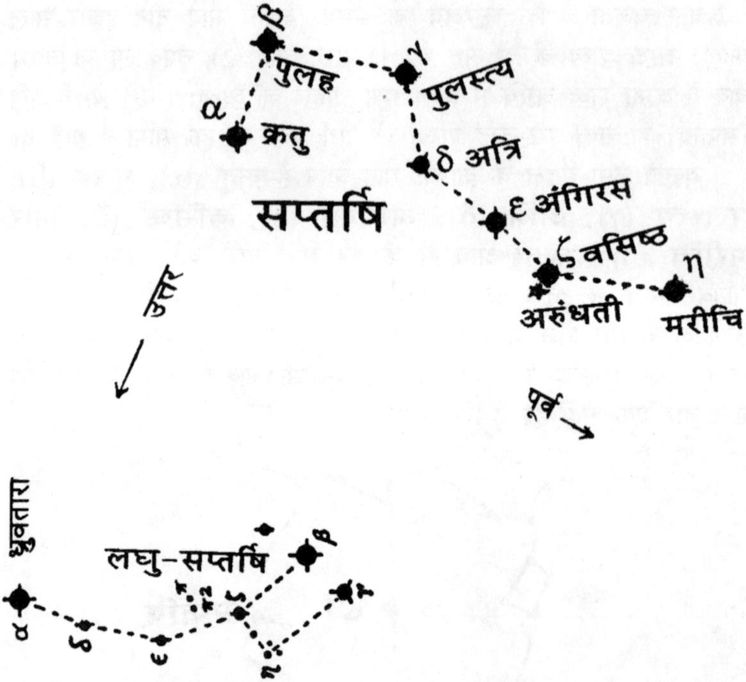

सप्तर्षि तारा-मंडल

तारों की कांति यानी चमक कम-ज्यादा होती है। सप्तर्षि का क्रतु (α) तारा सबसे अधिक चमकीला है, तो अत्रि (δ) तारा सबसे कम चमकीला। वैज्ञानिकों ने आकाश में कोरी आंखों से दिखाई देने वाले तारों को, उनकी कमोबेश चमक के अनुसार, छह कांतिमानों में बांटा है। कांतिमान एक संख्या है। क्रतु का कांतिमान 1.8 है और अत्रि का कांतिमान 3.3 है। सप्तर्षि के अन्य तारे बीच के कांतिमान के हैं।

धरती से आकाश के तारे हमें समान दूरी पर दिखाई देते हैं, मगर असल में ऐसा नहीं है। सप्तर्षि का सबसे दूर का अंगिरस (ε) तारा सबसे नजदीक के मरीचि (η) तारे से चार गुना अधिक दूर है। इनके तापमान भी अलग-अलग हैं। क्रतु तारे का सतह-तापमान 5000 डिग्री सेल्सियस है, तो मरीचि का सतह-तापमान 18,000 डिग्री सेल्सियस। हमारे सूर्य का सतह-तापमान 6000 डिग्री सेल्सियस के आसपास है।

पुराने जमाने से लोग मानते आ रहे हैं कि आकाश के तारे अटल हैं,

यानी अपने स्थान से नहीं हिलते। मगर यह बात भी सच नहीं है। दरअसल, इस भौतिक विश्व में कोई भी चीज स्थिर या अटल नहीं है। सभी तारे, सप्तर्षि भी, आकाशगंगा-मंदाकिनी (पहिए के आकार की तारों की एक विशाल योजना) में निरंतर गतिमान हैं। क्रतु और मरीचि एक दिशा में गतिमान हैं, तो बाकी पांच तारे विपरीत दिशा में। इसलिए सप्तर्षियों की आकृति धीरे-धीरे लगातार बदलती रहती है। सप्तर्षि मंडल के **ग्रूमब्रिज** तारे की निजगति तो बहुत ही ज्यादा है। यह तारा 98 किलोमीटर प्रति सेकंड के वेग से हमारी ओर आ रहा है।

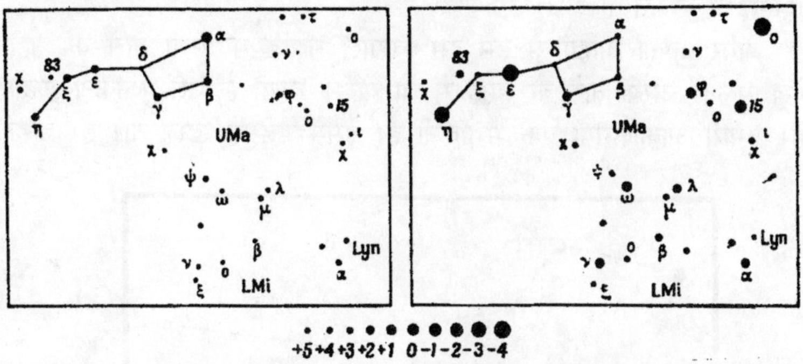

सप्तर्षि के तारों की दृश्य कांति (बाएं) और निरपेक्ष कांति (दाएं)। नीचे बीच में तारा-कांतिमान का पैमाना।

सप्तर्षि मंडल का एक विशिष्ट तारा है— **वसिष्ठ** (ζ)। ध्यान से देखने पर इस तारे के नजदीक कोरी आंखों से एक मंदकांति तारे को देखा जा सकता है। इस तारे का भारतीय नाम **अरुंधती** है। अरुंधती ऋषि वसिष्ठ की पत्नी थीं। ये तारे एक-दूसरे के नजदीक दिखाई देते हैं, इसीलिए इन्हें पति-पत्नी के नाम दिए गए हैं। हमारे देश में विवाह के बाद वर-वधू के जोड़े को वसिष्ठ-अरुंधती के जोड़े के दर्शन कराने की प्रथा रही है।

अच्छी दृष्टि वाला व्यक्ति ही अरुंधती तारे को आसानी से देख सकता है। यूरोप के देशों में अरुंधती तारे को पहचानने का मतलब था–अच्छी दृष्टि का प्रमाणपत्र प्राप्त करना!

पृथ्वी से देखने पर वसिष्ठ और अरुंधती तारे नजदीक नजर आते हैं। मगर वसिष्ठ हमसे 60 प्रकाश-वर्ष दूर है, तो अरुंधती 90 प्रकाश-वर्ष दूर। आकाश में अरुंधती तारा वसिष्ठ तारे से 25 खरब 50 अरब किलोमीटर की दूरी पर है! पृथ्वी से सूर्य करीब 15 करोड़ किलोमीटर दूर है। वसिष्ठ

और अरुंधती के बीच की दूरी इस पृथ्वी-सूर्य दूरी से करीब 17,000 गुना अधिक है।

कोरी आंखों से वसिष्ठ केवल एक ही तारा नजर आता है, मगर छोटी दूरबीन से भी देखा जाए, तो इसमें दो तारे दिखाई देंगे (अरुंधती के अलावा)। इन्हें हम वसिष्ठ-अ और वसिष्ठ-ब कह सकते हैं। ये तारे नजदीक से एक-दूसरे की परिक्रमा करते रहते हैं। ऐसे तारों को हम जुड़वां तारे कहते हैं।

सप्तर्षि काफी बड़ा तारा-मंडल है। इसमें केवल सात-आठ तारे ही नहीं हैं। आकाश स्वच्छ हो तो इस मंडल में कोरी आंखों से लगभग 100 तारे दिखाई दे सकते हैं।

मगर अपनी आंखों से हम इस विशाल ब्रह्मांड के सभी तारों को नहीं देख सकते। अरबों तारों के समूह से जो योजना बनती है, उसे मंदाकिनी कहते हैं। हमारी आकाशगंगा एक मंदाकिनी है। इसमें डेढ़-दो खरब तारे हैं। इन्हीं

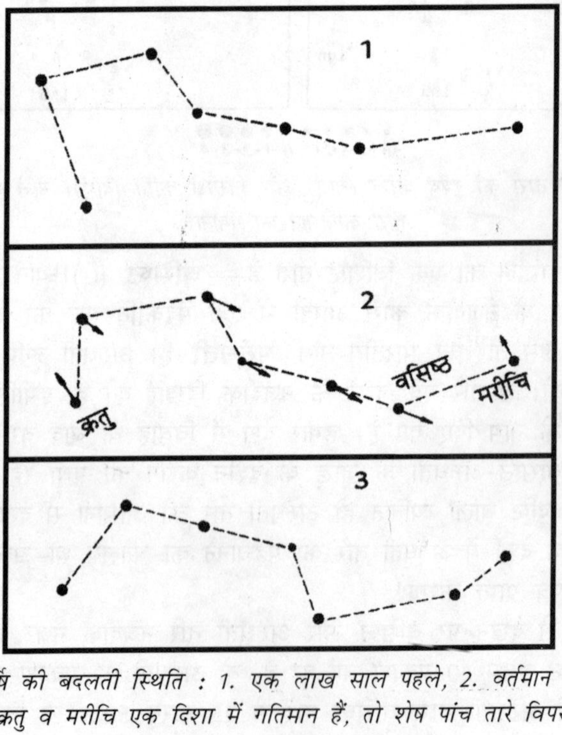

सप्तर्षि की बदलती स्थिति : 1. एक लाख साल पहले, 2. वर्तमान स्थिति– क्रतु व मरीचि एक दिशा में गतिमान हैं, तो शेष पांच तारे विपरीत दिशा में, 3. एक लाख साल बाद।

में से एक है हमारा सूर्य-तारा। सप्तर्षि भी इसी आकाशगंगा के तारे हैं।

दूरबीन से सप्तर्षि मंडल में कई नीहारिकाओं और मंदाकिनियों को देखा जा सकता है। इस मंडल की एक प्रसिद्ध नीहारिका, जिसे **M 97** या **उल्लूक नीहारिका** के नाम से जाना जाता है, हमसे करीब 1300 प्रकाश-वर्ष दूर है। चमकीली गैसों से निर्मित उल्लू की शक्ल-जैसी यह विशाल नीहारिका, इतनी दूर होने पर भी, हमारी आकाशगंगा की ही सदस्या है।

मगर सप्तर्षि मंडल में बड़ी दूरबीनों से जो अनेक मंदाकिनियां दिखाई देती हैं, वे हमारी आकाशगंगा की सीमा से बहुत-बहुत दूर की

*सप्तर्षि मंडल की **M81** मंदाकिनी*

स्वतंत्र तारक-योजनाएं हैं। उदाहरण के लिए, वसिष्ठ तारे के पास **M 101** नामक जो मंदाकिनी है, वह हमसे 2 करोड़ 30 लाख प्रकाश-वर्ष दूर है। उस मंदाकिनी के जिस प्रकाश को आज हम धरती पर देख रहे हैं, वह अपने स्रोत से तब चला था जब धरती पर अभी मानव का नामो-निशान भी नहीं था!

सप्तर्षि के **क्रतु** (α) तारे के पश्चिमोत्तर में पास-पास दो मंदाकिनियां हैं–M 81 और M 82, जो हमसे लगभग एक करोड़ प्रकाश-वर्ष दूर हैं। इनमें M 81 नामक मंदाकिनी काफी चमकीली है और इसे बायनॉक्यूलर से भी देखा जा सकता है।

तारों को देखने और पहचानने का सबसे बढ़िया मौसम शीत ऋतु है। उस मौसम में आकाश स्वच्छ रहता है और तारे कुछ अधिक चमकीले दिखाई देते हैं। मगर तब हम सर्दी की वजह से रात को बाहर कम ही निकल पाते हैं। गरमी के दिनों में खुले आकाश के नीचे सोने का अपना एक अलग ही आनंद है। सप्तर्षि मंडल को गरमी के दिनों में उत्तरी आकाश में बड़े मजे में देखा और पहचाना जा सकता है।

सप्तर्षि की सहायता से अन्य कई तारों और तारा-मंडलों को पहचानने में सुविधा होती है। सप्तर्षि के क्रतु और पुलह तारों की सहायता से ही सुप्रसिद्ध ध्रुवतारे की पहचान होती है।

❖

ध्रुव नहीं है ध्रुवतारा

पुराणों में एक दिलचस्प कथा है। उत्तानपाद नाम का एक राजा था। उसकी दो रानियां थीं–बड़ी सुनीति और छोटी सुरुचि। सुरुचि राजा की लाड़ली रानी थी। उसका उत्तम नाम का एक बेटा था। सुनीति का भी एक बेटा था, जिसका नाम ध्रुव था। एक दिन पांच साल का ध्रुव पिता के पास जाकर उनकी गोद में बैठ गया, तो सौतेली मां सुरुचि ने उसे गोद से उतार दिया।

बालक ध्रुव को बहुत दुःख हुआ। उसने घर त्याग दिया और जंगल में जाकर कठोर तप किया। भगवान विष्णु ने प्रसन्न होकर उसे दर्शन दिए और वर मांगने को कहा। ध्रुव ने त्रिलोक (पृथ्वी, अंतरिक्ष और स्वर्ग) में सबसे ऊंचे पद की मांग की। विष्णु ने कहा : हे बालक! मैं तुझे वह ध्रुव (निश्चल) स्थान देता हूं जो सूर्य, चंद्र, मंगल आदि सभी ग्रहों, नक्षत्रों, सप्तर्षियों और देवगणों से ऊपर है।

जाहिर है कि यह कथा ध्रुवतारे की स्थिरता को पहचानकर बनाई गई होगी। आकाश में एक ऐसा तारा है जो हमेशा स्थिर नजर आता है। उसे हम 'ध्रुवतारा' कहते हैं। 'ध्रुव' शब्द का अर्थ ही है–स्थिर, अचल, अटल, निश्चल।

हमारे देश के कुछ भागों में विवाह के समय एक संस्कार होता है। इसे **ध्रुव-दर्शन** कहते हैं। विवाह की रस्म हो जाने के बाद वर कुछ मंत्र पढ़ते हुए वधू को ध्रुवतारा दिखाता है। इसका आशय यह होता है कि वधू पति के घर में ध्रुवतारे की तरह स्थिर रहकर सुख भोगेगी।

आकाश में एक तारा हमें स्थिर दिखाई देता है, तो इसका एक स्पष्ट कारण है। पृथ्वी अपनी धुरी पर पश्चिम से पूर्व की ओर

चक्कर काटती रहती है, इसलिए आकाश के तारे हमें पूर्व से पश्चिम की ओर जाते दिखाई देते हैं। ऐसी स्थिति में पृथ्वी की धुरी की उत्तरी (और दक्षिणी भी) दिशा में आकाश में कोई तारा हो, तो वह हमें हमेशा स्थिर ही नजर आएगा।

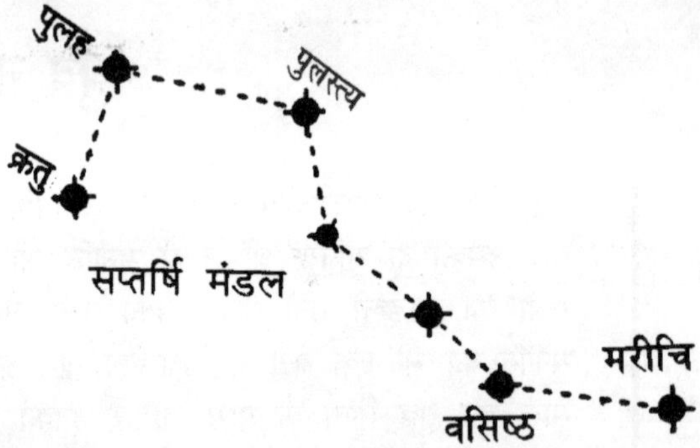

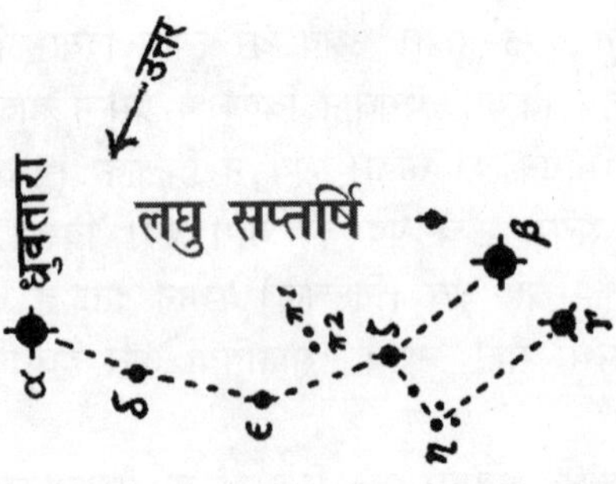

लघु-सप्तर्षि मंडल : ध्रुवतारा

पृथ्वी की धुरी की उत्तरी दिशा में आज ऐसा एक तारा है। इसे ही हम ध्रुवतारा कहते हैं। यह तारा हमें एक स्थान पर स्थिर दिखाई देता है और आसपास के तारे इसकी परिक्रमा करते नजर आते हैं। जैसे–सप्तर्षि मंडल के तारे इस ध्रुवतारे की परिक्रमा करते दिखाई देते हैं। सप्तर्षियों की सहायता से ध्रुवतारे को आसानी से पहचाना जा सकता है। सप्तर्षि के सामने के दो तारों–**क्रतु** (α) और **पुलह** (β)–को जोड़ने वाली रेखा को क्रतु के आगे करीब पांच गुना बढ़ाया जाए, तो वह ध्रुवतारे के पास पहुंच जाती है। उस स्थान पर अधिक चमकीला अन्य कोई तारा नहीं है, इसलिए ध्रुवतारे को सहजता से पहचाना जा सकता है।

ध्रुवतारे को पहचानने का एक और तरीका है। पृथ्वी पर भूमध्य-रेखा के उत्तर में जो स्थान जितने अक्षांश पर होगा, उतने अंश क्षितिज के ऊपर उत्तर दिशा में आकाश की ओर देखा जाए, तो ध्रुवतारा दिखाई देगा। जैसे–यदि आप भूमध्य-रेखा के उत्तर में 25 अक्षांश वाले किसी स्थान पर (जैसे–इलाहाबाद में) खड़े हैं, तो उत्तर दिशा में क्षितिज के 25 अंश ऊपर आकाश में ध्रुवतारा दिखाई देगा। पुराने जमाने में इस ध्रुवतारे ने यात्रियों और नाविकों का मार्गदर्शन करने में बड़ी मदद की है। इस तारे को देखकर उत्तर दिशा का ज्ञान हो जाता है और नाविकों को यह भी मालूम हो जाता है कि उनका जहाज समुद्र में कितने उत्तरी अक्षांश पर चल रहा है।

ध्रुवतारा जिस तारा-मंडल में है, उसे पाश्चात्य ज्योतिष में **उर्सा माइनर** यानी छोटे भालू के नाम से जाना जाता है। आज इसे हम **लघु-सप्तर्षि**

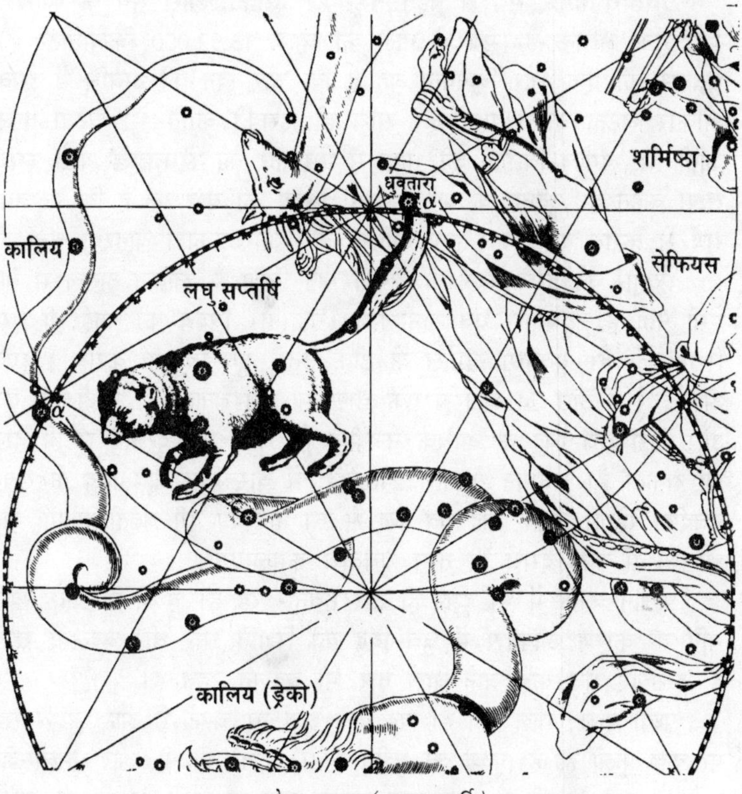

छोटा भालू (लघु सप्तर्षि)

कहते हैं। वैसे, पुराणों में इस तारा-मंडल के लिए **शिशुमार चक्र** नाम देखने को मिलता है (जल में रहने वाले एक प्राणी सूंस को शिशुमार कहते हैं)। उत्तर भारत से लघु-सप्तर्षि अथवा शिशुमार चक्र को ध्रुवतारे का पूर्ण चक्कर लगाते हुए देखा जा सकता है।

ध्रुवतारा (α) पीतवर्ण का द्वितीय कांतिमान का तारा है। यह विशाल तारा हमसे लगभग 650 प्रकाश-वर्ष दूर है। इसका अर्थ यह है कि आज ध्रुवतारे के जिस प्रकाश को हम धरती पर देखते हैं, वह अपनी जगह से 650 वर्ष पहले निकला था। आज के वास्तविक ध्रुवतारे को हम 650 वर्ष बाद ही पृथ्वी पर देख पाएंगे। आज यदि किसी कारण से ध्रुवतारा विस्फोटित हो जाए, तो धरती के मानव को इस घटना की जानकारी 2004 + 650 = 2654 ई. में ही मिल सकेगी।

ध्रुवतारा हमारे सूर्य से बहुत बड़ा है। इसका व्यास सूर्य के व्यास से 120 गुना अधिक है (सूर्य के गोले का व्यास 13,92,000 किलोमीटर है)। ध्रुवतारे की एक और विशेषता यह है कि चार दिन की अवधि में इसका आकार घटता-बढ़ता रहता है। साथ ही, इसकी कांति भी घटती-बढ़ती जाती है। खगोल-विज्ञान की भाषा में ऐसे तारे को **सेफाइड** यानी **स्पंदी तारा** कहते हैं। ध्रुवतारे के बारे में दूसरी महत्व की बात यह है कि यह हमारे सूर्य से करीब दस हजार गुना अधिक ताप और प्रकाश बाहर फेंकता है।

ध्रुवतारे को हमने स्थिर या अचल मान लिया है, लेकिन असल में बात ऐसी नहीं है। ध्रुवतारा ध्रुव यानी स्थिर नहीं है। विश्व की कोई भी वस्तु स्थिर नहीं है। ध्रुवतारा खगोल के ठीक उत्तरी ध्रुव-बिंदु से करीब 1^0 (एक अंश) दूर है और 24 घंटों में एक छोटा-सा वृत्त बनाता है। दरअसल, एक और तारा ध्रुव-बिंदु के अधिक नजदीक है, मगर उसे दूरबीन से ही देखा जा सकता है। वर्तमान ध्रुवतारा 2102 ई. में वास्तविक ध्रुव-बिंदु के सबसे नजदीक रहेगा। उसके बाद ध्रुव-बिंदु से इस तारे की दूरी बढ़ती जाएगी और भविष्य में कोई दूसरा ही तारा ध्रुवतारा कहलाएगा।

प्राचीन काल में भी दूसरे ही तारे ध्रुवतारे रहे हैं। पृथ्वी की एक खास गति के कारण आकाश में ध्रुव-बिंदु की स्थिति धीरे-धीरे बदलती रहती है, इसलिए ध्रुव कहे जाने वाले तारे भी बदलते रहते हैं।

पृथ्वी पूर्णत: गोल नहीं है। यह दोनों ध्रुवों पर चपटी है और भूमध्य-रेखा पर कुछ फूली हुई है (पृथ्वी का ध्रुवीय व्यास 12713 कि.मी. और भूमध्यरेखीय व्यास 12756 कि.मी. है। इस तरह भूमध्य-रेखा पर पृथ्वी 43 कि.मी. फूली

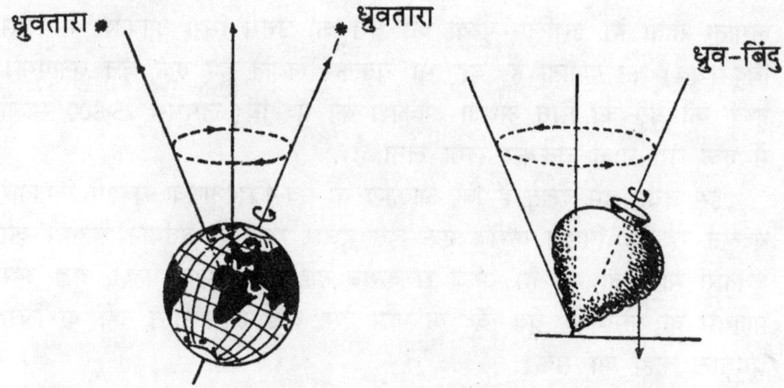

पृथ्वी लट्टू की तरह डोलती है.

हुई है)। पृथ्वी अपनी धुरी पर चक्कर लगाने के अलावा लट्टू की तरह डोलती भी रहती है। दूसरे शब्दों में, पृथ्वी अपनी धुरी पर तो चक्कर लगाती ही है, साथ ही इसकी धुरी का सिरा भी एक गोल में चक्कर

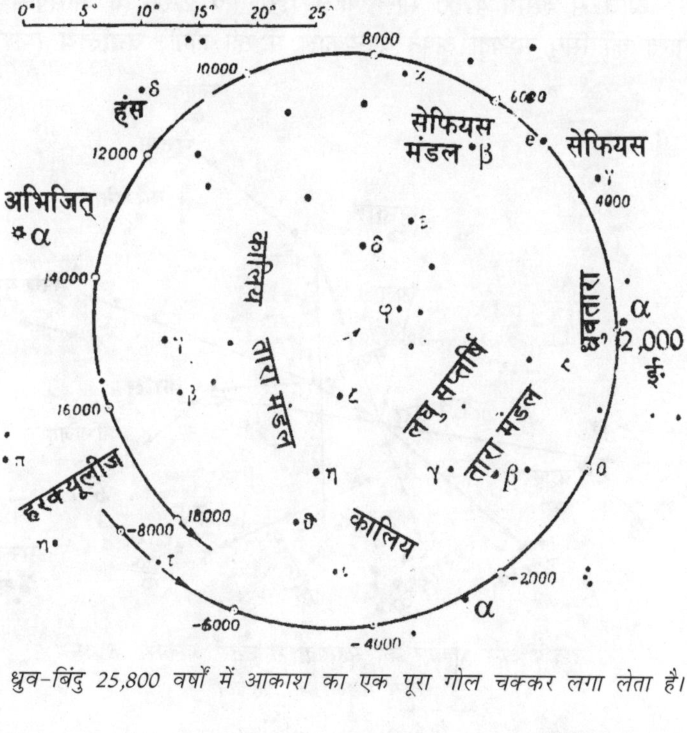

ध्रुव-बिंदु 25,800 वर्षों में आकाश का एक पूरा गोल चक्कर लगा लेता है।

लगाता रहता है। इसलिए पृथ्वी की धुरी का उत्तरी सिरा आकाश में जिस बिंदु (ध्रुव) को दर्शाता है, वह भी चक्कर लगाते हुए एक वृत्त बनाएगा। पृथ्वी की धुरी का सिरा अथवा आकाश का ध्रुव-बिंदु लगभग 25,800 सालों में एक पूरा गोल चक्कर लगा लेता है।

इस तरह, हम देखते हैं कि आकाश के ध्रुव-बिंदु अथवा ध्रुवतारे लगातार बदलते रहे हैं। पिछले करीब एक-डेढ़ हजार साल से वर्तमान ध्रुवतारे को ध्रुवतारा माना जा रहा है। आज से करीब ढाई हजार साल पहले, बुद्ध और महावीर के समय में, ध्रुव-बिंदु के पास ऐसा कोई स्पष्ट तारा नहीं था जिसे ध्रुवतारा कहा जा सके।

आज से करीब तीन हजार साल पहले लघु-सप्तर्षि मंडल का द्वितीय कांतिमान का बीटा (β) तारा ध्रुव-बिंदु के नजदीक था। उस समय कई देशों में इसी तारे को ध्रुवतारा माना गया था। प्राचीन यूनान के ज्योतिषी इस बीटा (β) तारे को **पोलोस** (ध्रुव) कहते थे। चीन की प्राचीन पुस्तकों में इसे 'राज-नक्षत्र' कहा गया है।

आज से करीब 4700 साल पहले (ईसा पूर्व 2700 के आसपास, जब भारत की सिंधु सभ्यता अपने बाल्यकाल में रही होगी) **कालिय** (पाश्चात्य

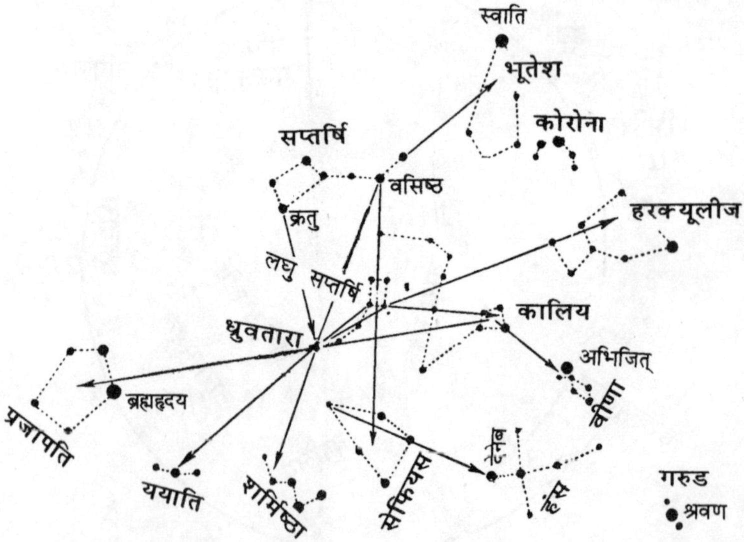

सप्तर्षि और ध्रुवतारे की सहायता से उत्तरी आकाश के अन्य तारा-मंडलों की पहचान

ड्रेको) मंडल का अल्फा (α) तारा ध्रुव-बिंदु के एकदम नजदीक था। सिंधु सभ्यता के उन्नतकाल में भी यही α-कालिय ध्रुवतारा रहा होगा। आज से करीब 4500 साल पहले जब मिस्र के गिज़ा स्थान में भव्य पिरामिड बने, तब भी यही तारा ध्रुवतारा था। करीब 4350 साल पहले, जब मेसोपोटामिया में राजा सारगोन-प्रथम का शासन था, तब इस α-कालिय तारे को ध्रुवतारा मानकर 'स्वर्ग का जीवन' कहा जाता था।

आज से करीब 14 हजार साल पहले आकाश का खूब चमकीला **अभिजित्** (वेगा) तारा ध्रुव-बिंदु के नजदीक था। यह तारा आज से करीब 12 हजार साल बाद पुनः ध्रुवतारा बनेगा। हमारे आज के ध्रुवतारे को आगे करीब एक-डेढ़ हजार साल तक ध्रुवतारे का सम्मान मिलता रहेगा। उसके बाद **सेफियस** (वृषपर्वा) मंडल का **गामा** (γ) तारा ध्रुवतारा बनेगा। वर्तमान ध्रुवतारा आज से लगभग 26 हजार साल बाद ही पुनः ध्रुवतारा बन सकेगा।

सारांश यह कि इस विश्व में ध्रुव, नित्य या अचल कुछ भी नहीं है, ध्रुवतारा भी नहीं।

❖

जुड़वां तारों का अद्भुत संसार

बहुतों को पहली बार यह जानकर आश्चर्य होगा कि आकाश में युग्म यानी जुड़वां तारों की संख्या बहुत ज्यादा है। खगोलविदों का अनुमान है कि आकाश का हर तीसरा या चौथा तारा वस्तुतः युग्म-तारा है। ऐसे कुछ युग्म-तारों को कोरी आंखों से भी देखा जा सकता है। पर हजारों युग्म-तारों को केवल दूरबीन से ही पृथक् पहचाना जा सकता है। हजारों ऐसे भी युग्म-तारे हैं जिन्हें केवल वर्णक्रम-विश्लेषण से ही खोजना संभव है।

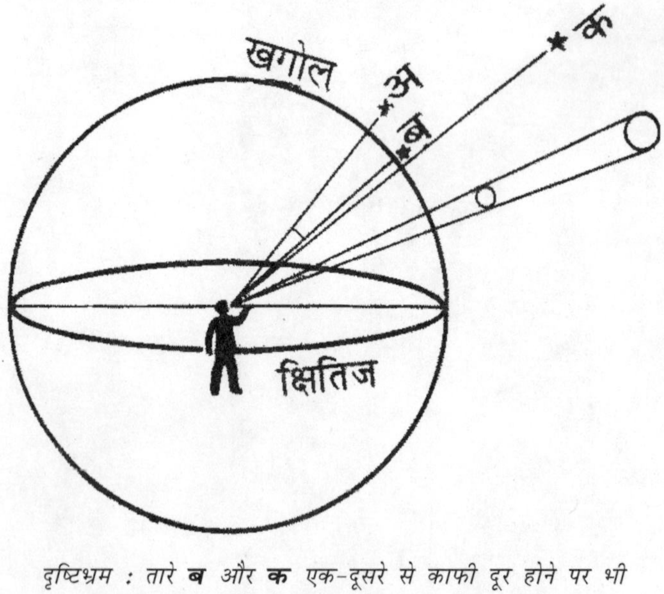

*दृष्टिभ्रम : तारे **ब** और **क** एक-दूसरे से काफी दूर होने पर भी नजदीक नजर आते हैं। इसके विपरीत, तारे **अ** और **ब** एक-दूसरे के नजदीक हैं, मगर दूर नजर आते हैं।*

आकाश में कई तारे हमें एक-दूसरे के काफी नजदीक दिखाई देते हैं। मगर जरूरी नहीं कि वे जुड़वां तारे ही हों। संभव है कि उनमें एक तारा हमसे काफी नजदीक हो और दूसरा उससे सैकड़ों प्रकाश-वर्ष दूर हो! ऐसे तारे धरती से देखने पर ही एक-दूसरे के निकट नजर आते हैं और वस्तुतः युग्म-तारे नहीं होते। जो तारे नजदीक से एक-दूसरे की परिक्रमा करते रहते हैं, उन्हें ही जुड़वां या युग्म-तारे कहते हैं।

सप्तर्षि मंडल के **वसिष्ठ** नामक तारे को लीजिए। वसिष्ठ के नजदीक कोरी आंखों से भी एक मंदकांति तारा दिखाई देता है, जिसे वसिष्ठ की पत्नी **अरुंधती** का नाम दिया गया है। हमारे देश में नवविवाहित दम्पति को इस वसिष्ठ-अरुंधती जोड़े के दर्शन कराने की प्रथा रही है। मगर आकाश का यह वसिष्ठ-अरुंधती जोड़ा, पास-पास दिखाई देने पर भी, वस्तुतः एक-दूसरे से करीब 2550 अरब किलोमीटर दूर है! संभव है कि वसिष्ठ और अरुंधती भौतिक दृष्टि से सचमुच ही युग्म हों, मगर फिलहाल यकीन के साथ कुछ नहीं कहा जा सकता।

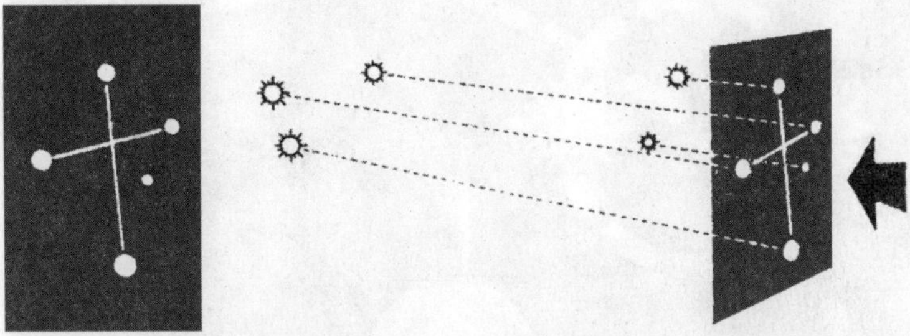

किसी तारा-मंडल के तारों का सामान्यतः एक-दूसरे से कोई संबंध नहीं होता। यहां दिखाया गया है कि एक तारा-मंडल (दक्षिणी क्रॉस) हमें धरती से कैसा नजर आता है (बाएं), और अंतरिक्ष में वह वस्तुतः कैसा है (दाएं)।

परंतु खगोलविदों ने पता लगाया है कि वसिष्ठ स्वयं एक युग्म-तारा है। गैलीलियो के समय में ही खगोलविदों ने दूरबीन की सहायता से खोज लिया था कि वसिष्ठ में वस्तुतः दो अतितप्त तारे हैं— वसिष्ठ-अ और वसिष्ठ-ब। दोनों तारे एक उभय-गुरुत्वकेंद्र की करीब 20 हजार वर्षों में एक परिक्रमा पूरी करते हैं। वसिष्ठ दूरबीन से खोजा गया पहला युग्म-तारा था। छोटी-बड़ी दूरबीनों से आकाश में खोजे गए ऐसे युग्म-तारों की संख्या अब 60 हजार से ऊपर पहुंच गई है। इनमें से 10 प्रतिशत युग्मों की

कक्षा-गति और एक प्रतिशत की कक्षाएं निर्धारित की जा चुकी हैं। जब कक्षा का आकार तथा परिक्रमा-काल ज्ञात हो जाता है, तो फिर युग्म-तारे की द्रव्यराशि भी मालूम हो जाती है। जुड़वां योजनाओं से तारों की गतियों और उनके भौतिक गुणधर्मों के बारे में बड़ी उपयोगी जानकारी मिलती है।

ऊपर हमने बताया है कि वसिष्ठ वस्तुतः दो तारों का जोड़ा है–वसिष्ठ-अ और वसिष्ठ-ब। इतना ही नहीं, स्वयं वसिष्ठ-अ भी दो तारों का जोड़ा है। मगर ये तारे एक-दूसरे के इतने नजदीक हैं कि इन्हें शक्तिशाली दूरबीन से भी पृथक् रूप में नहीं पहचाना जा सकता। ऐसे युग्म-तारों को उनके वर्णक्रमपट से ही खोजा जा सकता है। जब ऐसे दो तारे एक उभय-गुरुत्वकेंद्र की परिक्रमा करते हैं, तो वे धरती के क्रमशः नजदीक आते हैं और दूर जाते हैं। तब डॉपलर प्रभाव के अंतर्गत उनकी यह गति उनके वर्णक्रमों के विस्थापन में स्पष्ट होती है। इन वर्णक्रम-रेखाओं

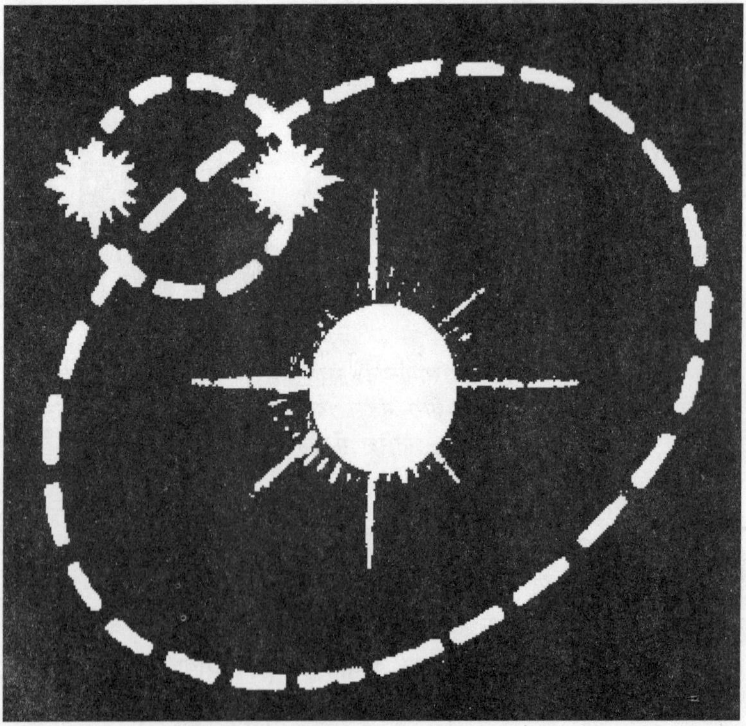

तीन जुड़वां तारों की एक संयुक्त योजना

के आधार पर उन युग्म-तारों की कक्षाएं निर्धारित की जाती हैं। खगोलविदों ने आकाश में कई हजार वर्णक्रम-युग्म-तारे खोजे हैं। ऐसे युग्म-तारे चंद घंटों से लेकर चंद वर्षों में एक-दूसरे की एक परिक्रमा पूरी कर लेते हैं।

मिथुन (जेमिनी) राशि के दो प्रमुख तारों–कैस्टर और पोलक्स–का उदाहरण लीजिए। मिथुन का अर्थ है–जोड़ा। जेमिनी का भी अर्थ है–जुड़वां बच्चे। प्राचीन काल में प्रायः सभी देशों में इन तारों की कल्पना जुड़वां बच्चों के रूप में ही की गई थी। मगर प्रकृति मानव के कल्पित कथानकों का अनुसरण नहीं करती। कैस्टर और पोलक्स भौतिक दृष्टि से नितांत भिन्न किस्म के तारे हैं और दोनों में करीब दस प्रकाश-वर्ष की दूरी है। पोलक्स एक सामान्य तारा है, तो कैस्टर आकाश का एक विलक्षण तारा है।

दूरबीन से देखने पर कैस्टर एक युग्म-तारा प्रकट होता है। कैस्टर के

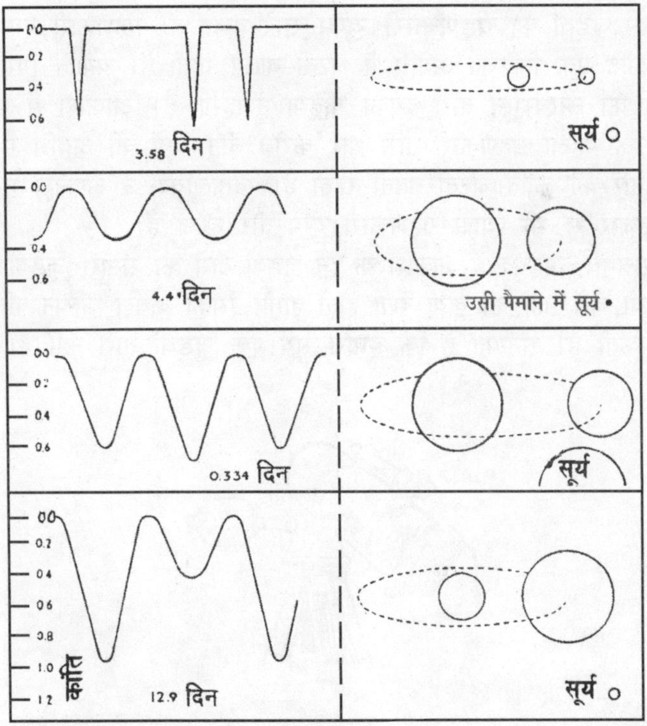

कुछ ग्रहणकारी जुड़वां तारे और उनके प्रकाश के ग्राफ। दाईं ओर नीचे उसी पैमाने में सूर्य के आकार को दर्शाया गया है।

ये दो तारे एक-दूसरे से 76 खगोलीय इकाइयां (करीब 11 अरब किलोमीटर) दूर हैं और इनका परिक्रमा-काल 341 वर्ष है। इतना ही नहीं, इस संयुक्त योजना में एक और तारा भी है। इस प्रकार, इस जुड़वां संसार में तीन प्रमुख तारे हैं—कैस्टर-अ, कैस्टर-ब और कैस्टर-क। इन्हें दूरबीन से पहचाना गया है।

लेकिन कैस्टर के बारे में सबसे दिलचस्प बात यह है कि इसके तीन तारों में से प्रत्येक तारा एक जुड़वां तारा है! इन्हें इनके वर्णक्रमों से पहचाना गया है। इस प्रकार, कैस्टर तारा वस्तुतः छह तारों की एक संयुक्त भौतिक योजना है। कैस्टर योजना में तीन जोड़े एक-दूसरे की निरंतर परिक्रमा कर रहे हैं!

जब एक-दूसरे की परिक्रमा करनेवाले दो तारों का कक्षातल हमारी दृष्टिरेखा में होता है, तब वे एक-दूसरे को ग्रहण लगाते हुए दिखाई देते हैं। ऐसे जुड़वों को **ग्रहणकारी युग्म-तारे** कहते हैं। ग्रहणकारी युग्म-तारे की कांति एक निश्चित अवधि में घटती-बढ़ती रहती है। ययाति (पर्सेयूस्) मंडल का **अलगूल** तारा इसका बढ़िया उदाहरण है। आकाश में खोजा गया यह पहला ग्रहणकारी तारा था। करीब तीन दिनों की अवधि में इस युग्म-तारे की कांति घटती-बढ़ती रहती है। खगोलविदों ने आकाश में ऐसे दस हजार से भी ज्यादा ग्रहणकारी युग्म-तारे खोजे हैं।

सचमुच, अद्भुत है आकाश के इन जुड़वां तारों का संसार। जुड़वां तारों में पृथ्वी-जैसे ग्रहों की क्या दशा होती होगी, इसकी केवल कल्पना ही की जा सकती है। गनीमत है कि हमारा सूर्य एक जुड़वां तारा नहीं है।

अध्याय 6

★ सबसे नजदीक का तारा : प्रॉक्सिमा-सेंटौरी

★ आकाश में भी है एक सिंह

★ उल्का-वृष्टि

★ अयन-चलन

॥ मई ॥

यूनानी वर्णमाला

अल्फा	α	न्यू	ν
बीटा	β	क्साइ	ξ
गामा	γ	ओमिक्रोन	o
डेल्टा	δ	पाइ	π
इप्सिलोन	$\in$	रो	ρ
जीटा	ζ	सिग्मा	σ
इटा	η	टाउ	τ
थीटा	θ	अप्साइलोन	υ
आयोटा	ι	फाइ	ϕ
काप्पा	κ	खाइ	χ
लांबडा	λ	प्साइ	ψ
म्यू	μ	ओमेगा	ω

सबसे नजदीक का तारा : प्रॉक्सिमा सेंटौरी

प्राचीन सभ्यताओं का उदय उत्तरी गोलार्द्ध में हुआ, इसलिए उत्तरी खगोल के तारों के बारे में हमें ज्यादा ऐतिहासिक जानकारी है। अमरीका और यूरोप के देशों के खगोलविद् दक्षिणी खगोल के तारों के दर्शन और अध्ययन के लिए लालायित रहते हैं, और इसके लिए वे दक्षिण अमरीका, दक्षिण अफ्रीका और आस्ट्रेलिया में स्थापित वेधशालाओं में पहुंचते हैं। मद्रास (चेन्नई) की वेधशाला (स्थापना : 1792 ई.) ने दक्षिणी खगोल के अन्वेषण में महत्वपूर्ण भूमिका अदा की। अब उसका स्थान आधुनिक उन्नत यंत्रोपकरणों से सुसज्ज कावलूर (तमिलनाडु) की वेधशाला ने ले लिया है।

पिछली कुछ सदियों से दक्षिणी खगोल के जिस तारा-मंडल में खगोलविदों की सबसे ज्यादा दिलचस्पी रही, वह है **सेंटौरस्**। सूर्य के बाद आकाश का सबसे नजदीक का तारा इसी मंडल में है। यह मंडल चित्रा नक्षत्र और सर्प (हाइड्रा) की पूंछ के दक्षिण में है। सेंटौरस् मंडल काफी विस्तृत (लगभग 60 अंश चौड़ा) है और इसका मध्यभाग चित्रा तारे से करीब 50 अंश दक्षिण में है।

यूनानियों ने इस मंडल को **केंटौरस्** नाम दिया था, जिससे **सेंटौरस्** शब्द बना है। सेंटौरस् एक ऐसा प्राणी है जिसके शरीर का ऊपरी भाग पुरुष का है और निचला भाग अश्व का। इस मंडल को भारत में कभी **किन्नर**, तो कभी **नरतुरंग** कहा जाता है। मगर प्राचीन भारतीय साहित्य में इस दक्षिणी मंडल का या इसके प्रमुख नक्षत्र का कहीं कोई उल्लेख देखने को नहीं मिलता, हालांकि दक्षिण भारत से इस समूचे मंडल को मजे में देखा जा सकता है। सेंटौरस् तारा-मंडल को अब **सेंटौर** भी कहा जाता है।

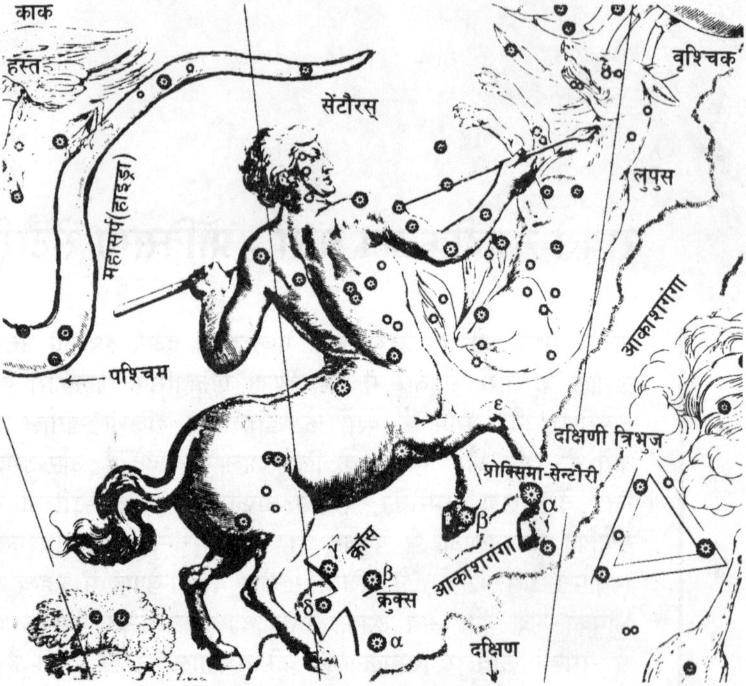

पाश्चात्य सेंटौर (भारतीय नरतुरंग)

सेंटौर तारा-मंडल का प्रमुख **अल्फा** (α) तारा इस कल्पित प्राणी की सामने की दाईं टांग पर स्थित है, इसलिए इसे 'रिजिल केंटौरस्' (सेंटौरस् की टांग) भी कहा जाता है। यह तारा व्याध और अगस्त्य तारों के बाद आकाश का तीसरा सबसे चमकीला तारा है। α-सेंटौरी तारे का प्रत्यक्ष कांतिमान −0.27 है (सूर्य का प्रत्यक्ष कांतिमान −26.7 और आकाश के सबसे चमकीले व्याध तारे का प्रत्यक्ष कांतिमान −1.46 है)। पीले रंग का यह अल्फा (α)-सेंटौरी तारा हमसे 4.31 प्रकाश-वर्ष दूर है।

वस्तुतः सबसे पहले आकाश के जिन तीन तारों की दूरियां मालूम की गई थीं, उनमें एक यह α-सेंटौरी भी था (शेष दो तारे थे— अभिजित् और हंस-61)। आंग्ल खगोलविद् टॉमस हेंडरसन ने 1832 ई. में आशा अंतरीप (दक्षिण अफ्रीका) पहुंचकर वहां α-सेंटौरी तारे का लंबन (पैरेलेक्स) ज्ञात किया था। इंग्लैंड वापस लौटकर वे प्राप्त लंबन के आधार पर α-सेंटौरी की दूरी के बारे में पुनः-पुनः गणनाएं करते रहे। अंत में 1838 ई. में

उन्होंने α-सेंटौरी के बारे में अपने परिणाम प्रकाशित किए। पता चला कि आकाश में सूर्य से सबसे नजदीक का तारा α-सेंटौरी है। यह तारा हमसे 4.31 प्रकाश-वर्ष दूर है (3,00,000 किलोमीटर प्रति-सेकंड के वेग से प्रकाश एक वर्ष में जितनी दूरी तय करता है, उसे एक **प्रकाश-वर्ष** दूरी कहते हैं)। इस पैमाने से सूर्य हमसे करीब 8 प्रकाश-मिनट दूर है।

α-सेंटौरी तारा खगोलीय विषुववृत्त के 61 अंश दक्षिण में आकाशगंगा के पट्टे में स्थित है, इसलिए इसे 29 उत्तरी अक्षांश (लगभग नई दिल्ली के अक्षांश) से अधिक उत्तर के स्थानों से देख पाना संभव नहीं है।

फ्रांसीसी खगोलविद (जेसुइट पादरी) ज्याँ रिचाऊ (1613-93 ई.) ने सन् 1689 में पांडिचेरि आकर पहली बार पता लगाया था कि α-सेंटौरी वस्तुत: एक जुड़वां तारा है। छोटा साथी-तारा नारंगी रंग का और 1.33 कांतिमान का है। आकार और द्रव्यमान में दोनों तारे लगभग हमारे सूर्य-जैसे हैं और करीब 80 वर्षों में एक-दूसरे की एक परिक्रमा पूरी करते हैं।

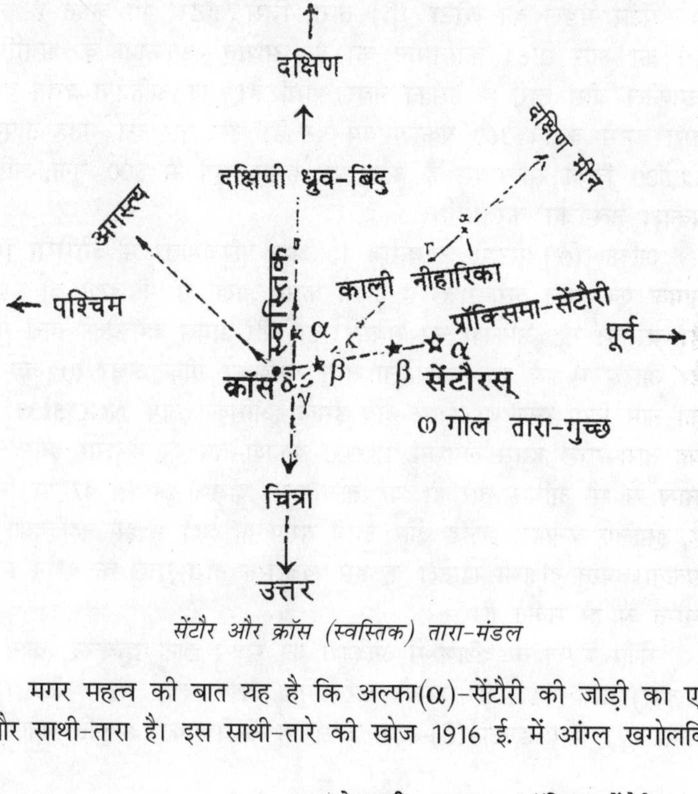

सेंटौर और क्रॉस (स्वस्तिक) तारा-मंडल

मगर महत्व की बात यह है कि अल्फा(α)-सेंटौरी की जोड़ी का एक और साथी-तारा है। इस साथी-तारे की खोज 1916 ई. में आंग्ल खगोलविद्

आर. टी. ए. इन्नेस ने जोहानीसबर्ग (दक्षिण अफ्रीका) से की थी। यह तीसरा बौना तारा मुख्य जोड़ी की अपेक्षा हमसे 0.11 प्रकाश-वर्ष, यानी करीब 94630 करोड़ किलोमीटर अधिक नजदीक है, इसलिए इसे **प्रॉक्सिमा-सेंटौरी** का नाम दिया गया है।'प्रॉक्सिमा' का अर्थ है–सबसे नजदीक का।

प्रॉक्सिमा-सेंटौरी एक शीतल लाल-बौना तारा है। इसका कांतिमान 10.5 है और यह हमारे सूर्य से 20,000 गुना कम प्रकाश उत्सर्जित करता है। यह तारा मुख्य जोड़ी से करीब 2 अंश दूर है और इसे उनकी एक परिक्रमा पूरी करने में कई लाख साल लगते हैं।

अल्फा (α)-सेंटौरी तारे की निजगति बहुत अधिक है। यह तारा 6000 ई. तक पश्चिम की ओर बीटा (β)-सेंटौरी तारे के नजदीक पहुंच जाएगा, और तब यह नई जोड़ी दक्षिणी आकाश में खूब चमकीली नजर आएगी। आज अल्फा (α) तारा सेंटौरस् की दाईं टांग पर स्थित है, तो बीटा (β) तारा उसकी बाईं टांग पर।

सेंटौर मंडल का **बीटा** (β) तारा, जिसे 'हॅडर' भी कहते हैं, नीले रंग का और 0.61 कांतिमान का है; अर्थात्, आकाश के सर्वाधिक चमकीले बीस तारों में इसका नंबर 11वां है। यह अतितप्त श्वेत-दानव तारा हमसे करीब 360 प्रकाश-वर्ष दूर है। इस तारे का सतह-तापमान 22,500 डिग्री सेल्सियस है और यह हमारे सूर्य से 800 गुना अधिक प्रकाश उत्सर्जित करता है।

अल्फा (α)-सेंटौरी के करीब 15 अंश पश्चिमोत्तर में **ओमेगा** (ω) नामक एक गोल तारा-गुच्छ है, जिसे कोरी आंखों से भी देखा जा सकता है। वस्तुतः यह आकाश का सबसे बड़ा और सबसे चमकीला तारा-गुच्छ है। आरंभ में इसे एक चमकीला तारा समझकर ग्रीक अक्षर ω (ओमेगा) का नाम दिया गया था, मगर अब इसका अधिकृत नाम **NGC 5139** है। यह तारा-गुच्छ हमसे लगभग 17,000 प्रकाश-वर्ष दूर है और इसमें एक लाख से भी अधिक तारे हैं। यह तारा-गुच्छ दक्षिणी अक्षांश 47 पर स्थित है, इसलिए कनाडा, इंग्लैंड और उत्तरी यूरोप के देशों से इसे नहीं देखा जा सकता। परंतु दक्षिणी खगोल के इस खूबसूरत तारा-गुच्छ के दर्शन समूचे भारत से हो सकते हैं।

सेंटौर मंडल के दक्षिण में आकाश का सबसे छोटा **क्रुक्स** (क्रॉस या सलीब) तारा-मंडल है। इसके चार प्रमुख तारे–अल्फा (α), बीटा (β), गामा (γ) और डेल्टा (δ)–एक क्रॉस या सलीब की आकृति बनाते हैं,

इसलिए सेंटौर मंडल के कुछ तारों को लेकर सोलहवीं सदी में इस नए तारा-मंडल का निर्माण किया गया और इसे **क्रुक्स** नाम दिया गया।

क्रुक्स मंडल आकाशगंगा की पतली धारा में स्थित है। भारत में इसे **त्रिशंकु** या **स्वस्तिक** के नाम से जाना जाता है। इसे **दक्षिणी क्रॉस** भी कहते हैं। इस मंडल का **अल्फा** (α) तारा 1.1 कांतिमान का है और यह एक जुड़वां योजना है। **गामा** (γ) तारे को **अल्फा** (α) तारे के साथ जोड़ने वाली रेखा को दक्षिण की ओर करीब 25 अंश आगे बढ़ाया जाए, तो वह लगभग दक्षिणी ध्रुव-बिंदु पर पहुंचती है (दक्षिणी ध्रुव-बिंदु पर कोई स्पष्ट तारा नहीं है)। इसलिए क्रुक्स मंडल के ये तारे दक्षिणी सागरों की यात्रा करने वाले आरंभिक नाविकों के लिए कुतुबनुमे की भूमिका अदा करते रहे हैं।

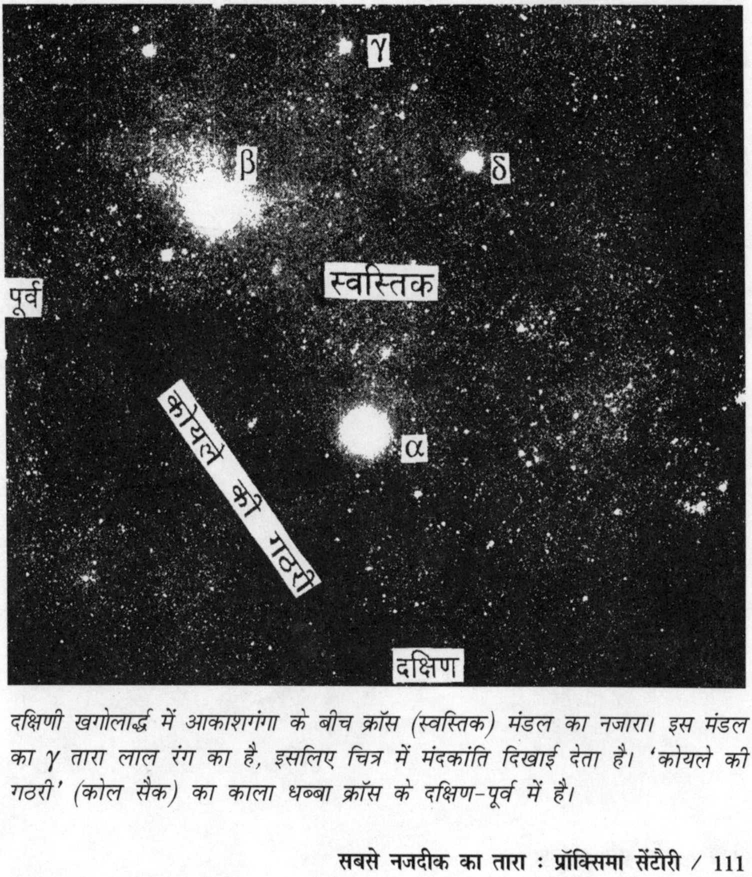

दक्षिणी खगोलार्द्ध में आकाशगंगा के बीच क्रॉस (स्वस्तिक) मंडल का नजारा। इस मंडल का γ तारा लाल रंग का है, इसलिए चित्र में मंदकांति दिखाई देता है। 'कोयले की गठरी' (कोल सैक) का काला धब्बा क्रॉस के दक्षिण-पूर्व में है।

क्रॉस के दक्षिण-पूर्वी कोने में, आकाशगंगा के बीच, तारों से रहित एक काला धब्बा है, जिसे **कोयले की गठरी** कहा जाता है। वस्तुतः यह धूल और गैस की काली नीहारिका है, जो तारों भरे आकाश में एक 'छेद' का आभास कराती है। यह काली नीहारिका हमसे करीब 400 प्रकाश-वर्ष दूर है।

क्रॉस मंडल की पूर्वी सीमा पर, **बीटा** (β) तारे के पास, **काप्पा** (κ)-**क्रॉस** अथवा **रत्न-मंजूषा** नामक एक अत्यंत खूबसूरत तारा-गुच्छ है। इसमें लगभग 50 तारे हैं, जिनमें अधिकांश नीले रंग के महादानव तारे हैं। मगर इसके मध्य का **काप्पा** (κ) तारा लाल रंग का है। इसीलिए ब्रिटिश खगोलविद जॉन हर्शेल (1792–1871 ई.) ने दक्षिणी आकाश के इस रंग-बिरंगे तारा-गुच्छ को 'रत्न-मंजूषा' नाम दिया था। यह तारा-गुच्छ हमसे 7600 प्रकाश-वर्ष दूर है।

❖

आकाश में भी है एक सिंह

सन् 1998 की बात है। नवंबर महीने की 17-18 तारीख की जाड़े की रात। बताया गया था कि रात के करीब 3 बजे आकाश की एक खास जगह से 'टूटते तारों' का भव्य नजारा दिखाई देगा। लगेगा, जैसे आकाश के एक स्थान से सैकड़ों तारों की वर्षा हो रही है! यह भी बताया गया था कि आकाश का वह स्थान 'सिंह' की गरदन के पास है।

उस रात दिल्ली के बहुत-से निवासी अपने मकानों की छतों पर बैठकर आकाश के 'सिंह' की ओर निहारते रहे। मैं और मेरे बच्चे भी उस रात सुबह 4 बजे तक 'सिंह' की दिशा में बड़ी उत्सुकता से देखते रहे। मगर दिल्ली के दूसरे निवासियों की तरह हमें भी निराश होकर बिस्तरों पर लौटना पड़ा! 'टूटते तारों' का नजारा किसी को देखने को नहीं मिला। सोचा—रोशनी व धूल से भरे दिल्ली के आकाश के कारण ऐसा हुआ होगा। परंतु बात केवल यही नहीं थी। वस्तुतः कई कारणों से भारत से इस शानदार नजारे को भव्य रूप में देख पाना संभव नहीं हुआ। हां, चीन व जापान के निवासियों ने इस अनोखे नजारे को देखा और वहां इसके चित्र भी उतारे गए। उस रात हमारे देश के भी कुछ स्थानों में आकाश के 'सिंह' की गरदन के पास से गिरते इक्के-दुक्के तारों को कइयों ने देखा।

मगर भारतवासियों को इससे निराश नहीं होना चाहिए। आकाश के सिंह की गरदन के पास से टूटते तारों की वर्षा का यह नजारा हर 33 या 34 साल बाद दिखाई देता है। आज के इस पुस्तक के पाठक सन् 2031 या 2032 में पुनः उस नजारे को देख सकते हैं–आकाश के सिंह की दिशा में ही। इसलिए आइए, जानें कि

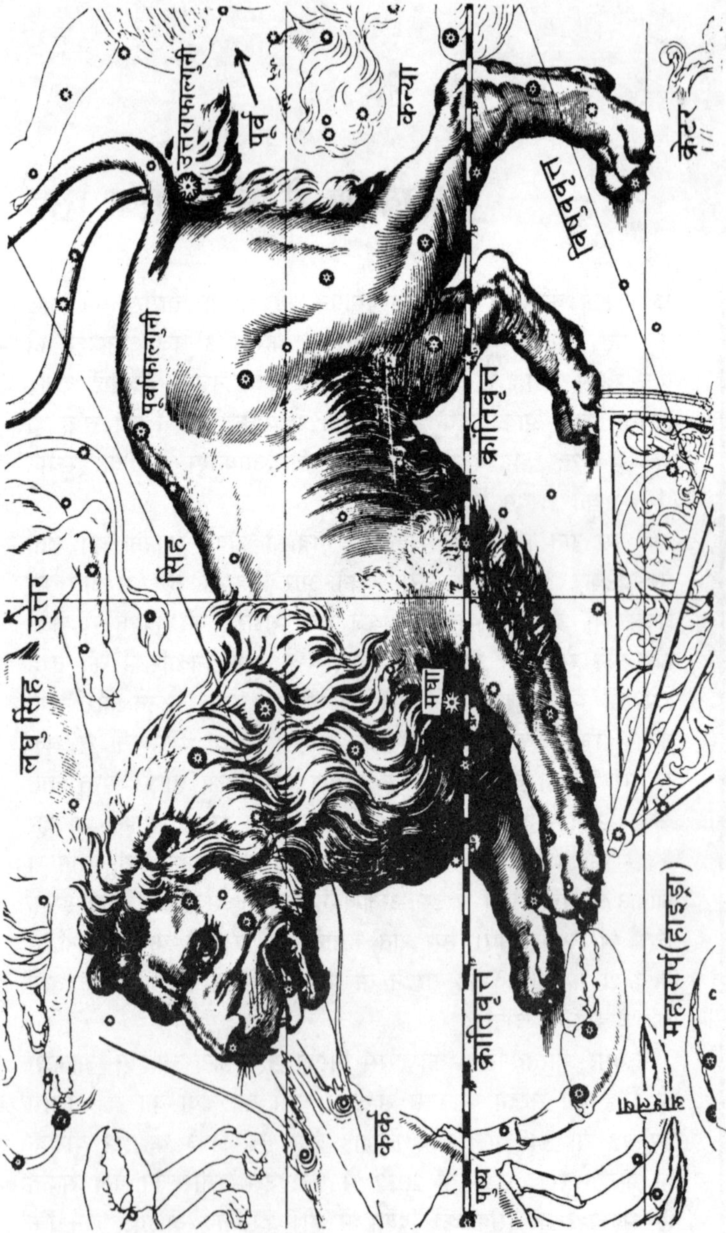
लघु सिंह
उत्तर
सिंह
पूर्वाफाल्गुनी
उत्तराफाल्गुनी
पूर्व
कन्या
मघा
क्रांतिवृत्त
क्रांतिवृत्त
विषुववृत्त
क्रेटर
आकाशस्थ सिंह
महासर्प(हाइड्रा)
आश्लेषा
कर्क
पुष्य

आकाश का यह सिंह कैसा है, कहां है; 'टूटते तारे' दरअसल क्या हैं, यह हम आगे बताएंगे। बृहस्पति ग्रह के सिंह राशि में होने पर नासिक और उज्जैन में कुंभपर्वों का आयोजन होता है, इसलिए भी आकाश के इस सिंह का सही परिचय होना आवश्यक है।

आकाश के तारे तरह-तरह के समूह बनाते हुए दिखाई देते हैं। पुराने जमाने में इन तारा-समूहों को तरह-तरह के प्राणियों और वस्तुओं के रूप में पहचाना गया था, जैसे–बैल, बिच्छू, मृग, तराजू, भालू, सिंह आदि। सचाई यह है कि आकाश में इस तरह के कोई प्राणी नहीं हैं। इनके जैसी आकृतियां बनाने वाले तारे भी हमसे समान दूरी पर नहीं हैं। ये कल्पित आकृतियां हैं। फिर भी इनका उपयोग है। इनके जरिए आकाश के ग्रहों, तारों आदि को पहचानने में बड़ी मदद मिलती है। आइए, देखें कि आकाश के तारों में मानव-कल्पित सिंह कहां पर है।

सिंह तारा-मंडल (राशि) के तारे काफी स्पष्ट हैं, इसलिए आकाश में इन्हें आसानी से पहचाना जा सकता है। मई माह में रात के करीब नौ बजे सिंह मंडल के तारे मध्याकाश में पहुंच जाते हैं। सप्तर्षि के तारों की सहायता से भी सिंह की स्थिति को जाना जा सकता है। सप्तर्षि के सामने के दो तारों—क्रतु और पुलह—को जोड़ने वाली सीधी रेखा को उत्तर की ओर बढ़ाया जाए तो ध्रुवतारा मिलता है, और यदि दक्षिण की ओर बढ़ाया जाए तो वह सिंह मंडल के मध्य में पहुंचती है।

सूर्य, चंद्र और ग्रह आकाश के जिस पट्टे में यात्रा करते दिखाई देते हैं, उसे **राशिचक्र** (जोडियक) कहते हैं। इसे 12 भागों या राशियों में बांटा गया है। इन 12 राशियों में सिंह एक राशि है। राशियों की यह व्यवस्था बेबीलोन और यूनान से भारत पहुंची है—करीब दो हजार साल पहले।

प्राचीन भारत में राशियों का नहीं, बल्कि नक्षत्र-पद्धति का प्रचलन था। आकाश के चंद्रमार्ग या रविमार्ग को 27 भागों में बांटा गया था और प्रत्येक को 'नक्षत्र' नाम दिया गया था। बाद में जब विदेशी राशियों को अपनाया गया, तो 12 राशियों के साथ 27 नक्षत्रों का मेल बिठाना पड़ा। इस तरह एक राशि सवा दो नक्षत्रों के बराबर मानी गई। सिंह राशि या मंडल में तीन नक्षत्रों का समावेश होता है—मघा (पूर्ण), पूर्वाफाल्गुनी (पूर्ण) और उत्तराफाल्गुनी (एक-चौथाई)।

सिंह का प्रमुख नक्षत्र या तारा **मघा** (α, पाश्चात्य नाम 'रेगुलस') नीले-सफेद रंग का है और यह सिंह की छाती के पास है। समूचे आकाश

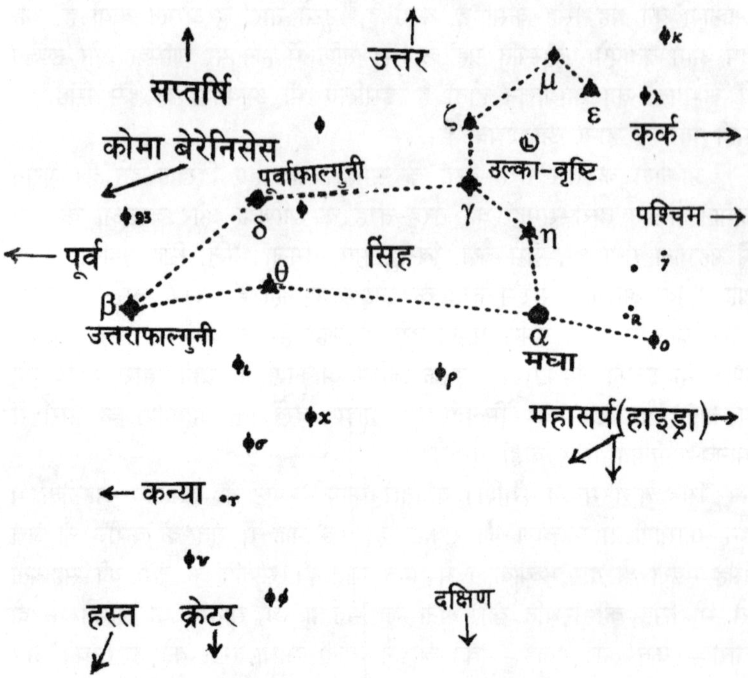

सिंह मंडल : मघा और फाल्गुनी नक्षत्र

में सबसे चमकीले जो बीस तारे हैं, उनमें मघा का स्थान बीसवां है। मघा 1.4 कांतिमान का तारा है और यह हमसे 91 प्रकाश-वर्ष दूर है। मघा काफी बड़ा तारा है। इसका व्यास सूर्य के व्यास से करीब तीन गुना अधिक है। सूर्य का सतह-तापमान करीब 6000 डिग्री सेल्सियस है, तो मघा का सतह-तापमान 14,000 डिग्री सेल्सियस है।

सिंह मंडल के **उत्तराफाल्गुनी** (β) तारे का पाश्चात्य नाम **देनेबोला** या **देनब** है। यह तारा सिंह की पूंछ में स्थित होने के कारण अरबवासी इसे 'अल्-धनब अल्-असद' (सिंह की पूंछ) कहते थे। इसी अरबी नाम से 'देनब' या 'देनेबोला' शब्द बना है। द्वितीय कांतिमान का यह तारा सफेद रंग का है और यह हमसे 42 प्रकाश-वर्ष दूर है।

सिंह के पुट्ठे पर स्थित डेल्टा (δ) तारे का भारतीय नाम **पूर्वाफाल्गुनी** है। पूर्व क्षितिज पर पहले उदित होने वाले तारे को पूर्वाफाल्गुनी और बाद में उदित होने वाले तारे को उत्तराफाल्गुनी नाम दिया गया। नीले-सफेद रंग

का पूर्वाफाल्गुनी तारा हमसे 46 प्रकाश-वर्ष दूर है।

दरअसल, सिंह मंडल के तारों को दो भागों में बांटा जा सकता है। सिंह के पिछले हिस्से के तीन प्रमुख तारे (उत्तराफाल्गुनी, पूर्वाफाल्गुनी और 'θ') एक समकोण त्रिभुज बनाते हैं। यह समकोण थीटा (θ) तारे पर बनता है।

सिंह के आगे के हिस्से के मघा (α) और अन्य पांच तारे ($\eta, \gamma, \zeta, \mu, \varepsilon$) एक हँसिये या दराँती-जैसी आकृति बनाते हैं। दराँती की आकृति के ये तारे सिंह के वक्ष, गरदन और मुंह को दर्शाते हैं। सिंह की गरदन पर स्थित 2.5 कांतिमान का गामा (γ) तारा एक जुड़वां तारा है और यह हमसे 170 प्रकाश-वर्ष दूर है।

सिंह तारा-मंडल में कई मंदाकिनियां हैं, मगर उन्हें बड़ी दूरबीनों से ही देखा जा सकता है। वे मंदाकिनियां हमारी आकाशगंगा-मंदाकिनी से बहुत-बहुत दूर हैं। दूसरी तरफ, सिंह मंडल के सभी तारे हमारी आकाशगंगा-मंदाकिनी के सदस्य हैं और वे भी हमसे समान दूरी पर नहीं हैं।

आकाश के इस काल्पनिक सिंह का नजारा बड़ा स्पष्ट और आकर्षक है। आकाश के रविमार्ग पर स्थित **मघा** को प्राचीन भारत में धन व शक्ति प्रदान करने वाला नक्षत्र माना जाता रहा है। मघा से माघ और फाल्गुनी से फाल्गुन महीने अस्तित्व में आए हैं। इसलिए आकाश में सिंह मंडल के इन तारों की पहचान का विशेष महत्व है।

❖

उल्का-वृष्टि

सौर मंडल के ग्रहों के बीच के अंतरिक्ष में पत्थर और लोहे के अनगिनत छोटे-छोटे कंकड़ या कण मौजूद हैं। ऐसा कोई कण जब तीव्र वेग से पृथ्वी के वायुमंडल में उतरकर क्षण भर के लिए चमक उठता है, तब वह 'उल्का' या 'टूटता तारा' कहलाता है। ये कण लगभग 70 किलोमीटर प्रति सेकंड के वेग से वायुमंडल में उतरते हैं और धरातल से करीब 100 किलोमीटर ऊपर वायुमंडल के अणु-परमाणुओं के साथ घिसकर उद्दीप्त हो उठते हैं। अंतरिक्ष से आने वाले धातु या पत्थर के जो बड़े पिंड धरातल पर पहुंच जाते हैं वे 'उल्कापिंड' कहलाते हैं।

उल्काओं के दो प्रकार हैं— विरल उल्काएं और उल्का-वृष्टि। जो उल्काएं एक-दूसरे से स्वतंत्र होती हैं और आकाश में वर्षभर नजर आती हैं, वे विरल उल्काएं कहलाती हैं। भिन्न-भिन्न दिनों और ऋतुओं में इनकी संख्या भी घटती-बढ़ती रहती है। ऐसी उल्काएं मध्यरात्रि के पहले कम और मध्यरात्रि के बाद ज्यादा संख्या में दिखाई देती हैं। शरद ऋतु की अपेक्षा ग्रीष्म में इनकी संख्या कम रहती है।

उल्का-वृष्टि का संबंध धूमकेतुओं से है। धूमकेतु धूलिकणों और बर्फ बनी गैसों के पिंड होते हैं। ये लंबी दीर्घवृत्ताकार कक्षाओं में सूर्य की परिक्रमा करते रहते हैं। इनसे निकले हुए कण इनकी कक्षाओं में चक्कर लगाते रहते हैं। जब पृथ्वी किसी धूमकेतु के यात्रापथ से गुजरती है, तब धूमकेतु के वे कण वायुमंडल में उतरकर उल्काओं के रूप में चमक उठते हैं और तब आकश में हमें उल्का-वृष्टि का आकर्षक नजारा दिखाई देता है।

उल्का-वृष्टि को तारों के मानचित्र पर रेखांकित करके उन्हें

उल्काएं समांतर पथों में ही धरातल की ओर आती हैं—दोनों रेल-पटरियों की तरह। परंतु उन्हें दूर तक देखने पर वे एक-दूसरे से एक बिंदु पर मिली हुई नजर आती हैं।

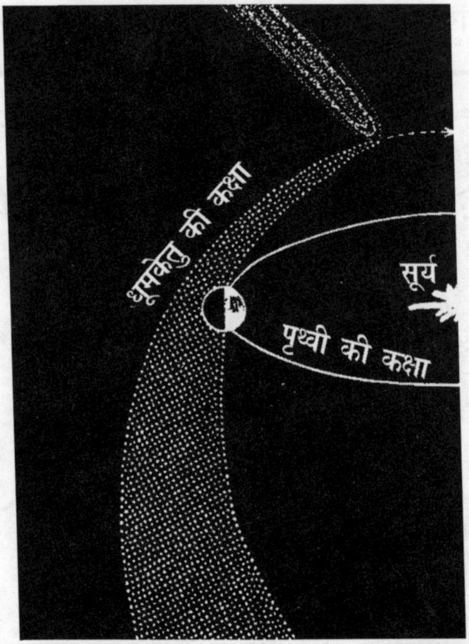

जब कोई 'वृद्ध' धूमकेतु अपनी कक्षा में द्रव्यकण पीछे छोड़ता है और पृथ्वी उनमें से गुजरती है, तब हमें 'उल्का-वृष्टि' का नजारा देखने को मिलता है।

पीछे की ओर ले जाया जाए, तो पता चलता है कि सभी 'टूटते तारे' आकाश के लगभग एक ही स्थान से निकलते नजर आएंगे। आकाश के उस स्थान या बिंदु को खगोल-विज्ञान में 'उल्का-विकीर्णक-बिंदु' कहते हैं। उल्का-विकीर्णक-बिंदु जिस तारा-मंडल में होता है, उसी का नाम उस उल्का-वृष्टि को दिया जाता है। जैसे, 17-19 नवंबर, 1966 या 1998 में जो उल्का-वृष्टियां हुई थीं, उनका विकीर्णक-बिंदु सिंह (तारा-मंडल) की गरदन के पास के गामा (γ) तारे के समीप था, इसलिए उसे 'सिंह उल्का-वृष्टि' का नाम दिया गया।

मगर यह ध्यान में रखना जरूरी है कि किसी तारा-मंडल के एक बिंदु से उल्काओं के विकीर्णन का यह नजारा महज एक दृष्टिभ्रम है। पहली बात तो यही है कि तारे हमसे बहुत-बहुत दूर हैं, परंतु उल्काएं करीब 100-120 किलोमीटर ऊपर ही वायुमंडल में पहुंचकर उद्दीप्त हो उठती हैं। दूसरी बात यह है कि उल्काएं वास्तव में समांतर पथों में ही धरातल की ओर आती हैं, दोनों रेल-पटरियों की तरह। परंतु पटरियों को दूर तक देखने पर वे जैसी एक-दूसरे के साथ मिल जाती हैं, उसी प्रकार हमें आभास होता है कि उल्काओं की वृष्टि भी आकाश के लगभग एक स्थान से हो रही है।

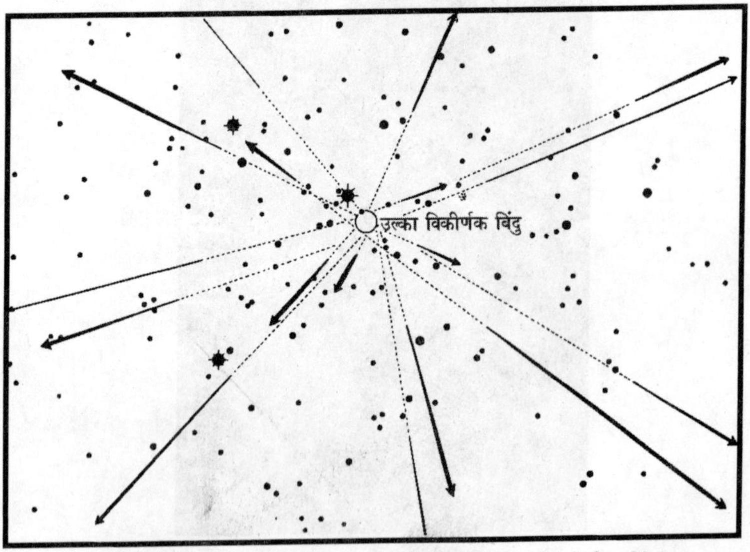

सभी 'टूटते तारे' आकाश के एक ही बिंदु (उल्का विकीर्णक बिंदु) से निकलते नजर आते हैं।

उल्का-वृष्टि किसी-न-किसी धूमकेतु से संबंधित होती है। सिंह राशि से होने वाली उल्का-वृष्टि का संबंध टेंपल-टुटल नामक धूमकेतु से है। यह धूमकेतु करीब 33 वर्षों में सूर्य की एक परिक्रमा पूरी करता है। इस धूमकेतु के अवशिष्ट कणों के कारण हर साल नवंबर में सिंह राशि से थोड़ी-बहुत उल्का-वृष्टि अवश्य होती है, मगर हर 33 साल बाद यह उल्का-वृष्टि महत्तम होती है।

दूसरे कुछ धूमकेतुओं के कारण अन्य तारा-मंडलों से भी उल्का-वृष्टि के नजारे देखने को मिलते हैं, जैसे—मिथुन मंडल से 7-15 दिसंबर को, मृग मंडल से 16-27 अक्तूबर को और कुंभ मंडल से 26-31 जुलाई को। खगोल-विज्ञान में दिलचस्पी रखने वालों को इन उल्का-वृष्टियों को अवश्य देखना चाहिए और गिनती करनी चाहिए कि एक घंटे में आकाश से कितने 'तारे टूटते हैं'।

❖

अयन-चलन

खगोल के विषुववृत्त और क्रांतिवृत्त एक-दूसरे के साथ करीब 23½ अंशों का कोण बनाते हैं, जो लगभग स्थिर बना रहता है।

ये दो वृहद् वृत्त जिन दो बिंदुओं में एक-दूसरे को काटते हैं, उन्हें 'विषुव-बिंदु' कहते हैं–एक को **वसंत विषुव** (♈) और दूसरे को **शरद विषुव** (♎)। इन दो बिंदुओं के धीरे-धीरे पीछे सरकने को ही **अयन-चलन** कहते हैं।

इस घटना का एक भौतिक कारण यह है कि हमारी पृथ्वी दोनों ध्रुवों पर कुछ चपटी है और भूमध्यरेखा पर कुछ फूली हुई। दूसरी बात यह है कि भूमध्यरेखा पृथ्वी का मुख्य तल है, मगर सूर्य तथा चंद्र क्रांतिवृत्त के तल में यात्रा करते हैं–अपवाद हैं तो केवल दो संपात-बिंदु यानी विषुव-बिंदु। ऐसी स्थितियों में सूर्य व चंद्र का गुरुत्वाकर्षण भूमध्यरेखा (विषुववृत्त) और क्रांतिवृत्त के तलों को एक-दूसरे से मिलाने के प्रयास में रहता है, मगर पृथ्वी का अक्ष-घूर्णन ऐसा नहीं होने देता। दोनों तलों के बीच करीब 23½ अंशों का कोण कायम रहता है।

परिणामत: पृथ्वी ही अपनी धुरी पर चक्कर लगाने के साथ-साथ लट्टू की तरह डोलती भी रहती है। पृथ्वी की धुरी का सिरा क्रांतिवृत्त के ध्रुव (कदंब) का 23½ अंशों के अंतर से धीरे-धीरे चक्कर लगाता रहता है। इस प्रकार, पृथ्वी की धुरी का सिरा (ध्रुव-बिंदु) लगभग 25,800 वर्षों में कदंब का एक पूर्ण चक्कर लगाता है। यही वजह है कि आकाश में ध्रुव की स्थिति अटल नहीं है।

पृथ्वी के लट्टू की तरह डोलने का एक परिणाम यह होता है कि विषुव-बिंदु धीरे-धीरे क्रांतिवृत्ति पर पीछे, सूर्य की वार्षिक

गति की विपरीत दिशा में, सरकते रहते हैं, मगर क्रांतिवृत्त और विषुववृत्त के बीच 23½ अंशों का कोणीय अंतर कायम रहता है। विषुव-बिंदुओं के इसी पश्चगमन को **अयन–चलन** कहते हैं।

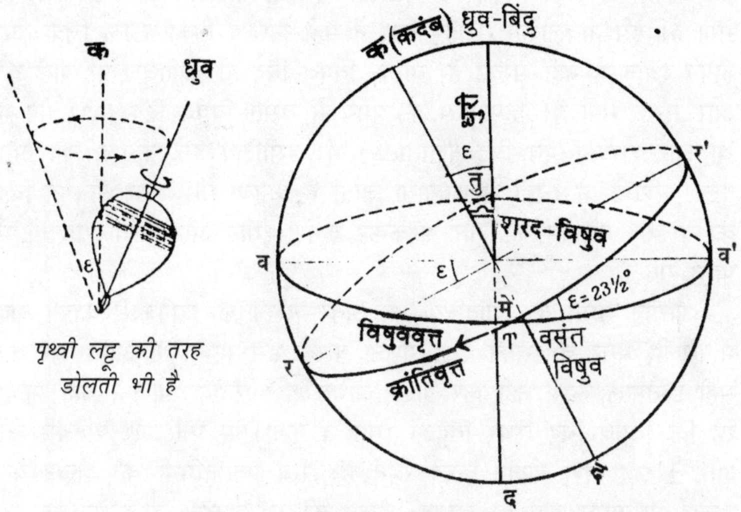

अयन-चलन के कारण विषुव-बिंदु (♈ व ♎) क्रांतिवृत्त पर पीछे पश्चिम की ओर सरकते रहते हैं।

अयन-चलन के अंतर्गत विषुव-बिंदु एक वर्ष में 50".3 (करीब 50 कोणीय सेकंड) पीछे सरकते हैं; अर्थात्, वसंत-विषुव-बिंदु (♈) से आरंभ करके सूर्य एक पूर्ण चक्कर लगाकर पुनः वसंत-विषुव-बिंदु पर पहुंचता है, तो उसे हर वर्ष करीब 50 कोणीय सेकंड का कम फासला तय करना पड़ता है। अन्य शब्दों में, सूर्य हर साल 20 मिनट और 24 सेकंड पहले वसंत-विषुव-बिंदु पर पहुंचता है। परिणामतः सायन-वर्ष नाक्षत्र-वर्ष से 20 मिनट व 24 सेकंड छोटा होता है। सायन-वर्ष 365.2422 दिनों का होता है, और नाक्षत्र-वर्ष 365.2564 दिनों का।

विषुव-बिंदु क्रांतिवृत्त पर प्रतिवर्ष 50".3 कोणीय अंतर पीछे सरकता है, इसलिए पूरे 360 अंश (1296000") पीछे सरकने में उसे लगभग 25,800 वर्ष लगते हैं। अतः अयन-चलन के कारण आकाश में ध्रुव-बिंदु और विषुव-बिंदु, दोनों के स्थान बदलते रहते हैं। चूंकि क्रांतिवृत्त पर तारों के भोगांश (रेखांश) प्रायः वसंत-विषुव-बिंदु (♈) को मूल बिंदु मानकर व्यक्त

किए जाते हैं, इसलिए तारों के भोगांश भी बदलते रहते हैं।

अयन-चलन की खोज का श्रेय यूनानी खगोलविद **हिप्पार्कस** (ईसा पूर्व दूसरी सदी) को दिया जाता है। हिप्पार्कस ने पहचाना कि डेढ़ सौ साल की अवधि में शरद-विषुव-बिंदु (♎) से **चित्रा** तारे का अंतर 2 अंश बढ़ गया है। इस अवलोकन से हिप्पार्कस ने सही निष्कर्ष निकाला कि चित्रा तारा अपने स्थान से नहीं सरका है, बल्कि विषुव-बिंदु ही क्रांतिवृत्त पर पीछे की ओर सरक गया है। हिप्पार्कस के समय में वसंत-विषुव-बिंदु (♈) मेष में था और शरद-विषुव-बिंदु तुला (♎) में। इसीलिए इन्हें क्रमशः मेष और तुला राशियों के चिह्नों से दरशाया जाता है, आज भी। मगर अब ये बिंदु करीब 30° पश्चिम की ओर सरककर क्रमशः मीन और कन्या राशियों में पहुंच गए हैं।

प्राचीन भारत के ज्योतिषियों को अयन-चलन की जानकारी काफी बाद में मिली, मगर वे इसकी शुद्ध गणना करके इस महत्वपूर्ण आविष्कार का सही इस्तेमाल कभी नहीं कर पाए। अधिकांश भारतीय ज्योतिषी यही मानते रहे कि विषुव-बिंदु स्थिर बिंदुओं (मेष व तुला) से पूर्व और पश्चिम की ओर ± 27 अंश दोलन करते रहते हैं। सब ज्योतिषियों की दोलन की रफ्तार भी समान नहीं है। वस्तुतः दोलन की यह कल्पना ही अवैज्ञानिक है।

पता चलता है कि ज्योतिषी मुंजाल (932 ई.) अयन-चलन की वास्तविकता को भली भांति समझ गए थे। उन्होंने अयन-चलन की गति का लगभग सही मान दिया है। भास्कराचार्य (1150 ई.) ने भी अपने **सिद्धांत-शिरोमणि** में मुंजाल की मान्यता का उल्लेख किया है। मगर परंपराप्रेमी भारतीय ज्योतिषी **सूर्य-सिद्धांत** का अनुकरण करते हुए विषुव-बिंदु के दोलन की अवैज्ञानिक मान्यता से ही चिपके रहे और **अयनांश** का सहारा लेकर पंचांग बनाते रहे।

अध्याय 7

★ स्वाति और चित्रा नक्षत्र

★ महासर्प मंडल

★ कालिय मंडल

★ आकाश में न्याय का तराजू

★ तारों के अरीय वेग

★ तारों की दूरियों का मापन

★ तारों की निजी गतियां

॥ जून ॥

यूनानी वर्णमाला

अल्फा	α	न्यू	ν
बीटा	β	क्साइ	ξ
गामा	γ	ओमिक्रोन	o
डेल्टा	δ	पाइ	π
इप्सिलोन	$\in$	रो	ρ
जीटा	ζ	सिग्मा	σ
इटा	η	टाउ	τ
थीटा	θ	अप्साइलोन	υ
आयोटा	ι	फाइ	ϕ
काप्पा	κ	खाइ	χ
लांबडा	λ	प्साइ	ψ
म्यू	μ	ओमेगा	ω

स्वाति और चित्रा नक्षत्र

तीन-चार हजार साल पहले आज जैसे कैलेंडर या पंचांग नहीं थे। सात दिनों वाले सप्ताह का भी चलन नहीं था। तब लोग सूर्य, चंद्र और तारों को देखकर दिनों व महीनों का हिसाब लगाते थे।

चंद्र की घटती-बढ़ती कलाओं को देखकर अनुमान लग जाता है कि पूर्णिमा या अमावस्या के बाद कितने दिन गुजरे होंगे। एक पूर्णिमा के बाद दूसरी पूर्णिमा या एक अमावस्या के बाद दूसरी अमावस्या लगभग 29½ दिनों के बाद आती है। इस अवधि को **मास** या **चांद्र मास** कहा गया। 'मास' शब्द का मूल अर्थ ही है—चंद्र।

उस जमाने में दुनिया के कई देशों में, हमारे देश में भी, चंद्र और तारों की मदद से दिनों को जाना जाता था, जैसे—चंद्रमा जिस दिन (रात) **चित्रा** तारे के पास होता था, उसे—'चित्रा का दिन' कहते थे और जिस दिन (रात) **मघा** तारे के पास होता था, उसे—'मघा का दिन' कहते थे।

चंद्रमा को तारों के बीच आकाश का एक पूरा चक्कर लगाने में, यानी एक तारे से यात्रा आरंभ करके पुनः उसी तारे तक पहुंचने में, लगभग 27⅓ दिन लगते हैं; इसलिए चंद्रमार्ग में या उसकी अगल-बगल में पड़ने वाले तारों में से 27 प्रमुख तारे चुन लिए गए थे और बता दिया जाता था कि आज आकाश में चंद्रमा किस तारे के पास है।

कभी-कभी 28 तारे भी चुने गए थे, क्योंकि यह भी 27⅓ के पास की एक पूर्ण संख्या है। बाद में चंद्रमार्ग के इन्हीं 27 या 28 तारों को **नक्षत्र** कहा गया।

हमारे देश की सबसे पुरानी पुस्तक **ऋग्वेद** में चित्रा, रेवती,

अघा (मघा) जैसे कुछ नक्षत्रों के नाम देखने को मिलते हैं। परंतु **यजुर्वेद** में 27 नक्षत्रों की और **अथर्ववेद** में 28 नक्षत्रों की सूचियां दी गई हैं। ये दोनों सूचियां **कृत्तिका** नक्षत्र से आरंभ होती हैं। इन दोनों सूचियों में 12वां नक्षत्र **चित्रा** है और 13वां नक्षत्र **स्वाति** है।

प्राचीन काल से ही **स्वाति** और **चित्रा** को महत्व के तारे माना जाता रहा है। **अथर्ववेद** में प्रार्थना है–*चित्रा शिवा स्वाति सुखो मे अस्तु* (चित्रा और स्वाति मेरे लिए सुखकारी हों)। हमारे देश की एक लोककथा है कि गरमी की ऋतु में स्वाति को देखकर चातक पक्षी इस पर इतना अधिक मोहित हो जाता है कि जब तक सूर्य इस नक्षत्र में पहुंचकर वर्षा नहीं करता, तब तक वह प्यासा ही रहता है, हमेशा बादलों की ओर टकटकी लगाए रहता है। पुराने समय में हमारे यहां यह भी मान्यता प्रचलित रही है कि स्वाति नक्षत्र में होने वाली बारिश की बूंदें जब सागर की सीपियों में पहुंचती

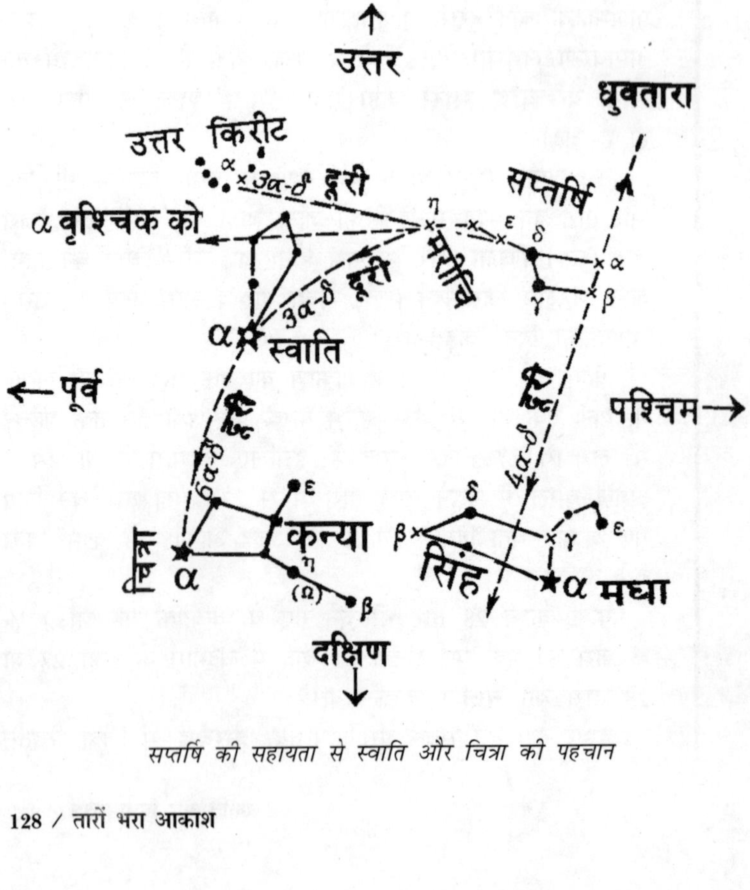

सप्तर्षि की सहायता से स्वाति और चित्रा की पहचान

हैं, तब उनमें बढ़िया मोती जन्म लेते हैं। लेकिन यह वैज्ञानिक तथ्य नहीं है।

भारतीय ज्योतिष में चित्रा नक्षत्र का प्राचीन काल से ही बड़ा महत्व रहा है। **चित्रा** शब्द का मूल अर्थ है–'विचित्र' अथवा 'चमकीला'। यह तारा रविमार्ग या चंद्रमार्ग के एकदम नजदीक है और सचमुच ही काफी चमकीला है। बाद में इसी चित्रा नक्षत्र के आधार पर हमारे देश में वर्ष के प्रथम महीने को **चैत्र** नाम दिया गया।

इन दिनों रात्रि को करीब नौ बजे स्वाति और चित्रा नक्षत्र लगभग मध्याकाश में यानी सिर के ऊपर पहुंच जाते हैं। इन्हें पहचानने का एक आसान तरीका है। पहले उत्तरी आकाश में **सप्तर्षि मंडल** को देखिए। सप्तर्षि के अत्रि, अंगिरस, वसिष्ठ और मरीचि तारों से बनने वाले हैंडल-नुमा वक्र को उसी तरह मोड़ते हुए दक्षिण की ओर बढ़ाया जाए, तो करीब 30 अंश की दूरी पर (क्षितिज से आकाश के शिरोबिंदु तक की दूरी 90 अंश होती है) नारंगी रंग का चमकीला **स्वाति** नक्षत्र मिलता है और आगे लगभग उतनी ही दूरी पर नीला-सफेद **चित्रा** नक्षत्र है।

स्वाति का पाश्चात्य नाम **आर्कत्यूरस** है और यह जिस तारा-मंडल में है, उसे **बोतीज** कहते हैं। भारतीय ज्योतिष में बोतीज मंडल को प्रायः **ईश** (भूतेश) के नाम से जाना जाता है। इस मंडल के प्रमुख तारे पूंछवाली एक उड़ती पतंग-जैसी आकृति बनाते हैं।

स्वाति (α) गहरे नारंगी रंग का खूब चमकीला तारा है। समूचे आकाश में कोरी आंखों से सबसे अधिक चमकीले नजर आनेवाले जो 20 तारे हैं उनमें स्वाति का स्थान चौथा है। यह आकाश का पहला तारा है जिसे 1635 ई. में एक दूरबीन से दिन के समय भी देखा गया था।

सूर्य की तुलना में स्वाति एक विशाल तारा है। स्वाति का व्यास सूर्य के व्यास से करीब 27 गुना अधिक है। मगर इसका द्रव्यमान हमारे सूर्य के तुल्य ही है। खगोलविदों का मत है कि लगभग 5 अरब साल बाद हमारा सूर्य भी फूलकर स्वाति की तरह एक विशाल लाल-दानव तारा बन जाएगा।

स्वाति कुछ ठंडा तारा है। स्वाति का सतह-तापमान 5000 डिग्री सेल्सियस के आसपास है, जबकि सूर्य का सतह-तापमान 6000 डिग्री सेल्सियस के आसपास है। स्वाति नक्षत्र हमसे 36 प्रकाश-वर्ष दूर है। यह नक्षत्र काफी बड़ा है, इसीलिए यह ज्यादा चमकीला नजर आता है।

प्राचीन काल के लोगों का विश्वास था कि नक्षत्र अपने स्थान पर स्थिर

पाश्चात्य बोतीज (भारतीय भूतेश)

रहते हैं, यानी तारों के बीच की दूरियां कम-ज्यादा नहीं होतीं। मगर आज हम जानते हैं कि इस विश्व में स्थिर या अचल कुछ भी नहीं, तारे भी नहीं। स्वाति (आर्कत्यूरस) आकाश का पहला तारा है जिसके बारे में स्पष्ट जानकारी मिली थी कि यह अपने स्थान से सरक रहा है, यानी इसकी अपनी निजी गति है।

स्वाति नक्षत्र की निजी गति की खोज महान वैज्ञानिक आइजेक न्यूटन के खगोलविद्-मित्र एडमंड हेली (1656-1742 ई.) ने 1717 ई. में की थी। चूंकि उस समय तक यूरोप में तारों को स्थिर माना जाता था, इसलिए हेली

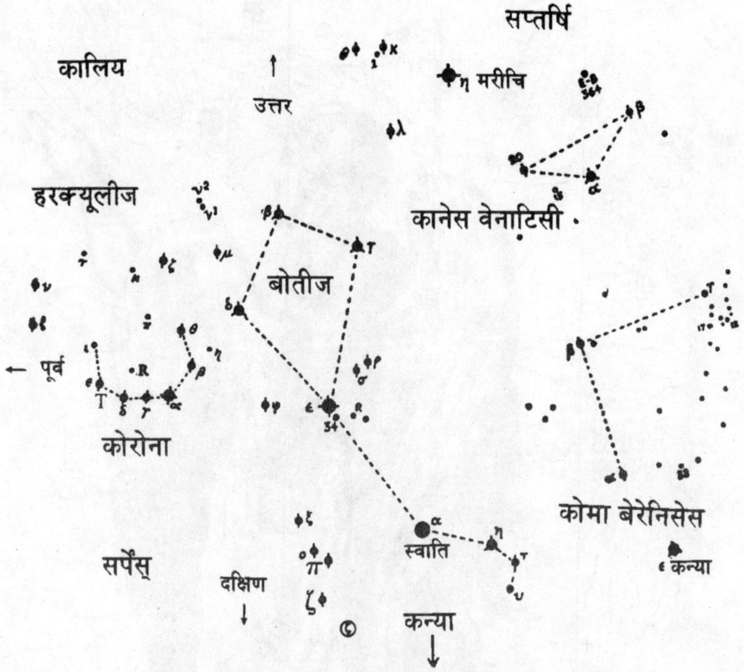

बोतीज (स्वाति नक्षत्र) और आसपास के तारा-मंडल

की इस खोज ने वैज्ञानिक जगत में बड़ा तहलका मचाया था और दूसरे विचारकों को भी काफी प्रभावित किया था।

चित्रा (α) का पाश्चात्य नाम **स्पाइका** है, जिसका अर्थ है–'गेहूं की बाली'। यह नक्षत्र जिस तारा-मंडल (राशि) में है उसका पाश्चात्य नाम **विर्गो** और भारतीय नाम **कन्या** है। विर्गो और कन्या समान अर्थ वाले शब्द हैं। चित्र में कन्या के बाएं हाथ में दिखाई गई गेहूं की बाली के स्थान पर यह चित्रा तारा स्थित है।

आकाश में सूर्य की वार्षिक यात्रा का जो मार्ग है, उसे रविपथ या क्रांतिवृत्त कहते हैं। चित्रा तारा क्रांतिवृत्त के काफी नजदीक है। आज से लगभग 1700 साल पहले सूर्य जब इस तारे के पास पहुंचता था, तो रात व दिन समान अवधि के होते थे। उसके बाद रातें बड़ी और दिन छोटे होने लगते थे। चित्रा तारे की ऐसी ही कुछ विशेषताओं के कारण भारत में वर्ष के पहले महीने को **चैत्र** नाम दिया गया था।

सिंह
पश्चिम
उत्तराफाल्गुनी
काक
हस्त
कन्या
आपस्
अपांवत्स
चित्रा
उत्तर
विषुववृत्त
क्रांतिवृत्त
विशाखा
तुला

आकाशस्थ कन्या

चित्रा (α) तारा हमसे लगभग 280 प्रकाश-वर्ष दूर है। नीला-सफेद यह तारा छह सौ सूर्यों के बराबर ऊर्जा बाहर उछालता है। चित्रा की तुलना में हमारा सूर्य एक बहुत छोटा और नगण्य तारा है।

चित्रा का एक छोटा साथी-तारा भी है, जो केवल चार दिनों में इसकी एक परिक्रमा पूरी कर लेता है। इस दौरान छोटा तारा क्षणभर के लिए बड़े तारे के सामने (यानी हमारे और उस बड़े तारे के बीच में) आ जाता है और इस प्रकार उसे ग्रहण लगाता है। ग्रहण के समय बड़े तारे की कांति यानी चमक कुछ घट जाती है। इसलिए आधुनिक खगोल-विज्ञान में चित्रा को **ग्रहणशील चरकांति** तारा कहते हैं। कन्या मंडल में कई जुड़वां तारे हैं। जैसे-इस मंडल का गामा (γ) तारा, जो हमसे 36 प्रकाश-वर्ष दूर है, एक जुड़वां तारा है।

ईरानियों की कन्या

प्राचीन भारतीय ज्योतिष-ग्रंथों में प्रमुख 27 या 28 नक्षत्रों के अलावा बहुत थोड़े तारों के लिए निजी नाम देखने को मिलते हैं। मगर **सूर्य-सिद्धांत** में कन्या मंडल के चित्रा नक्षत्र के अलावा दो और तारों की स्थितियां बताई गई हैं। ये दो तारे हैं-**आपस्** (जल) और **अपांवत्स** (जलपुत्र)। आप या आपस् (δ) कन्या की कमर पर स्थित है और अपांवत्स (θ) चित्रा और आपस् के बीच में है।

आकाश में कोरी आंखों से जितने भी तारे दिखाई देते हैं, वे सब एक विशाल योजना के सदस्य हैं। इस योजना को हम **आकाशगंगा** (मंदाकिनी) कहते हैं। आकाशगंगा के परे विशाल विश्व में तरह-तरह की करोड़ों-अरबों मंदाकिनियां हैं। मंदाकिनियां समूह या गुच्छ भी बनाती हैं। ऐसा ही सबसे नजदीक का एक मंदाकिनी-समूह, जो हमसे लगभग 450 लाख प्रकाश-वर्ष दूर है और जिसमें लगभग 3000 मंदाकिनियां हैं, कन्या मंडल की पश्चिमोत्तर सीमा में बड़ी दूरबीनों से देखने को मिलता है और **कन्या**

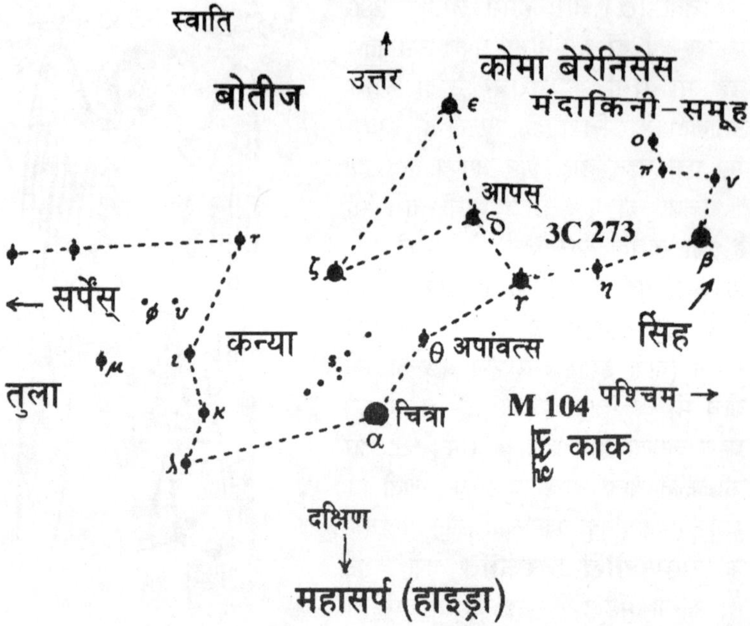

कन्या मंडल : चित्रा नक्षत्र

मंदाकिनी–समूह कहलाता है।

मजे की बात यह है कि सुदूर की ये सारी मंदाकिनियां 1200 किलोमीटर प्रति सेकंड के वेग से हमसे दूर भाग रही हैं। विश्व का लगातार विस्तार हो रहा है।

सन् 1960 में पहली बार ब्रह्मांड की अतिदूर की सीमाओं में **क्वासर** (क्वासी स्टेलर रेडियो सोर्सेज, यानी 'तारों–जैसे रेडियो स्रोत') नामक अनोखे ऊर्जा-स्रोत खोजे गए। क्वासर होते तो हैं एक तारे के आकार-प्रकार के, किंतु लगभग 100 मंदाकिनियों के तुल्य ऊर्जा पैदा करते हैं (देखिए अध्याय 11)। कन्या मंडल में, इसकी पश्चिमोत्तर सीमा पर **3C 273** नामक एक शक्तिशाली क्वासर खोजा गया है, जो हमसे 300 करोड़ प्रकाश–वर्ष दूर है।

आजकल रात के करीब नौ बजे चित्रा तारा लगभग मध्य आकाश में पहुंच जाता है। चित्रा (कन्या मंडल) के पश्चिम में सिंह मंडल के नक्षत्र (मघा व फाल्गुनी) हैं। चित्रा के दक्षिण में **हस्त** नक्षत्र के चार प्रमुख तारे एक छोटे चतुर्भुज की आकृति बनाते हैं।

❖

महासर्प मंडल

कर्क, सिंह और कन्या मंडलों के दक्षिण में एक लंबा तारा-मंडल है, जिसका पाश्चात्य नाम **हाइड्रा** (जलवासी महासर्प, वासुकि) है। यूनानी आख्यान के अनुसार, नौ सिरों वाले इस महासर्प (हाइड्रा) का दमन हरक्यूलीज ने किया था।

महासर्प मंडल के तारे सुस्पष्ट नहीं हैं, परंतु सिंह राशि का मघा नक्षत्र और कन्या राशि के चित्रा व हस्त नक्षत्र इसके समीप हैं, इसलिए आकाश में इसकी स्थिति को जानने का महत्व है। प्राचीन भारतीय परंपरा में सर्प को आश्लेषा नक्षत्र का देवता माना गया है। इस महासर्प मंडल का जीटा (ζ) या इप्सिलोन (ε) तारा संभवतः आश्लेषा का योगतारा यानी प्रमुख तारा है। ये दोनों ही तारे कर्क मंडल के दक्षिण में महासर्प के सिर पर स्थित हैं (देखिए अध्याय 4)।

आधुनिक खगोल-विज्ञान में आकाश के सभी तारों को जिन 88 तारा-मंडलों में विभाजित किया गया है, उनमें महासर्प (हाइड्रा) आकाश का सबसे लंबा मंडल है (आकाश का दूसरा बड़ा तारा-मंडल कन्या है)। पश्चिम से पूरब इसकी पूरी लंबाई लगभग 100^0 है। आकाश के इस महासर्प के सिर के पास, पश्चिम की ओर, कर्क और लघु श्वान मंडल हैं। उसके बाद यह मंडल कुछ दक्षिण की ओर मुड़ता है और फिर पूर्व की ओर तुला राशि तक पहुंच जाता है।

महासर्प मंडल का द्वितीय कांतिमान का सबसे चमकीला **अल्फा** (α) तारा महासर्प की गर्दन पर स्थित है। इस तारे के आसपास आकाश खाली नजर आता है, इसलिए अरबी ज्योतिषियों ने इसे **अल्‌-फर्द** (अकेला, एकाकी) नाम दिया था। यह पीतवर्ण

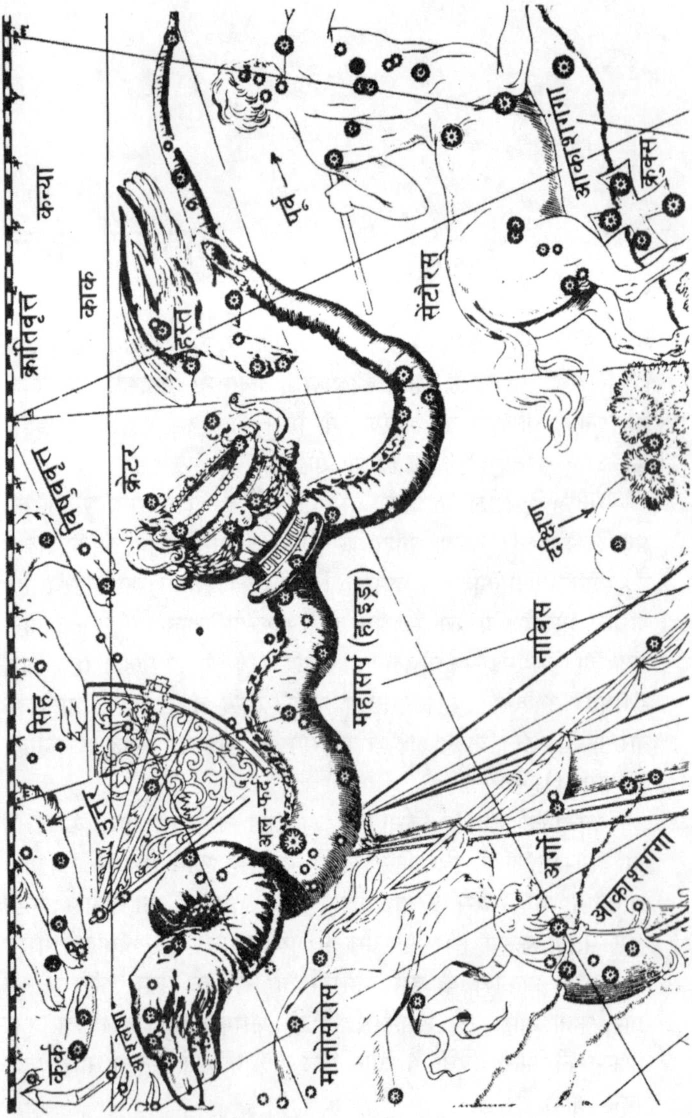

आकाशस्थ महासर्प (हाइड्रा)

विशाल तारा हमसे 65 प्रकाश-वर्ष दूर है।

महासर्प के सिर पर स्थित **इप्सिलोन** (ε) तारा, जो संभवत: भारतीय ज्योतिष-परंपरा का **आश्लेषा** नक्षत्र है, एक जुड़वां तारा है। इस जोड़ी

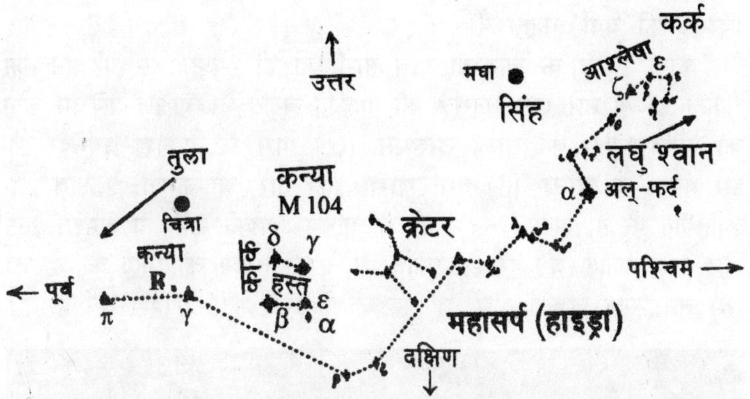

महासर्प मंडल : हस्त नक्षत्र

का एक तारा पीले रंग (कांतिमान 3.4) का और दूसरा नीले रंग (कांतिमान 6.8) का है और ये लगभग 900 वर्षों में एक-दूसरे की एक परिक्रमा पूरी करते हैं। इनमें पीले रंग का अधिक चमकीला तारा स्वयं में एक जुड़वां है। मगर इन जुड़वां तारों को शक्तिशाली दूरबीन से ही देखा जा सकता है।

आधुनिक खगोल-विज्ञान की दृष्टि से इस मंडल का संभवतः सबसे महत्वपूर्ण तारा महासर्प की पूंछ में स्थित **गामा** (γ) तारे के समीप का **R** अक्षरांकित तारा है। 387 दिनों की अवधि में इस विशाल लाल तारे का कांतिमान 11 से बढ़कर 3 पर पहुंच जाता है। अतः यह एक **दीर्घ-कालिक चरकांति तारा** है।

हस्त नक्षत्र

भारतीय ज्योतिष-परंपरा में हस्त नक्षत्र का समावेश कन्या राशि के अंतर्गत होता है। परंतु पाश्चात्य ज्योतिष में हस्त के तारों का समावेश **कोर्वुस** (काक, कौआ) नामक एक स्वतंत्र तारा-मंडल में होता है। काक के पश्चिम में छोटा **क्रेटर** (चषक, प्याला) तारा-मंडल है, मगर उसमें महत्व का कोई नजारा नहीं है।

छोटा-सा काक तारा-मंडल (हस्त नक्षत्र) कन्या और महासर्प मंडलों के बीच में चित्रा तारे के दक्षिण-पश्चिम में है। भारतीय परंपरा के अनुसार, हस्त का देवता सविता (सूर्य) है। सितंबर-अक्तूबर में जब सूर्य हस्त नक्षत्र में पहुंचता है, तब जो वर्षा होती है, उसे देहात के किसान आज भी 'हथिया

(हस्त) की वर्षा' कहते हैं।

काक मंडल के चार या पांच तारों को ही स्पष्टता से पहचाना जा सकता है। ये तारे एक चतुर्भुज की आकृति बनाते हैं। दक्षिण-पश्चिम कोने का कांतिमान 4 का सफेद **अल्फा** (α) तारा 52 प्रकाश-वर्ष दूर है। इस मंडल के **बीटा** (β) तथा **गामा** (γ) तारे, जो क्रमशः 2.7 व 2.6 कांतिमान के हैं, अल्फा (α) तारे से अधिक चमकीले हैं। ये क्रमशः 265 और 220 प्रकाश-वर्ष दूर हैं। पूर्वोत्तर कोने का तृतीय कांतिमान का **डेल्टा** (δ) तारा एक जुड़वां तारा है। यह जोड़ी हमसे 115 प्रकाश-वर्ष दूर है।

M 104 मंदाकिनी

कन्या और काक मंडलों की सीमा पर एक प्रसिद्ध सर्पिल मंदाकिनी (M 104) है, जो आकार-प्रकार में शनि ग्रह या एक टोप-जैसी दिखाई देती है। यह मंदाकिनी हमसे लगभग 3.5 करोड़ प्रकाश-वर्ष दूर है, यानी यह 4.5 करोड़ प्रकाश-वर्ष दूर के 'कन्या मंदाकिनी-समूह' से कुछ नजदीक है।

❖

कालिय मंडल

उत्तरी आकाश में ध्रुवतारे को तीन तरफ से घेरे हुए एक काफी प्राचीन और विस्तृत तारा-मंडल है–**ड्रेको** (ड्रैगन), जिसे अब हम **कालिय** कहते हैं। उत्तरी यूरोप के देशों से इस मंडल को, सप्तर्षि की तरह, ध्रुवतारे का पूरा चक्कर लगाते हुए देखा जा सकता है। लेकिन भारत से गरमी के दिनों में ही यह लगभग पूरा दिखाई देता है। कालिय मंडल के तारे ज्यादा स्पष्ट नहीं हैं, मगर इनका ऐतिहासिक महत्व है।

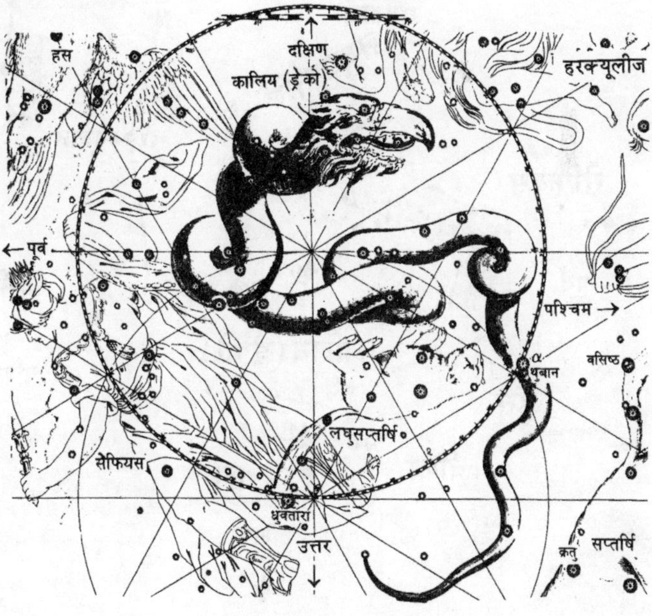

पाश्चात्य ड्रेको (कालिय)

आकाश साफ हो तो, स्थितिचित्र की सहायता से, कालिय के प्रमुख तारों को पहचानने में कोई कठिनाई नहीं है, विशेषकर इन दिनों रात को खुले में सोने वाले ग्रामवासियों के लिए। सबसे पहले कालिय (ड्रेको) के सिर के बीटा (β), गामा (γ), क्साइ (ξ) और न्यू (ν) अक्षरांकित तारों को पहचानिए। कालिय की पूंछ के सिरे का लांबडा (λ) तारा सप्तर्षि के **क्रतु** तारे के नजदीक है। कालिय का प्रसिद्ध **अल्फा** (α) तारा सप्तर्षि के वसिष्ठ-अरुंधती जोड़े के पूर्व में नजदीक है। स्थितिचित्र से कालिय के और भी कई तारों को पहचाना जा सकता है।

बालकृष्ण द्वारा यमुनावासी कालिय के मर्दन की कथा से हम परिचित हैं। यूनानी दंतकथा के अनुसार, ड्रेको (ड्रैगन, कालिय) का मर्दन हरक्यूलीज ने किया था। एक अन्य कथा के अनुसार, यह ड्रैगन एक पवित्र जलस्रोत

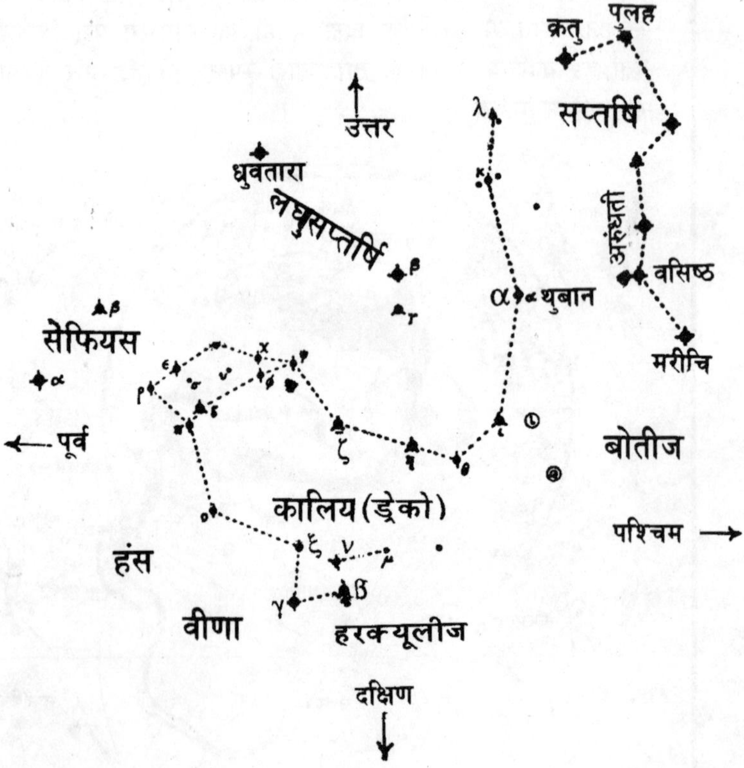

कालिय मंडल

का संरक्षक था और काद्मुस ने उसे मार डाला। इस तरह, भारतीय और यूनानी पुराणकथाओं में काफी साम्य है। खल्दियाई और रोमन ज्योतिषियों ने भी इस तारा-मंडल को ड्रैगन के रूप में ही पहचाना था। प्राचीन भारत में इसे संभवतः **शिशुमार** के नाम से जाना जाता था।

कालिय मंडल का 3.7 कांतिमान का नीला-सफेद **थुबान** (α) तारा 290 प्रकाश-वर्ष दूर है। आज से लगभग 4700 साल पहले (लगभग 2700 ई.पू. में) यही ध्रुवतारा था। सिंधु सभ्यता के आरंभिक दौर में या गिज़ा (मिस्र) के पिरामिडों के निर्माण के समय कालिय मंडल का थुबान (α) ही ध्रुवतारा था। फिराउन खुफु के गिज़ा के महान पिरामीड की तलहटी से, एक संकरे, तिरछे शाफ्ट से उत्तरी आकाश में देखने पर इस थुबान नक्षत्र को रात-दिन देखा जा सकता था। चूंकि उत्तरी ध्रुवबिंदु करीब 26,000 वर्षों में, तारों की पृष्ठभूमि में, आकाश का एक चक्कर पूरा करता है (देखिए अध्याय 5), इसलिए करीब 21,000 साल बाद खुफु के पिरामीड की तलहटी से पुनः थुबान को सीधे देख पाना संभव होगा, बशर्ते कि यह भव्य स्मारक तब तक कायम रहे।

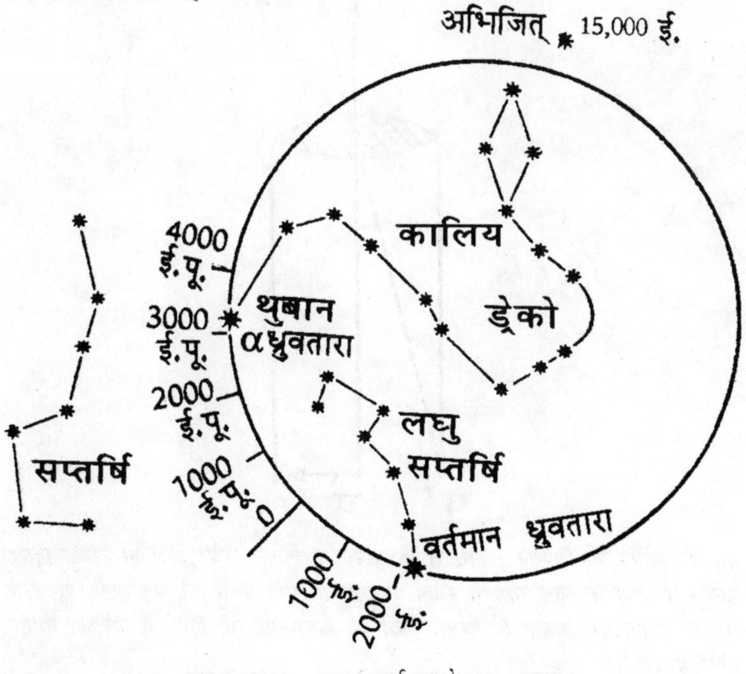

थुबान नक्षत्र : 4700 वर्ष पहले का ध्रुवतारा

कालिय मंडल का सबसे चमकीला तारा थुबान (α) नहीं, बल्कि **गामा** (γ) है, जो इस ड्रैगन के मस्तक पर स्थित है। कांतिमान 2.2 का यह विशाल नारंगी तारा 105 प्रकाश-वर्ष दूर है। यूरोप के खगोलविद् कई सदियों से इस तारे का गहराई से अध्ययन करते आ रहे थे। आक्सफोर्ड विश्वविद्यालय में खगोल-विज्ञान के प्राध्यापक जेम्स ब्रेडले (1693–1762 ई.) ने 1725 ई. में कोपर्निकस के सूर्यकेंद्रवादी सिद्धांत की पुष्टि के लिए इस तारे का लंबन (पैरेलेक्स) ज्ञात करने का प्रयास किया। यह गामा (γ) तारा आक्सफोर्ड के याम्योत्तर पर प्रतिदिन शिरोबिंदु से गुजरता है और इसलिए इसके अध्ययन में वायुमंडल का व्यवधान न्यूनतम होता है।

दूरबीन से इस तारे का अवलोकन करने पर ब्रेडले को लंबन का तो पता नहीं चला, परंतु उन्होंने प्रकाश से संबंधित एक नई घटना की खोज की। उन्होंने जाना कि पृथ्वी के कक्षा-भ्रमण के कारण दूरबीन के भीतर प्रकाश की किरणों का यत्किंचित् विस्थापन हो जाता है। प्रकाश को दूरबीन

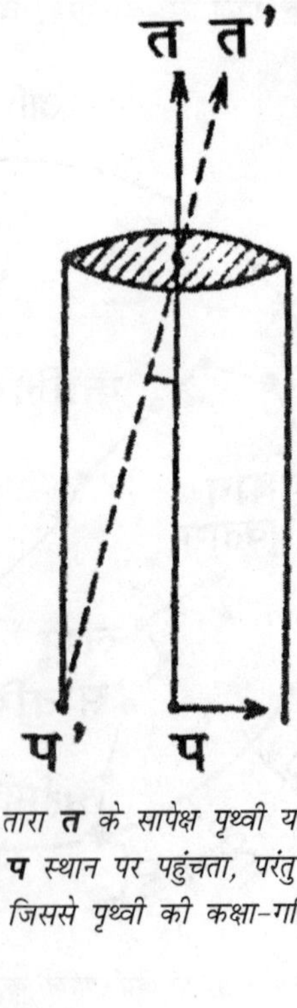

तारे के प्रकाश का विपथन : तारा ***त*** *के सापेक्ष पृथ्वी यदि स्थिर होती तो उसका प्रकाश दूरबीन के अक्ष के साथ सीधे* ***प*** *स्थान पर पहुंचता, परंतु पृथ्वी की कक्षा-गति के कारण वह* ***प'*** *स्थान पर पहुंचता है, जिससे पृथ्वी की कक्षा-गति की दिशा में तारे का विपथन होता है* ***(त')****।*

के ऊपरी सिरे से उसके निचले सिरे तक पहुंचने में जितना समय लगता है, उतने समय में पृथ्वी अपनी कक्षा-गति (29.76 किलोमीटर प्रति सेकंड) के कारण थोड़ी-सी आगे सरक जाती है। परिणामतः तारे का बिंब थोड़ा विस्थापित हो जाता है। **प्रकाश-विपथन** (एबरेशन) की इस घटना से सिद्ध हो जाता है कि पृथ्वी सूर्य की परिक्रमा करती है।

इस तरह ब्रेडले ने, न केवल कोपर्निकस के सिद्धांत के लिए प्रमाण खोजा, बल्कि **प्रकाश-विपथन** की एक अत्यंत महत्वपूर्ण घटना की भी खोज की। उसके बाद आकाश के तारों की स्थितियों को अधिक सूक्ष्मता से निर्धारित करना संभव हुआ।

कालिय मंडल के **जीटा** (ζ) तारे के थोड़े पश्चिम में एक **ग्रहीय नीहारिका** है, जो हमसे 3500 प्रकाश-वर्ष दूर है। ड्रैगन (कालिय) के मुंह में **न्यू** (ν) अक्षरांकित पांचवें कांतिमान का एक जुड़वां तारा है। स्वच्छ आकाश में लगभग 100 प्रकाश-वर्ष दूर की इस जोड़ी को यदि आप अलग-अलग पहचान लेते हैं, तो समझ लीजिए कि आपकी नजर काफी अच्छी है।

❖

आकाश में न्याय का तराजू

कई दिनों तक ध्यान से देखा जाए तो पता चलेगा कि सूर्य, चंद्र और ग्रह आकाश के एक पट्टे में यात्रा करते रहते हैं। इस बात को बहुत प्राचीन काल में पहचान लिया गया था। हमारे देश में इस वृत्ताकार पट्टे को 27 (कभी-कभी 28) भागों में बांटा गया था और प्रत्येक भाग को एक प्रमुख नक्षत्र यानी तारे का नाम दिया गया था, जैसे–कृत्तिका, रोहिणी, मृग, आर्द्रा आदि। कहा जाता था कि आज चंद्र या कोई ग्रह अमुक नक्षत्र के पास है। प्राचीन भारत में नक्षत्र पद्धति का प्रचलन था।

प्राचीन बेबीलोन (आज के इराक) में आकाश के उसी पट्टे को 12 भागों में बांटा गया था और प्रत्येक भाग को एक स्वतंत्र तारा-समूह या तारा-मंडल का नाम दिया था, जैसे–**अरू** (सिंह), **की** (कन्या), **नुरू** (तराजू) आदि। बाद में 12 भागों वाले इस विभाजन को यूनानियों ने अपनाया। उन्होंने इन विभाजनों के बेबीलोनी नामों को भी अपना लिया।

प्राचीन काल में देशों के बीच में ज्ञान-विज्ञान का खूब लेन-देन हुआ है। यूनानी विजेता सिकंदर 326 ई.पू. में भारत की सीमा तक पहुंचा था। उसके बाद यूनानी मूल के शासकों ने उस समय के पश्चिमोत्तर भारत पर कई सदियों तक शासन किया। भारत, यूनानी ज्ञान-विज्ञान के संपर्क में आया। यूनानियों ने भारतीयों से बहुत-सी बातें सीखीं, तो भारतीयों ने भी यूनानियों से बहुत-सी बातें सीखीं, जैसे–सिक्कों पर राजा-रानी की छवि अंकित करना, सन्-संवत् चलाना, नई शैली की मूर्तियां बनाना और ज्योतिष की कई बातें।

आकाश के जिस पट्टे पर सूर्य, चंद्र और ग्रह यात्रा करते दिखाई देते हैं, उसे बेबीलोनी व यूनानियों ने 12 भागों में बांटा

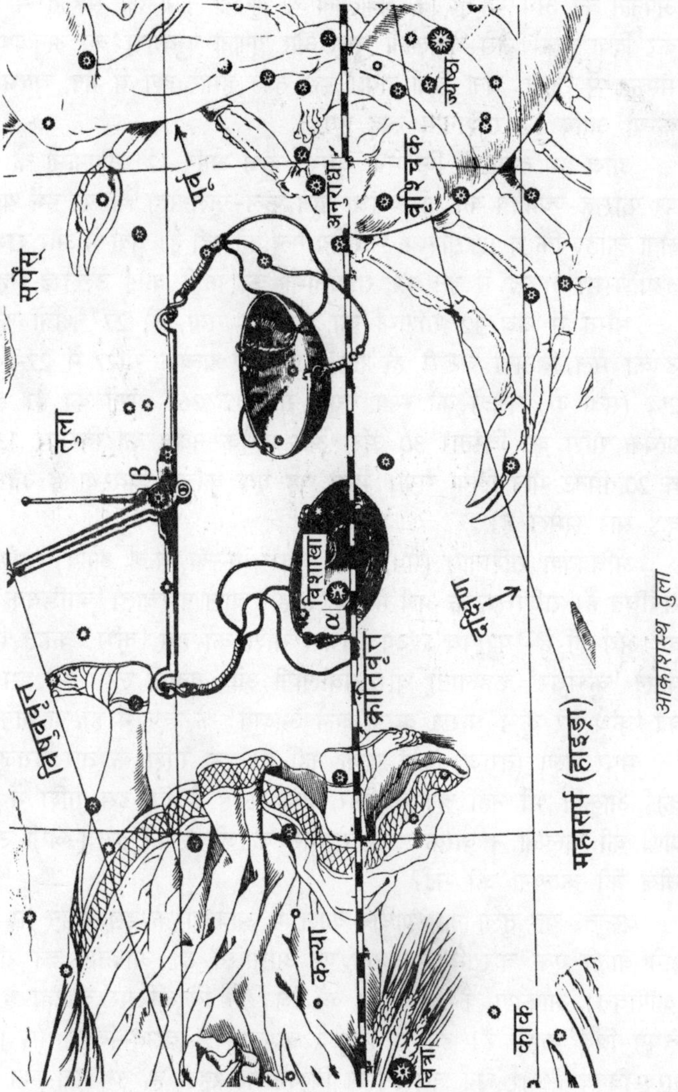

था। आज से करीब दो हजार साल पहले इस विभाजन को भारत में भी अपनाया गया। यूनानी लोग आकाश के इस पट्टे को **जोडियक** कहते थे। भारत में इसे **राशिचक्र** कहा गया। भारत में जोडियक यानी राशिचक्र के उन नामों को भी अपनाया गया जो बेबीलोन और यूनान में प्रचलित थे।

अपनाने का अर्थ यह है कि बेबीलोनी या यूनानी नामों का संस्कृत में अनुवाद कर दिया गया। जैसे—बेबीलोनी **नुरू** और यूनानी **जुकोस्** का अनुवाद करके संस्कृत में 'तुला' बना दिया गया। इस तरह हमारे देश में मेष, वृषभ, सिंह, कन्या आदि 12 राशिनाम रूढ़ हुए।

आज हम देखते हैं कि मेष, वृषभ, कुंभ आदि 12 राशिनामों के आधार पर फलित-ज्योतिष का गोरखधंधा खूब फल-फूल रहा है। पर हमें यह जान लेना चाहिए कि ये 12 राशियां भारतीय मूल की नहीं हैं। वेदों में और **रामायण** तथा **महाभारत** में इन 12 राशिनामों का कहीं कोई उल्लेख नहीं है।

भारत में जब 12 राशियों को अपनाया गया, तो 27 नक्षत्रों के साथ उनका मेल बिठाना जरूरी हो गया। इसलिए प्रत्येक राशि में 27÷12 = 2¼ (सवा दो) नक्षत्रों को रखा गया। राशिचक्र 360 अंशों का है। इसलिए प्रत्येक राशि का विस्तार 30 अंश और प्रत्येक नक्षत्र का विस्तार 13 अंश व 20 मिनट मान लिया गया। मगर यह एक कृत्रिम व्यवस्था है और इसमें कई सारे झमेले हैं।

अधिकांश राशिनाम (मेष, सिंह, वृषभ, कन्या, कर्क आदि) प्राणियों से संबंधित हैं। राशिचक्र के अर्थ में प्रयुक्त होने वाले पाश्चात्य 'जोडियक' शब्द का अर्थ ही है—'पशुपथ'। आज जिस राशि को हम 'कुंभ' कहते हैं, वह पहले 'कुंभधर' कहलाती थी। बेबीलोनी और यूनानी लोग भी इस राशि को 'कंधे पर कुंभ धारण करने वाले आदमी' के रूप में ही पहचानते थे।

मगर तुला (तराजू) कोई प्राणी नहीं है। इस राशि के तारे तराजू-जैसी कोई आकृति भी नहीं बनाते। फिर क्या वजह है कि इस राशि में किसी प्राणी की कल्पना न करके हमारे रोजमर्रा के जीवन की तराजू-जैसी उपयोगी चीज की कल्पना की गई?

वस्तुतः यह तुला नाम प्राचीन काल में आकाश के इस स्थान पर घटित होने वाली एक वास्तविक घटना पर आधारित है। आकाश का रविमार्ग (क्रांतिवृत्त) आकाश के विषुववृत्त को जिन दो बिंदुओं पर काटता है, उन्हें विषुष-बिंदु कहते हैं। इन दो बिंदुओं के नाम हैं—वसंत-विषुव (♈) और शरद-विषुव (♎)। सूर्य जब इन दो बिंदुओं पर रहता है, तब रात-दिन समान होते हैं। सूर्य 21 मार्च को वसंत-विषुव-बिंदु पर और 22 सितंबर को शरद-विषुव-बिंदु पर पहुंचता है।

आज से करीब ढाई हजार साल पहले शरद-विषुव-बिंदु (♎) तुला राशि में था, इसीलिए इसे आज भी तुला राशि के ♎ चिह्न से दरशाया जाता है।

सूर्य जब उस बिंदु पर पहुंचता था, तो रात-दिन समान होते थे। इसलिए उस राशि को बराबरी या न्याय के सूचक तराजू (तुला) का नाम दे दिया गया। यह बात दूसरी है कि आज शरद-विषुव-बिंदु तुला में नहीं, बल्कि कन्या राशि में है। वजह यह है कि विषुव-बिंदु पीछे सरकते रहते हैं। अब सूर्य 22 सितंबर को जब कन्या राशि में होता है, तब रात-दिन समान होते हैं।

तुला का पाश्चात्य नाम **लिब्रा** है। इस राशि को यह नाम रोमन लोगों ने दिया था। तुला के दक्षिण-पूर्व में वृश्चिक (बिच्छू) मंडल के तारे हैं। आरंभ में यूनानी लोग तुला के तारों का समावेश वृश्चिक के साथ किया करते थे। दरअसल, उस समय वृश्चिक के पंजों (नखों) को एक स्वतंत्र तारा-मंडल माना जाता था। बाद में यूनानियों ने इसे **जुकोस्** (तुलादंड) नाम दिया। ईसा की छठी सदी के भारतीय ज्योतिषी वराहमिहिर ने इसी **जुकोस्** के आधार पर **जूक** शब्द बनाया था, मगर चला नहीं। बाद में 'जुकोस्' का संस्कृत में अनुवाद करके **तुला** शब्द चलाया गया।

तुला मंडल (राशि) के तारे इन दिनों रात्रि के लगभग नौ बजे दक्षिण-पश्चिम आकाश में सबसे ऊंचे स्थान पर पहुंच जाते हैं। इस मंडल के तारे ज्यादा स्पष्ट नहीं हैं। परंतु आसपास के तारों की मदद से तुला के तारों को स्वच्छ आकाश में मजे में पहचाना जा सकता है। तुला मंडल के पश्चिमोत्तर में चमकीले स्वाति व चित्रा तारे हैं और इसके दक्षिण-पूर्व में वृश्चिक मंडल के तारे हैं।

तुला के चार प्रमुख तारे एक पतंग-जैसी आकृति बनाते हैं। पश्चिम की ओर के प्रमुख **अल्फा** (α) तारे का भारतीय नाम **विशाखा** है। यह तारा कन्या मंडल के चमकीले सफेद **चित्रा** तारे और वृश्चिक के लाल रंग के **ज्येष्ठा** तारे के लगभग मध्यभाग में है। तराजू के पश्चिमी पलड़े पर स्थिर यह तारा दरअसल एक जुड़वां तारा है। इस जोड़ी का कांतिमान 2.8 का प्रमुख नीला-सफेद तारा हमसे 72 प्रकाश-वर्ष दूर है। इसका पीले रंग का साथी-तारा 5.2 कांतिमान का है। कभी-कभी इन जुड़वां तारों को स्वच्छ आकाश में कोरी आंखों से भी पहचाना जा सकता है।

तुला मंडल का सबसे चमकीला, 2.6 कांतिमान का, तारा **बीटा** (β) है, जो तुलादंड के मध्य में स्थित है और 140 प्रकाश-वर्ष दूर है। जानकारी मिलती है कि प्राचीन काल में यह तारा अधिक चमकीला था। इस तारे के बारे में एक खास बात यह है कि आकाश का शायद यही अकेला तारा है जो कोरी आंखों से गहरे हरे रंग का नजर आता है। इसके बारे में दूसरी

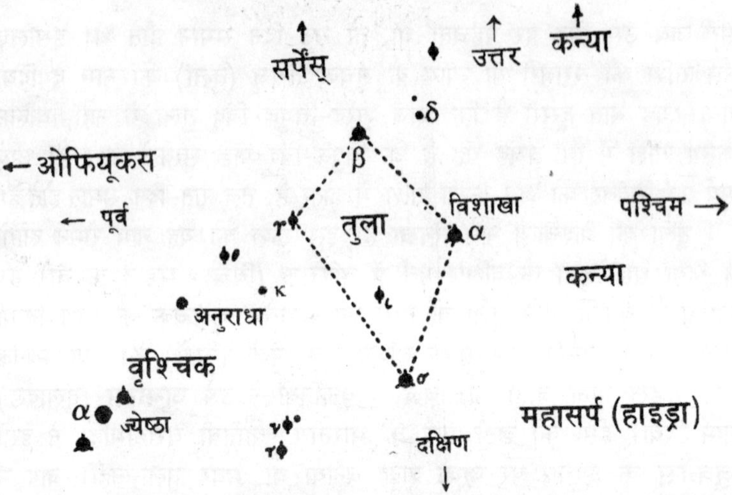

तुला मंडल : विशाखा नक्षत्र

खास बात यह है कि यह करीब 10 किलोमीटर प्रति सेकंड के वेग से हमारे सौर मंडल की ओर गतिमान है।

मगर तुला मंडल का सबसे दिलचस्प तारा है **डेल्टा** (δ), जो **बीटा** (β) तारे के कुछ पश्चिम की ओर है। यह एक जुड़वां तारा है और हमसे 290 प्रकाश-वर्ष दूर है। इस जोड़ी के दोनों तारों में केवल करीब 90 लाख किलोमीटर का अंतर है। ये तारे 2.3 दिनों में एक-दूसरे की परिक्रमा पूरी करते हैं और एक-दूसरे को ग्रहण लगाते हैं। इसलिए धरती से देखने पर इस डेल्टा (δ) तारे की कांति घटती-बढ़ती रहती है। एक-दूसरे को ग्रहण लगाने के कारण जिन जुड़वां तारों की कांति घटती-बढ़ती रहती है, उन्हें **ग्रहणकारी चरकांति** कहते हैं। आकाश में इस तरह के बहुत-से जुड़वां तारे हैं।

तुला वस्तुतः एक कृत्रिम तार-मंडल है। आज से करीब ढाई हजार साल पहले सूर्य जब इस राशि में पहुंचता था, तब रात-दिन समान होते थे। इस भौतिक घटना को जाहिर करने के लिए तुला मंडल (राशि) का निर्माण हुआ था। मगर आज वह घटना कन्या राशि में घटित होती है और प्रमाणित करती है कि आकाश की घटनाएं स्थिर या अटल नहीं होतीं।

❖

तारों के अरीय वेग

पुराने जमाने के ज्योतिषियों का विश्वास था कि तारे खगोल के अपने-अपने स्थानों पर सुस्थिर रहते हैं। मगर आज हम जानते हैं कि भौतिक विश्व में स्थिर कुछ भी नहीं है, तारे भी नहीं। करीब तीन सौ साल पहले इंग्लैंड के खगोलविद **एडमंड हेली** (1656-1742 ई.) ने पहली बार पहचाना था कि तारे अपने स्थानों से विचलित होते हैं और तारा-मंडलों की आकृतियां सदियों बाद बदल जा सकती हैं। उदाहरण के लिए, आज से एक लाख साल पहले सप्तर्षि मंडल की आकृति काफी भिन्न थी और आगे भी यह बदलती जाएगी (देखिए अध्याय 5)। इसी तरह, आकाश के अन्य अनेक तारों की, अल्प किंतु स्पष्ट, निजी गतियों को पहचानना संभव हुआ है।

यदि कोई तारा आकाश के गोल पर दाएं-बाएं या ऊपर-नीचे सरकता है, तो उसके निर्देशांकों की मदद से उसकी इस निजी गति का मापन किया जा सकता है। फोटोग्राफी से भी तारे की निजी गति ज्ञात हो जाती है।

मगर यदि कोई तारा सीधे आपकी ओर पहुंच रहा हो या सीधे दूर सरकता जा रहा हो, तो उसकी इस अरीय (रेडियल) गति को किस प्रकार पहचाना जाएगा? तारे हमसे इतने अधिक दूर हैं कि यदि वे हमारी ओर आते हैं या हमसे दूर भागते रहते हैं, तो उनकी कांति में कोई फर्क नजर नहीं आएगा। फिर भी खगोलविदों ने हमारी दृष्टिरेखा में तारों में होनेवाले स्थित्यंतरों को मापने का एक अद्‌भुत तरीका खोज लिया है।

तारों के बारे में हमारी तमाम जानकारी धरती पर पहुंचनेवाले उनके विकिरण के अध्ययन पर आधारित है। जिस प्रकार सूर्य के

प्रकाश को प्रिज्म से गुजारने पर इंद्रधनुष के विविध रंग प्राप्त होते हैं, उसी प्रकार दूरस्थ तारों या मंदाकिनियों के प्रकाश के वर्णक्रम (स्पेक्ट्रम) प्राप्त किए जा सकते हैं। इस वर्णक्रम में एक सिरे से दूसरे सिरे तक, नीले से लेकर लाल तक, रंग होते हैं और कई सफेद तथा काली रेखाएं भी रहती

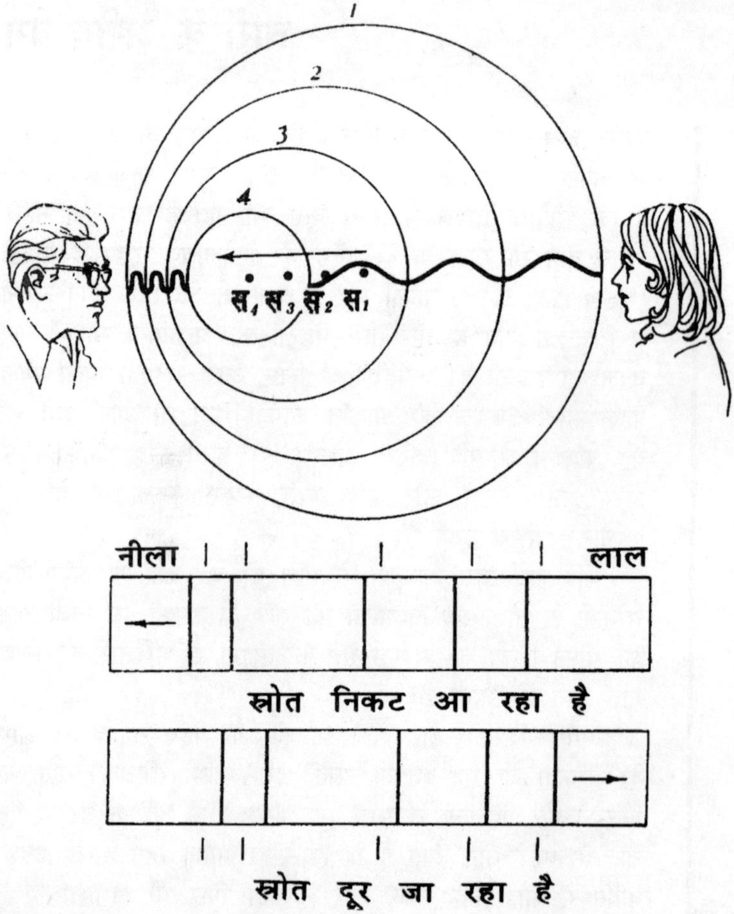

डॉपलर प्रभाव : (ऊपर) हमारी ओर आ रहे प्रकाश-स्रोत की तरंगें सामान्य से कम लंबाई की होंगी और हमसे दूर जा रहे प्रकाश-स्रोत की तरंगें सामान्य से अधिक लंबाई की होंगी। (नीचे) नजदीक आ रहे प्रकाश-स्रोत की सभी वर्णक्रम-रेखाएं थोड़ी नीले सिरे की ओर सरक जाएंगी और दूर जा रहे प्रकाश-स्रोत की सभी वर्णक्रम-रेखाएं थोड़ी लाल सिरे की ओर सरक जाएंगी।

हैं। वर्णक्रम के ये अलग-अलग रंग अलग-अलग तरंगदैर्घ्यों के द्योतक होते हैं। वर्णक्रमों से तारों के अनेक भौतिक गुणधर्मों की जानकारी मिल जाती है। वर्णक्रम पर 'डॉपलर प्रभाव' का सिद्धांत लागू करके जाना जा सकता है कि कौन-सा तारा किस रफ्तार से हमारी ओर आ रहा है या हमसे दूर भाग रहा है।

डॉपलर प्रभाव को समझने के लिए कल्पना कीजिए कि आप रेल के किसी प्लेटफॉर्म पर खड़े हैं और रेलगाड़ी का इंजन सीटी बजाता हुआ प्लेटफॉर्म की ओर आ रहा है। तब आप पाएंगे कि निकट आते उस इंजन की सीटी ज्यादा तीखी सुनाई देगी और प्लेटफॉर्म से दूर जा रहे इंजन की सीटी अधिकाधिक मंद सुनाई देगी। अन्य शब्दों में, नजदीक आ रहे ध्वनि-स्रोत की तरंगें घनीभूत होकर कम-कम लंबाई की और उच्चतर आवृत्ति की हो जाती हैं। दूसरी ओर, दूर जाते ध्वनि-स्रोत की तरंगें अधिकाधिक लंबाई और न्यूनतर आवृत्ति की हो जाती हैं। ऑस्ट्रियाई वैज्ञानिक **क्रिस्टियन डॉपलर** (1803-1853 ई.) द्वारा 1842 ई. में खोजा गया यह नियम 'डॉपलर प्रभाव' के नाम से जाना जाता है और सभी किस्म की तरंगों पर लागू होता है, प्रकाश-तरंगों पर भी।

अब किसी तारे के वर्णक्रम पर विचार कीजिए। यदि वह तारा हमारी ओर आ रहा है, तो उसकी प्रति सेकंड ज्यादा प्रकाश-तरंगें हम तक पहुंचेंगी, यानी उसकी प्रकाश-तरंगों की आवृत्ति बढ़ जाएगी। तब उस तारे की सभी वर्णक्रम-रेखाएं थोड़ी-सी नीले सिरे की ओर सरक जाएंगी। इसी प्रकार, यदि कोई तारा हमसे दूर जा रहा है, तो उसकी वर्णक्रम-रेखाओं का सरकाव थोड़ा-सा लाल सिरे की ओर होगा। वर्ण-क्रमपट में रेखाओं के इस सरकाव का मापन करके जाना जा सकता है कि आकाश का कोई प्रकाश-स्रोत किस गति से हमारी ओर आ रहा है या हमसे दूर भाग रहा है।

इस विधि से सबसे पहले आंग्ल खगोलविद **विलियम हगिंस** ने 1868 ई. में व्याध तारे की गति का मापन किया था। उसी समय जर्मन खगोलविद **हरमान फोगेल** (1842-1907 ई.) ने इस गति के सूक्ष्म मापन के नए तकनीक खोज निकाले। तब से, पिछले करीब डेढ़ सौ वर्षों में, अनेक तारों की अरीय गतियां जानी गई हैं। व्याध तारा 8 किलोमीटर प्रति सेकंड के वेग से हमसे दूर जा रहा है। श्रवण (अल्तायर) नक्षत्र 27 किलोमीटर प्रति सेकंड की गति से हमारी ओर आ रहा है। आर्द्रा और रोहिणी नक्षत्र क्रमशः 21 तथा 54 किलोमीटर प्रति सेकंड के वेग से हमसे दूर भाग रहे

हैं। डॉपलर प्रभाव से तारे के घूर्णन के बारे में भी जानकारी मिल जाती है। यह भी पता चलता है कि युग्म यानी जुड़वां तारे किस गति से एक-दूसरे की परिक्रमा कर रहे हैं।

सन् 1920 में खगोलविद **वेस्तो स्लिफेर** ने खोज की कि दूर की सभी 'नीहारिकाओं' (वस्तुतः मंदाकिनियों) के वर्णक्रमों की रेखाएं लाल सिरे की ओर सरक जाती हैं, यानी वे हमसे दूर भाग रही हैं। यह चकित कर देने वाली खोज थी। इस **लाल-विस्थापन** (रेड शिफ्ट) की पहेली का समाधान अमरीकी खगोलविद **एडविन हब्बल** (1889-1953 ई.) और उनके सहयोगी **मिल्टन हुमासन** (1891-1972 ई.) के अनुसंधानों से हुआ।

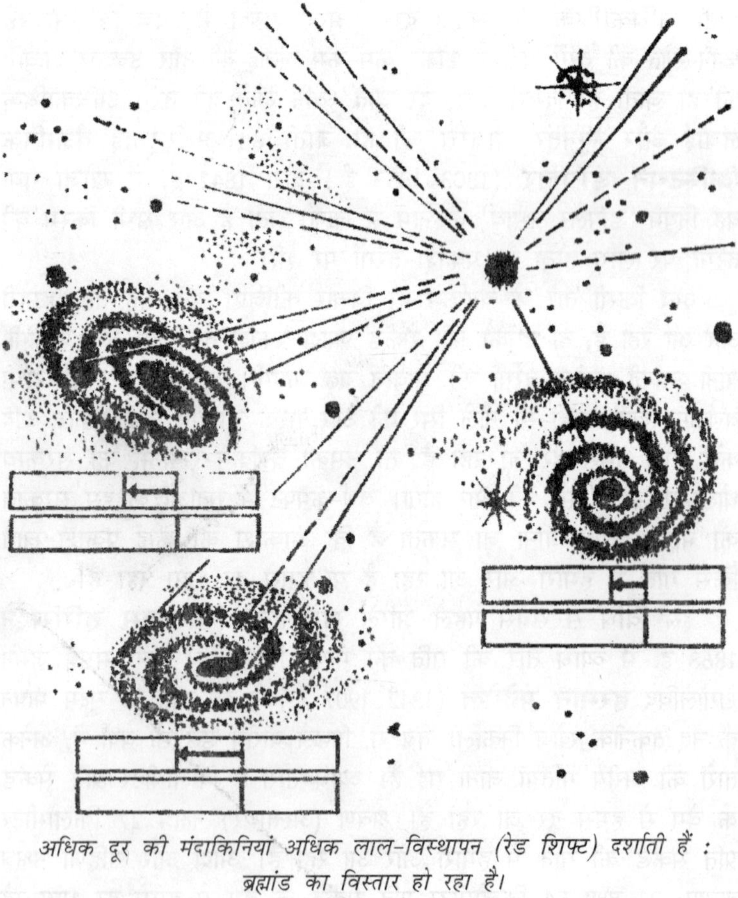

अधिक दूर की मंदाकिनियां अधिक लाल-विस्थापन (रेड शिफ्ट) दर्शाती हैं : ब्रह्मांड का विस्तार हो रहा है।

इन अनुसंधानों से 1924 ई. के बाद स्पष्ट होता गया कि अधिक दूर की मंदाकिनियों का प्रकाश अधिक लाल-विस्थापन दर्शाता है, यानी वे अधिक तेजी से दूर भाग रही हैं। साथ ही, यह भी स्पष्ट हुआ कि जो मंदाकिनी ज्यादा दूर होती है, वह ज्यादा रफ्तार से दूर जा रही है। उदाहरण के लिए, सप्तर्षि मंडल का एक मंदाकिनी-समूह, जो 70 करोड़ प्रकाश-वर्ष दूर है, करीब 42,000 किलोमीटर प्रति सेकंड के वेग से दूर भाग रहा है।

दूसरे विश्वयुद्ध (1939-45 ई.) के बाद अति दूर की ऐसी कई मंदाकिनियों का पता चला जो प्रकाश-तुल्य वेग से दूर भाग रही हैं। सहसा यकीन नहीं होता कि बोतीज (भूतेश) मंडल की एक मंदाकिनी 1,50,000 किलोमीटर प्रति सेकंड के वेग से दूर भाग रही है (प्रकाश का वेग प्रति सेकंड 3,00,000 किलोमीटर है)। पिछले कुछ वर्षों में ब्रह्मांड की अतिदूर की सीमाओं में ऐसे भी कुछ 'क्वासर' नामक स्रोत खोजे गए हैं जो प्रकाश के 90 प्रतिशत वेग से दूर भाग रहे हैं। सारांश यह कि, ब्रह्मांड का प्रकाश-तुल्य वेग से विस्तार हो रहा है। यदि ब्रह्मांड के सीमाक्षेत्र का कोई पिंड प्रकाश की महत्तम गति से दूर भाग रहा है, तो वह हमारे लिए अदृश्य ही बना रहेगा!

❖

तारों की दूरियों का मापन

प्राचीन काल के प्रायः सभी ज्योतिषियों की मान्यता रही है कि तारे आकाश के गोल पर स्थिर हैं और तारों का यह खगोल या भगोल पृथ्वी की परिक्रमा करता रहता है। आर्यभट (499 ई.) पहले भारतीय गणितज्ञ-ज्योतिषी थे जिन्होंने स्पष्ट शब्दों में कहा था कि तारों का खगोल नहीं घूमता, अपितु पृथ्वी ही अपनी धुरी पर चक्कर लगाती रहती है। परंतु अधिकांश भारतीय ज्योतिषियों ने आर्यभट की इस सही मान्यता को स्वीकार नहीं किया!

पुराने जमाने के ज्योतिषी खगोल पर तारों की स्थिति और प्रत्यक्ष दैनंदिन गति जानने में समर्थ थे, मगर कोई नहीं जानता था कि तारे हमसे कितनी दूर हैं। **कोपरनिकस** (1473–1543 ई.) के बाद यूरोप के कई खगोलविदों ने तारों की दूरियां जानने के प्रयास किए, पर उन्हें सफलता नहीं मिली। पहली बार 1838 ई. में एक तारे की दूरी जानना संभव हुआ। उसके बाद ही पिछले करीब डेढ़ सौ वर्षों में आकाशगंगा के तारों की और विश्व की अन्य मंदाकिनियों की दूरियों के बारे में काफी हद तक सही जानकारी मिली है। तारों की दूरियां जानने के बाद ही उनके भौतिक गुणधर्मों के बारे में व्यापक जानकारी प्राप्त करना संभव हुआ है।

ब्रह्मांडीय पिंडों की दूरियां इतनी ज्यादा हैं कि उन्हें किलोमीटरों में व्यक्त करना सहज संभव नहीं है। इसलिए खगोलविदों ने अपने कुछ विशिष्ट पैमाने खोज लिए हैं। इनमें एक है–प्रकाश-वर्ष। एक वर्ष में प्रकाश-किरणें जितनी दूरी तय करती हैं, उसे 'एक प्रकाश-वर्ष' का नाम दिया गया है। विश्व में सबसे महत्तम ज्ञात गति प्रकाश की ही है : 299795.5 किलोमीटर प्रति सेकंड। एक प्रकाश-वर्ष लगभग 94,63,00,00,00,000 किलोमीटर के बराबर

होता है। तारे एक-दूसरे से कई प्रकाश-वर्ष दूर हैं। उदाहरण के लिए, सूर्य से सबसे नजदीक का तारा **अल्फा(α)-सेंटौरी,** जो वस्तुतः तीन तारों की एक संयुक्त योजना है, 4.3 प्रकाश-वर्ष दूर है।

दूर की किसी वस्तु की दूरी ज्ञात करने के लिए सर्वेयर अक्सर त्रिभुजन की विधि का उपयोग करते हैं। एक लंबी आधार-रेखा ली जाती है और उसके दोनों सिरों के बिंदुओं से दूर की उस वस्तु के साथ बनने वाले कोण मापे जाते हैं। तब पता लग जाता है कि दूर की वह वस्तु आधार-रेखा के साथ कितने अंशों का कोण बनाती है। उसके बाद त्रिकोणमिति की सहायता से उस वस्तु की दूरी जानी जाती है।

परंतु तारे हमसे बहुत-बहुत दूर हैं। धरातल पर चाहे कितनी भी लंबी आधार-रेखा क्यों न ली जाए, उसके दोनों सिरों से देखने पर कोई भी तारा एक ही स्थान पर नजर आएगा, उसमें कोई विस्थापन दिखाई नहीं देगा। इसलिए खगोलविदों ने पृथ्वी की कक्षा को आधार-रेखा बनाने के बारे में सोचा। हमारी पृथ्वी औसतन 15 करोड़ किलोमीटर की दूरी से एक वर्ष

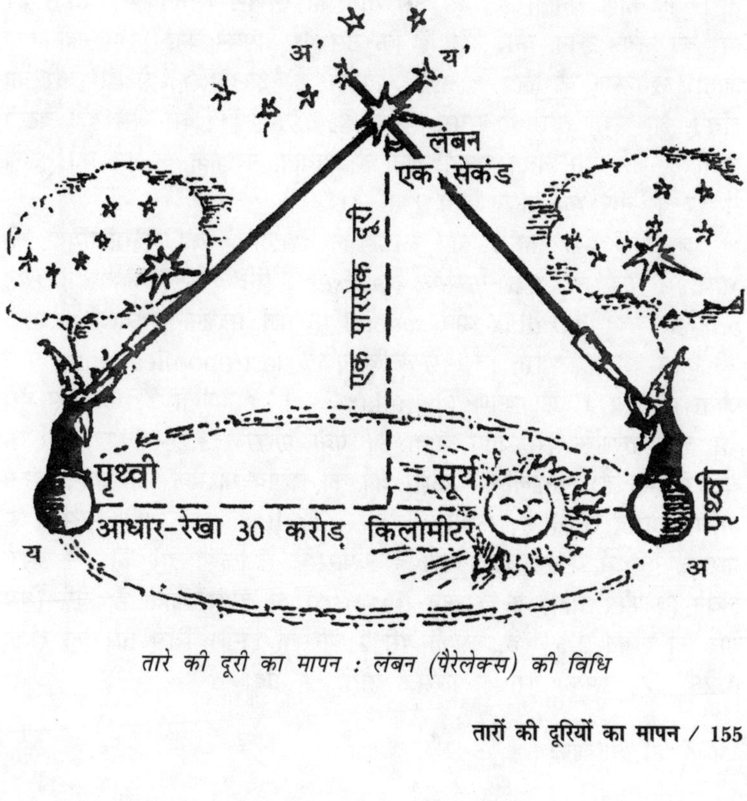

तारे की दूरी का मापन : लंबन (पैरेलेक्स) की विधि

में सूर्य का एक चक्कर लगाती है। अर्थात्, पृथ्वी के कक्षापथ का व्यास करीब 30 करोड़ किलोमीटर है। नजदीक के तारों की दूरियां जानने के लिए खगोलविदों ने पृथ्वी की कक्षा के इसी 30 करोड़ किलोमीटर व्यास को आधार-रेखा के रूप में चुना।

मान लीजिए कि हम आज (पीछे की आकृति में कक्षा के स्थान **अ** से) आकाश के एक अपेक्षाकृत नजदीक के तारे को देखते हैं। छह महीने बाद, जब पृथ्वी करीब 30 करोड़ किलोमीटर दूर दूसरे सिरे (कक्षा के स्थान **य**) पर पहुंच जाती है, उसी तारे को पुनः देखते हैं। तब, अधिक दूरी के तारों की पृष्ठभूमि में, वह तारा हमें थोड़ा सरका हुआ (विस्थापित) दिखाई देगा। तात्पर्य यह कि, वह तारा 30 करोड़ किलोमीटर लंबी आधार-रेखा के साथ एक छोटा-सा कोण बनाता है। उस कोण की जानकारी मिल जाने पर त्रिकोणमिति की सहायता से उस तारे की दूरी ज्ञात हो जाती है।

पृथ्वी की कक्षा के अर्द्धव्यास (करीब 15 करोड़ किलोमीटर) के साथ तारा जो कोण बनाता है, उसे उस तारे का **लंबन** (पैरेलेक्स) कहते हैं। तारे का लंबन इतना कम होता है कि उस पर अमूमन कोई ध्यान नहीं दिया जाता। उदाहरण के लिए, दक्षिणी आकाश के 'अल्फा(α)-सेंटौरी' तारे का लंबन, जो सभी तारों में सबसे ज्यादा है, 0.76" है। जैसे-जैसे दूरी बढ़ती जाती है, वैसे-वैसे लंबन घटता जाता है; अर्थात्, नजदीक के तारे की तुलना में दूर के तारे का लंबन कम होता है।

जो पिंड एक सेकंड चाप का लंबन दर्शाता है वह, खगोलविदों की भाषा में कहें तो, एक *पारसेक* (*parsec*) की दूरी पर होता है (यह *parsec* शब्द *par*allax और *sec*ond के मेल से बनाया गया है)। पृथ्वी की कक्षा का अर्द्धव्यास, जिसे *खगोलीय एकक* (astronomical unit) माना जाता है, जब 1" का कोण (parallax = 1") दर्शाता है, तब उस दूरी को एक *पारसेक* दूरी कहा जाता है। एक *पारसेक* 3.26 प्रकाश-वर्ष के बराबर होता है। खगोलविद प्रकाश-वर्ष की बजाय पारसेक का प्रयोग करना अधिक पसंद करते हैं, क्योंकि लंबन (parallax) को बड़ी आसानी से पारसेक दूरी में बदला जा सकता है : पारसेक में किसी तारे की दूरी उसके लंबन (कोणीय चाप) के व्युत्क्रम (inverse) के बराबर होती है, जैसे-जिस तारे का लंबन 0.5" है, उसकी दूरी 2 पारसेक होगी। जिस तारे का लंबन 0.25" है, उसकी दूरी 4 पारसेक होगी, इत्यादि।

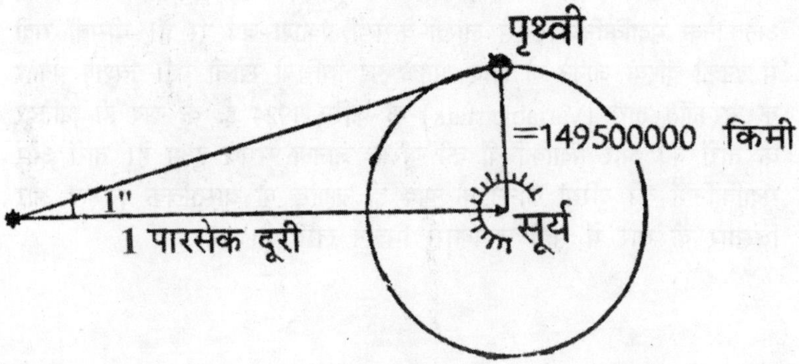

एक पारसेक दूरी

उन्नीसवीं सदी के चौथे दशक में जर्मनी के गणितज्ञ-खगोलविद् **फ्रेडरिख बेस्सेल**, रूस के **व. या. स्त्रूवे** और इंग्लैंड के **टॉमस हेंडरसन** ने लंबन की विधि से पहली बार नजदीक के तारों की दूरियां खोज निकालीं। बेस्सेल ने सबसे पहले, 1838 ई. में, अपने निष्कर्ष प्रकाशित किए। उन्होंने अपने अन्वेषण के लिए **हंस** (Cygnus) मंडल के नं. 61 के तारे को चुना था। बेस्सेल ने पता लगाया कि इस तारे का लंबन लगभग एक-तिहाई कोणीय सेकंड है। गणना करके जाना गया कि हंस-61 तारा हमसे करीब 11.11 प्रकाश-वर्ष दूर है। यह दूरी 10,80,00,00,00,00,000 किलोमीटर के बराबर है। लगभग उसी समय स्त्रूवे ने लंबन की विधि से अभिजित् (Vega) तारे की दूरी (26 प्रकाश-वर्ष) और हेंडरसन ने अल्फा(α)-सेंटौरी तारे की दूरी (4.3 प्रकाश-वर्ष) मालूम की।

तारा जितना ही अधिक दूर होगा, उसका लंबन उतना ही कम होगा। अतः लंबन की विधि से सभी तारों की दूरियां जानना संभव नहीं है। धरातल से लगभग 1000 तारों के ही विश्वसनीय लंबन मालूम किए गए हैं। कक्षा में स्थापित किए गए 'हिप्पार्कस' जैसे उपग्रहों की मदद से यह संख्या 1,00,000 तक बढ़ाई जा रही है। अधिक दूर के तारों के लिए खगोलविद् सबसे पहले तारे के वर्णक्रम का अध्ययन करके उसका **निरपेक्ष कांतिमान** पता लगाते हैं। फिर वे उस निरपेक्ष कांतिमान की **दृश्य कांतिमान** के साथ तुलना करके तारे की दूरी निर्धारित करते हैं। मगर इस तरह प्राप्त की गई दूरियां काफी संदेहास्पद होती हैं। इसलिए अधिक दूर के तारों की प्रदत्त दूरियों में प्रथम दो अंकों को ही विश्वसनीय माना जा सकता है।

अनेक तारे हमसे हजारों प्रकाश-वर्ष दूर हैं। आकाशगंगा के बाहर की अनेकानेक मंदाकिनियां हमसे लाखों-करोड़ों प्रकाश-वर्ष दूर हैं। बीसवीं सदी में इनकी दूरियां जानने के लिए अनेक नई विधियां खोजी गईं। विशेष प्रकार के चरकांति तारों (Variable stars) के जरिए 1924 ई. के बाद ही अतिदूर के तारों की और मंदाकिनियों की दूरियां जानना संभव हुआ है। तारों और मंदाकिनियों की दूरियां जानने के बाद ही ब्रह्मांड के वास्तविक स्वरूप और विस्तार के बारे में सही जानकारी मिलने लगी है।

❖

तारों की निजी गतियां

आकाश में दिखाई देने वाले सभी तारे पहिए के आकार की विशाल आकाशगंगा-मंदाकिनी के सदस्य हैं। जिन तारों को हम कोरी आंखों से देख सकते हैं, वे आकाशगंगा के हमसे सबसे नजदीक के तारे हैं। अधिक दूर के तारे एकत्र होकर एक धुंधला-सा पट्टा बनाते हैं। तारों का यह सघन पट्टा रात्रि के आकाश में उत्तर से दक्षिण दिशा में फैला हुआ दिखाई देता है और आकाशगंगा कहलाता है।

सूर्य और अन्य सभी तारे आकाशगंगा के केंद्र की परिक्रमा

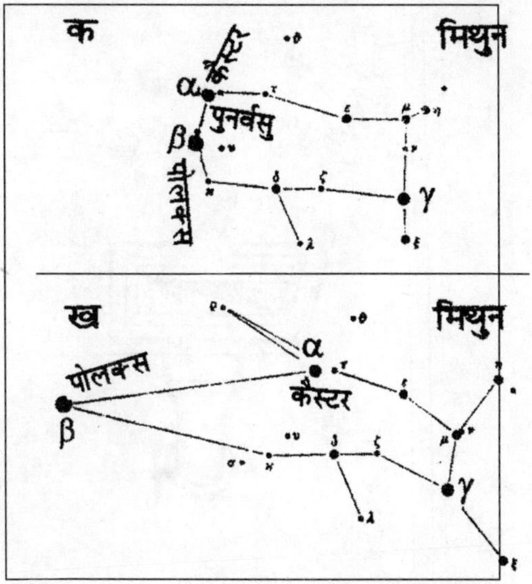

(क) आज का मिथुन मंडल (पुनर्वसु नक्षत्र)
(ख) एक लाख साल बाद का मिथुन मंडल (पुनर्वसु नक्षत्र)

कर रहे हैं। आकाशगंगा इतनी बड़ी है कि सूर्य को इसकी एक परिक्रमा पूरी करने में करीब 25 करोड़ साल लगते हैं। अन्य तारे आकाशगंगा में उसी तरह गतिमान हैं जिस तरह राजमार्ग पर अपने विभिन्न पथों में वाहन दौड़ते रहते हैं। परिणामतः तारे एक-दूसरे के सापेक्ष बहुत धीमी रफ्तार से अपनी स्थिति बदलते रहते हैं। आकाश के गोल पर तारों के ऐसे सतत चलन को **निजी गति** (proper motion) कहते हैं। खगोलविद अब मापन की सूक्ष्म तकनीकों से निजी गति को जानने में समर्थ हैं, मगर कोरी आंखों से पूरे जीवनभर भी हम इसे नहीं जान सकते। इतना ही नहीं, यदि महान गणितज्ञ-ज्योतिषी भास्कराचार्य (1150 ई.), किसी तरह, बीते करीब 850 वर्षों की कालावधि को लांघकर आज हमारे बीच आ जाएं, तो आकाश के तारा-मंडलों की व्यवस्था में उन्हें कोई परिवर्तन नजर नहीं आएगा। हां, स्वाति नक्षत्र की निजी गति दूसरे तारों की अपेक्षा काफी अधिक है, इसलिए वे इस नक्षत्र के स्थानांतरण को संभवतः पहचान लेंगे। पिछली लगभग आठ सदियों में स्वाति नक्षत्र ने चंद्रमा के दृश्य-व्यास के बराबर स्थान बदला है।

तारों की निजी गतियों के कारण लंबी कालावधियों में तारा-मंडलों के आकार बदल जाएंगे।

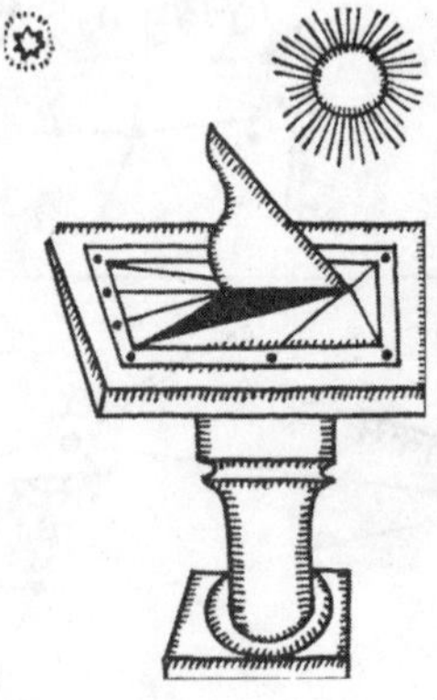

अध्याय 8

★ आकाश में है एक बिच्छू
★ हरक्यूलीज तारा-मंडल
★ सर्प और सर्पधर
★ तारों की छोटी-बड़ी बस्तियां
★ तारों में जब विफोट होता है
★ तारों की ऊर्जा

॥ जुलाई ॥

हरक्यूलीज

यूनानी वर्णमाला

अल्फा	α	न्यू	ν
बीटा	β	क्साइ	ξ
गामा	γ	ओमिक्रोन	o
डेल्टा	δ	पाइ	π
इप्सिलोन	$\in$	रो	ρ
जीटा	ζ	सिग्मा	σ
इटा	η	टाउ	τ
थीटा	θ	अप्साइलोन	υ
आयोटा	ι	फाइ	ϕ
काप्पा	κ	खाइ	χ
लांबडा	λ	प्साइ	ψ
म्यू	μ	ओमेगा	ω

आकाश में है एक बिच्छू

जुलाई के इस महीने में मानसून की ऋतु शुरू हो जाती है। बारिश के बाद आसमान धुल जाए और रात को चांद गायब रहे, तो गांवों और कस्बों में तारे खूब चमकीले दिखाई देते हैं। और, जैसा कि अक्सर होता है, बिजली भी गुल हो जाए, तो शहरों में भी आकाश के प्रमुख तारों को मजे में पहचाना जा सकता है।

आजकल रात के आठ-नौ बजे दक्षिणी आकाश में क्षितिज से लगभग 40 अंश ऊपर देखें तो तारों का एक ऐसा समूह नजर आएगा जो बिच्छू-जैसी आकृति बनाता है। इसे आसानी से पहचाना जा सकता है। उत्तरी यूरोप, कनाडा, अमरीका आदि देशों के निवासियों को अफसोस होता है कि वे दक्षिणी आकाश के इस खूबसूरत तारा-मंडल को पूरा देख नहीं पाते। परंतु अपने देश से आकाश का यह बिच्छू पूरा दिखाई देता है–दक्षिण भारत से तो और भी अधिक स्पष्ट।

बिच्छू को संस्कृत में वृश्चिक कहते हैं। इसलिए ये तारे **वृश्चिक** राशि के नाम से जाने जाते हैं। सूर्य, चंद्र और ग्रह आकाश के जिस पट्टे में यात्रा करते दिखाई देते हैं, उसे **राशिचक्र** (जोडियक) कहते हैं। राशिचक्र को 12 हिस्सों या राशियों में बांटा गया है। वृश्चिक उनमें से एक है।

पाश्चात्य ज्योतिष में वृश्चिक को **स्कॉर्पियो** कहते हैं। यह यूनानी भाषा का शब्द है और इसका अर्थ भी बिच्छू ही है। प्राचीन काल की कई सभ्यताओं में दक्षिणी आकाश के इस तारा-मंडल को बिच्छू के रूप में ही पहचाना गया था। बेबीलोन वाले इसे **अक्रबु** (बिच्छू) कहते थे। इसी अक्रबु से बाद में अरबी का **अल्-अकरब** (वृश्चिक) शब्द बना।

आकाशस्थ वृश्चिक

बहुत प्राचीन काल में हमारे देश में सूर्य-चंद्र के आकाशमार्ग को 27 (कभी-कभी 28) नक्षत्रों में बांटा गया था। यह **नक्षत्र** शब्द एक या एक से अधिक तारों का सूचक रहा है। भारतीय ज्योतिष के अनुसार वृश्चिक यानी बिच्छू के नख **विशाखा** नक्षत्र, मुंह **अनुराधा** नक्षत्र, हृदय **ज्येष्ठा** नक्षत्र और डंक **मूल** नक्षत्र कहलाते हैं।

बिच्छू कोई प्रिय प्राणी नहीं है। इसके डंक की मार से कौन भला डरता

नहीं होगा? इसलिए प्राचीन काल से ही आकाश के इस बिच्छू (वृश्चिक) को, काल्पनिक होने पर भी, प्राय: अशुभ माना जाता रहा है। पश्चिम के देशों में इस तारा-मंडल को कलह और युद्ध का जनक कहा गया। भारत में भी प्राचीन काल से **ज्येष्ठा** और **मूल** नक्षत्रों को अशुभ, उग्र और क्रूर माना जाता रहा है।

मगर ये सब अवैज्ञानिक और अंधविश्वास की बातें हैं। खगोल-विज्ञान की दृष्टि से वृश्चिक एक दिलचस्प तारा-मंडल है। इसमें तारों के कई सारे गुच्छे हैं, बहुत-से जुड़वां तारे हैं।

इस बिच्छू का प्रमुख और सबसे चमकीला (कांतिमान 1.2) तारा इसके हृदय के स्थान पर है। लाल रंग का होने के कारण इसे आसानी से पहचाना जा सकता है। इसका भारतीय नाम **ज्येष्ठा** है। पाश्चात्य देशों में इसे

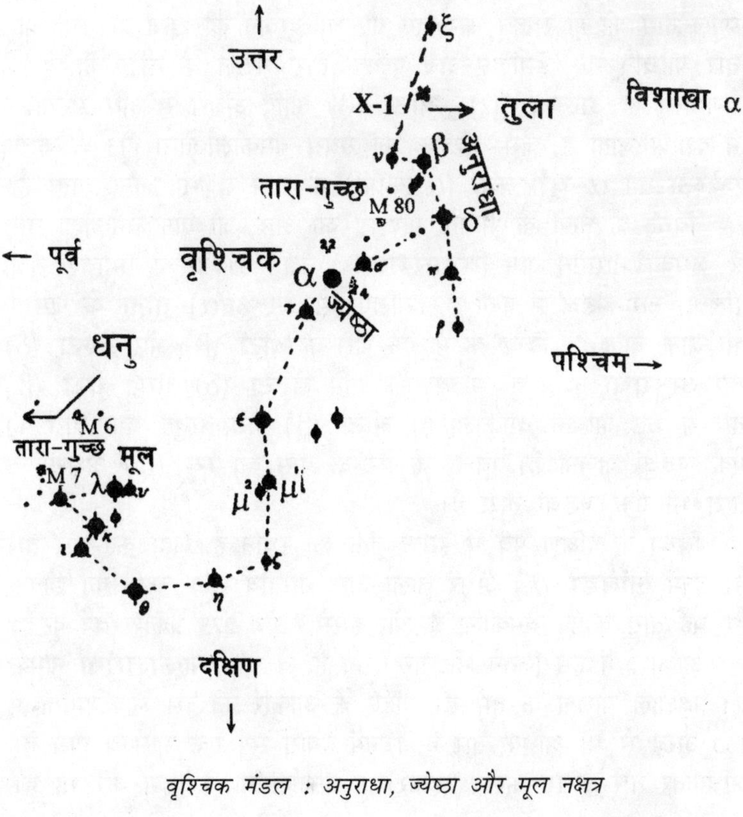

वृश्चिक मंडल : अनुराधा, ज्येष्ठा और मूल नक्षत्र

एंटारेस कहते हैं। यह तारा मंगल ग्रह की तरह लाल रंग का है, इसलिए इसे यह **एंट–आरेस** नाम दिया गया था। यूनानी भाषा में मंगल को **आरेस** कहते थे, और **एंट** का मतलब है–विरोधी। इस तरह, **एंटारेस** का अर्थ हुआ–'मंगल का विरोधी'। मंगल का रंग लाल है, इसलिए प्राचीन भारत में इस ग्रह को **लोहितांग** भी कहा जाता था।

ज्येष्ठा बहुत बड़ा तारा है। इसका व्यास हमारे सूर्य के व्यास से 400 गुना अधिक है (सूर्य का व्यास करीब 14 लाख किलोमीटर है)। ज्येष्ठा को यदि सूर्य के स्थान पर रखा जाए, तो पृथ्वी और मंगल की कक्षाएं भी इसके पेट में समा जाएंगी। यह तारा हमसे करीब 175 प्रकाश–वर्ष दूर है, यानी इसके प्रकाश को 3 लाख किलोमीटर प्रति सेकंड के वेग से पृथ्वी तक पहुंचने में 175 साल लगते हैं।

सभी तारों के निजी नाम नहीं मिलते। प्राचीन काल में आकाश के प्रमुख तारों को ही स्वतंत्र नाम दिए गए थे। दूरबीन की खोज के बाद ज्यादा तारे पहचाने गए, इसलिए अब प्रत्येक तारा–मंडल के तारों को यूनानी वर्णमाला के **अल्फा** (α), **बीटा** (β) आदि अक्षरों से और संख्याक्रम में दर्शाया जाता है, जैसे–वृश्चिक का सबसे चमकीला तारा होने के कारण **ज्येष्ठा** को α–**वृश्चिक** (α स्कॉर्पी) के नाम से भी जाना जाता है।

बिच्छू के नखों के सामने, पश्चिम की ओर, जो एक चमकीला तारा है, उसका भारतीय नाम **विशाखा** (α) नक्षत्र है। इसका समावेश तुला (लिब्रा) तारा–मंडल में होता है, इसलिए इसे **अल्फा**(α)–**तुला** के नाम से भी जाना जाता है। बिच्छू के मुंह के पास के **बीटा** (β) और **डेल्टा** (δ) तारे **अनुराधा** नक्षत्र के द्योतक हैं। इनमें **डेल्टा** (δ) तारा, **बीटा** (β) तारे से कुछ अधिक चमकीला है। **बीटा** (β) तारा वस्तुतः चार तारों की एक जुड़वां योजना है। बिच्छू के पेट के पास का **म्यू** (μ) अक्षरांकित तारा भी एक जुड़वां तारा है।

बिच्छू के दक्षिण–पूर्व में इसके डंक का स्थान है, जहां कई–सारे तारे हैं। इनमें **लांबडा** (λ) अक्षर वाला तारा भारतीय **मूल** नक्षत्र का द्योतक है। यह तारा काफी चमकीला है और हमसे करीब 275 प्रकाश–वर्ष दूर है।

आकाश में हम जितने भी तारे देखते हैं, वे सब **आकाशगंगा** नामक एक विशाल योजना के तारे हैं। पहिए के आकार की इस आकाशगंगा में 150 अरब से भी अधिक तारे हैं, जिनमें हमारा सूर्य एक सामान्य तारा है। अधिकतर तारे अलग–अलग रहकर ही आकाशगंगा में यात्रा कर रहे हैं।

मगर आकाश में ऐसे भी बहुत-से तारे हैं जो दो, तीन, चार या छह के जोड़े बनाकर, एक-दूसरे की परिक्रमा करते हुए, आकाशगंगा में चक्कर लगाते रहते हैं। इन्हें **युग्म** या **जुड़वां** (बाइनरी) तारे कहते हैं।

आकाश में ऐसे भी अनेक तारा-समूह हैं जिनमें तारे, आपसी गुरुत्वाकर्षण के कारण, एक-दूसरे से बंधे रहते हैं और इस प्रकार तारों की एक बस्ती बनाते हैं। तारों की ऐसी बस्ती को **तारा-गुच्छ** (ग्लोबुलर क्लस्टर) कहते हैं। ऐसे तारा-गुच्छों के दो प्रकार हैं– **खुले तारा-गुच्छ** और **गोलाकार तारा-गुच्छ**। खुले तारा-गुच्छों में चंद तारों से लेकर कई सौ तारे हो सकते हैं। मगर गोलाकार तारा-गुच्छों में दस हजार से पांच लाख तक तारे हो सकते हैं। इनमें तारे एक-दूसरे से सटे रहते हैं, इसलिए इन्हें शक्तिशाली दूरबीनों से ही अलग-अलग पहचाना जा सकता है।

वृश्चिक मंडल में कई सारे जुड़वां तारे और तारा-गुच्छ हैं। इन्हें बाइनॉक्यूलर या दूरबीन से देखा जा सकता है। ज्येष्ठा और अनुराधा नक्षत्रों के बीच में M80 नामक एक गोलाकार तारा-गुच्छ है। इसमें कई हजार तारे हैं और यह हमसे करीब 65,000 प्रकाश-वर्ष दूर है। बिच्छू के डंक के पास के मूल नक्षत्र (λ-वृश्चिक) के पूर्व में M6 और M7 नामक दो खूबसूरत खुले तारा-गुच्छ हैं। इन तारा-गुच्छों को स्वच्छ आकाश में बाइनॉक्यूलर से भी पहचाना जा सकता है।

आधुनिक काल में आकाश में कुछ ऐसे भी पिंड खोजे गए हैं जो एक्स-किरणों के शक्तिशाली स्रोत हैं। ऐसा ही एक एक्स-किरण स्रोत (X-1) वृश्चिक के **बीटा** (β) तारे के थोड़े उत्तर में है। पता चला है कि ये एक्स-किरणें 2300 प्रकाश-वर्ष दूर के एक जुड़वां तारे से निकल रही हैं।

तारे जन्म लेते हैं, जवान होते हैं, बूढ़े होते हैं और अंत में अनेक तारे विस्फोटित होकर अंतरिक्ष में बिखर भी जाते हैं। कोई बूढ़ा तारा, किन्हीं कारणों से, जब अपने बाहरी छिलके की द्रव्यराशि को आकाश में उछाल देता है, तब उसकी कांति एकाएक बढ़ जाती है। ऐसे तारे को **नवतारा** (नोवा) कहते हैं। कुछ दिन तक खूब अधिक चमकने के बाद ये नवतारे अपनी पहले की स्थिति पर लौट आते हैं।

जब तारा पूरी तरह विस्फोटित होता है, तो उसकी कांति एकाएक करोड़ों सूर्यों के बराबर हो जाती है और उसका सारा द्रव्य अंतरिक्ष में उछल जाता है, तेजी से फैलने लगता है; तब उसे **सुपरनोवा** कहते हैं। सुपरनोवा-विस्फोट का मतलब है–तारे की मौत!

प्राचीन काल से ही वृश्चिक मंडल में अक्सर नवतारे (नोवा) प्रकट होते रहे हैं। ईसा पूर्व 134 में चीन के ज्योतिषियों ने अनुराधा नक्षत्र के पास एक नवतारा देखा था। इसे यूनानी ज्योतिषी **हिप्पार्कस** (ईसा पूर्व दूसरी सदी) ने भी देखा था। बाद में भी वृश्चिक मंडल में कई नवतारे प्रकट हुए। पुराने समय के लोग आकाश के तारों को अक्षय और अटल मानते थे। मगर वृश्चिक मंडल में कई नवतारों को प्रकट होते देखा गया, तो लोगों के पुराने विश्वास को धक्का पहुंचा। इसलिए भी वृश्चिक को अशुभ तारा-मंडल समझा गया।

मगर आज के खगोलविदों के अध्ययन के लिए वृश्चिक मंडल जुड़वां तारों, नवतारों, बदलती कांति (चरकांति) वाले तारों, तारा-गुच्छों आदि के कई अनोखे नजारे प्रस्तुत करता है। आकाशगंगा का केंद्र वृश्चिक के नजदीक ही है, इसलिए यहां तारों का घनत्व बहुत ज्यादा है। हमारा यह सौभाग्य है कि समूचे भारत से दक्षिणी आकाश के इस खूबसूरत बिच्छू को हम पूरा-पूरा देख सकते हैं।

❖

हरक्यूलीज तारा-मंडल

हमारी पृथ्वी 24 घंटों में अपनी धुरी पर एक चक्कर लगाती है। साथ ही, यह अपने चंद्र (उपग्रह) को साथ लेकर 29.76 किलोमीटर प्रति सेकंड के औसत वेग से सूर्य की परिक्रमा करती रहती है। ग्रह, उपग्रह, धूमकेतु आदि सौर मंडल के सभी पिंड सूर्य का चक्कर लगाते रहते हैं।

परंतु सूर्य अपने समूचे परिवार सहित किधर जा रहा है? यह किसकी परिक्रमा कर रहा है? जानना जरूरी है, क्योंकि सूर्य की यात्रा के साथ हमारी पृथ्वी और हम भी अंतरिक्ष में सतत यात्रा कर रहे हैं। किंतु किस तरफ?

हम जानते हैं कि हमारा सूर्य आकाशगंगा का एक सामान्य तारा है। आकाशगंगा में 150 अरब से भी अधिक तारे हैं। आकाशगंगा पहिए के आकार की तारों की एक विशाल योजना है। इसकी चौड़ाई एक लाख प्रकाश-वर्ष है और बीच में इसकी मोटाई 20,000 प्रकाश-वर्ष है।

मगर आकाशगंगा में हमारा सूर्य और हम कहां हैं? आकाशगंगा के केंद्रभाग से सूर्य करीब 30 हजार प्रकाश-वर्ष दूर एक सर्पिल शाखा में स्थित है। दिलचस्प बात यह है कि आकाशगंगा घूम रही है और उसके साथ हमारा सूर्य भी घूम रहा है। सूर्य अपने परिवार को साथ लेकर करीब 250 किलोमीटर प्रति सेकंड के वेग से आकाशगंगा के केंद्र की परिक्रमा कर रहा है। आकाशगंगा की एक पक्रिमा पूरी करने में सूर्य को करीब 25 करोड़ साल लगते हैं।

मगर सूर्य की एक और गति है—इसके नजदीक के तारों के सापेक्ष। इसे समझने के लिए कल्पना कीजिए कि आप किसी घने जंगल से गुजरनेवाली सड़क पर मोटर-गाड़ी में यात्रा कर रहे हैं।

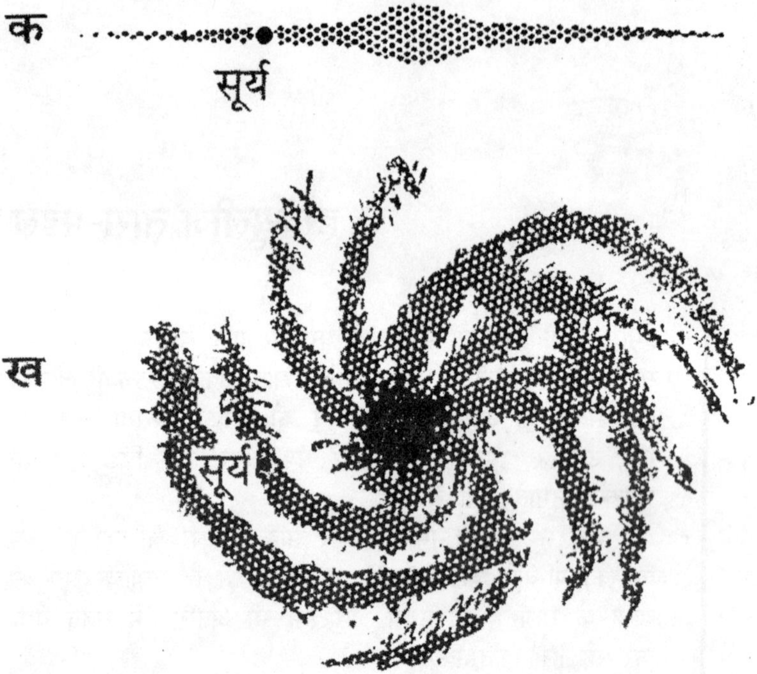

*आकाशगंगा का वास्तविक स्वरूप और इसकी एक सर्पिल भुजा में हमारे सूर्य का स्थान : आकाशगंगा (**क**) को किनारे से देखने पर; (**ख**) ऊपर से देखने पर।*

तब सामने के पेड़ आपको अलग-अलग होते दिखाई देंगे, मगर पीछे छोड़े गए पेड़ एक-दूसरे के नजदीक आते नजर आएंगे।

सूर्य के नजदीक के तारों के बारे में भी ऐसा ही होता है। सूर्य (साथ में पृथ्वी और हम भी) जिस ओर गतिमान हैं उधर के नजदीक के तारे अलग-अलग जाते दिखाई देते हैं और पीछे की ओर के तारे एक-दूसरे के नजदीक आते प्रतीत होते हैं। इस तरह सूर्य, अपने पूरे परिवार सहित, आकाश के जिस बिंदु की ओर गतिमान है, उसे **सौर अभिबिंदु** (सोलर एपेक्स) कहते हैं।

हमारा सौर मंडल सौर अभिबिंदु की ओर 20 किलोमीटर प्रति सेकंड के वेग से दौड़ रहा है। दूसरे शब्दों में, हम आकाश के उस सौर अभिबिंदु की ओर एक दिन में लगभग 18 लाख किलोमीटर की यात्रा करते हैं।

मगर वह सौर अभिबिंदु आकाश में कहां पर है? हम आकाश के किस

आकाशस्थ हरक्यूलीज

बिंदु की ओर 20 किलोमीटर प्रति सेकंड की रफ्तार से दौड़ रहे हैं?

वह बिंदु **हरक्यूलीज** तारा-मंडल में है–उत्तरी आकाश के खूब चमकीले **अभिजित्** (वेगा) तारे के नजदीक। उत्तरी आकाश का सबसे चमकीला तारा होने के कारण अभिजित् को पहचानने में कोई कठिनाई नहीं है। आजकल रात के करीब दस बजे यह तारा उत्तरी आकाश में सबसे अधिक ऊंचाई पर आ जाता है। हरक्यूलीज तारा-मंडल अभिजित् तारे के दक्षिण-पश्चिम में है। सौर अभिबिंदु अभिजित् तारे के करीब 10 अंश दक्षिण-पश्चिम में है।

हरक्यूलीज मंडल में कम-ज्यादा कांतिमान के अनेक तारे हैं। इसलिए इसकी आकृति ज्यादा सुस्पष्ट नहीं है। मगर इसके प्रमुख तारों को पहचानने में कोई कठिनाई नहीं है। आजकल स्वाति, श्रवण और अभिजित् तारे उत्तरी आकाश में एक बड़ा-सा त्रिभुज बनाते हैं–स्वाति (बोतीज मंडल) पश्चिम की ओर, अभिजित् (वीणा मंडल) पूर्व की ओर और श्रवण (गरुड मंडल) दक्षिण-पूर्व की ओर है। हरक्यूलीज मंडल इस त्रिभुज के मध्यभाग में है।

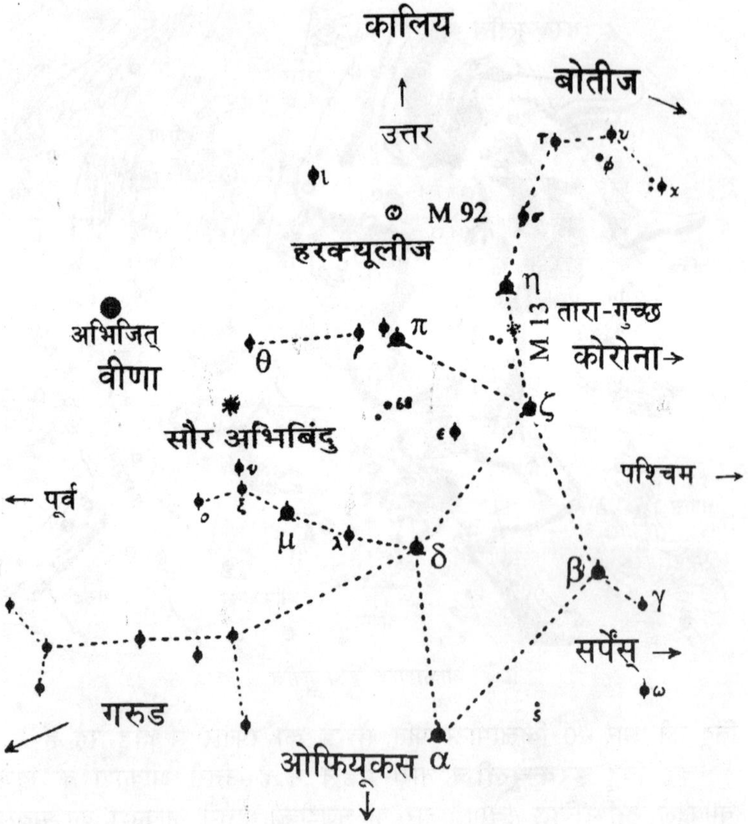

हरक्यूलीज तारा-मंडल : सौर अभिबिंदु

आजकल रात्रि के नौ बजे हरक्यूलीज के तारे मध्याकाश में आ जाते हैं।

इस तारा-मंडल को हरक्यूलीज नाम यूनानी गणितज्ञ इराटोस्थनीज (ईसा पूर्व तीसरी सदी) ने दिया था। यूनानी कथा के अनुसार, हरक्यूलीज ज्यूपिटर का पुत्र है। देववाणी ने हरक्यूलीज को बारह साहसी काम पूरे करने का आदेश सुनाया था। हरक्यूलीज ने उन कामों को पूरा किया, तो उसे अमरत्व प्रदान करके आकाश में स्थापित कर दिया गया। कुछ कथाएं इस तारा-मंडल को प्राचीन सुमेरी आख्यान के वीर गिलगमेश के साथ भी जोड़ते हैं।

हरक्यूलीज मंडल के **अल्फा** (α) तारे का अरबी पर आधारित नाम **रास अलगेथी** (घुटनों के बल बैठे आदमी का सिर) है। लाल रंग का यह तारा इतना बड़ा है कि इसे 'महादानव' कहा जाता है। इसका व्यास

सूर्य के व्यास से 600 गुना अधिक है। दरअसल, यह एक जुड़वां तारा है, और इसकी कांति घटती-बढ़ती रहती है। हरक्यूलीज मंडल का यह अल्फा (α) तारा हमसे लगभग 500 प्रकाश-वर्ष दूर है।

ऊपर जिस सौर अभिबिंदु की हमने चर्चा की है, वह हरक्यूलीज मंडल की मध्य-पूर्वी सीमा पर है। उस स्थान से थोड़े ही अंतर पर, पूर्वोत्तर की तरफ, वीणा मंडल का खूब चमकीला **अभिजित्** (वेगा) तारा है।

उत्तरी खगोल का सबसे खूबसूरत तारा-गुच्छ भी हरक्यूलीज मंडल में ही है। M13 नामक यह तारा-गुच्छ इस मंडल के जीटा (ζ) और इटा (η) तारों के बीच में है। इसे बाइनॉक्यूलर से देखा जा सकता है और साफ आकाश में कोरी आंखों से भी पहचाना जा सकता है। इस तारा-गुच्छ की खोज आइजेक न्यूटन के मित्र एडमंड हेली ने 1714 ई. में की थी, मगर वे इस पुंज की असलियत को नहीं समझ पाए थे। उन्होंने इसे एक नीहारिका (नेबुला) समझ लिया था।

हरक्यूलीज तारा-मंडल का गोलाकार तारा-गुच्छ M13

मगर जल्दी ही पता चला कि हरक्यूलीज मंडल का यह प्रकाश-पुंज कोई नीहारिका नहीं है, बल्कि बहुत-से तारों की एक विशाल बस्ती है और वह बस्ती लगभग गोलाकार है। खगोलविद हमें जानकारी देते हैं कि गोलाकार तारा-गुच्छ M13 लगभग 100 प्रकाश-वर्ष चौड़ा है और इसमें करीब 3,00,000 तारे हैं। यह भी पता चला है कि यह तारा-गुच्छ हमसे लगभग 23,500 प्रकाश-वर्ष दूर है।

हरक्यूलीज मंडल के पाइ (π) तारे के उत्तर में एक और खूबसूरत गोलाकार तारा-गुच्छ है, जिसे M92 से व्यक्त किया जाता है। यह तारा-गुच्छ 25,000 प्रकाश-वर्ष दूर है।

खगोलविदों का मत है कि गोलाकार तारा-गुच्छों का निर्माण आकाशगंगा के इतिहास के आरंभिक दौर में हुआ था। इनमें लगभग 12 अरब साल पहले के भी तारे मौजूद हैं, यानी हमारे सूर्य की आयु के दुगुने से भी अधिक पुराने!

प्राचीन काल के ज्योतिषियों ने हरक्यूलीज मंडल में तारा-गुच्छ M13 के धुंधले प्रकाश-पुंज को अवश्य देखा होगा, मगर इसके असली स्वरूप को समझ पाना उनके लिए संभव नहीं था। वे यह जानने में भी समर्थ नहीं थे कि सौर अभिबिंदु हरक्यूलीज मंडल में है, और हमारा सूर्य (साथ में हम भी) उस बिंदु की ओर 20 किलोमीटर प्रति सेकंड की रफ्तार से दौड़ रहे हैं।

आज के खगोलविदों के लिए हरक्यूलीज तारा-मंडल का विशेष महत्व इसमें मौजूद सौर अभिबिंदु और उत्तरी आकाश के सर्वाधिक सुंदर गोलाकार तारा-गुच्छ M13 के कारण ही है।

❖

सर्प और सर्पधर

आकाश में सर्प से संबंधित चार तारा-मंडल हैं–(1) उत्तरी आकाश में **कालिय** (ड्रेको); (2) दक्षिणी आकाश में **छोटा जलसर्प** (हाइड्रस); (3) कर्क, कन्या और सिंह मंडलों के दक्षिण में जलवासी **महासर्प** (हाइड्रा) और (4) हरक्यूलीज के दक्षिण में और वृश्चिक के उत्तर में **सर्प** (सर्पेन्स)।

सर्प ही आकाश का एकमात्र ऐसा तारा-मंडल है जिसके दो अलग-अलग भाग हैं, पर इसे एक ही मंडल माना जाता है। बीच में **सर्पधर** (ओफियूकस) है, जो अपने दोनों हाथों से सर्प को पकड़े हुए है। इस सर्पधर के पश्चिम में **सर्प का सिर** (सर्पेन्स कापुत्) है और पूर्व में **सर्प की पूंछ** (सर्पेन्स काउदा)। पाश्चात्य परंपरा में सर्प और सर्पधर बहुत पुराने तारा-मंडल हैं। यूनानी आख्यान के अनुसार, **ओफियूकस** वस्तुतः अपोलो का पुत्र और आदिवैद्य ओस्क्लेपियूस है। सर्प यूनानी वैद्यों का प्रतीक-चिह्न रहा है।

खगोल का विषुववृत्त सर्प और सर्पधर मंडलों के लगभग मध्यभाग से गुजरता है, और क्रांतिवृत्त (रविपथ) सर्पधर मंडल के दक्षिणी सिरे से। सूर्य को सर्पधर (ओफियूकस) मंडल पार करने में 19 दिन लगते हैं, जबकि सूर्य सिर्फ 6 दिनों में ही वृश्चिक मंडल (पाश्चात्य) को पार कर लेता है। फिर भी वृश्चिक की तरह सर्पधर (ओफियूकस) को राशिचक्र में स्थान नहीं मिला है, यह आश्चर्य की बात है। कुछ साल पहले खगोलविदों ने ओफियूकस (सर्पधर) मंडल को 13वीं राशि घोषित करने का प्रस्ताव रखा था (इससे इस मंडल की महत्वपूर्ण खगोलीय घटनाओं को सूचित करने में सुविधा होती), परंतु परंपरावादी फलित-

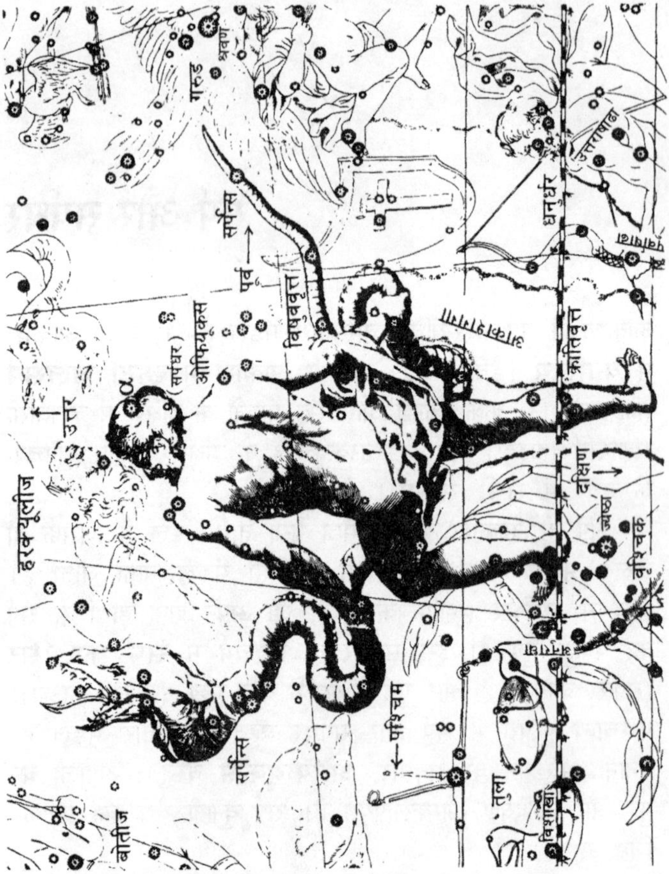

आकाशस्थ सर्प (सर्पेन्स) और सर्पधर (ओफियूकस)

ज्योतिषियों ने इस उपयोगी सुझाव को स्वीकार नहीं किया।

सर्प (सर्पेन्स) मंडल में मंदकांति तारे हैं। पश्चिम की ओर सर्प की गरदन पर स्थित 2.7 कांतिमान का विशाल नारंगी **अल्फा** (α) तारा 72 प्रकाश-वर्ष दूर है।

सर्पधर (ओफियूकस) मंडल का सफेद रंग का **अल्फा** (α) तारा, जो सर्पधर के सिर पर है, द्वितीय कांतिमान का है और 59 प्रकाश-वर्ष दूर है। शेष तारे ज्यादा महत्व के नहीं हैं।

मगर इस मंडल के एक तारे का आधुनिक खगोल-विज्ञान में विशेष महत्व है। यह है–**बीटा** (β) तारे के थोड़े पूर्व में स्थित **बर्नार्ड का तारा**

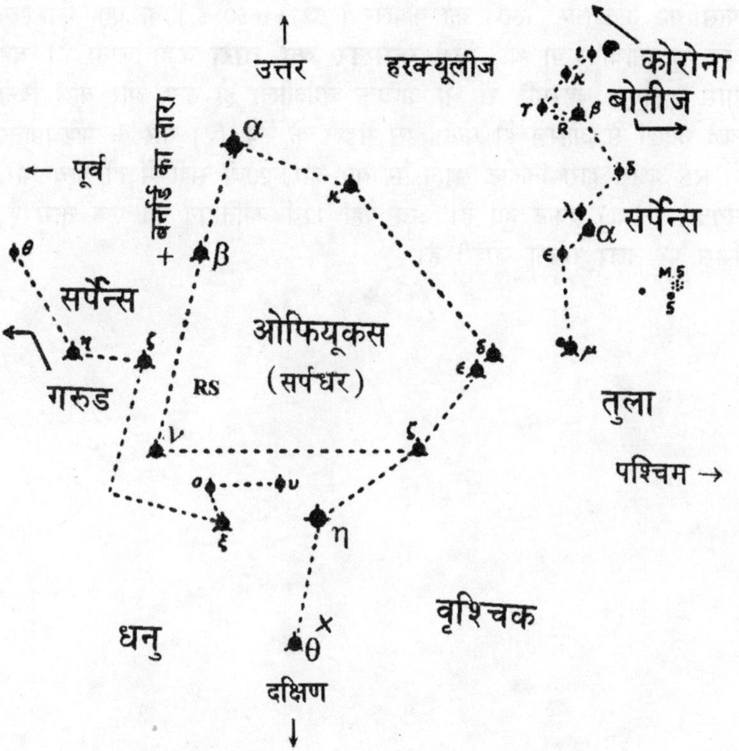

सर्प और सर्पधर तारा-मंडल : बर्नार्ड का तारा

(+ द्वारा चिह्नित)। कांतिमान 9.5 का यह फीका तारा सिर्फ 5.9 प्रकाश-वर्ष दूर है; अर्थात्, प्रॉक्सिमा-सेंटौरी के बाद सूर्य से यह दूसरा सबसे नजदीक का तारा है। अमरीकी खगोलविद **एडवर्ड एमरसन बर्नार्ड** ने 1916 ई. में पता लगाया था कि इस तारे की निजगति सबसे ज्यादा है। यह 188 वर्षों में चंद्र के दृश्य-व्यास के तुल्य सरकता है।

बर्नार्ड के तारे के बारे में 1963 ई. में नई जानकारी मिली कि संभवत: इसके गिर्द बृहस्पति के आकार-प्रकार के एक या दो ग्रह चक्कर लगा रहे हैं। अत: खगोलविद इस तारे पर नजर रखे हुए हैं।

सर्पधर मंडल में गोलाकार तारा-गुच्छों के दो जोड़े हैं—एक इसके मध्यभाग में और दूसरा इसके दक्षिणी छोर पर।

सर्पधर मंडल में इसके **थीटा** (θ) तारे के थोड़े उत्तर में, चिह्न **×** के

पास, 10 अक्तूबर, 1604 को केपलर (1571-1630 ई.) के एक शिष्य ने एक सुपरनोवा देखा था, जिसे **केपलर का तारा** कहा जाता है। वह तारा एकाएक बृहस्पति से भी अधिक चमकीला हो उठा और कुछ दिनों बाद आंखों से ओझल हो गया। इस मंडल के **न्यू** (ν) तारे के पश्चिमोत्तर में RS अक्षरों द्वारा निर्दिष्ट स्थान पर बार-बार, 20वीं सदी में ही पांच बार, नवतारे (नोवा) प्रकट हुए हैं। अब वहां 11वें कांतिमान का एक तारा है, जिस पर नजर रखना जरूरी है।

❖

तारों की छोटी-बड़ी बस्तियां

पुराने जमाने के ज्योतिषियों को तारों की दूरियां मालूम नहीं थीं। मान लिया गया था कि सभी तारे हमसे समान दूरी पर हैं, एक गोल (खगोल) पर स्थिर हैं। इसी मान्यता के आधार पर आकाश के विभिन्न तारा-समूहों को मानव तथा पशु-पक्षियों की आकृतियों के रूप में पहचाना गया था।

मगर आज हम जानते हैं कि किसी भी तारा-मंडल के सभी तारे हमसे समान दूरी पर नहीं हैं। एक ही तारा-मंडल का एक तारा हमसे 25 प्रकाश-वर्ष दूर हो सकता है, तो उसके नजदीक का दूसरा तारा 250 प्रकाश-वर्ष दूर।

आकाशगंगा में 150 अरब से भी अधिक तारे हैं। अधिकांश तारे एकाकी रहकर ही आकाशगंगा में यात्रा कर रहे हैं। ऐसे तारों के बीच में औसतन तीन-चार प्रकाश-वर्ष की दूरी रहती है। मगर आकाश में ऐसे भी बहुत-से तारे हैं जो दो, तीन, चार या छह के जोड़े बनाकर, एक-दूसरे की परिक्रमा करते हुए, आकाशगंगा में विचरण करते रहते हैं। इन्हें **युग्म** या **जुड़वां** (बाइनरी) तारे कहते हैं।

लेकिन आकाश में ऐसे भी अनेक गुच्छ या समूह हैं जिनमें बहुत-से तारे, आपसी गुरुत्वाकर्षण के कारण, एक-दूसरे से बंधे रहते हैं और इस प्रकार तारों की एक बस्ती का निर्माण करते हैं। ऐसे तारा-गुच्छों के प्रमुखतः दो प्रकार हैं–**खुले तारा-गुच्छ** और **गोलाकार तारा-गुच्छ**।

खगोलविदों ने आकाशगंगा में करीब 500 खुले तारा-गुच्छ खोजे हैं। ऐसे तारा-गुच्छों में चंद तारों से लेकर कई सौ तारे हो सकते हैं। खुले तारा-गुच्छों के सदस्यों ने आकाश के एक ही

स्थान में एक ही समय पर जन्म लिया है और ये एकसाथ एक ही दिशा में यात्रा करते हैं। खुले तारा-गुच्छ आम तौर पर आकाशगंगा की बाहरी सीमाओं में पाए जाते हैं।

वृषभ तारा-मंडल (राशि) में स्पष्ट दिखाई देनेवाला कृत्तिकाओं का पुंज वस्तुतः एक खुला तारा-गुच्छ है। कोरी आंखों से इसमें छह-सात तारे ही पहचाने जा सकते हैं। वैदिक काल में भी कृत्तिका में केवल सात ही तारे पहचाने गए थे। मगर दूरबीन से इस पुंज में लगभग 300 तारे देखे जा सकते हैं। कृत्तिका-पुंज हमसे करीब 450 प्रकाश-वर्ष दूर है। खगोलविदों के अनुसार, कृत्तिकाओं का जन्म लगभग 5 करोड़ साल पहले हुआ था (देखिए अध्याय 2)।

स्वाति नक्षत्र के पश्चिमोत्तर में कानेस वेनाटिसी तारा-मंडल की सीमा में स्थित गोलाकार तारा-गुच्छ M3, जो 32,000 प्रकाश-वर्ष दूर है और जिसे स्वच्छ आकाश में कोरी आंखों से भी देखा जा सकता है।

गोलाकार तारा-गुच्छों में इतने ज्यादा तारे एक-दूसरे के नजदीक सटे रहते हैं कि उन्हें केवल शक्तिशाली दूरबीनों से ही थोड़े पृथक् रूप में पहचाना जा सकता है। एक गोलाकार तारा-गुच्छ में दस हजार से लेकर

पांच लाख तक तारे हो सकते हैं। आकाशगंगा में अब तक करीब 150 गोलाकार तारा-गुच्छ खोजे गए हैं। गोलाकार तारा-गुच्छ आकाशगंगा के केंद्रभाग के नजदीक हैं, इसलिए वृश्चिक तथा धनु राशि-मंडलों में इन्हें अधिक संख्या में देखा जा सकता है। सौर मंडल के धूमकेतुओं की तरह गोलाकार तारा-गुच्छ अनियमित कक्षाओं में आकाशगंगा के केंद्र का चक्कर लगाते रहते हैं।

गोलाकार तारा-गुच्छ अन्य मंदाकिनियों में भी खोजे गए हैं। देवयानी मंदाकिनी (एंड्रोमीडा गैलेक्सी) में लगभग दो सौ गोलाकार तारा-गुच्छों का पता चला है। गोलाकार गुच्छों के तारों की आयु 10 अरब साल से भी ज्यादा आंकी गई है। इन तारा-गुच्छों में मौजूद विशेष किस्म के चरकांति (आर-आर-लायरी) तारों की मदद से इनकी दूरियां जानना संभव हुआ है। इस प्रकार, आकाश में न केवल अनगिनत एकाकी तारे हैं, बल्कि इनकी छोटी-बड़ी अनेक बस्तियां भी हैं। एक बस्ती या समूह के सभी तारे समान आयु के होते हैं और साथ-साथ यात्रा करते हैं।

❖

तारों में जब विस्फोट होता है

घटना 4 जुलाई, 1054 की है। उस दिन चीन के ज्योतिषियों ने वृषभ तारा-मंडल (राशि) के एक स्थान पर खूब चमकीला एक नया तारा देखा। एकाएक प्रकट होने वाले ऐसे तारों को वे **अतिथि तारा** कहते थे। वह 'अतिथि तारा' कुछ दिनों तक दिन के उजाले में भी दिखाई दिया। मगर 23 दिन बाद उसकी चमक घटती गई।

वृषभ मंडल के ठीक उसी स्थान पर यूरोप के खगोलविदों ने 1731 ई. में दूरबीन से एक तारा देखा। फिर 1758 ई. में फ्रांसीसी खगोलविद शार्ल मेसिए ने पहचाना कि वह तारा वस्तुतः एक नीहारिका है, और उसे उन्होंने नीहारिकाओं (नेबुला) की अपनी सूची में प्रथम स्थान दिया (M1)।

बीसवीं सदी के प्रथम चरण में पता चला कि वह नीहारिका करीब 1000 किलोमीटर प्रति सेकंड के वेग से फैल रही है। यह भी स्पष्ट हुआ कि वह नीहारिका 1054 ई. में चीनियों द्वारा देखे गए 'अतिथि तारे' के विस्फोट से पैदा हुई द्रव्यराशि है। चित्र में वह नीहारिका कुछ-कुछ केकड़े (कर्क) के आकार की दिखाई देती है, इसलिए उसे **क्रैब नेबुला** (कर्क नीहारिका) कहते हैं।

कर्क नीहारिका हमसे लगभग 6000 प्रकाश-वर्ष दूर है और प्रतिदिन करीब नौ करोड़ किलोमीटर की रफ्तार से इसका विस्तार हो रहा है। यह प्रकाश-किरणों के अलावा रेडियो, एक्स तथा गामा किरणों का भी उत्सर्जन करती है। अब यह भी पता चला है कि इस नीहारिका के केंद्र में अतिसघन द्रव्य के रूप में एक नन्हा तारा मौजूद है, जिसे आरंभ में **पल्सर** और अब **न्यूट्रान** तारे का नाम दिया गया।

आकाश के एक तारे में विस्फोट होने से कर्क नीहारिका अस्तित्व में आई है। ऐसे विस्फोटित तारे को **सुपरनोवा** कहते हैं। एक सहस्राब्दी में चंद सुपरनोवा ही प्रकट होते हैं। ट्यूको ब्राहे ने 1552 ई. में और केपलर ने 1604 ई. में हमारी आकाशगंगा में प्रकट हुए नोवा या सुपरनोवा देखे थे।

सुपरनोवा हमारी आकाशगंगा में ही नहीं, दूसरी मंदाकिनियों में भी प्रकट होते हैं। देवयानी मंदाकिनी में 1885 ई. में एक सुपरनोवा देखा गया था। बीसवीं सदी में, 1987 ई. में, दक्षिणी खगोल के **बड़े मेजल्लानी मेघ** (नजदीक की एक छोटी उपमंदाकिनी) में एक सुपरनोवा देखा गया। कनाडा के खगोलविद शेल्टन ने इसकी खोज की, इसलिए इसे **शेल्टन–1987** नाम दिया गया।

मेजल्लानी मेघ के जिस तारे में यह सुपरनोवा विस्फोट हुआ वह हमसे करीब 1,70,000 प्रकाश-वर्ष दूर है। दक्षिणी गोलार्द्ध की कई वेधशालाओं से, कावलूर (तमिलनाडु) की वेधशाला से भी, उस नए सुपरनोवा का गहन अध्ययन किया गया।

सुपरनोवा विस्फोट का मतलब है, तारे की मौत! विस्फोटित तारा एक सेकंड में इतनी ऊर्जा उत्सर्जित करता है, जितनी कि सूर्य 60 सालों में करता है। इस घटना में तारे की कांति एकाएक दस करोड़ सूर्यों के बराबर हो जाती है और उसकी अधिकांश द्रव्यराशि करीब पांच हजार किलोमीटर प्रति सेकंड के वेग से अंतरिक्ष में फैल जाती है। सुपरनोवा का अवशिष्ट द्रव्य अतिसघन बनकर रेडियो-तरंगों का शक्तिशाली स्रोत बन जाता है।

जो तारा लगभग पूरी तरह विस्फोटित होता है उसे **सुपरनोवा** कहते हैं। मगर जो तारा अपने बाह्य कवच की काफी अधिक द्रव्यराशि को अंतरिक्ष में उछालकर एकाएक उद्दीप्त हो उठता है उसे **नोवा** (नवतारा) कहते हैं।

नोवा वस्तुतः कोई नया तारा नहीं होता। पुराना कोई तारा बूढ़ा होकर, किन्हीं कारणों से, अपनी बाहरी द्रव्यराशि को आकाश में उछाल देता है। तब उस तारे की कांति एकाएक करीब एक लाख गुना बढ़ जाती है और हम उसे एक नवतारे के रूप में देखते हैं। अंततः उस तारे की कांति घट जाती है और वह अपनी पूर्वस्थिति में आ जाता है। नोवा की घटना तारे के जीवन में एक नए दौर की सूचक है। हमारी आकाशगंगा में हर साल करीब 25 नवतारे (नोवा) प्रकट होते हैं।

नोवा और सुपरनोवा की विप्लवी घटनाएं भी ज्वलंत प्रमाण प्रस्तुत करती हैं कि नक्षत्रलोक में स्थिर या अटल जैसी कोई चीज नहीं है।

❖

तारों की ऊर्जा

आज से लगभग सौ साल पहले तक कोई भी वैज्ञानिक नहीं जानता था कि सूर्य तथा तारे क्यों चमकते हैं, उनमें कौन-सा ईंधन जलता है और किस तरह जलता है। अब इन प्रश्नों के उत्तर मिल गए हैं। इतना ही नहीं, अब हम वैसी ऊर्जा धरती पर भी पैदा करने में समर्थ हैं, जैसी कि सूर्य और तारों में पैदा होती है।

उन्नीसवीं सदी के उत्तरार्द्ध में ही इंग्लैंड के वैज्ञानिक लॉर्ड केल्विन (1824-1907 ई.) ने प्रमाणित कर दिया था कि सूर्य यदि कोयले की आग की तरह जलता होता, तो यह चंद हजार वर्षों में राख बनकर बुझ जाता। मगर सूर्य की आयु हमारी धरती की आयु (लगभग 4,60,00,00,000 वर्ष) से भी अधिक है।

फिर खगोलविद् जोसेफ लॉकयेर ने 1890 ई. में विचार प्रस्तुत किया कि आकाश में बिखरी हुई धूल तथा गैस के संघनित होने से तारे अस्तित्व में आते हैं। गुरुत्वाकर्षण के अंतर्गत तारे का द्रव्य उसके केंद्रभाग में संघनित होने लगता है, तो उसका तापमान बढ़ता जाता है और वह चमकने लगता है।

तारों का जन्म लगभग इसी तरह होता है। मगर लॉकयेर की यह मान्यता सही नहीं थी कि गुरुत्वीय संकुचन से तारों में ऊर्जा पैदा होती है। तारों की ऊर्जा वस्तुतः परमाणु ऊर्जा है। यह सुझाव सर्वप्रथम अमरीकी खगोलविद् **हेनरी नॉरिस रसेल** ने 1913 ई. में दिया था। मगर आज हम जानते हैं कि तारों में वैसी परमाणु ऊर्जा पैदा नहीं होती जैसी कि रसेल ने सोची थी।

तारों में किस प्रकार की परमाणु ऊर्जा पैदा होती है, इसका सही आभास पहली बार, 1925 ई. के आसपास, इंग्लैंड के प्रख्यात खगोलविद **आर्थर एडिंगटन** (1882-1944 ई.) ने दिया।

एडिंगटन ने स्पष्ट किया कि तारे की बाह्य सतह का तापमान भले ही चंद हजार डिग्री सेल्सियस रहता हो, मगर उसके केंद्रभाग का तापमान एक करोड़ डिग्री से भी अधिक होता है। इतने ऊंचे तापमान पर द्रव्य 'प्लाज्मा' की स्थिति में रहता है, यानी परमाणुओं के नाभिक और इलेक्ट्रान स्वतंत्र विचरण करते हैं। एडिंगटन ने सुझाया कि सूर्य (या तारे) की केंद्रीय भट्ठी में हाइड्रोजन के नाभिक आपस में जुड़कर हीलियम के नाभिक में बदल जाते हैं। इस प्रक्रिया में जो ऊर्जा पैदा होती है, उसे **संगलन** या **संलयन** (फ्यूजन) की ऊर्जा कहते हैं। हाइड्रोजन बम के विस्फोट में इसी प्रकार की ऊर्जा पैदा होती है।

एडिंगटन के सुझाव के समय तक अभी परमाणु ऊर्जा की खोज नहीं हुई थी, इसलिए स्पष्ट नहीं हो पाया था कि सूर्य या तारों के केंद्रभाग में ठीक किस तरह और कितनी परमाणु ऊर्जा पैदा होती है। इसकी जानकारी 1938 ई. में जर्मन वैज्ञानिक **कार्ल फ्रीडरिख़ फोन वाइत्सेकर** (जन्म 1912 ई.) और अमरीकी वैज्ञानिक **हान्स बेथे** (जन्म 1906 ई.) ने दी।

हम जानते हैं कि सूर्य और अन्य तारों का मुख्य द्रव्य हाइड्रोजन गैस है। सूर्य का 80 प्रतिशत से भी अधिक द्रव्य हाइड्रोजन है। सूर्य के केंद्रभाग में जहां तापमान करीब 1,40,00,000 डिग्री सेल्सियस और दाब अति भयंकर है, हाइड्रोजन के नाभिकों की बड़ी विचित्र दशा होती है। वे आपस में जुड़कर हीलियम के नाभिक में बदल जाते हैं। इसमें कार्बन तथा नाइट्रोजन की उत्प्रेरक क्रिया सहायता करती है। हाइड्रोजन के चार नाभिक हीलियम के एक नाभिक को जन्म देते हैं। इस प्रक्रिया में कुछ द्रव्य ऊर्जा में बदल जाता है। संक्षेप में हम कह सकते हैं कि हाइड्रोजन का जब हीलियम में संलयन होता है, तब इस प्रक्रिया में ऊर्जा पैदा होती है। यही ऊर्जा सूर्य की सतह पर पहुंचकर बाह्य अंतरिक्ष में उत्सर्जित होती रहती है। अन्य तारों में भी इसी प्रकार की ऊर्जा पैदा होती है।

खगोलविद् हमें जानकारी देते हैं कि प्रति सेकंड सूर्य का 40 लाख टन द्रव्य पूर्णतः ऊर्जा में बदल जाता है। मगर सूर्य में इतना अधिक द्रव्य है कि यह पिछले करीब 5 अरब सालों से इसी प्रकार अपना ईंधन खर्च करता आ रहा है और आगे के करीब 5 अरब साल तक इसी तरह खर्च करता रह सकता है। आकाश के कुछ बड़े तारे इससे भी अधिक तेजी से अपने द्रव्य को ऊर्जा में बदल रहे हैं।

सूर्य-जैसे तारों में कई अरब साल तक हाइड्रोजन के संलयन की ऊर्जा

पैदा होती रहती है। लेकिन जब तारे की केंद्रीय भट्ठी का सारा हाइड्रोजन हीलियम में रूपांतरित हो जाता है, तब क्या होता है?

तब कुछ अरसे के लिए तारे के भीतर संलयन की प्रक्रिया रुक जाती है। केंद्रभाग में दाब घट जाता है और तारा सिकुड़ने लगता है। इससे अंततः तारे का केंद्रीय तापमान दस करोड़ डिग्री तक पहुंच जाता है। तब तारे के केंद्र में जमा हुए हीलियम के नाभिकों का संलयन शुरू होता है। हीलियम के तीन नाभिक जुड़कर कार्बन के एक नाभिक में बदल जाते हैं। इस प्रक्रिया में ज्यादा ऊर्जा पैदा होती है और तारा फूलकर काफी बड़ा हो जाता है। करीब 5 अरब साल बाद हमारे सूर्य का भी यही हाल होगा।

इस प्रकार तारे के केंद्रभाग में अधिकाधिक भारी तत्वों के संलयन की प्रक्रियाएं जारी रहती हैं। इन प्रक्रियाओं के अंतर्गत ही तारों के भीतर कार्बन, आक्सीजन, लोहा, निकेल, कोबाल्ट आदि भारी तत्वों का सृजन होता है। इन भारी तत्वों का जन्म ब्रह्मांड की उत्पत्ति के समय नहीं, बल्कि काफी बाद में तारों की केंद्रीय भट्ठियों में हुआ है।

भारी तत्व हमारी धरती में भी पाए जाते हैं। इसका कारण यह है कि सूर्य और सौर मंडल के पिंडों का निर्माण एक ऐसे तारे की अवशिष्ट द्रव्यराशि से हुआ है जिसमें अरबों साल पहले विस्फोट हुआ था। धरती और इसके समस्त जीव-जगत का सृजन विश्व के 'उपद्रव्य' से हुआ है।

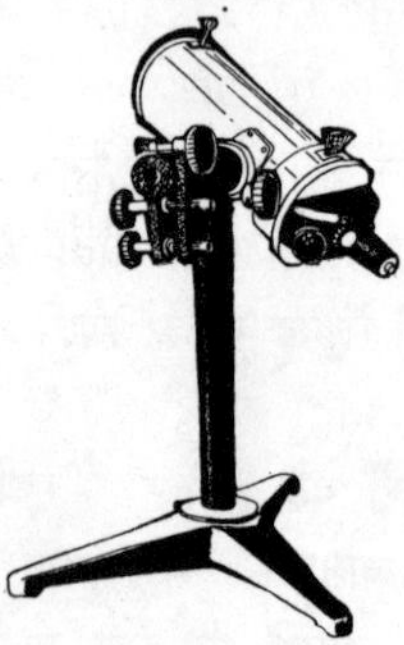

अध्याय 9

★ आकाशगंगा का केंद्रभाग : धनु मंडल

★ उत्तरी आकाश का अद्‌भुत तारा : अभिजित्

★ (तारों के रंग और तापमान)

★ तारों का जन्म, यौवन और विनाश

★ रेडियो-तरंगों का विलक्षण विश्व

॥ अगस्त ॥

धनुर्धर

यूनानी वर्णमाला

अल्फा	α	न्यू	ν
बीटा	β	क्साइ	ξ
गामा	γ	ओमिक्रोन	o
डेल्टा	δ	पाइ	π
इप्सिलोन	$\in$	रो	ρ
जीटा	ζ	सिग्मा	σ
इटा	η	टाउ	τ
थीटा	θ	अप्साइलोन	υ
आयोटा	ι	फाइ	ϕ
काप्पा	κ	खाइ	χ
लांबडा	λ	प्साइ	ψ
म्यू	μ	ओमेगा	ω

आकाशगंगा का केंद्रभाग : धनु मंडल

इस अगस्त माह में रात के आठ-नौ बजे सिर के ऊपर आकाश में देखा जाए तो तारों का एक काफी घना और चौड़ा-सा पट्टा लगभग उत्तर-दक्षिण दिशा में जाता हुआ नजर आएगा। यह आकाशगंगा का पट्टा है। आकाशगंगा असल में एक पहिए या फूली हुई रोटी के आकार की, 150 अरब से भी अधिक तारों की, एक विशाल योजना है। हमारा सूर्य (साथ में हम भी) आकाशगंगा के एक किनारे पर स्थित हैं, इसलिए आकाशगंगा के केंद्र की ओर देखने पर वह हमें तारों के एक पट्टे के रूप में नजर आती है।

इन दिनों दक्षिणी आकाश में रात के आठ-नौ बजे **वृश्चिक** (बिच्छू) के पूर्व में **धनु मंडल** (राशि) के प्रमुख तारों को आसानी से पहचाना जा सकता है। आकाशगंगा का पट्टा वृश्चिक और धनु मंडलों के बीच में से गुजरता है। आकाशगंगा का केंद्र धनु तारा-मंडल की दिशा में है।

वैसे भी चांदनी रात का नजारा बड़ा लुभावना होता है। यदि प्रकृति कुछ अधिक मेहरबान रहती, तो रात का आकाश और भी अधिक आकर्षक बन जाता। तब इन दिनों दक्षिणी-पश्चिमी आकाश में धनु मंडल का क्षेत्र इतना अधिक चमकीला बना रहता कि उससे धरती की चीजों की छायाएं तक दिखाई देतीं! तब यह समझने में कोई दिक्कत नहीं होती कि आकाशगंगा का केंद्र धनु तारा-मंडल की दिशा में है।

मगर काली धूल व गैस का एक बहुत बड़ा बादल आकाशगंगा के केंद्र और हमारे बीच में आ गया है। यदि वह काला मेघ बीच में न आता, तो धनु मंडल की दिशा में आकाश पूर्णतः

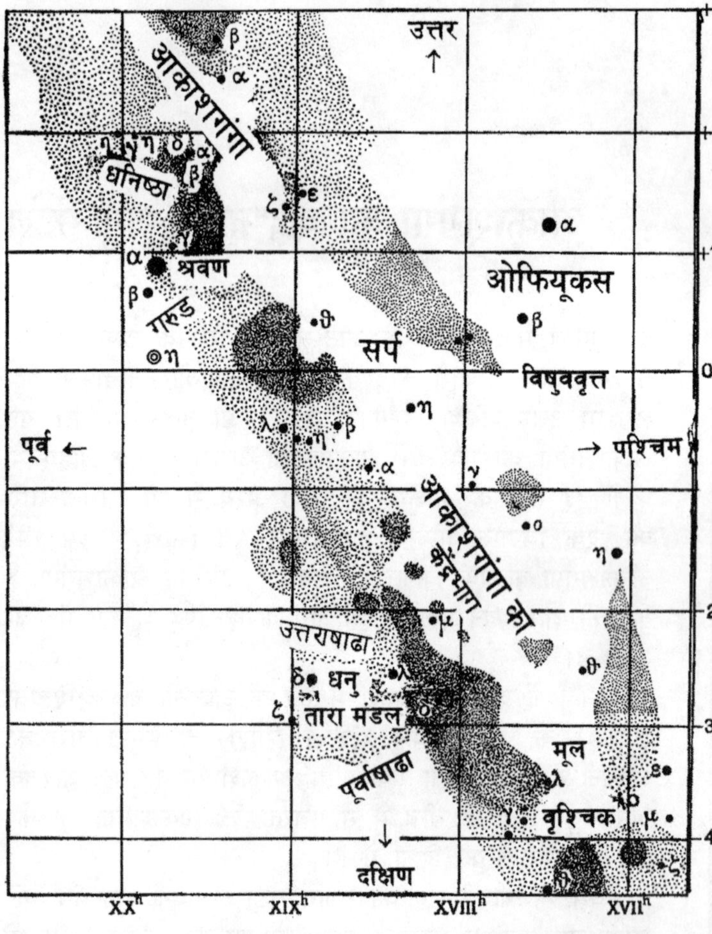

वृश्चिक, धनु, सर्प और गरुड़ मंडलों में आकाशगंगा की स्थिति। धनु की दिशा में आकाशगंगा का केंद्र

पारदर्शी रहता, खूब चमकीला नजर आता। आकाशगंगा का केंद्र धनु की दिशा में है, इसलिए खगोलविद इस मंडल के अध्ययन को बड़ा महत्व देते हैं।

दक्षिणी आकाश में धनु मंडल का स्थान वृश्चिक के पूर्व में है। पाश्चात्य ज्योतिष में **धनु** (धनुष) के लिए जिस **सैजिटेरियस्** शब्द का प्रयोग होता है, उसका अर्थ है **धनुर्धर**। पाश्चात्य ज्योतिष में सैजिटेरियस्

(धनुर्धर) को एक ऐसे प्राणी के रूप में चित्रित किया जाता है जिसका छाती के नीचे का शरीर घोड़े का है और सिर तथा हाथ मनुष्य के हैं! घोड़े के अर्धांग वाला यह प्राणी ताने हुए धनुष से वृश्चिक के **ज्येष्ठा** तारे (बिच्छू के हृदय) की ओर तीर का निशाना साधे हुए है।

आकाशस्थ धनुर्धर

भारतीय परंपरा के अनुसार धनु मंडल (राशि) के प्रमुख नक्षत्र हैं–**मूल, पूर्वाषाढा** और **उत्तराषाढा**। इनमें से मूल (λ) नक्षत्र की चर्चा हम वृश्चिक मंडल के अंतर्गत कर चुके हैं। मूल के पूर्व में पहले उदित होने वाले **पूर्वाषाढा** के नक्षत्र हैं और उसके थोड़े पूर्वोत्तर में बाद में उदित होने वाले **उत्तराषाढा** के नक्षत्र हैं। आजकल रात के करीब नौ बजे, स्थितिचित्र की सहायता से, दक्षिणी आकाश में इन दो आषाढाओं के दो चतुर्भुजों को आसानी से पहचाना जा सकता है, बशर्ते कि आकाश साफ हो। इन आषाढाओं के नाम पर ही एक भारतीय महीने को **आषाढ** नाम मिला है। **अथर्ववेद** में इनके लिए प्रार्थना भी है : *अन्नं पूर्वा रासतां मे अषाढा ऊर्जं देव्युत्तरा आ वहन्तु* (पूर्वाषाढा, मुझे अन्न दो; उत्तराषाढा, मुझे तेज दो)।

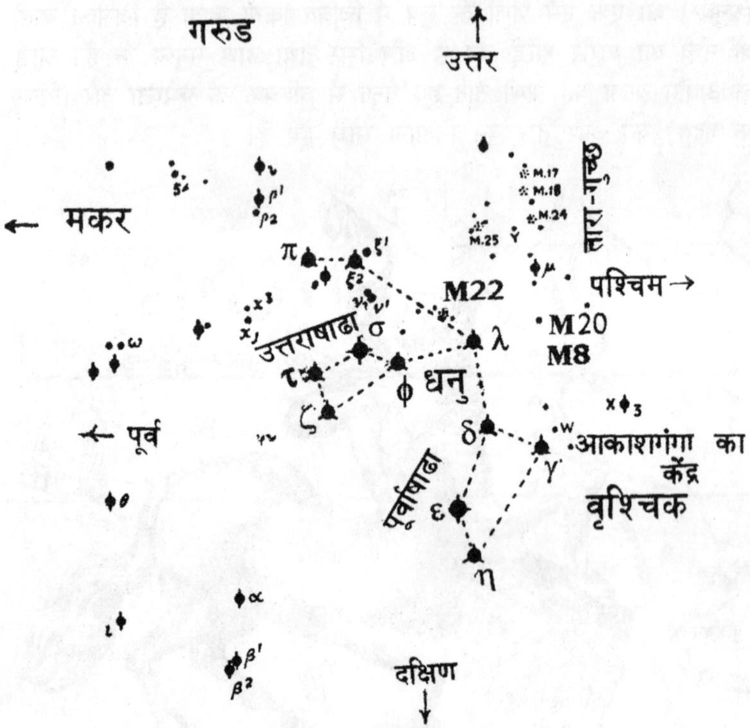

धनु मंडल

धनु मंडल के केवल दो ही तारे–सिग्मा (σ) और इप्सिलोन (ε)–द्वितीय कांतिमान के हैं। बाकी तारे इनसे कम चमकीले हैं। भारतीय परंपरा के अनुसार लांबडा (λ), डेल्टा (δ) और इप्सिलोन (ε) तारों का समावेश **पूर्वाषाढा** में किया जाता है और टाउ (τ), सिग्मा (σ) और पाइ (π) तारों का **उत्तराषाढा** में।

धनु मंडल में मौजूद तारा-गुच्छों और नीहारिकाओं के अध्ययन में आज के खगोलविदों की ज्यादा दिलचस्पी है।

अंतरिक्ष में मौजूद धूल और गैसों के विशाल बादलों को **नीहारिका** कहते हैं। संस्कृत के **नीहार** शब्द का अर्थ है 'कुहरा'। इसलिए आकाश में कुहरे या धुएं की तरह नजर आने वाले प्रकाश-पुंज को नीहारिका कहा गया। नीहारिका के लिए पश्चिमी ज्योतिष का पुराना शब्द है **नेबुला,** जिसका मूल अर्थ है 'मेघ'। अठारहवीं सदी के उत्तरार्द्ध में फ्रांसीसी खगोलविद्

शार्ल मेसिए (1730–1817 ई.) ने आकाश के धुंधले प्रकाश-पुंजों (नेबुली यानी नीहारिकाओं) की एक तालिका बनाई थी। इसलिए मेसिए के नाम के आरंभिक M अक्षर के साथ संख्यांक देकर नेबुला यानी नीहारिका को पहचाना जाता है।

बीसवीं सदी के आरंभ में आकाशगंगा से बहुत दूर की ऐसी ही दूसरी कई विशाल तारा-योजनाओं का पता चला। ये भी धुंधले प्रकाश-पुंज की तरह ही दिखाई देती हैं। इसलिए धूल व गैसों के विशाल बादलों के लिए **नीहारिका** (नेबुला) शब्द कायम रखा गया और दूर की अन्य आकाशगंगाओं के लिए **मंदाकिनी** (गैलेक्सी) शब्द प्रचलित हो गया। हमारी आकाशगंगा विशाल ब्रह्मांड की एक सामान्य मंदाकिनी (गैलेक्सी) है।

धनु मंडल के गामा (γ) और डेल्टा (δ) तारों के थोड़े पश्चिमोत्तर में M 8 नामक नीहारिका को कभी-कभी कोरी आंखों से भी देखा जा सकता है। यह नीहारिका, जो 'लैगून नेबुला' के नाम से जानी जाती है, 5200 प्रकाश-वर्ष दूर है। फोटोग्राफ में यह गहरे लाल रंग की दिखाई देती है (देखिए रंगीन चित्र)। इसी के थोड़े उत्तर में, लगभग उतनी ही दूरी पर, M 20 नामक नीहारिका है। काले गलियारों ने इसे तीन भागों में बांटा है, इसलिए इसे 'ट्राइफाइड नेबुला' कहा गया है (देखिए रंगीन चित्र)। लांबडा (λ) तारे के नजदीक का गोलाकार तारा-गुच्छ M 22, जिसे कोरी आंखों से भी देखा जा सकता है, हमसे 10,000 प्रकाश-वर्ष दूर है। यह लगभग 250 प्रकाश-वर्ष चौड़ा है और इसमें कई लाख तारे हैं।

आकाशगंगा का केंद्रभाग धनु मंडल की दिशा में है। इसके केंद्र और हमारे बीच में एक काली नीहारिका यानी धूल व गैस के एक विशाल काले बादल के आ जाने के कारण शक्तिशाली प्रकाश-दूरबीनों से भी आकाशगंगा के केंद्रभाग को देख पाना संभव नहीं है। मगर आधुनिक खगोल-विज्ञान के अन्य साधनों से आकाशगंगा के केंद्रभाग के बारे में काफी जानकारी मिल गई है। पता चला है कि आकाशगंगा के केंद्रभाग में अत्यंत सघन पिंड (**ब्लैक होल्स** यानी **कृष्ण-विवर**) और बहुत-से गोलाकार तारा-गुच्छ मौजूद हैं। इन्हीं की जबरदस्त आकर्षण-शक्ति के कारण आकाशगंगा के शेष तारे (हमारा सूर्य भी) इसके केंद्रभाग की लगातार परिक्रमा करते रहते हैं।

अभी कुछ दशक पहले धनु तारा-मंडल में एक दिलचस्प पिंड की खोज हुई है। मैंचेस्टर (इंग्लैंड) की रेडियो-दूरबीन से दो खगोलविदों ने धनु मंडल

में करीब 30,000 प्रकाश-वर्ष दूर के एक ऐसे तारे की खोज की है जिसके गिर्द पृथ्वी के आकार-प्रकार का, किंतु करीब 12 गुना अधिक भार का, एक ग्रह चक्कर लगा रहा है। आकाश में ऐसे और भी कई तारों की खोज हुई है जिनके गिर्द चक्कर लगाने वाले पिंड ग्रह हो सकते हैं। उनमें से कुछ ग्रहों पर जीव-जगत भी हो सकता है।

धनु तारा-मंडल की ओर देखने का अर्थ है, आकाशगंगा के केंद्र की दिशा में देखना—आकाश के एक ऐसे स्थान की ओर देखना जिसका हम सब, सूर्य और सौर मंडल के सभी पिंड, करीब 220 किलोमीटर प्रति सेकंड की गति से लगातार चक्कर लगा रहे हैं। आकाशगंगा की एक परिक्रमा पूरी करने में सूर्य को लगभग 25 करोड़ साल लगते हैं। धरती पर मानव का उदय होने के बाद से सूर्य ने अब तक आकाशगंगा की एक परिक्रमा भी पूरी नहीं की है।

❖

उत्तरी आकाश का अद्भुत तारा : अभिजित्

बारिश का मौसम है। आकाश में छाए बादल तारे देखने में अक्सर बाधक बनते हैं। मगर बारिश रुक जाए, आसमान खुल जाए और बादल हट जाएं, तो रात्रि के स्वच्छ आकाश में तारों को देखने का अपना एक निराला ही आनंद है। तब तारे खूब चमकीले नजर आते हैं–शहरों से भी।

आजकल रात के करीब नौ बजे उत्तरी आकाश में देखा जाए, तो एक काफी चमकीला तारा नजर आएगा। यदि आप उत्तर भारत के किसी स्थान से देख रहे हैं, तो रात के नौ बजे यह तारा आपको लगभग सिर के ऊपर मध्याकाश में दिखाई देगा। लेकिन यदि आप दक्षिण भारत के किसी स्थान से देख रहे हैं, तो यह तारा आपको उत्तरी क्षितिज के पचास-साठ अंश ऊपर नजर आएगा।

इस तारे का भारतीय नाम **अभिजित्** है, और पाश्चात्य नाम है–**वेगा**। अभिजित् उत्तरी आकाश का सबसे चमकीला तारा है, इसलिए इसे पहचानने में कोई कठिनाई नहीं है।

इन दिनों रात के नौ-दस बजे स्वच्छ आकाश में एक विशेष नजारा आप देख सकते हैं। यह है–मध्याकाश में लगभग सिर के ऊपर तीन चमकीले तारों से बनने वाला एक बड़ा-सा त्रिभुज। इन तीन तारों में एक है–अभिजित्। चूंकि आकाश के इस 'त्रिभुज' से दूसरे कई तारों को जानने में आसानी होती है, इसलिए इसे ठीक से पहचान लेना जरूरी है।

जब नीले-सफेद रंग का अभिजित् तारा रात को करीब नौ बजे लगभग सिर के ऊपर आ जाता है, तब उसके पूर्वोत्तर में, करीब 20 अंश की दूरी पर (क्षितिज से शिरोबिंदु तक की दूरी 90 अंश होती है), नीले रंग का एक चमकीला तारा नजर आएगा।

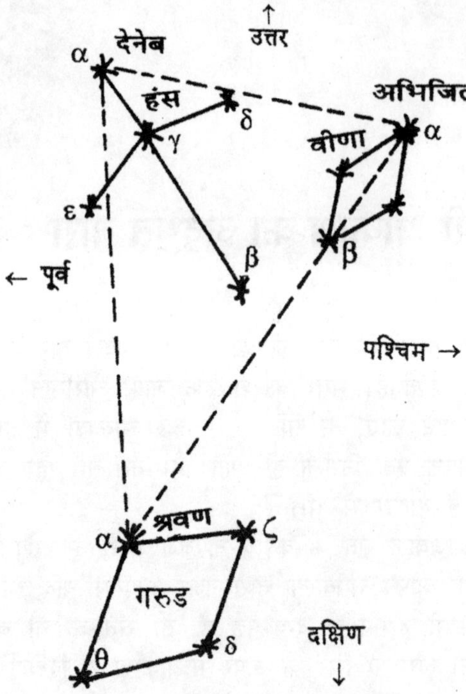

आकाश का 'बड़ा त्रिभुज'

उसका नाम है–**देनेब**। अभिजित् के दक्षिण-पूर्व में, करीब 25 अंश की दूरी पर, एक और काफी चमकीला नीलवर्ण तारा नजर आएगा। उसका भारतीय नाम **श्रवण** है और पाश्चात्य नाम **अल्तायर**। अभिजित्, देनेब और श्रवण–ये तीन तारे मिलकर आकाश में एक बड़े त्रिभुज का आकर्षक नजारा प्रस्तुत करते हैं।

आजकल अभिजित् (α) उत्तरी आकाश का सबसे चमकीला तारा है। वस्तुतः वह समूचे आकाश का पांचवें नंबर का सबसे चमकीला तारा है। नीला-सफेद अभिजित् तारा हमसे 26 प्रकाश-वर्ष दूर है। रूसी खगोलविद् व. या. स्त्रुवे ने 1838 ई. में पहली बार इस तारे की दूरी ज्ञात की थी। अभिजित् का व्यास हमारे सूर्य के व्यास से कई गुना अधिक है (सूर्य का औसत व्यास 13,91,000 किलोमीटर है)।

चंद्रमा को, तारों के सापेक्ष, आकाश का एक चक्कर लगाने में 27 दिन और लगभग 8 घंटे लगते हैं। नजदीक की पूर्ण संख्या 27 है। इसलिए

आकाशस्थ वीणा (लाइरा)

प्राचीन काल में चंद्रमार्ग के 27 प्रमुख नक्षत्रों (तारों) को चुनकर बता दिया जाता था कि आज चंद्र अमुक नक्षत्र के पास है।

चूंकि चंद्र आकाश का एक चक्कर 27 दिन और करीब 8 घंटों में लगता है, इसलिए पूर्ण संख्या 28 लेकर आकाश के अट्ठाईस प्रमुख नक्षत्रों को चुनने की भी प्राचीन काल में प्रथा रही है। हमारे देश के कुछ वैदिक ग्रंथों में 28 नक्षत्रों की सूची भी देखने को मिलती है।

महत्व की बात यह है कि जब सूची में 27 नक्षत्र दिए जाते हैं, तब उसमें अभिजित् का समावेश नहीं रहता। मगर जिन प्राचीन ग्रंथों में 28 नक्षत्रों की सूची दी गई है, उसमें जिस अतिरिक्त नक्षत्र का नाम देखने को मिलता है, वह अभिजित् है। इससे पता चलता है कि प्राचीन काल से ही अभिजित्

को एक महत्वपूर्ण नक्षत्र माना जाता रहा है। अभिजित् का अर्थ है 'विजेता'। **अथर्ववेद** में प्रार्थना भी है : *अभिजिन्मे रासतां पुण्यमेव* (अभिजित् मुझे पुण्यशील बनाए)।

अभिजित् नक्षत्र आकाश के चंद्रमार्ग या रविमार्ग (क्रांतिवृत्त) से उत्तर की ओर काफी दूर है। इसलिए बाद में अभिजित् को छोड़ दिया गया और 27 नक्षत्रों की सूची पक्की हो गई। मगर अभिजित् का महत्व कायम रहा। भारतीय ज्योतिषी आकाश में अभिजित् की स्थिति का लेखा-जोखा प्रस्तुत करते रहे।

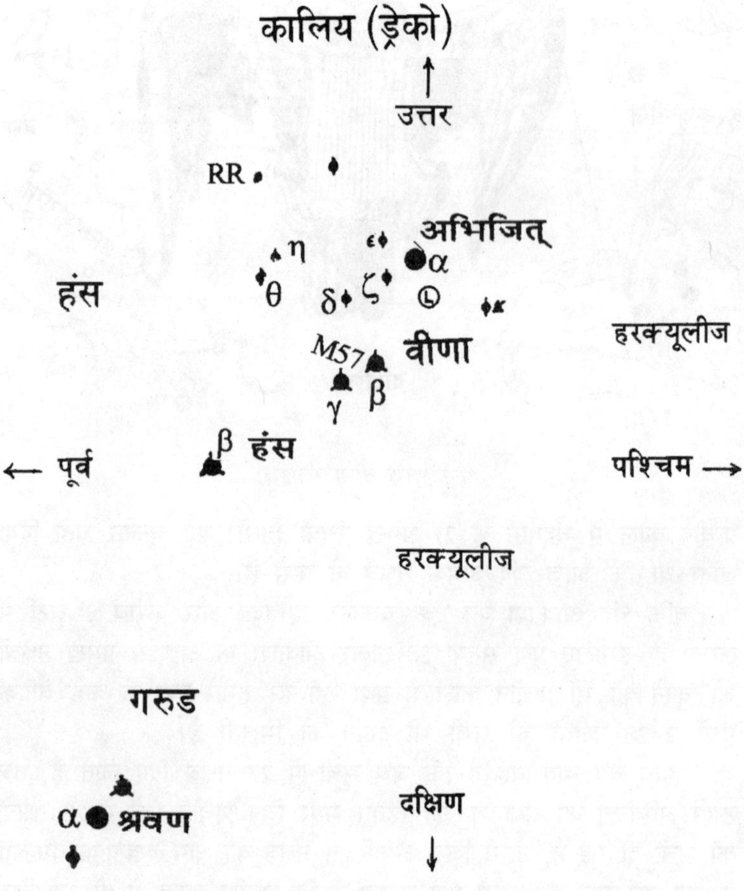

वीणा मंडल : अभिजित् नक्षत्र

आधुनिक काल में तारों भरे समूचे आकाश को 88 तारा-मंडलों में बांटा गया है। अभिजित् नक्षत्र जिस तारा-मंडल में है, उसका पाश्चात्य नाम **लाइरा** है। लाइरा एक प्रकार की वीणा होती है। एक यूनानी दंतकथा के अनुसार, इस तंतुवाद्य का आविष्कार हेर्मेस ने किया था और अपोलो ने इसे ओरफेयूस को प्रदान किया था। ओरफेयूस ने इस वीणा के संगीत से पृथ्वी के सभी प्राणियों को प्रसन्न किया, इसलिए इस साज को आकाश में स्थायी स्थान दिया गया। ईरान में इस तारा-मंडल को **संज-रूमी** (रोम की वीणा) कहा गया।

'लाइरा' को हम अपनी भाषा में **वीणा** तारा-मंडल कहेंगे। यह काफी छोटा मंडल है। मगर यह मंडल खगोलीय अध्ययन के लिए कई दिलचस्प नजारे प्रस्तुत करता है। अभिजित् के नजदीक, पूर्वोत्तर की ओर, **इप्सिलोन** (ε) अक्षर से दरशाया गया जो तारा है, वह वस्तुतः 'युग्म-युग्म', यानी चार तारों की संयुक्त योजना है। चार जुड़वां तारों का यह अनोखा परिवार हमसे 135 प्रकाश-वर्ष दूर है। डेल्टा (δ) और जीटा (ζ) भी जुड़वां तारे हैं।

वीणा मंडल का **बीटा** (β) तारा एक विशेष प्रकार की जुड़वां योजना है। छोटी दूरबीन से भी इस योजना में दो तारे पहचाने जा सकते हैं–एक ज्यादा चमकीला और दूसरा कम चमकीला। इनमें जो तारा ज्यादा चमकीला है, वह दरअसल एक जुड़वां तारा है। इस जोड़ी के दो तारे, एक-दूसरे की

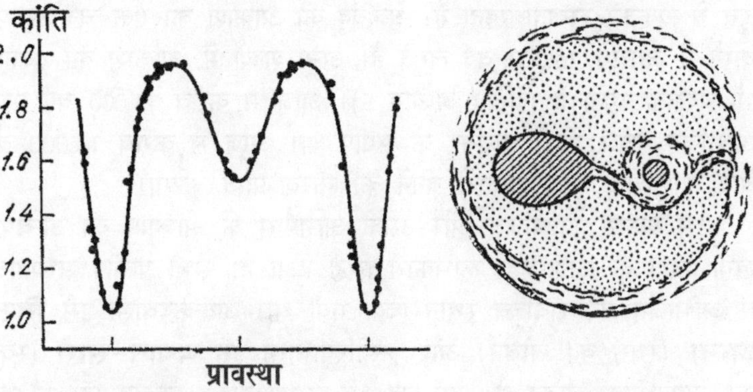

वीणा मंडल के ग्रहणकारी जुड़वां बीटा (β) तारे की करीब 13 दिनों की कालावधि में घटती-बढ़ती कांति का आरेख (बाएं), और इसी जोड़ी के अंडाकार बने बड़े तारे से निकली गैसीय धारा द्वारा छोटे तारे का चक्कर (एक तारे से दूसरे तारे में द्रव्य के स्थानांतर का सबूत) तथा उसी के एक अंश से निर्मित लंबी कक्षीय पूंछ (दाएं)

परिक्रमा करते हुए, एक-दूसरे को ग्रहण लगाते हैं। इससे भी अधिक दिलचस्प बात यह है कि इस जोड़ी के बड़े तारे से निकली गैसों की धाराएं छोटे तारे का चक्कर लगाती हैं और इस तरह एक लंबी कक्षीय पूंछ का निर्माण करती हैं।

वीणा मंडल में अभिजित् (α) और इटा (η) तारों के पूर्वोत्तर में **RR** वर्ग का एक विशिष्ट चरकांति तारा है। प्रायः गोलाकार गुच्छों में पाए जानेवाले ये विशाल तारे दूरियां मापने में सहायक होते हैं। वीणा मंडल का **RR** चरकांति तारा 200 प्रकाश-वर्ष दूर है।

अपने एक और अनोखे दृश्य के लिए वीणा मंडल खगोल-विज्ञान में प्रसिद्ध है। यह है, इस मंडल के बीटा (β) और गामा (γ) तारों के बीच में दूरबीन से दिखाई देने वाली **वलयाकार ग्रहीय नीहारिका** (रिंग या प्लैनेटरी नेबुला, **M57**)। धुएं के छल्ले के आकार की यह नीहारिका (विरल गैसों का विशाल बादल) हमसे लगभग 2000 प्रकाश-वर्ष दूर है। इसके केंद्रभाग में एक अतितप्त तारा है, जिसकी किरणों से इस नीहारिका की गैसीय राशि चमकती है (देखिए रंगीन चित्र)।

वीणा मंडल के अभिजित् तारे से संबंधित एक और महत्व की बात को जान लेना उपयोगी होगा। हमारी पृथ्वी अपनी धुरी पर चक्कर लगाती रहती है। साथ ही, यह लट्टू की तरह डोलती भी रहती है। अर्थात्, पृथ्वी की धुरी का सिरा, जो आकाश के ध्रुवबिंदु की ओर निर्देश करता है, एक वृत्त में चक्कर लगाता रहता है। ध्रुवबिंदु को आकाश का एक चक्कर पूरा करने में लगभग 26,000 वर्ष लगते हैं। अन्य शब्दों में, आकाश का ध्रुवतारा भी बदलता रहता है (देखिए अध्याय 5)। आज से करीब 13,000 वर्ष पहले अभिजित् नक्षत्र उत्तरी ध्रुवबिंदु के समीप था। आज से करीब 13,000 वर्ष बाद अभिजित् पुनः ध्रुवतारा बनने का गौरव प्राप्त करेगा।

इस प्रकार, अभिजित् और उसके आसपास के आकाश का अन्वेषण खगोलविदों के लिए बड़ा लाभकारी सिद्ध हुआ है। सभी प्राचीन सभ्यताओं में अभिजित् को सर्वोच्च स्थान दिया गया था। अक्कदवासी इसे **तिर-अन्ना** (स्वर्ग का जीवन) और असीरियावासी इसे **बयान-सामे** (स्वर्ग का न्यायाधीश) कहते थे। हमें यह भी स्मरण रखना चाहिए कि 13,000 साल पहले अभिजित् ध्रुवतारा था, और 13,000 साल बाद यह पुनः ध्रुवतारा बनेगा।

तारों के रंग और तापमान

रात्रि के आकाश को ध्यान से देखें तो पता चलेगा कि सभी तारे एक रंग के नहीं हैं। कुछ तारे नीले रंग के हैं, कुछ सफेद रंग के, तो कुछ लाल रंग के भी। तारों के रंग से उनके तापमान के बारे में जानकारी मिल जाती है। इसे समझने के लिए हम किसी लोहार की कर्मशाला में जाएंगे। मान लीजिए कि लोहार लोहे की किसी चीज को गर्म कर रहा है। हम देखेंगे कि पहले वह चीज हल्के लाल रंग की हो जाएगी। अधिक गर्म होते जाने पर वह क्रमशः नारंगी, पीली, सफेद और नीले-सफेद रंग में बदलती जाएगी। सबसे ज्यादा गर्म होने पर वह चीज नीले रंग की नज़र आएगी।

तारों का भी ऐसा ही है। नीले तारों का तापमान सबसे ज्यादा (40,000 डिग्री सेल्सियस तक) होता है। उससे कुछ कम तापमान वाले तारे नीले-सफेद रंग के होते हैं। अभिजित् भी नीले-सफेद रंग का ही तारा है। उससे कम तापमान वाले तारे पीले-सफेद रंग के होते हैं। उनका सतह-तापमान 6500 डिग्री सेल्सियस तक होता है। हमारा सूर्य पीले-सफेद रंग का ही तारा है। इससे भी कम तापमान वाले तारे नारंगी और लाल रंग के होते हैं। रोहिणी लाल-पीले रंग का और ज्येष्ठा लाल रंग का तारा है। तारों के वर्णक्रम का अध्ययन करके उनके तापमान का पता लगाया जाता है।

❖

तारों का जन्म, यौवन और विनाश

प्राचीन काल में समझा जाता था कि तारों में कोई फेर-बदल नहीं होता, वे अक्षय हैं। वैदिक शब्दकोश **निरुक्त** की व्याख्या है– *नक्षत्राणि नक्षतेर्गतिकर्मण:* (जो क्षत नहीं होते, वे नक्षत्र हैं)। मगर आज हम जानते हैं कि तारों का निरंतर विकास होता रहता है। तारे जन्म लेते हैं, जवान होते हैं, बूढ़े होते हैं और अंत में नष्ट भी हो जाते हैं। यह सिलसिला आज भी जारी है।

तारों की अरबों सालों की जीवन-गाथा की तुलना में मनुष्य का जीवनकाल बहुत छोटा है। तब तारों के विकासक्रम को हम कैसे जान सकते हैं? एक उपाय है। कल्पना कीजिए कि किसी दूसरी दुनिया का कोई प्राणी धरती पर पहुंचता है और वह मानव-जाति की जांच-पड़ताल करता है। वह नवजात शिशुओं, किशोरों, युवकों, प्रौढ़ों, वृद्धों तथा मरते हुए आदमियों को देखकर थोड़े समय में ही मानव के जीवनक्रम को भली भांति जान ले सकता है। इसी प्रकार आज के खगोलविद भी तारों के विकासक्रम को समझने में समर्थ हैं।

तारों का जन्म अंतरिक्ष में मौजूद गैसों के विशाल मेघों से होता है। जैसे-जैसे मेघ सिकुड़ता जाता है, वैसे-वैसे उसके भीतर दाब व तापमान बढ़ता जाता है। वह चमकने लग जाता है और आरंभ में अवरक्त-किरणें प्रसारित करता है। पता चला है कि मृग नीहारिका (ओरायन नेबुला) में इस प्रकार के नए तारे आज भी जन्म ले रहे हैं (देखिए अध्याय 3)।

तारे के अस्तित्व में आने के लिए यह आवश्यक है कि वह अपने भीतर सतत ऊर्जा पैदा करके चमकता रहे। यह तभी होता है जब तारे के केंद्रभाग में तापमान सवा-करोड़ डिग्री सेल्सियस

के आसपास पहुंचता है और हाइड्रोजन के संगलन या संलयन (फ्यूजन) की प्रक्रिया शुरू हो जाती है। इसका मतलब यह है कि हाइड्रोजन का हीलियम में रूपांतरण होता है और इस प्रक्रिया में भयंकर ऊर्जा पैदा होती है। तब तारा **हट्‌र्जस्प्रुंग–रसेल आरेख** में स्थान **1** से प्रमुख क्रम के स्थान **2** पर पहुंचकर अपना सुस्थिर जीवन आरंभ करता है।

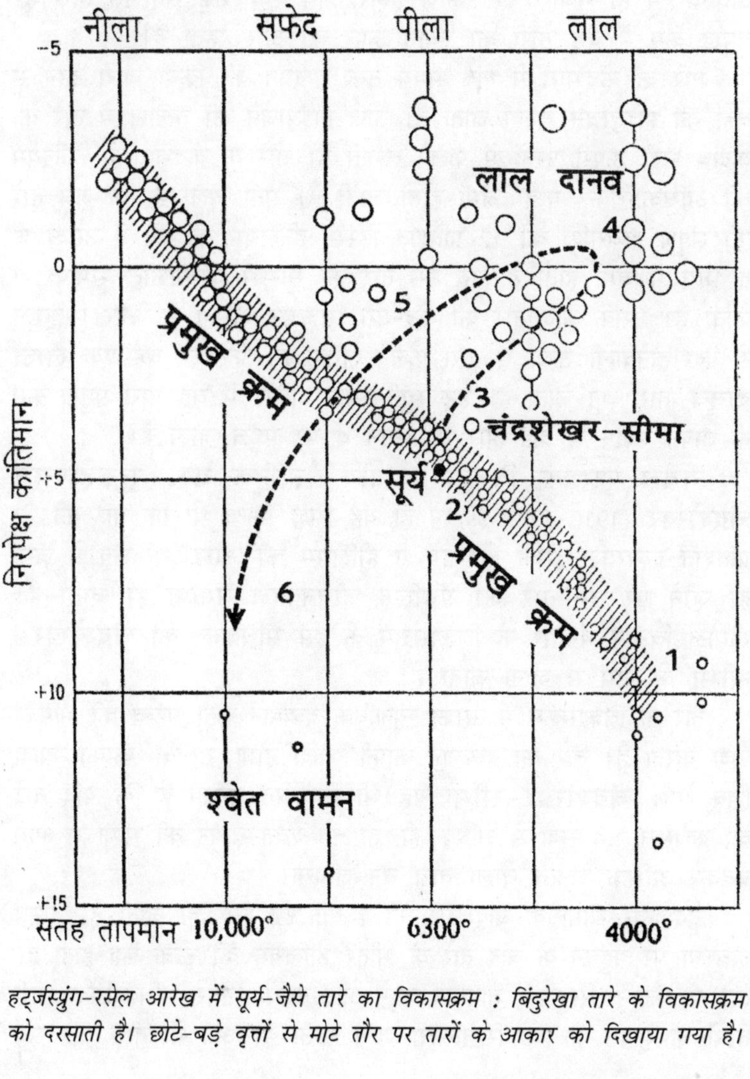

हट्‌र्जस्प्रुंग-रसेल आरेख में सूर्य-जैसे तारे का विकासक्रम : बिंदुरेखा तारे के विकासक्रम को दरसाती है। छोटे-बड़े वृत्तों से मोटे तौर पर तारों के आकार को दिखाया गया है।

तारों के बारे में सबसे महत्व की बात यह है कि उनका जीवनक्रम उनमें विद्यमान द्रव्यराशि से निर्धारित होता है। यह एक दिलचस्प बात है कि बड़ा तारा बड़ी तेजी से अपनी द्रव्यराशि को ऊर्जा में बदलता है और जल्दी ही अपनी जीवनलीला समाप्त कर देता है। मगर प्राय: सभी तारे अपने जीवन का 90 प्रतिशत हिस्सा हर्ट्जस्प्रुंग-रसेल आरेख के **प्रमुख क्रम** में संतुलित अवस्था में ही गुजारते हैं। आज हमारा सूर्य एक प्रौढ़ संतुलित तारा है। प्रमुख क्रम में बड़े तारों का स्थान ऊपर की ओर रहता है।

तारे के केंद्रभाग में लंबे समय तक संलयन की क्रिया जारी रहने से वहां का हाइड्रोजन घटता जाता है। ताजे हाइड्रोजन की तलाश में तारे की केंद्रीय भट्ठी ऊपरी परतों में फैलने लगती है। तारे के केंद्रभाग में हीलियम की अधिकाधिक 'राख' जमा होती जाती है। पता चला है कि जब तारे की संपूर्ण द्रव्यराशि का 12 प्रतिशत हिस्सा हीलियम के रूप में उसके कें द्र भाग में जमा होता है, तब उस तारे का सुस्थिर जीवनकाल समाप्त हो जाता है। उसके बाद तारे का केंद्रभाग सिकुड़ने लगता है, और सिकुड़न से पैदा होनेवाली ऊर्जा से तारा फैलने लगता है। फैलकर वह एक **लाल दानव** तारा बन जाता है। हर्ट्जस्प्रुंग-रसेल आरेख में वह तारा प्रमुख क्रम के अपने स्थान से दाईं ओर के स्थान **4** पर पहुंच जाता है।

नोबेल पुरस्कार-विजेता भारतीय वैज्ञानिक **डा. सुब्रह्मण्यन् चंद्रशेखर** (1910-1995 ई.) ने ही यह सिद्ध किया था कि तारे की 12 प्रतिशत द्रव्यराशि इसके केंद्रभाग में हीलियम की 'राख' के रूप में जमा हो जाने पर उस तारे का संतुलित जीवनकाल समाप्त हो जाता है। खगोल-विज्ञान में तारे के विकासक्रम के इस संधिकाल को **चंद्रशेखर-सीमा** के नाम से जाना जाता है।

तारे के विकासक्रम में उसका न्यूनाधिक द्रव्यमान बड़ी महत्व की भूमिका अदा करता है। तारे का द्रव्यमान काफी ज्यादा होगा, तो वह काफी ज्यादा सिकुड़ेगा। **चंद्रशेखर-सीमा** यह भी निर्धारित करती है कि यदि तारे का द्रव्यमान 1.4 सूर्यों से अधिक हो, तो वह श्वेत-वामन की सीमा से आगे बढ़कर अधिक घनत्व वाला तारा बन जाएगा।

चंद्रशेखर-सीमा के बाद तारे की ढलती उम्र शुरू हो जाती है। दानव अवस्था पर पहुंचने के बाद तारे के भीतर हीलियम की ऊर्जा पैदा होती है। तारे के फैलने, सिकुड़ने, तापमान बढ़ने और उसके भीतर अधिकाधिक भारी तत्वों के सृजन का यह सिलसिला जारी रहता है। अंत में, तारा यदि सूर्य

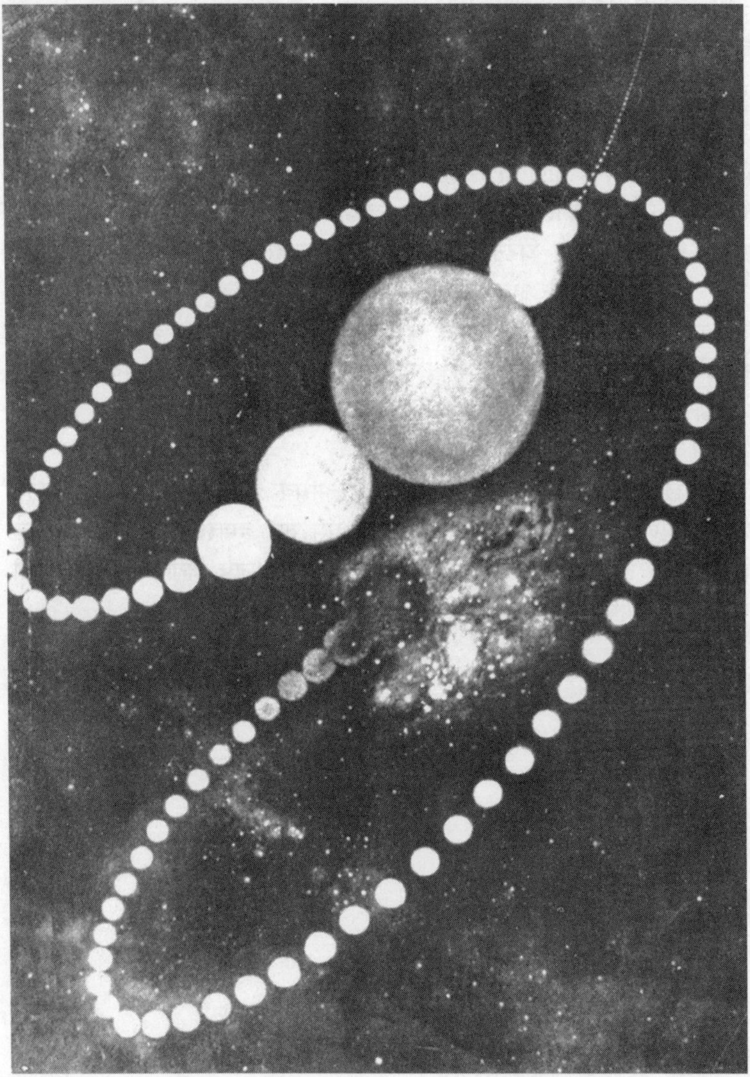

सूर्य-जैसे तारे का विकासक्रम–'जन्म' से 'मृत्यु' तक

से पांच-छह गुना ही बड़ा हो, तो उसमें मामूली विस्फोट होकर उसके बाह्य कवच की द्रव्यराशि अंतरिक्ष में फैल जाती है। तब शेष तारा सिकुड़कर **श्वेत वामन** बन जाता है। लगभग पृथ्वी के आकार के ऐसे बौने तारे

की द्रव्यराशि का घनत्व बहुत ज्यादा होता है। हट्र्जस्प्रुंग-रसेल आरेख में श्वेत वामन तारों का स्थान प्रमुख क्रम के बाईं ओर नीचे है (**6**)। श्वेत वामन अंततः अपनी ऊर्जा को समाप्त करके **कृष्ण वामन** बन जाता है। हमारे सूर्य की भी अंत में यही दशा होगी।

लेकिन तारा यदि पांच-छह सूर्यों से ज्यादा बड़ा है, तो अंततः उसमें एक भयंकर विस्फोट होता है और उसकी अधिकांश द्रव्यराशि अंतरिक्ष में फैल जाती है। इसी घटना को **सुपरनोवा** कहते हैं। उस तारे की गुठली तेजी से सिकुड़ती है और यदि उसकी द्रव्यराशि दो सूर्यों से अधिक न हो तो वह अतिसघन **न्यूट्रान तारा** बन जाता है। न्यूट्रान तारे का व्यास करीब बीस किलोमीटर ही होता है। न्यूट्रान तारा पल्सों यानी स्पंदों में लघु रेडियो-तरंगों का उत्सर्जन करता है, इसलिए उसे **पल्सर** भी कहते हैं। ऐसे न्यूट्रान तारे बड़ी तेजी से घूमते हैं।

कुछ विशिष्ट स्थितियों में तारे इतने अधिक सिकुड़ जाते हैं कि उनमें से विकिरण भी बाहर नहीं निकल पाता। ऐसे तारे हमारे लिए 'अदृश्य' रहते हैं, इसलिए इन्हें **ब्लैक होल्स** (कृष्ण विवर) का नाम दिया गया है। इनकी चर्चा हम आगे करेंगे।

❖

रेडियो-तरंगों का विलक्षण विश्व

प्रकाश को ग्रहण करने के लिए प्रकृति ने हमें आंखें दी हैं, तो इसकी एक वजह भी है। प्रमुख रूप से सूर्य की प्रकाश-किरणें ही वायुमंडल के कवच को भेदकर सीधे धरातल पर पहुंचती हैं। मगर सूर्य और आकाश के दूसरे पिंडों से कम-ज्यादा लंबाई की अन्य कई किस्म की किरणें भी निकलती हैं। इन सभी प्रकार की किरणों को **विद्युत चुंबकीय विकिरण** कहते हैं।

वायुमंडल हमें भले ही पूर्णतः पारदर्शी प्रतीत होता हो, परंतु कई किस्म की किरणों के लिए यह अपारदर्शी है। केवल प्रकाश-किरणें और रेडियो-तरंगें ही वायुमंडल को पार करके धरातल तक पहुंचती हैं। अन्य प्रकार की एक्स, गामा, पराबैंगनी, अवरक्त आदि किरणों को वायुमंडल (और आयनमंडल) या तो सोख लेता है या परावर्तित कर देता है। अतः धरातल से आकाश का अवलोकन करने के लिए केवल दो ही 'खिड़कियां' खुली हैं : एक है प्रकाश-किरणों की खिड़की और दूसरी है रेडियो-तरंगों की खिड़की।

दूसरे विश्वयुद्ध के समय (1939-1945 ई.) तक प्रकाश-किरण रूपी केवल एक ही खिड़की से अंतरिक्ष की गहराई में झांक पाना संभव था। गैलीलियो की पहली दूरबीन (1609 ई.) के बाद जो बड़ी-बड़ी दूरबीनें बनीं, वे भी केवल प्रकाश-किरणों की खिड़की से ही आकाश का अवलोकन करने में समर्थ थीं। जाहिर है कि केवल इस एक खिड़की से देखने पर विश्व के स्वरूप के बारे में जो जानकारी मिली थी, वह काफी अधूरी थी, एकांगी थी।

रेडियो-तरंग रूपी दूसरी खिड़की पहली बार 1932 ई. में खुली। उस साल अमरीकी इंजीनियर कार्ल जेन्स्की (1905-1950 ई.)

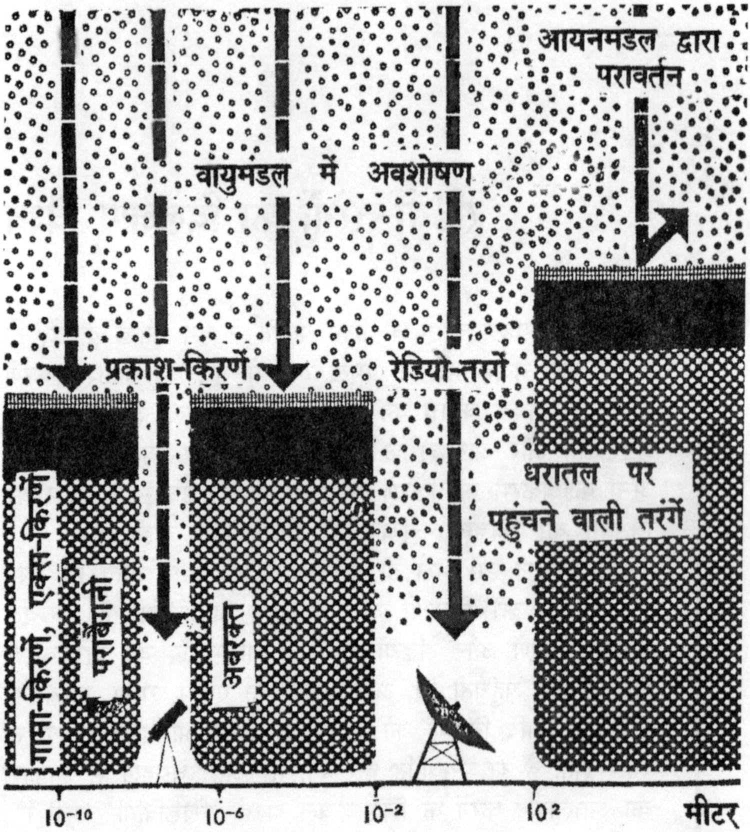

केवल प्रकाश-किरणें और रेडियो-तरंगें ही वायुमंडल को पार करके धरातल पर पहुंचती हैं; एक्स-किरणों, गाम-किरणों और पराबैंगनी तथा अवरक्त किरणों का वायुमंडल में अवशोषण होता है।

ने आकाशगंगा से आनेवाली रेडियो-तरंगों को पहली बार धरातल पर ग्रहण किया। यह एक महान खोज थी, मगर इसका व्यापक उपयोग करके **रेडियो खगोल-विज्ञान** को जन्म देना 1946 ई. से ही संभव हुआ। उसके बाद संसार के अनेक देशों में बड़ी-बड़ी रेडियो-दूरबीनें बनीं, जिनकी सहायता से एक नए विलक्षण विश्व का उद्घाटन हुआ है।

रेडियो-तरंगों की लंबाई चंद मिलीमीटर से लेकर कई सौ मीटर तक होती है। अब दूरसंचार के साधनों में ज्यादा लंबाई की रेडियो-तरंगों का

व्यापक इस्तेमाल हो रहा है, इसलिए ऐसी रेडियो-तरंगों की सीमाएं सुनिश्चित कर दी गई हैं। रेडियो दूरबीनों का निर्माण चंद मिलीमीटर से करीब 20 मीटर लंबाई तक की रेडियो-तरंगों को ग्रहण करने के लिए किया जाता है।

उदकमंडलम् (ऊटी) रेडियो-दूरबीन

रेडियो-तरंगों को हम अपनी आंखों से नहीं देख सकते। इन्हें ग्रहण करने के लिए जो एंटेनाएं बनाई जाती हैं, वे प्रायः कटोरे के आकार की होती हैं। परवलय के आकार की कई एंटेनाएं एक कतार में खड़ी करके भी रेडियो-दूरबीनें बनाई जाती हैं। हमारे देश में उदकमंडलम् (ऊटी) में जो रेडियो-दूरबीन है, उसकी एंटेनाएं भी इसी प्रकार की हैं। पुणे से करीब 80 कि.मी. उत्तर में नारायणगांव के पास 34 एंटेनाओं वाली एक और बड़ी रेडियो-दूरबीन की स्थापना हुई है, जो मीटर-लंबाई की रेडियो-तरंगों को ग्रहण करने में समर्थ है (देखिए रंगीन चित्र)।

दूसरे विश्वयुद्ध के बाद ब्रह्मांड में बहुत सारे **रेडियो-स्रोत** खोजे गए। इनमें से कई रेडियो-स्रोतों का संबंध ज्ञात तारों, सुपरनोवाओं और मंदाकिनियों से जोड़ पाना संभव हुआ है, जैसे-कर्क नीहारिका (क्रैब नेबुला) एक शक्तिशाली रेडियो-स्रोत है। आकाशगंगा के केंद्रभाग के अन्वेषण में रेडियो-दूरबीनों ने महत्वपूर्ण योग दिया है। दूर की मंदाकिनियां भी रेडियो-तरंगों

का उत्सर्जन करती हैं। रेडियो-तरंगों के जरिए मंदाकिनियों के वास्तविक स्वरूप के बारे में बड़े महत्व की जानकारी मिल रही है।

मगर जिन रेडियो-स्रोतों ने खगोलविदों को सबसे ज्यादा चकित कर दिया है, वे हैं **क्वासर** (क्वासी-स्टेलर रेडियो सोर्सेज), जिनकी खोज 1963 ई. में शुरू हुई। क्वासर रेडियो-तरंगों के अत्यंत शक्तिशाली स्रोत हैं, हमसे अरबों प्रकाश-वर्ष दूर हैं और बड़ी तेजी से दूर भाग रहे हैं। वस्तुतः रेडियो-दूरबीनों से ही हमें ब्रह्मांड की अतिदूर की सीमाओं के बारे में नई जानकारी मिल रही है। **पल्सर** नामक अतिसघन पिंडों (न्यूट्रान तारों) को भी उनसे निकलनेवाली रेडियो-तरंगों से ही पहचानना संभव हुआ है।

अंतरिक्ष में हाइड्रोजन गैस के कई सारे विशाल मेघ भी हैं। उनमें मौजूद हाइड्रोजन के मुक्त परमाणु 21 सेंटीमीटर लंबाई की रेडियो-तरंगें उत्सर्जित करते हैं। उन रेडियो-तरंगों को ग्रहण करके आकाशगंगा में मौजूद हाइड्रोजन गैस के मेघों का मापन करना संभव हुआ है। इस अध्ययन से हाल के वर्षों में आकाशगंगा के वास्तविक स्वरूप के बारे में काफी नई जानकारी मिली है।

रेडियो-दूरबीनों का उपयोग न केवल सुदूर के स्रोतों से धरातल पर पहुंचने वाली रेडियो-तरंगों को ग्रहण करने के लिए हो रहा है, अपितु अब इन दूरबीनों से दूर के तारों तक रेडियो-संदेश भी भेजे जा रहे हैं।

अध्याय 10

- ★ मकर मंडल
- ★ सितारों में है एक राजहंस
- ★ श्रवण और धनिष्ठा नक्षत्र
- ★ (श्रवण कुमार की कथा)
- ★ न्यूट्रान और पल्सर तारे

।। सितंबर ।।

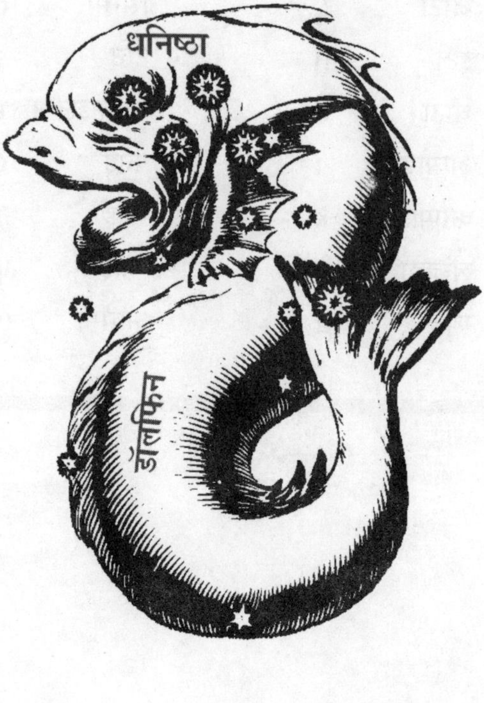

यूनानी वर्णमाला

अल्फा	α	न्यू	ν
बीटा	β	क्साइ	ξ
गामा	γ	ओमिक्रोन	o
डेल्टा	δ	पाइ	π
इप्सिलोन	$\in$	रो	ρ
जीटा	ζ	सिग्मा	σ
इटा	η	टाउ	τ
थीटा	θ	अप्साइलोन	υ
आयोटा	ι	फाइ	ϕ
काप्पा	κ	खाइ	χ
लांबडा	λ	प्साइ	ψ
म्यू	μ	ओमेगा	ω

मकर मंडल

धनु मंडल (राशि) के पूर्व में मकर मंडल (राशि) के तारे हैं। यद्यपि मकर के तारे ज्यादा स्पष्ट नहीं हैं, परंतु इन्हें पहचानने में कोई कठिनाई नहीं है। अभिजित्, देनेब और श्रवण–इन तीन चमकीले तारों से बनने वाले त्रिभुज से अब आप परिचित हैं (देखिए पिछला अध्याय)। अभिजित् से खींची गई सीधी रेखा को श्रवण के छोटे 'त्रिकांड'-जैसे तीन तारों में से गुजारकर दक्षिण की ओर बढ़ाया जाए, तो वह क्रांतिवृत्त के समीप के मकर मंडल के दो सबसे ज्यादा चमकीले अल्फा (α) व बीटा (β) तारों पर पहुंचती है।

क्रांतिवृत्त या रविमार्ग, जिसे प्राचीन भारत में **भचक्र** भी कहते थे, मकर मंडल के लगभग मध्यभाग से गुजरता है। मकर मंडल के पूर्वोत्तर में कुंभ राशि और मीन राशि के भाद्रपदा एवं रेवती नक्षत्र हैं। मकर के कुछ दक्षिण-पूर्व में **दक्षिणी मत्स्य मंडल** का चमकीला **फोएमेलो** (मत्स्यमुख) तारा है। यह 'फोएमेलो' शब्द अरबी के **फ़म्म अल्-हूत** (मछली का मुंह) शब्दों से बना है।

पाश्चात्य ज्योतिष में मकर मंडल को **कैप्रिकोर्नस्** कहते हैं। कैप्रिकोर्नस् का अर्थ है–बकरा या बकरी। परंतु प्राचीन काल से ही इस बकरे को एक ऐसे समुद्री प्राणी के रूप में पहचाना गया जिसका सींगोंवाला सिर और आगे का शरीर तो बकरे का है, परंतु पीछे का शरीरांग मछली का है। बेबीलोन और खल्दियावालों ने इस मंडल को समुद्री बकरे के रूप में ही देखा था। बाद में यूनानियों, रोमनों, मिस्रियों और अरबों ने भी इसे बकरे के रूप में ही जाना। प्राचीन चीन में इस मंडल को सांड या बैल के रूप में पहचाना गया था।

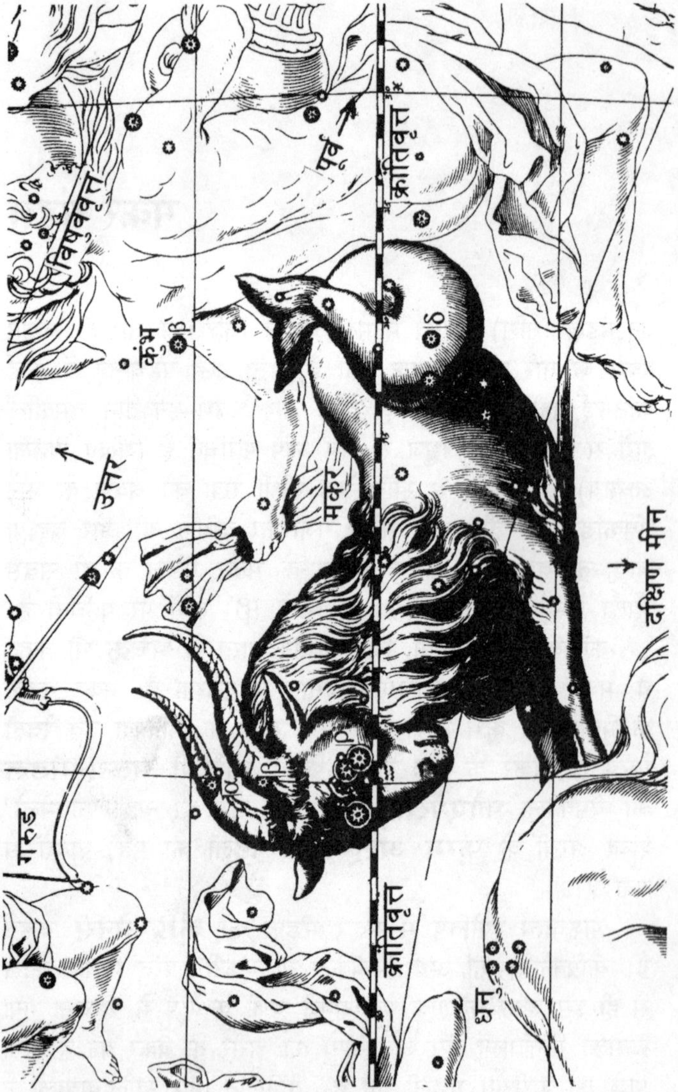

आकाशस्थ मकर

यूनानी विचारक अफलातून (प्लेटो : 427–347 ई. पू.) के अनुयायी मानते थे कि मृत्यु के बाद आदमियों की आत्माएं मकर मंडल से होकर स्वर्ग में पहुंचती हैं, इसलिए वे इस मंडल को 'देव-द्वार' समझते थे। उनकी यह भी मान्यता थी कि कर्क मंडल आकाश का 'मानव-द्वार' है और स्वर्ग की

आत्माएं इसी द्वार से होकर पृथ्वी पर उतरती हैं!

कैप्रिकोर्नस् के बारे में कई यूनानी आख्यान हैं। एक आख्यान के अनुसार, यूनानी देवियां व परियां एक नदी में स्नान कर रही थीं, तो पेन देवता को उनका उपहास करने की सूझी। वह बकरे का रूप धारण करके नदी में कूदा। तब उसके बदन का पानी में डूबा हुआ भाग मछली के आकार का हो गया और जो भाग पानी के ऊपर था, वह बकरे का बना रहा। एक अन्य कथा के अनुसार, ज्यूपिटर को अलमेतिया नामक बकरी का दूध पिलाया गया था, जिससे वह बलशाली बना था। कृतज्ञतावश ज्यूपिटर ने उस बकरी को आकाश का एक तारा-मंडल बना दिया।

ज्योतिषी वराहमिहिर (ईसा की छठी सदी) ने कैप्रिकोर्नस् के यूनानी नाम **आइगोकेरौस्** के आधार पर संस्कृत में 'आकोकेर' शब्द गढ़ा था, मगर चला नहीं। इस राशि के लिए भारत में **मकर** शब्द ही रूढ़ हो गया। कभी-कभी इसे **मृग** या **मृगास्य** के नाम से भी जाना जाता है।

संस्कृत के 'मकर' शब्द का व्यापक अर्थ है—समुद्री प्राणी या समुद्री दैत्य। मगर आजकल इस मकर शब्द को प्रायः मगरमच्छ के रूप में ही ग्रहण किया जाता है। भारत में प्रचलित राशियों के नाम बेबीलोनी-यूनानी राशिनामों के आधार पर बने हैं। 'मकर' शब्द कुछ हद तक इसका अपवाद है। पाश्चात्य बकरा (कैप्रिकोर्नस्) भारतीय मगरमच्छ (मकर) बन गया है!

यह कैसे हो गया? ऐसा संभवतः इसलिए हुआ कि ईसा की आरंभिक सदियों में, जब यूनानी राशिनामों के आधार पर भारतीय राशिनाम गढ़े जा रहे थे, तब भारतीय ज्योतिषियों को 'कैप्रिकोर्नस्' का अर्थ समुद्री बकरा या एक प्रकार का समुद्री प्राणी बताया गया होगा। इसीलिए इस राशि के लिए समुद्री प्राणी के व्यापक अर्थ में प्रयुक्त होनेवाले संस्कृत के 'मकर' शब्द को अपनाया गया।

मगर राशिनाम 'मकर' के बारे में भ्रांति आज भी बरकरार है। पत्र-पत्रिकाओं में छपनेवाले राशिफलों के साथ जो राशिचित्र छपते हैं, उनमें कैप्रिकोर्नस् को (अंग्रेजी में) प्रायः एक बकरे से और मकर को (भारतीय भाषाओं में) कभी बकरे से तो कभी मगरमच्छ से दर्शाया जाता है। कभी-कभी हिंदी और अंग्रेजी, दोनों में इस मंडल को बकरे व मछली के जुड़वां शरीरवाले कल्पित प्राणी के रूप में भी चित्रांकित किया जाता है। पता नहीं, फलित-ज्योतिषियों के पास इस बेमेल स्थिति का क्या समाधान है!

भारतीय ज्योतिष-परंपरा के अनुसार, मकर राशि में **उत्तराषाढा**

(तीन-चौथाई), **श्रवण** (पूर्ण) और **धनिष्ठा** (आधे) नक्षत्रों का समावेश होता है। वैदिक कालीन 28 नक्षत्रों की सूची में उत्तराषाढा के बाद और श्रवण के पहले अभिजित् नक्षत्र को स्थान दिया गया था।

पाश्चात्य ज्योतिष के जिस कैप्रिकोर्नस् मंडल को हम मकर मंडल या राशि के रूप में ग्रहण करते हैं, उसकी सीमाएं स्पष्ट हैं। मगर भारतीय मकर राशि का कोई भी नक्षत्र (उत्तराषाढा, श्रवण व धनिष्ठा) पाश्चात्य कैप्रिकोर्नस् मंडल में नहीं है! उत्तराषाढा, जिसकी चर्चा हम पिछले अध्याय में कर चुके हैं, धनुर्धर (सैजिटेरियस्) मंडल में है। श्रवण नक्षत्र रविमार्ग (क्रांतिवृत्त) के काफी उत्तर में गरुड़ (एक्विला) मंडल में है, और धनिष्ठा तो और भी अधिक उत्तर में एक स्वतंत्र तारा-मंडल (डॉलफिन) में है। तात्पर्य यह कि पाश्चात्य परंपरा के कैप्रिकोर्नस् मंडल में, भारतीय परंपरा की मकर राशि

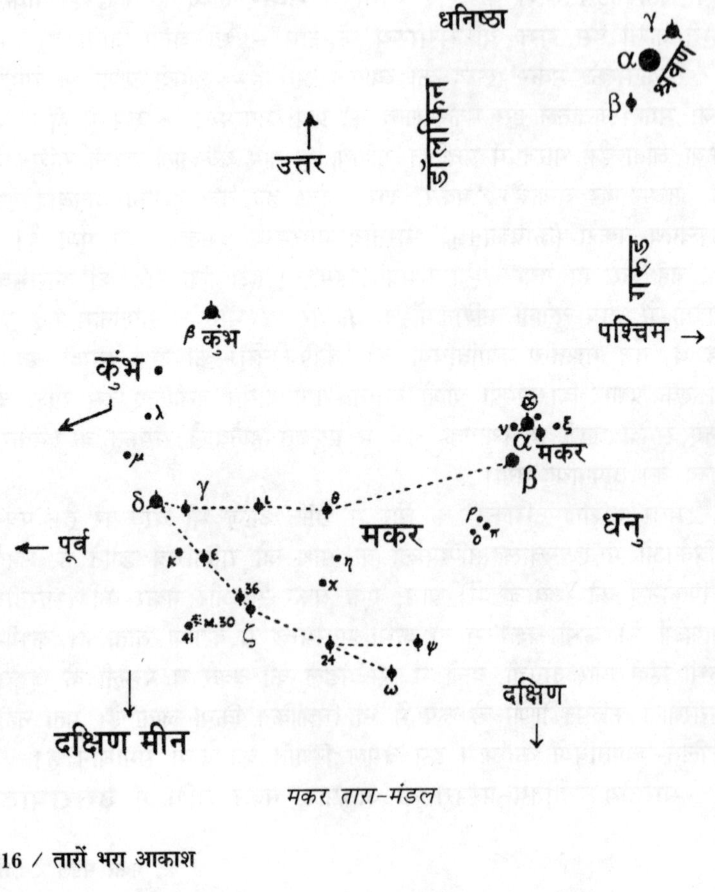

मकर तारा-मंडल

में और इस मकर राशि में शामिल किए गए श्रवण, धनिष्ठा और उत्तराषाढा नक्षत्रों में वैज्ञानिक दृष्टि से कोई तालमेल नहीं है।

मगर श्रवण और धनिष्ठा नक्षत्रों का ऐतिहासिक और वैज्ञानिक दृष्टि से बड़ा महत्व है, इसलिए इनकी चर्चा हम आगे इसी अध्याय में अलग से कर रहे हैं। यहां हम केवल मकर (कैप्रिकोर्नस्) मंडल के तारों का ही परिचय देंगे।

मकर मंडल के दो प्रमुख तारे, अल्फा (α) व बीटा (β), लगभग तृतीय कांतिमान के हैं। **α–मकर** एक दृश्य-युगल है, यानी धरती से ये दो 'साथी-तारे' काफी नजदीक दिखाई देने पर भी अंतरिक्ष में एक-दूसरे से बहुत दूर हैं (एक तारा 150 प्रकाश-वर्ष दूर है, तो दूसरा 1300 प्रकाश-वर्ष दूर)। मगर इनमें से एक तारा सचमुच ही एक जुड़वां तारा है, तो दूसरा तारा वस्तुतः तीन तारों की एक संयुक्त योजना है। α–मकर आकाश की एक दिलचस्प तारक-योजना है।

β–मकर भी युग्म-तारा है और हमसे करीब 330 प्रकाश-वर्ष दूर है। तृतीय कांतिमान का **δ–मकर** इस मंडल का सबसे चमकीला तारा है; यह हमसे 49 प्रकाश-वर्ष दूर है। इस तारे के करीब 5 अंश पूर्व में, कुंभ मंडल की सीमा के समीप, फ्रांसीसी खगोलविद् लवेरिए ने नए **नेपच्यून** ग्रह का जो स्थान निर्धारित किया था, वहां बर्लिन वेधशाला के खगोलविद योहान्न गाल्ले ने 23 सितंबर, 1846 को उसे खोज निकाला।

मकर मंडल के आधार पर ही **मकर संक्रांति** संज्ञा अस्तित्व में आई है। मकर संक्रांति का अर्थ है–सूर्य का क्रांतिवृत्त के दक्षिणायनांत या उत्तराणारंभ बिंदु पर पहुंचना। प्राचीन काल में सूर्य मकर मंडल में प्रवेश करके जब क्रांतिवृत्त के सबसे दक्षिणी छोर के इस दक्षिणायनांत (या उत्तरायणारंभ) बिंदु पर पहुंचता था, तब वह दिन (21 या 22 दिसंबर) सबसे छोटा होता था। उस दिन 23½ दक्षिणी अक्षांश रेखा पर मध्याह्न के समय सूर्य सिर के ऊपर रहता था।

मगर अब सूर्य जनवरी के मध्य में मकर मंडल में प्रवेश करता है। वजह यह है कि अयन-चलन के कारण दक्षिणायनांत (या उत्तरायणारंभ) बिंदु अब पश्चिमी की ओर के धनु मंडल में सरक गया है। अब वास्तविक मकर संक्रांति (उत्तरायणारंभ या दक्षिणायनांत बिंदु) का आकाश के मकर मंडल से कोई संबंध नहीं रह गया है!

❖

सितारों में है एक राजहंस

पुराने जमाने के लोग सोचते थे कि सभी तारे आकाश के एक गोल पर टिक हुए हैं और तारों का यह गोल पृथ्वी का चक्कर लगाता रहता है—पूरब से पश्चिम की ओर। आज से लगभग डेढ़ हजार साल पहले गणितज्ञ-ज्योतिषी **आर्यभट** (जन्म : 476 ई.) ने कहा था कि असल में तारों का गोल (भगोल) नहीं घूमता, बल्कि पृथ्वी ही अपनी धुरी पर चक्कर लगाती रहती है। मगर दूसरे भारतीय ज्योतिषियों ने सदियों तक आर्यभट की इस बात को, सही होने पर भी, स्वीकार नहीं किया!

पुराने जमाने के ज्योतिषी आकाश में तारों की स्थिति और दैनंदिन गति को जानने में समर्थ थे, मगर कोई नहीं बता सकता था कि तारे हमसे कितनी दूर हैं। पहली बार 1837-38 ई. में, यानी लगभग 170 साल पहले, एक तारे की सही दूरी जानना संभव हुआ। वह तारा आकाश के जिस मंडल में है, उसे **हंस** के नाम से जाना जाता है।

आकाश में लगभग उत्तर से दक्षिण की ओर जाता हुआ तारों का एक सघन पट्टा है। इसे आकाशगंगा कहते हैं। देहात में या पहाड़ों पर रहने वाले लोग आकाशगंगा के पट्टे को साफ-साफ देख सकते हैं। आजकल रात को नौ-दस बजे आप उत्तर की ओर मुंह करके आकाशगंगा को देखें, तो जहां यह दो धाराओं में विभाजित होती दिखाई देती है, वहां हंस मंडल के तारों को आसानी से पहचाना जा सकता है। हंस आकाशगंगा के ऊपर से उड़ता हुआ जान पड़ता है।

हंस (**सिग्नस**) मंडल के प्रमुख तारे का नाम **देनेब** है। देनेब के दक्षिण-पश्चिम में करीब 20 अंश की दूरी पर खूब

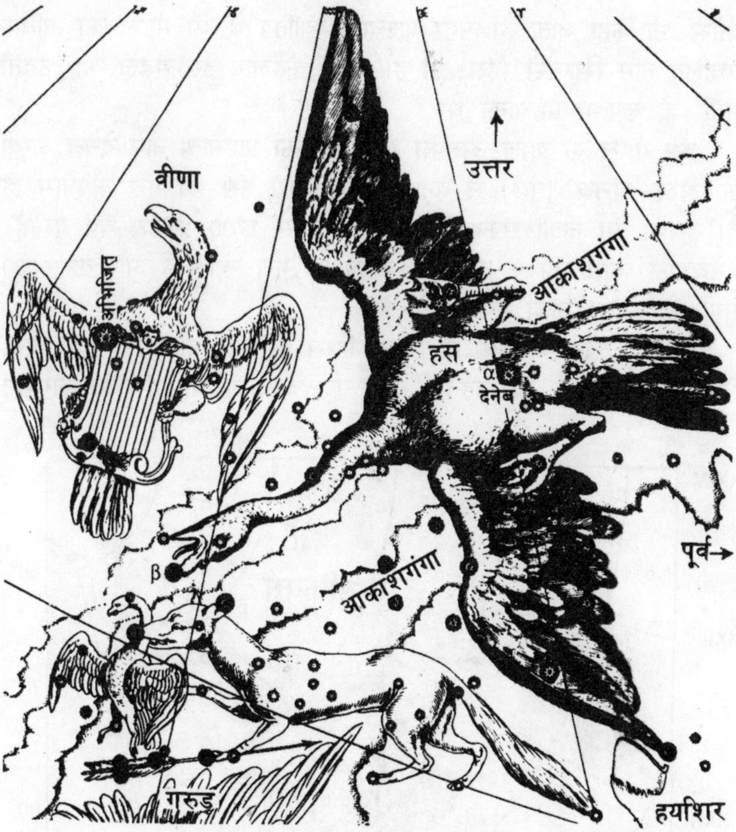

आकाशस्थ हंस

चमकीला **अभिजित्** (वेगा) तारा है। अभिजित् के दक्षिण में, करीब 25 अंश की दूरी पर काफी चमकीला **श्रवण** (अल्तायर) तारा है। इस महीने रात के नौ-दस बजे देनेब, अभिजित् और श्रवण लगभग मध्याकाश (सिर के ऊपर) में पहुंच जाते हैं और तीनों मिलकर एक बड़े त्रिभुज का आकर्षक नजारा पेश करते हैं (देखिए पिछला अध्याय)। इस त्रिभुज के पूर्वोत्तर भाग में हंस मंडल के तारे हैं।

हंस मंडल के प्रमुख तारे एक **क्रॉस** (सलीब) की आकृति बनाते हैं। दक्षिणी आकाश में **क्रुक्स** (क्रॉस) नामक एक प्रसिद्ध तारा-मंडल है (देखिए अध्याय 6), इसलिए उत्तरी आकाश के इस हंस मंडल को प्राय: **उत्तरी**

क्रॉस भी कहा जाता है। मगर पाश्चात्य ज्योतिष में इस मंडल का अधिक प्रचलित नाम **सिग्नस** (हंस) ही है। अरब के लोग इस मंडल को 'उड़ती मुर्गी' के रूप में पहचानते थे।

हंस मंडल के प्रमुख **अल्फा** (α) तारे का पाश्चात्य नाम **देनेब** अरबी के **अल्-धनब** (पूंछ) से बना है। यह तारा हंस की पूंछ के पास ही है। इसका रंग नीला-सफेद है और यह हमसे 1700 प्रकाश-वर्ष दूर है। **देनेब** का व्यास सूर्य के व्यास से करीब 35 गुना ज्यादा है और यह 6000 सूर्यों के बराबर ऊर्जा पैदा करता है।

हंस की चोंच या क्रॉस के निचले हिस्से के पास का **बीटा** (β) तारा, जिसे **अलबेरिओ** भी कहते हैं, एक दिलचस्प जुड़वां तारा है। लगभग

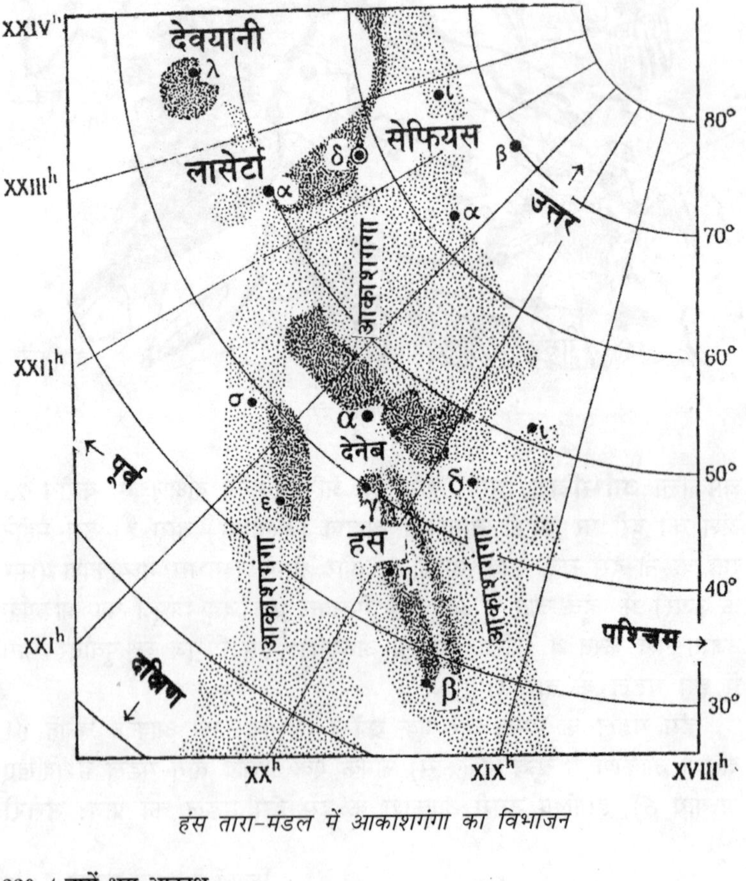

हंस तारा-मंडल में आकाशगंगा का विभाजन

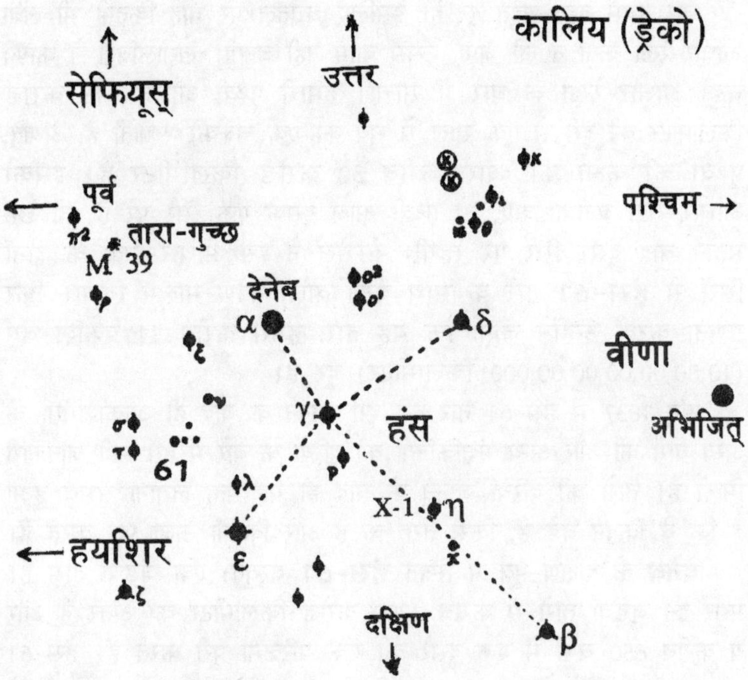

हंस तारा-मंडल

390 प्रकाश-वर्ष दूर की इस जोड़ी का एक विशाल तारा पीले रंग का है, तो दूसरा तारा नीले-हरे रंग का। देनेब के पश्चिम की ओर का **डेल्टा** (δ) तारा भी एक जुड़वां संसार है।

शुरू में हमने बताया है कि सबसे पहले हंस मंडल के ही एक तारे की दूरी मालूम की गई थी। यह था, हंस मंडल का **नंबर-61** का तारा। इस तारे की दूरी मापने के लिए जर्मन वैज्ञानिक **फ्रेडरिक बेस्सेल** ने 1837 ई. में त्रिभुजन (ट्राएंगुलेशन) की विधि का उपयोग किया था। दूर की किसी चीज की दूरी जानने के लिए सर्वेयर अक्सर इस विधि का उपयोग करते हैं। इसमें एक आधार-रेखा ली जाती है और उसके दोनों सिरों के बिंदुओं से दूर की उस चीज के साथ बनने वाले कोण मापे जाते हैं। तब पता लग जाता है कि दूर की वह चीज आधार-रेखा के साथ कितने अंशों का कोण बनाती है। उसके बाद त्रिकोणमिति की सहायता से उस चीज की दूरी मालूम हो जाती है (देखिए अध्याय 7)।

तारे हमसे बहुत-बहुत दूर हैं। इसलिए धरातल पर चाहे कितनी भी लंबी आधार-रेखा क्यों न ली जाए, उससे काम नहीं बनेगा। खगोलविदों ने काफी बड़ी आधार-रेखा के बारे में सोचा। हमारी पृथ्वी औसतन 15 करोड़ किलोमीटर की दूरी से एक साल में सूर्य का एक चक्कर लगाती है; अर्थात्, पृथ्वी की कक्षा का व्यास करीब 30 करोड़ किलोमीटर है। इसको आधार-रेखा बनाया जाए, तो पृथ्वी आज इसके एक सिरे पर है, तो छह महीने बाद दूसरे सिरे पर रहेगी। बेस्सेल ने इस आधार-रेखा के दोनों सिरों से **हंस-61** तारे के साथ बनने वाला कोण मालूम किया। फिर गणना करके उन्होंने जाना कि यह तारा हमसे करीब 11 प्रकाश-वर्ष (10,80,00,00,00,00,000 किलोमीटर) दूर है।

सन् 1837 में हंस-61 तारे की दूरी जानने के बाद ही आकाशगंगा के अन्य तारों की और अन्य मंदाकिनियों की दूरियों के बारे में हमें सही जानकारी मिली है। तारों की दूरियां जानने के बाद ही यह पता लगाना संभव हुआ है कि वे कितने बड़े हैं, किस तरह के हैं और कितनी ऊर्जा पैदा करते हैं।

देनेब के दक्षिण-पूर्व में स्थित **हंस-61** वस्तुतः एक जुड़वां तारा है। मगर इन जुड़वां तारों में करीब 1200 करोड़ किलोमीटर का अंतर है और ये करीब 650 वर्षों में एक-दूसरे की एक परिक्रमा पूरी करते हैं। हंस-61 की जोड़ी के बारे में एक महत्व की बात यह है कि इसके एक तारे के पास एक बहुत छोटे पिंड का पता चला है। खगोलविदों का मत है कि वह छोटा पिंड इस तारे का बृहस्पति-जैसा कोई ग्रह होना चाहिए। इधर के वर्षों में आकाश में और भी ऐसे कई तारे खोजे गए हैं जिनके नजदीक ग्रह हो सकते हैं। पृथ्वी की तरह दूर के इन ग्रहों पर भी जीव-जगत का अस्तित्व संभव है।

हंस मंडल में एक और दिलचस्प पिंड होने की संभावना है। ऐसे पिंड को **ब्लैक होल** यानी **कृष्ण विवर** (अंधेरी गुफा) कहते हैं। जैसे-जैसे तारों का ईंधन जलता जाता है, वैसे-वैसे वे सिकुड़ते जाते हैं। तारे यदि छोटे हों, तो वे अंत में सिकुड़कर बुझे हुए बौने तारे बन जाते हैं। मगर जिन तारों में हमारे सूर्य से तीन गुना अधिक द्रव्य होता है वे, ईंधन खत्म हो जाने पर, एक ही झटके में सिकुड़कर अत्यंत सघन छोटे पिंड बन जाते हैं। ऐसे ही अतिसघन पिंडों को **ब्लैक होल** (कृष्ण विवर) का नाम दिया गया है।

इन कृष्ण विवरों के बारे में सभी बातें बड़ी अनोखी हैं। इनमें इतना

अधिक गुरुत्वाकर्षण पैदा होता है कि वह प्रकाश-किरणों को भी बाहर आने नहीं देता। कृष्ण विवर के पास से गुजरने वाली प्रकाश-किरणें मुड़कर उसी में गायब हो जाती हैं! कृष्ण विवर एक ऐसी अथाह खोह है जिसमें प्रकाश और द्रव्य गिरकर 'गायब' हो जाता है। चूंकि कृष्ण विवर से किरणें भी बाहर नहीं निकल पातीं, इसलिए वह हमारे लिए अदृश्य बना रहता है। इसीलिए इसे 'ब्लैक होल' यानी कृष्ण विवर (अंधेरी गुफा) का नाम दिया गया है (देखिए अध्याय 12)।

मगर सवाल है : कृष्ण विवर को कैसे खोजा जाए? पता चला है कि कृष्ण विवर जब नजदीक के किसी तारे के द्रव्य को अपने भीतर खींचता है, तब उसके चक्र-जैसे बाहरी किनारे से एक्स-किरणें बाहर निकलती हैं। इन एक्स-किरणों से कृष्ण विवर के अस्तित्व का सबूत मिल सकता है।

खगोलविदों ने आकाश के हंस (सिग्नस) मंडल में एक एक्स-किरण स्रोत खोजा है। स्थितिचित्र में इसे **इटा** (η) तारे के पास X-1 से दर्शाया गया है। X-1 जुड़वां तारे वाली योजना है और उसमें से शक्तिशाली एक्स-किरणें बाहर निकलती रहती हैं। इसलिए वैज्ञानिकों का मत है कि वह एक कृष्ण विवर (ब्लैक होल) होना चाहिए। इधर के वर्षों में खगोलविदों ने आकाश में कई कृष्ण विवरों की खोज की है।

इस प्रकार, आकाश का हंस तारा-मंडल कई दिलचस्प नजारे प्रस्तुत करता है। आजकल रात को नौ-दस बजे लगभग सिर के ऊपर **देनेब, अभिजित्** और **श्रवण** के तारों से बनने वाले बड़े त्रिभुज को ठीक से जान लिया जाए, तो फिर इसकी सहायता से आकाश के दूसरे कई तारों को आसानी से पहचाना जा सकता है।

❖

श्रवण और धनिष्ठा नक्षत्र

आजकल हमारे देश में महीनों के जनवरी, फरवरी आदि नामों का ही ज्यादा प्रचलन है। परंतु ये नाम हमारे देश में बाहर से आए हैं। बारह महीनों के पुराने देशी नाम हैं–चैत्र, वैशाख, ज्येष्ठ, श्रावण, भाद्रपद आदि। गांवों में अब भी इनका प्रचलन है। भारतीय इतिहास और संस्कृति को ठीक से समझने के लिए भी यह जानना जरूरी है कि पुराने जमाने में हमारे देश में महीनों को किस तरह जाना जाता था।

वैदिक काल में, आज से लगभग साढ़े तीन हजार साल पहले, चंद्रमा और तारों की सहायता से दिनों व महीनों का हिसाब रखा जाता था। चंद्रमा तारों के सापेक्ष 27 दिन, 7 घंटे व 43 मिनटों में आकाश का एक चक्कर पूरा करता है। इसलिए चंद्रमार्ग के 27 (कहीं-कहीं 28) प्रमुख तारे (नक्षत्र) चुन लिए गए थे। बता दिया जाता था कि आज चंद्रमा अमुक नक्षत्र के पास है, जैसे–जिस दिन चंद्रमा पुष्य नक्षत्र के पास होता था, वह 'पुष्य का दिन' कहलाता था। वैदिक साहित्य में 27 या 28 नक्षत्रों की सूचियां देखने को मिलती हैं।

उस समय सप्ताह के सोम, मंगल आदि सात वारों का प्रचलन नहीं था। एक पूर्णिमा से दूसरी पूर्णिमा तक के काल को **पूर्णमासी** कहते थे। 'मास' का मूल अर्थ है–**चांद्रमास**, यानी चंद्र को पृथ्वी का एक चक्कर पूरा करने में लगने वाला समय, जो लगभग 29 दिन, 12 घंटे व 44 मिनट है। इस चांद्रमास को दो पक्षों (पखवाड़ों) में बांटा गया था–अमावस्या से पूर्णिमा तक **शुक्ल पक्ष** और पूर्णिमा से अमावस्या तक **कृष्ण पक्ष**।

चंद्रमा को पृथ्वी की 12 परिक्रमाएं पूरी करने में लगभग 354

आकाशस्थ गरुड़ (एक्विला) और डॉलफिन

दिन लगते हैं। परंतु पृथ्वी को सूर्य का एक चक्कर लगाने में 365 दिन व लगभग 6 घंटे लगते हैं। इसलिए चांद्रवर्ष और सौरवर्ष में करीब 11 दिनों का अंतर पड़ता है। इसलिए इन दोनों का मेल बिठाने के लिए हर तीन साल बाद तेरहवां **अधिमास** जोड़ने की व्यवस्था की गई।

वेदों में 12 चांद्रमासों के नाम हैं—मधु, माधव, नभस् आदि। बाद में 12 चांद्रमासों को नक्षत्रों के नाम दिए गए। जैसे—जिस दिन पूर्णिमा का चंद्र पुष्य नक्षत्र के पास होता था, उस दिन से पौष मास का आरंभ माना जाता था और जिस दिन पूर्णिमा का चंद्र श्रवण नक्षत्र के पास होता था उस दिन से श्रावण मास का आरंभ माना जाता था। इस तरह, चांद्रमासों के लिए 27 नक्षत्रों में से 12 प्रमुख नक्षत्रों के नाम पक्के हो गए। ये चैत्र, वैशाख आदि नाम आज भी प्रचलित हैं। नए राष्ट्रीय पंचांग में भी महीनों के इन्हीं पुराने नामों को अपनाया गया है।

हमारे देश में श्रावण महीने को बहुत पवित्र माना जाता रहा है। इस महीने में नागपंचमी, रक्षाबंधन आदि कई उत्सव या पर्व मनाए जाते हैं।

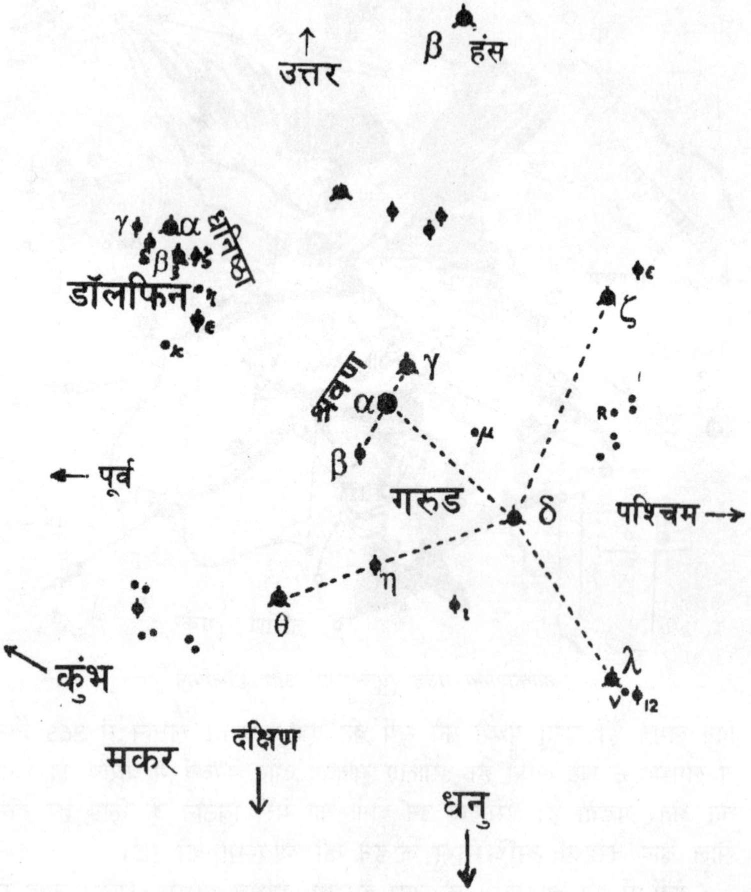

गरुड़ तारा-मंडल : श्रवण और धनिष्ठा नक्षत्र

श्रवणपूजन नामक एक व्रत भी है, जिसका संबंध **रामायण** में वर्णित श्रवण कुमार की कथा से जोड़ा जाता है (देखिए आगे)। इसलिए जानना उपयोगी होगा कि जिस श्रवण नक्षत्र के आधार पर श्रावण मास बना है, वह आकाश में कहां है और किस तरह का है?

श्रवण नक्षत्र जिस तारा-मंडल में है, उसका पाश्चात्य नाम **एक्विला** (गरुड़ या बाज़ पक्षी) है। भारतीय ज्योतिष में इस मंडल के तीन तारों (β, α व γ) को श्रवण नक्षत्र के रूप में जाना जाता है। ये तीन तारे सीधी रेखा में हैं, और सितंबर महीने में रात के लगभग नौ बजे आकाश

में सिर के ऊपर आ जाते हैं। उसके बाद इन्हें देर तक पश्चिमाकाश में देखा जा सकता है।

श्रवण को पहचानने का एक और तरीका है। **अभिजित्, देनेब** और **श्रवण** मिलकर तीन चमकीले तारों का एक बड़ा-सा त्रिभुज बनाते हैं, जिसे आजकल मध्याकाश या पश्चिमाकाश में आसानी से पहचाना जा सकता है (देखिए पिछला अध्याय)। पश्चिमोत्तर के चमकीले अभिजित् तारे से दक्षिण की ओर बढ़ाई गई सीधी रेखा श्रवण के तीन तारों में से गुजरकर **मकर** तारा-मंडल (राशि) के प्रमुख तारों की ओर पहुंचती है।

श्रवण नक्षत्र के प्रमुख **अल्फा** (α) तारे का पाश्चात्य नाम **अल्तायर** है। यह शब्द इस नक्षत्र के अरबी नाम **अल्-नस्र अल्-तायर** (उड़ता गरुड़) के आधार पर बना है। श्रवण काफी चमकीला तारा है (कांतिमान 0.8)। यह आकाश का तेरहवें नंबर का सबसे चमकीला तारा है। सफेद रंग का यह तारा हमसे सिर्फ 17 प्रकाश-वर्ष दूर है। इस तरह, श्रवण का शुमार आकाश के उन चार-पांच तारों में होता है जो हमसे काफी नजदीक हैं।

श्रवण के अल्फा (α) तारे के उत्तर में तृतीय कांतिमान का जो **गामा** (γ) तारा है, वह हमसे 270 प्रकाश-वर्ष दूर है। अल्फा (α) के दक्षिण में जो **बीटा** (β) तारा है, वह चतुर्थ कांतिमान का है और हमसे 49 प्रकाश-वर्ष दूर है। जैसा कि पहले बताया गया है, श्रवण के अल्फा (α), बीटा (β) व गामा (γ)–तीनों तारे एक सीधी रेखा में हैं और 'त्रिकांड' की रचना करते हैं।

श्रवण के 15 अंश पूर्वोत्तर में **धनिष्ठा** (सर्वाधिक धनी) नक्षत्र के पांच मंदकांति तारों का एक समूह है। वैदिक साहित्य में धनिष्ठा को श्रविष्ठा (सर्वाधिक प्रसिद्ध) कहा गया है। यह नक्षत्र जिस तारा-मंडल में है, उसका पाश्चात्य नाम **डेल्फाइनुस्** (डॉलफिन) है। प्राचीन भारत में भी इस छोटे मंडल को शिशुमार या शिंशुमार (समुद्री प्राणी) के रूप में ही पहचाना जाता था। इस मंडल के पांच प्रमुख तारों से हीरे

या पतंग जैसी आकृति बनती है। धनिष्ठा का प्रमुख नीला-सफेद **अल्फा** (α) तारा चतुर्थ कांतिमान का है और यह हमसे 190 प्रकाश-वर्ष दूर है।

वैदिक काल में ही 27 या 28 नक्षत्रों की सूची बन गई थी। उस समय नक्षत्रों का आरंभ कृत्तिका से माना गया था। आज से लगभग ढाई हजार साल पहले हमारे देश में **वेदांग-ज्योतिष** नामक ग्रंथ लिखा गया। उसमें नक्षत्रों की जो सूची है, वह धनिष्ठा से आरंभ होती है। मगर **महाभारत** में आरंभिक नक्षत्र श्रवण को माना गया है। अब आरंभिक नक्षत्र अश्विनी है।

जो भी हो, भारतीय परंपरा में श्रवण और धनिष्ठा (श्रविष्ठा) नक्षत्रों का बड़ा महत्व रहा है। **अथर्ववेद** में प्रार्थना है–*श्रवण: श्रविष्ठा: कुर्वतां सुपुष्टिम्* (श्रवण और श्रविष्ठा मुझे शक्तिमान बनाएं)।

श्रवण कुमार की कथा

कथा **रामायण** के अयोध्याकांड की है। घटना उस समय की है जब दशरथ युवराज थे और उनका विवाह नहीं हुआ था। वह एक कुशल धनुर्धर थे और शब्द-वेधी बाण चलाना जानते थे। एक बार की बात है। युवराज दशरथ सरयू नदी के किनारे शिकार खेलने गए। उन्होंने सोचा कि रात के समय कोई भैंसा, हाथी या बाघ-सिंह घाट पर पानी पीने आएगा तो उसे मारेंगे।

सरयू तट से थोड़ी दूरी पर श्रवण कुमार (मुनिकुमार) का आश्रम था। उनके माता-पिता अंधे थे और उसी आश्रम में रहकर वानप्रस्थ का जीवन बिता रहे थे। श्रवण कुमार रात-दिन उनकी सेवा में लगे रहते थे।

बात उसी रात की है जब दशरथ शिकार के लिए सरयू तट पर पहुंचे थे। श्रवण कुमार की मां को प्यास लगी तो उसने बेटे से पानी मांगा। मगर घड़ा खाली था। इसलिए श्रवण घड़ा लेकर सरयू तट पर गए और उसमें पानी भरने लगे। उस समय चारों ओर अंधेरा था। दशरथ को घड़े में पानी भरने की आवाज ऐसी लगी, जैसे कोई हाथी अपनी सूंड से पानी पी रहा हो! इसलिए उन्होंने अपने तरकस से बाण निकाला और उस आवाज को लक्ष्य करके चला दिया।

दशरथ का वह बाण श्रवण कुमार को जाकर लगा। करुणा

भरी मानव-वाणी सुनाई देने लगी। दशरथ घबरा गए। सरयू किनारे घटना-स्थल पर पहुंचकर उन्होंने देखा—एक तपस्वी बाण से घायल होकर पड़े हैं। उनकी जटाएं बिखरी हुई हैं, घड़े का जल गिर गया है तथा सारा शरीर धूल और खून से सना हुआ है। वह दृश्य देखकर दशरथ घबरा गए।

श्रवण कुमार को बेहद पीड़ा हो रही थी। परंतु उनकी सबसे बड़ी चिंता थी कि अब आगे उनके अंधे माता-पिता को कौन संभालेगा। बाण के कारण उन्हें अपार कष्ट हो रहा था। इसलिए उन्होंने दशरथ से आग्रह किया कि वह उनके शरीर से बाण निकाल दे। फिर उन्होंने युवराज से कहा कि घड़े में पानी भरकर वह खुद उनके माता-पिता के पास ले जाएं और उन्हें यह दुःखद समाचार सुनाएं। उसके बाद श्रवण कुमार ने प्राण त्याग दिए।

दशरथ आश्रम पहुंचे और अत्यंत शोकाकुल होकर उन्होंने सारा किस्सा श्रवण के माता-पिता को कह सुनाया। बेटे की मृत्यु का समाचार सुनकर श्रवण कुमार के माता-पिता भयंकर शोक से भर गए। उन्होंने दशरथ से कहा—“हमें उस स्थान पर ले चलो, जहां हमारा पुत्र मरा पड़ा है।” वहां पहुंचकर पुत्र के गुणों को याद करके अंधे माता-पिता देर तक विलाप करते रहे। फिर उन्होंने पुत्र को जलांजलि दी।

उसके बाद श्रवण कुमार के अंधे पिता दशरथ से बोले—“मेरे एक ही बेटा था, जिसे तुमने अपने बाण का निशाना बनाकर मुझे पुत्रहीन कर दिया। तुमने अज्ञानवश जो मेरे बालक की हत्या की है, उसके कारण मैं तुम्हें भी अत्यंत दुःख देने वाला शाप देता हूं। राजन्! इस समय पुत्र के वियोग से मुझे जैसा कष्ट हो रहा है, ऐसा ही तुम्हें भी होगा। तुम भी पुत्र-शोक से ही काल के गाल में जाओगे।”

उसके बाद श्रवण के अंधे माता-पिता ने अपने शरीर जलती चिता को अर्पित कर दिए।

❖

न्यूट्रान और पल्सर तारे

धरती के मानव को सितारों की दुनिया में कोई खास परिवर्तन नजर नहीं आता। मगर वास्तवकिता यह है कि तारों का अपना एक सुनिश्चित जीवनक्रम है। तारे जन्म लेते हैं, करोड़ों-अरबों सालों तक ऊर्जा का उत्सर्जन करते रहते हैं और अंत में उनकी 'मौत' हो जाती है!

तारों की मौत के अध्ययन में खगोलविदों की विशेष दिलचस्पी है, क्योंकि मौत के बाद उनके 'शव' विश्व के अति विलक्षण पिंड बन जाते हैं। कई तारे अपने अंतकाल में भयंकर रूप से विस्फोटित होकर अपनी द्रव्यराशि को अंतरिक्ष में उछाल देते हैं और फिर उस द्रव्य से नए तारे व ग्रह जन्म लेते हैं। कई तारे अपने अंतकाल में इतने अधिक सिकुड़ जाते हैं कि उनके एक चम्मचभर द्रव्य का भार 20 करोड़ हाथियों के बराबर हो सकता है! ब्रह्मांड में ऐसे भी कई पिंड हैं जो अपने विकास के अंतिम दौर में इतने अधिक सघन हो जाते हैं कि उनमें से विकिरण भी बाहर नहीं निकल पाता; वे अदृश्य **कृष्ण-विवर** (ब्लैक होल) बन जाते हैं।

किसी भी तारे का जीवनक्रम उसमें विद्यमान द्रव्य की मात्रा से निर्धारित होता है। यदि किसी तारे में 1.4 सूर्यों से अधिक द्रव्य नहीं है (**चद्रशेखर-सीमा**), तो आरंभ में कई अरब साल तक उसका हाइड्रोजन हीलियम में रूपांतरित होते जाकर ऊर्जा पैदा होती है। हाइड्रोजन के समाप्त होने पर वह तारा फूलकर एक **लाल दानव** (रेड जाइंट) बन जाता है। करीब पांच अरब साल बाद हमारा सूर्य भी लाल दानव बन जाएगा, बुध व शुक्र ग्रह उसके उदर में समा जाएंगे और उसके भीषण ताप से पृथ्वी का समस्त जीव-जगत लुप्त हो जाएगा! करीब दस करोड़ साल तक लाल दानव की अवस्था में रहकर तारा अपने शेष नाभिकीय ईंधन को

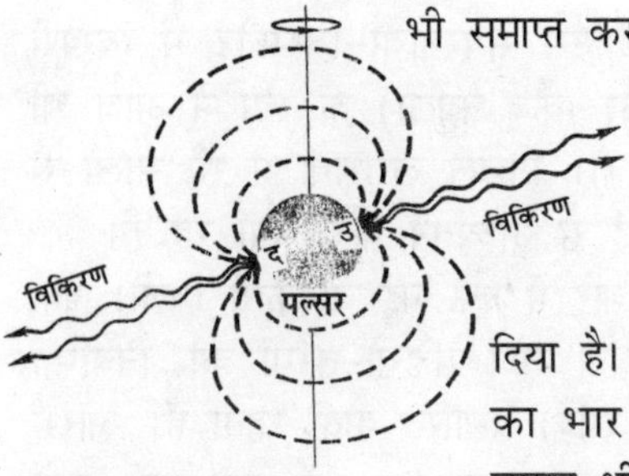

भी समाप्त कर देता है। अंत में रह जाती है पृथ्वी के आकार की एक अतिसघन गुठली। तारे के उस अवसान-काल को खगोलविदों ने **श्वेत वामन** (व्हाइट ड्वार्फ) का नाम दिया है। श्वेत वामन के एक चम्मचभर द्रव्य का भार एक टन के बराबर होता है! श्वेत वामन धीरे-धीरे बुझते जाकर अंत में 'काला वामन' बन जाता है। आकाशगंगा के करीब 10 प्रतिशत तारे श्वेत वामन बन गए हैं। हमारे सूर्य का अंत भी एक श्वेत वामन में ही होगा।

लेकिन जो तारे सूर्य से अधिक भारी होते हैं, वे श्वेत वामन नहीं बनते। ऐसे तारे का नाभिकीय ईंधन जब समाप्त हो जाता है, तब वह अपने बाह्य कवच को एक ही भयंकर विस्फोट के साथ आकाश में उछाल देता है। ऐसी घटना का ही हम संभवतः **सुपरनोवा** के रूप में दर्शन करते हैं। सुपरनोवा-विस्फोट के बाद शेष तारे की गुठली, यदि उसका द्रव्यमान करीब तीन सूर्यों के द्रव्यमान से अधिक न हो तो, तेजी से सिकुड़ जाती है। भीषण गुरुत्वीय बल परमाणुओं को इतना अधिक दबोच देता है कि उनके भीतर कोई खाली स्थान नहीं रह जाता। ऐसे अतिसघन द्रव्य में रह जाते हैं मुख्य रूप से केवल न्यूट्रान कण। इसलिए तारे की ऐसी अंतिम दशा को **न्यूट्रान तारे** का नाम दिया गया है। सर्वप्रथम 1934 ई. के आसपास न्यूट्रान तारों-जैसे पिंडों के अस्तित्व की परिकल्पना प्रस्तुत की गई थी।

न्यूट्रान तारे का घनत्व परमाणु के नाभिक के घनत्व के तुल्य होता है, यानी एक घन-सेंटीमीटर में एक अरब टन द्रव्य! अन्य शब्दों में, न्यूट्रान तारे के एक चम्मचभर द्रव्य का भार 20 करोड़ हाथियों के भार के बराबर होगा! यदि समूची पृथ्वी को न्यूट्रान तारे के घनत्व तक दबोचा जाए, तो यह केवल 100 मीटर व्यास की रह जाएगी। न्यूट्रान तारे का व्यास करीब बीस किलोमीटर होता है।

न्यूट्रान तारे को जन्म देनेवाले सुपरनोवा-विस्फोटों के नजारों को मानव प्राचीन काल से देखता आ रहा है। चीन के ज्योतिषियों ने ऐसा एक सुपरनोवा-विस्फोट वृषभ मंडल (राशि) में 4 जुलाई, 1054 ई. को देखा था। शुक्र ग्रह की तरह चमकने वाला वह नवतारा, जिसे चीनियों ने 'अतिथि तारे' का नाम दिया था, कुछ सप्ताह तक दिन के समय भी दिखाई देता

रहा, मगर अंत में अदृश्य हो गया। उस सुपरनोवा-विस्फोट में बिखरी द्रव्यराशि को प्रसिद्ध **कर्क नीहारिका** (क्रैब नेबुला) के रूप में आज भी देखा जा सकता है (देखिए रंगीन चित्र)। पिछले लगभग दो सौ सालों से खगोलविद् कर्क नीहारिका का गहराई से अध्ययन करते आ रहे हैं।

सन् 1967 में कर्क नीहारिका के बारे में एक नई जानकारी मिली। पता चला कि इस नीहारिका के केंद्रभाग से लघु-रेडियो-तरंगों की, नियमित आवृत्ति वाली, प्रति-सेकंड 33 पल्सें (स्पंदें) प्रसारित होती रहती हैं। आरंभ में खगोलविदों को यकीन नहीं हुआ कि आकाश का कोई तारा ऐसी पल्सें प्रसारित कर सकता है। कोई अत्यंत सघन छोटा तारा ही तेजी से घूमते हुए, दीपस्तंभ की घूमती रोशनी की तरह, रेडियो-तरंगों की ऐसी नियमित पल्सें फेंक सकता है। खगोलविदों ने इस नई खोज को **पल्सर** (पल्सेटिंग रेडियो सोर्सेज) यानी स्पंदी तारे का नाम दिया।

फिर खगोलविदों को यह समझने में अधिक देर नहीं लगी कि तेजी से घूमनेवाले अतिसघन न्यूट्रान तारे ही पल्सर हो सकते हैं। स्पष्ट हुआ कि कर्क नीहारिका (दूरी करीब 6500 प्रकाश-वर्ष) के केंद्रभाग में मौजूद न्यूट्रान तारा एक पल्सर है। अब तक सौ से भी अधिक पल्सर या न्यूट्रान तारे खोजे जा चुके हैं।

हमारा यह सौभाग्य है कि हमारे समय में भी फरवरी, 1987 ई. में, करीब 1,70,000 प्रकाश-वर्ष दूर के **बड़े मेजल्लानी मेघ** (आकाशगंगा-मंदाकिनी के नजदीक की एक छोटी मंदाकिनी) में एक सुपरनोवा प्रकट हुआ। इस सुपरनोवा-विस्फोट के बाद उस स्थान पर एक न्यूट्रान तारा (पल्सर) प्रकट होना चाहिए था। मगर अब तक वहां कोई पल्सर प्रकट नहीं हुआ है, इसलिए खगोलविद् अपने सिद्धांत के बारे में कुछ चिंतित भी हैं।

जिन तारों का द्रव्यमान करीब तीन सूर्यों से अधिक होता है, उनका अंत कृष्ण-विवरों (ब्लैक होल्स) में हो सकता है। द्रव्य और विकिरण का निरंतर भक्षण करते रहनेवाले इन विलक्षण अदृश्य पिंडों की चर्चा हम आगे 12वें अध्याय के एक प्रकरण में करेंगे।

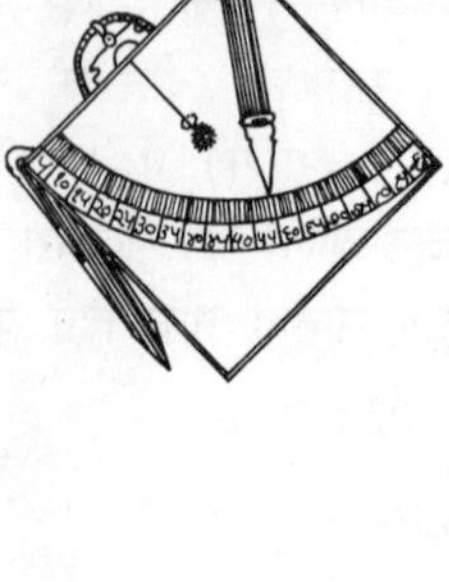

अध्याय 11

★ कुंभ मंडल : शतभिषक् नक्षत्र

★ गूंगे-बहरे खगोलविद् की महान खोज

★ (दो मिलती-जुलती कथाएं)

★ भाद्रपदाओं की सुंदर चौकी

★ क्वासरों की उलझन

॥ अक्तूबर ॥

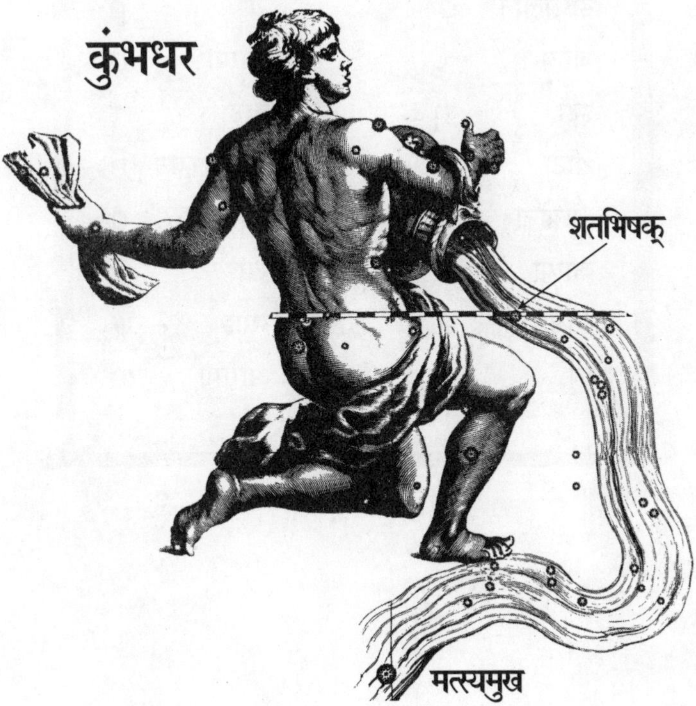

यूनानी वर्णमाला

अल्फा	α	न्यू	ν
बीटा	β	क्साइ	ξ
गामा	γ	ओमिक्रोन	o
डेल्टा	δ	पाइ	π
इप्सिलोन	$\in$	रो	ρ
जीटा	ζ	सिग्मा	σ
इटा	η	टाउ	τ
थीटा	θ	अप्साइलोन	υ
आयोटा	ι	फाइ	ϕ
काप्पा	κ	खाइ	χ
लांबडा	λ	प्साइ	ψ
म्यू	μ	ओमेगा	ω

कुंभ मंडल : शतभिषक् नक्षत्र

भारतीय परंपरा के अनुसार कुंभ मंडल (राशि) में **धनिष्ठा** (आधे), **शतभिषक्** (पूर्ण) और **पूर्वाभाद्रपदा** (तीन-चौथाई) नक्षत्रों का समावेश होता है। धनिष्ठा की चर्चा पिछले अध्याय में की जा चुकी है। शतभिषक् नक्षत्र लगभग क्रांतिवृत्त (रविपथ) पर स्थित है, इसलिए इसका विशेष महत्व है। शतभिषक् के कोई 23 अंश लगभग उत्तर में पूर्वाभाद्रपदा नक्षत्र है और ठीक दक्षिण में, लगभग उतनी ही दूरी पर, खूब चमकीला **मत्स्यमुख** तारा है। आजकल रात्रि के नौ-दस बजे कुंभ के तारों को दक्षिणाकाश में देखा जा सकता है।

कुंभ का पाश्चात्य नाम **एक्वेरियस्** यानी कुंभधर है। मगर पाश्चात्य एक्वेरियस् मंडल और भारतीय कुंभ राशि के विस्तारों में अंतर है। अन्य भारतीय राशियों के बारे में भी ऐसी ही स्थिति है। इस बेमेल स्थिति का कारण यह है कि पाश्चात्य परंपरा की 12 राशियां तो रविपथ या क्रांतिवृत्त पर स्थित हैं, परंतु विदेशी मूल की इन राशियों के साथ जोड़े गए प्राचीन भारतीय परंपरा के 27 नक्षत्रों में से कई नक्षत्र क्रांतिवृत्त के काफी उत्तर में या दक्षिण में स्थित हैं। आज से लगभग दो हजार साल पहले बेबीलोनी-यूनानी मूल की 12 राशियों को भारत में अपनाया गया, तो उनके साथ भारतीय परंपरा के 27 नक्षत्रों का मेल बिठाना पड़ा। अन्य शब्दों में, एक राशि में सवा-दो नक्षत्रों का समावेश किया गया।

रविपथ कुंभ मंडल के मध्यभाग से गुजरता है। प्रायः सभी प्राचीन सभ्यताओं में इस मंडल को जलकुंभ या कुंभधर के रूप में पहचाना गया था। कारण यह है कि प्राचीन काल में इस मंडल

का संबंध वर्षा से रहा है। सूर्य जब कुंभ राशि में पहुंचता था, तो खूब वर्षा होती थी (आजकल सूर्य फरवरी-मार्च में कुंभ राशि में रहता है)। यह भी ध्यान देने योग्य बात है कि कुंभ के आसपास के मकर, सेतुस्, डॉलफिन, मीन और दक्षिण मीन तारा-मंडलों का नामकरण जलीय प्राणियों के आधार पर ही हुआ है।

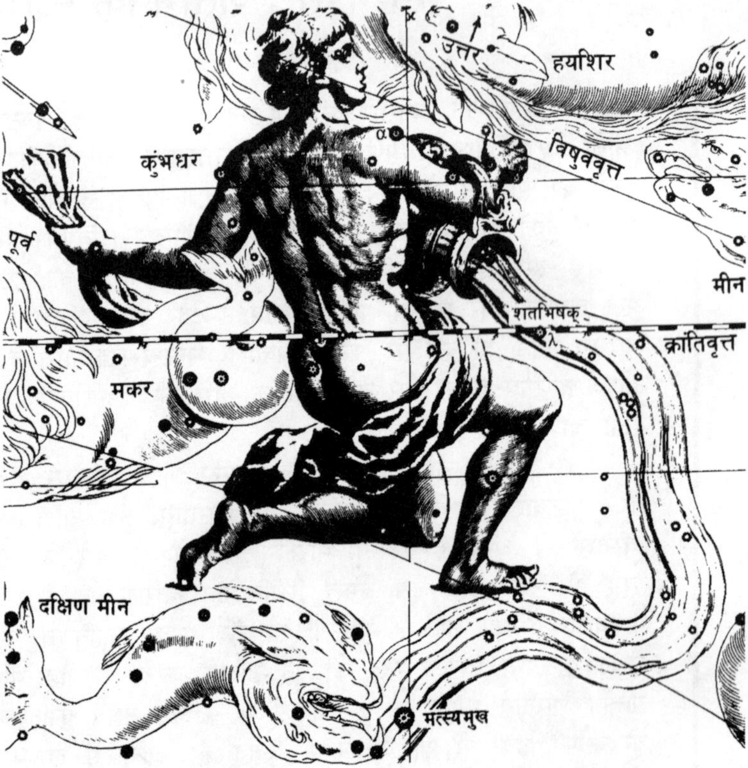

आकाशस्थ कुंभधर

बेबीलोनवासियों ने कुंभ मंडल को एक ऐसे आदमी या बालक के रूप में पहचाना था जो अपने कंधे पर धारण किए हुए कुंभ से पानी उड़ेल रहा है। अक्कदियों, मिस्त्रियों, यूनानियों, रोमनों और अरबों ने भी इस तारा-मंडल को कुंभ या कुंभधर के रूप में ही देखा था।

खगोल का विषुववृत्त घड़े (कुंभ) के द्योतक इस मंडल के प्रमुख तारों

के समीप से गुजरता है। इस मंडल का **अल्फा** (α) तारा, जिसका अरबी पर आधारित नाम **सदलमलिक** (भाग्यशाली राजनक्षत्र) है, कांतिमान 3 का एक विशाल पीतवर्ण नक्षत्र है और यह हमसे 550 प्रकाश-वर्ष दूर है। इस मंडल के **बीटा** (β) तारे का **सदलसाद** (सर्वाधिक भाग्यशाली) नाम भी अरबी पर आधारित है। कांतिमान 3 का यह पीतवर्ण विशाल तारा हमसे 680 प्रकाश-वर्ष दूर है।

कुंभ मंडल के **अल्फा** (α) और **बीटा** (β) तारे कुंभधारी पुरुष के क्रमशः दाएं और बाएं कंधे पर स्थित हैं। **अल्फा** (α) की पूर्व दिशा में **गामा** (γ), **जीटा** (ζ), **इटा** (η) और **पाइ** (π) से दर्शाए गए तारों का जो समूह है, वह घट (कुंभ) का द्योतक है। इनमें **जीटा** (ζ) तारा,

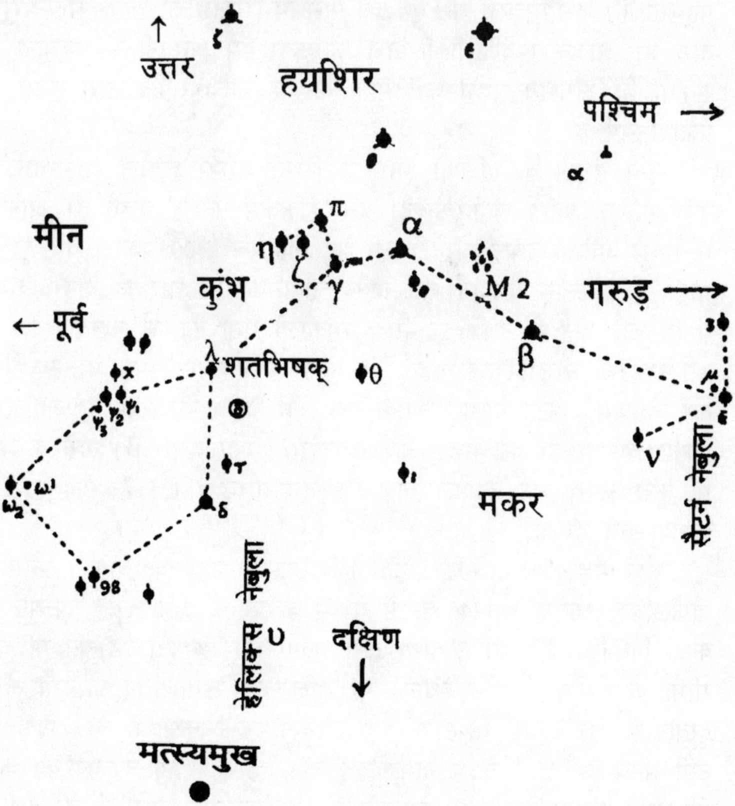

कुंभ मंडल : शतभिषक् नक्षत्र

जो खगोलीय विषुववृत्त पर स्थित है, एक जुड़वां तारा है। 98 प्रकाश-वर्ष दूर के ये जुड़वां तारे 856 वर्षों में एक-दूसरे की एक परिक्रमा पूरी करते हैं। कुंभ से निकलकर नीचे दक्षिण की ओर पहुंचती जलधारा में इस मंडल के कई तारे हैं। इस जलधारा में स्थित **लांबडा** (λ) तारे का प्राचीन भारतीय नाम **शतभिषक्** है। वैदिक काल में शतभिषक् को एक ही तारा माना गया था। (*एका शतभिषा*— **अथर्ववेद**)। बाद में, शब्दार्थ के आधार पर, शतभिषक् (सौ वैद्य) नक्षत्र में सौ तारे होने की धारणा रूढ़ हुई। चतुर्थ कांतिमान का यह शतभिषक् नक्षत्र लगभग क्रांतिवृत्त पर स्थित है और इसका रंग लाल है।

कुंभ से गिरने वाली जलधारा अंततः दक्षिणी मीन (मत्स्य) के मुंह तक पहुंचती है। इस मछली के मुंह के पास **फोमलहौत** यानी **मत्स्यमुख** तारा है। आजकल दक्षिणी क्षितिज के ऊपर इसे आसानी से पहचाना जा सकता है। लगभग प्रथम कांतिमान का यह नीला-सफेद तारा हमसे 22 प्रकाश-वर्ष दूर है।

कुंभ मंडल के दक्षिणी भाग में स्थित **अप्साइलोन** (υ) तारे के नजदीक एक ग्रहीय नीहारिका है। इसे 'हेलिक्स नेबुला' कहते हैं। आकाश में सबसे अधिक स्थान घेरने वाली यह नीहारिका 300 प्रकाश-वर्ष दूर है; यह सूर्य से सबसे नजदीक की ग्रहीय नीहारिका है। तारे के बाहरी कवच में विस्फोट होने से उसके इर्द-गिर्द चमकीली गैसों का जो वलय बनता है, उसे **ग्रहीय नीहारिका** कहते हैं। कुंभ के पश्चिमी भाग में, **न्यू** (ν) तारे के पास, 'सैटर्न नेबुला' नामक एक और ग्रहीय नीहारिका है, जो 3000 प्रकाश-वर्ष दूर है। इस मंडल के अल्फा (α) और बीटा (β) तारों के बीच में, कुछ ऊपर, एक विशाल गोलाकार तारा-गुच्छ (M2) है। यह 37,000 प्रकाश-वर्ष दूर है।

कुंभ मंडल से संबंधित ऐतिहासिक महत्व की एक बात : फ्रांसीसी खगोलविद् लवेरिए ने 1846 ई. में यूरेनस के परे के अज्ञात ग्रह नेपच्यून की कक्षा निर्धारित की थी। लवेरिए द्वारा बताए गए स्थान (कुंभ की पश्चिमी सीमा के समीप के एक स्थान) पर बर्लिन के खगोलविद् प्रो. गाल्ले ने दूरबीन से 23 सितंबर, 1846 को नया नेपच्यून ग्रह आकाश में खोज निकाला। उसी समय इंग्लैंड के तरुण खगोलविद् जॉन एडम्स ने भी नेपच्यून की कक्षा की सही गणना की थी। नेपच्यून के अस्तित्व के बारे में की गई ये भविष्यवाणियां गुरुत्वाकर्षण के नियम पर आधारित थीं।

कुंभ मंडल अपनी उल्का-वृष्टियों के लिए भी प्रसिद्ध है। इस मंडल से प्रति वर्ष होने वाली उल्का-वृष्टियों में दो प्रमुख हैं। कुंभ के **इटा** (η) तारे के पास से 5-6 मई को प्रति घंटे तीस-पैंतीस उल्काओं की वर्षा होती दिखाई देती है। इसके **डेल्टा** (δ) तारे के पास से 29 जुलाई के आसपास प्रति घंटे लगभग 20 उल्काएं निकलती नजर आती हैं (देखिए अध्याय 6)।

खगोल के विषुववृत्त और क्रांतिवृत्त एक-दूसरे को जिन दो बिंदुओं पर काटते हैं, उन्हें 'संपात-बिंदु' कहते हैं। इनमें से एक बिंदु **वसंत-संपात** का खगोल-विज्ञान में विशेष महत्व है। यह बिंदु क्रांतिवृत्त पर पीछे सरकते हुए लगभग 25,800 वर्षों में अपना एक चक्र पूरा करता है। आज से करीब 2000 साल पहले वसंत-संपात-बिंदु मेष राशि में था। अब यह मीन राशि में है। मगर आगे के करीब 800 वर्षों में वसंत-संपात-बिंदु कुंभ राशि में पहुंच जाएगा। तब एक नए 'कुंभ युग' की शुरुआत होगी!

❖

गूंगे-बहरे खगोलविद् की महान खोज

बात 1784 ई. की है। उन्नीस साल का एक तरुण, जो जनम से गूंगा और बहरा था, उत्तरी आकाश के एक तारे को कई रातों से निहारता आ रहा था। उसने देखा कि वह तारा कभी ज्यादा चमकीला नजर आता है, तो कभी कम चमकीला। वह सोचने लगा–कहीं यह आंखों का भ्रम तो नहीं है? दिन और सप्ताह गुजरते गए। अंत में उस तरुण ने जाना कि उस तारे की चमक नियमित रूप से घटती-बढ़ती रहती है। यह बड़े महत्व की खोज थी। आगे जाकर इस खोज का उपयोग तारों की दूरियां जानने के लिए हुआ।

यह खोज करने वाले तरुण थे **जॉन गुडरिक**। उनके माता-पिता अंग्रेज थे, मगर उनका जन्म 1764 ई. में हालैंड में हुआ और शिक्षा इंग्लैंड में हुई। जन्म से भले ही गूंगे व बहरे रहे हों, मगर दिमाग और नजर के मामले में बहुत तेज थे। तारे देखने का उन्हें शौक हो गया और जल्दी ही वह एक कुशल खगोलविद् बन गए। लंदन की रॉयल सोसायटी ने 1882 ई. उन्हें अपना प्रतिष्ठित 'कोपले' पदक प्रदान किया। परंतु वे ज्यादा दिनों तक जीवित नहीं रहे। केवल 21 साल की छोटी आयु में, 1886 ई. में, जॉन गुडरिक का इंग्लैंड में निधन हो गया।

मगर खगोलविद् इस मायने में बड़े भाग्यशाली होते हैं कि उनके नाम ब्रह्मांड के उन पिंडों के साथ जुड़ जाते हैं जो सबसे ज्यादा समय तक टिके रहते हैं। चरकांति यानी घटती-बढ़ती कांति वाले तारों के साथ जॉन गुडरिक का नाम सदैव स्मरण किया जाता रहेगा।

गुडरिक द्वारा खोजे गए घटती-बढ़ती कांति वाले जिस तारे की ऊपर चर्चा की गई है, वह उत्तरी आकाश के **सेफियस**

आकाशस्थ सेफियस (वृषपर्वा)

मंडल का **डेल्टा** (δ) तारा है। अक्तूबर महीने में रात के आठ-नौ बजे उत्तर की ओर मुंह करके आकाश को देखा जाए तो ध्रुवतारे के थोड़े ऊपर सेफियस मंडल को पहचाना जा सकता है। इसके पूर्व में **शर्मिष्ठा** तारा-मंडल है। शर्मिष्ठा मंडल के तारे रोमन लिपि के M या W अक्षर जैसी आकृति बनाते हैं। शर्मिष्ठा के तारे काफी स्पष्ट हैं, इसलिए इस मंडल को पहचानने में कोई कठिनाई नहीं है, बशर्ते कि आकाश साफ हो। शर्मिष्ठा के अल्फा (α) और बीटा (β) तारों को जोड़ने वाली रेखा को पश्चिम की ओर बढ़ाया जाए, तो वह सेफियस मंडल के सबसे चमकीले अल्फा (α) तारे पर पहुंचती है।

सेफियस मंडल के अल्फा (α), बीटा (β), आयोटा (ι) और जीटा (ζ) तारे मिलकर एक चतुर्भुज की आकृति बनाते हैं। आयोटा (ι), बीटा

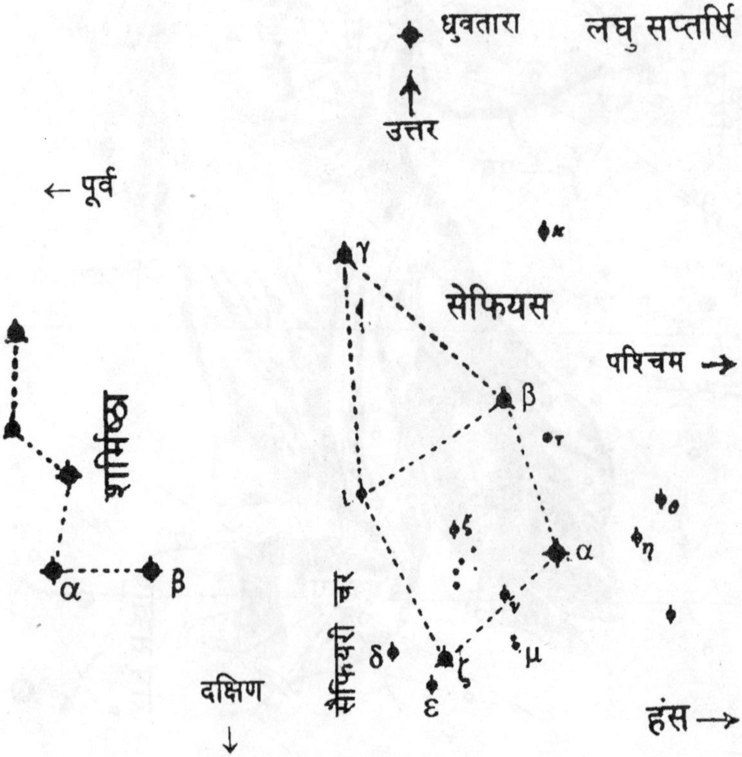

सेफियस (वृषपर्वा) तारा-मंडल

(β) और गामा (γ) तारे मिलकर त्रिभुज की अथवा झोपड़ी के ऊपर की तिरछी छत-जैसी आकृति बनाते हैं। भारत से देखने पर यह झोपड़ी हमें उल्टी नजर आएगी। इस झोपड़ी के ऊपर का सिरा नीचे ध्रुवतारे की ओर है।

सेफियस काफी पुराना तारा-मंडल है। एक यूनानी कथा के अनुसार, सेफियस इथियोपिया का राजा था। कैसियोपिया उसकी रानी और एंड्रोमीडा उसकी बेटी थी। यह यूनानी कथा **महाभारत** में वर्णित वृषपर्वा, ययाति, शर्मिष्ठा व देवयानी की कथा से काफी मेल खाती है। इसलिए आधुनिक काल में एक-दूसरे के समीप के इन तारा-मंडलों के लिए देवयानी (एंड्रोमीडा), शर्मिष्ठा (कैसियोपिया) आदि नाम पसंद किए गए। सेफियस के लिए **वृषपर्वा** का नाम चुना गया।

वृषपर्वा (सेफियस) मंडल का सफेद रंग का, 2.4 कांतिमान का **अल्फा** (α) तारा, जिसका नाम **अल्देरामीन** है, 52 प्रकाश-वर्ष दूर है। आकाश का ध्रुवबिंदु बदलता रहता है। आज से 20-22 हजार वर्ष पहले वृषपर्वा मंडल का यह अल्फा (α) तारा ध्रुवबिंदु के नजदीक था। करीब 7500 साल बाद यह तारा पुनः ध्रुवबिंदु के पास रहेगा।

इस मंडल का नीले रंग का विशाल **बीटा** (β) तारा 815 प्रकाश-वर्ष दूर है। यह एक जुड़वां तारा है और इसकी कांति भी बदलती रहती है। पीले रंग का **गामा** (γ) तारा 52 प्रकाश-वर्ष दूर है।

जॉन गुडरिक ने जिस तारे की चरकांति (घटती-बढ़ती कांति) का पता लगाया था, वह सेफियस मंडल का **डेल्टा** (δ) तारा है। डेल्टा (δ), इप्सिलोन (ε) और जीटा (ζ) तारे मिलकर एक छोटा-सा त्रिभुज बनाते हैं। इनमें इप्सिलोन (ε) और जीटा (ζ) स्थिर कांतिवाले तारे हैं। यदि दो-तीन सप्ताहों तक डेल्टा (δ) तारे की कांति की जीटा (ζ) व इप्सिलोन (ε) तारों की कांतियों से तुलना करके देखा जाए, तो स्पष्ट हो जाएगा कि डेल्टा (δ) तारे की कांति नियमित रूप से कम-ज्यादा होती है। गुडरिक ने ठीक यही किया था।

गुडरिक ने पता लगाया कि डेल्टा (δ) तारे की कांति हर पांच दिन और नौ घंटों बाद अधिकतम हो जाती है। इसमें किसी तरह का फेर-बदल नहीं होता। इस दौरान इस डेल्टा (δ) तारे का व्यास सूर्य के व्यास से करीब 40 से 46 गुना तक बदल जाता है। दरअसल, डेल्टा (δ) तारे की कांति में होने वाले बदलाव के साथ-साथ उसके रंग और तापमान में भी बदलाव होता रहता है। सेफियस मंडल के इस डेल्टा (δ) तारे की तरह जिन तारों

की कांति नियमित रूप से घटती-बढ़ती रहती है, उन्हें खगोल-विज्ञान में **सेफाइड** या **सैफियरी चर** के नाम से जाना जाता है।

डेल्टा (δ) पीले-सफेद रंग का एक अतिविशाल तारा है और यह 1300 प्रकाश-वर्ष दूर है। वस्तुतः यह एक चरकांति तारा ही नहीं, जुड़वां तारा भी है।

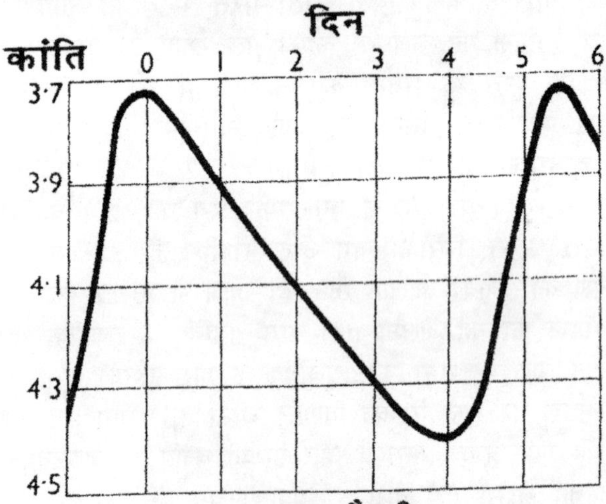

δ-सैफी तारे की घटती-बढ़ती कांति का आरेख

आकाशगंगा और दूर की मंदाकिनियों में इस डेल्टा (δ) की तरह के अनेक सैफियरी चर तारे खोजे गए हैं। आधुनिक खगोल-विज्ञान में इन सैफियरी चरों ने बड़े महत्व की भूमिका अदा की है। इनकी मदद से तारों की दूरियां मालूम हो जाती हैं। चूंकि सैफियरी चर तारे सुदूर की मंदाकिनियों (गैलेक्सियों) में भी खोजे गए हैं, इसलिए मुख्य रूप से इन्हीं की सहायता से ब्रह्मांड की अति दूर की सीमाओं को मापना संभव हुआ है।

सेफियस (वृषपर्वा) मंडल के अल्फा (α) और डेल्टा (δ) तारों के बीच में, इनको जोड़ने वाली रेखा के कुछ दक्षिण में, **म्यू** (μ) अक्षरांकित एक अद्‌भुत तारा है। इंग्लैंडवासी प्रख्यात खगोलविद् विलियम हर्शेल (1738–1822 ई.) ने सबसे पहले इस गहरे लाल रंग के तारे को पहचाना था और इसे **गार्निट स्टार** (रक्तमणि नक्षत्र) का नाम दिया था। लाल रंग का यह अति विशाल तारा हमसे 2800 प्रकाश-वर्ष दूर है और इसका

व्यास सूर्य के व्यास से करीब 1500 गुना ज्यादा है। इसकी कांति अर्धनियमित रूप से बदलती रहती है।

मगर ऐतिहासिक दृष्टि से सेफियस मंडल का सबसे महत्वपूर्ण तारा डेल्टा (δ) ही है। यह तारा ब्रह्मांड की दूरियां मापने के लिए मानदंड साबित हुआ है। हमें यह भी स्मरण रखना चाहिए कि डेल्टा (δ) की चरकांति की खोज एक अल्पायु-प्राप्त गूंगे-बहरे युवक ने की थी!

दो मिलती-जुलती पुरानी कथाएं

सर विलियम जोन्स (1746-94 ई.) कोलकाता में ईस्ट इंडिया कंपनी के सर्वोच्च न्यायालय के जज थे। उन्होंने संस्कृत सीखी थी और 1784 ई. में 'एशियाटिक सोसायटी आफ बंगाल' की स्थापना की थी। इसी सोसायटी में 1786 ई. में प्रस्तुत अपने एक भाषण में विलियम जोन्स ने कहा था कि यूरोप की पुरानी ग्रीक (यूनानी) व लैटिन भाषाओं में और भारत की संस्कृत भाषा में अद्‌भुत समानता है, इसलिए इन भाषाओं का मूल एक ही होना चाहिए।

भाषाओं की समानता से यह भी स्पष्ट हुआ कि संस्कृत बोलने वालों के पूर्वज और लैटिन-ग्रीक बोलने वालों के पूर्वज किसी समय भाई-बंद थे, एक ही प्रदेश में रहते थे। इस तरह संस्कृत, ग्रीक व लैटिन का तुलनात्मक अध्ययन शुरू हुआ। पता चला कि संस्कृत और ग्रीक भाषाओं की कई पुराणकथाओं में काफी समानता है। ऐसी दो कथाएं हैं :

एक ग्रीक कथा के अनुसार, सेफियस इथियोपिया का राजा था। उसकी रानी का नाम कैसियोपिया था। रानी को अपनी सुंदरता का बड़ा घमंड था। इससे समुद्र का देवता नेपच्यून बहुत नाराज हो गया। उसने इथियोपिया को तूफानों से तबाह करना शुरू कर दिया। जनता हाहाकार करने लगी। तब देववाणी हुई। बताया गया कि राजा सेफियस यदि अपनी बेटी एंड्रोमीडा को एक द्वीप की चट्टान के साथ सांकलों से बंधवा दे, तो नेपच्यून देवता की नाराजगी दूर हो जाएगी। राजा ने वैसा ही किया। जनता राजकुमारी एंड्रोमीडा की सुरक्षा के लिए प्रार्थना करने लगी। उसी समय वीर पर्सेयूस उस द्वीप पर आ पहुंचा। उसने अपनी तलवार से सभी समुद्री दैत्यों

सांकलों से मुक्त एंड्रोमीडा

को मार डाला और एंड्रोमीडा को मुक्त किया। राजा सेफियस ने पर्सेयूस के साथ एंड्रोमीडा का विवाह कर दिया।

लगभग इसी तरह की **महाभारत** में वर्णित कथा वृषपर्वा, शर्मिष्ठा, देवयानी और ययाति की है। वृषपर्वा असुरों (दैत्यों) का राजा था। उसकी कन्या का नाम शर्मिष्ठा था। देवों के पुरोहित बृहस्पति थे, तो दैत्यों के पुरोहित शुक्राचार्य। दैत्यराज वृषपर्वा ने शुक्राचार्य से अपने नगर में रहने के लिए प्रार्थना की थी। शुक्राचार्य की बेटी का नाम देवयानी था। शुरू में देवयानी और शर्मिष्ठा सहेलियां थीं, परंतु बाद में दोनों में झगड़ा हो गया। ऐसे ही एक झगड़े में शर्मिष्ठा ने देवयानी को कुएं में ढकेल दिया और शुक्राचार्य के लिए बहुत अपमानजनक बातें कहीं।

उसी समय राजा नहुष का पुत्र ययाति वहां आ पहुंचा। उसने कुएं में गिरी देवयानी का हाथ पकड़कर उसे बाहर निकाला। देवयानी ने ययाति के सामने विवाह का प्रस्ताव रखा। ययाति ने उसे स्वीकार नहीं किया। देवयानी पिता के पास पहुंची और सारा किस्सा कह सुनाया। क्रोध से भरे शुक्राचार्य दैत्यराज वृषपर्वा के

पास पहुंचे। वृषपर्वा ने अपनी बेटी के आचरण के लिए शुक्राचार्य व देवयानी से माफी मांगी। देवयानी के आग्रह पर शर्मिष्ठा को उसकी दासी बना दिया गया।

बाद में ययाति के साथ देवयानी का विवाह हुआ। तब शर्मिष्ठा दासी बनकर उसके साथ गई। आगे जाकर राजा ययाति ने गुप्त रूप से शर्मिष्ठा से भी विवाह कर लिया। शुक्राचार्य ने सारी बातें जानीं तो ययाति को बूढ़ा हो जाने का शाप दे डाला! तब शर्मिष्ठा के छोटे बेटे पुरु ने अपनी जवानी पिता को देकर उनका बुढ़ापा स्वयं ले लिया। फिर से जवान होकर ययाति ने लंबे समय तक सुखभोग किया। अंत में ययाति ने बेटे पुरु को उसकी जवानी लौटा दी। पुरु के वंश में ही आगे जाकर दुष्यंत, भरत और कौरव-पांडव हुए।

सेफियस, कैसियोपिया, एंड्रोमीडा और पर्सेयूस तारा-मंडल आकाश में पास-पास ही हैं। इनसे संबंधित ग्रीक कथा भारतीय कथा से मिलती-जुलती है, इसीलिए पाश्चात्य ज्योतिष के सेफियस, कैसियोपिया, एंड्रोमीडा और पर्सेयूस तारा-मंडलों को आधुनिक काल में हमारे देश में क्रमशः वृषपर्वा, शर्मिष्ठा, देवयानी और ययाति नाम दिए गए हैं।

❖

भाद्रपदाओं की सुंदर चौकी

पुराने जमाने के लोग रात को अधिकतर खुले आसमान के नीचे सोते थे, इसलिए तारों को देखने-पहचानने के मौके उन्हें ज्यादा मिलते थे। आकाश के नक्षत्र या तारे तरह-तरह के समूह बनाते हैं। बहुत पहले मनुष्य ने इन तारा-समूहों को पशु-पक्षियों और पृथ्वी की दूसरी परिचित वस्तुओं के नाम दिए। वैदिक ग्रंथ **तैत्तिरीय ब्राह्मण** में कहा भी गया है–*यानि वा इमानी पृथिव्याश्चित्राणि* (आकाश के नक्षत्र पृथ्वी की चीजों के ही चित्र हैं)।

इन दिनों रात के दस-ग्यारह बजे सिर के ऊपर मध्याकाश में देखा जाए, तो चार चमकीले तारों से बनने वाले एक बड़े चतुर्भुज को आसानी से पहचाना जा सकता है। इन चार नक्षत्रों या तारों को **भाद्रपदा** कहा जाता है। पुरानी पुस्तकों में इन्हें **प्रोष्ठपदा** भी कहा गया है। 'भाद्रपदा' का अर्थ है–सुंदर या शुभ पैर वाली। 'प्रोष्ठपदा' का अर्थ है–चौकी या स्टूल।

भाद्रपदा के नक्षत्र सचमुच ही आकाश में एक चतुर्भुज (लगभग वर्गाकार) या चार पैरों वाली एक चौकी-जैसी आकृति बनाते हैं। भाद्रपदा के दो भाग हैं–**पूर्वभाद्रपदा** और **उत्तरभाद्रपदा**। भाद्रपदा के चतुर्भुज के पश्चिम की ओर के दो तारे (α और β) पूर्व के आकाश में पहले उदित होते हैं, इसलिए इन्हें पूर्वभाद्रपदा नक्षत्र कहते हैं। बाद में उदित होने वाले दो तारे (γ और δ) उत्तरभाद्रपदा नक्षत्र कहलाते हैं। भाद्रपदा के चार तारों से बनने वाले चतुर्भुज की प्रत्येक भुजा लगभग 15 अंश लंबी है (क्षितिज से शिरोबिंदु तक की दूरी 90 अंश होती है)।

भाद्रपदा का यह चतुर्भुज जिस तारा-मंडल में है, उसका पाश्चात्य नाम **पेगासस** (पंख लगे घोड़े का सिर) है। इसलिए

आकाशस्थ हयशिर (पेगासस)

हमारे यहां इस मंडल को अब **हयशिर** (घोड़े का सिर) कहते हैं। सिकंदरिया (मिस्र) के प्रख्यात यूनानी ज्योतिषी तालेमी (150 ई.) ने भी इस मंडल का उल्लेख पंख लगे अश्व के रूप में ही किया है। तालेमी के अनुकरण पर अरबी ज्योतिषियों ने इस मंडल को अल्-फरस (घोड़ा) कहा। मगर हमारे देश में बहुत प्राचीन काल से आकाश के इस चतुर्भुज को भाद्रपदा (सुंदर पैरों वाली चौकी) के नाम से पहचाना जाता रहा है।

यूरोप में बहुत-से तारों के नाम अरबी भाषा से अपनाए गए हैं। भाद्रपदा के चतुर्भुज के दक्षिण-पश्चिम कोने में जो **अल्फा** (α) तारा है, उसका अरबी पर आधारित पाश्चात्य नाम **मर्कब** (यानी, घोड़े का कंधा) है। हमारे यहां प्रायः इसे ही पूर्वभाद्रपदा का प्रमुख तारा माना जाता है। यह तारा हमसे

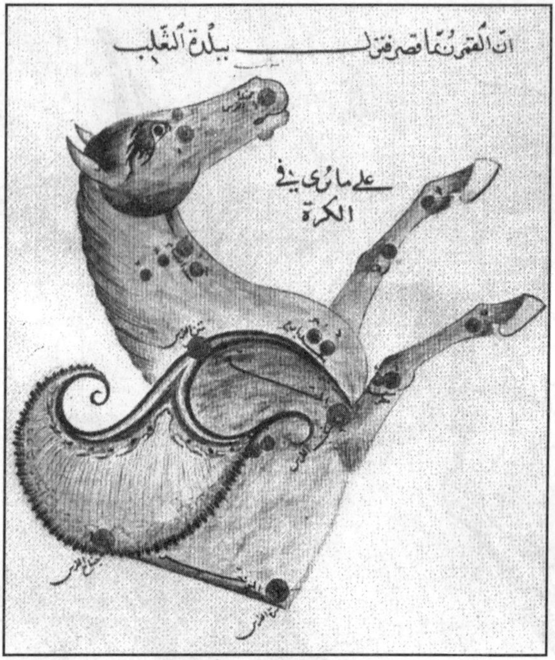

अरबों का हयशिर (पेगासस)

165 प्रकाश-वर्ष दूर है।

चतुर्भुज का, पश्चिमोत्तर दिशा का, **बीटा** (β) तारा घोड़े की दाईं टांग पर स्थित है, इसलिए इसे अरबी में **अल्-साइद** (टांग या बांह) नाम दिया गया था। इस तारे की कांति घटती-बढ़ती रहती है। यह बहुत बड़ा तारा है। इसका व्यास सूर्य के व्यास से 87 गुना अधिक है। यह तारा हमसे करीब 180 प्रकाश-वर्ष दूर है।

चतुर्भुज के, पूर्व की ओर के, **गामा** (γ) और **डेल्टा** (δ) तारे उत्तरभाद्रपदा के नक्षत्र हैं। गामा (γ) तारे का अरबी पर आधारित पाश्चात्य नाम **अलजेनिब** है और यह 590 प्रकाश-वर्ष दूर है।

चतुर्भुज के पूर्वोत्तर कोने के **डेल्टा** (δ) तारे का नाम **अलफेराट्ज** है। दरअसल, यह नजदीक के **देवयानी** (एंड्रोमीडा) मंडल का प्रमुख **अल्फा** (α) तारा है। चतुर्भुज को पूरा करने के लिए इसे देवयानी मंडल से उधार लिया गया है। कई ज्योतिषियों ने इसे ही **उत्तरभाद्रपदा** का प्रमुख तारा माना है। यह एक जुड़वां तारा है और हमसे 116 प्रकाश-वर्ष दूर है।

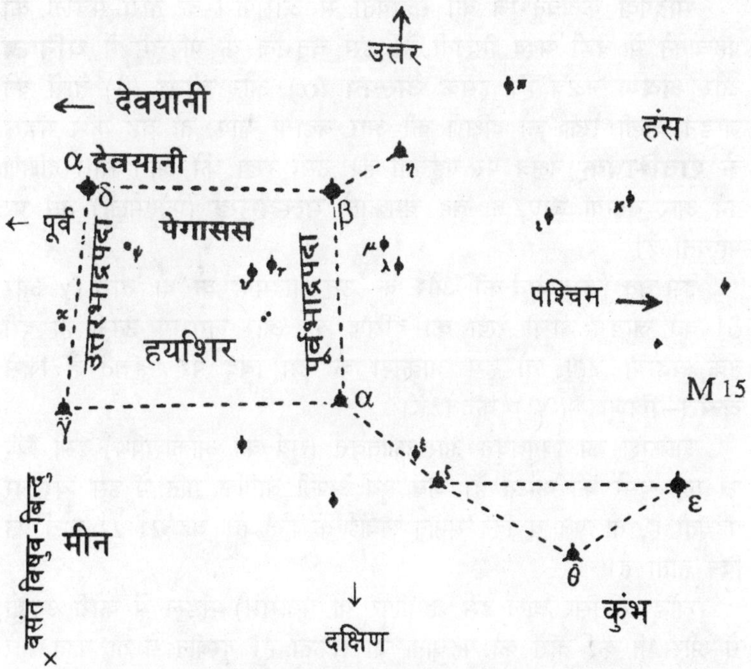

हयशिर (पेगासस) तारा-मंडल : भाद्रपदा नक्षत्र

आम तौर पर किसी मंडल का **अल्फा** (α) तारा ही सबसे अधिक चमकीला होता है। मगर हयशिर (पेगासस) मंडल का सबसे चमकीला तारा **अल्फा** (α) नहीं, बल्कि इसके दक्षिण-पश्चिम सिरे का 2.4 कांतिमान का **इप्सिलोन** (ε) तारा है, जो हमसे 520 प्रकाश-वर्ष दूर है।

इप्सिलोन (ε) तारे के कुछ उत्तर में एक गोलाकार तारा-गुच्छ है। M15 नामक यह तारा-गुच्छ हमसे 30,000 प्रकाश-वर्ष दूर है, इसलिए इसे दूरबीन से ही देखा जा सकता है। इस तारा-गुच्छ में हमारे सूर्य की तरह के करीब 60 लाख तारे हैं और यह अंतरिक्ष में 165 प्रकाश-वर्ष की दूरी तक फैला हुआ है। ऐसे गोलाकार तारा-गुच्छों का जन्म आकाशगंगा के आरंभिक जीवनकाल में हुआ था। यदि इस विशाल तारा-गुच्छ के केंद्रभाग के किसी तारे के इर्द-गिर्द हमारी पृथ्वी जैसा कोई आबाद ग्रह चक्कर लगा रहा है, तो उन प्राणियों को अपने आकाश में शुक्र ग्रह से भी अधिक चमकीले अनगिनत तारों का भव्य नजारा देखने को मिलता होगा।

भाद्रपदा के चतुर्भुज की सहायता से आसपास के तारा-मंडलों को पहचानने में बड़ी मदद मिलती है। इस चतुर्भुज के पश्चिम में **धनिष्ठा** और **श्रवण** नक्षत्र हैं। इसके **अल्फा** (α) और **बीटा** (β) तारों को जोड़ने वाली रेखा को दक्षिण की ओर बढ़ाया जाए, तो वह कुंभ मंडल के **शतभिषक्** नक्षत्र पर पहुंचती है। उसी रेखा को आगे सीधे दक्षिण की ओर बढ़ाया जाए, तो वह चमकीले **मत्स्यमुख** (फोएमेलो) तारे पर पहुंचती है।

इस चतुर्भुज के पूर्व की ओर के उत्तरभाद्रपदा के दो तारों (γ और δ) को जोड़ने वाली रेखा को दक्षिण की ओर लगभग उतनी ही दूरी तक बढ़ाया जाए, तो हम आकाश के उस बिंदु पर पहुंचते हैं जिसे **वसंत-विषुव** (♈) कहते हैं।

आकाश का विषुववृत्त और क्रांतिवृत्त (सूर्य का आकाशपथ) इसी बिंदु पर एक-दूसरे को काटते हैं। जब सूर्य अपनी वार्षिक गति में इस बिंदु पर पहुंचता है, तो रात व दिन समान लंबाई के होते हैं। वह 21-22 मार्च का दिन होता है।

घोड़े के सिर वाले इस (हयशिर या पेगासस) मंडल में कोरी आंखों से और भी कई तारों को पहचाना जा सकता है। दूरबीन से तो बहुत-सारे तारे देखे जा सकते हैं। मगर हमारे लिए अधिक महत्व के हैं **भाद्रपदा** की सुंदर चौकी के चार चमकीले तारे, जो इन दिनों आकाश में एक बड़े चतुर्भुज का आकर्षक नजारा प्रस्तुत करते हैं।

❖

क्वासरों की उलझन

पहली बार 1838 ई. में आकाश के जिस तारे (हंस 61) की दूरी ज्ञात की गई थी, वह हमसे लगभग 11 प्रकाश-वर्ष यानी करीब 1,00,000 अरब किलोमीटर दूर है। फिर 1920 ई. के दशक में पहली बार यह स्पष्ट हुआ कि आकाशगंगा के परे की देवयानी मंदाकिनी (एंड्रोमीडा गैलेक्सी) हमसे लगभग 20 लाख प्रकाश-वर्ष दूर है। फिर आगे के करीब चार दशकों में शक्तिशाली प्रकाश-दूरबीनों से करीब 5 अरब प्रकाश-वर्ष दूर की मंदाकिनियां खोजी गईं। कुछ खगोलविद् सोचने लगे कि उन्होंने ब्रह्मांड के अंतिम छोर को खोज लिया है।

लेकिन वे गलत साबित हुए। 1960 ई. के बाद ब्रह्मांड में कुछ ऐसे अनोखे पिंड खोजे गए जो हमसे 10-15 अरब प्रकाश-वर्ष तक दूर हैं। इन पिंडों ने ज्ञेय विश्व की सीमाएं एकाएक दुगुनी-तिगुनी दूरी पर पहुंचा दीं। ये पिंड रेडियो-दूरबीनों की सहायता से खोजे गए और लगभग सौ मंदाकिनियों (या खरबों तारों) के तुल्य ऊर्जा पैदा करते हुए भी आकार में तारों के तुल्य हैं। इसलिए खगोलविदों ने इन्हें **क्वासी-स्टेलर रेडियो सोर्सेज** (संक्षेप में, **क्वासर**) यानी 'तारों-जैसे रेडियो-स्रोत' का नाम दिया है।

बड़ी दिलचस्प है क्वासरों की खोज की दास्तान। क्वासर आज भी खगोलविदों के लिए एक जटिल पहेली बने हुए हैं। इसलिए भी क्वासरों का थोड़ा-बहुत परिचय प्राप्त करना जरूरी है।

दूसरे विश्वयुद्ध (1939-45 ई.) के बाद रेडियो-दूरबीनों से आकाश में ऐसे कई पिंड खोजे गए जो रेडियो-तरंगों का उत्सर्जन करते हैं। फिर यह भी स्पष्ट हुआ कि नीहारिकाओं (गैस और धूलि के मेघों), विस्फोटित तारों (सुपरनोवा) और मंदाकिनियों से

ये रेडियो-तरंगें उत्सर्जित होती हैं। मगर 1960 ई. तक सौर मंडल के बाहर ऐसा कोई तारा नहीं खोजा गया था जो एक रेडियो-स्रोत हो।

तब उस साल एक ऐसे रेडियो-स्रोत की खोज हुई जो एक तारे की तरह का था। वह रेडियो-स्रोत था–**3C48** (कैम्ब्रिज के रेडियो-स्रोतों की तीसरी सूची में 48 नंबर का स्रोत)। दो साल बाद कन्या तारा-मंडल में **3C273** नामक ऐसा ही एक और रेडियो-स्रोत खोजा गया। कुछ ही सालों में ऐसे 200 से भी अधिक तारों-जैसे रेडियो-स्रोत आकाश में खोजे गए। खगोलविदों ने इन्हें **क्वासर** का नाम दिया।

क्वासरों की खोज ने खगोलविदों को बड़ी उलझन में डाल दिया। पता चला कि नीले प्रकाश और रेडियो-तरंगों का उत्सर्जन करने वाले ये क्वासर चंद प्रकाश-वर्ष से अधिक लंबे-चौड़े नहीं हैं। तुलना में हमारी आकाशगंगा 1,00,000 प्रकाश-वर्ष चौड़ी है। फिर भी एक क्वासर लगभग 100 आकाशगंगाओं के बराबर या सूर्य-जैसे करीब 10,000 अरब तारों के बराबर ऊर्जा उत्सर्जित करता है!

यह कैसे संभव है? खगोलविद् क्वासरों की इस अपार ऊर्जा की पहेली को आज तक सुलझा नहीं पाए हैं। वैज्ञानिक समझ नहीं पा रहे हैं कि क्वासर के आकार के पिंड इतनी भीषण ऊर्जा किस भौतिक प्रक्रिया के जरिए पैदा करते हैं।

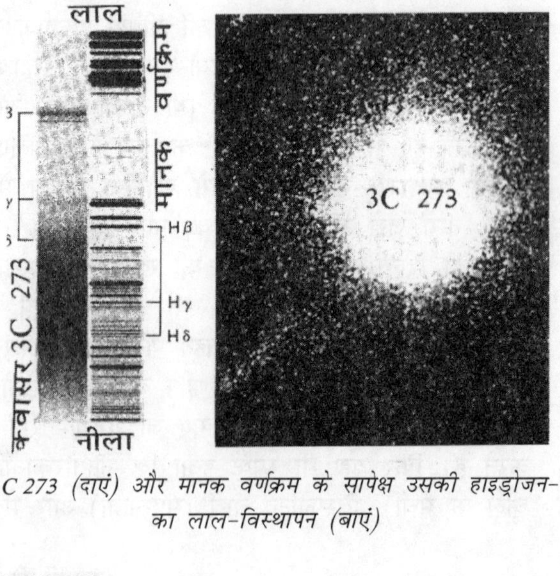

क्वासर 3 C 273 (दाएं) और मानक वर्णक्रम के सापेक्ष उसकी हाइड्रोजन-रेखाओं का लाल-विस्थापन (बाएं)

फिर 1963 ई. में क्वासरों ने खगोलविदों के सामने एक और पहेली प्रस्तुत कर दी। खगोलविद मार्टेन शिमड्ट को क्वासर **3C 273** के वर्णक्रम-पट का अध्ययन करने पर पता चला कि इसमें रेखाएं लाल सिरे की ओर काफी ज्यादा सरक गई हैं। वर्णक्रम में इस तरह के **लाल विस्थापन** (रेड शिफ्ट) से पता चल जाता है कि वह पिंड कितनी तेजी से दूर भाग रहा है और हमसे कितनी दूर है। इस प्रकार पता चला कि क्वासर 3C 273 हमसे करीब तीन अरब प्रकाश-वर्ष दूर है और 47,000 किलोमीटर प्रति सेकंड के वेग से पलायन कर रहा है। मगर क्वासर 3C 48 करीब पांच अरब प्रकाश-वर्ष दूर है और 1,10,000 किलोमीटर प्रति सेकंड के वेग से पलायन कर रहा है।

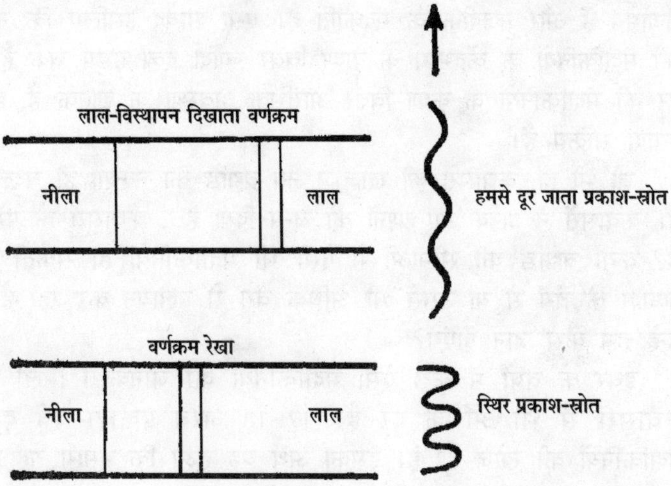

लाल-विस्थापन

फिर 1973 ई. में एक ऐसे क्वासर (**OH 471**) का पता चला जो हमसे करीब 16 अरब प्रकाश-वर्ष दूर है और प्रकाश के वेग (3,00,000 किलोमीटर प्रति सेकंड) के 91 प्रतिशत वेग से पलायन कर रहा है। इस प्रकार, क्वासरों ने एक दशक के भीतर ही ज्ञेय विश्व की सीमाएं तिगुनी दूरी पर पहुंचा दीं। 16 अरब प्रकाश-वर्ष दूरी का अर्थ यह है कि उस क्वासर की किरणें 16 अरब साल बाद हमारे पास पहुंची हैं। अन्य शब्दों में, हमारा यह विश्व कम-से-कम 16 अरब साल पुराना तो है ही।

क्वासरों की खोज ने खगोलविदों को बड़ी उलझन में डाल दिया है।

क्वासर हमारी आकाशगंगा से करीब पांच लाख गुना छोटे हैं, मगर 100 से भी ज्यादा आकाशगंगाओं के बराबर ऊर्जा पैदा करते हैं। नाभिकीय प्रक्रियाओं से इतनी भीषण ऊर्जा पैदा नहीं हो सकती। इसलिए कुछ वैज्ञानिकों ने सुझाया है कि क्वासरों की ऊर्जा या तो बेशुमार द्रव्य के गुरुत्वीय पतन की ऊर्जा है या द्रव्य और प्रतिद्रव्य के टकराव से पैदा हुई ऊर्जा है।

कुछ ऐसे भी वैज्ञानिक हैं जो नहीं मानते कि क्वासर विश्व की दूरस्थ सीमाओं में स्थित हैं। इधर के वर्षों में कई वैज्ञानिक सोचने लग गए हैं कि क्वासर वस्तुतः मंदाकिनियों के केंद्रभाग में स्थित विशाल कृष्ण-विवर (ब्लैक होल्स) हैं, जिनमें इर्द-गिर्द की चक्रिल गैसों का बड़ा तेजी से पतन हो रहा है। यह भी पता चला है कि विश्व की दूर की सीमाओं के क्वासर ज्यादा तेजोमय हैं और नजदीक के मंदकांति हैं। ऐसा शायद इसलिए कि नजदीक की मंदाकिनियों के केंद्रभाग के कृष्ण विवर ज्यादा द्रव्य हड़प चुके हैं, मगर दूर की मंदाकिनियों के कृष्ण-विवर आरंभिक अवस्था के द्योतक हैं, इसलिए ज्यादा सक्रिय हैं।

जो भी हो, क्वासरों की खोज ने ज्ञेय ब्रह्मांड का नक्शा ही बदल दिया है। क्वासरों ने अनेक नए प्रश्नों को जन्म दिया है : क्वासरों के परे क्या है? क्या बह्मांड की सीमाओं में ऐसी भी मंदाकिनियां हो सकती हैं जो प्रकाश के वेग से या उससे भी अधिक वेग से पलायन कर रही हैं? तब उन्हें हम कैसे जान पाएंगे?

इधर के वर्षों में कुछ ऐसी मंदाकिनियों की जानकारी मिली है जो क्वासरों से भी अधिक दूर हैं। 17-18 अरब प्रकाश-वर्ष दूर की मंदाकिनियों की खोज हुई है। इसका अर्थ यह हुआ कि हमारा यह ब्रह्मांड करीब 18 अरब वर्ष पुराना है।

अध्याय 12

★ देवयानी और शर्मिष्ठा के तारे

★ (देवयानी और शर्मिष्ठा की कथा)

★ मीन मंडल : रेवती नक्षत्र

★ 'विलक्षण' तारा

★ ब्रह्मांड की अंधेरी गुफाएं

★ सुब्रह्मण्यन् चंद्रशेखर

॥ नवंबर ॥

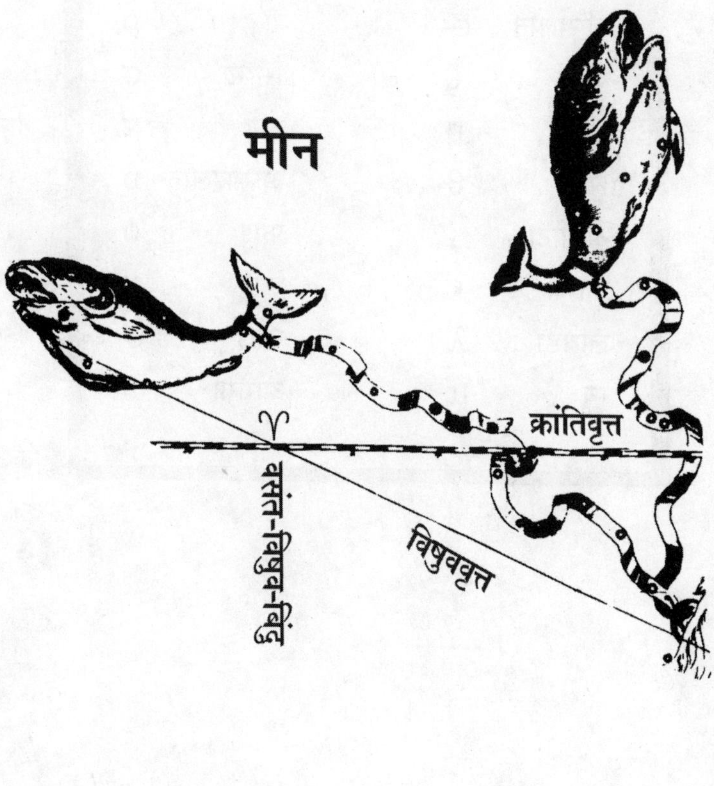

यूनानी वर्णमाला

अल्फा	α	न्यू	ν
बीटा	β	क्साइ	ξ
गामा	γ	ओमिक्रोन	o
डेल्टा	δ	पाइ	π
इप्सिलोन	$\in$	रो	ρ
जीटा	ζ	सिग्मा	σ
इटा	η	टाउ	τ
थीटा	θ	अप्साइलोन	υ
आयोटा	ι	फाइ	ϕ
काप्पा	κ	खाइ	χ
लांबडा	λ	प्साइ	ψ
म्यू	μ	ओमेगा	ω

देवयानी और शर्मिष्ठा के तारे

सबसे पहले एक सवाल : मनुष्य अपनी कोरी आंखों से अधिक-से-अधिक कितनी दूर की चीज देख सकता है?

चूंकि अब आपको तारों की दूरियों का थोड़ा अता-पता लग गया है, इसलिए उत्तर मिल सकता है : "हम चार-पांच सौ प्रकाश-वर्ष दूर के तारों को भी अपनी कोरी आंखों से देख सकते हैं।" एक **प्रकाश-वर्ष** का अर्थ है–94,63,00,00,00,000 किलोमीटर दूरी!

दरअसल, हमारी आंखें, बिना दूरबीन के, केवल चार-पांच सौ प्रकाश-वर्ष दूर के तारों को ही नहीं, विशाल ब्रह्मांड की एक ऐसी ज्योति को देखने में समर्थ हैं जो हमसे लगभग बीस लाख प्रकाश-वर्ष दूर है। जो ज्योति जितनी ही ज्यादा बड़ी और ज्यादा चमकीली होगी, उसे उतनी ही अधिक दूरी से देखा जा सकेगा।

देवयानी मंदाकिनी : 20 लाख प्रकाश-वर्ष दूर

जो ज्योति हमसे 20 लाख प्रकाश-वर्ष दूर है, वह बहुत बड़ी और लगभग 200 अरब सूर्यों के बराबर चमकीली है। दरअसल, वह हमारी आकाशगंगा से भी कुछ बड़ी, लगभग 200 अरब तारों की, एक विशाल योजना है, एक स्वतंत्र मंदाकिनी (गैलेक्सी) है। उसे **देवयानी मंदाकिनी** (एंड्रोमीडा गैलेक्सी) के नाम से जाना जाता है।

आकाश में एक बड़ा-सा चतुर्भुज बनाने वाले भाद्रपदा के तारों का परिचय पिछले अध्याय में दिया जा चुका है। यह चतुर्भुज आजकल रात के आठ-नौ बजे लगभग सिर के ऊपर पहुंच जाता है। इस चतुर्भुज के पूर्वोत्तर कोने का **उत्तरभाद्रपदा** का **डेल्टा** (δ) तारा वस्तुतः देवयानी मंडल

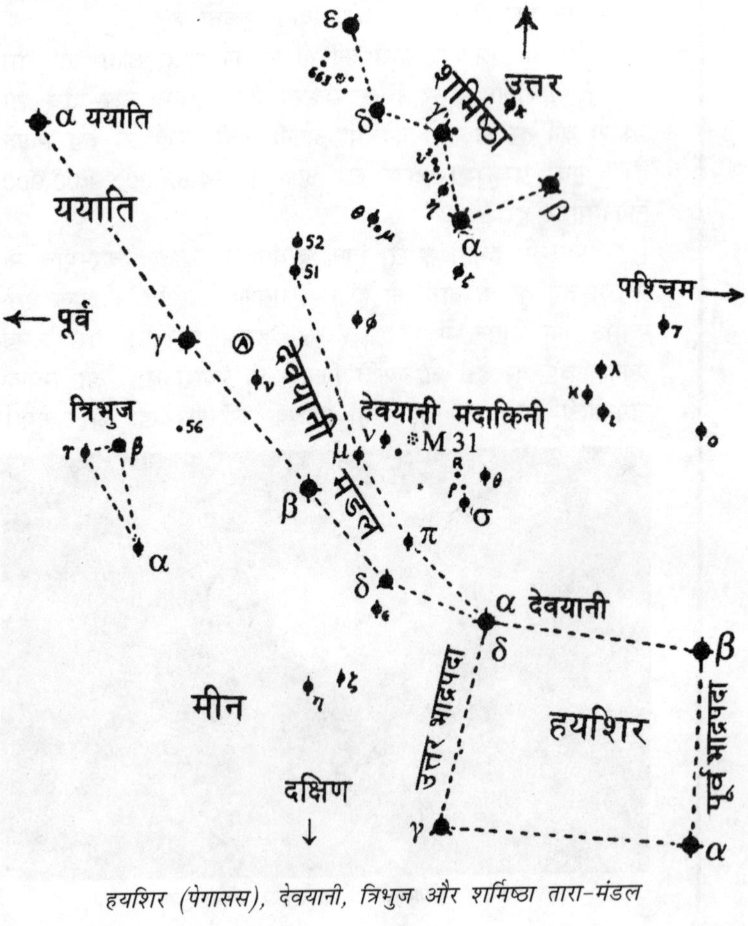

हयशिर (पेगासस), देवयानी, त्रिभुज और शर्मिष्ठा तारा-मंडल

पाश्चात्य एंड्रोमीडा (देवयानी)

का प्रमुख **अल्फा** (α) तारा है। देवयानी मंडल के शेष तारे भाद्रपदा की चौकी के पूर्वोत्तर में दो पंक्तियों या लकीरों में फैले हुए हैं। **अल्फा** (α) तारे से निकलने वाली उत्तरी लकीर **शर्मिष्ठा** (कैसियोपिया) मंडल की ओर पहुंचती है और दक्षिणी लकीर **ययाति** (पर्सेयूस) मंडल की ओर। देवयानी के दक्षिण में **त्रिभुज** तथा **मीन** तारा-मंडल हैं।

एक यूनानी पुराणकथा के अनुसार, इथियोपिया के राजा सेफियस और रानी कैसियोपिया की एंड्रोमीडा नाम की एक पुत्री थी। कैसियोपिया को अपनी सुंदरता का बड़ा घमंड था। उसका घमंड दूर करने के लिए समुद्रराज

नेपच्यून ने एक समुद्री दैत्य को इथियोपिया की ओर भेजा और उसके मार्ग में एंड्रोमीडा को एक समुद्री चट्टान के साथ सांकलों से बंधवा दिया। मगर वीर पर्सेयूस ने एंड्रोमीडा को मुक्त करके उससे विवाह कर लिया। पाश्चात्य परंपरा के सेफियस, एंड्रोमीडा, कैसियोपिया और पर्सेयूस तारा-मंडल आकाश में पास-पास ही हैं।

भारत में वृषपर्वा, देवयानी, शर्मिष्ठा और ययाति की पुराणकथा प्रसिद्ध

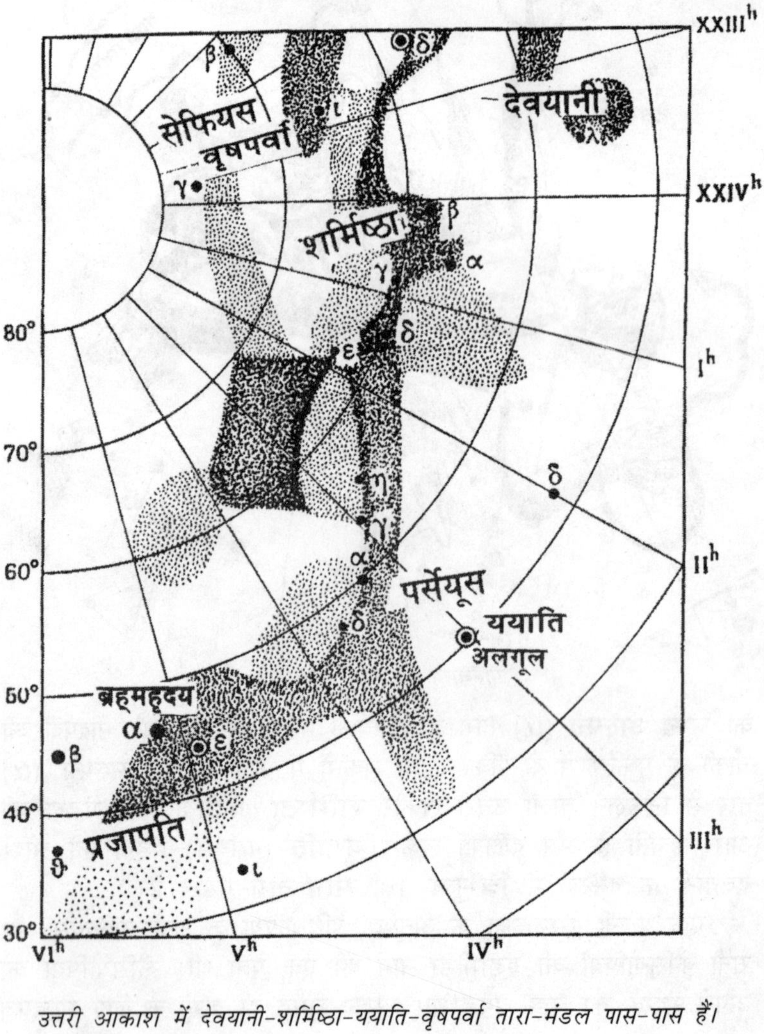

उत्तरी आकाश में देवयानी-शर्मिष्ठा-ययाति-वृषपर्वा तारा-मंडल पास-पास हैं।

है (देखिए आगे कथा)। पाश्चात्य सेफियस-एंड्रोमीडा-कैसियोपिया-पर्सेयूस तारा-मंडलों को भारत में क्रमशः वृषपर्वा-देवयानी-शर्मिष्ठा-ययाति नाम दिए गए हैं।

देवयानी मंडल का **अल्फा** (α), जो हयशिर मंडल का **डेल्टा** (δ) तारा भी है, एक जुड़वां तारा है और यह करीब 165 प्रकाश-वर्ष दूर है। **बीटा** (β) तारा देवयानी के कमरबंद पर है और यह हमसे 180 प्रकाश-वर्ष दूर है। उसके बाएं पैर की एड़ी पर स्थित **गामा** (γ) तारा एक जुड़वां योजना है और यह 590 प्रकाश-वर्ष दूर है।

देवयानी तारा-मंडल की पहचान हो जाने के बाद अब इसके **बीटा** (β) तारे के पश्चिमोत्तर में यूनानी अक्षर **म्यू** (μ) और **न्यू** (ν) से दर्शाए गए तारों को देखिए। इनके पश्चिम में थोड़े अंतर पर स्वच्छ आकाश में कोरी आंखों से एक धुंधले प्रकाश-पुंज को पहचाना जा सकता है। यही है वह ज्योति जो हमसे लगभग बीस लाख प्रकाश-वर्ष दूर है। दूरबीन का प्रयोग (1609 ई.) होने के पहले भी कुछ खगोलविदों ने इस ज्योति को पहचाना था। परंतु जब इसे दूरबीन से देखा गया, तो यह एक धुंधले बादल-जैसी नजर आई। इसलिए यूरोप में इसे **नेबुला** यानी नीहारिका (कुहरे या धुएं का बादल) कहा गया। 1784 ई. में फ्रांसीसी खगोलविद् शार्ल मेसिए ने 103 'नीहारिकाओं' की जो सूची तैयार की, उसमें 'देवयानी नीहारिका' (एंड्रोमीडा नेबुला) को क्रमांक M 31 से दर्शाया गया।

मगर 'देवयानी नीहारिका' असल में नीहारिका (नेबुला) यानी गैस या धूल का विशाल बादल नहीं है। 1924 ई. में अमरीकी खगोलविद् एडविन हब्बल (1889-1953 ई.) ने एक शक्तिशाली दूरबीन से इस प्रकाश-पुंज में अलग-अलग तारों को पहचाना। तब पहली बार स्पष्ट हुआ कि यह नीहारिका नहीं, बल्कि हमारी आकाशगंगा की तरह की एक स्वतंत्र मंदाकिनी (गैलेक्सी) है। इसमें 200 अरब से भी अधिक तारे हैं और आकार-प्रकार में यह लगभग हमारी आकाशगंगा-जैसी ही एक सर्पिल मंदाकिनी है (देखिए रंगीन चित्र भी)।

देवयानी मंडल में M 31 मंदाकिनी को पहचानने का मतलब है—ब्रह्मांड में 20 लाख प्रकाश-वर्ष की दूरी तक देखना। इस मंदाकिनी के जिस प्रकाश को आज हम धरती पर देखते हैं, वह 20 लाख वर्ष पहले अपने स्रोत-स्थान से निकला था। तब इस धरती पर आज-जैसे मानव का कोई अता-पता नहीं था।

पाश्चात्य कैसियोपिसा (शर्मिष्ठा)

देवयानी मंडल के उत्तर में, ध्रुवतारे की ओर, M या W अक्षर के आकार का **शर्मिष्ठा** (कैसियोपिया) मंडल है। ध्रुवतारे के एक ओर सप्तर्षि तारा-मंडल है और दूसरी ओर शर्मिष्ठा तारा-मंडल। एक का पश्चिमी आकाश में अस्त होता है, तो दूसरे का पूर्वी आकाश में उदय। आजकल रात्रि के नौ-दस बजे शर्मिष्ठा मंडल को उत्तरी आकाश में, ध्रुवतारे के 30 अंश ऊपर, मजे में पहचाना जा सकता है। सप्तर्षि की तरह शर्मिष्ठा के तारे भी दूसरे कई तारों को पहचानने में बड़ी मदद करते हैं।

पश्चिम से पूर्व की ओर शर्मिष्ठा के क्रमशः पांच प्रमुख तारे हैं—बीटा (β), अल्फा (α), गामा (γ), डेल्टा (δ) और इप्सिलोन (ε)। कांतिमान 2.3 का सफेद रंग का **बीटा** (β) तारा हमसे 46 प्रकाश-वर्ष दूर है। कांतिमान 2.2 का विशाल पीतवर्ण **अल्फा** (α) तारा, जिसका अरबी पर

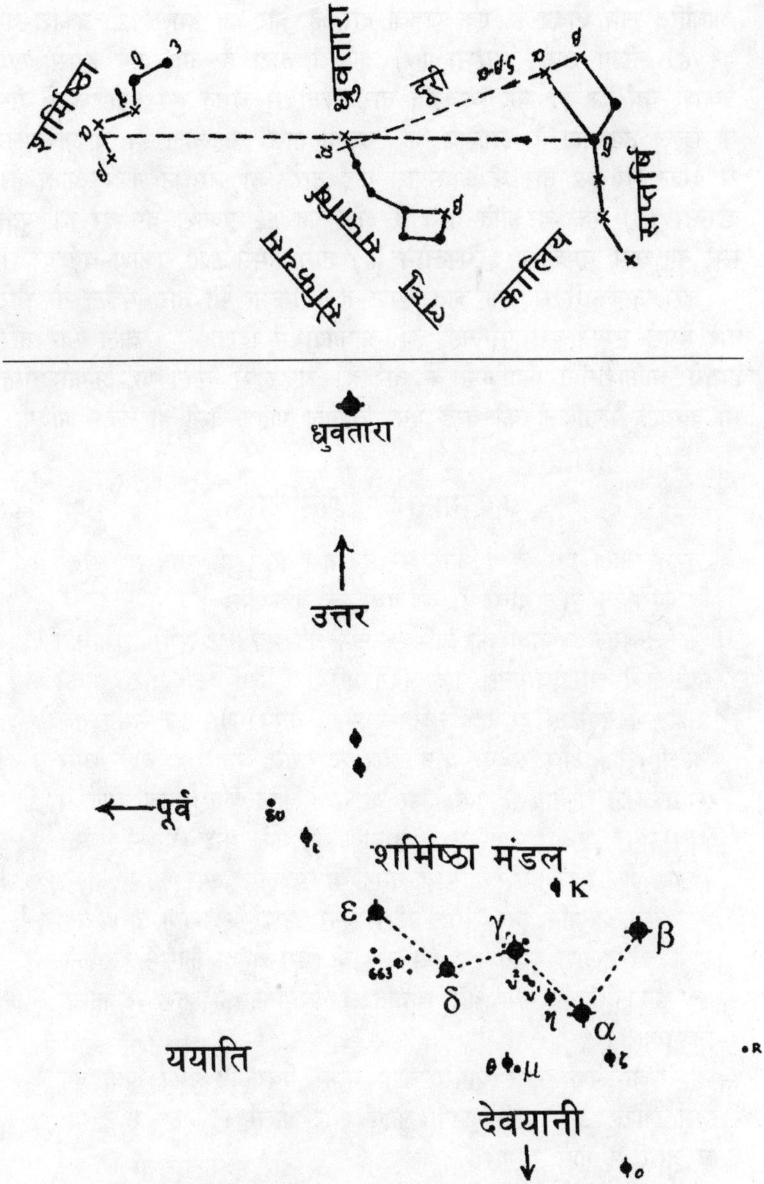

(ऊपर) ध्रुवतारे की विपरीत दिशाओं में शर्मिष्ठा और सप्तर्षि मंडल;
(नीचे) शर्मिष्ठा तारा-मंडल

आधारित नाम **शेदर** है, एक जुड़वां तारा है और यह हमसे 120 प्रकाश-वर्ष दूर है। नीला-सफेद **गामा** (γ) जुड़वां तारा है और यह हमसे 770 प्रकाश-वर्ष दूर है। यह चरकांति तारा तेजी से घूमते हुए अंतरिक्ष में गैस के छल्ले उछालता है, इसलिए यह 'छल्ला तारा' कहलाता है। बाइनॉक्यूलर से देखने पर इस तारे के आसपास कई तारों का जमघट नजर आता है। **डेल्टा** (δ) एक चरकांति तारा है और यह 52 प्रकाश-वर्ष दूर है। पूर्वी सिरे का कम चमकीला **इप्सिलोन** (ε) तारा हमसे 520 प्रकाश-वर्ष दूर है।

इस जानकारी से एक बात स्पष्ट है : किसी भी तारा-मंडल के सारे तारे हमसे समान दूरी पर नहीं हैं। आकाश में दिखाई देने वाले सारे तारे हमारी आकाशगंगा-मंदाकिनी के तारे हैं। बाहर से देखने पर आकाशगंगा भी देवयानी मंदाकिनी की तरह एक विशाल पहिए-जैसी ही नजर आएगी।

देवयानी और शर्मिष्ठा

बहुत पहले देव, दैत्य और मनुष्य साथ-साथ ही रहते थे। दैत्यों के पुरोहित शुक्राचार्य थे, तो देवों के बृहस्पति।

दैत्यराज वृषपर्वा की शर्मिष्ठा नाम की एक बेटी थी। शुक्राचार्य की पुत्री थी देवयानी। एक दिन देवयानी, शर्मिष्ठा और उसकी सहेलियां नगर से दूर एक नदी पर स्नान करने गईं। उस समय तेज आंधी आई और सबके वस्त्र इधर-उधर उड़ गए। देवयानी और शर्मिष्ठा ने गलती से एक-दूसरे के वस्त्र पहन लिए। तब दोनों में खूब झगड़ा हुआ। शर्मिष्ठा ने देवयानी को एक सूखे कुएं में ढकेल दिया और सहेलियों के साथ नगर वापस लौट आई।

राजा ययाति उस जंगल में शिकार के लिए आया था। वह पानी की तलाश करते हुए उस कुएं के पास पहुंचा जिसमें देवयानी को ढकेल दिया गया था। ययाति ने देवयानी को कुएं से बाहर निकाला।

राजा अपने नगर वापस चला गया। देवयानी अपने पिता के पास लौटी, उन्हें सारी घटना सुनाई और बोली : "अब मैं दैत्यों के नगर में नहीं रहूंगी।"

शुक्राचार्य दैत्यराज वृषपर्वा के पास पहुंचे, शर्मिष्ठा के व्यवहार के लिए उसे खूब फटकार सुनाई और बोले : "हम तुम्हारा नगर

छोड़कर जा रहे हैं।" दैत्यराज और शर्मिष्ठा ने शुक्राचार्य और देवयानी से क्षमा मांगी। मगर देवयानी ने शर्त रखी : "शर्मिष्ठा और उसकी एक हजार सेविकाएं जन्मभर मेरी सेवा करें, मेरा विवाह होने पर भी मेरे साथ रहें, तभी मैं यहां रह सकती हूं।" शर्मिष्ठा ने शर्त स्वीकार कर ली।

एक दिन देवयानी, शर्मिष्ठा और सेविकाएं जल-विहार के लिए नगर के बाहर गईं। संयोगवश राजा ययाति फिर वहां आ पहुंचा। देवयानी ने राजा के सामने विवाह का प्रस्ताव रखा तो वह मान गया। विवाह के बाद शर्मिष्ठा और एक हजार सेविकाएं भी देवयानी के साथ गईं। देवयानी को राजा से दो पुत्र हुए। फिर शर्मिष्ठा को भी राजा से तीन पुत्र हुए, जिनमें सबसे छोटे का नाम पुरु था। देवयानी को पता चला, तो वह रूठकर पिता के पास चली गई।

शुक्राचार्य ने सारी बातें जानीं, तो ययाति को बूढ़ा हो जाने का शाप दे डाला! तब शर्मिष्ठा के छोटे बेटे पुरु ने अपनी जवानी पिता को देकर उनका बुढ़ापा स्वयं लेना स्वीकार कर लिया। फिर से जवान होकर ययाति ने लंबे समय तक सुखभोग किया। अंत में उसने पुरु को उसकी जवानी लौटा दी और राज्य भी उसे ही सौंप दिया। पुरु के वंश में ही आगे जाकर दुष्यंत, भरत और कौरव-पांडव हुए।

❖

मीन मंडल : रेवती नक्षत्र

भारतीय ज्योतिष-परंपरा के अनुसार मीन राशि (तारा-मंडल) में **पूर्वभाद्रपदा** (एक-चौथाई), **उत्तरभाद्रपदा** (पूर्ण) और **रेवती** (पूर्ण) नक्षत्रों का समावेश होता है। दोनों भाद्रपदाओं की चर्चा पिछले अध्याय में की जा चुकी है। यहां हम प्रमुख रूप से पाश्चात्य परंपरा के उस मीन तारा-मंडल की चर्चा करेंगे जिसमें प्रसिद्ध रेवती नक्षत्र और वसंत-विषुव-बिंदु विद्यमान हैं।

बेबीलोन वालों ने इस तारा-मंडल को दो मछलियों के जोड़े के रूप में पहचाना था। वे इसे **नूनी** या **झिब** के नाम से जानते थे। इन्हीं बेबीलोनी शब्दों के अनुकरण पर यूनानियों ने दो मछलियों के लिए अपनी भाषा में **इक्थए** शब्द चलाया। इसी परंपरा में रोमनों ने **पिसीज** और भारतीयों ने **मीन** शब्द चलाए। ईसा की छठी सदी में ज्योतिषी वराहमिहिर ने यूनानी शब्द **इक्थए** के आधार पर **इत्थ** शब्द गढ़ा था, मगर अंततः **मीन** शब्द ही रूढ़ हुआ।

यह **मीन** शब्द कहां से आया? यह शब्द आरंभिक वैदिक साहित्य में कहीं देखने को नहीं मिलता। हां, मछली के अर्थ में **ऋग्वेद** में भी *मत्स्य* शब्द मौजूद है और बाद के संस्कृत साहित्य में इसका खूब इस्तेमाल हुआ है (जैसे, मत्स्यावतार, मत्स्यपुराण)। 'मीन' शब्द का प्रयोग संभवतः **महाभारत** की रचना के समय से होने लगा है।

भाषाविदों का मत है कि यह 'मीन' शब्द प्राचीन संस्कृत का नहीं, बल्कि द्राविड़ भाषा-परिवार का है। इस परिवार की तमिल, कन्नड, तोड़ा, तुलु, गोंडी आदि भाषाओं में 'मीन' शब्द तारे और मछली, दोनों के अर्थ में प्रयुक्त होता है। कुछ पुरालिपिविदों का

मत है कि सिंधु सभ्यता की लिपि में भी मछली का संकेत इन्हीं दो अर्थों (मछली और तारा या चमकना) का सूचक है।

क्या कारण है कि 'पिसीज' के अर्थ में भारत में पुराने 'मत्स्य' शब्द को न अपनाकर द्राविड़ भाषा-परिवार के 'मीन' शब्द को अपनाया गया? इसका कारण यह माना जा सकता है कि सबसे पहले द्राविड भाषा-परिवार वाले ही बेबीलोनी या यूनानी-रोमन ज्योतिष के संपर्क में आए थे। संभव है कि यह संपर्क हड़प्पा संस्कृति के समय से रहा हो। ईसा पूर्व दूसरी सदी से रोमन व्यापारी भी दक्षिण भारत पहुंचने लगे थे। जो भी हो, आकाश की इस मीन राशि से विष्णु के मत्स्यावतार की बाद की पुराणकथा का संबंध जोड़ना निरर्थक है।

मीन मंडल के बारे में यूनानी आख्यान यह है कि एक दिन दैत्य टाइफोन एकाएक प्रकट हुआ, तो सारे देवता भयभीत हो उठे। ज्यूपिटर ने ऐरीस (मेष)

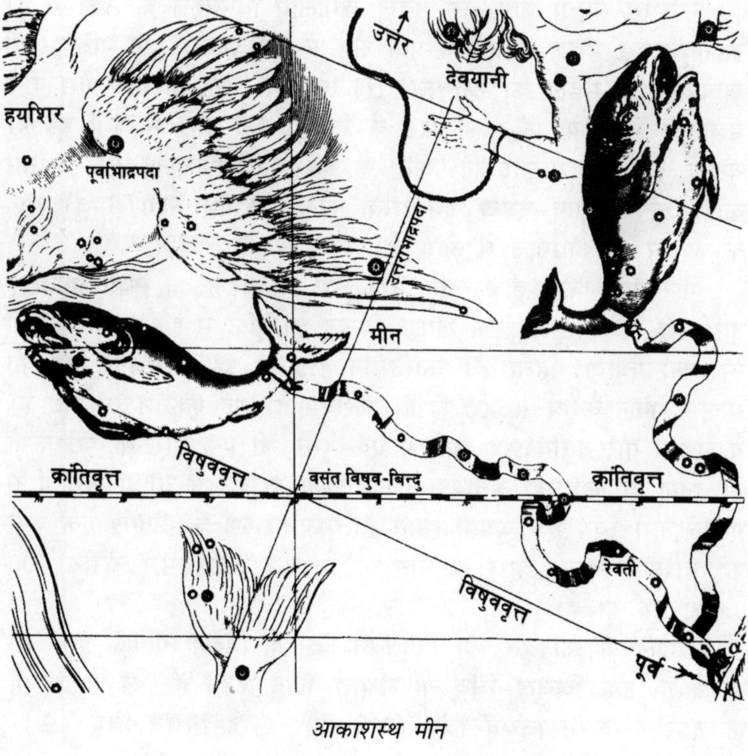

आकाशस्थ मीन

का रूप धारण कर लिया। उस समय वीनस और क्यूपिड फरात नदी के तट पर टहल रहे थे। दैत्य से बचने के लिए उन्होंने नदी में छलांग लगाई और अपने को मछलियों में बदल लिया। उनके उस बचाव की स्मृति को स्थायी बनाने के लिए देवी मिनर्वा ने उन्हें आकाश में दो मछलियों के रूप में चिरस्थापित कर दिया।

आजकल रात्रि के नौ-दस बजे आकाश में मीन मंडल के स्थान को पहचानने में कोई कठिनाई नहीं है। एक मछली का मुंह पश्चिम की ओर है और दूसरी का उत्तर की ओर। पश्चिम दिशा की मछली के उत्तर में भाद्रपदाओं के चमकीले तारों का सुंदर चतुर्भुज है। इस मछली के दक्षिण-पश्चिम में कुंभ मंडल के तारे हैं। उत्तर दिशा की मछली के उत्तर में, थोड़ी दूरी पर, देवयानी मंडल का चमकीला **बीटा** (β) तारा है। इसी उत्तरी मछली के पूर्व में मेष मंडल के **बीटा** (β, अश्विनी नक्षत्र) और **अल्फा** (α) तारे हैं।

लगभग समूचा मीन तारा-मंडल खगोलीय विषुववृत्त के उत्तर में है। क्रांतिवृत्त इस मंडल के दक्षिण-पूर्वी क्षेत्र से गुजरता है। इसी दक्षिण-पूर्वी कोने में मीन मंडल का **अल्फा** (α) तारा है। इसी तारे के पास दोनों मछलियां रस्सी या फीते की गांठ के रूप में एक-दूसरे से बंधी हुई हैं। यूनानी ज्योतिषी इस तारे को 'गांठ' के रूप में ही पहचानते थे। इस तारे का आधुनिक **अल्-रेश्च** नाम अरबी-फारसी के अल्-रेशा (रज्जु) शब्द के आधार पर अस्तित्व में आया है।

मीन मंडल का यह **अल्फा** (α) तारा इस मंडल का सबसे चमकीला तारा नहीं है, मगर आधुनिक खगोल-विज्ञान की दृष्टि से इस मंडल के इसी तारे का ज्यादा महत्व है। कांतिमान 4.3 के इस नीलवर्ण तारे का सतह-तापमान करीब 10,000 डिग्री सेल्सियस है। यह एक जुड़वां तारा है। ये जुड़वां तारे करीब 900 वर्षों में एक-दूसरे की एक परिक्रमा पूरी करते हैं। इतना ही नहीं, नए अध्ययन से पता चला है कि इन जुड़वां तारों में से प्रत्येक तारा स्वयं एक जुड़वां संसार है। गुरुत्वाकर्षण के अंतर्गत एक-दूसरे की परिक्रमा करने वाले α-मीन के ये चार तारे हमसे करीब 100 प्रकाश-वर्ष दूर हैं।

खगोल के क्रांतिवृत्त और विषुववृत्त जिन दो बिंदुओं में एक-दूसरे को काटते हैं, उन्हें **विषुव-बिंदु** या **संपात-बिंदु** कहते हैं। इन दो बिंदुओं के नाम हैं–वसंत-विषुव-बिंदु (♈) और शरद-विषुव-बिंदु (♎)।

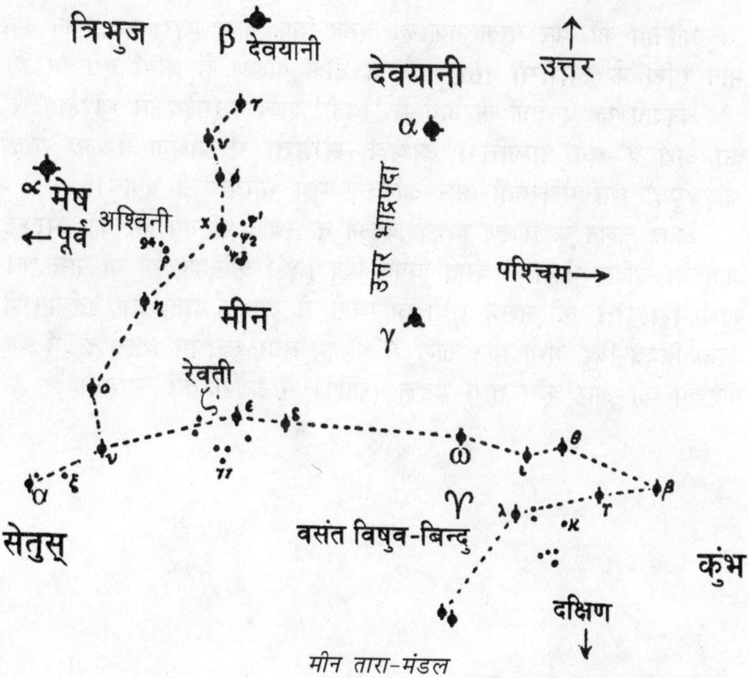

मीन तारा-मंडल

वसंत-विषुव-बिंदु मीन मंडल में ही है। स्थितिचित्र में इस बिंदु को मेष के चिह्न ♈ (मेष यानी मेढ़े के दो सींगों) से दर्शाया गया है। सूर्य जब इस बिंदु पर पहुंचता है तब वसंत ऋतु आरंभ होती है और तब सूर्य उत्तरी खगोल में अपनी यात्रा आरंभ करता है। उस दिन (21-22 मार्च) रात-दिन समान होते हैं और उसके बाद ही दिन बड़ा होने लगता है और रात छोटी। वसंत-विषुव-बिंदु (♈) को केंद्रबिंदु मानकर ही तारों के निर्देशांक (भोग व शर अथवा विषुवांश व क्रांति) प्रस्तुत किए जाते हैं।

भारतीय ज्योतिष का प्रसिद्ध **रेवती** नक्षत्र भी मीन मंडल में ही है। इस मंडल के **जीटा** (ζ) तारे को रेवती का योगतारा माना जाता है। यह एक मंदकांति तारा है और इसे मुश्किल से ही पहचाना जा सकता है। वस्तुतः यह एक जुड़वां तारा है और रेवती की यह जोड़ी हमसे 150 प्रकाश-वर्ष दूर है। आज से करीब 1700 साल पहले, जब नक्षत्रों की गणना अश्विनी से आरंभ हुई, वसंत-विषुव-बिंदु रेवती के योगतारे (ζ) के पास ही था। मगर अयन-चलन के कारण अब यह बिंदु मीन राशि में ही करीब

24^0 पश्चिम की ओर सरक गया है। वसंत-विषुव-बिंदु (♈) का स्थान अब मीन राशि के **ओमेगा** (ω) तारे के ठीक दक्षिण में थोड़ी दूरी पर है।

धनवती या धनदात्री के अर्थ में 'रेवती' शब्द **ऋग्वेद** में भी है। ('रै' का अर्थ है–धन, सम्पत्ति)। **अथर्व-संहिता** में प्रार्थना है–*आ रेवती चाश्वयुजौ भगं मे* (रेवती और अश्विनी मुझे भाग्यशाली बनावें)।

अयन-चलन के कारण विषुव-बिंदुओं के स्थान पश्चिम की ओर सरकते जाते हैं। वैदिक काल में वंसत-विषुव-बिंदु (♈) कृत्तिका-पुंज के पास था। **सूर्य-सिद्धांत** की नक्षत्र-सूची अश्विनी से आरंभ होती है। वर्तमान में वसंत-विषुव-बिंदु अभी मीन राशि में ही है, मगर लगभग 2600 ई. में यह पश्चिम की ओर कुंभ तारा-मंडल (राशि) में प्रवेश कर जाएगा।

❖

'विलक्षण' तारा

मेष तथा मीन के दक्षिण में, वृषभ के दक्षिण-पश्चिम में और कुंभ के पूर्व में एक काफी लंबा-चौड़ा तारा-मंडल है, जिसका पाश्चात्य नाम **सेतुस्** (ह्वेल या तिमिंगल) है। बहुत प्राचीन काल से खगोलविद् इस तारा-मंडल से परिचित रहे हैं, इसका अवलोकन करते आए हैं। क्योंकि पिछले लगभग तीन हजार वर्षों की लंबी कालावधि में खगोल का **वसंत-विषुव-बिंदु** (♈), मीन राशि में ही पश्चिम की ओर सरकते जाकर, इसी सेतुस् मंडल की उत्तरी सीमा के समीप रहा है; आज भी है—इसके पश्चिमोत्तर कोने के पास।

परंतु प्राचीन काल का कोई भी खगोलविद् इस सेतुस् मंडल के एक तारे के अनोखे नजारे की खोज नहीं कर पाया। वस्तुतः यह नजारा इतना विलक्षण है कि उस तारे को ही **माइरा** यानी 'विलक्षण' नाम दे दिया गया है!

ट्यूखो ब्राहे और केपलर के मित्र डच खगोलविद् डेविड फेब्रिसियूस 13 अगस्त, 1596 के दिन, सूर्योदय से कुछ पहले, आकाश में बुध ग्रह को देख रहे थे। उन्होंने सेतुस् मंडल के तृतीय कांतिमान के एक तारे से बुध की कोणीय दूरी निर्धारित की। परंतु वह तारा उन्होंने पहले कभी नहीं देखा था, न ही तारों के किसी एटलस में उसे दिखाया गया था। फेब्रिसियूस उस तारे पर नजर रखते रहे। उस समय तक अभी दूरबीन की खोज नहीं हुई थी। अगस्त के अंत तक वह तारा द्वितीय कांतिमान का हो गया, किंतु सितंबर में वह काफी फीका पड़ गया और अक्तूबर के मध्य में एकदम गायब हो गया। फेब्रिसियूस ने मान लिया कि वह कोई नवतारा (नोवा) रहा होगा।

तेरह साल गुजर गए। फरवरी, 1609 में फेब्रिसियूस ने सेतुस् मंडल में पुनः उसी तारे को देखा, तो वे चकित रह गए। उन्हें उस तारे की लुका-छिपी का कोई कारण समझ में नहीं आया। 1617 ई. में फेब्रिसियूस की हत्या हुई।

जर्मन खगोलविद योहान्न बेयर ने 1603 ई. में जब अपनी तारा-सारणी बनाई, तो उन्होंने सेतुस् के उसी तारे को चतुर्थ कांतिमान का देखा और, उसकी चरकांति को पहचाने बिना ही, उसे उन्होंने यूनानी अक्षर **ओमिक्रोन** (o) से व्यक्त किया (तारों को यूनानी वर्णमाला के $\alpha, \beta, \gamma, \delta, \ldots, o, \ldots, \omega$ अक्षरों से दरशाने की प्रथा बेयर ने ही शुरू की थी)।

फिर डच खगोलविद होलवर्दा ने 1638 ई. में सेतुस् के ओमिक्रोन (o) तारे का लंबे समय तक अवलोकन करके जाना कि इसकी कांति नियमित रूप से घटती-बढ़ती रहती है, कि यह एक चरकांति तारा है। फिर सत्रहवीं सदी के मध्यकाल में जर्मन खगोलविद योहान्नेस हेवेलियूस (1611-1687 ई.) ने कई सालों तक इस ओमिक्रोन (o) तारे का अध्ययन करके स्पष्ट किया कि इसकी चरकांति का आवर्त-काल औसतन 332 दिन है। उन्होंने 1662 ई. में इस तारे के बारे में एक पुस्तिका लिखकर इसे **माइरा** (विलक्षण) नाम दिया। सचमुच ही, यह आकाश का एक अद्भुत तारा है।

सेतुस् मंडल के इस **माइरा** या **ओमिक्रोन** (**o**) तारे की महत्तम कांति 3 पर पहुंच जाती है, तो औसतन 332 दिन बाद न्यूनतम कांति 10 पर उतर

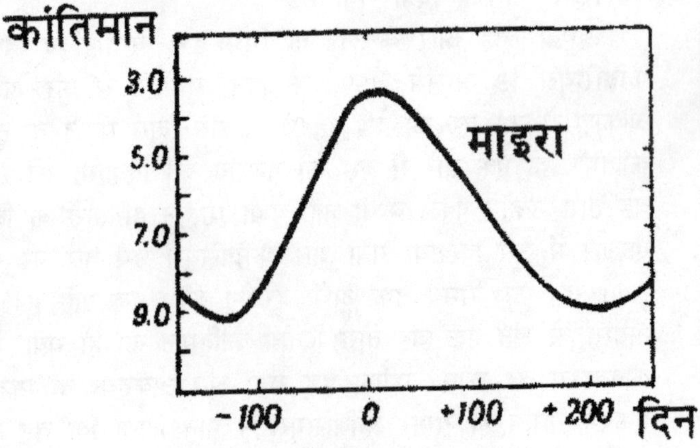

माइरा तारे की चरकांति का आरेख

आती है। इतना ही नहीं, इस तारे के आवर्त-काल और महत्तम-न्यूनतम कालमानों में भी सुस्थिरता नहीं है। देखा गया है कि कभी-कभी माइरा लगभग प्रथम कांतिमान का यानी सेतुस् मंडल का सबसे चमकीला तारा बन जाता है। तब इसका व्यास 300 सूर्य-व्यासों से बढ़कर 400 सूर्य-व्यासों पर पहुंच जाता है। यह लाल रंग का एक विशाल दानव-तारा है। सन् 1920 में यह भी पता चला कि माइरा के गिर्द एक बौना तारा चक्कर लगा रहा है। माइरा की यह अनोखी जोड़ी हमसे 250 प्रकाश-वर्ष दूर है।

माइरा आकाश में खोजा गया दीर्घ आवर्त-काल वाला पहला चरकांति तारा था। अब तक माइरा जैसे दो हजार से भी अधिक चरकांति तारे खोजे गए हैं। ऐसे तारों की चरकांति का आवर्त-काल 200 से 400 दिनों तक होता है। इन ठंडे लाल-दानव तारों में स्पंदन होता है, इसलिए इनकी कांति घटती-बढ़ती रहती है।

सेतुस् एक कल्पित समुद्री प्राणी है। यूनानी ज्योतिषी इसे **केतुस्** कहते थे। इसी के अनुकरण पर अरबों ने इस मंडल को **अल् केतुस्** कहा।

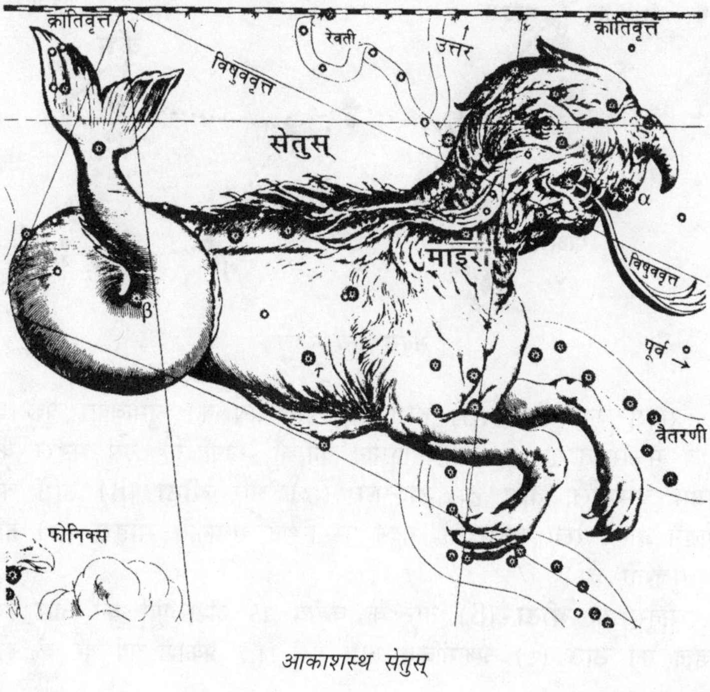

आकाशस्थ सेतुस्

यूनानी पुराणकथा के अनुसार, केतुस् एक समुद्री दैत्य था, जिसे एंड्रोमीडा को निगल जाने के लिए भेजा गया था। परंतु पर्सेयूस के हाथ में मेदुसा का सिर देखने पर वह दैत्य पत्थर बन गया।

आजकल यह लंबा-चौड़ा सेतुस् तारा-मंडल रात के नौ-दस बजे मध्याकाश में पहुंच जाता है। दैत्य सेतुस् का मुंह पूर्व की ओर है और पूंछ पश्चिम की ओर। इसकी चोंच के पास इस मंडल का 2.3 कांतिमान का **अल्फा** (α) तारा है। इसका **मेंकार** नाम अरबी के **मिन्कार** (चोंच) शब्द से बना है।

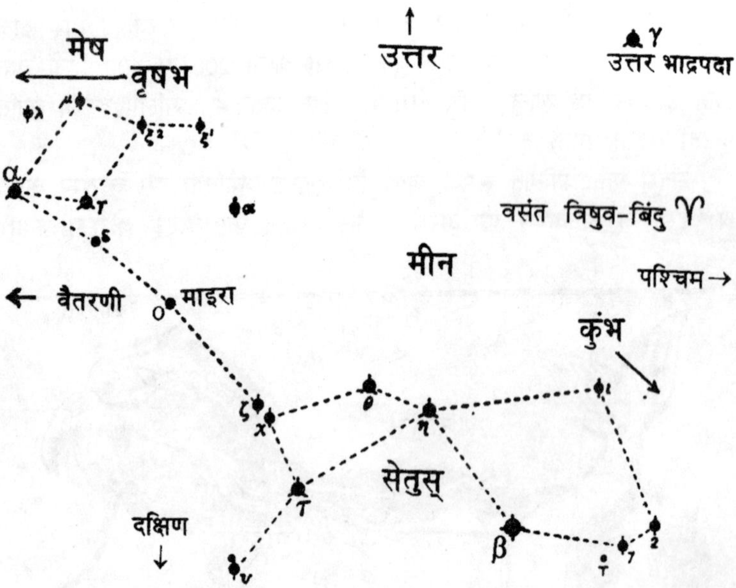

सेतुस् तारा-मंडल

सेतुस् का **बीटा** (β) तारा, जो इस दैत्य की घुमावदार पूंछ के मध्य में स्थित है, द्वितीय कांतिमान का है, यानी यह इस मंडल का सबसे चमकीला तारा है। **अल्फा** (α) और **बीटा** (β) तारों को जोड़ने वाली रेखा सेतुस् की गर्दन पर स्थित चरकांति **माइरा** (o) तारे से गुजरती है।

सेतुस् के **बीटा** (β) तारे के करीब 15 अंश पूर्व की ओर इस मंडल का **टाउ** (τ) अक्षरांकित तारा है। 11.7 प्रकाश-वर्ष दूर के इस

टाउ(τ)–**सेती** तारे को इधर के वर्षों में काफी प्रसिद्धि मिली है। वजह यह है कि यह काफी नजदीक है, हमारे सूर्य की तरह एक पीतवर्ण वामन तारा है और धीमी रफ्तार से अपनी धुरी पर घूम रहा है। इन विशेषताओं के कारण खगोलविदों का मत बना है कि इस तारे के इर्द-गिर्द ग्रह होने चाहिए। कुछ खगोलविदों का यह भी अनुमान है कि उनमें से किसी ग्रह पर विकसित सभ्यता का अस्तित्व भी हो सकता है। रेडियो-दूरबीन से **टाउ**(τ)–**सेती** के 'संदेशों' को सुनने के प्रयास भी हुए हैं, परंतु कोई सफलता हाथ नहीं लगी। फिर भी इस तारे पर नजर रखना जरूरी है।

❖

ब्रह्मांड की अंधेरी गुफाएं

अमरीका ने 23 जुलाई, 1999 को एक नए किस्म की दूरबीन अंतरिक्ष में भेजी। उसके निर्माण में डेढ़ अरब डालर खर्च हुए। दूरबीन का नाम है–**चंद्र**।

प्रश्न है–जब धरती पर बड़ी-बड़ी दूरबीनें स्थापित की गई हैं, तो फिर इतना अधिक धन खर्च करके इस 'चंद्र' दूरबीन को अंतरिक्ष में भेजने की क्या आवश्यकता थी? और, इस दूरबीन को यह 'चंद्र' नाम क्यों दिया गया?

सबसे पहले 'चंद्र' नाम का खुलासा। यह भारत में पैदा हुए प्रख्यात वैज्ञानिक **सुब्रह्मण्यन् चंद्रशेखर** (1910–1995 ई.) का संक्षिप्त नाम है। अमरीका में उनके निकट परिचय के लोग उन्हें इसी संक्षिप्त नाम से जानते थे। डा. चन्द्रशेखर ने बहुत

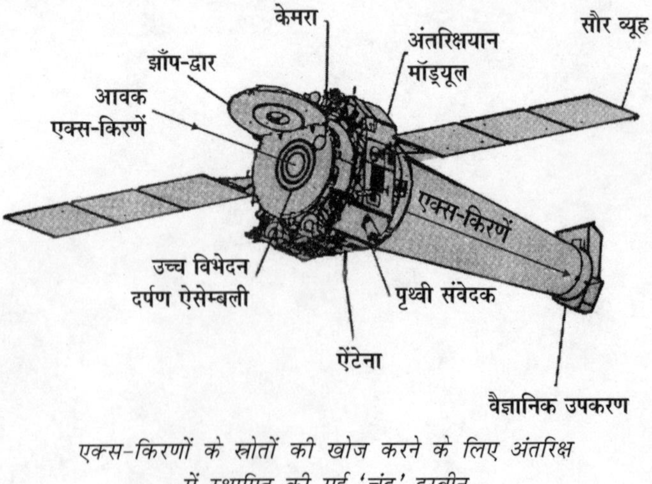

एक्स-किरणों के स्रोतों की खोज करने के लिए अंतरिक्ष में स्थापित की गई 'चंद्र' दूरबीन

पहले पता लगा लिया था कि किस तारे का अंत किस तरह हो सकता है। उनकी इस खोज के लिए 1983 ई. में उन्हें भौतिकी का नोबेल पुरस्कार दिया गया था।

इस 'चंद्र' दूरबीन को अंतरिक्ष में भेजने की वजह है–पृथ्वी का वायुमंडल। सूर्य तथा आकाश के दूसरे पिंडों से कई किस्म की किरणें निकलती हैं–प्रकाश-किरणें, पराबैंगनी-किरणें, अवरक्त-किरणें, एक्स-किरणें, गामा-किरणें, रेडियो-तरंगें आदि। इनमें से मुख्यत: प्रकाश-किरणें और रेडियो-तरंगें ही वायुमंडल को पार करके धरातल पर पहुंचती हैं। रेडियो-तरंगें ज्यादा लंबाई की होती हैं, इसलिए हमारी आंखें उन्हें नहीं देख सकतीं। कम लंबाई की प्रकाश-किरणों को हमारी आंखें देख सकती हैं। प्रकाश-किरणों को ग्रहण करने के लिए ही प्रकृति से हमें आंखें मिली हैं।

एक्स-किरणें, पराबैंगनी-किरणें, गामा-किरणें और अवरक्त-किरणें धरातल पर नहीं पहुंचतीं। इन्हें वायुमंडल या तो सोख लेता है या परावर्तित कर देता है। इस तरह धरातल से आकाश को देखने के लिए केवल दो ही 'खिड़कियां' खुली हुई हैं–एक है प्रकाश-किरणों की खिड़की, और दूसरी है रेडियो-तरंगों की खिड़की (देखिए अध्याय 9)।

मनुष्य आरंभ से लेकर बीसवीं सदी के लगभग मध्य तक केवल प्रकाश-किरण रूपी खिड़की से ही आकाश के नजारों को देखने में समर्थ था। सन् 1609 में गैलीलियो ने जिस पहली दूरबीन से आकाश का अवलोकल किया और उसके बाद जो बड़ी-बड़ी दूरबीनें बनीं, वे सभी प्रकाश-किरणों को ही ग्रहण कर सकती हैं। जाहिर है कि इस एक ही खिड़की से झांकने पर ब्रह्मांड के बारे में हमें सही जानकारी नहीं मिल सकती थी।

रेडियो-तरंग रूपी दूसरी खिड़की पहली बार 1932 ई. में खुली। उस साल अमरीकी इंजीनियर **कार्ल जेन्स्की** ने आकाशगंगा से आने वाली रेडियो-तरंगों को पहली बार धरातल पर ग्रहण किया। उसके बाद रेडियो-दूरबीनें स्थापित करने का सिलसिला शुरू हुआ। अब हमारे देश में भी दो रेडियो-दूरबीनें हैं–एक उदकमंडलम् (ऊटी) में, दूसरी पुणे के पास नारायणगांव में।

मगर गामा, एक्स आदि अन्य किस्म की किरणों को पकड़ने के लिए यंत्र-उपकरणों को वायुमंडल के ऊपर अंतरिक्ष में भेजना जरूरी था। एक्स-किरणों के स्रोतों (पिंडों) की तलाश के लिए आरंभ में राकेटों को

ऊपरी वायुमंडल में भेजा गया। फिर 1970 ई. में **उहुरू** नामक एक्स-रे उपग्रह को अंतरिक्ष में छोड़ा गया। इस उपग्रह ने हंस तारा-मंडल में एक्स-रे स्रोत (X-1) की खोज की। यह खोज बहुत महत्वपूर्ण साबित हुई।

इधर के वर्षों में ब्रह्मांड के एक्स-रे स्रोतों का महत्व काफी बढ़ गया है। इसलिए निर्णय लिया गया कि एक ऐसी शक्तिशाली दूरबीन अंतरिक्ष में स्थापित कर दी जाए जो लंबे समय तक ब्रह्मांड के एक्स-रे स्रोतों की छानबीन करती रहेगी। इसी प्रयोजन से अमरीका ने जुलाई, 1999 में 'चंद्र' नामक एक्स-रे दूरबीन या वेधशाला को अंतरिक्ष में स्थापित किया। चंद्र एक्स-रे दूरबीन का भार 23,000 किलोग्राम है और इसकी लंबाई 13.8 मीटर है। यह दूरबीन एक लंबी अंडाकार कक्षा (जिसकी महत्तम ऊंचाई 1,40,000 कि.मी. और न्यूनतम ऊंचाई 10,000 कि.मी. है) में चक्कर लगाते हुए आगे के पांच साल तक ब्रह्मांड के एक्स-रे स्रोतों की खोज करेगी।

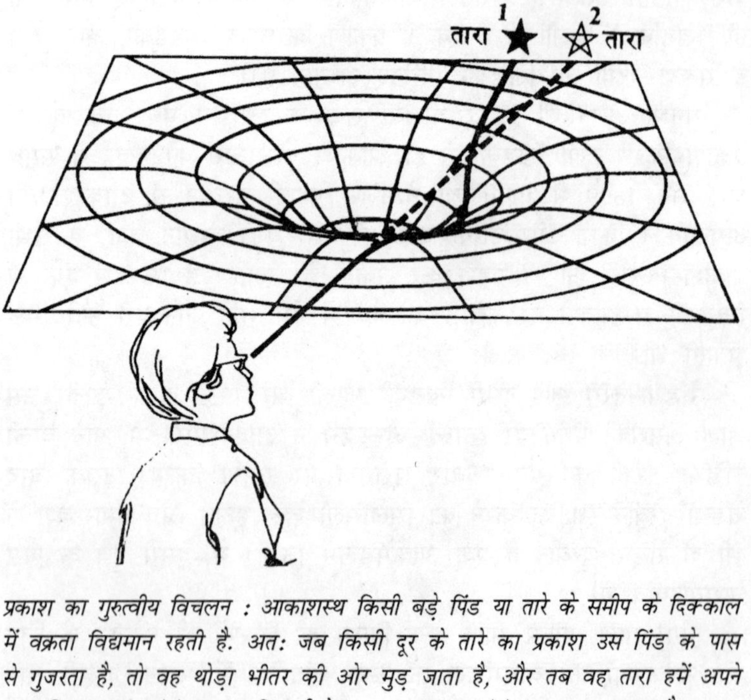

प्रकाश का गुरुत्वीय विचलन : आकाशस्थ किसी बड़े पिंड या तारे के समीप के दिक्काल में वक्रता विद्यमान रहती है. अत: जब किसी दूर के तारे का प्रकाश उस पिंड के पास से गुजरता है, तो वह थोड़ा भीतर की ओर मुड़ जाता है, और तब वह तारा हमें अपने वास्तविक स्थान (1) पर न दिखाई देकर अन्य स्थान (2) पर नजर आता है।

लेकिन क्या वजह है कि ब्रह्मांड के एक्स-रे स्रोतों को आजकल इतना ज्यादा महत्व दिया जा रहा है? एक्स-रे स्रोत किस तरह के होते हैं? यह जानने के लिए तारों के जीवनक्रम को समझना जरूरी है।

हां, तारे भी जन्म लेते हैं, जवान होते हैं और, इनका ईंधन खत्म हो जाने पर, अंततः बूढ़े हो जाते हैं। कुछ तारे एकदम 'गायब' भी हो जाते हैं। डा. सुब्रह्मण्यन् चंद्रशेखर ने 1935 ई. में ही यह भली भांति स्पष्ट कर दिया था कि जिस तारे में सूर्य से 1.44 गुना द्रव्य होता है (इस विशिष्ट द्रव्यमान को **चंद्रशेखर सीमा** का नाम दिया गया है), वह अपने बुढ़ापे में सिकुड़कर एक **सफेद बौना** तारा बन जाता है। जिस तारे में हमारे सूर्य से करीब चार गुना तक द्रव्य होता है, उसमें आगे जाकर भयंकर विस्फोट होता है। उस विस्फोट को **सुपरनोवा** कहते हैं। विस्फोट के बाद उस तारे का बहुत-सा द्रव्य अंतरिक्ष में बिखर जाता है। गुठली के रूप में उसका जो द्रव्य बचा रहता है, उसे **न्यूट्रॉन** तारे का नाम दिया गया है। न्यूट्रॉन तारे का घनत्व बहुत ज्यादा होता है। यह सारा खेल तारों में पैदा होने वाली ऊर्जा और गुरुत्वाकर्षण का है।

आकाशगंगा में ऐसे भी अनेक तारे हैं जिनमें सूर्य से दस गुना या उससे भी अधिक द्रव्य है। ऐसे तारे, उनका ईंधन समाप्त हो जाने पर, अंततः अत्यधिक गुरुत्वाकर्षण के अंतर्गत एक ही झटके में तेजी से सिकुड़कर न्यूट्रॉन तारे से भी अधिक सघन पिंड बन जाते हैं। खगोलविदों ने ऐसे पिंडों को **ब्लैक होल** यानी **कृष्ण विवर** का नाम दिया है। यदि हमारा सूर्य सिकुड़कर तीन किलोमीटर व्यास का पिंड हो जाए तो वह एक कृष्ण विवर बन जाएगा।

कृष्ण विवर के बारे में सभी बातें बड़ी विचित्र हैं। यह ऐसी अंधेरी गुफा है जिसमें प्रकाश और द्रव्य तेजी से गिरकर 'गायब' हो जाते हैं। कृष्ण विवर से प्रकाश-किरणें तक बाहर नहीं आतीं, इसलिए वह हमारे लिए अदृश्य बना रहता है।

कृष्ण विवरों से प्रकाश-किरणें बाहर नहीं आतीं, तो फिर उन्हें कैसे खोजा जाए?

खगोलविदों ने एक उपाय सुझाया है। आकाश में ऐसे अनेक जुड़वां तारे हैं जो एक-दूसरे की परिक्रमा करते रहते हैं। मान लीजिए कि उनमें से एक तारा अदृश्य कृष्ण विवर है। वह कृष्ण विवर नजदीक के उस तारे के गैसीय द्रव्य को अपने में खींचता रहेगा। बहुत तेजी से चक्कर लगाती हुई कृष्ण

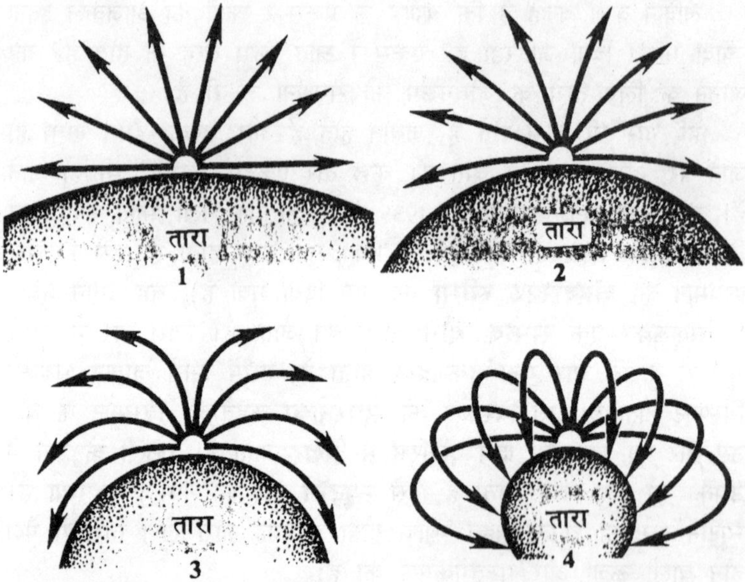

सिमट रहे तारे की प्रकाश-किरणों की विविध दशाएं : 1. सिमटना शुरू होने के पहले तारे की प्रकाश-किरणें लगभग सीधी रेखा में बाहर निकलती हैं, 2. व 3. तारे के अधिकाधिक सिमटते जाने पर उससे निकलने वाली प्रकाश-किरणें अधिकाधिक मुड़ती जाती हैं, और 4. अंतत: सारी प्रकाश-किरणें सिमटते तारे की सतह की ओर वापस मुड़ जाती हैं।

विवर में गिरने वाली वह द्रव्यराशि एक्स-किरणों को बाहर फेंकेंगी। उन एक्स-किरणों को हम वायुमंडल के ऊपर ग्रहण कर सकते हैं। वे एक्स-किरणें कृष्ण विवर के अस्तित्व का सबूत बन सकती हैं।

ऐसा एक सबूत हंस (सिग्नस) तारा-मंडल में मिला है। वहां X-I नामक एक शक्तिशाली एक्स-रे स्रोत है। वह एक जुड़वां तारक-योजना होनी चाहिए। खगोलविदों का मत है कि वहां **HDE 226868** नामक तारे का गैसीय द्रव्य तेजी से चक्कर लगाते हुए नजदीक के कृष्ण विवर में पहुंचकर 'गायब' हो रहा है। कृष्ण विवर में 'गायब' होने के पहले तेजी से चक्कर लगाने वाला वह गैसीय द्रव्य एक्स-किरणों को बाहर फेंकता है। कृष्ण विवरों के पास से निकलने वाली एक्स-किरणों को वायुमंडल के ऊपर ग्रहण करने के लिए ही 'चंद्र' एक्स-रे दूरबीन को अंतरिक्ष में भेजा गया है। यह दूरबीन आकाश के दूसरे एक्स-रे स्रोतों को भी खोजने

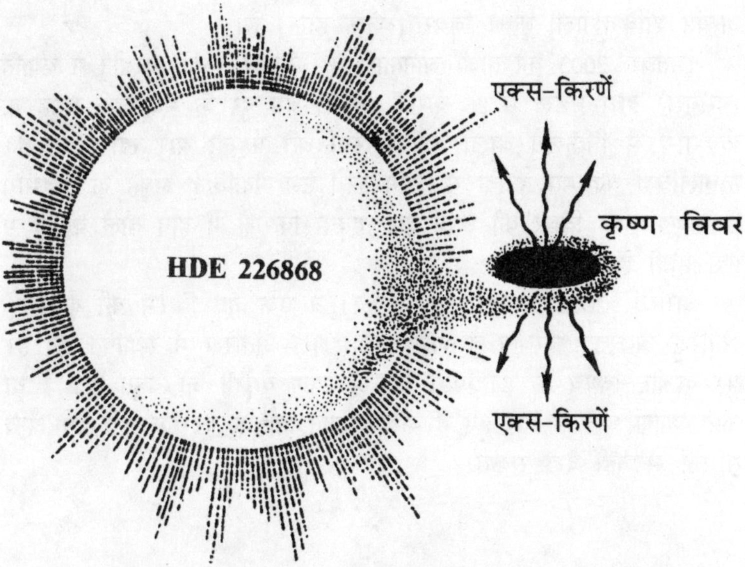

हंस एक्स-1 (Cygnus X-1) कृष्ण विवर में समीप के HDE 226868 तारे की तेजी से गिर रही चक्रिल गैसीय द्रव्यराशि के केंद्र से एक्स-किरणों का उत्सर्जन।

का प्रयास करेगी।

प्रकाश-किरणों को ग्रहण करने वाली शक्तिशाली **हब्बल दूरबीन** को 1990 ई. में अंतरिक्ष में भेजा गया, तो ब्रह्मांड के बारे में ढेर सारी नई जानकारी मिली, कई नए पिंड खोजे गए (देखिए रंगीन चित्र)। फिर गामा-किरणों को ग्रहण करने के लिए **कॉम्पटन दूरबीन** अंतरिक्ष में स्थापित की गई, तो ब्रह्मांड के बारे में बहुत-सी नई बातें पता चलीं। अब जो **चंद्र दूरबीन** अंतरिक्ष में भेजी गई है, वह बह्मांड के अदृश्य एक्स-रे स्रोतों (कृष्ण विवरों, आपस में टकरा रही मंदाकिनियों, सुपरनोवा-विस्फोटों) की खोज करेगी, एक नए विश्व का उद्घाटन करेगी।

नवंबर, 2002 की नई जानकारी के अनुसार, आपस में टकरा रही दो मंदाकिनियों के मध्यभाग में 'चंद्र' एक्स-रे दूरबीन ने दो सक्रिय कृष्ण विवरों की खोज की है। इस दूरबीन से 6 अरब प्रकाश-वर्ष दूर के एक शक्तिशाली क्वासर (**PKS 0637-752**) का एक्स-रे प्रतिबिंब प्राप्त किया गया है। यह क्वासर सौर मंडल जितने क्षेत्र से 100 खरब तारों के तुल्य ऊर्जा पैदा करता है। माना जाता है कि इस भीषण ऊर्जा का स्रोत एक

अत्यंत शक्तिशाली कृष्ण विवर (ब्लैक होल) है।

सितंबर, 2003 की ताजी जानकारी के अनुसार, 'चंद्र' दूरबीन ने ययाति (पर्सेयूस) तारा-मंडल में 25 करोड़ प्रकाश-वर्ष दूर के मंदाकिनी-समूह के केंद्रभाग से निकलने वाली ध्वनि-तरंगों की पहली बार खोज की है। खगोलविदों का मत है कि ये ध्वनि-तरंगें उस मंदाकिनी-समूह के केंद्रभाग में मौजूद कृष्ण विवर की ऊर्जा द्वारा एक्स-किरणों में होने वाले कंपनों से पैदा होती हैं।

अगस्त, 2003 में नासा (अमरीका) ने एक नए किस्म की दूरबीन–अंतरिक्ष अवरक्त दूरबीन वेधशाला (SIRTF)–अंतरिक्ष में स्थापित की है। यह दूरबीन विश्व के उन पिंडों का अन्वेषण करेगी जो बहुत ठंडे हैं या बहुत ज्यादा धूल से घिरे हुए हैं या जो इतने अधिक दूर कि उन्हें हम अन्य साधनों से नहीं देख सकते।

❖

सुब्रह्मण्यन् चंद्रशेखर

सन् 1930 की बात है। उन्नीस साल का एक युवक मुंबई से इंग्लैंड जा रहा था, पानी के जहाज से। उसने मद्रास (चेन्नई) के प्रेसीडेंसी कालेज से भौतिकी में एम.ए. किया था और अब छात्रवृत्ति प्राप्त करके शोधकार्य के लिए वह कैम्ब्रिज विश्वविद्यालय जा रहा था। रास्ते भर वह तारों के बारे में पुस्तकें पढ़ता रहा, सोचता रहा कि तारों का अंत किस तरह होता है।

समुद्र-यात्रा के दौरान ही वह तरुण इस निष्कर्ष पर पहुंचा कि सभी तारे अंततः 'सफेद बौने' (श्वेत वामन) नहीं बनेंगे। यदि तारों में हमारे सूर्य से तीन-चार गुना अधिक द्रव्य है तो अंततः उनमें विस्फोट होगा और जिन तारों में सूर्य से करीब दस गुना द्रव्य है, वे और अधिक सिकुड़कर अतिसघन पिंड बन जाएंगे। इंग्लैंड पहुंचकर उस तरुण ने 1935 ई. तक तारों के विकासक्रम के बारे में एक पक्का सिद्धांत प्रस्तुत कर दिया।

सुब्रह्मण्यन् चंद्रशेखर
(1910-1995 ई.)

वह तरुण थे—सुब्रह्मण्यन् चंद्रशेखर। अपनी उस खोज के लिए काफी बाद में, 1983 ई. में, उन्हें भौतिकी का नोबेल पुरस्कार मिला। उनका सबसे बड़ा योगदान है—तारों के विकासक्रम के लिए द्रव्यमान की सीमा

एक तारे के गैसीय द्रव्य का चक्रिल रूप में कृष्ण विवर में पतन

निर्धारित करना। सूर्य से 1.44 गुना द्रव्यमान को 'चंद्रशेखर सीमा' का नाम दिया गया है। जिस तारे में इससे अधिक द्रव्य होता है, वह अंततः अतिसघन न्यूट्रॉन तारा या कृष्ण विवर (ब्लैक होल) बन जाएगा।

सुब्रह्मण्यन् चंद्रशेखर का जन्म 19 अक्तूबर, 1910 को लाहौर (अब पाकिस्तान में) में हुआ था। उस समय उनके पिता चंद्रशेखर सुब्रह्मण्यन् अय्यर रेलवे विभाग में ऊंचे पद पर काम कर रहे थे। नोबेल पुरस्कार विजेता चंद्रशेखर वेंकट रामन् (1888-1970 ई.) चंद्रशेखर के सगे चाचा थे।

चंद्रशेखर की उच्च शिक्षा मद्रास के प्रेसीडेंसी कॉलेज में हुई। जब वह विद्यार्थी थे तभी उनका एक शोध-निबंध इंग्लैंड की एक प्रसिद्ध पत्रिका में प्रकाशित हुआ था। उन्हें आगे के शोधकार्य के लिए सरकारी छात्रवृत्ति मिली और 1930 ई. में वे कैम्ब्रिज के ट्रिनिटी कॉलेज में पहुंच गए। सन् 1933 में उन्हें पीएच.डी. की उपाधि मिली और वह कॉलेज के फैलो चुने गए। सन् 1935 में उन्होंने 'चंद्रशेखर सीमा' से संबंधित अपना शोधकार्य

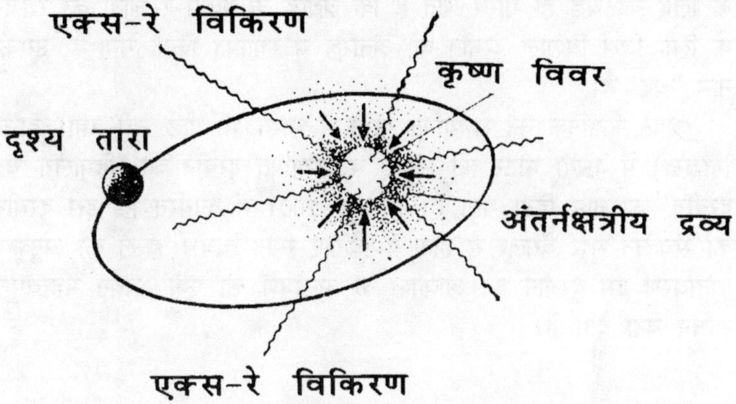

कृष्ण विवर में द्रव्य का पतन और एक्स-रे विकिरण का उत्सर्जन

प्रस्तुत किया।

चंद्रशेखर 1936 ई. में भारत लौटे, विवाह किया और अमरीका चले गए। तब से वह शिकागो विश्वविद्यालय और वहां की येर्केस वेधशाला से संबंधित रहे। बाद में वह अमरीका के नागरिक बन गए। उनका **स्टेलर स्ट्रक्चर** (तारों की संरचना) ग्रंथ 1939 ई. में प्रकाशित हुआ। उसके बाद खगोल-भौतिकी के विभिन्न विषयों पर उनकी कई पुस्तकें प्रकाशित हुईं। सन् 1983 में कृष्ण विवरों के गणितीय सिद्धांत के बारे में उनका एक महत्वपूर्ण ग्रंथ प्रकाशित हुआ। उनका अंतिम ग्रंथ आइजेक न्यूटन (1642-1727 ई.) की महान कृति **प्रिंसिपिया** के बारे में था, जिसे उन्होंने सामान्य पाठकों के लिए लिखा। यह ग्रंथ 1995 ई. में प्रकाशित हुआ। उसी साल 21 अगस्त को, 85 वर्ष की आयु में, चंद्रशेखर का देहांत हुआ।

चंद्रशेखर ने करीब बीस साल तक 'एस्ट्रोफिजिकल जर्नल' का बड़ी कुशलता से संपादन किया और इसे अंतर्राष्ट्रीय स्तर की शोध-पत्रिका बना दिया।

चंद्रशेखर का अधिकांश जीवन भले ही विदेश में गुजरा हो, मगर जन्मभूमि से उन्हें बेहद लगाव रहा। वे बीच-बीच में भारत आते रहे। भारत सरकार ने उन्हें 'पद्मविभूषण' अलंकरण से सम्मानित किया। बहुत पहले लंदन की रॉयल सोसायटी ने उन्हें अपना फैलो चुना था। निस्संदेह, सुब्रह्मण्यन् चंद्रशेखर 20वीं सदी के एक महान खगोल-भौतिकीविद् थे। हम भारतीयों

के लिए यह बड़े ही गौरव बात है कि ब्रह्मांड के एक्स-रे स्रोतों को खोजने के लिए जिस विशाल दूरबीन को अंतरिक्ष में स्थापित किया गया है, उसका नाम 'चंद्र' है।

अपने वैज्ञानिक को सम्मानित करने में भारत भी पीछे नहीं रहा। हान्ले (लद्दाख) में 4570 मीटर की ऊंचाई पर स्थापित दूरबीन को 'हिमालय चंद्र दूरबीन' का नाम दिया गया है। अगस्त, 2001 में कार्यरत हुई इस दूरबीन का संचालन सुदूर बेंगलूर से होता है (देखिए रंगीन चित्र)। हान्ले का अनुकूल वातावरण इस दूरबीन को आकाश के अन्वेषण का एक अत्यंत महत्वपूर्ण साधन बना देता है।

अध्याय 13

★ मेष मंडल : अश्विनी और भरणी नक्षत्र

★ 'राक्षसी' तारा

★ (वीर पर्सेयूस की कथा)

★ वैतरणी में है शायद जीव-जगत

★ ब्रह्मांड का आदि-अंत

★ ब्रह्मांड में जीवन

॥ दिसंबर ॥

यूनानी वर्णमाला

अल्फा	α	न्यू	ν
बीटा	β	क्साइ	ξ
गामा	γ	ओमिक्रोन	o
डेल्टा	δ	पाइ	π
इप्सिलोन	$\in$	रो	ρ
जीटा	ζ	सिग्मा	σ
इटा	η	टाउ	τ
थीटा	θ	अप्साइलोन	υ
आयोटा	ι	फाइ	ϕ
काप्पा	κ	खाइ	χ
लांबडा	λ	प्साइ	ψ
म्यू	μ	ओमेगा	ω

मेष मंडल : अश्विनी और भरणी नक्षत्र

रमेश को भी राशिफल का चसका लग गया है। उसके माता-पिता और कई रिश्तेदार पत्र-पत्रिकाओं में सबसे पहले राशिफल ही देखते हैं। उसे यह भी मालूम हो गया है कि हमारे कई राजनेता ज्योतिषियों से राशिफल जानने के बाद ही महत्व के निर्णय लेते हैं। अब तो यह शौक स्कूल-कालेज के विद्यार्थियों में भी तेजी से फैलता जा रहा है। दोस्ती भी अब एक-दूसरे की राशि जानकर की जाने लगी है!

रमेश ने भी एक ज्योतिषी से जान लिया है कि उसकी राशि मेष है और जन्म-नक्षत्र अश्विनी। ज्योतिषी ने उसे यह भी बता दिया है कि मेष राशिवाला व्यक्ति साहसी, अभिमानी और मित्रों पर कृपा रखने वाला होता है। मगर अभी कुछ दिन पहले एक अन्य ज्योतिषी ने रमेश को बताया कि इस साल अप्रैल में शनि ग्रह ने मेष में प्रवेश किया है और आगे ढाई साल तक वह इसी राशि में रहेगा। इसका मतलब हुआ 'साढ़े साती', यानी रमेश पर शनि ग्रह का प्रकोप!

रमेश और उसके माता-पिता परेशान हैं। शनि को शांत करने के लिए वे ज्योतिषियों से उपाय पूछ रहे हैं।

आइए, देखें कि इस पूरे मामले के बारे में आज का खगोल-विज्ञान क्या कहता है। सबसे पहले हम आकाश में मेष राशि के स्थान को पहचानेंगे।

सूर्य, चंद्र और ग्रह आकाश के एक पट्टे में यात्रा करते नजर आते हैं। करीब 18 अंश चौड़े इस पट्टे को 12 भागों में बांटकर प्रत्येक भाग को एक राशि का नाम दिया गया है। बारह राशियां हैं–मेष, वृषभ, मिथुन, कर्क, सिंह, कन्या, तुला, वृश्चिक, धनु,

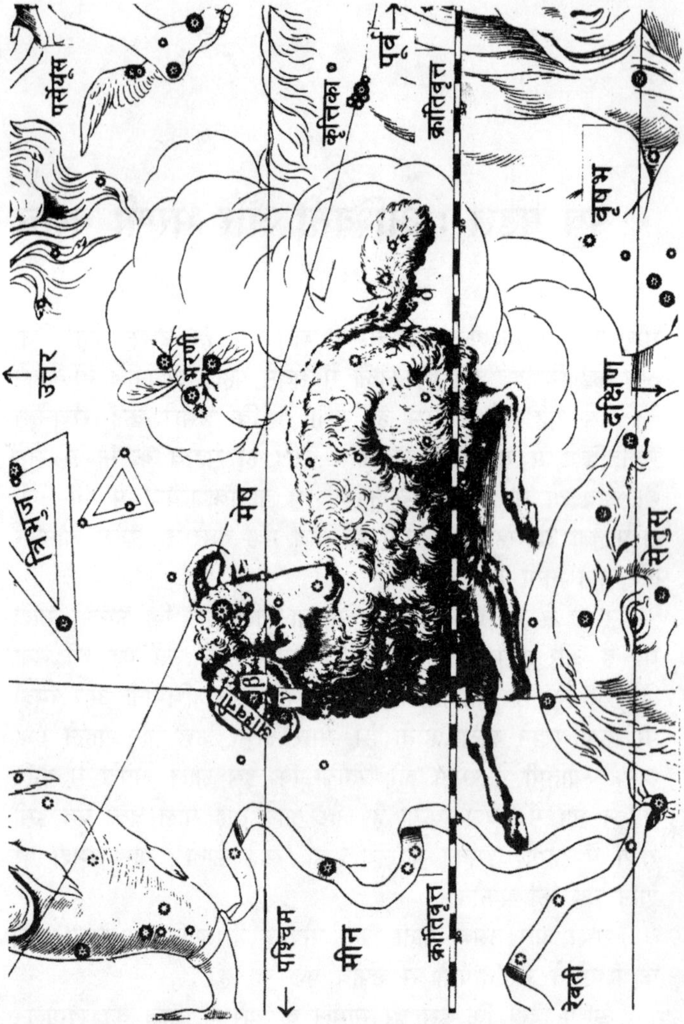

आकाशस्थ मेष

मकर, कुंभ और मीन। मेष पहली राशि है। दिसंबर महीने में रात के लगभग नौ बजे मेष राशि के तारे सिर के ऊपर आ जाते हैं।

मेष का अर्थ है–मेढ़ा या भेड़ा। इस राशि का पाश्चात्य (लैटिन) नाम **ऐरिईज** है। यूनानी में इसे **क्रिओस्** और बेबीलोनी में **कु** या **इ–कु** कहते थे। इन सभी शब्दों का अर्थ मेढ़ा ही है।

मगर ऐसा कैसे हुआ?

दरअसल, राशियां हमारे देश की नहीं हैं। वैदिक ग्रंथों में और **रामायण** तथा **महाभारत** में सात वारों और बारह राशियों का कोई उल्लेख नहीं है। सबसे पहले बेबीलोनी (खल्दियाई) ज्योतिषियों ने राशिचक्र को 12 भागों में बांटकर उन्हें मेढ़ा, सांड, कन्या, मछली आदि काल्पनिक नाम दिए थे। फिर उन बेबीलोनी राशियों और राशिनामों को यूनानियों ने अपनाया। यूनानी राशिनाम बेबीलोनी राशिनामों के सीधे अनुवाद हैं (देखिए अध्याय 2)।

बेबीलोन के साथ बहुत प्राचीन काल से भारत के संबंध रहे हैं। करीब ढाई हजार साल पहले भारत यूनानियों के भी संपर्क में आ गया था। ईसा पूर्व 326 में सिकंदर के हमले के बाद ये संबंध और भी अधिक बढ़ गए। तब यूनान और भारत ने एक-दूसरे से ज्ञान-विज्ञान की अनेक बातें सीखीं। उसी समय हमारे देश के ज्योतिषियों ने राशियों और राशिनामों को अपनाया। साथ ही, बेबीलोनी और यूनानी फलित-ज्योतिष की बहुत-सी बातों को भी अपना लिया।

इस तरह, राशियां, राशिनाम और राशिफल विदेशी चीजें हैं। राशियों के हमारे मेष, वृषभ, सिंह आदि संस्कृत नाम बेबीलोनी व यूनानी नामों के अनुवाद हैं। ज्योतिषी वराहमिहिर (लगभग 550 ई.) ने तो थोड़े परिवर्तन के साथ यूनानी राशिनामों को ही सीधे अपना लिया था, जैसे-यूनानी **क्रिओस्** (मेष) से वराह ने **क्रिय** शब्द बनाया था। मगर ये शब्द नहीं चले। अंततः संस्कृत में अनूदित राशिनाम ही रूढ़ हो गए।

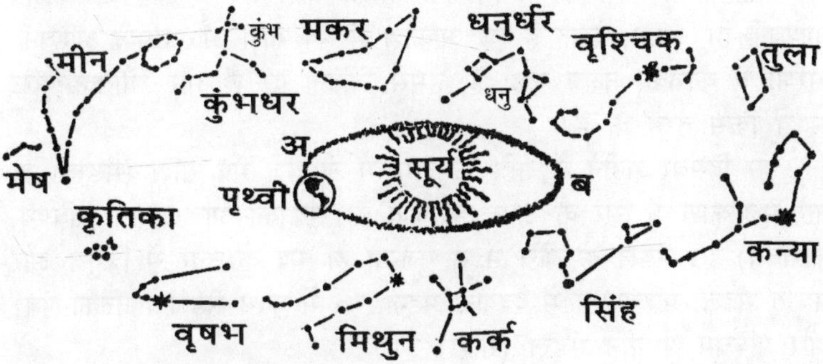

*विभिन्न राशियों (तारा-मंडलों) में सूर्य की यात्रा एक दृष्टिभ्रम है, जो इस गलत धारणा पर आधारित है कि पृथ्वी स्थिर है और सूर्य इसकी परिक्रमा कर रहा है। देखिए कि पृथ्वी की स्थिति **अ** में सूर्य कन्या राशि में दिखाई देता है और स्थिति **ब** में यह मेष राशि में दिखाई देता है।*

प्राचीन भारत में राशियों का नहीं, नक्षत्र-पद्धति का प्रचलन था। तारों के बीच चंद्र को देखकर दिन को जाना जाता था। तारों की पृष्ठभूमि में चंद्र 27 और लगभग एक-तिहाई दिनों में आकाश का एक चक्कर लगा लेता है। नजदीक की पूर्ण संख्या 27 है, इसलिए चंद्रमार्ग के 27 (कभी-कभी 28) तारों को चुनकर कह दिया जाता था कि आज चंद्र अमुक तारे या नक्षत्र के पास है, यानी आज अमुक नक्षत्र का दिन है, जैसे-जिस दिन (रात) चंद्र अश्विनी नक्षत्र के पास होता, वह 'अश्विनी का दिन' कहलाता था।

वैदिक ग्रंथों में नक्षत्रों की जो सूचियां हैं, वे कृत्तिका से आरंभ होती हैं। शुरू-शुरू में 'नक्षत्र' का मतलब था-कोई भी तारा। फिर 'नक्षत्र' का अर्थ हुआ-चंद्रमार्ग के 27 प्रमुख तारे। आगे जाकर नक्षत्र शब्द चंद्रमार्ग या रविमार्ग के 27वें भाग के लिए प्रयुक्त होने लगा। इस तरह आकाश के चंद्रमार्ग पर एक नक्षत्र का विस्तार 13 और एक-तिहाई अंशों के बराबर माना गया।

भारत में राशियों के आने तक यहां नक्षत्र-पद्धति का ही प्रचलन रहा। मगर राशियों को अपनाने के बाद स्वदेशी 27 नक्षत्रों का विदेशी 12 राशियों के साथ मेल बिठाना आवश्यक हो गया। इसलिए एक राशि में सवा-दो नक्षत्रों की कृत्रिम व्यवस्था की गई, जो आज भी कायम है। जैसे मेष राशि के नक्षत्र हैं— **अश्विनी** (पूर्ण), **भरणी** (पूर्ण) और **कृत्तिका** (एक-चौथाई)।

ज्योतिषी ने रमेश को बताया कि उसकी राशि मेष है और जन्म-नक्षत्र अश्विनी है। आइए, देखते हैं कि आकाश में मेष राशि और उसके अश्विनी, भरणी व कृत्तिका नक्षत्र कहां हैं, हमसे कितनी दूर हैं और भौतिक दृष्टि से ये किस तरह के हैं!

इस दिसंबर महीने में रात्रि के लगभग नौ बजे मेष राशि (मंडल) के तारे मध्याकाश में सिर के ऊपर आ जाते हैं। सूर्य का आकाशमार्ग (रविपथ, क्रांतिवृत्त) इस मंडल के बीच में से गुजरता है। मेष के उत्तर में त्रिभुज और ययाति मंडल, पश्चिमोत्तर में देवयानी मंडल, पूर्व में वृषभ मंडल (कृत्तिका-पुंज) और पश्चिम में मीन मंडल (राशि) है।

मेष मंडल में प्रमुख तारे पांच-छह ही हैं। इनमें यूनानी के **अल्फा** (α), **बीटा** (β) व **गामा** (γ) अक्षरों से सूचित तारे एक स्पष्ट समूह बनाते हैं। इस मंडल के सबसे चमकीले **अल्फा** (α) तारे का यूरोप में प्रचलित अरबी नाम **हमल** (मेढ़े का सिर) है और यह हमसे 75 प्रकाश-वर्ष दूर

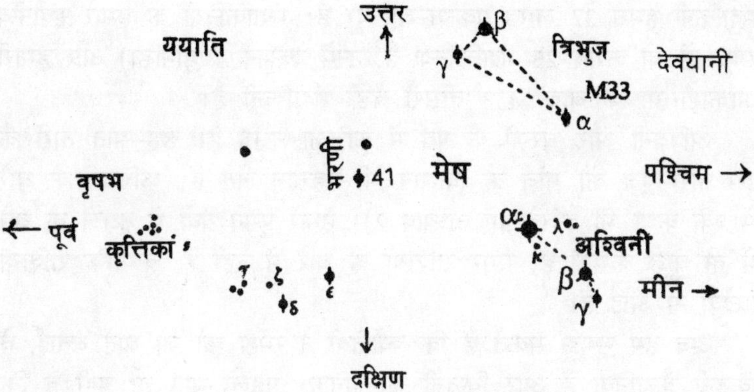

मेष मंडल : अश्विनी और भरणी नक्षत्र

है। **बीटा** (β) एक जुड़वां तारा है और यह जोड़ी हमसे 52 प्रकाश-वर्ष दूर है। यही है भारतीय **अश्विनी** नक्षत्र का प्रमुख तारा। चूंकि भारत में पिछले लगभग दो हजार वर्षों से अश्विनी को प्रथम नक्षत्र माना जाता रहा है, इसलिए इसकी पहचान का विशेष महत्व है।

मेष मंडल का **गामा** (γ) भी एक जुड़वां तारा है और यह जोड़ी हमसे 120 प्रकाश-वर्ष दूर है। भले ही यह तारा कम चमकीला नजर आता हो, मगर इसकी सतह का तापमान 11,000 डिग्री से. है, जबकि हमारे सूर्य का सतह-तापमान लगभग 6000 डिग्री से. है। अपने ऊंचे सतह-तापमान के कारण ही यह सफेद-नीले रंग का नजर आता है।

अश्विनी के पूर्वोत्तर में **भरणी** नक्षत्र का स्थान भी मेष मंडल में ही है। भरणी के समूह में तीन ही स्पष्ट तारे हैं, जिनमें प्रमुख है **नं.41** का तारा। वैदिक काल में भी अश्विनी के दो और भरणी के तीन ही तारे माने गए थे। वैदिक काल में अश्विनी के दो तारों को अश्वयुज (दो घुड़सवार) भी कहते थे।

अश्विनी नक्षत्र के उत्तर में और देवयानी मंडल के दक्षिण-पूर्व में तीन प्रमुख तारों का एक छोटा-सा **त्रिभुज** (ट्राएंगुलम) मंडल है। इसका आकार बड़े यूनानी अक्षर **डेल्टा** (Δ) जैसा है, इसलिए यूनानियों ने इसे **डेल्टोटोन** नाम दिया था। इसके **अल्फा** (α) तारे के नजदीक, पश्चिम की ओर, बाइनॉक्यूलर या छोटी दूरबीन से एक मंदाकिनी (गैलेक्सी) को देखा जा सकता है। आधुनिक खगोल-विज्ञान में M33 के नाम से प्रसिद्ध यह

मंदाकिनी हमसे 27 लाख प्रकाश-वर्ष दूर है। मंदाकिनियों के हमारे स्थानीय समूह में जो करीब 25 मंदाकिनियां हैं, उनमें देवयानी (एंड्रोमीडा) और हमारी आकाशगंगा के बाद M33 तीसरी बड़ी मंदाकिनी है।

अश्विनी और भरणी के पूर्व में कृत्तिका नक्षत्र है। छह-सात तारों के इस तारा-पुंज को गांव के किसान भी पहचान लेते हैं। कृत्तिका के बारे में एक कथा भी है (देखिए अध्याय 2)। हमारे पुराने ग्रंथों में नक्षत्रों के बारे में तो कुछ कथाएं हैं, मगर राशियों के बारे में नहीं हैं, क्योंकि राशियां विदेश से आई हैं।

अब हम समझ सकते हैं कि ज्योतिषी ने रमेश को जो बातें बताईं, वे कितनी वैज्ञानिक हैं और कितनी काल्पनिक। पहली बात तो यही है कि तारे अपनी जगहों पर लगभग 'स्थिर' हैं। पृथ्वी अपनी धुरी पर घूमती है, इसलिए तारे पूरब से पश्चिम की ओर जाते दिखाई देते हैं। इसी तरह, पृथ्वी सूर्य का चक्कर लगाती रहती है, इसलिए तारों की पृष्ठिभूमि में सूर्य अपना स्थान बदलता नजर आता है। कभी सूर्योदय के समय वह मेष राशि में नजर आएगा, तो कभी कन्या राशि में।

मगर यह सचाई नहीं, दृष्टिभ्रम है। पुराने जमाने के ज्योतिषी पृथ्वी को स्थिर मानते थे, इसलिए इस दृष्टिभ्रम को उन्होंने सच मान लिया था। विचित्र बात तो यह है कि आज के ज्योतिषी भी पृथ्वी को स्थिर ही मानते हैं।

पुराने जमाने के ज्योतिषी सोचते थे कि सारे तारे आकाश के एक गोल पर टिके हुए हैं और हमसे समान दूरी पर हैं। इसीलिए उन्होंने तारों के समूहों में मेष, सिंह, मृग, भालू आदि प्राणियों की कल्पना की थी। मगर आज हम जानते हैं कि तारे समान दूरी पर नहीं हैं। प्रकाश के वेग के पैमाने से देखें तो अश्विनी का **अल्फा** (α) तारा 75 प्रकाश-वर्ष दूर है और **बीटा** (β) तारा 52 प्रकाश-वर्ष दूर। सूर्य तो केवल 8 प्रकाश-मिनट (करीब 15 करोड़ कि.मी.) ही दूर है। सौर मंडल के शनि ग्रह का मेष राशि (तारा-मंडल) या अश्विनी नक्षत्र से कोई निकट संबंध नहीं है।

❖

'राक्षसी' तारा

लगभग एक हजार साल पहले की बात है। जाड़ों की रात थी। ईरान का एक ज्योतिषी आकाश के तारों को निहार रहा था। उसने सिर के ऊपर छह-सात तारों के एक गुच्छे को पहचाना। यह है **कृत्तिका** का प्रसिद्ध तारा-पुंज।

फिर वह ज्योतिषी कृत्तिका के पश्चिमोत्तर में आकाश को देखने लगा। उसकी नजर एक तारे पर जाकर टिक गई। 'अरे, यह क्या? यह तारा तो आज कुछ फीका नजर आ रहा है! क्या वजह हो सकती है?' ज्योतिषी सोचने लगा। फिर कई रातों तक वह उस तारे को देखता रहा; पहचान गया कि वह तारा कभी ज्यादा चमकता है, तो कभी कम।

लेकिन ऐसा क्यों होता है? ज्योतिषी समझ नहीं पा रहा था। फिर उसे याद आया कि कभी कम और कभी ज्यादा चमकने वाला वह तारा आकाश के जिस तारा-मंडल में है, उसे यूनानी लोग **पर्सेयूस** कहते थे। बड़ी मजेदार है पर्सेयूस की कथा—एकदम परीकथा-जैसी (देखिए आगे कथा)। ज्योतिषी को वह कथा याद आई। उसे उस कथा की मेदुसा नामक राक्षसी भी याद आई। ज्योतिषी ने कम-ज्यादा कांतिवाले उस तारे को झट नाम दे डाला- **अल्-ग़ूल**!

अरबी भाषा में 'ग़ूल' का अर्थ होता है-राक्षस, पिशाच, असुर, भूत। इसलिए 'अल्-ग़ूल' का अर्थ हुआ-राक्षसी तारा! पाश्चात्य ज्योतिष में आज भी उस तारे को 'अलग़ूल' के नाम से ही जाना जाता है। पर्सेयूस तारा-मंडल का जो कल्पित चित्र है उसमें राक्षसी मेदुसा के कटे सिर को पर्सेयूस अपने बाएं हाथ से पकड़े हुए है। अलग़ूल तारा मेदुसा की बाईं आंख के स्थान पर है।

यूनानी आख्यान का पर्सेयूस

आओ, देखें कि अलगूल तारा, जिसकी कांति नियमित रूप से घटती-बढ़ती रहती है, आकाश में कहां है। यह तारा **पर्सेयूस** मंडल में है। भारत में इसे हम **ययाति** मंडल कहते हैं। आजकल रात को नौ-दस बजे उत्तरी आकाश में देखें तो M या W के आकार का **शर्मिष्ठा** तारा-मंडल नजर आएगा। इसी के दक्षिण-पूर्व में **पर्सेयूस** (ययाति) मंडल है (ययाति और शर्मिष्ठा की कथा के लिए देखिए पिछला अध्याय)।

ययाति मंडल का सबसे चमकीला तारा **अल्फा** (α) है। पीले रंग का यह विशाल तारा हमसे 120 प्रकाश-वर्ष दूर है। इस तारे के आसपास,

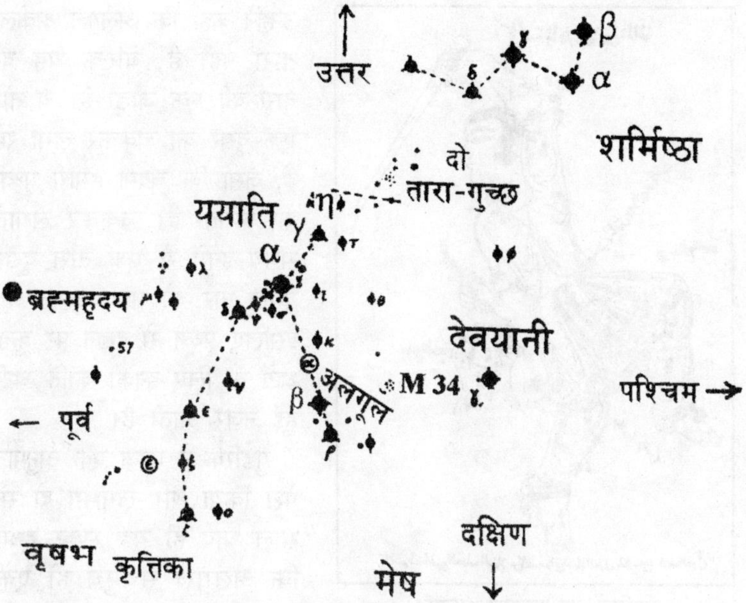

पर्सेयूस (ययाति) मंडल : अलगूल तारा

बाइनॉक्यूलर से देखने पर, तारों का जमघट नजर आता है। दरअसल, ये सब एक खुले तारा-गुच्छे के सदस्य हैं।

खगोल-विज्ञान की दृष्टि से ययाति (पर्सेयूस) मंडल का सबसे महत्वपूर्ण तारा **अलगूल** है। यह इस मंडल का **बीटा** (β) तारा है। एक हजार साल पहले ईरानी ज्योतिषी ने यह तो जाना था कि इस अलगूल तारे की कांति घटती-बढ़ती रहती है, मगर इसकी वास्तविक वजह वह नहीं जानता था। आकाश के इस अनोखे तारे के बारे में बहुत-सी बातें आधुनिक काल में ही मालूम हुई हैं।

यूरोप में सबसे पहले 1669 ई. में इतालवी खगोलविद् जेमिनारो मोंतानरी ने अलगूल की चरकांति (घटती-बढ़ती कांति) को पहचाना। फिर गूंगे-बहरे तरुण खगोलविद जॉन गुडरिक ने 1782-83 ई. की कई रातों तक अलगूल की चरकांति का सूक्ष्म अध्ययन किया (देखिए अध्याय 11)। साथ ही, गुडरिक ने यह भी पहचाना कि अलगूल की कांति नियमित रूप से हर 2 दिन और लगभग 21 घंटे बाद न्यूनतम हो जाती है।

ऐसा क्यों होता है? गुडरिक ने इसके लिए भी अनुमान पेश किया।

ईरानियों का पर्सेयूस (ययाति)

उन्होंने कहा कि अलगूल अकेला तारा नहीं है, बल्कि यह दो तारों की एक जोड़ी है। ये तारे एक-दूसरे का चक्कर लगा रहे हैं, जैसा कि चंद्रमा हमारी पृथ्वी का लगता है। चक्कर लगाते समय इनमें से एक तारा दूसरे प्रमुख तारे को ग्रहण लगता है, इसलिए पृथ्वी से देखने पर कुछ घंटों के लिए इनकी कांति घटी हुई नजर आती है।

गुडरिक ने महज एक अनुमान पेश किया था। लगभग दो सौ साल बाद ही यह स्पष्ट हुआ कि अलग़ूल सचमुच ही एक ग्रहणकारी जुड़वां तारा है; अर्थात्, ऐसे दो तारे हैं जो नजदीक से एक-दूसरे की परिक्रमा करते हुए एक निश्चित कालावधि में एक-दूसरे को नियमित रूप से ग्रहण लगाते हैं, इसलिए इनकी कांति घटती-बढ़ती है।

पुराने जमाने के ज्योतिषियों ने अलग़ूल को भले ही 'राक्षसी तारा' कहा हो, परंतु आधुनिक खगोल-विज्ञान में इस तारे का बड़ा महत्व है। अलग़ूल आकाश में खोजा गया पहला ग्रहणकारी चरकांति तारा है। अब तक अलग़ूल-जैसे 2000 से भी अधिक तारे आकाश में खोजे गए हैं। अलग़ूल-जैसे ग्रहणकारी तारों की घटती-बढ़ती कांति के प्रकाश-वक्र (देखिए आकृति) से खगोलविदों को जुड़वां तारों के आकार-प्रकार, द्रव्यमान, घनत्व तथा उनकी कक्षाओं आदि के बारे में ठोस व प्रामाणिक जानकारी मिल जाती है।

अलग़ूल की जोड़ी हमसे 100 प्रकाश-वर्ष दूर है (एक प्रकाश वर्ष = लगभग 9500 अरब कि.मी.)। अलग़ूल के ग्रहण हर 2.87 दिनों बाद घटित होते हैं। इस जोड़ी के प्रमुख तारे (अ) का सतह-तापमान लगभग 15,000^0 सेल्सियस है और इसका व्यास है 58 लाख किलोमीटर (तुलना में हमारे सूर्य का व्यास 13 लाख 91 हजार किलोमीटर है और सतह-तापमान है

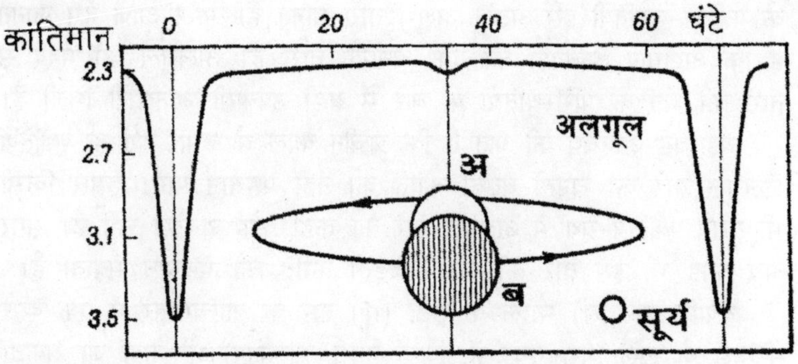

अलगूल की घटती-बढ़ती कांति का आरेख

लगभग 6000° सेल्सियस)। अलगूल के साथी-तारे (ब) का व्यास लगभग 40 लाख किलोमीटर है और इसका सतह-तापमान है 7000° सेल्सियस। इन जुड़वां तारों के सतह-तापमानों में करीब आठ हजार डिग्री सेल्सियस का अंतर है, इसीलिए इनके ग्रहणों को कोरी आंखों से भी पहचाना जा सकता है।

अलगूल के जुड़वां तारों के द्रव्यमानों की भी गणना की गई है। साथी-तारे में उतना ही द्रव्य है जितना कि हमारे सूर्य में है, मगर प्रमुख तारे में उससे 4.6 गुना अधिक द्रव्य है। अलगूल के दोनों तारों का घनत्व भी बहुत कम है—हमारे सूर्य के घनत्व के एक प्रतिशत से भी कम! अलगूल और उसके साथी-तारे के बीच करीब एक करोड़ किलोमीटर का अंतर है।

हाल के वर्षों में अलगूल के बारे में एक नई जानकारी मिली है। पता चला है कि एक और साथी-तारा है, जो 1.87 वर्ष में अलगूल की एक परिक्रमा पूरी करता है, मगर उसे ग्रहण नहीं लगाता। इस प्रकार अलगूल वस्तुतः तीन तारों की एक संयुक्त योजना है।

तारों के बारे में तमाम जानकारी हमें धरती पर पहुंचने वाले उनके प्रकाश से ही मिलती है। अलगूल की जोड़ी के बारे में जो विस्तृत जानकारी मिली है, वह उन्हें लगने वाले ग्रहण के वक्र का गहन अध्ययन करने से हासिल हुई है। दरअसल, आकाश के अलगूल-जैसे ग्रहणकारी तारों के बारे में ही हमें अधिक ठोस जानकारी मिली है। प्राचीन काल में तारों के बारे में ऐसी प्रामाणिक जानकारी प्राप्त करना कतई संभव नहीं था।

अलगूल तारा यूनानी पुराणकथा की राक्षसी मेदुसा की एक आंख पर स्थित है और ईरानी ज्योतिषियों ने इसे 'राक्षसी तारा' कहा, इसलिए यूरोप

के फलित-ज्योतिषी इसे अत्यंत अशुभ तारा मानते हैं। मगर आज हम जानते हैं कि अलग़ूल आकाश का एक अनोखा तारा है। अलग़ूल की मदद से तारों की भौतिक परिस्थितियों के बारे में बड़ी उपयोगी जानकारी मिली है।

यह बड़े आश्चर्य की बात है कि प्राचीन काल के हमारे देश के ज्योतिषी अलग़ूल तारे की घटती-बढ़ती कांति को नहीं पहचान पाए। हमारे किसी भी पुराने ज्योतिष-ग्रंथ में अलग़ूल तारे का कहीं कोई उल्लेख नहीं है। मगर अब कोई भी इस तारे की घटती-बढ़ती कांति को पहचान सकता है।

ययाति (पर्सेयूस) मंडल के **इटा** (η) तारे के पश्चिमोत्तर में एक-दूसरे से जुड़े दो खुले तारा-गुच्छ हैं, जिन्हें कोरी आंखों से भी देखा जा सकता है। इनमें से एक में अनुमानतः 200 तारे हैं और दूसरे में 150 तारे। दोनों ही तारा-गुच्छ लगभग 7400 प्रकाश-वर्ष दूर हैं। दिलचस्प बात यह है कि इन दोनों गुच्छों के तारे बहुत पुराने नहीं हैं।

अलग़ूल तारे के पश्चिम में एक और तारा-गुच्छ है–M 34, जिसमें करीब 60 तारे हैं और जो लगभग 1500 दूर है।

ययाति (पर्सेयूस) मंडल अपनी उल्का-वर्षा के लिए भी काफी प्रसिद्ध है। हर साल 12-13 अगस्त को इस मंडल के **गामा** (γ) तारे (α तारे के पश्चिमोत्तर में) के पास से प्रति घंटे लगभग 60 उल्काओं की वर्षा होती दिखाई देती है। मगर ध्यान रहे कि ये उल्काएं काफी नजदीक से आती हैं और तारे हमसे बहुत-बहुत दूर हैं।

वीर पर्सेयूस की कथा

यह प्राचीन यूनान की एक प्रसिद्ध पुराणकथा है। राजा एक्रिसियस की केवल एक ही संतान थी—दानी नाम की खूबसूरत बेटी। राजा को बेटे की बड़ी चाह थी। मगर देववाणी हुई कि राजा के बेटा नहीं होगा। उलटे, पुत्री दानी को जो बेटा होगा, वह राजा की हत्या कर देगा!

राजा की नींद हराम हो गई। उसने बेटी दानी को कारावास में डाल दिया। फिर भी कुछ समय बाद देवता द्यौस् की कृपा से दानी को एक बेटा हुआ। नाम रखा गया—**पर्सेयूस**। राजा ने दानी और उसके बेटे पर्सेयूस को एक संदूक में बंद करके समुद्र में छोड़ दिया। कुछ समय बाद समुद्र की लहरों ने उस संदूक को एक द्वीप

पर पहुंचा दिया। एक मछुआरे ने उस संदूक को खोलकर मां-बेटे को बाहर निकाला और वह उन्हें अपने घर ले गया। मछुआरे की अपनी कोई संतान नहीं थी। उसकी पत्नी ने दानी और उसके बेटे का बड़े प्यार से स्वागत किया।

मछुआरे का भाई पोलिडेक्टस उस द्वीप का राजा था, मगर वह बड़ा अत्याचारी था। आरंभ में उसने दानी पर कोई ध्यान नहीं दिया, लेकिन बाद में दानी की सुंदरता ने उसे मोह लिया। वह दानी को अपनी रानी बनाना चाहता था। तब तक पर्सेयूस काफी बड़ा हो चुका था।

राजा पोलिडेक्टस ने दानी को हासिल करने के लिए एक योजना बनाई। उसने अपने महल में एक बड़ा जलसा आयोजित किया। तरह-तरह के उपहार लेकर लोग जलसे में पहुंचे। पर्सेयूस भी गया, मगर बिना किसी उपहार के। उसने बड़ा अपमानित महसूस किया। राजा को इसी अवसर का इंतजार था। उसने घोषणा की : "एक महीने बाद मैं इससे भी बड़ा जलसा करूंगा। तब जो कोई भी राक्षसी मेदुसा का सिर काटकर मुझे भेंट करेगा, उसे मैं अपना वजीर बना दूंगा।"

जोश में आकर पर्सेयूस ने सबके सामने घोषणा कर दी : "राक्षसी मेदुसा का सिर मैं लाकर दूंगा।"

पर्सेयूस ने प्रण तो किया, परंतु उसे राक्षसी मेदुसा के बारे में कुछ भी पता नहीं था। मेदुसा का सिर काटकर लाना बहुत ही कठिन काम था—लगभग असंभव। दरअसल, मेदुसा एक-जैसी शक्ल-सूरत वाली तीन बहनें थीं। प्रत्येक के पंख लगे थे और प्रत्येक के सिर के बालों में सांपों का बसेरा था। और, जो कोई भी उनके चेहरे को देखता, वह तत्काल पत्थर बन जाता था! किसी भी आदमी को पता नहीं था कि राक्षसी मेदुसा का निवास कहां है। परंतु, जैसा कि परीकथाओं में होता है, ऐसे अवसरों पर देवी-देवता वीर पुरुष की बड़ी मदद करते हैं।

पर्सेयूस, मां से मिले बिना ही, राक्षसी मेदुसा की खोज में निकल पड़ा। वह वस्तुतः देवता द्यौस् का बेटा था, इसलिए दो देवता—हर्मेस व एथेना—उसकी मदद को आए। हर्मेस ने उसे बताया कि इस काम में उत्तरी प्रदेश की परियों की मदद लेनी जरूरी है।

उन परियों का निवास तीन बूढ़ी बहनों को ही मालूम है। इसलिए सबसे पहले उन्हें वश में करना जरूरी है।

मेदुसा का कटा हुआ सिर लेकर लौट रहा पर्सेयूस और नीचे चट्टान से बंधी एंड्रोमीडा

पर्सेयूस ने एक घने जंगल में उन तीन बूढ़ियों को खोज निकाला और उन्हें वश में किया। उन्होंने उसे परीदेश का रास्ता बताया। पर्सेयूस उनके देश पहुंचा। प्रसन्न होकर परियों ने उसे तीन चीजें दीं–पंखों वाली चप्पलें, फूलने वाला एक जादुई थैला और एक टोपी, जिसे पहनने पर आदमी अदृश्य हो जाता था। एथेना ने पर्सेयूस को दर्पण की तरह चमकने वाली एक ढाल भी दी।

पर्सेयूस अनेक तरह की कठिनाइयां झेलते हुए राक्षसी मेदुसा के अड्डे पर पहुंचा। हर्मेस ने इशारे से बता दिया कि असली मेदुसा कौन-सी है। धातु की ढाल में मेदुसा के चेहरे को देखते हुए पर्सेयूस ने उसका सिर काट लिया और उसे अपने थैले में छिपा लिया। उसके बाद आकाशमार्ग से वह वापस लौटने लगा। रास्ते में उसने एक द्वीप की चट्टान पर सांकलों से बंधी एंड्रोमीडा को देखा और उसे मुक्त किया। द्वीप के राजा पोलिडेक्टस की तब तक मृत्यु हो चुकी थी। पर्सेयूस अपनी मां के पास पहुंचा और एंड्रोमीडा से विवाह करके उसने सुखपूर्वक आगे का जीवन बिताया।

❖

वैतरणी में है शायद जीव-जगत

पुराणों में वैतरणी नदी का उल्लेख कई स्थानों पर आया है। कहते हैं कि यह नदी मनुष्यलोक और मृत्युलोक के बीच में कहीं पर है। उसमें खून, हड्डियां, बाल आदि का जमाव है और उसका जल भी गरम है। मान्यता है कि पुण्यात्मा लोग वैतरणी को सहज ही पार कर जाते हैं, परंतु पापी लोग उसमें बहुत दिनों तक दुःख भोगते हैं।

मृत्यु के बाद ऐसी किसी भयावह नदी का सामना करना पड़ता है या नहीं, हम नहीं जानते। परंतु आकाश में तारों की एक काफी लंबी और घुमावदार धारा अवश्य है जिसे पाश्चात्य ज्योतिष में **एरिदानुस्** के नाम से जाना जाता है। यूनानी शब्द 'एरिदानुस्' का अर्थ है–'नदी'। इसलिए अलग-अलग सभ्यताओं में इस एरिदानुस् तारा-मंडल की कल्पना अलग-अलग नदियों के रूप में की गई है। मिस्रवासी इसे नील, बेबीलोनवासी फरात और यहूदी इसे यरदन (जॉर्डन) नदी मानते थे। भारत में आधुनिक काल में इस आकाशस्थ नदी को पौराणिक वैतरणी का नाम दिया गया है। वैसे, उड़ीसा में वैतरणी नाम की एक नदी है।

वैतरणी काफी विस्तृत–आकाश का छठा सबसे बड़ा–तारा-मंडल है, मगर अपने मंदकांति तारों के कारण यह प्रायः उपेक्षित ही रह जाता है। वैतरणी की धारा मृग मंडल के खूब चमकीले **बीटा** (β) यानी **राइगेल** या **राजन्य** तारे के पास से शुरू होकर पहले थोड़ी उत्तर की ओर, फिर पश्चिम की ओर, फिर दक्षिण की ओर और तदनंतर दक्षिण-पूर्व की ओर मुड़कर अंततः दक्षिण-पश्चिम की ओर लगभग 58 दक्षिणी अक्षांश पर पहुंचती है। यूरोप और अमरीका के स्थानों से वैतरणी मंडल को इसके दक्षिणी छोर तक नहीं देखा जा सकता। मगर आजकल मध्य और दक्षिण भारत

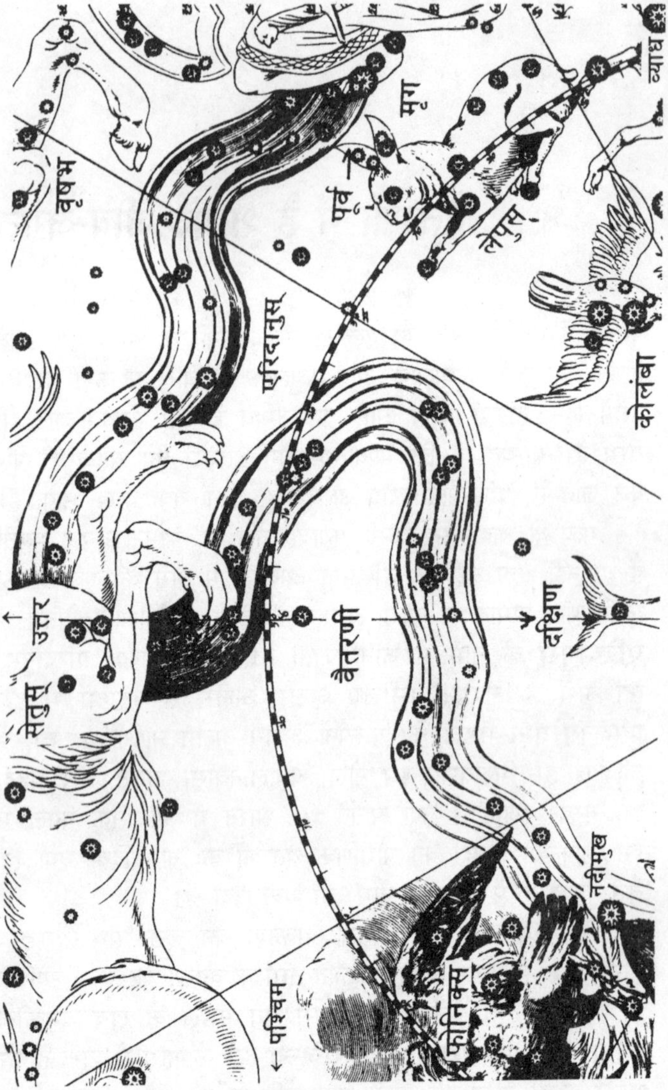

आकाशस्थ वैतरणी

से लगभग समूचे वैतरणी मंडल के दर्शन किए जा सकते हैं।

वैतरणी मंडल के सबसे चमकीले (कांतिमान 0.5) नीले-पीले **अल्फा** (α) तारे का पाश्चात्य नाम **आख़रनार** है। यह शब्द अरबी के **अल्-आख़िर अल्-नहर** (नदी का अंत) से बना है। अब भारत में

हम इस तारे को **नदीमुख** कहते हैं। दक्षिणी खगोल में लगभग 58 अक्षांश पर स्थित यह तारा आकाश का 9वां सबसे चमकीला तारा है यानी यह चित्रा या रोहिणी से भी अधिक चमकीला है। नदीमुख (आख़रनार) हमसे 78 प्रकाश-वर्ष दूर है।

यूरोप के देशों से पूरा वैतरणी मंडल दिखाई नहीं देता, इसलिए प्राचीन काल में इस मंडल के **थीटा** (θ) तारे को ही इसका दक्षिणी छोर मानकर उसे **आख़रनार** (नदीमुख) नाम दिया गया था। किंतु आधुनिक काल में वैतरणी को आगे बढ़ाकर इस मंडल के सबसे चमकीले **अल्फा** (α) तारे

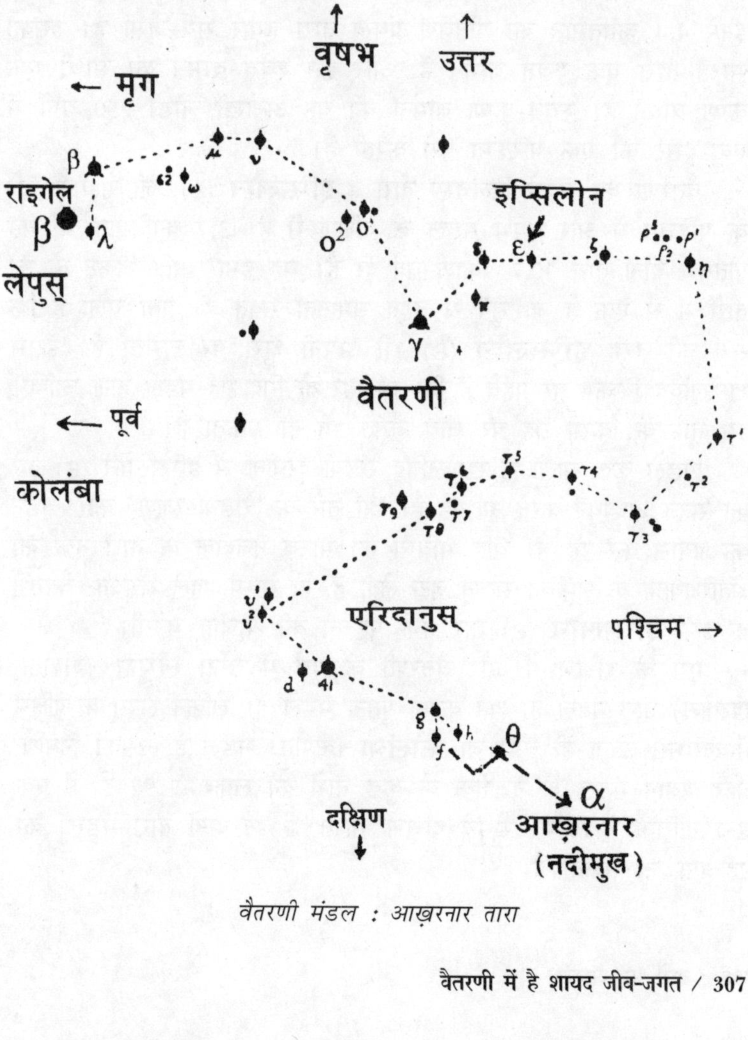

वैतरणी मंडल : आख़रनार तारा

को आख़रनार नाम दिया गया। वस्तुतः सभी तारा-मंडलों की सीमाएं मनुष्य ने अपनी मनमर्जी से तय की हैं।

मृग मंडल के **राइगेल** (β) तारे के पास के वैतरणी के **बीटा** (β) तारे का पाश्चात्य नाम **कुरसा** है, जो अरबी के 'कुरसी' शब्द से बना है। कांतिमान 2.8 का यह तारा 78 प्रकाश-वर्ष दूर है।

वैतरणी के शेष तारे तीसरे कांतिमान से अधिक चमकीले नहीं हैं, परंतु आधुनिक अन्वेषण की दृष्टि से इनमें से कई तारे बड़े महत्व के हैं। वैतरणी का **ओमिक्रोन** (o) तारा एक दृश्य-युगल है। इनमें से एक तारा o^2, जो 16 प्रकाश-वर्ष दूर है, वस्तुतः तीन तारों की एक संयुक्त योजना है। इनमें 4.4 कांतिमान का पीतवर्ण प्रमुख तारा हमारे सूर्य-जैसा है। इसका साथी-तारा एक श्वेत वामन है, और इस श्वेत-वामन का साथी एक कृष्ण-वामन है। श्वेत-कृष्ण वामनों की यह अनोखी जोड़ी 250 वर्षों में एक-दूसरे की एक परिक्रमा पूरी करती है।

वैतरणी का सबसे दिलचस्प तारा है–**इप्सिलोन** (ε), जो राइगेल तारे के पश्चिम में और वृषभ मंडल के दक्षिण में है। 3.7 कांतिमान का यह पीतवर्ण बौना तारा 10.7 प्रकाश-वर्ष दूर है। यह हमारे अति निकट के उन तारों में से एक है जो सूर्य से बहुत समानता रखते हैं। पता चला है कि सूर्य की तरह **इप्सिलोन** (ε) भी अपनी धुरी पर घूमता है। इससे खगोलविद निष्कर्ष पर पहुंचे हैं कि इस तारे के गिर्द ग्रह-मंडल होना चाहिए। इस तारे के किसी ग्रह पर जीव-जगत भी हो सकता है।

पिछले कुछ सालों से खगोलविद् रेडियो-दूरबीनों से इप्सिलोन (ε) तारे का सतत अध्ययन करते आ रहे हैं। इस तारे के 'रेडियो-संदेश' को पकड़ने का प्रयास कर रहे हैं। यदि भविष्य का मानव नजदीक के तारों तक की अंतरिक्षयात्रा के समुचित साधन जुटा लेता है, तो सबसे पहले संभवतः वैतरणी के इसी **इप्सिलोन** (ε) तारे तक पहुंचने की योजना बनेगी।

मृग के दक्षिण में और वैतरणी के पूर्व में छोटा **लेपुस्** (शशक, खरगोश) तारा-मंडल है। यह काफी पुराना मंडल है। लेकिन लेपुस् के दक्षिण में लगभग उतना ही बड़ा जो **कोलंबा** (कपोत) मंडल है, उसका निर्माण, बृहद् श्वान मंडल के नजदीक के कुछ तारों को लेकर, 1592 ई. में एक डच नाविक ने किया। समूचे दक्षिण भारत से इन दोनों तारा-मंडलों को पहचाना जा सकता है।

❖

ब्रह्मांड : आदि-अंत

विश्व की उत्पत्ति से संबंधित मानव के चिंतन का इतिहास बहुत पुराना है, लगभग उतना ही पुराना जितना कि स्वयं मानव। आकाश के टिमटिमाते दीपक क्या हैं, कितनी दूर हैं? विश्व का विस्तार कहां तक है? सृष्टि का आरंभ कैसे हुआ? इसका अंत कब और कैसे होगा?

ये सवाल धरती के मानव को अनादि काल से आलोड़ित करते आ रहे हैं। सीमित अवलोकनों के आधार पर, मिथकों की भाषा में, इन सवालों के उत्तर प्रस्तुत करने के प्रयास प्रायः सभी प्राचीन सभ्यताओं में हुए हैं। कुछ मिथकों में सृष्टिकर्ता या सृष्टि-संचालक की भी कल्पना की गई।

परंतु प्राचीन काल में कुछ ऐसे भी साहसी विचारक हुए हैं जो विश्व के आरंभ या इसके संचालन के लिए किसी विधाता की परिकल्पना को अनावश्यक समझते थे। ऐसे कुछ विचारक प्राचीन भारत में भी हुए। **ऋग्वेद** का एक ऋषि कहता है कि शायद परमात्मा भी नहीं जानता कि यह सृष्टि किससे उत्पन्न हुई, किसलिए हुई। और, **ऋग्वेद** का ही एक अन्य ऋषि चुनौती देते हुए कहता है कि विश्वोत्पत्ति के बारे में जाननेवाला यदि कोई है, तो वह यहां आकर बताए (*इह ब्रवीतु स उ तच्चिकेतत्*)।

इस पुरातन चुनौती को स्वीकार करने में वैज्ञानिक हाल ही में कुछ समर्थ हुए हैं। पिछले सौ वर्षों में खगोल-भौतिकी और नाभिकीय भौतिकी के क्षेत्रों में हुए अनुसंधानों के फलस्वरूप अब वैज्ञानिक इन सवालों के संभाव्य उत्तर देने में समर्थ हैं कि विश्व की उत्पत्ति कैसे हुई और इसका अंत कैसे होगा। कुछ नए गंभीर सवाल भी उभरे हैं: विश्वोत्पत्ति के पहले द्रव्य, ऊर्जा व दिक्काल

की क्या स्थिति थी? क्या विश्व का विस्तार निरंतर जारी रहेगा? या, भविष्य में विश्व सिकुड़ने लगेगा और पुनः अपने आरंभ की 'विलक्षण' स्थिति पर पहुंच जाएगा?

यहां मेरा प्रयास होगा–इसी नूतन अनुसंधान की सरल और संक्षिप्त जानकारी प्रस्तुत करना। विश्व की उत्पत्ति और परिणति के सवालों के साथ जीवन की उत्पत्ति और धरती तथा मानव–जाति के भविष्य के सवाल भी अभिन्न रूप से जुड़े हुए हैं।

विश्व के वास्तविक स्वरूप के बारे में ज्यादातर जानकारी हमें पिछले करीब सौ वर्षों में ही मिली है। अभी चंद दशक पहले तक प्रकाश–किरणों की केवल एक 'खिड़की' से ही विश्व का अवलोकन संभव था। मगर दूसरे विश्वयुद्ध के समय से विद्युत–चुंबकीय विकिरण की दूसरी 'खिड़कियां' भी खुलती गई हैं। अब वायुमंडल के ऊपर के अंतरिक्ष से भी ब्रह्मांड का अवलोकन करना संभव हो गया है।

सौ साल पहले तक भी कोई वैज्ञानिक नहीं जानता था कि तारों के परे विश्व का विस्तार कहां तक है। बीसवीं सदी के तीसरे दशक में अमरीकी खगोलविद **एडविन हब्बल** (1889–1953 ई.) ने प्रमाणित किया कि हमारी आकाशगंगा के परे दूसरी अनेक मंदाकिनियों का अस्तित्व है। उन्होंने 1923 ई. में आकाशगंगा के परे नजदीक की देवयानी मंदाकिनी (एंड्रोमीडा गैलेक्सी) में पृथक् तारों को पहचाना। पता चला कि देवयानी मंदाकिनी हमसे लगभग 20 लाख प्रकाश–वर्ष दूर है। फिर यह भी पता चला कि विश्व के अथाह विस्तार में विविध आकार–प्रकार की अरबों मंदाकिनियां हैं!

पता चला है कि मंदाकिनियां समूह या गुच्छ बनाती हैं। एक गुच्छ में 20–25 से लेकर एक हजार तक मंदाकिनियां हो सकती हैं। हमारी आकाशगंगा और देवयानी मंदाकिनी 25–30 मंदाकिनियों के एक 'स्थानीय समूह' की सदस्या हैं। मंदाकिनियों के 'गुच्छों के गुच्छ' होने के बारे में भी कुछ सबूत मिले हैं। यह भी पता चला है कि विश्व में किसी भी *एक समय में* मंदाकिनियों का फैलाव एकरूप है। दूसरे शब्दों में, विश्व के किन्हीं भी काफी बड़े दो समान हिस्सों को लें, तो *एक निश्चित समय में* उन दोनों हिस्सों में मंदाकिनियों की संख्या लगभग बराबर रहेगी।

करीब आठ दशक पहले मंदाकिनियों के बारे में एक और अत्यंत महत्व की जानकारी मिली। सन् 1929 में हडविन हब्बल ने खोज की कि दूर की

मंदाकिनियां हमसे अधिक दूर भाग रही हैं। उन्होंने यह भी पता लगाया कि जो मंदाकिनी हमसे अधिक दूर है, वह अधिक वेग से पलायन कर रही है। हब्बल ने मंदाकिनी की दूरी और उसके पलायन वेग का संबंध जोड़नेवाला एक नियम भी प्रस्तुत कर दिया।

इस प्रकार, विशाल विश्व के बारे में प्रमुख तथ्य यह है कि इसमें मंदाकिनियों का विस्तार समरूप है, समदिश है, और मंदाकिनियां एक-दूसरे से दूर भागती जा रही हैं। इससे एक स्पष्ट निष्कर्ष यह निकलता है कि सुदूर अतीत में एक समय ऐसा भी रहा है जब सभी मंदाकिनियां एक-दूसरे के बहुत नजदीक रही होंगी।

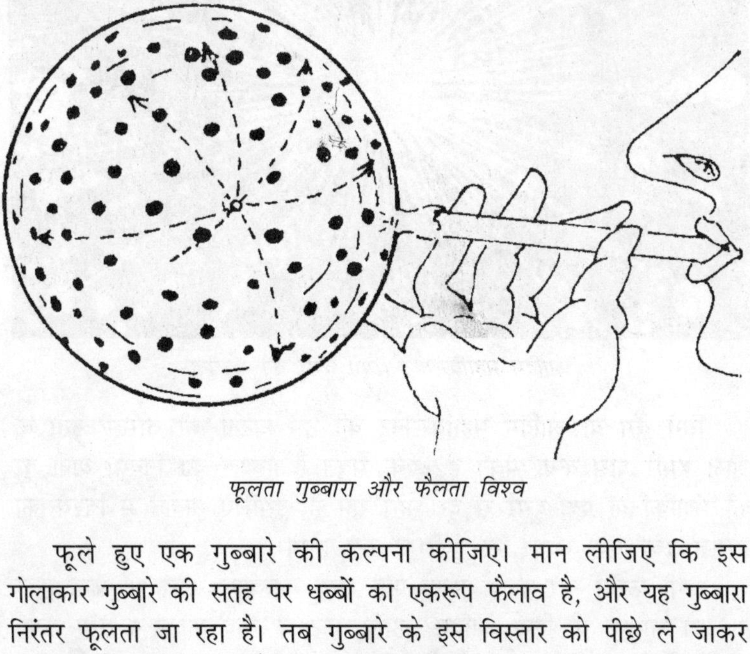

फूलता गुब्बारा और फैलता विश्व

फूले हुए एक गुब्बारे की कल्पना कीजिए। मान लीजिए कि इस गोलाकार गुब्बारे की सतह पर धब्बों का एकरूप फैलाव है, और यह गुब्बारा निरंतर फूलता जा रहा है। तब गुब्बारे के इस विस्तार को पीछे ले जाकर हम कल्पना कर सकते हैं कि इसकी शुरुआत किसी समय इसके 'शून्य अर्द्धव्यास' से हुई होगी, और उस आरंभकाल में इसकी सतह के सभी धब्बे एकसाथ एक-दूसरे के ऊपर, या एक-दूसरे के भीतर, विद्यमान रहे होंगे।

मंदाकिनियों-सहित विश्व के समस्त द्रव्य (एवं ऊर्जा) के बारे में भी खगोलविद् इसी प्रकार के निष्कर्ष पर पहुंचे हैं। मान लिया गया है कि सुदूर अतीत के एक आरंभिक क्षण में आज के विश्व का समस्त द्रव्य (और ऊर्जा

भी) एक स्थान पर पुंजीभूत रहा है। 15 से 20 अरब साल पूर्व के उस आरंभिक क्षण में एक **महाविस्फोट** हुआ और उसके साथ ही समस्त द्रव्य तथा ऊर्जा का छितराव शुरू हुआ। संतुलन-विचलन या महाविस्फोट की उस 'विलक्षण' घटना को खगोलविदों ने **बिग बैंग** (big bang) का नाम दिया है।

आदिम महाविस्फोट (बिग बैंग) की कल्पना

बिग बैंग या आदिम महाविस्फोट की उस घटना की वास्तविकता के आज हमारे पास क्या सबूत हैं? एक सबूत है–हब्बल का नियम, यानी दूर की मंदाकिनियां एक-दूसरे से दूर भाग रही हैं, इसलिए अतीत में विश्व का समस्त द्रव्य एक स्थान पर पुंजीभूत रहा होगा।

अभी करीब चार दशक पहले एक अन्य महत्वपूर्ण सबूत भी प्राप्त हुआ है। इसे समझने के लिए आदिम महाविस्फोट के बाद की द्रव्य तथा ऊर्जा की स्थितियों पर विचार कीजिए। आदिम अवस्था के उस अतिघनीभूत द्रव्य का तापमान बहुत ऊंचा रहा होगा। दरअसल, उस समय द्रव्य के साथ-साथ प्रचुर मात्रा में विद्युत-चुंबकीय विकिरण भी मौजूद रहा होगा। इतना ही नहीं, एक अवस्था में द्रव्य और विकिरण का संतुलन भी कायम रहा होगा। परंतु कालांतर में, विश्व के विस्तार के साथ, उस आदिम विकिरण का भी फैलाव होता गया और इस तरह तापमान निरंतर घटता गया। बिग बैंग के बाद

की 15 से 20 अरब सालों की लंबी अवधि में उस आदिम विकिरण का तापमान इतना अधिक घट गया है कि अब उसके अवशेष **माइक्रोवेव** के रूप में ही पहचाने जा सकते हैं।

अवशिष्ट माइक्रोवेव की परिकल्पना ***जॉर्ज गेमोव*** (1904-1968 ई.) ने काफी पहले ही प्रस्तुत कर दी थी (बिग बैंग के सिद्धांत का संशोधित मॉडल भी गेमोव ने ही प्रतिपादित किया था, 1948 ई. में)। समूचे विश्व में व्याप्त ऐसे अवशिष्ट माइक्रोवेव विकिरण की खोज 1964 ई. में खगोलविद् **आरनो पेंजियाज** और **रॉबर्ट विल्सन** ने की। आज इस अवशिष्ट विकिरण का तापमान लगभग -270 डिग्री सेल्सियस अथवा 3 डिग्री केल्विन (ठीक-ठीक कहें तो 2.7 डिग्री केल्विन है)।

इन सबूतों के कारण विश्वोत्पत्ति के बिग बैंग मॉडल को सबसे ज्यादा समर्थन मिला है। इसका मतलब यह नहीं है कि इस मॉडल को अपनाने से विश्वोत्पत्ति से संबंधित सारे सवालों के हल प्राप्त हो गए हैं। वस्तुतः इस सिद्धांत की कई बातें अभी सुस्पष्ट नहीं हुई हैं। हम नहीं जानते कि महाविस्फोट के समय और उसके पहले दिक्, काल, द्रव्य या ऊर्जा की क्या स्थिति रही है। हम यह भी नहीं जानते कि महाविस्फोट क्यों हुआ।

विश्वोत्पत्ति के सिद्धांत के दूसरे कुछ मॉडल भी प्रस्तुत किए गए हैं। मगर अधिकांश वैज्ञानिकों ने बिग बैंग मॉडल को ही उपयुक्त पाया है। इसलिए हम इस मानक मॉडल की चर्चा को ही आगे बढ़ाएंगे।

प्रश्न है- आदिम महाविस्फोट के बाद, पिछले लगभग 15-20 अरब वर्षों की लंबी कालावधि में, विश्व का क्रमिक विकास किस प्रकार हुआ? चूंकि हम आदिम महाविस्फोट के समय की परिस्थितियों को नहीं जानते, इसलिए शुरुआत 'शून्य काल' से नहीं कर सकते, मगर हम जानते हैं कि आज के विश्व में द्रव्य और विकिरण किन स्वरूपों में हैं। हम यह भी जानते हैं कि चार बल विश्व के समस्त मौजूदा द्रव्य को संयोजित रखते हैं।

इसलिए विश्व की वर्तमान स्थिति से आरंभ करके हम अतीत की खोज की ओर आगे बढ़ सकते हैं, और अंत में आदिम महाविस्फोट की घटना के काफी नजदीक पहुंच सकते हैं।

परंतु पहले प्रकृति में अब तक खोजे गए चार बलों के बारे में कुछ मोटी-मोटी बातें जान लेना उपयोगी होगा। विश्वव्यापी गुरुत्वाकर्षण बल और विद्युत-चुंबकीय बल से प्रायः सभी परिचित हैं। पिछली सदी में दो और बल खोजे गए-**स्ट्रांग** (strong) यानी **दृढ़ बल,** और **वीक** (weak)

यानी **क्षीण बल**। ये दोनों ही बल परमाणु के नाभिक के दायरे में काम करते हैं और दृष्टिगोचर नहीं हैं, हालांकि इनके प्रभावों को सर्वत्र देखा जा सकता है। दृढ़ बल परमाणु के नाभिक को बांधे रखता है और इस प्रकार द्रव्य को दीर्घकालीन स्थिरता प्रदान करता है। क्षीण बल परमाणु के नाभिक के भीतर और भी कम दूरी पर काम करता है और इसे **रेडियोएक्टिव डिके** यानी **रेडियोधर्मी क्षय** के रूप में पहचाना जा सकता है।

इन चार बलों में गुरुत्वाकर्षण बल सबसे कम शक्तिशाली और दृढ़ बल सर्वाधिक शक्तिशाली है। विद्युत-चुंबकीय बल, दृढ़ बल से 100 गुना कम शक्तिशाली और क्षीण बल, विद्युत-चुंबकीय बल से भी 1000 गुना कम शक्तिशाली है। न्यूनाधिक शक्ति के इन चार बलों ने आदिम द्रव्य को वर्तमान स्वरूप प्रदान करने में अत्यंत महत्व की भूमिका अदा की है।

आज के विश्व का अधिकांश द्रव्य हाइड्रोजन और हीलियम के सामान्य परमाणुओं के रूप में है। वैज्ञानिक जानते हैं कि कितनी ऊर्जा उपलब्ध होने पर, विद्युत-चुंबकीय बल के जरिए प्रोटान व न्यूट्रान कणों से निर्मित नाभिक, इलेक्ट्रानों के साथ संयुक्त होकर, हाइड्रोजन या हीलियम के परमाणु बन जाते हैं। बिग बैंग की घटना को 'शून्य काल' मानें तो, वैज्ञानिकों की गणना के अनुसार, नाभिकों और इलेक्ट्रानों के संयोजन की यह घटना 'शून्य काल' के लगभग दस लाख साल बाद घटित हुई है। बिग बैंग के लगभग दस लाख साल बाद ही विश्व का तापमान पर्याप्त घटा (करीब 4000 डिग्री केल्विन पर उतरा) और नाभिकों तथा इलेक्ट्रानों का परमाणुओं में संयोजन हुआ। उसके बाद ही द्रव्य का तारों और मंदाकिनियों में संयोजन संभव हुआ।

और पीछे चलिए—'शून्य काल' के करीब चार मिनट बाद के समय में। उसके पहले प्रोटान और न्यूट्रान कण अस्तित्व में आ चुके थे, मगर विश्व का तापमान इतना अधिक ऊंचा था कि इन कणों का नाभिकों में संयोजन होना संभव नहीं था। परंतु 'शून्य काल' के करीब चार मिनट बाद विश्व का तापमान इतना घट गया था कि, दृढ़ बल के जरिए, प्रोटान व न्यूट्रान कणों का सरल-से नाभिकों में संयोजन हो सके। फिर भी, उस समय अभी विश्व का तापमान एक अरब डिग्री के आसपास था। 'शून्य काल' के करीब पांच मिनट बाद हाइड्रोजन और हीलियम के नाभिक अस्तित्व में आ गए थे। भारी तत्वों का सृजन काफी बाद में, मंदाकिनियों के अस्तित्व में आने पर, उनके तारों की केंद्रीय भट्ठियों में हुआ।

परमाणु के नाभिक में प्रोटान व न्यूट्रान कणों के अलावा और भी कई

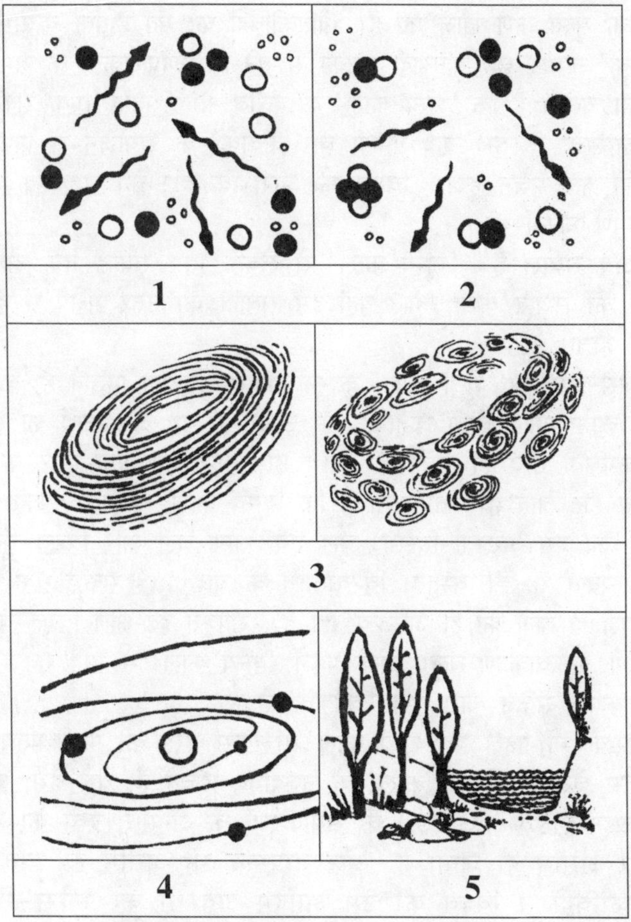

विश्व के विकास की पांच अवस्थाएं

1. *आरंभिक 5 मिनटों में, विश्व के विस्तार के दौरान, द्रव्य के प्रोटान (काले वृत्त), न्यूट्रान (बड़े सफेद वृत्त) और इलेक्ट्रान (छोटे सफेद वृत्त) कणों से फोटान (लहरदार) पृथक् हुए।*
2. *आगे 5 से 30 मिनटों के अंतराल में द्रव्य का पलड़ा भारी हुआ, बुनियादी कण ड्यूटेरियम (प्रोटान व न्यूट्रान) और हीलियम (2 प्रोटान + 2 न्यूट्रान) जैसे अधिक जटिल नाभिकों में संयुक्त हुए।*
3. *25 करोड़ साल बाद आदिम गैस पहले महामंदाकिनियों और फिर मंदाकिनियों में विभक्त होने लगी।*
4. *एक अरब साल बाद मंदाकिनियों का द्रव्य तारों व ग्रहों में संघनित होने लगा।*
5. *वर्तमान युग में विश्व के कम-से-कम एक ग्रह पर जीवन का उदय।*

तरह के सूक्ष्म कण खोजे गए हैं। भौतिकीविदों का मत है कि ये सभी कण 'क्वार्क' नामक छह बुनियादी घटकों से बने हैं। आपेक्षिकता के समीकरणों से पता चलता है कि 'शून्य काल' के करीब 10^{-6} सेकंड (एक सेकंड का दस-लाखवां हिस्सा) बाद पहली बार क्वार्कों के संयोजन से प्रोटानों व न्यूट्रानों का सृजन हुआ। विश्व के आरंभिक दौर की वह एक अत्यंत महत्वपूर्ण घटना थी।

अब सवाल है—'शून्य काल' से लेकर 10^{-6} सेकंड तक आरंभिक विश्व की स्थिति कैसी रही? यहां इस सवाल का उत्तर संक्षेप में ही देना संभव होगा।

जैसे-जैसे हम 'शून्य काल' के अधिकाधिक समीप पहुंचते हैं, वैसे-वैसे विश्व का तापमान बढ़ता जाता है और ऊर्जा के साथ द्रव्य-कणों का संघर्षण अधिकाधिक तीव्र हो जाता है। साथ ही, चारों बल एक-दूसरे के साथ संयुक्त होते जाते हैं। पता चला है कि 'शून्य काल' के 10^{-10} सेकंड (एक सेकंड का दस अरबवां हिस्सा) बाद तक क्षीण बल और विद्युत-चुंबकीय बल संयुक्त रहे हैं। वस्तुतः विश्वोत्पत्ति के बाद 10^{-35} सेकंड तक प्रकृति में केवल दो बलों का ही अस्तित्व रहा है—संयुक्त दृढ़-क्षीण-विद्युत-चुंबकीय बल और गुरुत्वाकर्षण बल। उसके पहले, 'शून्य काल' से 10^{-43} सेकंड तक, गुरुत्वाकर्षण सहित चारों बल एकीकृत रहे हैं।

उसके भी पहले या 'शून्य काल' में किस तरह की परिस्थितियां रही हैं? जैसे-जैसे हम 'शून्य काल' के नजदीक पहुंचते हैं, वैसे-वैसे, अल्बर्ट आइंस्टाइन (1879-1955 ई.) के समीकरणों के अनुसार, द्रव्य का घनत्व बढ़कर असीम हो जाता है, और तापमान भी असीम हो जाता है। भौतिकीविदों ने विश्व की उस आदिम अवस्था को **स्पेस-टाइम सिंगुलेरिटी** (Space-Time Singularity) यानी **दिक्काल की विलक्षणता** का नाम दिया है।

इधर के वर्षों में कुछ भौतिकीविद, क्वांटम सिद्धांत का सहारा लेकर, विश्व की उस आदिम विलक्षणता को भी समझने का प्रयास कर रहे हैं। कुछ साल पहले **एलान गुथ** ने बिग बैंग का एक नया **इन्फ्लेशनरी** यानी 'स्फीति मॉडल' प्रस्तुत किया है। इसके अनुसार, 'शून्य काल' के बाद, 10^{-34} सेकंड और 10^{-30} सेकंड के बीच की अल्प कालावधि में, विश्व का भयंकर तेजी से विस्तार हुआ और तदनंतर ही यह अपने अपेक्षाकृत धीमे विस्तार में सुस्थिर हुआ।

सारांश यह कि विश्वोत्पत्ति के आरंभिक क्षणांशों की परिस्थितियों के बारे में यकीन के साथ कुछ नहीं बताया जा सकता। यह सही है कि महाविस्फोट के बाद ही दिक् और काल अस्तित्व में आए हैं, मगर 'शून्य काल' में या उसके पहले दिक्काल और द्रव्य-ऊर्जा की क्या स्थिति रही है, इसके बारे में फिलहाल केवल परिकल्पनाएं ही प्रस्तुत की जा सकती हैं।

अब हम विश्व के भविष्य पर विचार करेंगे। सवाल है—विश्व 'खुला' है या 'बंद' है? अन्य शब्दों में, विश्व का निरंतर विस्तार होता रहेगा अथवा एक कालावधि के बाद इसका विस्तार रुक जाएगा और यह सिकुड़ने लगेगा ?

यह जानने का एक उपाय है—विश्व में मौजूद समस्त द्रव्य की मात्रा और उसका औसत घनत्व मालूम करना। विश्व में द्रव्य का संचय या घनत्व एक निश्चित मात्रा से अधिक है, तो गुरुत्वाकर्षण शक्ति देर-सवेर विश्व के विस्तार को पूर्णतः रोक देगी और उसके बाद मंदाकिनियां एक-दूसरे के निकट पहुंचने लगेंगी।

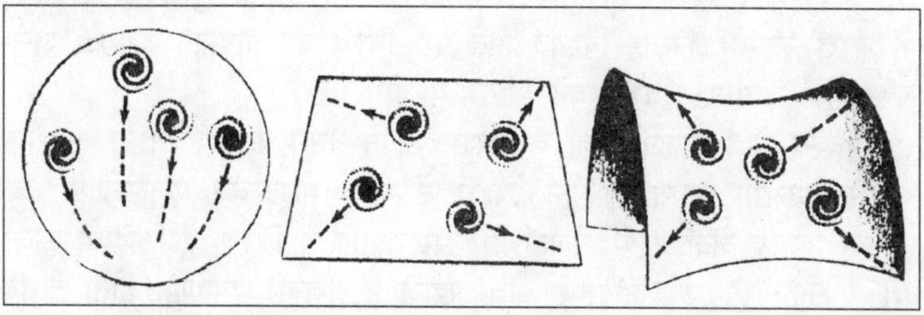

ज्यामिति और विश्व की नियति का संबंध : यदि दिक् अथवा आकाश (स्पेस) गोलाकार है (बाएं), 'बंद' है, तो भविष्य में किसी समय विश्व का विस्तार रुक जाएगा और यह सिकुड़ने लगेगा। यदि दिक् सपाट है (मध्य), तो विश्व के सतत विस्तार पर जैसे-तैसे ही मुश्किल से रोक लगेगी। मगर दिक् यदि अतिपरवलयिक (हाइपरबोलिक) है (दाएं) 'खुला' है, तो विश्व का विस्तार सतत जारी रहेगा।

विश्व में कितना गोचर द्रव्य है और उसका औसत घनत्व कितना है, यह जानना संभव है। पता चला है कि गुरुत्वाकर्षण द्वारा विश्व के विस्तार पर रोक लगाने के लिए जितने द्रव्य की जरूरत है, उसका केवल 10 प्रतिशत द्रव्य ही अब तक विश्व में खोजा गया है।

तो क्या विश्व में सचमुच इतना पर्याप्त द्रव्य नहीं है कि उसके गुरुत्वाकर्षण से भविष्य में विश्व का विस्तार रुक जाए? क्या विश्व का

विस्तार निरंतर जारी रहेगा? कुछ वैज्ञानिकों का आज यही मत है।

मगर अन्य वैज्ञानिकों की मान्यता है कि द्रव्य की लीलाएं बड़ी विचित्र हैं, और विश्व का काफी सारा द्रव्य अभी हमारे लिए 'अदृश्य' बना हुआ है। आजकल विश्व के इसी 'अदृश्य द्रव्य' की बड़ी जोरशोर से खोज की जा रही है। यह अदृश्य द्रव्य **न्यूट्रिनो** नामक सूक्ष्म कणों के रूप में हो सकता है, अनगिनत छोटे-बड़े **कृष्ण-विवरों** (ब्लैक होल्स) के रूप में हो सकता है, और किसी अन्य रूप में भी हो सकता है।

विश्व में सचमुच ही यदि पर्याप्त मात्रा में द्रव्य मौजूद है, विश्व यदि 'बंद' है, तो खगोलविदों की गणना के अनुसार आज से लगभग 40 या 50 अरब साल बाद, गुरुत्वाकर्षण शक्ति मंदाकिनियों के पलायन पर पूर्ण रोक लगा देगी, विश्व का विस्तार रुक जाएगा, मंदाकिनियों का एक-दूसरे के नजदीक पहुंचना शुरू हो जाएगा, विश्व सिकुड़ने लगेगा, विश्व के विकास के चलचित्र का उल्टा क्रम शुरू हो जाएगा।

मगर विश्व में यदि पर्याप्त द्रव्य नहीं है, विश्व 'खुला' है, तो करीब 10^{27} वर्ष बाद विश्व की सारी मंदाकिनियां और उनके गुच्छ कृष्ण-विवरों में बदल जाएंगे। निरंतर विस्तृत होते ऐसे विश्व का तापमान अंततः 'शून्य' पर पहुंच जाएगा। विश्व की शीतमृत्यु होगी!

विश्व में विद्यमान ऊर्जा का सूक्ष्म मापन करने के प्रयोजन से अमरीकी अंतरिक्ष एजेंसी 'नासा' ने जून, 2001 में **मैप** (माइक्रोवेव एनिसोट्रॉपी प्रोब) नामक उपग्रह अंतरिक्ष में भेजा था। इस उपग्रह ने विश्व में 'अदृश्य ऊर्जा' (dark energy) के 'अतितप्त क्षेत्र' खोजे हैं, जिनसे प्रमाणित होता है कि विश्व का विस्तार सतत जारी रहेगा; विश्व सिकुड़ेगा नहीं। फरवरी, 2003 में उद्‍घाटित इस नई खोज से 'बिग बैंग' सिद्धांत की पुष्टि होती है और पता चलता है कि विश्व का आरंभ करीब 14 अरब साल पहले हुआ था और इसका तेजी से विस्तार हो रहा है।

यही है विश्व के अतीत, वर्तमान और भविष्य के बारे में आधुनिक खगोल-भौतिकी की संक्षिप्त जानकारी।

धरती का मानव समग्र विश्व का, समूची प्रकृति का, एक अभिन्न अंग है। हम, विश्व-व्यवस्था के बारे में सोचने में समर्थ धरती के प्राणी, उसी प्रकार विश्व के अभिन्न अंग हैं, जिस प्रकार परमाणु हैं, तारे हैं, मंदाकिनियां हैं। मानव की नियति विश्व की नियति के साथ जुड़ी हुई है।

पूछा जा सकता है–भविष्य के विश्व में मानव-समाज की क्या स्थिति

होगी? विश्व 'बंद' हो या 'खुला' हो, सिकुड़ रहा हो या फैल रहा हो, अभी आगे के अरबों सालों तक इस विश्व में मनुष्य अपना अस्तित्व कायम रख सकता है। अतिदूर के भविष्य के बारे में कुछ नहीं कहा जा सकता; केवल कल्पित वैज्ञानिक कथानक ही लिखे जा सकते हैं। अभी तो सबसे बड़ी चिंता यही है कि मानव कहीं अपने ही हाथों अपना अस्तित्व न मिटा दे।

विश्व का संक्षिप्त विकासक्रम

काल	घटनाएं
'शून्य'	महाविस्फोट, विश्वोत्पत्ति, दिक्काल व ऊर्जा का उद्भव।
10^{-43} सेकंड बाद	गुरुत्वीय विकिरण का उद्भव।
0^{-34} सेकंड बाद	विश्व-स्फीति का आरंभ।
10^{-30} सेकंड बाद	क्षीण बल व विद्युत-चुंबकीय बल का पृथक्करण।
10^{-6} सेकंड बाद	प्रोटान व न्यूट्रान कणों का सृजन।
3.7 मिनट बाद	हाइड्रोजन व हीलियम के नाभिकों का सृजन।
10^{6} वर्ष बाद	परमाणुओं का सृजन।
10^{9} वर्ष बाद	मंदाकिनियों, तारा-गुच्छों व क्वासरों का निर्माण।
आज से पहले	
4.5 अरब वर्ष	सूर्य और ग्रहों का निर्माण।
3.5 अरब वर्ष	पृथ्वी पर प्राथमिक सूक्ष्म जीवाणुओं का उदय।
1.5 अरब वर्ष	वनस्पति का उदय।
70 करोड़ वर्ष	प्राथमिक प्राणियों का उदय।
20 करोड़ वर्ष	प्रथम स्तनपायी।
2 करोड़ वर्ष	नर-वानर का उदय।
20 लाख वर्ष	आदिम मानव का उदय।

2 लाख वर्ष	होमो सेपिएन्स (आधुनिक मानव) का उदय।
10 हजार वर्ष	कृषि का आविष्कार।
3500 ई.पू.	लेखन की खोज।
2500 ई.पू.	हड़प्पा संस्कृति।
1500–500 ई.पू.	वैदिक-वेदांग काल।
150 ई.	यूनानी-मिस्री ज्योतिषी तालेमी।
499 ई.	भूभ्रमणवादी आर्यभट-प्रथम।
1543 ई.	कोपर्निकस का सूर्यकेंद्रवादी सिद्धांत।
1680 ई.	न्यूटन का गुरुत्वाकर्षण सिद्धांत।
1957 ई.	अंतरिक्षयात्रा के युग की शुरुआत।
1961 ई.	मानव की प्रथम अंतरिक्ष-यात्रा।
1969 ई.	मानव चंद्रतल पर उतरा।
1990 ई.	पृथ्वी की कक्षा में हब्बल-दूरबीन की स्थापना।
1999 ई.	अंतरिक्ष में 'चंद्र' नामक एक्स-रे दूरबीन की स्थापना।
2003 ई.	विश्व में 'अदृश्य ऊर्जा' की खोज। परिणाम: विश्व का फैलाव सतत जारी रहेगा।

❖

ब्रह्मांड में जीवन

घटना 1600 ई. की है–लगभग चार सौ साल पहले की। उस साल एक इटलीवासी वैज्ञानिक को रोम नगर के एक चौराहे पर खूंटे से बांधकर जिंदा जला दिया गया!

उस वैज्ञानिक का कसूर?

केवल यह कि वह कोपर्निकस (1473–1543 ई.) के सूर्यकेंद्री सिद्धांत का समर्थक था। वह यूरोप के नगरों में घूम-घूमकर कोपर्निकस के इस सिद्धांत का प्रचार करता था कि हमारी पृथ्वी सौर मंडल का केंद्रीय पिंड नहीं है; सूर्य स्थिर है, और पृथ्वी तथा अन्य ग्रह उसकी परिक्रमा करते हैं। वह यह भी प्रचार करता था कि ब्रह्मांड में हमारे सूर्य सरीखे अनगिनत सूर्य और हमारी पृथ्वी जैसे अनगिनत आबाद ग्रह हैं।

उस वैज्ञानिक का नाम था–**ज्योर्दानो ब्रूनो** (1584–1600 ई.)। सन् 2000 में दुनियाभर में ब्रूनो के प्राणोत्सर्ग का 400वां स्मृति-वर्ष मनाया गया।

जिन धर्मांध लोगों ने ब्रूनो की जान ली थी, उनके मत को आज कोई नहीं मानता। आज स्कूल का विद्यार्थी भी अच्छी तरह जानता है कि सौर मंडल के केंद्र में सूर्य स्थित है और पृथ्वी तथा अन्य ग्रह उसकी परिक्रमा करते हैं। अब हम यह भी जानते हैं कि हमारी आकाशगंगा-मंदाकिनी में ही 150 अरब से अधिक तारे हैं।

अब ब्रूनो की बात ही सही प्रमाणित हो रही है। दूसरे तारों के गिर्द भी ग्रह हैं और वे भी आबाद हो सकते हैं। पिछले कुछ वर्षों में खगोलविदों ने सौर मंडल के बाहर करीब पांच दर्जन ग्रहों की खोज की है।

इस विश्व में 'जीवन' नामक एक विलक्षण वस्तु का उद्‌भव

ज्यार्दानो ब्रूनो : "विश्व के केंद्र में पृथ्वी नहीं, सूर्य है। आकाश में अनगिनत सूर्य (तारे) हैं। दूसरे तारों के ग्रहों पर भी जीवन का अस्तित्व है।"

हुआ है। जीवन का सृजन द्रव्य से ही हुआ है, मगर यह गुणात्मक रूप में पत्थर, गैस, धूल आदि से भिन्न है। फिर भी, दोनों का निर्माण सर्वत्र मौजूद भौतिक तत्वों से ही हुआ है। हम देखते हैं कि जीवन दौड़ता है, उछलता है, कूदता है, गुर्राता है, परंतु जीवन की एक परिपूर्ण परिभाषा प्रस्तुत करना संभव नहीं है। हम कहते हैं–जीवन अपने को दोहराता है; जीवन ऊर्जा का उपयोग करता है; जीवन अपने को अनुकूल बनाता है। कुछ जीव ऐसे भी हैं जिनमें बड़े मस्तिष्क का विकास हो चुका है। उनमें एक मस्तिष्क, मानव का मस्तिष्क, अब सवाल पूछ रहा है–दूर के ब्रह्मांड में क्या किसी तरह का जीवन है?

सन् 1953 में फ्रांसिस क्रिक और जेम्स वाट्सन द्वारा **डी.एन.ए.** (डाइआक्सीराइबो न्यूक्लिइक एसिड) अणु की संरचना का पता लगाने के बाद 'जीव' या 'जीवन' के बारे में हमारी परंपरागत मान्यताओं में आमूल परिवर्तन हुआ है। जीवन और निर्जीव के बीच अंतर खोजना कठिन हो रहा है। सन् 1953 के आसपास से ही प्रयोगशालाओं में जीवन के मूलभूत जैव घटकों का सृजन करने के प्रयास जारी हैं। प्रोटीनों का निर्माण करने वाले एमिनो ऐसिडों को प्रयोगशाला में बनाने में सफलता मिल गई है। अंतरनक्षत्रीय अंतरिक्ष में भी जीवाणु-घटकों को खोजा गया है।

अब जीवन की खोजबीन अणु के स्तर पर हो रही है। डी.एन.ए. अणु का आंतरिक अन्वेषण हो रहा है। डी.एन.ए. के भीतर कार्यक्षम जीनों की

खोज हो रही है। कृत्रिम गुणसूत्र और कृत्रिम जीन तैयार किए जा रहे हैं। कई किस्म के प्राणियों के 'क्लोन' तैयार करना संभव हुआ है। संपूर्ण मानव-जीनोम को उद्घाटित करने में सफलता मिल गई है। भविष्य में मानव-सहित धरती की सभी प्रजातियों में वांछित परिवर्तन करना संभव होगा।

यह तो हुई हमारी धरती की बात। यह भी जानना उपयोगी होगा कि विशाल ब्रह्मांड के स्तर पर जीवन के अस्तित्व को जानने के बारे में क्या प्रयास किए जा रहे हैं।

अनेक प्रश्न मन में कोलाहल मचाते हैं। क्या केवल हमारी पृथ्वी पर ही जीवन का अस्तित्व है? क्या विशाल विश्व के अनेक पिंडों पर जीव-जगत का होना संभव नहीं है? क्या यह संभव है कि किसी बहुत बड़े खेत में केवल एक ही पौधा उगे? क्या केवल पृथ्वी पर ही जीवन के उद्भव और विकास के लिए अनुकूल भौतिक परिस्थितियां उपलब्ध हुई हैं? क्या ब्रह्मांड के अन्य किन्हीं पिंडों पर हमसे भी अधिक उन्नत सभ्यताओं का अस्तित्व संभव नहीं है?

ये सवाल नए नहीं हैं। प्राचीन काल से ही अनेक देशों के विचारक इनके बारे में सोचते आए हैं। भारतीय आख्यानों में द्युलोक, अंतरिक्षलोक, गंधर्वलोक आदि का उल्लेख बार-बार आया है। प्रायः समूचा भारतीय चिंतन इस मान्यता पर आधारित रहा है कि ब्रह्मांड में अनेकानेक लोकों का अस्तित्व है, कालचक्र निरंतर घूमता रहता है और यह विश्व अनादि-अनंत है। महान गणितज्ञ-खगोलविद आर्यभट-प्रथम (499 ई.) ने स्पष्ट कहा है- *कालोऽयमनाद्यन्तः* (काल अनादि एवं अनंत है)।

प्राचीन यूनान के अधिकांश विचारकों ने विश्व में जीवन की विविधता को स्वीकार किया था, परंतु उनकी मान्यता थी कि पृथ्वी विश्व के केंद्र में स्थित है और धरती का मानव ही विश्व की सर्वश्रेष्ठ कृति है। यूरोप में यूनानी संस्कृति के उत्तराधिकारी ईसाई धर्म की भी यही मान्यता रही कि विश्व में पृथ्वी और मानव की स्थिति अद्वितीय है। ईश्वर द्वारा पृथ्वी पर भेजे गए 'उद्धारक' की ईसाई मान्यता दूसरे पिंडों पर जीवन के अस्तित्व को स्वीकार नहीं कर सकती थी। क्योंकि, तब उन पृथ्वीतर जीव-जगतों के लिए भी उद्धारकों की आवश्यकता पड़ती। ईसाई धर्म पृथ्वीकेंद्रवादी बना रहा।

भारत में भी प्राचीन काल से ही पृथ्वी को स्थिर और विश्व के केंद्र में स्थित माना गया था। **अथर्ववेद** में पृथ्वी को 'प्रतिष्ठा' यानी निश्चल

कहा गया है। आर्यभट-प्रथम (499 ई.) भारत के पहले खगोलविद हैं जिन्होंने श्रुति (वेद) और स्मृति (मनुस्मृति आदि) की मान्यताओं को अस्वीकार करके कहा था कि पृथ्वी अपने अक्ष पर घूमती है और भगोल (नक्षत्र-मंडल) स्थिर है (आर्यभट ने यह नहीं कहा था कि पृथ्वी सूर्य की परिक्रमा करती है)। मगर आर्यभट की इस सही बात को भी, पुरोहित-वर्ग के भय के कारण, बाद के भारतीय ज्योतिषियों ने स्वीकार नहीं किया। हमारे देश के एक प्रख्यात वेदांती अप्पय दीक्षित यहां तक कहते रहे-आर्यभट आदि का भूभ्रमण का सिद्धांत श्रुति और न्याय के विरुद्ध है, इसलिए हेय है (*आर्यभटाद्यभिमतभूभ्रमणादिवादानां श्रुतिन्याय विरोधेन हेयत्वात्*)। यह 1600 ई. के आसपास की बात है, यानी लगभग उस समय की जब रोम में ज्योर्दानो ब्रूनो को जिंदा जलाया गया।

कोपर्निकस (1473-1543 ई.) ने जब यह सिद्ध किया कि हमारी पृथ्वी सौर मंडल का केंद्रीय पिंड नहीं है, तो धार्मिक मान्यताओं को जबरदस्त धक्का पहुंचा। फिर यह भी सोचा जाने लगा कि मनुष्य ही समूचे विश्व का सर्वश्रेष्ठ प्राणी नहीं हो सकता। दूरबीन की खोज (1609 ई.) ने विश्व के अनेकानेक पिंडों पर जीवन के अस्तित्व की संभावना को काफी बल प्रदान किया। साथ ही, गैलीलियो (1564-1642 ई.) की दूरबीन ने यह भी स्पष्ट कर दिया कि चंद्रमा एक निर्जीव पिंड है।

गैलीलियो की दूरबीन के बाद बड़ी-बड़ी दूरबीनें बनती गईं। अब ब्रह्मांड के अवलोकन के लिए प्रकाश-किरणों के अलावा एक्स-किरणों, गामा-किरणों आदि की भी 'खिड़कियां' खुल गई हैं। बीसवीं सदी के दूसरे चरण से खगोलविदों को विश्व के विस्तार के बारे में अधिकाधिक जानकारी मिल रही है।

पृथ्वी और इसके पड़ोसी ग्रह मंगल में अनेक बातें समान हैं, इसलिए कई वैज्ञानिक मानते रहे कि मंगल पर जीव-जगत अवश्य होना चाहिए। मंगल के 'बुद्धिमान प्राणियों' के बारे में तरह-तरह की कल्पनाएं की गईं। उनके विषय में कई सनसनीखेज कथानक लिखे गए। परंतु 1957 ई. से अंतरिक्षयानों का युग शुरू हुआ, तो मंगल का एक बिलकुल ही अलग नजारा प्रकट हुआ। स्पष्ट हुआ कि मंगल पर उन्नत किस्म के जीवन का कोई अस्तित्व नहीं है। लेकिन मंगलतल पर उतारी गई रोबोट-गाड़ियों की खोजबीन से पता चलता है कि अतीत में मंगल पर तरलरूप पानी रहा है, सूक्ष्म जीवों का अस्तित्व रहा है, और संभवतः आज भी है।

यह भी संभव है कि जीवन का उद्भव पहले मंगल पर हुआ हो और बाद में उल्कापिंडों द्वारा पृथ्वी पर उसका अवतरण। सन् 1996 में 'नासा' के ह्यूस्टन स्थित वैज्ञानिकों ने अंटार्कटिका में आलू के आकार के एक ऐसे उल्कापिंड (ALH 84001) की खोज की जिसमें मंगल के आदिम सूक्ष्य जीवाश्म संभवतः मौजूद हैं। कुछ समय तक इस उल्कापिंड की खूब चर्चा रही, मगर अब कई वैज्ञानिक इसमें जीवाश्म के अस्तित्व को स्वीकार नहीं करते।

इधर के वर्षों में बृहस्पति के नजदीक के दूसरे नंबर के **यूरोपा** नामक बड़े उपग्रह पर सूक्ष्म जीव-जगत होने की संभावना व्यक्त की जा रही है। अंतरिक्षयानों से लिए गए चित्रों से पता चला है कि यूरोपा की सतह पृथ्वी के हिम-समुद्रों की तरह है। वैज्ञानिकों का अनुमान है कि इस हिम-समुद्र के नीचे करीब 100 कि.मी. की गहराई तक तरल पानी के महासागर मौजूद हैं। यूरोपा के उन महासागरों में सूक्ष्म जीव-जगत का अस्तित्व संभव है। मगर अंतरिक्षयानों द्वारा की गई खोजबीन से अब यह बिलकुल स्पष्ट हो गया है कि पृथ्वी के अलावा सौर मंडल के अन्य किसी पिंड पर उन्नत किस्म के जीवों का कोई अस्तित्व नहीं है।

मगर ब्रह्मांड तो बहुत बड़ा है। उसकी विशालता के बारे में व्यापक जानकारी हमें पिछले करीब सौ वर्षों में ही मिली है। यही नहीं, जीवन के वास्तविक स्वरूप को समझ पाना भी पिछले करीब सौ वर्षों में ही संभव हुआ है। दूर के पिंडों तक संदेश भेजने के लिए रेडियो-दूरबीन जैसे साधन दूसरे विश्वयुद्ध के समय (1939-45 ई.) से ही उपलब्ध हुए। वस्तुतः 1957 ई. में अंतरिक्ष अनुसंधान के युग का उद्घाटन होने के बाद ब्रह्मांड में जीवन की तलाश के बारे में वैज्ञानिकों की दिलचस्पी लगातार बढ़ती गई। अब तो पराजीव-विज्ञान (एक्सोबायॉलाजी) या खगोल-जीवविज्ञान (एस्ट्रोबायॉलाजी) नामक एक नया विज्ञान ही अस्तित्व में आ गया है। ब्रह्मांड में जीवन की तलाश अब प्रकृति के अध्ययन का एक महत्वपूर्ण विषय माना जाने लगा है और अन्य अनेक विज्ञान इस अन्वेषण में सहयोग दे रहे हैं।

सबसे लुभावनी संभावना यह है कि यह ब्रह्मांड जीव-जगत से सराबोर है और आने वाली सदियों में हम इसे खोज लेंगे। पराजीव-विज्ञानी इस मामले में इसलिए भी आशावादी हैं, क्योंकि जैव वस्तुओं का सृजन प्रमुखतः हाइड्रोजन, नाइट्रोजन, कार्बन और आक्सीजन से हुआ है, और विश्व में यही चार तत्व रासायनिक दृष्टि से सबसे ज्यादा सक्रिय हैं। विशेष बात यह है

कि जीवन और निर्जीव के बीच कोई स्पष्ट विभाजन-रेखा नहीं है। इधर के वर्षों में पता चला है कि कुछ सूक्ष्म जीव कठोरतम परिस्थितियों में, सूर्य-प्रकाश और प्रकाश-संश्लेषण के बिना भी, जीवित रहते हैं। अतः यह जानना जरूरी है कि क्या ऐसे सूक्ष्म जीव विश्व के बड़े पिंडों की कुछ प्रतिकूल परिस्थितियों में भी दीर्घकाल तक जीवित रह सकते हैं।

ब्रह्मांड में जीवन के अस्तित्व का विवेचन दो बुनियादी विषयों की जानकारी पर आधारित है। एक, ब्रह्मांड कितना बड़ा है? दूसरा, जीवन क्या है? पहले हम ज्ञेय विश्व के विस्तार पर पुनः एक नज़र डालेंगे।

भास्कराचार्य (1150 ई.), कोपर्निकस (1473-1543 ई.) या न्यूटन (1642-1727 ई.) को पता नहीं था कि तारे वस्तुतः हमसे कितनी दूर हैं। खगोलविद ब्रह्मांड के पिंडों की दूरियां प्रकाश के वेग से मापते हैं। प्रकाश की किरणें एक सेकंड में करीब 3,00,000 किलोमीटर दौड़ती हैं। भौतिक विश्व में प्रकाश की गति ही तीव्रतम गति है। प्रकाश की किरणें एक वर्ष में जितनी दूरी तय करती हैं, उसे एक 'प्रकाश-वर्ष' कहा जाता है। एक प्रकाश-वर्ष दूरी लगभग 94 खरब 63 अरब किलोमीटर के बराबर होती है।

पृथ्वी से प्रेषित प्रकाश-किरणें करीब सवा सेकंड में चंद्रमा पर पहुंच जाती हैं। सूर्य हमसे करीब 15 करोड़ कि.मी. दूर है। सूर्य-किरणें इस अंतराल को करीब आठ मिनटों में लांघकर धरती पर पहुंच जाती हैं। इसलिए हम कह सकते हैं कि सूर्य हमसे करीब 8 प्रकाश-मिनट दूर है। सौर मंडल के सबसे दूरवर्ती प्लूटो ग्रह तक पहुंचने में सूर्य-किरणों को करीब छह घंटे लगते हैं। अन्य शब्दों में, हमारे सौर-मंडल का व्यास लगभग 12 प्रकाश-घंटे हैं।

सूर्य हमसे 8 प्रकाश-मिनट दूर है। मगर सूर्य के बाद आकाश का दूसरा सबसे नजदीक का तारा (प्रॉक्सिमा सेंटौरी) हमसे लगभग 4.3 प्रकाश-वर्ष, यानी लगभग 400 खरब कि.मी. दूर है। आकाश में दिखाई देने वाले अन्य सभी तारे हमसे और भी अधिक दूर हैं-सैकड़ों-हजारों प्रकाश-वर्ष दूर!

वस्तुतः आकाश में जितने भी तारे हमें दिखाई देते हैं, वे सभी एक विशाल योजना के सदस्य हैं। तारों की इस योजना को हम 'आकाशगंगा' कहते हैं। यह आकाशगंगा एक मंदाकिनी (गैलेक्सी) है। इसमें 150 अरब से ऊपर तारे हैं। इसकी रचना एक पहिए जैसी है। इसका व्यास 1,00,000 प्रकाश-वर्ष है और केंद्रभाग में इसकी मोटाई करीब 20 हजार प्रकाश-वर्ष है। हमारा सूर्य आकाशगंगा के केंद्र से लगभग 30 हजार प्रकाश-वर्ष दूर है।

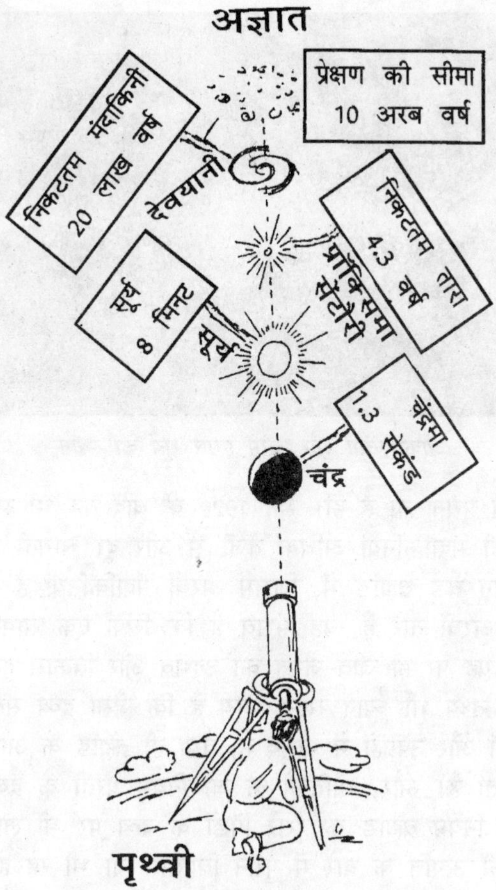

प्रकाश-वेग के पैमाने से विश्व का मापन

इतनी विशाल है हमारी यह आकाशगंगा-मंदाकिनी! मगर ब्रह्मांड में सिर्फ यही एक मंदाकिनी नहीं है। खगोलविदों ने ब्रह्मांड में विभिन्न आकार-प्रकार की अरबों मंदाकिनियों का पता लगाया है। इनमें से सबसे नजदीक की बड़ी मंदाकिनी को **देवयानी** (एंड्रोमीडा) नाम दिया गया है (देखिए रंगीन चित्र)। यह हमसे लगभग 20 लाख प्रकाश-वर्ष दूर है। शक्तिशाली दूरबीनों से आठ-दस अरब प्रकाश-वर्ष दूर की मंदाकिनियों के चित्र उतारे गए हैं।

इधर के वर्षों में करीब 15 अरब प्रकाश-वर्ष दूर तक की मंदाकिनियों के बारे में जानकारी मिली है। इसका अर्थ यह हुआ कि ब्रह्मांड कम-से-कम

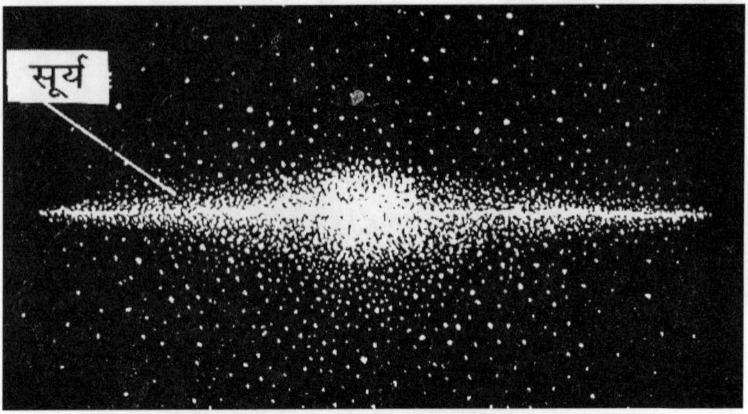

आकाशगंगा और उसमें हमारे सूर्य का स्थान

15 अरब वर्ष पुराना तो है ही। सन् 1929 के बाद यह भी स्पष्ट हो रहा है कि दूर की मंदाकिनियां अधिक तेजी से और दूर भागती जा रही हैं!

क्या इतने बड़े ब्रह्मांड में, जिसमें अरबों मंदाकिनियां हैं और प्रत्येक मंदाकिनी में अरबों तारे हैं, यह संभव है कि सिर्फ एक सामान्य तारे के एक सामान्य ग्रह पर ही जीव-जगत का उद्‌भव और विकास हुआ हो? इस प्रसंग में यह तथ्य भी ध्यान रखने योग्य है कि जैसा द्रव्य सूर्य और सौर मंडल के ग्रहों और उपग्रहों में मौजूद है, वैसा ही ब्रह्मांड के अन्य पिंडों पर भी पाया जाता है। और, भौतिकी के जो नियम धरती के द्रव्य पर लागू होते हैं, वही नियम ब्रह्मांड के दूसरे पिंडों के द्रव्य पर भी लागू होते हैं।

जीवन की उत्पत्ति के बारे में पुराने विश्वास जो भी रहे हों, आज के अधिकांश वैज्ञानिकों की मान्यता है कि जीवन की उत्पत्ति महज एक संयोग नहीं है, कोई दैवी चमत्कार नहीं है, बल्कि वह इस धरती पर द्रव्य के विशिष्ट संयोजन और इसके विकास का एक दौर है। इधर के कुछ दशकों में सरल-से अणुओं के संयोजन से एमिनो एसिड जैसे जैव घटक प्राप्त करने के प्रयास हुए हैं, हालांकि प्रयोगशाला में 'जीवन' का सृजन करने में अभी सफलता नहीं मिली है। हम यह भी जानते हैं कि पृथ्वी का निर्माण आज से करीब 4.6 अरब साल पहले हुआ और उस पर प्राथमिक जीवों का उदय आज से करीब 3.5 अरब साल पहले।

कुछ वैज्ञानिकों ने यह संभावना भी व्यक्त की है कि धरती पर जीवन का आगमन बाह्य अंतरिक्ष से हुआ है। तारों की बीच के अंतरिक्ष में धूल

फ्रैंक ड्रेक (दाएं) और उनका 'समीकरण' (बाएं)

व गैस के रूप में जो बहुत सारा द्रव्य मौजूद है, उसमें जैव रसायन ढूंढ़ निकाले गए हैं। ब्रह्मांड के दूसरे बहुत-से पिंडों की भिन्न भौतिक परिस्थितियों के अनुसार वहां नितांत भिन्न प्रकार के जीवन का विकास हुआ हो, यह भी संभव है।

तात्पर्य यह कि, इस विशाल ब्रह्मांड में केवल हमारी पृथ्वी पर ही जीवन का विकास हुआ हो, यह तर्कसंगत प्रतीत नहीं होता। पिछले दो-तीन दशकों में ऐसे करीब दो दर्जन तारों का पता चला है जिनके गिर्द करीब ग्रह चक्कर काट रहे हैं। इनमें कुछ ग्रह पृथ्वी से मिलते-जुलते जान पड़ते हैं। ऐसे कुछ ग्रहों पर हमसे भी अधिक बुद्धिशाली सभ्यताओं का अस्तित्व हो सकता है।

आकाशगंगा में बुद्धिशाली सभ्यताएं कितनी हो सकती हैं, यह जानने के लिए अमरीकी खगोलविद **फ्रैंक ड्रेक** ने 1960 ई. में एक 'समीकरण' प्रस्तुत किया। यह समीकरण है :

$$N = R_* \times f_p \times n_e \times f_l \times f_i \times f_c \times L$$

इस समीकरण के सात घटकों के आधार पर आकाशगंगा-मंदाकिनी में बुद्धिसम्पन्न सभ्यताओं की संख्या (N) का अनुमान लगाने का प्रयास किया गया है। बाएं से दाएं क्रमशः ये घटक हैं :

R_* : यह घटक आकाशगंगा में तारों की संख्या व्यक्त करता है। हमारी आकाशगंगा में 150 अरब से अधिक तारे हैं; संभव है कि यह संख्या 200 अरब से भी कुछ अधिक हो।

f_p : यह घटक उन तारों के भिन्न (fraction) को दर्शाता है जिनके गिर्द ग्रह हो सकते हैं, यानी जिनकी अपनी ग्रहमालिकाएं हों। आजकल इस दिशा में काफी खोजबीन हो रही है। अब तक जिन ग्रहों के बारे में जानकारी मिली है, वे बहुत बड़े हैं, बृहस्पति की तरह के हैं।

n_e : यह घटक उन ग्रहों की भिन्न संख्या व्यक्त करता है जिन पर जीवन के विकास के लिए अनुकूल परिस्थितियां हो सकती हैं। सभी ग्रह अनुकूल परिस्थितियों वाले नहीं हो सकते। कुछ अपने तारे के बहुत नजदीक हो सकते हैं (इसलिए अतितप्त), तो कुछ बहुत दूर (इसलिए अतिशीतल)। साथ ही, ग्रह की रासायनिक बनावट भी अनुकूल होनी चाहिए।

f_l : यह घटक उन ग्रहों के भिन्न को दर्शाता है जिन पर जीवन का उद्‌भव हुआ है। इस घटक के बारे में अभी तक कुछ भी जानकारी नहीं मिली है। अब तक यह भी स्पष्ट नहीं हुआ है कि जीवन के लिए कौन-सी परिस्थितियां अनुकूल हैं और कौन-सी प्रतिकूल। यह भी नहीं कहा जा सकता कि जीवन के लिए तरल पानी परमावश्यक है। जीवन के लिए आवश्यक कार्बनिक अणुओं का निर्माण करने वाले कार्बन तत्व की विश्व में पर्याप्त मात्रा मौजूद है। इसलिए माना जा सकता है कि विश्व में अनेक स्थानों पर जीवन का उद्‌भव संभव है।

f_i : यह घटक उन ग्रहों के भिन्न को दर्शाता है जिन पर बुद्धिसम्पन्न प्राणियों का विकास हुआ है। यह एक अज्ञात संख्या है। पृथ्वी पर मौजूद करीब एक अरब किस्म के प्राणियों में केवल एक ही प्राणी-मानव-को बुद्धिशाली कहा जा सकता है। इसलिए कुछ वैज्ञानिकों का मत है कि बुद्धिशाली प्राणी का अवतरण एक दुर्लभ घटना है। लेकिन दूसरे कुछ वैज्ञानिक मानते हैं कि विश्व में अनेक बुद्धिशाली सभ्यताएं हो सकती हैं।

f_c : ड्रेक समीकरण का यह घटक उन सभ्यताओं के भिन्न को दर्शाता है जो टेक्नालॉजी के मामले में हमारे बराबर उन्नत हैं। केवल यही सभ्यताएं दूसरी सभ्यताओं के साथ दूर-संचार संपर्क स्थापित कर सकती हैं।

L : यह घटक टेक्नालॉजी में समुन्नत सभ्यता के जीवनकाल का द्योतक

है। ऐसी सभ्यताएं अपने को कितने समय तक टिकाए रख सकती हैं, इसके बारे में निश्चित रूप से कुछ नहीं कहा जा सकता। अभी तो यह भी विश्वास के साथ नहीं बताया जा सकता कि धरती की मानव सभ्यता आगे कितने समय तक कायम रहेगी।

जैसा कि स्पष्ट है, ड्रेक समीकरण के इन विभिन्न घटकों के बारे में अब तक बहुत ही कम जानकारी मिल पाई है। इन घटकों की संख्याएं अंदाजन ही निर्धारित की जा सकती हैं। अतः ड्रेक के **N** (बुद्धिसम्पन्न सभ्यताओं की संख्या) का उत्तर यकीन के साथ दे पाना संभव नहीं है। स्वयं ड्रेक के अनुसार, हमारी आकाशगंगा में ही करीब 10,000 उन्नत सभ्यताएं होनी चाहिए। खगोलविद कार्ल सागां (1934-1996 ई.) का अनुमान था कि आकाशगंगा में लगभग 10 लाख उन्नत सभ्यताएं होनी चाहिए। इससे स्पष्ट होता है कि 100 प्रकाश-वर्ष की दूरी पर एक बुद्धिशाली सभ्यता का अस्तित्व अवश्य होना चाहिए। कुछ आशावादी वैज्ञानिक आकाशगंगा में उन्नत सभ्यताओं की संख्या एक अरब तक आंकते हैं।

परंतु ऐसे भी कुछ निराशावादी वैज्ञानिक हैं जो **N = 1** मानते हैं, यानी केवल पृथ्वी पर ही उन्नत सभ्यता के अस्तित्व को स्वीकार करते हैं। प्रख्यात भौतिकीविद **एनरिको फर्मी** (1901-54 ई.) ने 1950 ई. में अपने सहकर्मियों से पूछा था : "*वे सब* (उन्नत सभ्यताओं वाले) कहां हैं? आगे के करीब दस लाख वर्षों में मानव, सैद्धांतिक रूप से, सारी आकाशगंगा में अपने उपनिवेश स्थापित कर लेगा। यदि मानव यह कर सकता है, तो दूसरी सभ्यताओं के अंतरिक्ष यात्री भी वैसा ही कर सकते हैं। तब वे पृथ्वी पर अब तक क्यों नहीं पहुंचे?" यह प्रश्न 'फर्मी पहेली' के नाम से जाना जाता है।

आशावादियों की एक परिकल्पना यह भी है कि आकाशगंगा में व्याप्त उन्नत सभ्यताएं हम पर सतत नजर रख रही हैं, पर हस्तक्षेप नहीं कर रही हैं। जैसे चिड़ियाघरों में पशु-पक्षियों को सुरक्षित रखकर पाला-पोसा जाता है, उसी तरह उन्नत सभ्यताएं हमारे विकास का अध्ययन कर रही हैं। इस विचार को 'चिड़ियाघर परिकल्पना' का नाम दिया गया है। एक परिकल्पना यह भी है कि 'वे' पृथ्वी पर आए थे, यहां उन्होंने कुछ अद्वितीय स्मारकों के निर्माण में योग दिया (जैसे, पिरामीड, मेहरौली का लौहस्तंभ और एलोरा का कैलाश मंदिर) और अंत में वापस चले गए।

जो भी हो, इस विवाद को हम यहीं छोड़ते हैं और देखते हैं कि दूर

के प्राणियों को किस तरह से खोजा सकता सकता है और उनके साथ संपर्क स्थापित करने के अब तक क्या-क्या प्रयास हुए हैं।

पहले तो यही समझ लेना उपयुक्त होगा कि पृथ्वीतर बुद्धिशाली प्राणी आकार-प्रकार में किस तरह के हो सकते हैं। सारे विश्व में भौतिकीय व रासायनिक गुणधर्म एक-से हैं, इसलिए दूर के उन बुद्धिमान प्राणियों की कुछ विशेषताएं पृथ्वी के प्राणियों-जैसी हो सकती हैं। बुद्धिमान प्राणी बहुकोशिकीय होने चाहिए। वैज्ञानिक हमें यह भी बताते हैं कि कोशिकाएं एक न्यूनतम आकार की होनी चाहिए। इसलिए बुद्धिमान प्राणी आकार-प्रकार में बहुत छोटे नहीं हो सकते।

प्रकाश, ध्वनि और गंध की व्याप्ति सारे विश्व में है। इसलिए इनको ग्रहण करने के लिए इंद्रिय होने चाहिए– संभवत: बड़े और जटिल रचना वाले मस्तिष्क के नजदीक। शरीर के अवयवों की रक्षा और उन्हें संभालने के लिए अस्थि-पंजर का मजबूत ढांचा भी होना चाहिए। साथ ही, आंतरिक संचार-व्यवस्था के लिए केंद्रीय तंत्रिका-तंत्र का होना भी आवश्यक है। चलने-फिरने और औजार पकड़ने के लिए बुद्धिमान प्राणियों के हाथ-पैर भी होने चाहिए। मगर पृथ्वीतर प्राणियों के हाथ-पैर और उंगलियों की संख्या हमसे कहीं ज्यादा भी हो सकती है।

फिलहाल हमारे पास तीन ऐसे साधन हैं जिनके जरिए पृथ्वीतर सभ्यताओं के साथ संपर्क स्थापित किया जा सकता है : (1) मानवयुक्त अंतरिक्षयान, (2) मानवरहित अंतरिक्षयान, और (3) रेडियो-तरंगें। ये तीनों साधन हमें पिछले करीब साठ वर्षों में भी उपलब्ध हुए हैं।

सौर मंडल के बाहर के दूरवर्ती पिंडों तक मानवयुक्त अंतरिक्षयान भेजना व्यावहारिक उपाय नहीं है–कम-से-कम फिलहाल। हां, सौर मंडल के परे के अंतरिक्ष में मानवरहित स्वचालित अंतरिक्षयान भेजना संभव है और इस दिशा में कुछ प्रयास भी हुए हैं। 'पायोनियर' और 'वॉयजर' नामक स्वचालित यानों के साथ परिचयात्मक 'संदेश' अंतरिक्ष में भेजे गए हैं।

किसी पृथ्वीतर सभ्यता तक संदेश भेजने का तीसरा और सर्वोत्तम साधन है–रेडियो-तरंगें। अंतरिक्ष में इनका अवशोषण नहीं होता और इन्हें प्रेषित करने के लिए अपेक्षाकृत कम ऊर्जा लगती है। इन रेडियो-तरंगों में भी सबसे उपयुक्त है–हाइड्रोजन के मुक्त परमाणुओं से उत्सर्जित होने वाली 21 सेंटीमीटर लंबाई वाली तरंगें। हाइड्रोजन ब्रह्मांड में सर्वत्र विद्यमान है; इसलिए यदि कोई पृथ्वीतर सभ्यता हमें लक्ष्य करके कोई संदेश भेजे, तो ज्यादा

*अमरीका के कॉर्नेल विश्वविद्यालय की विशाल आरिसिबो रेडियो-दूरबीन (प्योर्टो रिको द्वीप, वेस्ट इंडीज), जिससे 1974 ई. में 23,500 प्रकाश-वर्ष दूर के एक तारा-गुच्छ (**M13**) की ओर संदेश भेजा गया है। लगभग 305 मीटर व्यास की यह रेडियो-दूरबीन एक कटोरे-नुमा प्राकृतिक खड्ड में स्थापित की गई है।*

संभावना यही है कि वह 21 सेंटीमीटर लंबाई की तरंगों में होगा। रेडियो-तरंगों वाले संदेश खोजने के कुछ प्रयास हुए हैं, किंतु अभी तक इसमें सफलता नहीं मिली है।

सन् 1974 में अमरीका के कॉर्नेल विश्वविद्यालय की विशाल आरिसिबो (प्योर्टो रिको द्वीप, वेस्ट इंडीज) रेडियो-दूरबीन से 23,500 प्रकाश-वर्ष दूर के हरक्यूलीज तारा-मंडल के एक तारा-गुच्छ (**M13**) की ओर संदेश भेजा गया। यह संदेश फ्रैंक ड्रेक ने तैयार किया था। यह संदेश 23,500 साल बाद ही अपने गंतव्य स्थान पर पहुंचेगा। और, वहां यदि कोई उन्नत सभ्यता है और उसने कोई उत्तर दिया, तो वह उत्तर आज से 47,000 वर्ष बाद ही धरती पर प्राप्त हो सकेगा! सुदूर की सभ्यताओं के साथ संपर्क स्थापित करने की कठिनाइयां स्पष्ट हैं।

मार्च, 1972 में अमरीका ने पायोनियर-10 नामक स्वचालित यान को बृहस्पति ग्रह और आगे अंतर्नक्षत्रीय अंतरिक्ष की ओर प्रक्षेपित किया था। उस यान के साथ एक प्लेट जोड़ी गई है, जिस पर पृथ्वी और मानव-जाति

*आरिसिबो रेडियो-दूरबीन (प्योर्टो रिको द्वीप, वेस्ट इंडीज) से 16 नवंबर, 1974 को 23,500 प्रकाश-वर्ष दूर के एक तारा-गुच्छ (**M13**) की ओर भेजा गया संदेश। इस संदेश में कुल 1679 द्वि-आधारी (0 और 1) अंक-संकेत हैं (ऊपर)। थोड़ी देर सोचने के बाद **M13** के गणितज्ञ समझ जाएंगे कि अभाज्य संख्याएं 73 और 23 को गुना करने पर 1679 संख्या मिलती है। फिर इन अंकों को वे 73 पंक्तियों और 23 स्तंभों में रखेंगे। यदि वे शून्य (0) को काले वर्गों से और एक (1) को सफेद वर्गों से दर्शाते हैं, तो उन्हें दाईं ओर के पृष्ठ की आकृति उपलब्ध हो जाएगी। उसके बाद शुरू होगा आकृति में मौजूद संदेश को समझने का काम। इस आकृति में सबसे ऊपर दाईं ओर से बाईं ओर को, 1 से 10 तक के द्वि-आधारी अंक-संकेत दिए गए हैं। उनके नीचे पृथ्वी के जीवन के लिए परमावश्यक पांच तत्वों—हाइड्रोजन, कार्बन, नाइट्रोजन, आक्सीजन और फास्फोरस—के परमाणु-क्रमांक दिए गए हैं। उनके नीचे 12 खंडों में डीएनए अणु के बुनियादी घटकों के रासायनिक सूत्र दिए गए हैं। उनके नीचे उस डीएनए अणु की उभय-कुंडली है, जो धरती के जीवन का मूलाधार है। उसके नीचे की मानव-आकृति के दाईं ओर उसकी ऊंचाई दी गई है और बाईं ओर पृथ्वी की आबादी अंकित है। मानव-आकृति के नीचे सूर्य और नौ ग्रह दर्शाए गए हैं (पृथ्वी को मानव की ओर थोड़ा ऊपर उठाया गया है—यह दिखाने के लिए कि यह प्राणी इस ग्रह का निवासी है)। सौर मंडल के नीचे उस आरिसिबो रेडियो-दूरबीन की आकृति है जिससे यह संदेश अंतरिक्ष*

→

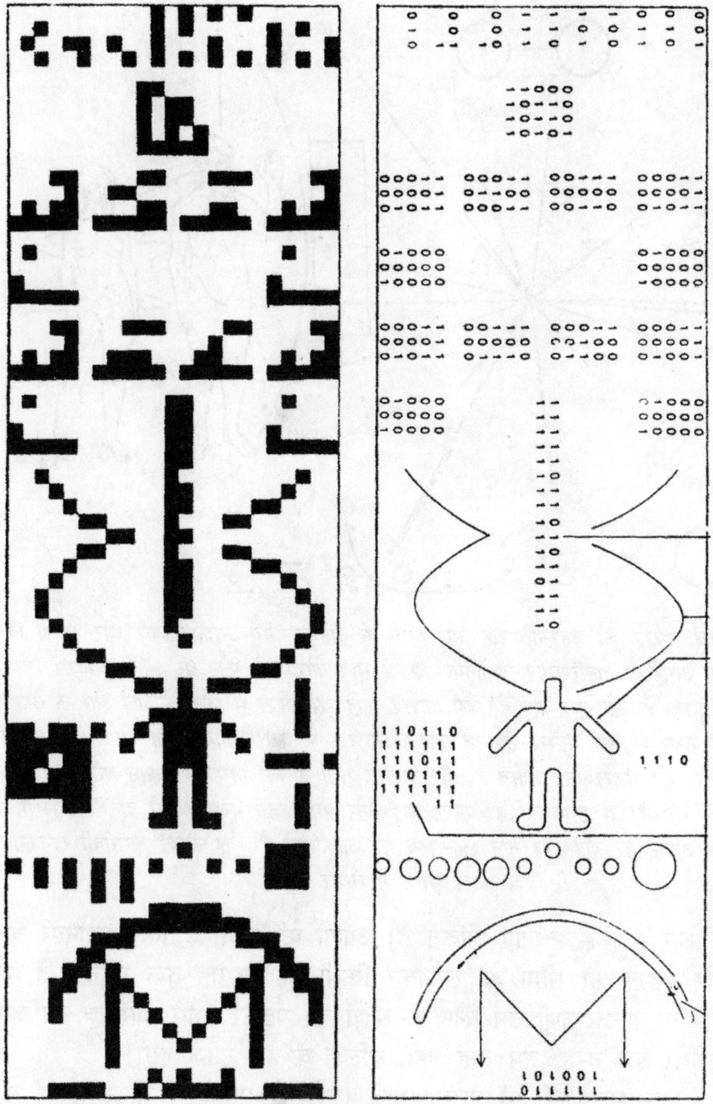

←

में भेजा गया है। सबसे नीचे, द्वि-आधरी अंक-संकेतों में, उस रेडियो-दूरबीन का व्यास दिया गया है। फ्रैंक ड्रेक द्वारा तैयार किया गया यह रेडियो-संदेश अब तक (सन् 2004 तक) करीब 30 प्रकाश-वर्ष दूर के तारों के परे पहुंच चुका है।

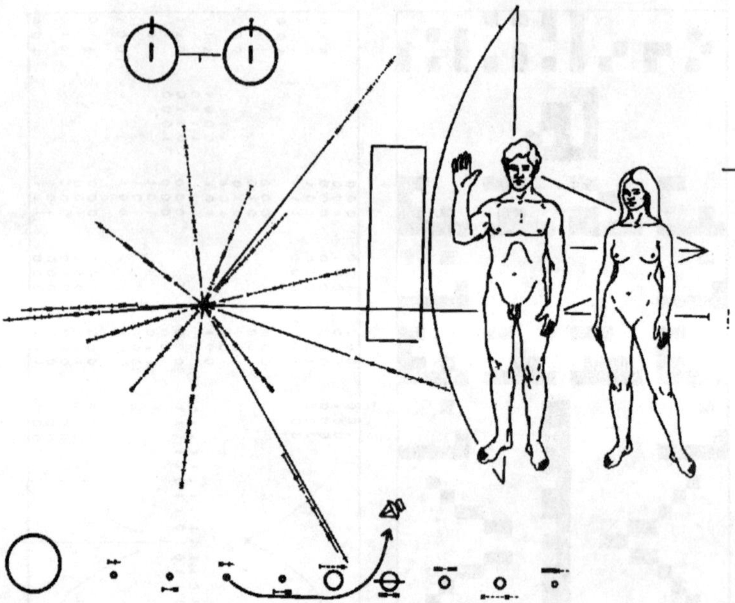

मार्च, 1972 को बृहस्पति ग्रह और आगे के अंतर्नक्षत्रीय आकाश की ओर रवाना किए गए अमरीकी अंतरिक्षयान पायोनियर-10 के साथ जोड़ी गई प्लेट पर अंकित संदेश। 'हमारा अस्तित्व है और हम यहां हैं' जैसे आशय वाले इस संदेश में प्लेट के बाईं ओर के अर्द्धांश के मध्य में एक पल्सर-मैप के जरिए अंतरिक्ष में पृथ्वी की स्थिति स्पष्ट की गई है। नीचे सौर मंडल का अंकन है और दर्शाया गया है कि पायोनियर यान की यात्रा तीसरे ग्रह (पृथ्वी) से शुरू हुई है। ऊपर बाईं ओर हाइड्रोजन परमाणु की दो निम्न स्थितियों का अंकन है। दाईं ओर नग्न स्त्री-पुरुष की आकृतियां हैं। यह संदेश अमरीकी खगोलविद् कार्ल सागां ने तैयार किया था।

के बारे में कई सूचनाएं अंकित हैं। आशा की जाती है कि पायोनियर यान सौर मंडल की सीमा को लांघकर किसी दूर के ग्रह तक पहुंचता है, तो वहां के उन्नत प्राणी उस प्लेट के संदेश को पढ़कर हमारे अस्तित्व को जान सकेंगे। इस तरह, हम उन्हें नहीं, बल्कि वे हमें खोज लेंगे!

अब भारत में भी नारायणगांव (पुणे के पास) में मीटर-लंबाई की रेडियो-तरंगों को ग्रहण करने वाली एक विशाल रेडियो-दूरबीन (Giant Metrewave Radio Telescope) स्थापित हो गई है। कई किलोमीटर क्षेत्र में फैली इस रेडियो-दूरबीन में कटोरे-नुमा 30 विशाल एंटेनाएं हैं और प्रत्येक एंटेना का व्यास 45 मीटर है। मीटर तरंग-दैर्घ्य वाली संसार में यह सबसे

बड़ी रेडियो-दूरबीन है। इस दूरबीन का पृथ्वीतर सभ्यताओं की खोज के लिए भी उपयोग किया जा सकता है।

इस विशाल ब्रह्मांड में केवल हमारी सभ्यता का ही अस्तित्व हो, यह संभव नहीं लगता। पृथ्वीतर सभ्यताओं की तलाश के प्रयास निश्चय ही जारी रहने चाहिए। साथ ही, हमें अपने ग्रह पर भी जीवन का अस्तित्व बरकरार रखना होगा। ड्रेक समीकरण का अंतिम और महत्वपूर्ण घटक है—सभ्यताओं का जीवन-काल (**L**)। पृथ्वी पर आधुनिक मानव (होमो सेपियन्स = बुद्धिमान मानव) का अस्तित्व पिछले करीब डेढ़-दो लाख वर्षों से ही है। मानव-मस्तिष्क के बारे में अभी कई बातें अस्पष्ट हैं। हम भयानक गलतियां करते हैं। हम महायुद्ध रचते हैं। हम महाविनाशक परमाणु-बम बनाते हैं। हम अपनी पृथ्वी को तेजी से प्रदूषित करते जा रहे हैं। इसलिए हमारा प्राथमिक प्रयास होना चाहिए—मानव-सभ्यता को अधिक-से-अधिक दीर्घकालिक बनाना।

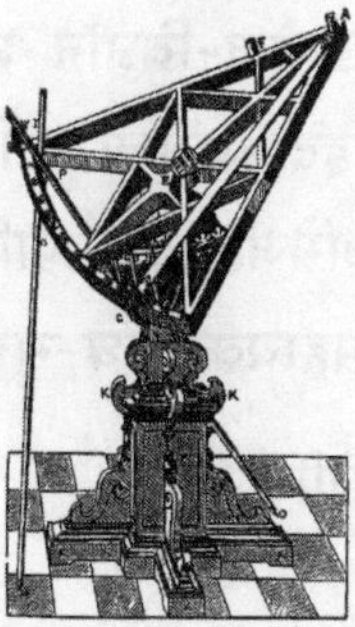

परिशिष्ट

1. खगोल-विज्ञान का संक्षिप्त विकासक्रम
2. खगोल-विज्ञान संबंधी प्रमुख आंकड़े और स्थिरांक
3. तारा-मंडल सूची
4. आकाश के सर्वाधिक चमकीले बीस तारे
5. विविध राशिनाम
6. राशियां और उनके भारतीय नक्षत्र
7. खगोल-विज्ञान शब्दावली
8. हिंदी-अंग्रेजी पारिभाषिक शब्द
9. अंग्रेजी-हिंदी पारिभाषिक शब्द
10. सहायक ग्रंथ-सूची

रंगीन चित्र

परिशिष्ट-1

खगोल-विज्ञान का संक्षिप्त विकासक्रम

[यहां नवषाषण युग से लेकर अब तक की खगोल-विज्ञान के क्षेत्र की प्रमुख उपलब्धियों का क्रमिक उल्लेख है। ईसा पूर्व के वर्षों को ऋण चिह्न (-) से दर्शाया गया है। हर स्थिति में ठीक-ठीक काल-निर्धारण संभव नहीं था। मेरा प्रयास रहा है कि यहां खगोल-विज्ञान के क्षेत्र की भारतीय उपलब्धियों को समुचित प्रतिनिधित्व मिले।]

9000-4000 ई. पू. नवपाषाण युग, कृषिकर्म की शुरुआत। अन्न-संग्राहक और शिकारी मानव दिशा-ज्ञान और चंद्र की घटती-बढ़ती कलाओं (प्रारंभिक चांद्र पंचांग) से परिचित था। अब कृषिकर्म के लिए मौसम की जानकारी जरूरी थी, और मौसम सूर्य की वार्षिक गति से निर्धारित होते हैं; इसलिए आरंभिक सौर पंचांग भी अस्तित्व में आया। आकाश में कुछ विशिष्ट तारों की स्थितियों से भी मौसम (कृषिकर्म) का निर्धारण होने लगा। आर्द्रा, पुनर्वसु आदि कई भारतीय नक्षत्रों के नाम कृषिकर्म से संबंधित हैं।

4000-1500 ई. पू. कांस्य युग–मिस्र, मेसोपोटामिया, चीन और भारत की प्राचीन सभ्यताएं–नगरों की स्थापना; लिपि व अंक-संकेतों का प्रचलन; अंकगणित व क्षेत्रमिति का ज्ञान; आकाश में सूर्य, चंद्र तथा पांच ग्रहों के मार्ग के रूप में रविपथ (क्रांतिवृत्त या ग्रहपथ) की पहचान। रविपथ के समीप के नक्षत्रों की पहचान। सौर पंचांग का विकास।

–1500 **ऋग्वेद** में कुछेक नक्षत्रों के नाम। **यजुर्वेद** और **अथर्ववेद** में 27 (या 28) नक्षत्रों की सूची। मिस्र में धूप-घड़ी का उपयोग।

–575 मिलेटुस के अनाक्सिमंदर द्वारा शंकु का उपयोग करके विषुव-काल तथा अयनांत-काल की खोज।

–540 पाइथेगोर की गोलाकार कवच-युक्त विश्व की परिकल्पना।

–500 लगध का **वेदांग-ज्योतिष** (आर्च व याजुष)–पांच वर्ष का युग, 366 दिनों का वर्ष, नक्षत्र-सूची, त्रैराशिक का नियम।

–260 अरिस्टार्कस (सामोस-वासी) की मान्यता : पृथ्वी तथा अन्य ग्रह सूर्य की परिक्रमा करते हैं। पृथ्वी से सूर्य तथा चंद्र की सापेक्ष दूरियां ज्ञात करने का प्रयास।

–230 इराटोस्थनीज द्वारा पृथ्वी की परिधि के मापन का प्रयास और क्रांतिवृत्त की तिर्यकता का मापन। एपोलोनियस का शांकव गणित।

–150 हिप्पार्कस का वेधकार्य–अयन-चलन की खोज, तारा-सूची, त्रिकोणमिति।

+100 (लगभग) जैन ज्योतिष-ग्रंथ–**सूर्यप्रज्ञप्ति**, **ज्योतिषकरंड** आदि। यूनानी-बेबीलोनी ज्योतिष का भारत में प्रवेश। चीन में लियू ह्सिङ् का नया पंचांग।

150 तालेमी (टॉलमी) : सिकंदरिया के मिस्री-यूनानी ज्योतिषी। इनके ग्रंथ : **सिन्टैक्सिस्** (अरबी में 'अल्-मजिस्ती') और **भूगोल**। भूकेंद्रवाद, तारा-सूची, त्रिकोणमिति। **गर्ग-संहिता**।

200 (लगभग) प्राचीन पंचसिद्धांत : सौर, पैतामह, वासिष्ठ, रोमक और पौलिश, जिनका संक्षिप्त परिचय बाद में वराहमिहिर ने अपने **पंच-सिद्धांतिका** ग्रंथ (505 ई.) में दिया।

450 चीन में हे छेङ्-तिएन् का नया पंचांग।

499 आर्यभट (जन्म : 476 ई.) का **आर्यभटीय** ग्रंथ–ज्या-सारणी, $\pi = 3.1416$, भूभ्रमण का सिद्धांत, चार मूल तत्व, समान कालावधि के युग, ग्रहणों की सही व्याख्या, त्रिकोणमिति। चीन में गणितज्ञ झु छोङ्. झी का नया पंचांग।

505 वराहमिहिर–**पंचसिद्धांतिका**, **बृहत्संहिता**, **बृहज्जातक** आदि ग्रंथ; फलित-ज्योतिष का पुरजोर प्रतिपादन।

628 ब्रह्मगुप्त (जन्म : 598 ई.) की कृतियां–**ब्राह्मस्फुट-सिद्धांत** और **खंड-खाद्यक**; वेधयंत्र। भास्कर (प्रथम) की कृतियां–

महाभास्करीय, **लघुभास्करीय** और **आर्यभटीय-भाष्य** (629 ई.)।

772 बगदाद (स्थापना : 762 ई.) में ब्रह्मगुप्त के ग्रंथों का अरबी में अनुवाद। **सूर्य-सिद्धांत** का नवीकरण (लगभग)।

819 खलीफा अल्-मामू द्वारा बगदाद में वेधशाला की स्थापना। गणितज्ञ-ज्योतिषी अल्-ख्वारिज्मी (783-850 ई.) का वेधकार्य; ज्योतिष-सारणी। तालेमी के **सिन्टैक्सिस्** ग्रंथ का अरबी में अनुवाद (**अल्-मजिस्ती**)। एस्ट्रोलेब (उन्नतांशमापी) यंत्र का उपयोग।

903 अल्-सूफी (ईरान) की ज्योतिष-सारणी। **वटेश्वर-सिद्धांत**।

1040 अल्बरूनी (973-1048 ई.) की **किताब अल्-हिंद (भारत)** कृति में भारतीय गणित-ज्योतिष का विवरण। चीनी ज्योतिषी सु-सोङ् (1020-1101 ई.) की जल-प्रवाह से संचालित खगोल-घड़ी।

1054 चीनी ज्योतिषियों द्वारा वृषभ मंडल में 'अतिथि तारे' (सुपरनोवा) का अवलोकन।

1100 उमर खय्याम : बीजगणित, वेधकार्य, पंचांग-सुधार।

1150 भास्कराचार्य (जन्म : 1114 ई.) का ग्रंथ : **सिद्धांत-शिरोमणि** (चार भाग : लीलावती, बीजगणित, ग्रहगणित, गोलाध्याय); और **करण-कुतूहल**।

1275 चीनी ज्योतिषी गुओ शाओजिङ् : वेधकार्य, ज्योतिष-यंत्र, नया पंचांग।

1435 उलूग बेग : समरकंद की वेधशाला, ज्योतिष-सारणी।

1535 गणेश दैवज्ञ (जन्म : 1507 ई.) का **ग्रहलाघव** ग्रंथ।

1543 कोपर्निकस (1473-1543 ई.) का सूर्यकेंद्र-सिद्धांत।

1576 ट्यूखो ब्राहे (1546-1601 ई.) द्वारा उरानीबर्ग में वेधशाला की स्थापना; वेधकार्य; तारा-सारणी।

1600 ज्योर्दानो ब्रूनो (सूर्यकेंद्र सिद्धांत के प्रचारक) को रोम में जिंदा जला दिया गया!

1603 योहान्न बायेर की तारा-सारणी का प्रकाशन।

1609 गैलीलियो (1564-1642 ई.) द्वारा पहली बार दूरबीन का उपयोग। केपलर (1571-1630 ई.) द्वारा ग्रहों की गतियों के दो नियमों की खोज; तीसरे नियम की खोज 1618 ई. में। 1627 ई. में ब्राहे

की ज्योतिष-सारणी का प्रकाशन।

1668 आइजेक न्यूटन (1642-1727 ई.) द्वारा परावर्ती दूरबीन का निर्माण।

1669 मोंतानरी द्वारा 'अलग़ूल' तारे की चरकांति की खोज।

1675 न्यूटन के प्रकाश-सिद्धांत का प्रकाशन। ग्रीनिच वेधशला की स्थापना। ओले रोमर द्वारा प्रकाश के वेग का मापन।

1676 एडमंड हेली (1656-1742 ई.) द्वारा सेंट हेलेना द्वीप में दक्षिणी खगोल के तारों का अवलोकन।

1682 हेली द्वारा धूमकेतु (हेली का धूमकेतु) का अवलोकन। बाद (1705 ई.) में उन्होंने भविष्यवाणी की कि यही धूमकेतु 1758 ई. में पुनः पृथ्वी के आकाश में लौटेगा।

1687 न्यूटन के **प्रिंसिपिया** ग्रंथ (गुरुत्वाकर्षण का सिद्धांत और गति के नियम) का प्रकाशन।

1725 जॉन फ्लेमस्टीड (1646-1719 ई.) की तारा-सारणी का प्रकाशन।

1728 सवाई जयसिंह (1686-1743 ई.) द्वारा जयपुर, दिल्ली, मथुरा, वाराणसी और उज्जैन में वेधशालाओं का निर्माण। जयसिंह के राजज्योतिषी पंडित जगन्नाथ (जन्म : 1652 ई.) का **सम्राट-सिद्धांत** ग्रंथ। जेम्स ब्रेडले द्वारा प्रकाश-विपथन की खोज।

1750 लकाइल की 10,000 तारों की सारणी।

1772 योहान्न बोडे द्वारा 'बोडे नियम' का प्रकाशन।

1781 विलियम हर्शेल (1738-1822 ई.) द्वारा यूरेनस ग्रह की खोज।

1784 जॉन गुडरिक द्वारा δ-सैफी तारे की चरकांति की खोज।

1784 मेसिए की नेबुला-सूची का प्रकाशन।

1792 मद्रास (चेन्नई) वेधशाला की स्थापना।

1799 लापलास का नीहारिका सिद्धांत; **खगोल-यांत्रिकी** ग्रंथ।

1801 पियाज्जी द्वारा पहले लघुग्रह 'सीरेस' की खोज।

1834 फ्रीडरिख़ बेस्सेल द्वारा व्याध तारे की अनियमित निजी गति की खोज और व्याध का एक साथी-तारा होने की घोषणा।

1838 फ्रीडरिख़ बेस्सेल द्वारा हंस-61 तारे के लंबन (पैरेलेक्स) की घोषणा—पहली बार एक तारे की दूरी का निर्धारण।

1842 'डॉपलर प्रभाव' की खोज।

1846 एडम्स और लवेरिए द्वारा नेपच्यून ग्रह की खोज।

1863 हगिन्स द्वारा तारों में ज्ञात तत्वों की खोज।

1864 हगिन्स द्वारा नीहारिका के गैसीय स्वरूप का निर्धारण।

1888 नेबुलाओं और तारा-गुच्छों का 'न्यू जनरल कैटलॉग' (**NGC**)।

1890 फोगेल द्वारा स्पेक्ट्रोस्कोपी के जरिए ग्रहणकारी युग्म-तारों की खोज।

1903 अंतरिक्ष यात्रा पर त्सिओल्कोवस्की के प्रथम निबंध का प्रकाशन।

1905 अल्बर्ट आइंस्टाइन (1879–1955 ई.) के 'विशिष्ट आपेक्षिकता सिद्धांत' का प्रकाशन।

1912 कुमारी लीविट द्वारा सैफियरी चरों का अध्ययन और 'आवर्त-कांति संबंध' की खोज।

1913 हेनरी नॉरिस रसेल (1877–1957 ई.) द्वारा 'हट्र्जस्प्रुंग-रसेल आरेख' का प्रकाशन।

1915 डब्ल्यू. एस. एडम्स द्वारा पहले वामन-तारे (व्याध के साथी-तारे) की खोज। आइंस्टाइन के 'व्यापक आपेक्षिकता सिद्धांत' का प्रकाशन।

1917 माउंट विल्सन (अमरीका) पर 100-इंच व्यास की 'हूकर दूरबीन' की स्थापना।

1918 हारलो शेपले (1885–1972 ई.) द्वारा आकाशगंगा के आकार का सही अनुमान।

1919 आर्थर एडिंगटन (1882–1944 ई.) द्वारा सूर्य-ग्रहण का अध्ययन : सूर्य के समीप प्रकाश-किरणें थोड़ी भीतर की ओर मुड़ जाती हैं; आइंस्टाइन के आपेक्षिकता सिद्धांत के लिए एक सबूत।

1920 मंदाकिनियों के वर्णक्रमों में लाल विस्थापन (रेड शिफ्ट) की खोज। तारों में परमाणुओं के आयनीकरण से संबंधित मेघनाद साहा (1893–1956 ई.) के समीकरणों का प्रकाशन।

1923 एडविन हब्बल (1889–1953 ई.) ने सिद्ध किया कि आकाशगंगा के परे भी मंदाकिनियों का अस्तित्व है।

1926 हब्बल द्वारा मंदाकिनियों का वर्गीकरण।

1927 जॉन ऊर्ट का प्रतिपादन—आकाशगंगा का घूर्णन और इसका केंद्र धनु तारा-मंडल की ओर।

1929 हब्बल का नियम : मंदाकिनियों का पलायन-वेग उनकी दूरी के अनुपात में। स्त्रुवे : समूची आकाशगंगा में अंतर्नक्षत्रीय द्रव्य का अस्तित्व।

1930 टॉमबाउ द्वारा प्लूटो ग्रह की खोज।

1931 कार्ल जान्स्की द्वारा तारों से आनेवाली रेडियो-तरंगों की खोज।

1938 सुब्रह्मण्यन् चंद्रशेखर (1910-1995 ई.) : 'तारों की संरचना'; 'चंद्रशेखर-सीमा'; नोबेल पुरस्कार (1983 ई.)।
तारों की ऊर्जा के बारे में बेथे और वाइत्साकेर के नए सिद्धांत।

1940 ग्रोटे रेबर द्वारा आकाश के प्रथम रेडियो-मैप का प्रकाशन।

1943 बाडे द्वारा तारों की आबादी **I** और आबादी **II** का वर्गीकरण।

1948 माउंट पालोमर (अमरीका) की 200-इंच व्यास की हाले दूरबीन तैयार। आल्फेर, बेथे और गेमोव का तत्वों की उत्पत्ति का सिद्धांत-महाविस्फोट (बिग बैंग) का सिद्धांत। विश्व के विस्तार का स्थिर-स्थिति सिद्धांत (गोल्ड और बॉन्डी)।

1952 बाडे द्वारा मंदाकिनियों की दूरियों के पैमाने में संशोधन।

1957 सोवियत रूस द्वारा पहले कृत्रिम उपग्रह (स्पूतनिक-1) का अंतरिक्ष में सफल प्रक्षेपण; स्पूतनिक-2 में 'लाइका' नामक कुतिया की अंतरिक्षयात्रा। जोड्रेल बैंक (इंग्लैंड) की 250-फीट व्यास की रेडियो-दूरबीन कार्यरत।

1959 ज्ञात रेडियो-स्रोतों का तृतीय कैम्ब्रिज कैटेलॉग (3C)।

1960 सांडेज और मैथ्यूज द्वारा क्वासरों की खोज।

1961 वोस्तोक-1 यान में यूरी गागारीन की अंतरिक्ष यात्रा।

1963 श्मिड्ट द्वारा क्वासरों के लाल-विस्थापन की खोज--क्वासर आकाशगंगा के बाहर हैं। 'बर्नार्ड के तारे' के गिर्द कोई ग्रह होने की संभावना।

1964 पेंजियाज और विल्सन द्वारा पार्श्ववर्ती माइक्रोवेव विकिरण की खोज-'बिग बैंग' सिद्धांत का समर्थन।

1965 कर्क नीहारिका में प्रथम एक्स-रे स्रोत (टाउ X-1) की खोज।

1969 आर्मस्ट्रांग और एल्ड्रिन की प्रथम चंद्रयात्रा-अपोलो-11 अंतरिक्ष यान में।

1972 पायोनियर-10 का बृहस्पति की ओर प्रक्षेपण।

1973 पायोनियर-11 का प्रक्षेपण। पायोनियर-10 बृहस्पति के नजदीक पहुंचा, पृथ्वी पर चित्र भेजे।

1974 कृष्ण-विवर (ब्लैक होल) की परिकल्पना।

1979 वायजर-1 और वायजर-2 यान बृहस्पति के नजदीक पहुंचे, आगे बढ़े।

1980 वायजर-1 ने शनि के वलयों के चित्र भेजे।

1981 अमरीकी अंतरिक्ष-शटल 'कोलंबिया' की प्रथम यात्रा।

1989 कावलूर (तमिलनाडु) वेधशाला में 2.5 मीटर व्यास की दूरबीन कार्यरत।

1990 पार्थिव कक्षा (अंतरिक्ष) में हब्बल-दूरबीन की स्थापना। मगर इसने ठीक-ठाक काम नहीं किया। तीन साल बाद अंतरिक्ष यात्री हब्बल-दूरबीन के पास पहुंचे और उन्होंने उसकी मरम्मत की।

1994 शूमेकर-लेवी धूमकेतु बृहस्पति से जाकर टकराया।

1996 नासा (अमरीका) की एक रिपोर्ट में कहा गया कि पृथ्वी पर पहुंचे मंगल ग्रह के एक उल्कापिंड में सूक्ष्म जीवों के अवशेष हो सकते हैं। बाद में इस मत को चुनौती दी गई।

1997 नासा (अमरीका) के 'सॉजर्न' स्वचलित यान ने मंगल ग्रह की सतह पर यात्रा करके पृथ्वी पर चित्र भेजे।

नारायणगांव (पुणे) में मीटर-तरंग रेडियो-दूरबीन की स्थापना।

1999 (जुलाई) 'चंद्र' नामक एक्स-रे वेधशाला को पृथ्वी की कक्षा में स्थापित किया गया।

2001 हान्ले (लद्दाख) में 'हिमालय चंद्र दूरबीन' की स्थापना।

2003 'मैप' नामक उपग्रह द्वारा प्रेषित सूचनाओं से 'बिग बैंग' का समर्थन। साथ ही, विश्व में 'अदृश्य ऊर्जा' (डार्क एनर्जी) की खोज, जिससे प्रमाणित होता है कि विश्व का विस्तार निरंतर जारी रहेगा।

(जनवरी-फरवरी) अमरीकी अंतरिक्ष-शटल 'कोलंबिया' सोलह दिन की अंतरिक्ष यात्रा के बाद वायुमंडल में वापस लौटते समय विखंडित हो गया। इसमें सवार सातों अंतरिक्षयात्रियों की मृत्यु हो गई। उनमें एक थीं–भारतीय मूल की कल्पना चावला।

(जुलाई-अगस्त) यूरोपीय अंतरिक्ष एजंसी ने *मार्स एक्प्रेस* यान मंगल की ओर भेजा, जो दिसंबर में उस ग्रह के पास पहुंचा। नासा ने मंगल की ओर दो रोबोट-गाड़ियां (*स्पिरिट* व *अपॉर्च्युनिटी*) भेजीं।

नासा ने अवरक्त दूरबीन (SIRTF) अंतरिक्ष में भेजी।

2004 (जनवरी) नासा की रोबोट-गाडियां मंगल की सतह पर उतरीं। पता चला कि किसी समय मंगल पर पानी बहता रहा है। सौर मंडल में प्लूटो के परे दसवें 'सेदना' नामक नए ग्रह या लघुग्रह की खोज।

❖

परिशिष्ट-2

खगोल-विज्ञान संबंधी प्रमुख आंकड़े और स्थिरांक

पृथ्वी का द्रव्यमान (भार)	=	6,60,0 0,00,00,00,00,00,00,00,000 टन (59737×10^{18} मीट्रिक टन)
पृथ्वी का विषुवतीय व्यास	=	12,756.28 किलोमीटर
पृथ्वी का ध्रुवीय व्यास	=	12,713.56 किलोमीटर
माध्य नाक्षत्र दिवस	=	23 घं. 56 मि. 4.09 से. माध्य सौर काल
चांद्र मास	=	29 दि., 12 घं. 44 मि. 2.9 से.
सायन वर्ष	=	365 दि. 5 घं. 48 मि. 46 से.
क्रांतिवृत्त-तल के साथ पृथ्वी के अक्ष का झुकाव	=	66^0 31′ 22″
सूर्य के चहुंओर पृथ्वी का कक्षीय वेग	=	29.76 किलोमीटर प्रति सेकंड
पृथ्वी की आयु	=	4.6 अरब वर्ष तक
पृथ्वी से चंद्र की माध्य दूरी	=	3,84,400 किलोमीटर
चंद्र का व्यास	=	3476 किलोमीटर
पृथ्वी से सूर्य के मध्य की दूरी	=	14,95,97,900 किलोमीटर (1 खगोलीय एकक)
सूर्य का व्यास	=	13,92,000 किलोमीटर
सूर्य का द्रव्यमान	=	1.960×10^{27} टन
सूर्य का सतह-तापमान	=	लगभग 6000^0 सेल्सियस

सूर्य की केंद्रीय भट्ठी का तापमान	=	लगभग 1,60,00,000^0 सेल्सियस
प्रकाश का वेग	=	2,99,792.5 किलोमीटर प्रति सेकंड
1 प्रकाश-वर्ष	=	94,63,00,00,00,000 किलोमीटर
1 पारसेक	=	3.26 प्रकाश-वर्ष
एक खगोलीय एकक	=	8 मिनट 18 सेकंड (14,95,97,900 कि.मी.)
सबसे नजदीक का प्रॉक्सिमा-सेंटौरी तारा	=	4.3 प्रकाश-वर्ष दूर
आकाशगंगा में तारों की संख्या	=	लगभग 200 अरब
आकाशगंगा का व्यास	=	1,00,000 प्रकाश-वर्ष
आकाशगंगा के केंद्रभाग की मोटाई	=	20,000 प्रकाश-वर्ष
आकाशगंगा की द्रव्यराशि	=	करीब 200 सूर्यों के बराबर
आकाशगंगा के केंद्र से सूर्य की दूरी	=	30,000 प्रकाश-वर्ष
देवयानी मंदाकिनी (एंड्रोमीडा गैलेक्सी) की दूरी	=	20,00,000 प्रकाश-वर्ष
ज्ञेय विश्व की सीमा (अर्थात्, आयु)	=	लगभग 15 अरब प्रकाश-वर्ष

❖

परिशिष्ट-3

तारा-मंडल सूची

(N उत्तरी खगोलार्द्ध, S दक्षिणी खगोलार्द्ध)

पाश्चात्य नाम	अर्थ	भारतीय नाम	विशेष
Andromeda, N	एंड्रोमीडा	देवयानी	उ. भाद्रपदा, M31
Antlia, S	वायु-पंप	वाताकर्ष	
Apus, S	स्वर्ग का पक्षी	–	
Aquarius	कुंभधर	कुंभ	शतभिषक्
Aquila	गरुड़	गरुड़	श्रवण नक्षत्र
Ara, S	वेदी	वेदी	
Aries	भेड़ा	मेष	अश्विनी, भरणी
Auriga, N	सारथी	प्रजापति	ब्रह्महृदय
Boötes, N	चरवाहा, शिकारी	बोतीज, ईश, भूतेश	स्वाति नक्षत्र
Caelum, S	छेनी	तक्षणी	
Camelopardus, N	जिराफ	जिराफ	
Cancer	केकड़ा	कर्क	पुष्य, आश्लेषा, M44
Canes Venatici, N	शिकारी कुत्ते	कानेस वेनाटिसी	कोर कारोली, M51
Canis Major, N	बड़ा कुत्ता	बृहद् श्वान	व्याध (लुब्धक)
Canis Minor, N	छोटा कुत्ता	लघु श्वान	प्रोसियोन
Capricornus	समुद्री बकरा	मकर	मकर संक्रांति
Carina, S	नौकातल	नौतल	अगस्त्य नक्षत्र
Cassiopeia, N	कैसियोपिया	शर्मिष्ठा	शेदर

पाश्चात्य नाम	अर्थ	भारतीय नाम	विशेष
Centaurus, S	सेंटौरस्	नरतुरंग	प्रॉक्सिमा-सेंटौरी
Cepheus, N	सेफियस	वृषपर्वा	δ-सैफी
Cetus	सेतुस्	तिमिंगल, केतु	माइरा
Chamaeleon, S	बहुरूपी	गिरगिट	
Circinus, S	कंपास	परकार	
Colamba, S	कपोत	कपोत	
Coma Berenices	बेरेनिस के बाल	केश	मंदाकिनी-समूह
Corona Australis, S	दक्षिणी मुकुट	दक्षिणी किरीट	
Corona Borealis	उत्तरी मुकुट	उत्तरी किरीट	अल्फक्का
Corvus	कौआ	काक	हस्त नक्षत्र
Crater	प्याला	चषक	
Crux, S	क्रॉस, सलीब	स्वस्तिक	कोयले की गठरी
Cygnus, N	हंस	हंस	देनेब
Delphinus, N	डॉलफिन	डॉलफिन	धनिष्ठा नक्षत्र
Dorado, S	तेगामछली	दोरादो	बड़ा मेजल्लानी मेघ
Draco, N	ड्रैगन	कालिय	थुबान तारा
Equuleus	छोटा घोड़ा	लघु अश्व	
Eridanus	एरिदानुस्	वैतरणी	नदीमुख (आख़रनार)
Fornax	भट्ठी	भट्ठी	
Gemini	जुड़वां	मिथुन	पुनर्वसु नक्षत्र
Grus, S	सारस	सारस	
Hercules	हरक्यूलीज	हरक्यूलीज	M13
Horologium, S	घड़ी	घड़ी	
Hydra	महाजलसर्प	महासर्प	अल्-फर्द
Hydrus, S	जलसर्प	जलसर्प	
Indus, S	इंडियन	इंदुस्	
Lacerta, N	छिपकली	–	
Leo	सिंह	सिंह	मघा, फाल्गुनी
Leo Minor	छोटा सिंह	लघु सिंह	
Lepus	खरगोश	शशक	

पाश्चात्य नाम	अर्थ	भारतीय नाम	विशेष
Libra	तराज़ू	तुला	विशाखा नक्षत्र
Lupus, S	भेड़िया	वृक	
Lynx, N	बनबिलाव	बिडाल	
Lyra, N	वीणा	वीणा	अभिजित् नक्षत्र
Mensa, S	पर्वत–पठार	पठार	
Microscopium, S	माइक्रोस्कोप	सूक्ष्मदर्शी	
Monoceros	मोनोसेरॉस	एकशृंग	
Musca, S	मक्खी	मक्षिका	
Norma, S	गुनिया	गुनिया	
Octans, S	अष्टक	अष्टक	दक्षिण ध्रुव
Ophiuchus	सर्पधर	सर्पधर	
Orion	शिकारी	मृग	आर्द्रा नक्षत्र, M42
Pavo, S	मोर	मयूर	
Pegasus	पेगासस	हयशिर	भाद्रपदा नक्षत्र
Perseus, N	पर्सेयूस्	ययाति	अलग़ूल तारा
Phoenix, S	अमरपक्षी	अमरपक्षी	
Pictor, S	चित्रफलक	चित्रफलक	
Pisces	मछलियां	मीन	रेवती नक्षत्र
Piscis Australis	दक्षिण की मछली	दक्षिण मीन	मत्स्यमुख तारा
Puppis	नाव का पिच्छल	पिच्छल	
Pyxis	कुतुबनुमा	दिक्सूचक	
Reticulum, S	जाल	जाल	
Sagitta	तीर	बाण	
Sagittarius	धनुर्धर	धनु	आषाढा नक्षत्र, आकाशगंगा–केंद्र
Scorpius	बिच्छू	वृश्चिक	ज्येष्ठा, मूल नक्षत्र
Sculptor	शिल्पकार	शिल्पकार	
Scutum	ढाल	ढाल	
Serpens	सर्प	सर्प	

पाश्चात्य नाम	अर्थ	भारतीय नाम	विशेष
Sextans	वृत्त का छठा भाग	षडंश	
Taurus	सांड	वृषभ	रोहिणी, कृत्तिका
Telescopium, S	दूरबीन	दूरदर्शी	
Triangulum	त्रिभुज	त्रिभुज	
Triangulum Australe, N	दक्षिणी त्रिभुज	दक्षिणी त्रिभुज	
Tucana, S	एक पक्षी	कारंडव	छोटा मेजल्लानी मेघ
Ursa Major, N	बड़ा भालू	सप्तर्षि	सप्तर्षि
Ursa Minor, N	छोटा भालू	लघु सप्तर्षि	ध्रुवतारा
Vela, S	नाव का पाल	पाल	
Virgo	कन्या	कन्या	चित्रा नक्षत्र
Volans, S	उड़न-मछली	उड़न-मीन	
Vulpecula	छोटी लोमड़ी	श्रृगाल	

❖

परिशिष्ट-4

आकाश के सर्वाधिक चमकीले बीस तारे

तारा	दृश्य कांतिमान	निरपेक्ष कांतिमान	रंग	दूरी (प्रकाश-वर्ष)
1. व्याध (लुब्धक)	−1.5 जु	+1.3	नीला	8.6
2. अगस्त्य	−0.7	−4.6	पीला	180
3. α-सेंटौरी	+0.3 जु	+4.7	पीला	4.3
4. अभिजित्	0.1	+0.5	नीला	26.4
5. ब्रह्महृदय	0.1	−0.5	पीला	46
6. स्वाति	0.2	0.0	नारंगी	36
7. राइगेल	0.1 जु	−6.2	नीला	450
8. प्रोसियोन	0.5 जु	+2.8	पीला	11
9. आख़रनार	0.5	−2.6	नीला	140
10. β-सेंटौरी	0.9	−3.1	नीला	200
11. श्रवण	0.9	+2.4	पीला	16
12. आर्द्रा	0.9	−5.6	लाल	240
13. α-स्वस्तिक	1.1 जु	−2.7	नीला	220
14. रोहिणी	1.1 जु	−0.5	लाल	68
15. चित्रा	1.2 जु	−2.2	नीला	160
16. पोलक्स	1.2	+1.0	पीला	33
17. ज्येष्ठा	1.2 जु	−2.4	लाल	170
18. मत्स्यमुख	1.3	+2.1	नीला	23

तारा	दृश्य कांतिमान	निरपेक्ष कांतिमान	रंग	दूरी (प्रकाश-वर्ष)
19. देनेब	1.3	−4.6	नीला	540
20. मघा	1.3 जु	−0.7	नीला	85

टिप्पणी: 'जु' का अर्थ है–जुड़वां तारा। किसी तारे को 10 पारसेक (32.6 प्रकाश-वर्ष) की दूरी पर कल्पित करने से उसका जो दृश्य कांतिमान होगा, उसे 'निरपेक्ष कांतिमान' कहते हैं। अधिक दूर के तारों की दूरियां सुनिश्चित नहीं हैं।

❖

परिशिष्ट-5

विविध राशिनाम

लैटिन नाम	समानार्थी अंग्रेजी नाम	यूनानी नाम	वराहमिहिर के नाम	संस्कृत नाम	बेबीलोनी नाम
1. ऐरिईज	Ram	क्रिओस	क्रिय	मेष	कु, इ-कु (मेढ़ा)
2. टौरस	Bull	टॉरस्	ताबुरि	वृषभ	ते-ते (सांड)
3. जेमिनी	Twins	दिदुमोई, दिदुम	जितुम	मिथुन	मस्मसु (युगल)
4. कैंसर	Crab	कलौरस्, कर्खिनोस्	कुलीर	कर्क, कर्कट	नंगरू (केकड़ा)
5. लिओ	Lion	लिओन्	लेय	सिंह	अरू (सिंह)
6. विरगो	Virgin	पार्थेनोस् पाथोन	प्राथोन,	कन्या	की (कन्या)
7. लिब्रा	Balance	जुगोस्, जुकोस्	जूक	तुला	नुरू (तुला)
8. स्कोर्पियो	Scorpion	स्कोर्पिओस्	कौर्प्य	वृश्चिक	अक्रबु (बिच्छू)
9. सैजिटेरियस	Archer	तोजेऊतस्	तौक्षिक	धनु	पा, मुलबान (धनुर्धर)
10. कैप्रिकोर्नस	Goat	आइगोकेरौस्	आकोकोर	मकर	साहु (बकरा)
11. एक्वेरियस	Water-Bearer	हिद्रोकोस्	हृद्रोग	कुंभ	गु (कुंभधर)
12. पिसीज	Fish	इक्थए, इख्थुएस	इत्थ, अंत्यभ	मीन (मछली)	झिब, नूनी

❖

परिशिष्ट-6

राशियां और उनके भारतीय नक्षत्र

[प्रत्येक राशि में 30 अंशों के तुल्य सवा-दो नक्षत्रों का समावेश किया गया है।]

राशि चिह्न	राशि नाम	नक्षत्र
♈	मेष	अश्विनी (1), भरणी (1), कृत्तिका (¼)
♉	वृषभ	कृत्तिका (¾), रोहिणी (1), मृग (½)
♊	मिथुन	मृग (½), आर्द्रा (1), पुनर्वसु (¾)
♋	कर्क	पुनर्वसु (¼), पुष्य (1), आश्लेषा (1)
♌	सिंह	मघा (1), पूर्वाफाल्गुनी (1), उत्तराफाल्गुनी (¼)
♍	कन्या	उत्तराफाल्गुनी (¾), हस्त (1), चित्रा (½)
♎	तुला	चित्रा (½), स्वाति (1), विशाखा (¾)
♏	वृश्चिक	विशाखा (¼), अनुराधा (1), ज्येष्ठा (1)
♐	धनु	मूल (1), पूर्वाषाढा (1), उत्तराषाढा (¼)
♑	मकर	उत्तराषाढा (¾), (अभिजित्), श्रवण (1), धनिष्ठा (½)
♒	कुंभ	धनिष्ठा (½), शतभिषक् (1), पूर्वभाद्रपदा (¾)
♓	मीन	पूर्वभाद्रपदा (¼), उत्तरभाद्रपदा (1), रेवती (1)

❖

परिशिष्ट-7

खगोल-विज्ञान शब्दावली

***अंतर्नक्षत्रीय द्रव्य** (interstellar matter)* : तारों के बीच के अंतरिक्ष में मौजूद द्रव्य, जो हाइड्रोजन गैस और ब्रह्मांडीय धूल के रूप में है।

***अधोबिंदु** (nadir)* : खगोल पर शिरोबिंदु (zenith) की ठीक विपरीत दिशा में स्थित बिंदु।

***सौर अभिबिंदु** (apex)* : खगोल का वह बिंदु जिसकी ओर सूर्य, समीप के तारों के सापेक्ष, गतिमान (19.7 किमी./से.) प्रतीत होता है। यह सौर अभिबिंदु हरक्यूलीज तारा-मंडल में विषुवांश 18^0 और क्रांति $+30^0$ पर स्थित है।

***अयन-चलन** (precession of the equinoxes)* : विषुव-बिंदुओं का तारा-मंडलों के बीच पश्चिम की ओर अत्यंत मंद गमन, जो प्रति वर्ष 50" होता है। फलस्वरूप, तारों की स्थितियां (विषुवांश और क्रांति में) निरंतर बदलती रहती हैं। विषुव-बिंदु पश्चगमन करते हुए करीब 26,000 वर्षों में खगोल का एक पूरा चक्कर लगाते हैं। ध्रुव-बिंदु भी इतने ही वर्षों में कदंब (pole of the ecliptlic) की एक परिक्रमा पूरी करता है।

***अयनांत** (solstices)* : तारों के बीच सूर्य के वार्षिक पथ की चरम स्थितियां : जब उत्तर की ओर इसकी क्रांति (declination) महत्तम होती है (उत्तर अयनांत, कर्क संक्रांति), और जब दक्षिण की ओर इसकी क्रांति महत्तम होती है (दक्षिण अयनांत, मकर संक्रांति)।

***अरीय वेग** (radial velocity)* : प्रेक्षक की दृष्टि-रेखा में किसी तारे के वेग का घटक। 'डॉपलर प्रभाव' के अनुसार, तारा यदि प्रेक्षक की ओर आ रहा है तो उसकी स्पेक्ट्रम-रेखाएं नीले सिरे की ओर सरकती हैं, और यदि वह प्रेक्षक से दूर जा रहा है तो उसकी स्पेक्ट्रम-रेखाएं लाल सिरे की ओर सरकती हैं।

***आकाशगंगा* (*Milky Way*)** : आकाश में उत्तर-दक्षिण फैला तारों का सघन पट्टा। वस्तुतः पहिए के आकार की एक विशाल तारक-योजना-1,00,000 प्रकाश-वर्ष चौड़ी-जिसमें 150 अरब से अधिक तारे हैं, और हमारा सूर्य उनमें से एक है।

***आबादी प्रकार* (*population types*)** : तारों को दो प्रकारों में भी बांटा गया है-आबादी **I** (population **I**) और आबादी **II** (population **II**)। आबादी **I** के तारे मुख्यतः आकाशगंगा की सर्पिल भुजाओं में हैं और ये अपेक्षाकृत तरुण तारे हैं। आबादी **II** में पुराने तारे हैं और ये आकाशगंगा के केंद्रीय भाग में पाए जाते हैं।

***आरोही पात* (*ascending node*)** : किसी ग्रह की कक्षा और क्रांतिवृत्त का वह प्रतिच्छेद-बिंदु, जहां वह ग्रह दक्षिण से उत्तर की ओर गमन करते समय क्रांतिवृत्त को लांघता है। चंद्र के आरोही पात को 'राहु' कहते हैं।

***आवर्त-कांति संबंध* (*period-luminosity relation*)** : अमरीकी खगोलविद् कु. हेनरीयेत्ता एस. लीविट द्वारा 1912 ई. में सेफाइड (Cepheids) तारों के प्रकाश-परिवर्तन और उनके निरपेक्ष कांतिमानों की बीच खोजा गया संबंध। आवर्त जितना ही अधिक लंबा होगा, निरपेक्ष कांतिमान उतना ही अधिक उच्च होगा। इस संबंध के आधार पर सेफाइड तारों (सैफियरी चरों) की दूरियों का मापन करना संभव हुआ है। सैफियरी चरों से मंदाकिनियों की दूरियां भी मापी जाती हैं।

***उन्नतांश* (*altitude*)** : आकाशस्थ पिंड की क्षितिज से ऊपर की कोणीय दूरी। यह दूरी क्षितिज से शिरोबिंदु पर पहुंचनेवाले उस पिंड के उद्वृत्त (vertical circle) पर मापी जाती है।

***एन.जी.सी.* (*NGC : New General Catalogue of Nebulae and Clusters of Stars*)** : खगोलविद ड्रेयर द्वारा 1888 ई. में तैयार किए गए करीब 8000 आकाशस्थ 'नीहारिकाओं' तथा तारा-गुच्छों के कैटेलॉग का संक्षिप्त नाम। इसमें हरक्यूलीज मंडल का गोलाकर तारा-गुच्छ NGC 6205 है।

***कांतिमान* (*magnitude*)** : तारे की कांति का एक माप। कोरी आंखों से दिखाई देनेवाले तारों को, उनकी कमोबेश कांति के अनुसार, छह कांतिमानों में बांटा गया है। कांतिमान एक संख्या है।

***कृष्ण-विवर* (*black hole*)** : दिक्काल (space-time) का वह क्षेत्र जहां से कुछ भी, यहां तक कि प्रकाश भी, बाहर नहीं आ सकता, क्योंकि वहां

गुरुत्वाकर्षण बहुत ज्यादा होता है।

***क्रांति* (declination)** : एक निर्देशांक, जो खगोलीय विषुववृत्त से किसी पिंड की कोणीय दूरी दर्शाता है—उत्तर की ओर धन (+) और दक्षिण की ओर ऋण (−)।

***खगोलीय एकक या इकाई* (astronomical unit)** : सूर्य और पृथ्वी के बीच की माध्य या औसत दूरी—14,95,97,900 किलोमीटर।

***खगोलीय याम्योत्तर* (celestial meridian)** : खगोल का वह बृहद् वृत्त जो दोनों ध्रुवों, शिरोबिंदु और अधोबिंदु से होकर गुजरता है। याम्योत्तर क्षितिज को दक्षिण व उत्तर दिशा-बिंदुओं में काटता है।

***खगोलीय विषुववृत्त* (celestial equator)** : खगोल का वह बृहद् वृत्त जो खगोलीय ध्रुवों (celestial poles) के बीच की आधी दूरी पर होता है।

***गोलाकार तारा-गुच्छ* (globular star clusters)** : ऐसे लगभग गोलाकार तारा-गुच्छ जिनमें दस हजार से एक लाख तक तारे होते हैं और गुच्छ-केंद्र की ओर उनका जमाव ज्यादा होता है। इन गुच्छों में प्रमुखतः पुराने (आबादी **II** के) तारे होते हैं। ऐसा काफी नजदीक का एक बड़ा और चमकीला गोलाकार तारा-गुच्छ ω-सेंटौरी (NGC 5139) है, जो हमसे 17,000 प्रकाश-वर्ष दूर है। ऐसे गोलाकार गुच्छ अन्य मंदाकिनियों में भी खोजे गए हैं।

***ग्रहणकारी चरकांति (युग्म) तारे* (eclipsing binary or variables)** : वे जुड़वां तारे जो अपनी कक्षाओं में भ्रमण करते हुए एक-दूसरे के सामने आते हैं और एक-दूसरे के प्रकाश को अवरोधित करते हैं।

***चंद्रशेखर-सीमा* (Chandrasekhar limit)** : तारे के केंद्रभाग में हीलियम-द्रव्य के संचय की सीमा, जो तारे के संपूर्ण द्रव्यमान के करीब 12 प्रतिशत के आसपास है। इसी क्रांतिक सीमा का नाम चंद्रशेखर-सीमा है।

***चरकांति तारे* (variable stars)** : वे तारे जिनकी कांति घटती-बढ़ती रहती है। इनके विविध प्रकार हैं, जैसे–आर आर लाइरी (R R Lyrae), सैफियरी चर (Cepheids), डब्ल्यू वर्जिनिस (W Virginis), आर वी टौरी (R V Tauri), माइरा तारे (Mira stars, Me), अनियमित चरकांति (irregular variables)। नोवा और सुपरनोवा भी चरकांति हैं।

***डॉपलर प्रभाव* (Doppler effect)** : जब कोई प्रकाश-स्रोत प्रेक्षक की ओर आता है या उससे दूर जाता है, तब उसकी वर्णक्रम-रेखाओं का नीले या लाल सिरे की ओर होनेवाला विस्थापन।

***तारा-गुच्छ* (star clusters) :** अंतरिक्ष में एकसाथ गतिमान तारों के समुदाय। इनके दो मुख्य प्रकार हैं—खुले तारा-गुच्छ और गोलाकार तारा-गुच्छ।

***तिर्यकता* (obliquity of the ecliptic) :** खगोलीय विषुववृत्त और क्रांतिवृत्त के बीच का कोण, जो वर्तमान समय में 23°26'54" है, और थोड़ा घटता-बढ़ता रहता है।

***दानव तारे* (giant stars) :** कम सतह-तापमान वाले वे तारे जो विशाल आकार के, उच्च निरपेक्ष कांतिमान के और कम माध्य घनत्ववाले होते हैं। इनमें उच्चतर निरपेक्ष कांतिमान वाले तारे महादानव (supergiants) कहलाते हैं।

***दिगंश* (azimuth) :** एक निर्देशांक—वह कोण जो तारे के उद्वृत्त (vertical circle यानी तारे और शिरोबिंदु में से होकर गुजरनेवाला बृहद् वृत्त) और प्रेक्षक की स्थिति के याम्योत्तर के बीच बनता है। दिगंश का मापन क्षितिज के दक्षिण-बिंदु से पश्चिम की ओर और क्षितिज के उत्तर-बिंदु से पूर्व की ओर होता है।

***दृश्य कांतिमान* (apparent magnitude) :** तारे की प्रत्यक्ष कांति, जो उसकी दूरी और उसकी वास्तविक कांति पर निर्भर रहती है।

***दैनिक गति* (diurnal motion) :** खगोलीय पिंडों की पूर्व से पश्चिम की ओर दृश्य गति, जिसका कारण है पृथ्वी का पश्चिम से पूर्व की ओर घूर्णन।

***द्वीप-विश्व* (island universe) :** आकाशगंगा और अन्य मंदाकिनियों के लिए कभी-कभी प्रयुक्त होनेवाल शब्द।

***नाक्षत्र वर्ष* (sidereal year) :** तारों के सापेक्ष सूर्य का परिक्रमा-काल। अन्य शब्दों में, पृथ्वी का अपनी कक्षा में सूर्य के चहुंओर का परिक्रमा-काल। एक नाक्षत्र वर्ष = 365.2564 माध्य सौर दिन।

***निजी गति* (proper motion) :** अंतरिक्ष में तारे की अपनी निजी गति के कारण आकाश में नजर आनेवाला उसका स्थित्यंतर, जो बहुत अल्प होता है।

***निरपेक्ष कांतिमान* (absolute magnitude) :** यदि किसी तारे को 10 पारसेक (=32.6 प्रकाश-वर्ष) दूरी पर स्थापित किया जाए, तो उसका जो दृश्य कांतिमान होगा, उसे निरपेक्ष कांतिमान कहते हैं। पारसेक में तारे की दूरी और उसका दृश्य कांतिमान ज्ञात हो, तो एक सूत्र से उसके निरपेक्ष कांतिमान की गणना की जा सकती है।

***नीहारिका* (nebula) :** अंतर्नक्षत्रीय अंतरिक्ष में मौजूद धूल व गैसों के विशाल मेघ।

***परिध्रुवी तारे* (circumpolar stars)** : किसी एक स्थान से हमेशा ही क्षितिज के ऊपर दिखाई देनेवाले तारे।

***पारसेक* (parsec = parallax-second)** : उस तारे की दूरी जो 1" (एक कोणीय सेकंड) लंबन दर्शाता है। एक पारसेक = 3.259 प्रकाश-वर्ष = 2,06,265 खगोलीय एकक।

***प्रकाश-वर्ष* (light year)** : वह दूरी जिसे प्रकाश की किरणें एक वर्ष में तय करती हैं। प्रकाश का वेग है : लगभग 3,00,000 किलोमीटर प्रति सेकंड।

***प्रतिद्रव्य* (anti-matter)** : प्रति-कणिकाओं (जैसे-प्रति-प्रोटान, प्रोजिट्रान) आदि से निर्मित द्रव्य।

***ब्रह्मांड विज्ञान* (cosmology)** : विश्व का समग्र अध्ययन-अन्वेषण।

***मंदाकिनी* (galaxy)** : तारों की एक विशाल योजना; जैसे-हमारी आकाशगंगा या देवयानी मंदाकिनी (एंड्रोमीडा गैलेक्सी)।

***महादानव* (supergiants)** : विशाल तारे, जो सामान्य दानव (giant) तारों से कई गुना अधिक चमकीले होते हैं। महादानवों के व्यास सूर्य के व्यास से कई सौ गुना अधिक होते हैं, मगर उनका माध्य घनत्व बहुत कम होता है। आर्द्रा और ज्येष्ठा नक्षत्र महादानव हैं।

***महाविस्फोट* (big bang)** : विश्व के आरंभकाल की विलक्षणता (singularity) की स्थिति।

***माइक्रोवेव पृष्ठभूमिक विकिरण* (microwave background radiation)** : अतितप्त आरंभिक विश्व का अवशिष्ट विकिरण, जिसका इतना अधिक लाल विस्थापन (red shift) हुआ है कि अब यह प्रकाश के रूप में नहीं, बल्कि माइक्रोवेव (चंद सेंटीमीटर तरंगदैर्घ्य वाली रेडियो किरणों) के रूप में प्रकट होता है।

***मेसिए* (Messier, *संक्षेप में* M)** : फ्रांसीसी खगोलविद् शार्ल मेसिए (1730-1817 ई.) द्वारा तैयार किए गए 'नीहारिकाओं' और तारा-गुच्छों के कैटेलॉग के सदस्यों को प्रायः M के आगे उनका संख्यांक देकर व्यक्त किया जाता है, जैसे-देवयानी मंदाकिनी को M31 से और हरक्यूलीज मंडल के गोलाकार तारा-गुच्छ को M13 से।

***युति* (conjunction)** : जब दो खगोलीय पिंडों के रेखांश या विषुवांश समान होते हैं, तब वे युति में होते हैं।

***युग्म तारा, जुड़वां तारा* (binary star)** : गुरुत्वीय बंधन में बंधे दो तारे,

जो एक सहगुरुत्वकेंद्र की परिक्रमा करते हैं। नई जानकारी के अनुसार, आकाश के तीन तारों में एक अवश्य ही युग्म तारा है। अनेक जुड़वां तारों के दो से अधिक घटक हैं।

योगतारा (junction star) : भारतीय ज्योतिष के 27 नक्षत्रों में से प्रत्येक का प्रमुख तारा। योगतारों के साथ ग्रहों की, प्रमुखतः चंद्र की, युति के अध्ययन का विशेष महत्व था।

राशिचक्र, भचक्र (zodiac) : क्रांतिवृत्त के साथ-साथ के तारा-मंडल (राशियां), जिन्हें, तुला को छोड़कर, जीवित प्राणियों के नाम दिए गए हैं—वृषभ, कन्या, सिंह, मकर, मीन आदि। अयन-चलन के कारण वसंत-विषुव-बिंदु (♈) धीरे-धीरे पश्चिम की ओर सरकता रहता है। प्राचीन बेबीलोन के ज्योतिषियों ने क्रांतिवृत्त को 12 राशियों में (प्रत्येक राशि 30^0 लंबाई की) विभक्त किया था। अयन-चलन के कारण राशिचिह्नों की स्थितियों में काफी बदल हुआ है। वसंत-विषुव-बिंदु (♈) आज मीन में है; प्राचीन काल में यह मेष में था।

भोगांश (celestial longitude) : एक निर्देशांक, जिसका मापन वसंत-विषुव-बिंदु (♈) से क्रांतिवृत्त के साथ पूर्व की ओर होता है—0^0 से 360^0 तक।

लंबन (parallax, stellar) : किसी तारे की जगह पर पृथ्वी की कक्षा के अर्धव्यास (करीब 15 करोड़ कि.मी. दूरी) से बननेवाला कोण।

लाल विस्थापन (red shift) : मंदाकिनियों के वर्णक्रमपट्ट में वर्णक्रम-रेखाओं का लाल सिरे की ओर सरकाव (विस्थापन)। 'डॉपलर प्रभाव' के अनुसार, यह लाल विस्थापन मंदाकिनियों के हमसे दूर भागने का द्योतक है। अमरीकी खगोलविद् हब्बल ने पता लगाया कि अधिक दूर की मंदाकिनियों का लाल विस्थापन अधिक होता है। लाल विस्थापन से मंदाकिनियों की दूरियां निर्धारित की जाती हैं।

वसंत-विषुव-बिंदु (♈, vernal equinox) : आकाश के क्रांतिवृत्त और विषुववृत्त जिन दो बिंदुओं में एक-दूसरे को काटते हैं, उनमें से एक। सूर्य दक्षिण से उत्तर की ओर गमन करते हुए जब विषुववृत्त को लांघता है, तब लगभग 21 मार्च को वह वसंत-विषुव-बिंदु पर होता है। वसंत-विषुव-बिंदु से ही विषुवांश (right ascension) और भोग (celestial longitude) का मापन होता है।

वामन तारे (dwarf stars) : लघु व्यासवाले तारे; इनका दृश्य कांतिमान कम

और माध्य घनत्व ज्यादा होता है।

***विपथन* (aberration of light)** : पृथ्वी की गति के परिणामस्वरूप किसी आकाशस्थ ज्योति का उसी दिशा में होनेवाला दृश्य स्थानांतरण, जो बहुत अल्प होता है।

***विलक्षणता* (singularity)** : दिक्काल (space-time) का वह बिंदु जहां दिक्काल की वक्रता अपरिमित हो जाती है।

***विश्वोत्पत्ति विज्ञान* (cosmogony)** : विश्व की उत्पत्ति और विकासक्रम का अध्ययन।

***विषुव, क्रांतिपात* (equinoxes)** : खगोल के वे दो बिंदु जहां क्रांतिवृत्त और विषुववृत्त एक-दूसरे को काटते हैं। वसंत-विषुव (vernal equinox, ♈) मीन मंडल का 0^{0} भोग व 0^{0} शर वाला वह बिंदु है जहां सूर्य करीब 21 मार्च को विषुववृत्त को लांघता है। शरद-विषुव (autumnal equinox, ♎) 180^{0} भोग का कन्या मंडल का वह बिंदु है जहां सूर्य करीब 23 सितंबर को विषुववृत्त को लांघता है। सूर्य जब इन विषुव-बिंदुओं पर होता है, तब रात व दिन समान होते हैं।

***विषुवांश* (right ascension)** : वसंत-विषुव-बिंदु (♈) से पूर्व की ओर उस बिंदु तक की दूरी जहां तारे का होरा वृत्त खगोलीय विषुववृत्त (hour circle) को काटता है। विषुवांश को घंटों, मिनटों व सेकंडों में व्यक्त किया जाता है, और यह दैनिक गति से स्वतंत्र होता है।

***शिरोबिंदु, खमध्य* (zenith)** : प्रेक्षक के ठीक सिर के ऊपर का खगोल का बिंदु, जो क्षितिज से 90^{0} दूर होता है। शिरोबिंदु की ठीक विपरीत दिशा में खगोल का अधोबिंदु (nadir) है।

***श्वेत वामन* (white dwarfs)** : न्यून निजी कांतिवाले बौने तारे। ये पृथ्वी के आकार-प्रकार के होते हैं, मगर इनमें सूर्य के तुल्य द्रव्यराशि होती है। इनके द्रव्य का माध्य घनत्व पानी के घनत्व से 1,00,000 गुना से भी अधिक होता है। इनकी केंद्रीय गुठली का घनत्व तो पानी के घनत्व से 10 करोड़ गुना अधिक रहता है। व्याध का साथी-तारा आकाश में खोजा गया पहला श्वेत वामन था।

***सायन वर्ष* (tropical year)** : वसंत-विषुव (♈) के सापेक्ष सूर्य को खगोल की एक परिक्रमा पूरी करने में लगनेवाला समय। अयन-चलन के कारण वसंत-विषुव-बिंदु क्रांतिवृत्त पर पीछे की ओर सरकता है, मगर सूर्य अपनी वार्षिक गति में आगे की ओर गमन करता है (अर्थात्, वसंत-विषुव

व सूर्य विपरीत दिशाओं में गमन करते हैं), इसलिए सायन वर्ष नाक्षत्र वर्ष से करीब 20 मिनट छोटा होता है। सायन वर्ष = 365.2422 माध्य सौर दिन।

***होरा कोण* (hour angle)** : तारे के होरा वृत्त और खगोलीय याम्योत्तर की बीच का कोण। इसका मापन याम्योत्तर से पश्चिम की ओर होता है– 0^h से 24^h।

***होरा वृत्त* (hour circle)** : वह वृहद् वृत्त जो खगोल के एक निश्चित बिंदु और खगोलीय ध्रुव से गुजरता है।

❖

परिशिष्ट-8

हिंदी-अंग्रेजी पारिभाषिक शब्द

अंतरिक्ष, दिक्	space
अंश	degree
अगस्त्य	Canopus
अग्नि	Beta (β) Tauri
अधिमास	intercalary month
अधोबिंदु	nadir
अनुराधा	Delta (δ) Scorpii
अपांवत्स	Theta(θ) Virginis
अभिजित्	Alpha (α) Lyrae
अभिसरण बिंदु	apex
अयन	northward or southward motion of a planet
अयन-चलन, विषुव-अयन	precession of equinoxes
अयनांत	solistice
अरुंधती	Alcor
अलग़ूल	Algol, Demon Star, Beta (β) Persei
अहोरात्र	day and night
आकाशगंगा	Milky Way, Galaxy
आप	Delta (δ) Virginis
आर्द्रा	Betelgeuse, Alpha (α) Orionis
आवर्तकाल	period

उत्केंद्रता	eccentricity
उत्तराफाल्गुनी	Denebola
उत्तरायनांत	summer solstice
उन्नतांश	elevation
उन्नतांशमापी	astrolabe
कक्षा	orbit
कन्या	Virgo
कर्क, कर्कट	Cancer
कर्क नीहारिका	Crab nebula
कल्प	period of 4,32,00,00,000 years
कांति	luminosity
कांतिमान	magnitude
काक	Corvus
कालिय	Draco
कुंभ	Aquarius
कृत्तिका	Pleiades
कृष्ण वामन	black dwarf
कृष्ण विवर	black hole
क्रतु	Dubhe, Alpha (α) Ursae Majoris
क्रांति	declination
क्रांतिपात, विषुव	equinoxes
क्वासर	quasar (quasi-stellar radio source)
क्षितिज	horizon
खगोल, भगोल	celestial sphere
खगोल-भौतिकी	astrophysics
खगोल-यांत्रिकी	celestial mechanics
खगोल-विज्ञान	astronomy
खगोलविद्	astronomer
खगोलीय एकक	astronomical unit

खमध्य, शिरोबिंदु	zenith
गरुड़	Aquila
ग्रहण	eclipse
ग्रहणकारी युग्म-तारा	eclipsing binary star
चंद्रशेखर-सीमा	Chandrasekhar's limit
चरकांति तारा	variable star
चांद्र पंचांग	lunar calendar
चित्रा	Spica, Alpha (α) Virginis
ज्येष्ठा	Antares, Alpha (α) Scorpii
फलित-ज्योतिष	astrology
तारा, नक्षत्र	star
तारा-गुच्छ	star cluster
तारा-पुंज	asterism
तारा-मंडल, नक्षत्र-मंडल	constellation
तिष्य	Delta (δ) Cancri
तुला	Libra
त्रिकांड	belt of the Orion
त्रिभुज	Triangulum
दक्षिण मीन	Piscis Australis
दक्षिणायनांत (मकर संक्रांति)	winter solstice
दानव तारा	giant star
दिगंश	azimuth
दृश्य, दृष्ट	apparant
दृश्य कांतिमान	apparant magnitude
देनेब	Deneb, Alpha (α) Cygni
देवयानी	Andromeda
दैनिक गति	diurnal motion
द्युति	brightness
द्रव्यमान, द्रव्यराशि	mass
द्वीप विश्व	island universe
धनिष्ठा	Alpha (α) Delphini

धनु, धनुर्धर	Sagittarius
धूमकेतु	comet
ध्रुवक	polar longitude
ध्रुवतारा	Polaris, pole star
नक्षत्र	star, asterism
नदीमुख, आख़रनार	Achernar, Alpha (α) Eridani
नवतारा, नोवा	nova
नाक्षत्र वर्ष	sidereal year
निजी गति	proper motion
निरपेक्ष कांतिमान	absolute magnitude
नीहारिका, नेबुला	nebula
परागैलेक्सी	extragalactic
परावर्ती दूरबीन	reflecting telescope
परिध्रुवी तारा	circumpolar star
पात	node
पारसेक	parsec
पुनर्वसु	Pollux
पुलह	Merak
पुष्य	Delta (δ) Cancri
पूर्वाफाल्गुनी	Delta (δ) Leonis
पूर्वभाद्रपदा	Markab, Alpha (α) Pegasi
पूर्वाषाढा	Delta (δ) Sagittarii
प्रकाश-वर्ष	light year
प्रजापति, सारथी	Auriga
प्रतिद्रव्य	antimatter
प्रमुख क्रम	main sequence
प्रॉक्सिमा सेंटौरी	Proxima Centauri, (α Centauri)
प्रोसियोन	Procyon, Alpha (α) Canis Minoris
बृहद् श्वान	Canis Major
बोतीज	Boötes

ब्रह्महृदय	Capella
ब्रह्मांड, विश्व	Universe, Cosmos
ब्रह्मांड-विज्ञान	cosmology
मंदाकिनी	galaxy
मकर	Capricornus
मघा	Regulus, Alpha (α) Leonis
मत्स्यमुख	Fomalhaut, Alpha (α) Piscis Australis
महादानव	supergiant
महाविस्फोट	big bang
महासर्प	Hydra
माइरा	Mira Ceti ('the wonderful')
मिथुन	Gemini
मीन	Pisces
मूल	Lambda (λ) Scorpii
मृग नीहारिका	Orion Nebula, M 42
मेजल्लानी मेघ	Magellanic Cloud
मेष	Aries
मेसिए	Messier (M)
ययाति	Perseus
याम्योत्तर	local meridian
याम्योत्तर गमन	culmination
युग्म तारा, जुड़वां तारा	binary star
युति	conjunction
योगतारा	pricipal star in an asterism, juction star
राशिचक्र, भचक्र	Zodiac
भोग	celestial longitude
रेडियो दूरबीन	radio telescope
रेवती	Zeta (ζ) Piscium
रोहिणी	Aldebaran
लंबन	parallax

लघुग्रह, क्षुद्रग्रह	asteroid
लघु श्वान	Canis Minor
लघु सप्तर्षि	Ursa Minor
लाल दानव	red giant
लाल विस्थापन	red shift
वसंत विषुव	vernal equinox
वसंत-विषुव-बिंदु (♈)	first point of Aries
वसिष्ठ	Mizar
वामन तारा	dwarf star
विकिरण	radiation
विकीर्णक-बिंदु	radiant
विक्षेप	polar latitude
विपथन	aberration
वियुति	opposition
विलक्षणता	singularity
विशाखा	Alpha (α) Librae
विश्वोत्पत्ति विज्ञान	cosmogony
विषुव	equinox
विषुव वृत्त	equator
विषुवांश	right ascension
वीणा	Lyra
वृश्चिक	Scorpio
वृषपर्वा	Cepheus
वृषभ	Taurus
वेधशाला	observatory
वैतरणी	Eridanus
व्याध, लुब्धक	Sirius, Alpha (α) Canis Majoris
शतभिषक्	Lambda (λ) Aquarii
शर	celestial latitude
शरद विषुव	autumnal equinox
शरद-विषुव-बिंदु (♎)	first point of Libra

शर्मिष्ठा	Cassiopeia
शिरोबिंदु, खमध्य	Zenith
श्रवण	Altair, Alpha (α) Aquilae
श्वेत वामन	white dwarf
सर्प	Serpens
सर्पधर	Ophiuchus
सर्पिल मंदाकिनी	spiral galaxy
सप्तर्षि	Ursa Major
सायन वर्ष	tropical year
सारथी, प्रजापति	Auriga
सिंह	Leo
सुपरनोवा	supernova
सूर्यसहोदय	heliacal rising
सैफियरी चर	Cepheids
सौर अभिबिंदु	solar apex
स्थिर स्थिति सिद्धांत	steady state theory
स्वस्तिक, क्रुक्स	Crux
स्वाति	Arcturus
हंस	Cygnus
हयशिर, महाश्व	Pegasus
हर्ट्जस्प्रुंग-रसेल आरेख	Hertzsprung-Russell diagram
हस्त	Gamma (γ) or Delta (δ) Corvi
हायडेस	Hyades

❖

परिशिष्ट-9

अंग्रेजी-हिंदी पारिभाषिक शब्द

aberration	विपथन
absolute magnitude	निरपेक्ष कांतिमान
Achernar	नदीमुख
Alcor	अरुंधती
Aldebaran	रोहिणी
Algol	अलग़ूल
Alioth	अंगिरस
Alkaid	मरीचि
almanac	पंचांग
Altair	श्रवण
altitude	उन्नतांश
Andromeda	देवयानी
anomaly	कोणिकांतर
Antares	ज्येष्ठा
antimatter	प्रतिद्रव्य
apex	अभिसरण बिंदु
aphelion	सूर्योच्च
apogee	भूमि उच्च
apparent	दृष्ट, दृश्य
apparent magnitude	दृश्य कांतिमान
Aquarius	कुंभ
Aquila	गरुड़
Arcturus	स्वाति

Argo Navis	अर्गो नाविस
Aries	मेष
ascending node	आरोही पात, राहु
asterism	तारा-पुंज
asteroid	लघुग्रह, क्षुद्रग्रह
astrolabe	एस्ट्रोलेब, उन्नतांशमापी
astrology	फलित-ज्योतिष
astronomical unit	खगोलीय एकक
astronomy	खगोल-विज्ञान, गणित-ज्योतिष
astrophysics	खगोल-भौतिकी
Auriga	सारथी, प्रजापति
autumnal equinox	शरद विषुव
axis	अक्ष
azimuth	दिगंश
Betelgeuse	आर्द्रा
big bang	महाविस्फोट
binary star	जुड़वां तारा, युग्म तारा
black dwarf	कृष्ण वामन
black hole	कृष्ण-विवर
blue shift	नील विस्थापन
Boötes	बोतीज़, भूतेश
brightness	द्युति, दीप्ति
calendar	कैलेंडर, पंचांग
Cancer	कर्क
Canis Major	बृहद् श्वान
Canopus	अगस्त्य
Capella	ब्रह्महृदय
Capricornus	मकर
Cassiopeia	शर्मिष्ठा
celestial mechanics	खगोल-यांत्रिकी
celestial sphere	खगोल, भगोल

Centaurus	सेंटौरस्, नरतुरंग
Cepheids	सैफियरी चर
Cepheus	सेफियस्, वृषपर्वा
Cetus	सेतुस्
Chandrasekhar's Limit	चंद्रशेखर–सीमा
circumpolar star	परिध्रुवी तारा
comet	धूमकेतु
conjunction	युति
constellation	तारा–मंडल
Corvus	काक
cosmic ray	ब्रह्मांड किरण
cosmogony	विश्वोत्पत्ति, ब्रह्मांड उत्पत्ति
cosmology	ब्रह्मांड विज्ञान
cosmos	ब्रह्मांड
Crab nebula	कर्क नीहारिका
Crux	क्रुक्स, क्रॉस, स्वस्तिक
culmination	याम्योत्तर गमन
declination	क्रांति
Delphinus	डॉलफिन
Deneb	देनेब
Denebola	उत्तराफाल्गुनी
descending node	अवरोही पात, केतु
diurnal motion	दैनिक गति
Doppler effect	डॉपलर प्रभाव
Draco	कालिय
dwarf star	वामन तारा
eccentricity	उत्केंद्रता
eclipsing binary star	ग्रहणकारी युग्म तारा
ecliptic	क्रांतिवृत्त, रविमार्ग
elevation	उन्नतांश
epicycle	अधिचक्र
equator	विषुववृत्त, भूमध्यरेखा

equinox	विषुव, क्रांतिपात
Eridanus	वैतरणी
expanding universe	प्रसारी विश्व
extragalactic	परागैलेक्सी
first pioint of Aries (♈)	वसंत-विषुव-बिंदु
first point of Libra (♎)	शरद-विषुव-बिंदु
Fomalhaut	मत्स्यमुख
galaxy	मंदाकिनी, गैलेक्सी
Gemini	मिथुन
geocentric	भूकेंद्रीय
giant star	दानव तारा
globular star cluster	गोलाकार तारा-गुच्छ
gnomon	शंकु, छायादंड
gravitation	गुरुत्वाकर्षण
gravitational collapse	गुरुत्वीय पतन
heliacal rising	सूर्यसहोदय
heliocentric	सूर्यकेंद्रीय
Hercules	हरक्यूलीज
Hertzsprung- Russell diagram	हट्र्जस्प्रुंग-रसेल आरेख
Hydra	महासर्प
intersteller	अंतर्नक्षत्रीय
junction star	योगतारा
celestial latitude	शर
Leo	सिंह
Libra	तुला
light year	प्रकाश-वर्ष
celestial longitude	भोग
long-period variable stars	दीर्घकालिक चरकांति तारे, माइरा तारे
luminosity	कांति
Magellanic Clouds	मेजल्लानी मेघ
magnitude	कांतिमान

mean	माध्य
Merak	पुलह
meridian	याम्योत्तर
meteor	उल्का
Milky Way	आकाशगंगा
Mizar	वसिष्ठ
nadir	अधोबिंदु
nebula	नीहारिका
node	पात
obliquity	तिर्यकता
open stat cluster	खुला तारा-गुच्छ
Ophiuchus	सर्पधर
opposition	वियुति
orbit	कक्षा
Orion	मृग
Orion nebula	मृग नीहारिका
parallax	लंबन
parsec	पारसेक
Pegasus	हयशिर, महाश्व
period-lumin- osity relation	आवर्त-कांति संबंध
Perseus	ययाति
Pisces	मीन
Piscis Austrinus	दक्षिण मीन
planetary nebula	ग्रहीय नीहारिका
Pleiades	कृत्तिका
Polaris	ध्रुवतारा
precession	अयन
precession of equinoxes	अयन-चलन, विषुव-अयन
proper motion	निजी गति
pulsar	पल्सर
quasar	क्वासर
radiant	विकीर्णक-बिंदु

radiation	विकिरण
radio astronomy	रेडियो खगोल-विज्ञान
red giant	लाल दानव
red shift	लाल विस्थापन
reflecting telescope	परावर्ती दूरबीन
Regulus	मघा
relativity	आपेक्षिकता
right ascension	विषुवांश
Sagittarius	धनुर्धर, धनु
Scorpius	वृश्चिक
Serpens	सर्प
shift	विस्थापन
sidereal year	नाक्षत्र वर्ष
singularity	विलक्षणता
Sirius	व्याध, लुब्धक
solar apex	सौर अभिबिंदु
solstice	अयनांत
space	दिक्, अंतरिक्ष
Spica	चित्रा
spiral galaxy	सर्पिल मंदाकिनी
star	तारा, नक्षत्र
star cluster	तारा-गुच्छ
steady state theory	स्थिर स्थित सिद्धांत
stellar parallax	तारकीय लंबन
supergiant	महादानव
summer solstice	उत्तरायनांत
supernova	सुपरनोवा
surface temperature	सतह-तापमान
Taurus	वृषभ
transit	याम्योत्तर गमन
triangulation	त्रिकोणन
Triangulum	त्रिभुज

tropical year	सायन वर्ष
universe	विश्व, ब्रह्मांड
Ursa major	सप्तर्षि
Ursa minor	लघु सप्तर्षि
variable star	चरकांति तारा
Vega	अभिजित्
vernal equinox	वसंत विषुव
Virgo	कन्या
white dwarf	श्वेत वामन
winter solstice	दक्षिणायनांत, मकर संक्रांति
zenith	खमध्य, शिरोबिंदु
zodiac	राशिचक्र

❖

परिशिष्ट-10

सहायक ग्रंथ-सूची

संस्कृत

1. **अथर्ववेद** व **ऋग्वेद** मूल और सिद्धेश्वरशास्त्री चित्राव का मराठी अनुवाद.
2. **आर्यभटीय** – आर्यभट कृत; हिंदी अनुवाद : रामनिवास राय, नई दिल्ली, 1976.
3. **आर्यभटीय** – आर्यभट; अंग्रेजी अनुवाद : कृपाशंकर शुक्ल, नई दिल्ली, 1976.
4. **गणकतरंगिणी** – सुधाकर द्विवेदी (1891 ई. में रचित), बनारस, 1933.
5. **ब्राह्मस्फुट-सिद्धांत** – ब्रह्मगुप्त कृत; संपादक : सुधाकर द्विवेदी, बनारस, 1902.
6. **बृहज्जातक** – वराहमिहिर कृत; अंग्रेजी अनुवाद : स्वामी विज्ञानानंद (उर्फ हरिप्रसन्न चटर्जी), नई दिल्ली, 1979.
7. **बृहत्संहिता** – वराहमिहिर कृत; भट्टोत्पलकृतविवृतिसहित (दो खंड), संपादक : सुधाकर द्विवेदी, बनारस, 1895.
8. **वेदांग-ज्योतिष** (**आर्ष व याजुष**) – लगध कृत; भूमिका व अंग्रेजी अनुवाद : टी.एस. कुप्पण्ण शास्त्री, नई दिल्ली, 1985.
9. **सिद्धांतशिरोमणि** – भास्कराचार्य; संपादक : मुरलीधर चतुर्वेदी, वाराणसी, 1981.
10. **सूर्यसिद्धांत** – संपादक : श्रीकृष्णचन्द्र द्विवेदी, वाराणसी, 1987.
11. **सूर्य-सिद्धांत** – हिंदी में विज्ञान-भाष्य : महावीर प्रसाद श्रीवास्तव, विज्ञान परिषद, इलाहाबाद, 1983.

हिंदी

12. कोपर्निकस, निकोलस – **खगोलीय पिंडों के परिक्रमण**, हिंदी अनुवाद : श्रवण कुमार तिवारी और रमाकांत पाण्डेय, काशी हिंदू विश्वविद्यालय, वाराणसी, 1972.
13. गुणाकर मुळे – **संसार के महान गणितज्ञ** (चतुर्थ संस्करण), राजकमल प्रकाशन, नई दिल्ली, 2002.

14. गुणाकर मुळे – **आकाश-दर्शन** (चतुर्थ संस्करण), राजकमल प्रकाशन, नई दिल्ली, 2003.
15. गुणाकर मुळे – **सूर्य** (चतुर्थ संस्करण), राजकमल प्रकाशन, नई दिल्ली, 2001.
16. गुणाकर मुळे – **सौर-मंडल** (चतुर्थ संस्करण), राजकमल प्रकाशन, नई दिल्ली, 2001.
17. गुणाकर मुळे – **नक्षत्र-लोक** (पंचम संस्करण), राजकमल प्रकाशन, नई दिल्ली, 2002.
18. गुणाकर मुळे – **आर्यभट** (तृतीय संस्करण), राजकमल प्रकाशन, नई दिल्ली, 2001.
19. गुणाकर मुळे – **केपलर** (नया संशोधित संस्करण), राजकमल प्रकाशन, नई दिल्ली, 2004.
20. गुणाकर मुळे – **भास्कराचार्य** (तृतीय संस्करण), राजकमल प्रकाशन, नई दिल्ली, 1999.
21. गुणाकर मुळे – **भारतीय विज्ञान की कहानी** (पंचम संस्करण), राजकमल प्रकाशन, नई दिल्ली, 2003.
22. गुणाकर मुळे – **ब्रह्मांड-परिचय** (नया संशोधित-परिवर्द्धित पंचम संस्करण), राजकमल प्रकाशन, नई दिल्ली, 2015.
23. गोरख प्रसाद – **भारतीय ज्योतिष का इतिहास**, लखनऊ, 1956.
24. त्रिवेणीप्रसाद – **ग्रह-नक्षत्र**, पटना, 1955.
25. पांडुरंग वामन काणे – **धर्मशास्त्र का इतिहास**, चतुर्थ भाग, अनुवाद : अर्जुन चौबे, लखनऊ, 1984.
26. शंकर बालकृष्ण दीक्षित (अनुवादक : शिवनाथ झारखंडी) – **भारतीय ज्योतिष**, द्वितीय संस्करण, लखनऊ, 1963.
27. समरेंद्र नाथ सेन, **विज्ञान का इतिहास** (दो भाग), अनुवाद : भूपेंद्र नाथ सान्याल, बिहार हिंदी ग्रंथ अकादमी, पटना, 1972.

अंग्रेजी

28. **Alberuni' India** : Edited by Edward C. Sachau, New Delhi, 1984.
29. Allen, Richard Hinckley : **Star Names : Their Lore and Meaning**, Dover Publications, New York, 1963.
30. Baugher, Joseph F. : **On Civilised Stars**, New Jersey, 1985.
31. Bernal, J. D. : **Science in History** (4 vols.), Penguin Books, 1969.
32. Bernhard, Bennett & Rice : **New Handbook of the Heavens**, New York, 1956.
33. Bondi, Herman : **The Universe at Large**, London, 1961.

34. Bose. Sen & Subbarayappa : **A Concise History of Science in India**, INSA, New Delhi, 1971.
35. Chakravarty, A.K. : **Origin and Development of Indian Calendrical Science**, Calcutta, 1975.
36. Chandrasekhar, S. : **An Introduction to the Study of Stellar Structure**, Dover Publications, New York, 1957.
37. Chauvenet, William : **A Manual of Spherical and Practical Astronomy** (2 vols.), Dover Publications, New York, 1960.
38. Davidson, Martin : **The Stars and the Mind**, London, 1948.

39. Gamov, G. : **One Two Three ... Infinity**, New York, 1957.
40. Gamov, G. : **Star Called the Sun**, Pelican Book, 1967.
41. Glagett, Marshall : Greek Science in Antiquity, London, 1957.
42. Graham-Smith F. : **Radio Astronomy**, Pelican Book, London,1966.
43. Graham-Smith F. & Lovell, B. : **Pathways to the Universe**, Cambridge, 1988.
44. Gurevich & Chernin : **The Magic of Galaxies and Stars**, Moscow, 1988.
45. Hamilton, Edith : **Mythology**, Mentor Book, New York, 1954.
46. Hawking, Stephen W. : **A Brief History of Time**, London, 1988.
47. Hogben, Lancelet : **Science for the Citizen**, London, 1945.
48. Hogben, Lancelet : **Mathematics for the Million**, London, 1936.
49. Hood, Peter : **The Sky and Heavens**, Middlesex, 1953,
50. Hoyle, Fred : **Frontiers of Astronomy**, London, 1963.
51. Kaye, G.R. : **Astronomical Observatories of Jai Singh**, ASI, New Delhi, 1982.
52. Ketkar, Venkatesh Bapuji : **Indian and Foreign Chronology**, Bombay Branch, Royal Asiatic Society, 1923.
53. Kochhar, R. & Narlikar, J. : **Astronomy in India**, INSA, New Delhi, 1995.
54. Komarov, V.N. : **Fascinating Astronomy**. Moscow, 1985.
55. Krasavtsev, B. & Khlyustin, B. : **Nautical Astronomy**, Moscow,1970.
56. Lipunov, V.M. : **In the World of Binary Stars**, Moscow, 1989.
57. Lodge, Sir Oliver : **Pioneers of Science**, Dover, New York, 1960.
58. Lovell, Bernard & Joyce : **Discovering the Universe**, London,1964.
59. Macpherson, H. : **Guide to the Stars**, Edinburgh, 1955.
60. Moore, Patrick : **Basic Astronomy**, London, 1968.
61. Moore, Patrick : **The Story of Astronomy**, London, 1967.
62. Moore, Patrick : **The Development of Astronomical Thought**, Edinburgh, 1969.

63. Moore, P. & Nicolson, L. : **Black Holes in Space**, London, 1974.
64. Neugebauer, O. : **The Exact Sciences in Antiquity**, New Yark, 1957.
65. Nicolson, Lain : **Astronomy**, London, 1970.
66. Oparin, A. & Fresenkov, V. : **The Universe**, Moscow, 1960.
67. Payne-Gaposchkin, Cecilia : **Stars in the Making**, New York, 1959.
68. Perelman, Y. : **Astronomy for Entertainment**, Moscow, 1958.
69. Richards, E.G. : **Mapping Time (The Calendar and its History)**. Oxford, 1998.
70. Saha, M.N. & Lahiri, N.C. : **History of the Calendar**, CSIR, New Delhi, 1992.
71. Sen, S.N. & Shukla, K.S. (Ed.) : **History of Astronomy in India**, INSA, New Delhi, 1985.
72. Shastri, Ajay Mitra : **India as Seen in The Brihatsamhita of Varahamihira**, Delhi, 1969.
73. Sidgwick, J.B. : **Introducing Astronomy**, London, 1957.
74. Singer, Charles : **A Short History of Scientific Ideas to 1900**, Oxford Press, London, 1959.
75. Smart, W.M. : **Textbook on Spherical Astronomy**, New Delhi, 1979.
76. Smith, D.E. : **History of Mathematics** (2 vols.), New York, 1958.
77. Subbarayappa, B.V. & Sharma, K.V. : **Indian Astronomy : A Source-Book** (Sanskrit-English), Bombay, 1983.
78. Taton, René : **History of Science : Ancient and Medieval Science** (Translated from the French), London, 1960.
79. Thiel, Rudolf : **And There Was Light** (Translated from the German), London, 1958.
80. Tilak, Bal Gangadhar : **Vedic Chronology and Vedang Jyotish**, Poona, 1925.
81. Toulmin, S. & Goodfield, J. : **The Fabric of the Heavens,** Pelican Book, 1963.
82. Vladimirov, Yu. Mistskévich, N. & Horsky, J. : **Space Time Gravitation**, Moscow, 1987.
83. Whipple, Fred L. : **Earth, Moon and Planets**, Penguin Books, 1971.
84. Whitrow, G.J. : **The Structure and Evolution of the Universe**, New York, 1959.
85. Zhou, Shunwu : **Astronomy**, Beijing, 1985.
86. Zigel, F. : **Wonders of the Night Sky**, Moscow, 1968.
87. (Ed.) : **The Universe** (A Scientific American Book), New York, 1957.
88. (Ed.) : **The New Astronomy** (A Scientific American Book), New York, 1955.
89. (Ed.) : **The Past and the Future of the Universe**, Moscow, 1988.

एटलस, कोश, विश्वकोश, पत्रिकाएं

90. de Callatay, Vincent (Translated from French by Harold Spencer Jones) : **Atlas of the Sky**, London, 1958.
91. Fell, Joseph I. : **Star Recognition**, London, 1958.
92. Heath, Thomas : **The Twentieth Century Atlas of Popular Astronomy**, Edinburgh, 1922.
93. Hevelius, Jan : **The Star Atlas**, Tashkent, 1968.
94. Paranjape, G.R. : Akasha Darshan Atlas, NCERT, New Delhi, 1978.
95. Peltier, Leslie C. : **Guide to the Stars**, Cambridge, 1986.
96. Ridpath, Ian & Tirion, Wil : **Collins Pocket Guide to Stars and Planets**, London, 1996.
97. Bhattacharya, A. : **Ancient Indian Astronomical Terms**, Calcutta, 1987
98. Wallenquist Ake: **The Penguin Dictionary of Astronomy**, Penguin Books, London, 1966.
99. (Ed.) : **The Space Encyclopedia**, New York, 1958.
100. (Ed.) : **The Soviet Encyclopedia of Space Flight**, Moscow, 1969.
101. Macdonell, A.A. and Keith, A.B. : **Vedic Index of Names and Subjects** (2 vols.), Delhi, 1982.
102. Monier-Williams, Monier : **A Sanskrit-English Dictionary**, Delhi, 1990.
103. Daintith, J., Mitchell, S., Tootill, E. : **A Biographical Encyclopedia of Scientists**, New York, 1981.
104. **मराठी विश्वकोश** (खंड 1-15 व 18), महाराष्ट्र राज्य साहित्य संस्कृति मंडळ, मुंबई, 1978-1995.
104. **बृहद् पारिभाषिक शब्द-संग्रह**, विज्ञान, 2 खंड, वैज्ञानिक और शब्दावली आयोग, नई दिल्ली, 1990.

Indian Journal of History of Science
Scientific American
National Geographical
Science Reporter

✪✪✪

देवयानी मंदाकिनी (एंड्रोमीडा गैलेक्सी, M31) : यह हमसे लगभग 20 लाख प्रकाश-वर्ष दूर है और इसमें करीब 200 अरब तारे हैं।

भंवर मंदाकिनी (व्हिर्लपूल गैलेक्सी, M51) : इसे सप्तर्षि के मरीचि तारे के दक्षिण में कानेस वेनाटिसी मंडल में देखा जा सकता है। लगभग डेढ़ करोड़ प्रकाश-वर्ष दूर की इस सर्पिल मंदाकिनी की एक भुजा के सिरे पर द्रव्यराशि का जमाव है। संभवतः यहां दो मंदाकिनियां एक सर्पिल भुजा के जरिए एक-दूसरे से जुड़ी हुई हैं। अधिक तप्त नीले युवा तारे इसकी बाहरी भुजाओं में हैं और वृद्ध पीले तारे इसके केंद्रभाग में।

कृत्तिकाओं का खुला तारा-गुच्छ (M45) **:** इन युवा तारों की आयु लगभग 5 करोड़ वर्ष है। कृत्तिकाएं लगभग 410 प्रकाश-वर्ष दूर हैं।

कर्क नीहारिका (क्रैब नेबुला, M1) **:** एक सुपरनोवा-विस्फोट के अवशेष। इस विस्फोट को चीन के ज्योतिषियों ने 1054 ई. में देखा था। यह नीहारिका अब 6 प्रकाश-वर्ष चौड़ी है और लगातार तेजी से फैल रही है। इसके केंद्रभाग में मूल तारे की अवशिष्ट गुठली के रूप में जो 'पल्सर' तारा है, वह प्रति सेकंड 30 बार घूम रहा है। कर्क नीहारिका और पल्सर लगभग 6500 प्रकाश-वर्ष दूर हैं।

ट्राइफिड नीहारिका (M20) : धनु राशि (तारा-मंडल) में दिखाई देने वाली यह नीहारिका हमसे 5200 प्रकाश-वर्ष दूर है। 'ट्राइफिड' का अर्थ है–तीन भागों में विभाजित। इसके नवनिर्मित तप्त तारे इसके एक भाग की गैस को लाल-पीली आभा प्रदान करते हैं, तो इसका नीला हिस्सा इसके धूलिकणों से नजदीक के तारों का प्रकाश परावर्तित होने का परिणाम है।

मृग नीहारिका (ओरायन नेबुला, M42) : हाइड्रोजन गैस और धूल की यह विशाल नीहारिका 15 प्रकाश-वर्ष चौड़ी है और इसमें अब भी नए तारे जन्म ले रहे हैं। यह हमसे 2000 प्रकाश-वर्ष दूर है।

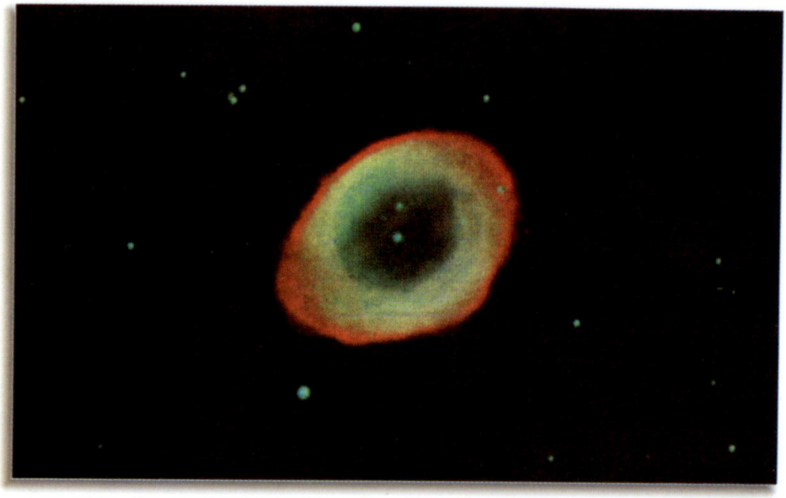

वलय नीहारिका (रिंग नेबुला, M57) : वीणा तारा-मंडल में स्थित प्रसिद्ध ग्रहीय नीहारिका। यह हमसे 2000 प्रकाश-वर्ष दूर है। जब कोई मरणासन्न लाल विशाल तारा अपने फैलते कवच को अंतरिक्ष में उछाल देता है, तब गैसीय नीहारिका का जन्म होता है। करीब पांच अरब साल बाद हमारे सूर्य का भी यही हाल हो सकता है।

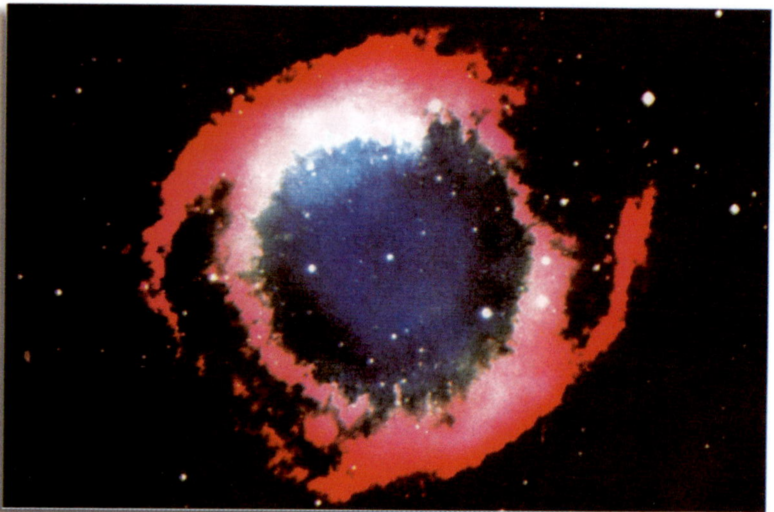

हेलिक्स नेबुला : कुंभ राशि (तारा-मंडल) में स्थित सबसे बड़ी, सुंदर और हमसे सबसे नजदीक की ग्रहीय नीहारिका। यह 100 प्रकाश-वर्ष दूर है। एक बूढ़े तारे द्वारा उसके बाह्य गैसीय कवच को उछाल देने से इसका निर्माण हुआ है। इसके बाहरी भाग का लाल रंग नाइट्रोजन व हाइड्रोजन के कारण है और केंद्रीय भाग का नीला-हरा रंग आक्सीजन के कारण। मूल तारे की 'गुठली' को केंद्रभाग में देखा जा सकता है।

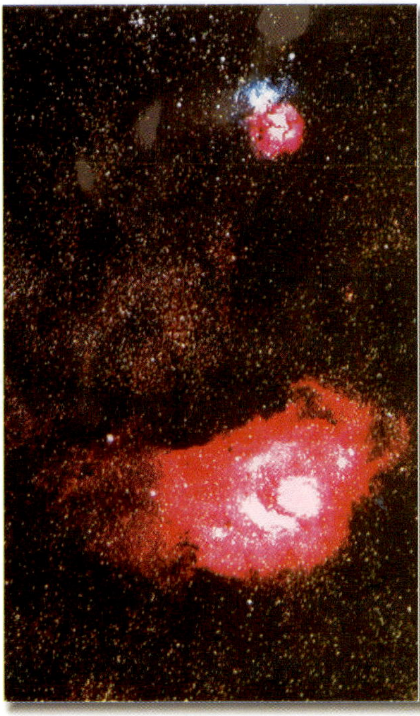

लॅगून नेबुला (M8) : धनु मंडल में कोरी आंखों से भी दिखाई देने वाली गैसीय नीहारिका। इसके ऊपर 'ट्राइफिड नीहारिका' (M20) है और उसके पश्चिमोत्तर में खुला तारा-गुच्छ M21 है। लॅगून नीहारिका हमसे 5200 प्रकाश-वर्ष दूर है।

उत्तरी अमरीका नीहारिका : हंस मंडल में आकाशगंगा के तारों के बीच स्थित इस नीहारिका का आकार कुछ-कुछ उत्तरी अमरीका महाद्वीप की तरह है, इसलिए इसे यह नाम दिया गया है। यह हमसे 1500 प्रकाश-वर्ष दूर है। बीच में आए काली धूल के एक बादल ने इस नीहारिका के दक्षिण-पूर्व में 'मेक्सिको की खाड़ी' का निर्माण कर दिया है।

इटा (η) कारिनी नेबुला : दक्षिणी आकाश के कारिना मंडल के इटा (η) तारे से घिरी खूबसूरत नीहारिका। 9000 प्रकाश-वर्ष दूर की इस चमकीली नीहारिका को कोरी आंखों से भी देखा जा सकता है।

डम्बेल नेबुला (M27) **:** डम्बेल अथवा 8 के आकार की यह चमकीली ग्रहीय नीहारिका उत्तरी आकाशगंगा में वुलपेकुला (श्रृगाल) तारा-मंडल में है। इसके केंद्रभाग के अतितप्त बौने तारे का सतह-तापमान लगभग $85{,}000^{\circ}$ केल्विन है। यह नीहारिका 27 कि.मी. प्रति सेकंड की रफ्तार से फैल रही है। यह हमसे 1000 प्रकाश-वर्ष दूर है।

इस **मंदाकिनी** (NGC 7742) के केंद्रभाग में एक कृष्ण विवर (ब्लैक होल) हो सकता है।

ग्रहीय नीहारिका (M2–9) : एक मरणासन्न तारा फैलकर लाल दानव हो गया और फिर इस नीहारिका में बदल गया। इसके केंद्र में एक तप्त 'गुठली' है, जो बाद में ठंडी हो जाएगी। इसके आवेशित कणों की धाराएं विपरीत दिशाओं में दौड़ रही हैं।

अश्वशिर नीहारिका (हॉर्सहेड नेबुला) : मृग मंडल के जीटा (ζ) तारे को चहुंओर से घेरने वाले धूल के काले बादल को यह नाम इसलिए दिया गया कि इसकी मुख्य द्रव्यराशि ने शतरंज के घोड़े का आकार ग्रहण कर लिया है। यह नीहारिका एक प्रकाश-वर्ष चौड़ी है और हमसे 1500 प्रकाश-वर्ष दूर है।

इधर के वर्षों में हब्बल दूरबीन ने दक्षिणी ध्रुव के समीप के आकाश में ऐसी हजारों नई मंदाकिनियों की खोज की जिन्हें पहले कभी नहीं देखा गया था।

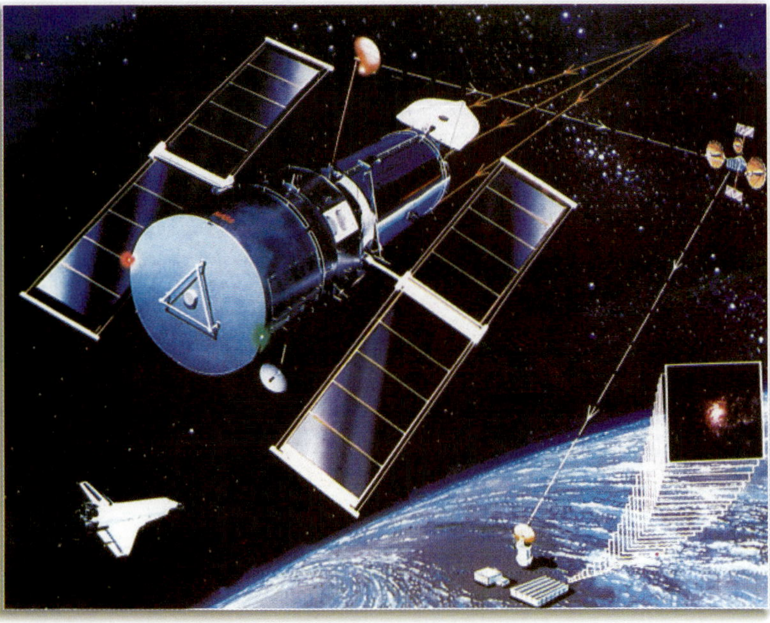

हब्बल दूरबीन, जिसे सन् 1990 में अंतरिक्ष में स्थापित किया गया था।

हान्ले (लद्दाख) में अगस्त, 2002 में कार्यरत हुई 'हिमालय चंद्र दूरबीन'। 4517 मीटर की ऊंचाई पर स्थापित यह दूरबीन कुछ हद तक अंतरिक्ष में स्थापित दूरबीन की तरह काम करती है। इस दूरबीन का संचालन-नियंत्रण सुदूर बेंगलुरु से भी होता है।

वेरी लार्ज अॅरे रेडियो-दूरबीन, सोकोर्रो, न्यू मेक्सिको। सन् 1980 में स्थापित इस रेडियो-दूरबीन में 27 चलायमान एंटेनाएं हैं। शक्तिशाली स्रोतों से उत्सर्जित रेडियो-तरंगों को ग्रहण करके यह दूरबीन तारों के जन्म, मंदाकिनियों के टकराव, आकाशगंगा के केंद्रभाग में हो सकने वाले कृष्ण विवर आदि की खोज में जुटी हुई है।

विशाल मीटर-तरंग रेडियो-दूरबीन, नारायणगांव, पुणे (महाराष्ट्र)।

एकशृंग (मोनोसेरोस) तारा-मंडल में धूल व ठंडे गैस से निर्मित स्तंभ के आकार-प्रकार की नीहारिका (**NGC 2264**), जो हमसे 2500 प्रकाश-वर्ष दूर है। हब्बल दूरबीन से अप्रैल, 2002 में लिए गए इस चित्र में नीहारिका का सिर्फ 2.5 प्रकाश-वर्ष ऊंचा हिस्सा है; पूरी नीहारिका 7 प्रकाश-वर्ष लंबी है। भविष्य में इस नीहारिका में नए तारे जन्म लेंगे।

चन्द्र एक्स-रे दूरबीन

धनु तारा-मंडल में 5500 प्रकाश-वर्ष दूर की ओमेगा नीहारिका (**M17**) का केंद्रभाग, जो नए तारों की अतितप्त जन्मस्थली है। प्रत्येक तारा हमारे सूर्य से छह गुना अधिक तप्त और 30 गुना अधिक द्रव्यराशि वाला है। हब्बल दूरबीन से यह चित्र अप्रैल, 2002 में लिया गया था।

कोमा बेरेनिसेस तारा-मंडल में (स्वाति नक्षत्र के पश्चिम में) दो मंदाकिनियों के टकराव का भव्य नजारा (NGC 4676), जो हमसे 3 करोड़ प्रकाश-वर्ष दूर है। कुछ अरब साल बाद हमारी आकाशगंगा जब नजदीक की (आज 20 लाख प्रकाश-वर्ष दूर की) देवयानी मंदाकिनी (M31) से टकाएगी, तो उनका भी अंततः ऐसा ही हाल होगा। बाद में ये दोनों मंदाकिनियां मिलकर एक विशाल सर्पिल मंदाकिनी में बदल जाएंगी।